冰川稻谷 著

# 世若
## 花囚
### SHI RUO HUA QIU

时代文艺出版社
SHIDAI WENYI CHUBANSHE

图书在版编目（CIP）数据

世若花囚 / 冰川稻谷著. -- 长春：时代文艺出版
社，2023.10
ISBN 978-7-5387-7223-4

Ⅰ.①世… Ⅱ.①冰… Ⅲ.①幻想小说－中国－当代
Ⅳ.①I247.5

中国国家版本馆CIP数据核字（2023）第161360号

# 世若花囚
## SHI RUO HUA QIU

冰川稻谷　著

出 品 人：吴　刚
责任编辑：李荣崟
装帧设计：武　艺
排版制作：人文在线

出版发行：时代文艺出版社
地　　址：长春市福祉大路5788号　龙腾国际大厦A座15层（130118）
电　　话：0431-81629751（总编办）　0431-81629758（发行部）
官方微博：weibo.com/tlapress
开　　本：710mm×1000mm　1/16
字　　数：567千字
印　　张：33.75
印　　刷：三河市龙大印装有限公司
版　　次：2024年1月第1版
印　　次：2024年1月第1次印刷
定　　价：68.00元

# 目录 Contents

序 章

# 01.梦如浮生

来访者如幽灵般出现在守城侍卫的身后，悄然无息。

被守卫的脸挡住的、只露出半张的面庞，似被倾盆而下的暴雨溶化吞噬，摇曳模糊。只看得到一只青绿色的眼睛，似紧盯着猎物的毒蛇恶鬼，又似林中清潭，深不见底。

在这见鬼的天气执勤，守卫前一秒还在絮絮叨叨地咒骂着，下一秒，便感到一只冰冷的手抚上了他的脖子。冰冷的、仿佛地狱中爬出的恶灵的手，让本就在恶劣的天气中冻得僵硬的守卫，全身瞬间浸透彻骨的寒意，恐惧直直地刺入他的心底。

"谁——"

喉咙中的声音因恐惧而音质残劣，下一秒便戛然而止，颈部被深深地切开了，他倒在地上，血迹被雨水冲刷，丝丝缕缕地散开，顺着石阶淌下去。站在与他一步之遥的同伴这才惊觉到不对劲，慌慌张张举起长矛，还未来得及吹响警哨，便银光一闪，成了下一个牺牲者。

狂风暴雨冲淡了浓浓的血迹，也淹没了这两个倒下的身躯，尸体那没能闭上的眼睛，映着来访者的身影——杀人果断、毫不颤抖的小小身影，裹在黑色的斗篷里，融入夜色，不被注意，那么单薄、幼弱，不似一个成年人。

那人摘下尸体挂在腰侧的钥匙，打开生锈的挂锁，推开这残破的城堡厚重的、用来运送物资的侧门。铜门发出"吱嘎"的钝响，被风雨的呼啸声完美地掩饰了。

这座城堡孤单地矗立在荒原上，青黑色的砖墙尽是斑驳的痕迹。凄厉的惨叫声、哽泣的呜咽声、刑具的哐当声，嘶吼、哭喊、乞求、怨恨，每日就如同游魂一般在城堡中徘徊、腐烂。来访者走过这些浓郁得消散不开的游魂，晃动的火烛打在他被兜帽遮住的脸上，时不时让阴影划过那只青绿色的冷漠的眼睛，直视前方、毫不颤动，脚步踏在岩石地面上，有节奏地在闭塞狭窄的城墙间回荡。

旋转的楼梯通向最深的地牢，干枯的一双双手从木桩间的缝隙伸出，伤痕累累，腐烂的肉块掉落，她们如同僵尸渴求眼前所见唯一的活物，但从中穿行的人没有一丝余光的施舍。他走向尽头，心里非常清楚、非常坚定自己的目标是什么。等待了好几个月，这些可怜的女人明天都会被火刑处死。在手执权杖的教皇庄严的审视下，这火光是神圣的信仰，这血光是正义的呼唤，人们渴望张开双手被这光辉沐浴，试图以屠杀那些想象的恐怖符号为药，张开饥饿的大嘴吞噬着，拼命填补自己已经病入膏肓的人生。

身穿黑色斗篷的少年是魔鬼的使徒。他轻啧一声，加快了脚步，几乎抑制不住自己急切的心情。执勤的守卫们在这糟糕的天气里，早就离开了岗位，或许在楼上的某个房间里，喝酒划拳、欢歌笑语。明天行刑后，他们或许会迎来久违的假期，再在上至当权者、下至普通民众的新一轮的狩猎狂欢后，开始新一轮的工作。这是他唯一的、最后的机会。这少年的身躯太弱小了，而且已经残破不堪，奔走了一百多天，没有多少精力还可以消耗。

"流离姐姐！"他的声音很年轻，向着一个方向呼唤着，路过那些沾着血和腐烂皮肉的铁链，走进地牢的最里端。自己想要救出去的人，正坐在地上，紧靠着石墙，双手抱膝，身上皮开肉绽，棕色的长发被已经发黑的血黏在一起，挡住了侧脸。她听到声音，抬起脸看他。

然后，温柔地笑了。

少年仿佛看到了从前，她穿着水蓝色长裙和斗篷，坐在河边，抬起头看他的样子。山泉的叮咚声依然在耳边回响，但那片广阔而自由的天地，如今来看就像是幻觉，像是一场美丽的梦境，而眼前逼仄的立方体才是真实的、长久的、无法逃脱的现实。

"流离姐姐，是我！我来救你了！"少年扑到牢门前，用随身携带的、刚刚用来杀死守城人的那把短刀开始砍锁。每砍一次，尖刀会溢出黑色的烟雾，而厚重的铁锁就会因多出裂痕而一块块碎掉。他不敢去看眼前的人，因为那些残忍的折磨痕迹会动摇他的意志。这种动摇不仅仅源于愤怒和哀痛，更源于那侍奉恶魔的灵魂曾因几百次亲眼所见的血腥场面而兴奋地战栗，源于那刻在基因中的罪恶本能地、习惯性地为所有世间遭受的痛苦而雀跃欢呼。他的心脏因痛苦而发抖，脑中却全是欢快的笑声，割裂的情绪让他的胃里泛起阵阵恶心，既愧疚又轻蔑，几乎要吐了出来。"这一次，请让我救出她吧。"天呐！这是什么带着希望的祷告？对他来说，这反而变成一种恶毒的诅咒，影响着、削弱了他的力量，以至于花费了很大力气，铁锁才成功被砍碎。

远方传来窸窸窣窣的声响。虽然站岗的守卫暂时离开去休息了，但有一支巡逻队会很快来到这一层。少年扑进牢里，试图将对方扶起来。但这个叫作"流离"的女孩子，却举起手握住了他的手腕，轻轻说："不用了。已经太晚了。巡逻的守卫们很快就会注意到这边的反常，你，快跑吧。"

少年的手腕，感受到的是浸骨冰凉的力度，寒冷、僵硬。那不是一只活人的手！少年的身体开始剧烈地颤抖。他终于把目光移到流离身上，看见流离双脚晃动，两根铁棍分别刺穿她的两只脚踝，发出刺鼻的、沾着血腥的铁锈味儿。这些血已经干涸很久了，凝固发黑，穿透脚踝的部位甚至能见到肉块腐烂而露出的白骨。铁棍的两端全部拴着铁链，与固定在墙上的铁环相连，双脚的动作让它们发出微弱的吱嘎声。"已经……来不及了……"流离说，音调却是温和平静的，"我跑不了了。"

他握紧了拳，"噌"地站起身，举起那把尖刀，指着牢门外，语调因激动而微微上升："来多少人我就能杀多少人！那些人根本不是我的对手！我努力了这么久，你为什么不能多等我几日？为什么用这种让人在死后依然能感受到活人痛苦的毒药来折磨自己……"

"很多人死去的时候，亲人并不在身边，而他们都想等到再见亲人最后一面后才安心离开，它就是为此而诞生的。"流离无奈地笑了笑，"可这大概是我所炼制的所有药剂中，最没有人性的毒药了。因为，死时那一刻的痛苦，会一直持续在清醒的感觉里，很多人等不到亲人，即使想放弃也无计可施，不得不在那种痛苦中，等待毒药失效而慢慢地真正死去。"她指了指脚边的碎玻璃渣，和已经蒸发的液体留下来的褐色痕迹，"这是这个世界中所剩下的最后一瓶名为'弥留人间'的毒药。我只想再赌一次，猜测你会来救我，还能再见你一次，说几句话，我成功了，这不是很好吗？"她笑眯眯地比着胜利的手势，可那笑容很快变成了惆怅，就好像陷入了什么遥远的、隔世的回忆中，"这是很多人都无法实现的愿望，我有时候甚至觉得，我曾经就有过那样的经历……死去的时候，什么亲人都没看见，什么愿望都没实现……好奇怪的感觉，不是吗？"

沉默许久，少年放下尖刀，重新跪了下来，爬到流离的脚边，泪水顺着脸颊流下来。他抬起眼睛，正视着流离惨白的如同蜡像一样的面色，轻轻触碰后，少年发现自己被雨水浇透的冰凉的手，依然比不过它万分之一的寒冷。"如果这也算最没有人性的毒药，"他哽咽着，"那恐怕连魔鬼都要吟颂世上的光辉了……我如果将你带走，你还有可能复活吗？"

流离从少年手中接过尖刀，将自己的双脚割断，并没有疼痛和阻碍，也没有血液流出来，仿佛只是锯着两根不相干的木头，创口也只是发黑的、凝固的血肉。"当那些守卫来了，只会看见你拖着一具尸体。你的能力已经很虚弱了，我知道，你现在根本没有办法对抗整队手执武器、训练有素的士兵。"流离用一只手，扶着少年的肩膀，另一只手却化成一只黄色的蝴蝶，像是火焰一样，小小的、温暖的、灵动的，在少年的眼前飞过。

"快跑吧，自由在外面，它会带你出去，想去哪里都可以……"

"一个自由的、幸福的世界，可以吗？那样的世界存在吗？你也会生活在那个世界中吗？"


少年走在厚重的雨幕中。天色依然漆黑一片，只有那只蝴蝶，还微弱地闪着光，与他琥珀般黄色的右眼颜色重合，看不出影子。那是没有办法解释的巫术或灵力，将他带离那里。身后的城堡中，赶去的看守们大概已经发现了那具失去了双脚的尸骨。但这一切与他无关了。他机械地走着，一步一步，默默地，只是跟着灵魂的残影。似乎这样，就能够去向那个梦想中的世界。

远方的教堂，还在吟唱和平的颂歌，这简直不可思议。这些圣歌透过狂风暴雨和惊雷，已经变得扭曲而怪异，唱着它们的人们，有可能包括被少年杀死的两个守卫的家人，他们的祈祷与祈愿随着声音传递到那座死尸累累的城堡里，也会变得扭曲而怪异吗？如果临死的囚犯们在天气晴朗的日子听到这些音乐，会变得幸福吗？在天气晴朗的日子，这些圣歌会不会又因为那些人的哀嚎而仍旧变得微弱，失去超度亡灵的魔法呢？

苍白的闪电如同一把锋利的刀，瞬间撕裂无边的、空洞的夜空，整片黝黑的荒原顿时亮如白昼。蝴蝶停留在少年冰凉的指尖上，整个画面一霎间定格为老旧的黑白照片，在茫茫无际的黑暗中飘落，沉入水中，不见踪影。

# 02. 深夜访客

米杉猛然惊醒，一下子坐了起来，厚厚的棉被已经完全从他的身上滑了下去，意识到这点后，他不禁打了个寒战。夜还很深，至少窗外完全没有光亮，下着雨。雨滴砸着窗户和木质房顶的声音，让他恍惚以为自己还在延续的梦中，没有醒来。

床头柜上的收音机"吱吱呀呀"地播放着些不知所谓的歌谣，吟诵轻灵的诗歌与音乐。米杉揉了揉嗡嗡作响的脑袋，无精打采地扶着床沿站了起来，瞥了一眼窗外糟糕的天气，将地上皱成一团的棉被拖回到床上。不远处，书桌上的铜镜映出他凌乱的短发和瘦削的侧脸，在黑漆漆的房间中不甚明晰。米杉转过头，盯着镜中的自己，面庞模糊不清，却是年轻、英俊的，带着朝气，如清晨新生太阳，而邪魅的眼睛呆滞、寂寞、清冷，宛如月夜密林深处的池塘。米杉看着这样的自己，感到既熟悉又陌生。脑海中依然混沌，似乎还不明白发生了什么。

他摇了摇头，似乎想将不必要的思绪荡走。伸手将挂在墙上的油灯点亮，并将床头柜上那个旧旧的、每晚伴他入睡的"良师益友"关掉后，他自言自语："可算清静一些了。"

这时，他才辨认出，风声雨声中，还夹杂着细细的敲门声。

"这么晚了，会是谁啊……"米杉随手抓过一件外套，在单薄的睡衣外披上，提起刚才点亮的油灯，光着脚慢吞吞地往楼下走去。经过有些破旧的木板台阶，发出"嘎吱嘎吱"的响声。来到门前，米杉透过猫眼向外张望着，看到门廊里站着一个女孩子，背着黑色的登山包，举着一把白色的伞，伞面上印着浅黄色的花纹。女孩子穿着白色的女式衬衫和深蓝色的背带短裙，披着深蓝色的风衣，脖子上系着黑色的领花——它们都已经湿透了，女孩儿被冻得瑟瑟发抖。

看见女孩儿的脸后，米杉的心骤然缩紧了。

这是种很奇妙的感觉。事实上，米杉绞尽脑汁也想不起对方是谁，就像是什么东西阻碍了他的思考，从他自梦中惊醒后，一直糊在大脑皮层，让他的思维变得缓慢。即使是这个生活了十几年的房子——没错，他能感觉到自己住在家里，同时这里也是他经营的小咖啡店，但是若对周围环境仔细观察，就会变得像在用摄像机的圆形镜头进行拍摄一样，只能注意到眼前的、想要注意到的事物，而画面的四周就只是一片黑影。见到女孩儿后，他只觉得有一种刺痛感从脚心一路扩散到头顶，胸腔中的心脏剧烈跳动，好似传来震耳欲聋的鼓声。这种熟悉感让他有种下一秒就能和女孩儿打个招呼、问候近况的错觉。但眼前女孩儿神情惊慌、忐忑不安的模样显然否认了他的错觉，她不断回头张望着什么，就好像身后有某种东西正让女孩儿害怕。因为屋里没有回应，女孩儿又敲了敲门。"有人吗？"她叫道。

"请进吧……"米杉说着，把油灯放在脚边，踮起脚去拉开门顶的插闩。这是一扇高大而沉重的木门，刚一打开，冷风就"呼"地灌进这个空旷的店中。米杉感到温度骤降，大雨滴砸得门前不远处的那片湖泊水浪翻腾，湖边的柳树摇晃得厉害，枝条相互抽打撞击。这景象与梦中的残影交映，一瞬间，米杉似乎以为自己看到了湖面上飘荡的白影，被雨水浇得不成身形。他不由惊得倒退一步。

"你看见了吗？！"女孩儿紧随着米杉的脚步冲进屋里，"咣"地反手关上了门，动作敏捷而果断。她靠在门上，胸膛因惊魂未定而剧烈起伏。她一边说话，一边回头试图从门缝里向外张望。"你看见了吗？那个……那个在湖上飘来飘去的鬼魂，看见了吗？请一定要告诉我你没有看见她，这样就证明那只是个风浪和雨水形成的影子而已，是我看错了……"

半晌没有声音，女孩儿转头看见了米杉莫名其妙的表情。"咳咳……对不起，"她咽了咽唾沫，努力让语气平静下来，"那个，我是从北边那片森林中向这边走……不要问我为什么大雨天在森林里……呃，路过你门前的这片湖水。一开始看见湖中央有个白影，像是一个女人抱着双膝在哭泣……第一时间我肯定认为是什么幻觉之类的……但是后来我又看见她的脸，她也像看见了我，竟然站起身，慢悠悠地向我的方向飘过来，这里是距离最近的房子，所以我跑到这边来……"

"你为什么大雨天在森林里？"

天生反骨吗？还是就喜欢做些和别人对着干的事？女孩儿语塞了，眉头微蹙，无语地望着米杉。米杉反应过来，赶紧说："不是……不是故意的，我没注意。抱歉。"

他刚刚确实看见了什么，在门外的湖泊，但是他暂时没有把那件事放在心上。更准确地说，他的直觉让他认为，现在有更重要的事。他努力让视觉集中在女孩儿的脸上——那张圆圆的鹅蛋脸，睁着大大的、棕色的眼睛，清雅美丽，恍若与梦境中的某个瞬间重合了。很可惜，他依然无法让思绪聚焦，只能依循一种对待熟人的本能。不过，他注意到对方正因寒冷而冻得嘴唇发白，棕色的发尖也有水珠滴落，于是他说："不管怎么说，我先去给你找条毛巾，然后喝点热的东西吧。"

再次向门外窥探，似乎没有发现什么，女孩儿也松了一口气。她将伞和背包放下，然后用手轻轻拍打着头上的水珠。她的身上还沾着湿漉漉的枯叶、枝条、泥土，异常狼狈。打开背包，里面是一些零碎的登山用具——指南针、麻绳、医药包、定位装置、手套、驱蚊液、手电筒等，火焰弹已经受潮不能使用，地图也晕开模糊一片。在夹层内侧，有一个布制的铭牌，她盯着铭牌上的字陷入沉思。

"我从来没想过你会这样出现在我眼前。"米杉将干毛巾递给她时，说道。

女孩儿顿住了，对这句奇怪的话十分不解："不好意思，请问，你认识我吗？"

米杉耸了耸肩，道："事实上，我并不知道你是谁。"

"可你刚才的语气表现出认识我的样子。"

"但是，我并不知道你是谁。"米杉又强调了一遍，"刚才说话的时候，就好像……无意间流露出的本能和习惯，就好像，见到了一个很多年的朋友。但当我理性思考时，也觉得自己莫名其妙，无法解释……对了，你的名字是？"

"似乎是……水流离……"

"似乎是？！"

女孩儿将手中的铭牌递到少年眼前，道："抱歉，我什么都不记得了……我是谁，这到底是哪里，一切对我来说就是空白的。"

并不是女孩儿故意隐藏心里的秘密，而是她确实失去了记忆。她不记得自己为什么出现在这里，甚至不记得自己的名字。她从寒凉入骨的草丛中醒来，睁开眼便是摇动的枝条、靛黑的夜空、漫天浓厚的乌云，雨水透过叶隙浇在脸上，四肢也冻得麻木。她全部的记忆就是从这个时刻开始的。

"……你说的事情比我说的更加奇怪。"米杉看着手中的铭牌，只见上面写着：

通缉编号：325

姓名：水流离

年龄：24

出生编号：30103229941121

身高：161 cm

体重：53 kg

属性：医疗

使用者：莎莎美（曾）、李庶皇

生效期：××××-××××

"……这个，是不是有点太蠢了？"半晌，只听得米杉说出这句话。

说话可真不中听——这是继"太自我"之后，水流离对这个男人产生的第二个印象。她又仔细打量起眼前的人。他大约一米八四，很瘦，模样长得英俊帅气，但两只眼睛的颜色完全不同，左眼是翡翠般的绿色，右眼是琥珀般的黄色。大概因为这双眼睛可以宝石为喻，因此给人冷冰冰的没有温度的感觉。

流离悻悻地将铭牌从米杉手中抽回来，揣进了口袋，因为眼前这个男人看起来明显对铭牌失去了兴趣。米杉开始向壁炉中填些新的木柴，让火烧得更旺了些，温度才渐渐暖和起来。壁炉旁的栏杆上烘着湿透的外套。流离坐在壁炉旁的板凳上烤着火，眼睛盯着米杉的脚——他是光着脚的，但好像本人没有意识到一样。流离有一种奇怪的感觉，米杉似乎不太注意细节，甚至连可疑的她的身份或经历都没费神思考——是的，她自己也认为自己可疑——他的行动就像一本故事大纲，太平静地接受这些事了。他对待她的方式确实也很自然，但他说，他本人也不知道为什么。如果这样的话，正常人不应该去追根究底，看看到底哪里出了差错吗？为什么感到了陌生又毫不怀疑、接受得如此坦然呢？

她的目光无意识地跟着那双光着的脚，看着它们"吧嗒吧嗒"地在木质地板上走来走去，走向她的方向（她从米杉手中接过厚厚的羊毛毯），现在向吧台的方向走（大概是去准备一杯热饮）。看着看着，流离的思绪又飘回到了自己的身上，她回想起自己漫无方向地走，不知走了多久，来到了这湖边。她是怎么昏倒在那个林中的？睡了多久？难道是被人追杀吗？是因为坠落悬崖而昏迷吗？

不是这样的，她心里有个莫名其妙的声音。她没有坠落悬崖的失重感，她的感觉更加沉重。她陷落在森林的泥土之中，同时在不断减弱的光线中下沉；她眼前是叶隙后的乌云，同时也是摇晃碎裂的暗红色天空；她耳边是风声和雨声，同时也是海水声和失去信号的天线电视产生的白噪音，以及随后而来的死一般无边无际的寂静。

"给你。"米杉将热可可递到了她的手里，打断了她的思绪，随后蜷缩在她对面的单人沙发上，抱起双脚，塞进扶手和坐垫之间的缝隙里捂着。

她发现这杯热可可意外地好喝。

"啊！真好喝！"流离长时间冰冷的胃也暖和了起来。

"喜欢就好。我只用了牛奶和巧克力酱。"米杉说着，目光便注视着摇曳的炉火，"或许我应该介绍一下自己？我叫米杉，这是我开的咖啡店——蔷薇小筑。"他指了指墙边摆满的五颜六色的花，红的、粉的、黄的、蓝的、紫的、黑的和白的，皆为蔷薇。由于光线较暗，流离将喝了一半的玻璃杯放在脚边，裹着羊毛毯，走近跟前观看。不同颜色的蔷薇花语不同，这里的蔷薇，黄色和紫色较多，分别代表了永恒的微笑和禁锢的爱情。除了墙边，流离回想起在进屋前的门廊外，也缠绕着蔷薇枝，随着狂风骤雨摇晃。

"假如你的品德十分高尚，莫为出身低微而悲伤，蔷薇常在荆棘中生长。"流离喃喃道。

"你说什么？"

谁知道米杉竟然反应十分激烈，和刚刚淡漠、平静的样子形成了鲜明的对比。他跑过来捉住了她的肩膀，表情有点紧张。他的双手力气很大，眼睛也奇妙地瞪大了，这让琉璃吓了一跳。

"就……就是突然想起的一句话……"流离忐忑地说，"怎么了，有什么问题吗？"

"我知道……不，我知道……没什么，这不重要。"米杉松开手，两只手时而揉着自己的眼睛，时而捂着头颅，看样子既苦恼又困倦，"我觉得我要想起些什么，但是，脑子里一团糨糊一样，心脏的跳动也更加清晰……这很不正常……很难面对……但我很奇怪地并不想结束它……或许我们应该再说些别的什么？比如，明天要做些什么？或者……"他随手一指墙上挂的油画，"你觉得怎么样？这匹咬着话筒的马，马蹄中的一个也变成了车轮，不觉得很有趣吗……"

不，这不仅来源于米杉，流离终于渐渐意识到，是这整个世界，脆弱而模糊，像一台工作了二十年的机器。米杉指着的那幅画——他自己没去看它——在流离看来，缺失了很多细节，黑色的幕布中，只有一匹千疮百孔的马，奔跑着，想要冲出画框，然而，并不像米杉所描述的那样清晰。

流离的注意力被画作旁边的窗户吸引了，窗外那个长着女人脸的白色影子又飘了过来，艰难地移动着，越来越近。因为壁炉烧着火，她同时从窗玻璃上看到了米杉的倒影。他像是一个站在窗边、用双手捂着脸颊、痛苦地哭泣着的人。流离知道他在与自己说话，他的脑袋是向着她所在位置的方向的，但倒影中，他孤零零的。北方黑黝黝的山脉延绵，窗外的那潭湖水，一片墨黑。雨水是弹奏键盘的手指，以风为和奏，柳树摇着沙锤，咿咿呀呀，咚咚乱响，仿佛他在掩面邀请一个不存在的人，共舞这一首阴间华尔兹。米杉的面前什么人都没有！

扼喉般的恐惧开始蔓延缠绕，但在流离的心里，更多的是涌起一种无由的难过。这是一种很奇妙的绝望的感觉，她就像"出生"在这里，一个新的生命形式，像蜉蝣一样，带着短短的几个小时的记忆，常识和语言都毫无意义。地面开始轻轻地震动起来，而米杉似乎愈加头痛了。

"你还好吗？"流离强迫自己冷静下来，扶住米杉，让他靠在身后不远的一座笨重而古老的座钟上。这钟比人的体形更为高大，钟锤有力地摆动着，钟盘像熔化了一般扭曲——这或许是受到了刚刚看的那幅画的影响。流离正想着，突然觉得脚腕很凉。

低头看去，她的鞋子整整齐齐地摆放在地板上，里面空空荡荡。

"我的脚！"流离瞬间觉得自己全身僵硬，小腿以下仿佛失去知觉，她感受着，狠狠地跺了跺脚，感到了脚底板的疼痛，听到了"梆梆"的撞击声，才稍稍心安地再次低下头查看，并用手摸着自己的小腿。

它们还在。

好奇怪，是错觉吗？地面震动得越来越厉害，而米杉也变得越来越虚弱，摊在地上。流离只好蹲下去，再次问："你还好吗？"

她的语气很轻柔。米杉摇了摇头，剧烈地喘息着，问："你说你的脚，刚刚怎么了？"

"没什么……"

"我有一种……感觉……"米杉充满悲伤地说，"这种感觉就像，正在醒来一样。"

流离抬起头看见了黑漆漆的吧台。刚才米杉在吧台制作热可可时，她是能看见上面的咖啡机、甜品柜、价目表、油灯、奶锅和巧克力的，可现在它们全部被笼罩在浓重的阴影里。虽然不愿意相信，但这一切似乎都与米杉这个人本身的意识和精神有关。流离猜测着，勉强摸索过去，将价目表取来，上面空空如也，问道："一杯焦糖玛奇朵多少钱？"

米杉低着头，回忆着什么。他没有回答，但是流离再次去看价目表时，各种各样美味的甜点和饮品开始浮现出来，那些应该让人垂涎欲滴的名字，只让流离觉得胃里一阵绞痛。

是因为米杉在想，所以它们才会出现。

"我现在依然在梦里，对吗？"米杉说。

"你是这么想的。但对我来说，它不是。"

"有趣的是，随着我渐渐苏醒，我记起了你……"米杉抓着流离的手臂，十分艰难地说，"别让我睡过去，不，别让我醒过来，我还有很多话没有说出口……"

他已经快要昏厥了，却努力想让自己清醒，强睁着眼睛望着她。他的手依然紧紧攥着她的手腕，眼下是浓浓的青黑色，疲惫极了。她能听见他很细微、很虚弱的声音。

"再多一点点时间吧。一个小时、一分钟也好。"他强撑着，"听我说，我很后悔。听我说……"

流离看着米杉痛苦的样子，不知为何，恐惧的心变得平静了。于是她伸出手，轻轻盖在米杉的眼睛上，目光柔和，轻声说："没关系，别撑着了，睡吧。不，或者应该说，醒来吧。"

但是米杉想要挥开她的手。

"我不知道一切是怎么回事，也不知道到底发生了什么，我比你更加失措。但是，我相信我不会走，我一定会弄明白的。"流离的声音温和而坚定，带着信心和力量，拥有这寒冷的雨夜中燃烧的火和滚烫的可可都比不上的温暖，"是啊，世界如此庞大，是时候发生一些荒谬的奇迹了。"

米杉不再挣扎，在彻底失去意识之前，他轻轻地呢喃道："这真是一个……愚蠢得不得了的梦境啊。"

笨重、古老的座钟敲响了三次钟声。


流离刚刚将睡着的米杉拖到沙发上，脚踝就再次被匍匐在地上的白色女鬼狠狠抓住了，这次不似之前那种若有若无的触碰，而是力气很大地抓住，让流离一个不稳就摔在了地上，被骨瘦如柴的手臂向门外拖去。但是此时，门外已经不是一个完整的世界，风雨声不知什么时候，已经听不到了，黑暗扩散到每个角落，反而偶尔某个地方，没被污染的一点儿光亮成了这纯黑幕布中的污渍。

褶皱的手似乎让接触的皮肤也开始枯萎，流离挣脱不开，灵机一动，闭上了眼睛，凭意识用力地想象着，想着刚才她发现自己空荡荡的鞋子，那时的惊讶、恐慌、不可思议。这种意念居然起了作用，或许是因为它曾经真的发生过，她的脚，竟然如愿消失了！于是，流离趁机从女鬼的手中逃脱。

这栋小屋也开始在剧烈的晃动中崩塌。流离躲过刚刚蹭着她的脸颊掉落的碎片，后退到了壁炉边，看着旁边沙发里熟睡的米杉——他一动不动，或者说，可能连呼吸都没有。他蜷缩在那里，面庞惨白、精致，纵使震天动地也无法惊扰他，那静默孤僻又不容侵犯的模样，就好像他虽然双眼紧闭，但依然在坍塌的飞石碎瓦的环绕中睥睨众生。

流离将目光收回，她知道她不需要再去考虑他了。壁炉里的熊熊烈火已经变成了青绿色，如同妖怪燃烧的血液，可纵然如此，这也是这片越来越浓重的黑暗里唯一的光明。那白色女鬼似乎分裂成了无数个，无数的手从黑暗中伸出，想要将流离拖入地狱——是的，那边一定是地狱。流离也想过放弃抵抗，也猜测过踏入黑暗会发生什么，但这种念头只要一出现，瞬间就有机器的碎裂声冲进脑海，还有哭泣与惨叫，甚至夹杂着笑声——邪恶的、轻蔑的、令人作呕的笑声。然后，她又能闻到那种腥咸的海水的气味了。

　　所以，流离决定相信自己的直觉。这些黑暗，绝对不能碰到。她转过头，看着壁炉，这是她唯一的路。伸出手，火焰舔舐着她的皮肤，但并不灼热。壁炉里也并不是烟囱和墙壁，因为里面看不到尽头。它像是一个洞口，这个洞很长，火焰也烧得很长很长。

　　于是，她下定决心，一脚迈进壁炉之中。

　　黑暗将身后的路吞没，但面前仍旧是一段长久的、波折的、未知的流浪。

# 第一章
## 婆娑小镇

# 01. 穿梭时光的火焰长廊

清晨的小镇，是伴着一阵吵闹声苏醒的。

"天呐！有人落水啦！"

"来人呐！有没有人呐！"

"她沉下去了！"

"快来人呐！救命啊！"

这是一个女孩儿惊慌失措的呼救声。

"哎！什么情况！你们在那里等我！我马上就下去！"这时，出现了另一个人的声音，这是一个男人的声音。

"快点快点！"

然后是扑通的声音。

"小心一点儿！"

"没事吧？她还活着吗……"

这些纷杂的叫喊声传到流离的耳朵里，她不舒服地动了动，眼睛依然紧闭，脑海中全是纷飞的火焰与闪光的煤灰，忽远忽近，飞速旋转着。她的身上很疼，全身的关节就像生锈了一样，有一股煤烟的味道，很呛。

"看起来好些了？我去叫达那拉医生！"过了一会儿，这是那个喊人救落水者的女子的声音，流离听见她这样说道，"骉四先生，先把她抬到蔷薇小筑去吧，希望米店长可以帮帮忙！"

流离忍着全身的剧痛，勉强将眼睛睁开。周围的景色十分熟悉，沙发、书架、桌椅、吧台、座钟，这些小小的、温馨的摆设，和昨夜一模一样。唯一不同的是，它们更清晰了，牢固地存在着。亮光从窗口照了进来，洒满了屋子，她甚至可以看到灰尘在一束束光线中展现的丁达尔效应，成群结队地飘过。

"有光，真好啊。"她喃喃自语道。

门外有匆忙的脚步声接近，听起来很沉稳，应该是跳水救人的那一位。他抱着落水者，"咣咣"地用脚尖敲响这里的门。"米店长！米店长！你在吗？有人在你门前落水了！"

这是一位男性，声音很独特，低沉深浑，并不响亮，但有一种贯穿心底的魅力，清澈而伴随着共鸣感，让人沉迷。此刻，能听出他急切的心情。

店内并没有人应答。虽然火焰通道并未让流离的皮肤被灼烧，但她的喉咙却意外地似烟熏火燎般疼痛，就像从火灾现场刚刚逃生一样。于是，她撑起身体，努力想爬起来。

"啊，门没锁牢啊。"依然是那位男子的声音。

只听"咔嗒"一声，门被打开，外面的光更充沛地涌入这个地方。这光刺着流离的眼睛，投下了来访者的影子。这个男人身形略为健壮，身高约一米七五，将近三十岁的样子，长相干净、俊逸，头发蓬松自然、有些凌乱，鼻梁高挺，下颌残留着些没剃干净的胡楂儿；眼睛很清秀，眼神柔和，同时又十分坚定，看起来，不是一个会轻易动摇的男人。他此刻穿着简陋的、白色与深橘色相间的粗布麻衣，围着柔软的棕色的野兽皮，腰上系着麻绳。这些服饰已经湿透了，看来，当时的状况十分紧急，他来不及脱下这些衣服，就义无反顾地跳进水中救人去了。

这个男人背着落水的女子，急匆匆地闯了进来，二话不说就直奔壁炉前的沙发。昨夜，在流离的印象里，她坐着的圆凳和米杉蜷缩的单人沙发在靠近壁炉的位置，而不远处，依次是一个椭圆形的矮茶几，以及一排米黄色、布制的三人沙发。男人将落水女子平放在长沙发上，看样子对这里的环境是比较熟悉的。

"米店长，你在吗？"男子转头向着楼梯上方张望，似乎是想找店里的人帮忙，他的目光正好扫到正狼狈不堪地从壁炉的草木灰中艰难地往外爬的流离，吓了一跳，差点儿跌坐在落水女子的肚子上。

"哎？谁？"

流离灰头土脸地喘着气，她的长发和衣服上都沾满了灰，脸上也是，任谁都会以为是遇到了妖怪或可疑分子，也难怪男子会被吓到。

好在男子并没有冒出那些奇怪的想法，而是反应很迅速地过去将流离扶了起来。

"很抱歉，我一开始没有注意到你。"男子礼貌地说，"你还好吧？这是怎么回事？你怎么会从壁炉里面爬出来？"

"我其实也不太清楚……"流离咳着，指了指沙发上躺着的女人，"还是先看看她吧……"

男子点了点头，明白情况紧急，不容分神浪费时间，便立刻转头，再次去查看落水女人的状态。与烧焦似的流离截然相反，这女人全身都湿透了，冰水与寒冷的清晨凉风让她全身惨白僵硬，身上粘着湖岸的污泥。没有多余的时间思考，男子迅速地用拇指和食指捏住了女人的鼻子，另一手抬起后颈使头后仰，然后将呼气全部灌送入女人口中。

流离看着女人的胸廓被输送的空气胀起，但依然毫无意识。男子又连续试了好几次，但是依然没有效果。

"怎么办？"男子焦急地说，"我听不到她呼吸的声音啊！"

流离神情严肃，也走过去帮忙，用力按着女人的人中，但是依然收效甚微。"刚才我把她救起来后，在湖边也做过人工呼吸，当时她看起来还是活着的，表情痛苦，也有水从她的嘴里冒出来。"男子解释说，"我以为应该没事了，怎么现在就没反应了呢？"

"好像……听不到心跳声，"流离用耳朵贴近落水女子的胸膛，"也没有呼吸……是不是……已经死了？"

男子试着去摸落水女子的脉搏，但当他发现，除了冰冷什么都感觉不到时，他的双手无力地垂了下来，看样子十分沮丧和遗憾。

"你认识她吗？知道她是谁吗？"流离问。

男子摇了摇头。"不知道她有没有随身带着什么东西。"男子说着，去翻落水女子裙子上的口袋。口袋里，他找到一张被水打湿的纸，像一张标签，可是已经模糊了，什么都认不出来。纸非常湿，以至于拿出来时，不小心裂开一道很长的口子。女子的手也被碰到，垂了下来，一个细微的声音引起了流离的注意。

"什么声音？"流离蹲下来，俯身仔细地观察，"好像是什么东西掉到了地上？"

"嗯？好像是有……"男子也弯下腰，他回想起女子垂在沙发边的松开的手原先是握着拳的，"是不是原先攥着什么东西？好好找一下，说不定是很重要的东西呢。"

一根很细的、不易被察觉的针进入流离的视野。"这是什么？针头？"她伸手捡起那根针，仔细研究着，"针尖有孔，不是缝衣服用的，而是医院注射用的那种针头。这根针弯曲得好厉害……"

"啊！"突然，正在专心听流离讲话并俯身去查看针头的男子，发出一声惊叫。他左手的手腕竟然被冰冷的手猛地狠狠钳住了！男子和流离同时发现，落水女子不知何时已经睁开了眼睛，而那双眼睛里并没有醒来时应有的迷茫，亦没有一丝生气，而是瞪得大大的，瞳孔极小，目光笔直，眼色骇人。她抓住了离她最近的男人的手臂，力气大得惊人。男子无论如何努力，都无法抽出手来。

"这是怎么一回事？"流离慌忙用手在女子眼前晃了晃，但是对方完全没有任何回应，"难道是醒来时的无意识状态吗？"

"我完全不同意……"男子艰难地说，"她的力气……真的很大！我……我完全挣脱不开！这怎么看都不正常吧！"

男子试图后退，落水女子因为抓着他，被他拖到了地上，茶几也被撞开了，但她依然没有松手。她的力气大到手指已经深深陷入男子手腕的肉里，男子疼得满头是汗。

"冷静一点儿！"流离从后面紧紧抱住落水的女子，想将她拉开。他们三个人僵持在那里。落水女子的指甲甚至扎进了男子的皮肤，但是由于手臂已经痛得发麻，男子并没有明显地感觉到这一点。他一咬牙，使用蛮力将手从女子手中抽出，顿时皮开肉绽，鲜血四溅。

"啊！"这声惨叫比刚才更为剧烈，男子用右手捂着鲜血淋漓的左手，鲜血不断地涌出。但此时却无法为它费心，因为女子依然狂暴，背后抱住她的流离被她反手捉住双臂举了起来，瞬间扔到了半空。流离腾空而起，撞到了吧台上，吧台上的瓶瓶罐罐和玻璃器皿碎了一地。

"你还好吗？"男子捂着受伤的手臂，后退到流离那里。流离捂着头坐了起来，依然眼冒金星、头晕眼花。她的额头被撞出一片瘀青，踉踉跄跄地站了起来，和男人一起面对着发狂的落水女子。这位女子全身惨白僵硬，眼睛已经变成了浑浊的灰色，张着嘴发出"呜呀呜呀"的呻吟。"到底是怎么回事？僵尸吗？"流离惊呼。

"这又不是电脑游戏！"男子挡着流离，和她一起后退到了墙边。这里摆放着桌椅，阻碍了女子的步伐——她不断撞到它们，看起来并不是很灵活。他们的身后出现一扇门。"是盥洗室。"男子说，"等她过来后，我说一二三，我们一起闪开，把她关在里面。"

"同意！"

眼看落水女子越来越近，男子说："一——二——三！"在落水女子扑过来的瞬间，他和流离同时闪开了，女子扑进了开着的门里。他们连忙把门关上，因为门锁在里面，他们只能用身体死死抵住；而门里面，女子正发狂地撞着门。

"她的力气太大了。"眼看着门一点点被从里面推开，流离说，"我们必须寻求帮助。你带耳讯了吗？我们可以报警，或者叫人来。"

"耳讯？"

"或者应该叫什么？手机？"

"手机？"谁知，男子依然迷茫，他气喘吁吁地说，"你是说便携电话吗？我并没有那么便利的东西……"

流离感到有点困惑。她刚刚所说的词语，对于失忆的她来说，脱口而出，仿佛是很平常的事物，而且她也模糊地知道它们的用处，这或许与她潜意识的习惯有关，就如同她记得自己的语言、文字、生活技能一样。但被人否认之后，她也不是那么自信了。

不知是不是错觉，他们觉得对方的力气小了一些。就在一筹莫展的时候，楼上突然传来了"噔噔噔"的脚步声，踩在破旧的木板楼梯上——咖啡店的主人正站在楼梯中央，揉着惺忪的睡眼，懒洋洋地说："什么啊，大早上的就这么吵？不知道蔷薇小筑十一点才开店营业吗？"

流离是记得昨夜米杉的模样的。那时，他没有过多的表情，看起来冷漠而孤独，但是对待她，语气十分虔诚，是温柔且包容的。然而此刻，她棕色瞳孔中米杉的脸的倒影，是震惊而扭曲的，甚至是千变万化的。

他呆立在那里，望着她，眼中如水雾氤氲，指尖微微颤动着。清晨的凉风徐徐从开着的店门外吹进来，带来潮湿的青草的香气。一瞬间，变得很安静，只听得见鸟儿落在花枝上鸣唱。

"米杉，是你吗？"流离的声音让米杉回过神来。

"不可能……这不可能！"米杉翻过扶手从楼梯中间跳了下来，三步并作两步冲到流离面前，嘴唇颤抖着，抓着流离的手臂说，"怎么会是你？你怎么会在这里？你怎么可能出现在这里？！"

"这有什么可惊讶的？"流离挣脱了一下，没有成功，于是她说，"我不是昨天晚上刚刚来过这儿的吗？外面下着雨，我看到湖面飘着诡异的影子，记得吗？所以我来到这儿，你给我开了门，还做了热可可，不是吗？"

米杉皱起了眉头，显得很困惑，他的嘴角抽动了两下，在那一瞬间，流离怀疑自己看错了——那异色的双瞳，用愤怒、怨恨、悲伤的感情看着她，但它们转瞬即逝。米杉移开了视线，表情也变得冷漠而平静了。他轻轻地说："没有这回事。"

"可是我……"

"昨天我吃了药，早早就睡了……三点多的时候醒了，去了一趟盥洗室，然后就一直睡到现在。热可可啊，女鬼啊，完全没有印象。"

"说起盥洗室，我觉得我们应该正视一下现在盥洗室里的问题……"这时在场的第三个人，那个救人的男子，试图把他们的注意力拉回来，但是无济于事。

"你到底，"米杉缓缓地说，"是谁派来的呢？"

"我不知道自己来自哪里。"流离努力保持着微笑，"我失忆了，昨晚已经和你说过了。"

"我不记得了。"

"我可没说女鬼。"

米杉沉默了。

"我刚才说，"流离又补充说，"在湖面看到'诡异的影子'，可没说是女鬼，不是吗？"

"这很容易联想。"

"不，"流离走上前一步，勇敢地直视着米杉的眼睛，依然微笑着，"你知道我说的是真的。我认为，你并没有说实话。"

"我曾经……"米杉垂下双眸，流离看着他，看不出他眼中的情绪，"梦见过你说的事情。"

"曾经？什么时候？"流离好奇地问。

"昨天晚上。"

"你！"流离的微笑挂不住了，简直气不打一处来，"专注一些吧！我们正在面临现实中的危险，而不是慢悠悠地讨论这些的时候！"

米杉顺着流离指着的方向看见了那个救人的男子。他此刻正靠在盥洗室的门上，一脸无奈地看着他们两个人。"是你啊，"米杉说，"什么现实的危险？"

"哦，"男子尝试着远离了盥洗室的门一段距离，不知何时，里面已经鸦雀无声了，"我觉得她好像安分一些了，要看看吗？"

他们打开门，一个穿着白色裙子的身影直直地从里面跌出，倒在地上一动不动了。

"这是？"米杉扬起眉毛，几乎毫无讶异，冷静地蹲下身去查看，与刚见面时的样子截然不同。看到女子的脸后，他迟疑了一下。

"你认识她吗？"流离敏锐地问。

"她经常来我的店里，总是点一块泡芙水果蛋糕卷和一杯海盐拿铁，坐在窗边看书……不过，最近已经很多天没来了。"米杉说着，用修长的手指戳了戳女子的脸部，并翻了翻女子的眼皮，"报警吧。皮肤都开始腐烂了，死了有一段时间了。"

"什么？！"救人的男子大惊，他此刻正努力将受伤的左手举到头顶上，以此来减缓血液的流动，"可是我是刚刚才将她救上来的，她在湖里的时候甚至还在挣扎！到现在，可能只过了半个小时！"

"而且刚才，她还袭击了我们，不是吗？"流离指出，"那个力量简直不像人类。看！"她指了指男子的手，并掀起自己的刘海，让米杉看到额头上被撞出的瘀青。

米杉回避了她的目光。"早就注意到了。"他轻轻地说，站了起来，往吧台的方向走，"怪不得刚才楼下那么吵闹。但是她不像是溺死的，无论是口鼻处，还是眼结合膜，都没有溺死者的外表特征。"

"当时，天歌姑娘也在。就是她发现她在水中挣扎的。"男子指着地上的尸体说，"她现在去叫达那拉医生了，他住得不远……等达那拉医生和警察来了之后，我们或许就知道她的死因是什么了。"

"相比死因，不如先看看你自己。"米杉说着，拿起吧台上的电话，"恕我直言，你的血喷得到处都是，它要比这些撞坏的桌椅板凳更难清理。再过三个多小时，就该到蔷薇小筑营业的时间了。"

"啊……抱歉……"男子脸色惨白地说。失血过多的他已经开始头晕，于是流离扶着他坐到了凳子上——他坚持不去躺在沙发上，毕竟那是女尸刚刚躺过的地方。

"你这样太刻薄了。"流离不满地瞪了米杉一眼，拆下了原先绑头发的丝带，尽量紧地勒在男子的手臂上，以阻碍血液的流动，"这可不是一件简单的溺水事件！这里是重要的现场，警方会把这里封锁起来的，你也别想着营业啦！"

米杉"啧"了一声，拨通警署的电话后，传来的却是一个慢吞吞的声音，像是刚睡醒一样："寻找宠物请按一，调解纠纷请按二……"但米杉对此毫不介意，也没有提到有关尸体袭击人类的事情，当然，说了也不会有人相信，又为何花时间做这些毫无意义的事呢？

"你问现场都有谁在吗？"米杉回答着电话那边提出的问题，"我，打猎回家路过这里的魉四，还有……"米杉望着流离。她正露出尖尖的虎牙，咬着嘴唇，思考着什么，目光既茫然又清澈。沉默了片刻，米杉很艰难地说："还有一个女孩儿，她叫水流离，是我以前的朋友。"

在米杉打电话的时候，流离才得到空闲，仔细地注视着米杉的模样——和昨夜相比，虽然长相一模一样，眼前的人却成熟不少，面庞的棱角更分明了。他依然有着独一无二的双眼——翡翠般绿色的左眼和琥珀般黄色的右眼——昨夜见到时，它们所透露出的彷徨和紧张不安，如今烟消云散，变得更加清冷、傲慢、深邃了。

跟她在一起的男子轻轻地呻吟了一声，趴在桌子上。"你怎么样了？"流离关心地问，"如果医生一直不来怎么办？可以拨打急救电话吗？"男子的伤口一直有血流出来，不过速度已经很缓慢了。

"没事，"男子摇了摇头，"镇子里除了住在附近的私人医生煐·达那拉之外，就只有另一端有一个小医院，很远，来回要更久。或许我包扎一下，从这边坐车自己过去会好些。"

流离点了点头，问道："这里有医药箱吗？"

"不知道。"男子说，"我刚才听到米店长在电话里说你是叫水流离吗？"

流离犹豫了。在她的意识里，从在森林中醒来到现在甚至还不到十二个小时。她出现在一个梦境一样的地方，而且是一个噩梦，看见布制的铭牌上写着自己的名字，然后来到这里，又遇到了僵尸。这一切，完全无法解释清楚。最后，她只能点点头，说："是的，应该是的。"

男子困惑地看着她，然后温和地说："不管怎么说，我叫骊四，很高兴认识你。"

这时，门外由远及近，传来两个人的脚步声。门被推开了，只见一位姑娘领着一个背着医药箱、穿着白大褂的男人走了进来。这位姑娘微胖，长得很可爱，应该就是之前话语中提及的天歌，是她发现了在水中挣扎的女子，并且发出呼救。"骊四先生！我把达那拉医生领来了！"天歌急匆匆地说，"对不起！医生刚刚不在家，我等了好一会儿，他才回来……咦？这里发生了什么？情况还好吗？"

在场的人都沉默了，或许不知要从何说起。

"骊四先生！你的手怎么了？"天歌看到那可怖的伤口，连忙走过来，十分关切地问道。

"我没事，"说着，骊四指了指倒在地上的女子说，"就是她。"

达那拉医生是一个瘦削的男人，身高一米七七，穿着白大褂，前襟挂着一块古铜的怀表，肤色有些黯淡，嘴唇很薄。他带着窄的黑框眼镜，在看着别人的时候，给人一种思考着、凝视的感觉。对眼前呈现的不合常理的景象，他面无表情，脊背直挺，走到那名女子身边，蹲下去简单看了看，得出了和米杉一样的结论："已经死了很久了。怎么回事？恶作剧吗？"

他的声音清冽柔和，但语气毫无起伏。

"那个……虽然很难解释……"鱿四试图解释，但是流离打断了他的话。

"就是她攻击了我们。"她斩钉截铁地说，"医生，您先来看一下鱿四先生的伤势吧。他被伤到了手腕，情况很危险。"

"什么？被她攻击？这是什么意思？"天歌吃惊极了。

不过达那拉医生并没有进一步询问，只是站起来，平静地跨过尸体，拿着医药箱来到桌子旁，开始检查鱿四的伤势，动作娴熟，内心没有波澜，就像完全机械地工作着一样。

"像是野兽造成的伤口。"少顷，达那拉医生得出结论。

这也不完全是错的，流离想。然后，米杉又在盯着她了。那目光成分复杂，像在审视她一样，当她看回去的时候，米杉又不自然地把视线移开。这种感觉实在让人很不自在，于是，流离走进吧台里面，和米杉并排站着，一起看着达那拉医生为鱿四包扎伤口。天歌忐忑不安地坐在不远处的椅子上，不知所措。

他们等待着警方到来，气氛又沉寂了下来。

"为什么，"流离小声地开口了，"我在你的梦境中醒来，又来到现实世界呢？"

米杉抱着双臂，靠在身后的酒架上，不知在思索些什么，没有回答。

"……你看起来苍老了些，比我昨夜见到你的时候。"流离扭头看着米杉说。

"你见到的，大概是我二十年前的样子吧。"沉默了一会儿，米杉终于开口说话了，"昨晚，我梦见的我自己，还是很年轻的时候。"

"你认识我吗？知道我的身份吗？"想到或许能知道自己的身世，流离显得有些激动。

但是米杉摇了摇头。

"但是昨晚见到你的时候，你就好像认识我的样子，还说，有很多话想说。"

"那已经是二十年以前的事情了，"米杉的语气很平淡，"我认识的人，和你长得一模一样。你们有着同样的声音，"米杉从流离的口袋中抽出露出一角的布制铭牌，它已经被火焰烘干了，可是黄色的缎面以及用针线缝制的字和昨夜一模一样。米杉指着上面的字，说道："同样的名字，可是她……"

"什么？"

"已经死了，二十年前就死了。"

流离惊骇地看着他。

"你保持着她死去那年的样子，这么多年毫无变化。"米杉抬起手，轻轻撩起流离的刘海儿，俯身看着她额头上的瘀青，"这个撞伤是真的，你的呼吸、脉搏、生命系统，一切都是活生生的。可你……"

流离的眼睛瞪得大大的，双手开始颤抖。她可以清晰地听见自己的心跳声，它越来越剧烈，在害怕些什么吗？她不明白。

"你是一个真正的人类吗？"

"不要再说了！"流离突然变得很生气，她自己也不清楚怒火从何而来。刚刚米杉的话，刺中了她潜意识中的某件事物，那个事物正在逐渐苏醒，哭泣着，蜷缩在角落里。

米杉放下手，又转身靠在了架子上，望着门外的蓝天，一言不发。

这时，门外传来骚动，有车辆的声音，随后便是一些人的脚步声。看样子，警方到了。

然而，还没等警探模样的人进来，一个男人就率先冲进屋内，速度之快令人咂舌。他没有冲向尸体，而是冲向了刚刚包扎好手腕的骊四。"骊四君！"他抓起骊四的手叫道，"我听说你受伤了！到底是怎么回事？"

"我没事的，已经处理好了，看。"骊四看起来有些尴尬。

"真的没事了吗？医生，你有好好地治疗吗？会不会感染……"

达那拉医生将剪刀和纱布收进了医药箱，用手推了推眼镜。

"我没事的！"骊四提高了音量，同时他将冲进来的男人摁到凳子上，"你太夸张了！"

"没错，你反应过度了，沐和。"门口响起了另一个声音，是一个女人的声音。她抬起一只脚、慢吞吞地踏进了咖啡店，环视了一圈，目光扫过碎了一地的玻璃、喷溅的血迹、撞翻的桌椅，最后停到倒在地上的尸体上，问道："发生了什么？"

刚才一进来就对骊四嘘寒问暖的男子，回复她说："这怎么能是反应过度呢？探长大人。从你的对讲机里模模糊糊听到尸体，又听说骊四君受伤了，很容易联想到非常危急的情况啊！说不定骊四君正在和凶徒发生激烈的对峙，殊死搏斗，骊四君倒在地上苦苦挣扎……"

"你可闭嘴吧！"骊四窘迫极了，用没受伤的手捂住了男子的嘴巴。

原来这位女性就是小镇警署里的探长啊。流离想。她虽然看起来年轻，长得美极了，个子很高，大约一米八，但整个人散发出忧郁而颓废的气场，没有穿制服，只穿着紧身的牛仔裤和运动鞋，以及一件宽松的套头黑色卫衣。卫衣尺寸较大，遮住了曼妙的身材，隐约能看到腰间别着的皮制枪套边缘，在衣服下摆处若隐若现。银灰色长发厚而浓密，凌乱地垂在肩背，双肩耷拉着，眼皮浮肿，就像刚睡醒一样。刚刚见到店里凌乱的景象，以及地上倒着的尸体，她似乎也有些吃惊，但很快她就被一种无精打采的气息淹没了。尤其是当流离和骊四试图向她解释到底发生了什么时，她显得更加困倦了。

"我今天一大早就起来开始执勤，"她抹了抹打哈欠时挤出的眼泪，不小心把睫毛膏蹭在了手上，"可不是为了来听鬼故事的。难道是喝多了，脑海中出现了幻觉吗？"

确实，这件事情匪夷所思，任谁听了都很难相信。但若要解释女尸究竟如何出现在这里，他们也不可能编造出一个故事来。"认真一点儿好吗？探长大人。"骊四不满地说，"我们确实是今天早上刚将她从门前的湖中救起来的。"

"你把她救起来，但为时已晚。一个可怜的、自寻短见的女孩儿，被溺死了，难道不是这样吗？"

"不……"在旁边听他们说话的达那拉医生开口了，再次推了推他的黑框眼镜，"这个人已经死去很多天了。"

"会不会是几天前自寻短见，一直没被发现，今天不知怎么浮到水面上，被你们发现了，以为她刚刚溺水，并捞起了她？"

"她不太像溺亡的。"达那拉医生说。

"死后被抛到湖里吗？"这位探长摸了摸下巴，苦恼地说，"好麻烦啊，看来，不能简单以自杀结案了，是吗？好吧，我会调查一下她的死因的。还有她的身份，我们需要联系她的家人……"

她挥了挥手，和她一起来的两个看起来像实习生一样的小警员便走进门来，拿出相机开始拍照，检查碎玻璃、血迹等物证，并在地上做标记。之所以说他们看起来像实习生，是因为他们显然并不习惯看见尸体，战战兢兢的。

"我还是想澄清一下，"骊四坚持说，"今早看见她的时候，她就像刚掉进湖中的样子，甚至还在挣扎。当时天歌姑娘也在现场，不是吗？"

天歌紧张地点了点头。

"会不会是你看错了？"探长拖着疲惫的腔调问，显然不愿意相信，也不想把事情搞复杂。

"这个……我应该是看到了……"天歌的语气也变得不是那么自信了，"当时阳光照在湖面上，很亮，她好像是在动……"

"还有我手上的伤，看！"骊四举起胳膊，趁热打铁地说。

探长看了看达那拉医生，于是医生单调地重复了一遍自己的结论："像是野兽造成的伤口。"

可是探长依然不死心，一手搭在骊四的肩膀上，有气无力地显示出关心的样子："骊四呀，你是个猎人，今早上山的时候被野兽袭击了吗？"

"不……不是这样的……"骊四无力地说，"你要是检查一下，说不定能发现死者的皮肤组织什么的呢……"

"这个嘛，毕竟你接触了尸体，这不是很正常吗？"

"那这个凌乱的现场呢？"流离忍不住插话说。

"很显然，昨天这里开了个派对，大家喝多了，把这里搞得乱七八糟。"

"我的店里吗？我还真是不记得了呢。"一直在旁边听着的米杉冷笑了两声。

"你这显然就是一种自圆其说的推辞吧！"骊四终于忍不住吐槽，"拿出以前的干劲来吧！爁氪！这可是灵异事件啊！"

爁氪探长无动于衷地看着骊四，但流离感觉到她的气场似乎有些变化。她在生气吗？流离想。气氛变得有点紧张。

"说起猎人……"坐在骊四身边的男子赶紧说，"骊四君，我看见你的猎枪和猎物放在湖边了，我去帮你拿进来吧。"

"等一下，"爁氪探长开口道，听不出任何情绪上的变化，"那里也需要拍照存证，还有泥土上的脚印，然后再拉个警戒线什么的。"

于是，那个男子和两个小助手一起走了出去。

"什么？警戒线？我的店里也需要吗？"米杉立刻站直身体问道。

"虽然我也嫌麻烦，但该有的步骤还是要有的。况且，你们都说了，这又不是自杀。"探长耸了耸肩，"抱歉，米店长，这几天，禁止营业。"

“对了，达那拉医生，”鱴四突然想起了什么，“请您也帮这位流离姑娘看一下吧。她的头撞到了吧台的柜子……对不起，我应该早点想起来的。”

“不不不，没事的。”流离感激地看了他一眼，从吧台走出来，坐在了桌子旁的另一张椅子上。

“没有破皮，我开一些消肿化瘀的药吧。”达那拉医生简单检查了一下，“没有大碍。”

“所以……”流离小心翼翼地开口问，“你们互相之间都是认识的吗？”

“抱歉，让你感到困惑了。我和爔鼠探长小时候就认识了，从二十年前开始吧，当时我们两个都只有八岁。”鱴四贴心地解释说，“说来话长。总之，我们也经常来这里买东西吃。所以米店长大概都认识我们……”

“大部分，不过，我没有见过达那拉医生。”说完，米杉注意到流离困惑地看着自己，于是又说，“怎么？我从没有生过病，不可以吗？”

“我也不吃甜食。”达那拉医生默默地插话说，又往上推了推自己的黑框眼镜。

“听说警署没有法医，爔鼠探长经常会找他帮忙做些检查尸体的工作。”米杉思索着说。

“我们也是只有在生病的时候见过达那拉医生，平时很少见到他……”鱴四说，“天歌最近身体不太好，或许经常去达那拉医生的诊所，对吗？她是屠户的女儿，我经常会把自己打猎得来的动物卖给她的父亲，他们有时会留我吃早餐，所以我们也很熟。”

“说起这个，鱴四先生，”天歌在旁边听到了他们的对话，忐忑不安地拿着一个保温饭盒走了过来，不知为什么，脸色有点泛红，“我今早来湖边读书，然后，带了两份早餐……我知道你上山打猎回来会从这边经过……那个……”

“是帮我带的早餐吗？实在是太感谢了。”鱴四接过保温饭盒，明快地说。

天歌看起来很开心。

打开保温饭盒后，里面装的是糯米饭团，还是热腾腾的，还有一层装的是胡萝卜粥。糯米饭团掰开后，里面能看到火腿条、辣白菜碎、榨菜碎和生菜，一股香气扑面而来。在场的人不约而同地肚子都叫了起来——只有两个饭团，意识到这点后，鱴四尴尬地把饭团放回到保温饭盒里，默默地盖上了盖子。

"我们为什么不吃点东西呢？从昨晚值班开始，我一口东西都还没吃过……"燧氪探长原本没精打采的，眼睛突然诡异地瞪大了，"米店长，你这里是餐厅，发挥一下它的作用吧……"

流离也窘迫地揉了揉自己的肚子。

"好吧，"米杉皱了皱眉头，"不过你最好赶紧把尸体搬出去，调查清楚这件事，以便我能早日开门营业。天下是没有免费的早餐的，不是吗？"

米杉走进了吧台内侧的厨房。这时，去湖边取证的助手，以及看起来和骊四非常要好的那个男人，从湖边回来了。那个男人手里拿着两只已经死去的灰色大野兔，以及一支猎枪。这支猎枪看起来非常古老，而且有很多改装的痕迹。他将野兔放了门口的地上，然后将猎枪递给骊四，并坐在了他的旁边。

"我还没有给你介绍他吧，"骊四说，"他叫千舟沐和，和我同龄，二十八岁，是我的朋友。千舟，这位姑娘是水流离。"

"那个，很高兴认识你。"千舟沐和伸出手和流离握了握。他的声音更低沉浑厚些，非常有磁性，和他刚进门时莽撞冒失的模样不符。他身高一米七八，梳着寸头，但头发已经长了，有些耷拉下来。他很阳光，眼睛里如同有着旭日的朝晖一样，不过，他说话时却完全不看着流离，看起来很紧张。"那个，我想说，你看起来灰头土脸的，没关系吗？"

流离这才想起来，她此刻身上和脸上都沾着草木灰，这让她羞愧极了。骊四也说："就是啊，你早上为什么从壁炉里爬出来，你不是米店长的朋友吗？"

"没……没什么。"流离说着，想要去盥洗室整理一下，但是燧氪探长正在盥洗室的门口，指挥着两个助手去将尸体搬走，同时，达那拉医生也在帮忙检查尸体的情况。于是，她站起来边向厨房走去边说："我去洗一下。"

"千舟，你怎么会和燧氪探长他们一起来呢？"走进厨房前，流离听到骊四问。

"来这儿之前，探长大人正在我的店里处理一个纠纷，"千舟沐和盯着桌子说，"你不知道啊，骊四君，我昨天打游戏，到三点才睡，今早刚五点，就被顾客的电话吵醒了，非说把钱包落在我那里了。我迷迷糊糊赶过去，找不到钱包，他说一定是我私吞了，还把警方叫过来……"

"我说你怎么今天这么早就起来了，你不是一般睡到中午才起……"

“不说这个，你的伤到底怎么样了？”

“嗷！疼死了！你这个笨蛋，直接用手碰我的伤口！”

对待别人一直温文尔雅的鸸四先生，在与千舟沐和说话的时候，似乎有些暴躁。他们一定是非常要好的朋友吧？流离想。

走进厨房后，流离看见米杉正在切蘑菇，于是问：“需要我帮忙吗？”

“不用。”米杉头也没回。

“我可以用这里的水洗洗脸吗？”

“用吧。”

这气氛真令人窒息。流离想着，拧开水龙头边洗脸边问：“你觉得，我应该找爔鼠探长帮忙吗？”

“什么？”

“失忆的事情……”

“哦？你告诉她那种梦境中的人物穿越到现实的情节吗？这种天方夜谭，不会有人相信的。”

“我知道！不过，我可以说，自己是失忆后，发现身处森林里，盲目地走到这里，借宿了一宿。如何？说不定，警方可以帮忙调查一下，镇里或许有我的亲属，有其他认识我的人，不是吗？”

“不，其实我不觉得你是镇子里的……”米杉的语气显得十分犹豫，沉默了半响，他转过头来看着流离。

那双冷冰冰的异色双瞳，再次吸引了流离的注意。它们像完全没有生命的晶莹宝石，如此被死亡占据，简直不属于任何一个活人。啊，那毫无感情的空灵，如果它们是真的宝石，坚硬而发出清脆的声响，一定是价值连城而让人堕落，流光溢彩而蛊惑人心。

“你可以试一下。”米杉说，“不过，背后一定有更复杂的原因。我也很好奇，如果真能调查出什么，也不错。”

“你之前提到的，那个和我长得一模一样的人，我们会有什么关系吗？会不会是母女什么的？遗腹子？”

“你狗血的电视剧看多了。”米杉毫不留情地指出，“现实生活中，母女也不可能长得一模一样。”

"克隆人？"

"现在已经有这么完美的克隆人类的技术了吗？"米杉的眼睛眯了起来。

"不，我只是随便猜猜。我印象里，好像用活体细胞克隆人类是违法的……"流离捂着脑袋仔细思考着，然后，她放弃了，"算了，想不起来了。"

但是此刻，米杉的眉头皱得更深了。

"怎么了？"流离感到莫名其妙。

"没什么，你刚才说的话有点莫名其妙。"米杉简练地说。他将平底煎锅放在了火上，倒入了橄榄油，然后开始煎培根段。"帮我把烤箱打开，预热到二百三十摄氏度，谢谢。"

流离思考着，可是并没有发现自己说的话有什么问题。于是她又问："你的那个朋友，她是二十年前去世的，当时她多大呢？"

"她死去的时候是二十四岁，我二十二岁。"米杉的语气十分平静，将蘑菇也倒在了锅里，加上盐、黑胡椒和香草，开始翻炒。

"什么？"流离看起来十分惊讶，"这么说，你今年已经四十二岁了吗？"

"嗯。"

"哇！但是你看起来很年轻，而且，超帅！"流离激动地说。

"长大后的米杉没想到这么好看，真的，超帅！"同样的声音在脑海中回响着，米杉的表情变得柔和了一点儿。

"咦？你好像有点高兴哦，"流离笑眯眯地说，"原来，你也喜欢被夸奖吗？"

"只是想起了流离……我是说，我认识的流离，好像，是说过类似的话。"米杉说着，将牛奶和面包屑倒进锅里。

"好像？你记得也不是很清楚嘛！"

米杉没有回答她。

"那有哪些你记得比较清楚的话吗？"流离又问。

"米杉，不要作恶！"

"不要作恶！"

啊，真是噩梦一样的诅咒啊，他背后的那双眼睛，俯视着他，发出义正词严的吼声，震耳欲聋。沉重的锁链，讨厌得要死，让他咬牙切齿，又甘愿被锁住。

他后退了一步，手中的锅铲掉到了地上。

"你怎么了？"流离吓了一跳。

"没什么，"米杉恢复了凛若冰霜的模样，捡起了锅铲，放到一边，将锅中的食物倒在了盘子里，撒上马苏里拉奶酪后，放进了烤箱中，"你的问题太多了。"

接下来，是一阵诡异的沉默。流离的心中疑虑重重。她注意到了刚刚米杉的脸上那种转瞬即逝的扭曲表情——这已经是第二次了。今天早上，米杉见到她的时候，很短暂的一瞬间，脸上带着畸形的憎恶还有悲苦。是对着她吗？还是，更像是对着一个虚无的灵魂？她突然意识到，米杉和那个曾经的水流离之间，拥有的或许不是什么愉快的、值得缅怀的回忆，或许这些回忆很不堪，甚至让人饱受折磨。他们真的只是普通的朋友吗？

可是，在梦境中，那个二十年前的、脆弱的、痛苦的米杉，拉着她的手呻吟。他究竟在后悔什么？

这一切，和她的身世又有什么关系吗？

她再次看向手中的布制铭牌，那里记载了她的名字、她的年龄，还有其他信息。出生编号？完全看不懂，她是几月几号出生的呢？属性是"医疗"，这是什么意思？"使用者"又是什么？

她抬起头，见米杉也在看着它。"使用者，"他直言不讳地问，"使用你吗？听起来不错，像家用电器一样，你是类似于那种物件吗？"

烤箱发出滋滋的声响，香味争先恐后地涌了出来。

而流离怒气冲冲地举起拳头，出其不意地锤到米杉的额头上。

"嗷！"米杉捂住自己的头，"你刚才的手是打到了我的额头吗？你也能够得到啊？"

"我没有那么矮！"流离恼火地说，"你就和梦境中一样，嘴巴总是很毒呢！快把这个香得要命的吃的盛出来吧！我已经要饿死了！"

米杉露出似笑非笑的表情，态度不知为何柔和了不少。他将烤好的香草焗蘑菇盛了出来，用叉子扎了一块，送到流离嘴边，说："尝一下？"

这世界上怎么会有这么美味的食物？这口中的香味简直要把她的心都融化了。她快乐地从米杉手中接过食物，走出厨房，准备给大家送去。

"……一定要去崖边医院看一下，"打开门后，千舟沐和的声音传了过来，"感染了僵尸病毒怎么办？"

35

"我会变成僵尸吗？"骊四的态度显得十分应付。

"哈哈，"千舟沐和发出爽朗的笑声，"你忘了，骊四君，在游戏里，你从来不会被感染的，变成怪物的一直是我呀！"

由于骊四的伤口还需要进一步处理，在见到流离和米杉出来后，千舟沐和就拉着骊四站了起来，表示打算去一趟崖边医院，就不吃早餐了。

本来天歌也想要跟过去，因为她也十分担心骊四。但是，当爌氤探长表示，他们可以搭乘警方运送尸体的车一起去医院时，天歌僵立在原地，尴尬极了。

"天歌姑娘还是留下来一起吃早餐吧，"爌氤探长饶有兴致地盯着被端出来的香草焗蘑菇。除了这道主菜，米杉还调制了原味酸奶与杞果、猕猴桃、火龙果、红豆混合的"三色蜜豆酸奶"。"和发臭的尸体待在一起，可是会影响食欲的。"

"谢了，不过也没什么可谢的。"骊四满脸尴尬地对爌氤探长说。他拿着猎枪与天歌送来的保温饭盒，和提着两只野兔的千舟沐和一起走了出去。负责开车的是爌氤探长的两位助手，一人拿着一块蔷薇小筑昨夜剩下的鲜虾芋头饼，满脸疲惫、死气沉沉。他们坐在驾驶座和副驾驶座，会将尸体运到医院的太平间。千舟沐和与骊四只能坐在后车厢，和尸体共处一室。

当然，不喜欢甜食的达那拉医生，对于一大早上就进食甜腻的香草焗蘑菇毫无兴趣，便先告辞了。爌氤探长表示，如果弄清了死者的身份，并获得了家属的同意，或许会请他帮忙解剖尸体。然后，她便和米杉、流离、天歌一起，开始享用起早餐。

而在运送尸体的卡车上，骊四和千舟沐和坐在后车厢里，就在躺着的尸体的旁边。

"奇怪啊……"骊四说。

"什么奇怪？"千舟沐和问。

"那个……你店里那个顾客的钱包。"

"你还惦记着这个呀，那个大叔大概是不知道把钱包掉哪里了吧……"

"凌晨那么早就着急地去找，钱包里会有很多很多钱吗？还是有什么重要的东西呢？"

"……这再怎么样，也比不上你今早的经历奇怪吧……"

"说起这个，我说的，你全都相信吗？"

"嘿嘿，"千舟沐和挠了挠脸，"我一直都相信鳎四君的话呀。况且，我觉得我们小镇一定是有灵异事件发生的。我们八岁那年，你亲身经历的那件事，没人信，但我信。它存在着，十分危险，至今没有被发现！二十年来，也陆续发生了一些不同寻常的现象，不是吗？"

鳎四的眼神黯淡下来。

"对不起……"千舟沐和赶紧说，"我不该提的……"

"不……"鳎四说，他的声音很压抑，"没什么，现在就连我自己也不相信了，可能那时的一切，都不过是一场幻觉而已……"

接下来，是一阵诡异的沉默。

"这个是什么？"千舟沐和像是故意要转移话题一样，从鳎四手里夺过保温饭盒，打开后，惊喜地咽了咽口水，"糯米饭团！还有胡萝卜粥？闻起来真的好香！你不吃吗？"

"唉，我们面前就是具尸体，我实在是没什么胃口……"

"今天起得这么早，我还没有吃饭，没想到有这么好吃的东西！我就不客气啦！"说罢，他拿起一个饭团就往嘴里塞去。

"等等！这个是……"鳎四举起手，正想阻止他，但是千舟沐和已经狼吞虎咽地开始吃了起来，于是，鳎四放下了手，"真拿你没办法。"

"嗯？什么？这个是什么？"

"没什么，你就把它吃了吧。"

说完，鳎四背过脸去，无奈地笑了。

# 02. 薛定谔的生死

如果死者是今天早上步行到湖边，跳水自杀，或者意外坠湖的，经过昨夜下的一整夜的雨，湖边的泥土地一定会留下脚印。

然而，此刻，湖边的脚印就只有天歌、魖四、两个助手和千舟沐和五个人的。

其中，天歌和魖四的脚印比较凌乱：能够看出，天歌的脚印从镇子的方向通向湖边，在湖边徘徊了一下，便又离开返回镇子；魖四的脚印是从山里来的，将死者从湖中救出后，曾将其平放在湖边，采取过施救措施，然后背起死者向蔷薇小筑的方向走来，所以背着死者时的脚印要比平时更深一些。

为什么死者没有留下脚印？

米杉在湖水中下沉，就如同缓缓沉入地狱。周围的一切浑浊而混沌，昏暗愈加浓重，让人窒息的压迫感从四面八方袭来。但他的表情并没有任何变化——十米，二十米，三十米，这里的水并不清澈，此刻，光线已经十分微弱了。

米杉问过魖四，他救人的位置，距离岸边很远，靠近湖心。可是那里深不见底，如同一个黑漆漆的窟窿。

今晨无风，湖面平静无波，为什么死者会在如此远离岸边的位置挣扎呢？难道是在死去之后游过去的？如果她能在死后攻击流离和魖四，那么这种解释也并非不可能吧。

啊，水流离，又想起她了。她究竟是谁？正常现实的理性，被打破了，维持了二十年风平浪静的假象，开始出现裂痕。多么晦暗、阴郁、恍若隔世的往事啊！他不想被揭穿，不想面对。可是，一切朝着不可预料的方向发展着。难道，是"那些人"的阴谋吗？他们披着一张面皮，玩弄生命，隔岸观火吗？

不，他们应该早就放弃了。而且，也绝不会发现他的位置。

况且，披着那张面皮、不敢以真面目示人的，一直是他自己啊！

他感到胸腔里无比疼痛。

他慢慢上浮。很可惜，清晨的咖啡店中，如此惊心动魄的骚乱声，并没有在一开始就将二楼的他吵醒。昨天晚上，他使用了"沉睡领土"。那是一台会让他陷入很深的睡眠中的仪器。一个个无法逃脱的幻影，会将他的一切感知死死封闭，像一只只尖锐强韧的利爪，紧紧包裹着他。然而很奇怪的是，在凌晨三点多的时候，他竟然醒来了。当他渐渐睁开眼睛，活着的知觉，很久才回到他的脑海里，周遭熟悉的景象，好一会儿，才映在他的瞳孔中。

当然，等他再次睡着后，依然睡得很沉。

他探出水面，回到岸上，摘下了闭路式呼吸器，大口地喘息着。浸湿的衣服带来了无尽的寒冷，他的发尖滴着水，目光又落到旁边被警戒线围起的脚印上。

与此同时，还有另一个人，和他注视着完全相同的景象，只不过，是通过照片——燠氤探长坐在医院的长椅上，双手举着湖边脚印的照片，在眼前不过六厘米的地方，死死地盯着它，视线仿佛要将照片烧出个洞。

"咦？探长大人？您这是在干什么呢？"

燠氤探长将照片放下，千舟沐和的脸出现在她眼前。"是你啊。"她淡定地将照片收到档案袋里，"你怎么在这儿？"

"……不是您的手下送我们来的吗……"

"好像是这样……"燠氤探长瞪大了眼睛，恍然大悟地说。

"……不管怎么说，毓四君的伤口又重新处理了一遍，而且注射了甘露醇和狂犬疫苗。我刚才去给他买咖啡了。"千舟沐和举了举手中的纸杯，双手一边一个，虽然纸杯上扣着盖子，但香醇的气味还是隐隐约约弥漫到了空气中，"还有面包。虽然他坚持自己没有胃口，但是失血让他脸色惨白！然后现在他正在那边……"

千舟沐和怀疑燠氤探长根本没有在听他说话，因为她虽然"嗯嗯"地应着他的话，但目光却盯着他身后的某一点出神。他转过头，看着牌子说："这是CT室？您在这里做什么？"

爣氲探长顺手将他手中的咖啡接过来，下意识地喝了一口，靠在椅背上。"我们在蔷薇小筑见到的……流离姑娘？后来我才知道她竟然失去了记忆。"她缓缓地说，"刚才去了神经内科，需要做一下脑部的扫描，所以，我们就到这边来了。"

"一个谜题接着一个谜题，真是不祥的一天啊。"她又说。

"那杯咖啡是……我的……"千舟沐和咽了口唾沫，艰难地把余下的话咽进了肚子，默默地将另一杯咖啡紧紧握住，护在怀里。

在CT室门的另一侧，水流离正紧张地坐在检测台上。

"这里是叫……婆娑小镇吗？"她喃喃自语。

刚才，在来这里的路上，她从一些地标和商铺的牌子上，看到了小镇的名字。这些牌子已经因为生锈而破旧，小镇的名字也因此显得斑斑驳驳。婆娑小镇，在她的印象里，是一个非常古老而忧伤的地方。这样说并不准确，因为她并没有任何记忆，只能说，是一种直觉，是她潜意识中，带给她的遥远、神秘又脆弱的感触。

但是小镇的街道是整洁干净的。她们驶过的路旁，开满了初春的山茶花和风信子。错落有致、风格独特的房子，有着五颜六色的墙面，有些是浅蓝色的，有些是浅绿色的，还有淡粉色、淡黄色，它们都有红色或棕色的瓦片屋顶。雨后的阳光让它们笼罩在一片温暖的浪漫中。

再往前，便是一个较大的圆形广场，有着广阔的草坪、池塘、桥梁。流离猜想，不久前，这里可能庆祝过什么节日，因为广场的路灯与石柱上，还挂着彩旗，一些临时搭建的简易商铺，还没有被完全拆除。广场另一侧有一个教堂，科林斯风格的柱子旁，两个孩童正在嬉戏玩闹。教堂旁还有塔楼、餐厅、葡萄酒庄。上午，虔诚祈祷的人们、辛勤劳作的人们，在这里相会、问好，脸上挂着平和而幸福的笑容。

和她所谓的潜意识中的感触完全不同。

还以为自己能够想起些什么，流离失落地想，但一切不过只是捕风捉影罢了。

"这些都是假的。"

正在开车的爔氪探长的声音突然传过来。

"哎？什么？"这话让流离惊讶得几乎从副驾驶跳起来，就好像爔氪探长正在揭穿什么秘密一样，但她发现探长正一脸迷茫地望着她，左手握着方向盘，右手举着本杂志。

流离立刻就将杂志一把夺了过来。"你边开车边看书吗？"她的反应比刚才更加剧烈，语调也瞬间升高了。

"……我就扫了几眼，"爔氪探长将注意力转回到路面，双手握住方向盘，显得非常专心致志，仿佛刚才违背交通规则的并不是她一样，"刊尾的连载小说，很有趣的哦，这一期就是大结局了。"

"但是你在开车！"

"……你说的话简直和几小时前的沐和说的话一模一样。这真是个奇怪的巧合。"

流离默默将杂志扔到了车后座。"所以你刚才说的……"

"哦，你是说小说的内容吗？"爔氪探长说着，驶过一个废弃的车站，空荡荡的大楼、灰突突的墙面，明媚的阳光似乎也随着景象的荒凉变得黯淡了几分，"这是一个连载的恐怖推理故事，讲的是一个女孩儿，从小就很喜欢推理小说，幻想自己是一名侦探。她与邻居家的女孩儿一起长大，在她的印象里，邻家女孩儿小时候骨瘦如柴、伤痕累累，寄宿在亲戚家里，被叔叔婶婶打骂、虐待。但是，突然有一天，邻居女孩儿阴郁的表情消失了，她身上不再有伤，渐渐地，变得高大强壮。这个主角的女孩儿去邻居家做客的时候，曾经如恶魔般的叔叔婶婶，还有堂弟，笑容可掬地招待她，如亲人般对待她，那是她所见过的最友善、温暖的家庭。与此同时，镇上的养老院，老人们接二连三地消失……"

场景拉回到现在，流离坐在脑CT室的检测台上，忐忑不安地等待医生做完准备工作，以便用仪器扫描她的脑子。虽然，她并不认为这会有什么效果，因为发生的一切离奇事件，都超出了她对现实世界的理解，但是，做些什么总比毫无头绪的等待强，不是吗？

流离的手不自觉地伸到裙子上的口袋中，一阵刺痛让她迅速将手抽了回来。

"嗷！"她不禁叫出声，一下子坐直了身体，看着自己左手的掌心。一道长长的伤口渗出了血珠，滴落在了检测台上。这时，流离才想起，这根弯曲的注射针头，曾经从早先死去的女子手中，掉到了地板上，被她捡了起来。

这根针究竟是做什么用的呢？而且，这根针弯曲得那么厉害，按理说，那个女子之前紧紧地攥着它，手掌应该也会被刺破才对。是这样吗？这具尸体现在就在医院的太平间。如果能有机会检查一下就好了。

"水流离小姐，可以躺下了。"在CT室为她做检查的男医生说。

流离抱歉地笑了笑，仰身躺下去。医生在她的身上系好了绑带，这时，刚才出去整理上一位病人的胶片的女医生也回来了，打开了铅门。

周围的空气，就如同飘浮的灰尘落到地面般，沉降，坠入诡异的安静中。

这时，检测台升了起来，缓缓移动，伸入到了圆环中。流离倒吸了一口冷气。有一片粉紫色的光芒漫起，场景瞬间转换，四周突然变得漆黑，温度骤降，十分明显，仿佛冰面正抚摸着身体，腐烂的味道不知从何处传来，走廊的嘈杂声戛然而止，只有机器发出"哔——"的长鸣。

"咦？怎么突然停电了？"两位负责检查的医生还在这里，其中的女医生发出疑问。

"我刚刚并没有操作仪器，是你做的吗？"男医生问。

"怎么可能！我什么都没动啊！"女医生回答说。

流离开始急速地喘息起来，莫名地感觉到一种骇人的恐惧。她转动眼珠向下，看到铅门还是半开的，铅门外，是等候室，再往外则是走廊，此时鸦雀无声。等候室通往走廊的木质房门是紧闭的，从门下的缝隙，可以看到有极其微弱的灯光渗进来。流离的额头和后背开始冒出冷汗，胸腔中，心脏跳动得越来越剧烈，仿佛有鼓声在耳边敲响。

两位医生似乎也觉得情况有些不妙，担忧地对视了一眼，其中的男医生说："水流离小姐，不用担心，可能医院的电闸出现了问题，你好好躺着，我去看看。"

他走向等候室的门旁，打开了门。走廊洒下昏暗惨淡的灯光，而他回头望向她们，露出安慰和鼓励的笑容。他的脸，被遮盖在背对灯光的阴影下，但是他的笑容，熠熠生辉，黄色的光芒，沿着他的轮廓洒进室内，沉默地流淌，而几乎是同时，伴着这光芒洒进来的，是一粒粒细碎的"赤玉玛瑙"——那是一大片掺杂进射的红色血珠。

喷溅的血珠来源于他的脑部，被一道细长的黑影狠狠敲碎。他带着没来得及收回的笑容，直直倒在地上开始抽搐。

手执凶器的杀人者，衣服破旧、长发又脏又黏，手执滴血的钢棍，站在门边，挡在走廊朦胧的灯光前，形状扭曲，像漆黑的怪物。


爠鼠探长疑惑且紧张地注视着CT室紧闭的门，这让千舟沐和也开始忐忑不安起来。他很少见到她这种表情。此刻，她正神经质地用手指甲去扣卫衣帽子垂下的带子，然后问："刚才好像有一片很奇怪的光溢出来，在那个房间里，你注意到了吗？"

"什么光？机器之类的东西发出的吗？"千舟沐和问。

"不是，粉紫色的光，感觉很独特，不像医疗器械发出的。"说着，爠鼠探长将咖啡放在了身边的椅子上，站了起来，拖着沉甸甸的步伐，慢吞吞地走到门旁，看样子极其不情愿。她压下门锁，房门缓缓地被推开了。

千舟沐和将护在怀里的给鼹四买的那杯咖啡，放在了另一张椅子上后，也跟了过去。等候室的门边有个小桌子，一个小护士正坐在那里打瞌睡，他们进来的声音惊醒了她。

"把单子给我，然后等着排队就行了。"她打着哈欠说。

爠鼠探长指着半开着的辐射室的铅门问："上一个病人，检查还没开始吗？"

"这个……奇怪了……应该已经开始了才对呀？"

千舟沐和好奇地走过去朝里面张望着。一个崭新的X射线扫描仪似乎位于启动的状态，发出"咔嗒咔嗒"的响声，但却一个人都没有——流离不在里面，医生也全部不见了。他吓得一步就冲了上去，关掉了X射线扫描仪器——幸好他知道怎么做。"完蛋了完蛋了！"他一边拍打着自己的身体，一边捂着脑袋说，"器官要发生癌变了！"

"护士小姐，这里面的人呢？"爠鼠探长问。

小护士也感到莫名其妙，难道是趁她瞌睡的时候出去了吗？

除了扫描仪很干净之外，铅门内周围的一切都破旧极了，布满了灰尘，到处都是蜘蛛网，一个老旧的台式机的显示屏亮着，上面有一些乌黑的图片。一切都那么诡异地运转着，就好像屋里的人凭空消失了一样。

而爝氤探长目光茫然地仰头望着天花板上发着光的白炽灯，依然持续地用手撕扯衣服上的带子，陷入了呆滞的沉思中。

米杉正在自己的卧室里，用毛巾擦着被湖水浸湿的头发，并换上干爽的衬衫和裤子。

与昨夜梦境中的布置不同，床边播放着歌谣的收音机不见了，取而代之的是一块显示屏，连接着键盘，一台庞大的机器矗立在一旁。这个机器有二点五米高，紧挨着顶棚，占据了卧室四分之一的面积。它的侧面伸出一条长长的电缆，电缆末端伸出很多细细的金属线，每一根金属线的尽头都连着长针，看样子很像做针灸时所使用的那种。此刻，这些针正凌乱地摆放在枕头上。

这就是"沉睡领土"。

米杉用手撑着桌面，将显示屏上的文字，一字一句地删掉了。

"如此深夜，寒冷的风雨中，他们拼命地奔跑着，仿佛看见了远方的地平线上尚未出现的晨光。"

即使在梦境里，也不能随心所愿，魔魇无处不在，困顿重重啊。

那些文字时不时地变换成满屏跳跃的数字符号，疾速闪动着。此时，米杉的指尖停下了，文段末尾停留的地方赫然写着四个字——"弥留人间"。

"死后……还可以活着……这好像……"他深深皱起眉头，喃喃自语道。

突然，屏幕变得一片漆黑，旁边的机器陡然发出震耳欲聋的轰鸣。它从未出现过这样的状况，这让米杉大吃一惊。几秒钟后，屏幕亮了起来，水流离放大的脸倏地出现在上面。

米杉更吃惊了。他贴近屏幕仔细地观察她，发现那张脸充满了恐慌，额头上布满了细细密密的汗珠，顺着脸颊流下、滴落。她喘息着，披头散发，时不时地回头张望。

米杉不知道这影像为什么会突然出现，但这影像中的水流离，像是也看见了他一样。他看见流离睁着大大的眼睛，用十分困惑的表情注视了他一会儿，然后，他听见她刻意压低的声音："米杉？"

她环绕着移动，好像是观察着显示屏的外框一样，在她的脸离开显示屏的时候，他看见一条幽深、昏暗、潮湿、死寂的走廊。

"你怎么会出现在电视机里？"流离的脸回到了显示屏的正中央，小声嘟囔道。

"我在电视机里？"米杉皱起眉头，压低声音问，"你在哪里？不是去了医院吗？"

"你可以和我对话吗？"流离像是发现了救命稻草般，欣喜若狂，"听着，我一开始在医院的CT室里，然后突然就……就好像到了另一个空间一样！几乎所有人都不见了，大门也锁死了，窗户变得漆黑，看不见外面是黑夜还是白天……"

"嘘！小声点！"流离的旁边传出另一个女人的声音，米杉努力往旁边看去，勉强可以看到一个穿着白色衣服的轮廓，"那个杀人魔会听到的！"

"您说得对，这里太危险了，后面那么长的走廊，他随时可能出现！我们应该躲到某间屋子里去，"流离说，米杉看见她又站了起来，像是在观察她口中的电视机的后部，"这个小电视能搬走吗？它后面插着电线……"

"等下……"米杉还没来得及说出口，他的显示屏又变得一片漆黑。从刚才流离的动作看，似乎是水流离拔掉了电视的电源。电视尺寸很小，所以她们也是能搬动的。另外，根据观察到的情况判断，这个电视似乎是放置在一个废弃的医院某一层走廊的尽头。

米杉的眼睛像突然有了生气一样，变得炯炯有神。在显示屏熄灭的前一秒，他似乎看见了，一颗刚从楼梯间探出的、沾满鲜血的、脏兮兮的头。


"探长大人，你……要去……哪里呀！"千舟沐和使出九牛二虎之力，死死拽着爈氪探长的一只袖子，吃力地说。而爈氪探长正向CT室外的方向挣脱，拖着千舟沐和，使他的双脚在地板上划出一道长长的痕迹。小护士目瞪口呆地看着他们。

"我新买的鞋啊！"千舟沐和绝望地哀嚎着。

"那就别拉着我了。"爈氪探长两眼无神地说。

"但是流离姑娘可是突然消失了啊！应该好好调查一下不是吗？"

"这里什么都没有，我们也找过了不是吗？我们出去调查一下……"

千舟沐和没有办法，抱着放在椅子上的食物，跟着爈氪探长上楼，来到一层。他们在走廊一侧的楼梯口，遇见了一脸惊诧的魺四。

"魺四君！"千舟沐和立刻站直了，"你怎么在这儿？"

"我左等右等，也不见你回来，就来找找……"

千舟沐和连忙将咖啡和面包递给魺四，急匆匆地说："抱歉，我完全忘记了！刚才发生了不可思议的事情！你绝对想不到……"

魺四咬了几口面包，听千舟沐和絮絮叨叨地讲完后，似乎也提起些兴趣。"那有可能是密道吗？"他边说边用没受伤的右手端起咖啡，并支使千舟沐和掀开咖啡的盖子，"探长大人，你有去找机关什么的吗？"

"咦？"燧氪探长端起自己的咖啡，"这个季节就有苍蝇了……冬天刚刚才过去吧……"

"这是麻蝇。"千舟沐和饶有兴趣地观察着这只站在纸杯边缘跃跃欲试的昆虫，"它们最喜欢的其实是腐烂的肉哦。这一只怎么会出现在这里呢？会不会饿了很久？"

然而，这只麻蝇抽搐了几下，死去了，漂浮在液体上。

"咖啡有毒！"千舟沐和发出一声怪叫，一把夺过魺四刚端到嘴边的咖啡，差点儿泼洒出去。魺四大惊失色地剧烈咳嗽起来。

"谁！"走廊这一侧尽头的窗户开着，有一片刺眼的亮光引起了燧氪探长的注意。那是望远镜的反光，有人在监视他们！

这一侧窗户的外面，是一片灌木丛，灌木丛再往后，是陡峭的悬崖。悬崖下，是冰冷的海水，拍打在尖锐的岩石上。此时，有一个黑影正在灌木丛中穿梭。

魺四举起猎枪。尽管他的左手包裹得像熊掌一样，但是依然能够垫起枪托，右手握住扳机，眯起一只眼睛，瞄准。他冷静细致，全身岿然不动，丝毫不像差点儿中毒的人。

一声枪响，只听得那个方向传来一声男人的惊呼。

燧氪探长纵身一跃，便跳到窗外，向那个方向追去。魺四也勉强追了出去，紧随其后。千舟沐和护着被当作证据的咖啡，被惊慌失措的人群挤来挤去，显得狼狈极了。

他们飞速跑到那里，只发现了被打碎的望远镜，一个人也没有。

"跑哪儿去了？"魑四着急地在灌木丛中来回寻找，甚至来到悬崖边向下张望，却一无所获。他眯着眼睛，注视着翻滚的海水。由于被悬崖挡住了光，此刻海水处一片阴影，清澈但墨黑。早春的冷风依然料峭，发出低沉的呼啸，这让他打了一个哆嗦，他的伤口也开始疼痛了。

于是，他往回走去，却发现爝氤探长依然蹲在原地，用小镊子一块块地往塑封袋里夹望远镜细小的碎片。

"探长大人，你就在这里，看着我为了寻找那个可疑的人东奔西跑吗？"

"……我嫌累……"爝氤探长终于收集好了证据，她站起来，拍了拍身上的土，举起塑封袋中的物证晃了晃，"可以测指纹哦。"

"可要是他戴了手套怎么办？"

爝氤探长没理他，而是草草地将塑封袋揣进口袋里往回走去。


水流离躲在一个类似实验室的地方，在一个实验台下方找到了电源。

她和女医生从CT室逃出来后，从阴森的地下一层跑到了一楼大厅，然后惊恐地发现，医院的大门紧闭，被锁得死死的，完全无法打开。而打开一间间诊室的门，所有的窗户都无法推开，从窗户向外望去，荒无人烟，好似不真实的景色一般。而医院里所有的电话，拿起话筒都是没有声音的。她们听见了杀人魔追上来的声音，只好选择继续往楼上跑，并在四楼的走廊尽头发现了一台小电视。据女医生说，很久之前，医院走廊上曾经放置过这种电视，放一些新闻类的节目，给排队等候的患者和家属观看。然而，因为过于破旧，大约十几年前，这些电视都被废弃了。

水流离也没有想到，就在她接近这台电视后，电视突然亮了起来，上面出现了米杉的影像。更神奇的是，米杉是可以和她对话的。

她们找到了这个看起来很隐蔽的地方，重新将电视连电后，米杉又重新出现了。

"你们还好吧？"米杉问。

"一点儿都不好！"流离小声说，"你有办法救我们出去吗？可是，我不知道这里是什么地方，我们就是，突然就，就出现在……"

"有什么不同寻常的地方吗？"米杉毫不留情地打断了她。

流离仔细地回忆当时的情景，想起在空间场景转换之前，曾漫起一片奇异的光，于是她说："我好像看到了粉紫色的光，就在我坠入这个空间的那一刻。"

米杉很诡异地沉默了。

"怎么了？"流离见他许久没有说话，不由得着急起来。

"'倏忽乱向'被破坏了。"最后，他说。

"什么意思？"流离紧张起来，"被禁用的一种武器吗？"

"不知道你在说些什么，"米杉优雅地坐在床沿，带着淡淡的微笑说，"是我发明的一种空间措置器，恐怕这个世上没有第二个人知道它们的存在了。"

不知为什么，流离总觉得米杉的微笑有点瘆人。她看见米杉抬起眼睛，望着她身后的方向，她突然感到一阵不寒而栗，全身的毛孔都竖了起来。

米杉的脸放大了，他靠近显示屏，眼睛瞪得大大的，轻轻地说："有个杀人魔，正盯着你们呢。"

那股腐烂的味道越来越浓了。流离全身僵硬着，一动也不敢动。

沾着血与脑浆的钢棍，在她的脑后狠狠砸了下来。

"快跑吧。"米杉轻声说，语气出人意料地柔和。

流离猛地向旁边一扑，钢棍没有砸到她，但是彻底将电视机毁了。"沉睡领土"的显示屏也再次变得漆黑。

米杉的笑容消失了。他看着屏幕上倒映着的、自己冷漠的脸，默默站了起来，向楼下走去。

"原来，你是滑到了那里啊。"他自言自语道。

杀人魔砸坏电视的那一瞬间，米杉看见了他的正脸。

他认识这个人。这只凶狠地舞动着镰刀的螳螂，是二十年前追杀他的雇佣军中最臭名昭著的一位，名字是戈林利瓦。躲开戈林利瓦的追捕是最困难的。但是，他终究是成功了，只是他没想到，戈林利瓦竟然会出现在那里，那证明，当时，他们之间的距离，一定相当近。

他曾处于极度危险之中。

米杉拿起吧台上的电话，拨通了崖边医院的电话。那边听起来非常混乱，他仔细分辨着那些声音，然后说："您好，请帮我找一下爥氤探长。"

看见爁氪探长和骊四回到医院后，千舟沐和激动地飞奔过来。"我刚刚接到了米店长的电话！"他叫道，"他提到了一种仪器，形状大约是这种样子的……"

爁氪探长不满地被千舟沐和生拉硬扯地再次拽到了CT室。他们一开始来到辐射室的时候，机器是启动的，但是那个时候，铅门还没有关闭，所以，不可能是医生将机器打开的。在千舟沐和告诉了米杉这件事后，米杉解释说，"倏忽乱向"在启动转换功能的时候，会让距离非常近的仪器同时被启动，所以他们一定会在紧贴CT仪的位置找到它。

隔着衣服，爁氪探长挠了挠左边的锁骨。她趴到地上，艰难地钻到了射线扫描仪的检测台下面。

找到了！

她用一只手肘撑着地面，侧着身体，扭头观察紧贴在检测台下方的"倏忽乱向"。它有一本厚书的大小，掀开盖子，里面的设计复杂而精妙。它的核心密封着，几乎没有任何缝隙，就像悬浮的金属球一样。仪器连接着十六个转盘，每个转盘有四根指针。根据米杉的说明，她需要将其中一个转盘上的一根指针拨到相反的方向，其他转盘千万不能碰动。

与此同时，米杉回到了卧室，他的显示屏又亮了起来。

屏幕里的水流离看起来更糟糕了。她脸上粘着血污，还有灰和泥土，嘴唇也破了，大大的眼睛通红的，蓄满了泪水。

"受伤了吗？"米杉冷静地问。

流离摇了摇头。只见她正在担忧地翻找着什么。"医生的脚扭到了，"她颤抖地说，"那个跟我一起逃走的医生。我们拼命才逃出来，可是她的脚肿了起来。我正在找绷带和药膏之类的东西……这个屋子里有一台很破的计算机，我没想到它还能亮起来，还能和你联络到。"

"那就好。"米杉轻描淡写地说，"这样就可以继续通信了。而且和你一起的人扭伤的话，逃跑的时候，肯定会被落在你后面，能争取不少时间。"

"这不是为了自己能活命，拿别人当诱饵吗？太卑鄙了。"流离怒气冲冲地瞪着他。

"她很重要吗？"

"别人的生命不重要吗？"

这个心中徘徊着的扼杀不死的魔鬼啊。米杉用手指戳了戳自己的胸口，惆怅地看着屏幕中的流离，惨白的脸上突然露出鼓励的笑容。"我不是这个意思，"他说，"你们都会得救的。"

流离瘫坐在地上。她感到了一种比杀人魔的威胁更加冰冷的恐惧。

她抱起找到的药膏和绷带，来到里屋的手推床上。女医生正坐在那里，疼得满脸是汗。这里和计算机有些距离，流离庆幸她应该没有听见刚才的对话。

"医生小姐，你还好吧？"流离俯身弯腰，帮她涂抹药膏，"放心，很快就能消肿了。"

女医生点了点头，看着流离帮她包扎。沉默了一会儿，女医生突然问："你不会丢下我吧？"

"怎么会呢？"流离安慰地鼓励她说，"别担心，我的朋友已经找到救我们的方法了。我们很快就会回去了！"

在"倏忽乱向"的转盘旁边，有一些按钮，印着二十六个字母、十个数字和四个符号。此时，只需要输入正确的密码，操作便可以启动。然而，密码只要一次输入错误，便会使仪器被锁住，必须等三十分钟，才能重新输入密码。

千舟沐和赶紧将记着密码的纸条递给检测台下面的爔氪探长——上面的字迹非常潦草、凌乱，有些甚至被千舟沐和手上的汗水洇得模糊了。因为仪器不止一台，所以她只能艰难地去看这台仪器的编号，再去找对应的密码。

米杉此时也在思索他给千舟沐和的指示到底够不够清楚。这时，他隔着屏幕，听到了戈林利瓦接近的脚步声。他转头，看着流离从里屋走了出来。"我锁了门，"她不安地说，"但是这样，他就一定知道我们躲在这里了！可如果不锁门的话，他也会挨间搜查，也会发现我们……"

"刚才你进去的时候，我从这个角度，看不出里面还有个房间。"米杉建议，"或许，这个杀人魔也一样。你可以躲在里屋，把门锁上。"

"但是，他看到这个屋子锁了门，里面又没有人，不是会很奇怪吗？一定会到处寻找吧？我去把外面的门打开，这样可以迷惑他……"

突然，外面的门把手开始急速地转动，并传来"咣咣"地撞门声。

"糟了！他已经找来了！"流离慌张地后退着。她想要推开里屋的门躲进去，但是发现，门竟然上锁了！

尝试了多次，但里屋没有一点儿回应！

"医生小姐把我锁在外面了！"流离着急地说，"杀人魔就要把门砸坏了，怎么办？"

"你可以躲在一个角落，把一件显眼的东西丢在里屋的门口，"米杉冷冷地说，"吸引了他的注意力，他一定以为你们都躲在里面，开始砸这扇里屋的门，你就可以趁机逃走了。"

但是流离摇了摇头。她跑到窗边，惊奇地发现这扇窗户是可以打开的。"可是，这里是五楼。"她一边探出身子向楼下望去，一边说，"从五楼跳下去，能活得了吗？"

没有人回答她。

她回头看着计算机，屏幕中，米杉正直勾勾地看着她，他贴得很近，眼眶里盈满了泪水。

"多么相像，"说着，眼泪顺着他瘦削的脸颊流了下来，"和我曾经错过的……那场死亡。"

那是怎样期盼着的眼神啊。

流离忧郁地想。


"FOREVERLAND*ZHANGGROUP*ZQ~……什么什么……501991？"燎氪探长指着纸条上的字问千舟沐和，"中间这两个数字洇掉了，是什么？"

"我怎么可能想起来呢？"千舟沐和满头大汗。

"你不是很聪明的吗？"

"要不，赶紧跑去给米店长打电话问问！"骉四在旁边说。

"等下！"千舟沐和闭着眼睛仔细思索着，"好像是三十一，或者十三？"

燎氪探长钻了回去，躺在地上，看着上方的仪器。输错一次，就是三十分钟的等待。听说情况十分危急，这等待必将无比漫长。

门已经被砸开了。戈林利瓦拿着钢棍，像疯子一样笑着，那笑声刺耳极了。

流离将转椅挥到他身上，想要从他身边逃出去。但是他力气很大，一把夺过了转椅，同时，钢棍打到了流离的腿，她跌在地上。

她努力撑起身体，站了起来，狼狈地喘息着，后退着，退到了窗边。杀人魔狰狞地一步一步接近她。而转过头，开着的窗户外是远方的天空。

　　多么陌生、昏沉的天空啊！

　　钢棍再次挥了过来，流离向后一仰。钢棍没有打到她，但她翻到了窗外。

　　在她下落的那一刻，她看见屏幕中的米杉，露出像昨夜梦中一样的表情，伸出手，向着她的方向，好像要拉住她一样。

# 03. 危 机 再 现

婆娑小镇是一个什么样的地方啊?

它很美丽,很平静,日出而作,日入而息。

东边是陡峭的悬崖和大海,西边是大片的深山密林。它被隔绝在这个被人间遗忘的角落,时间停止在二十年前。火车站建到一半,莫名荒废了,长途汽车站也荒草丛生。外面的世界,一夜之间,突然就消失了。

里面的人无论如何也走不出去,外界再无滋扰,无形的铁栏杆伸到了天上,被禁锢和抛弃带来的不安曾经蔓延过,可渐渐地,小镇找到了适合自己的运转方式,它安宁地包容着一切。人们的欲望变少了,笑容变多了。

那里的人们,曾经生活得很安全。

流离坐在窗边,望着阴沉的天空。

从昨天,她大汗淋漓地睁开双眼,被送到另一栋小楼的病房中,到深夜入睡,她一直都浑浑噩噩、意识恍惚。刚醒来时,似乎听见有人在耳边呼唤她,但那声音毫无真实感,就好像从另一个世界传来,只有碎裂般疼痛的真实感无比清晰地留在她的身体记忆中。

当时,她似乎是突然出现在空无一物的检测台上——这让千舟沐和吓得差点儿跌坐在地。爝氤探长试图从检测台下面爬出来,结果撞到了脑袋,发出一声巨响,进而痛苦地捂着脑袋蜷缩在那里,半天一动不动。

但这一切,流离是毫无察觉的。她仿佛溺水的人,重新能够呼吸,眼睛、耳朵、牙齿、胸腔，都嗡嗡作响，让周围的一切都忽远忽近、忽大忽小。

随后，世界混乱了，所有人都在尖叫，所有人都在奔跑，外面传来疯狂的嘶喊声和踩踏声——在CT室的门边，凭空出现一具男医生的尸体！走廊经过的病人都陆陆续续看到了他。他的死状是多么凄惨！人群陷入了极度的恐慌。

流离回忆着当时头晕目眩的自己所见到的乱象，好不容易从枪声的惊扰中稳定下来的人们，惊恐万状、推推搡搡。而那位医生在死去前，回头望着她微笑的画面，同时浮现在她的视线中。它们交叠着，高速旋转着。她胃中翻腾，几乎要吐了出来，眼睛却不愿闭上，眼泪止不住地往下淌。

在这混乱之中，人们议论纷纷的声音也钻进了她的耳朵，说是有一个浑身是血的女医生，突然出现在五楼的药房的内室，当她发现围观前来的人群后，那名医生竟然崩溃地大哭起来，引起了巨大的骚动。

杀人魔并没有来到这个地方，这是唯一的好事。爝氲探长他们，只是逆转了"倏忽乱向"的前一个操作，所以，只有流离和两位医生被带了回来，原本不属于这里的恶魔是不会出现的。这件事情，是爝氲探长在询问米杉详细情况时，米杉所解释的。

是的，她记起来了。今晨醒来后，仔细去回忆昨天的细节，它们如泉水般涌进脑海。距离崖边医院不远，有一幢普普通通的二层小楼，隶属医院，里面只有几间病房。她被送到这里不久，米杉来了，刚刚才平息医院骚乱的爝氲探长，也焦头烂额地来到了这边。

那个时候，米杉沉默地望着她，目光哀怜。过了很久，他伸出手，轻轻摸了摸她的头发。

"做得好。"他温和地说。

他的手，是那么冰凉。


魖四破晓时就来探望她了。他看起来憔悴不堪，黑眼圈隐隐浮现，就好像彻夜未眠。他今天没有带猎枪，穿的衣服也比较正式文雅，昨日的山野气息荡然无存。

"今天下午会和千舟去养老院探望他的奶奶。"魖四不自在地拉扯着自己的衣服，解释说。

世若花囚

54

"你还好吗？"沉默了许久，毓四问。

流离点了点头，伸手拿起旁边的苹果。

"还是小心点比较好，吃东西什么的，"毓四坐在了病床边的椅子上，"你听说了我差点儿喝到毒咖啡的事情吗？"

流离惊讶地看着他，于是毓四向她讲述了昨天的情形。"我觉得，那是冲着我来的，还有人用望远镜监视着，"他说，"你同时也遭遇了危险。会有人想杀我们吗？可是我们刚刚认识，以前毫无交集，难道是因为昨天早上的湖中女尸事件？"

"可是这也太快了。"流离思考着说，"从我们昨天早上经历那件事，到医院发生这些事，不过几个小时的工夫。消息走漏得如此快，行动如此迅速、狠毒，大动干戈，不计后果，丝毫不在意牵连无辜。究竟是谁能无法无天成这样？况且，被丧尸袭击，就为了根本不会有人相信的这种事情赶尽杀绝，这不是此地无银三百两吗？"

"所以，你觉得，这会是小镇里面的人做的吗？"毓四噌地蹿到她的面前，死死地盯着她，显得有些激动，"婆娑小镇就这么大，如此有规模、嚣张的犯罪组织，不可能在二十年风平浪静的小镇里忽然就平白无故地出现吧？"

"昨天在恍惚之中，听爝氤探长提起了关于这个与世隔绝的小镇的故事。难道，真的二十年没见过外来者……"

"你会不会也是从外面来的？"毓四越说越激动，"虽说你也可能来自小镇里某户人家，只是爝氤他们没调查到，但是你突然出现，来历不明，又失去了记忆，会不会是因为从外面无意间闯进来而造成的？"

"毓四先生……"

"还有那个把你传送到另一个空间的机器，"毓四继续说，"是米店长打电话告诉了千舟，我们才能找到它，才能逆转操作将你带回来。那个机器究竟是个什么东西？米店长为什么对它那么了解？那个空间除了杀人魔之外还有其他人吗？"

"毓四先生，冷静一点儿！"流离的双手死死地摁着毓四的肩膀，迫使他冷静下来，"你是怎么了，为什么对这件事情如此感兴趣？而且还这么不镇定。"

"不……没什么，"毓四有些尴尬，闪烁其词地说，"毕竟是自己的性命受到了威胁，当然会关心了……"

"我对那个机器'倏忽乱向'，也不了解。其实我失忆之后，对这边的一切都很陌生，关于米杉的事情，我也完全不记得。"流离说道，"不过，既然你很在意那个机器，为什么不直接去问米杉呢？我想，和我相比，你应该更加熟悉他吧？"

流离看到骊四轻轻地抖了一下，明显踌躇了。她突然意识到了什么，瞪大了眼睛，惊讶地问："你害怕他？"

"我没有！"骊四下意识地反驳道。

他说得对，他没有害怕。流离想。他们之间看起来很自然，称呼亲切，在那种平和、温馨的咖啡店里，被甜蜜可口的食物、美丽的湖光山色包围，相处一定非常融洽。

那不是害怕。

那是与生俱来的敬畏。

为什么？

"自高中毕业后，我就一直在小镇周围的山林中打猎，如今已经十年了。"骊四说，"可我从来没有发现过走出去的路。所以我一直在想，如果有机会的话，我一定……一定会……"

"你就这么想出去吗？"流离悲哀地看着他，"你在追寻着什么，又想要找到些什么呢？"

昨天夜里，骊四难以入睡。试图遗忘的面目狰狞的儿时记忆，从未像这样清晰地浮现在脑海中，就好像潜意识为他敲响了警钟，刻印在记忆中的场景，无比残忍，无比真实。

二十年前，他只有八岁，和四岁的妹妹在小镇西侧的山林中玩耍。那一天，他的妹妹失踪了，直到现在都没有找到。

"不是走丢了，是被怪物抓走了！"八岁的骊四哭着对来来往往、疲惫麻木的警探们大喊大叫，"那个怪物好可怕！眼珠像保龄球一样大，进射出凶煞的红光，獠牙像手臂一样长，滴着青绿色的黏液，喉咙里一直发出震耳欲聋的狼嚎声，毛茸茸的后腿站起来，就像一棵树那么高！就是那样的一个巨型怪物！它把妹妹抓走了！"

"那个怪物去哪里了呢？你是怎么逃走的呢？"有人耐心地问他。

当那个怪物扑向魖四的时候，它突然消失了，无影无踪，就像从未出现过一样。

当然，没有人相信这个故事。

"小孩子而已，大概是把山里的野狼看成怪物了吧。"

"遇到了狼的话，凶多吉少了。"

周围的窃窃私语，一直环绕着他长大，它们形成的梦魇，比那时的经历，有过之而无不及。他的父母也因为失去了女儿，伤心欲绝、疾病缠身，在他读高中的时候，双双去世了。

高中毕业后，他成了猎人，经常在山中游荡，也击中过几匹野狼，但是，它们都不是那个可怕的怪物。

那么让人毛骨悚然的庞然大物，嘶吼声像一把钝锯，折磨着他的耳神经，难道他真的记错了？可是，不仅是视觉、听觉，就连嗅觉、触觉，都清清楚楚。他曾被怪物那强壮有力的尾巴扫到半空中，后背撞到树干上，剧烈的疼痛让他连呼救的声音都无法发出；当怪物扑到他面前，血盆大口张开要将他吞噬的那一刻，他确信自己闻到了夹杂着血腥与腐烂味道的臭气。

然后，怪物就突然消失了。

那时，他感受到一种顿挫感，就好像时间停止了两秒，一种波纹一样的透明体，在紧贴着他鼻尖的空气中划过。突然间，周围变得鸦雀无声。

没有怪物。

是他贪玩儿，才没有听父母的话，带着妹妹在山中待到了夜里，这让他无比愧疚和自责。他的脸上沾满了泥土，混杂着痛哭流涕的眼泪，变得泥泞不堪。他像个可怜的小丑一样，匍匐在那个男人脚边，抽抽搭搭地哭个不停。

那个男人？

对了，那时候，有一个男人站在他的面前。他是谁？怎么想不起来了？

那个人背对着月光，脸上一片阴影，居高临下地俯视着他，那么冷漠，那么残酷，也那么年轻。

如今，好不容易渐渐摆脱了那件事影响的魖四，竟然再次遇见了这么诡异的事情。他已经长大了，确信自己当时看见的不是幻觉。已经开始逃避的他，被拉了回来。他总觉得，这次如果再放任不管，他会感到很遗憾。

他拼命逃跑的时候，松开了妹妹的手啊！

那是一生无法解脱的遗憾。


听了鱼四的解释后，流离决定和鱼四一起去拜访爝氤探长，询问关于调查的进展。到了警署后，遇见了昨日跟着爝氤探长一起检查现场的两个助手，这才得知，从湖中捞起的那位姑娘的尸体，竟然已经下葬了！

"这么快？"流离和鱼四都大吃一惊。

"昨天下午，死者的父亲来认领了尸体，直接带走了，"其中一名助手说，"死者的名字叫果顷，只有一个父亲，是个无业的酒鬼，成天酗酒度日，靠女儿赚钱养活，周围的邻居都知道，已经确认身份了。"

"因为医院的事故，爝氤探长无暇顾及这边，是海珂特探长找到的她的家属，带了过来。"另一位助手说，"听说她父亲把尸体领回去后，当晚就草草埋在墓地了。"

"海珂特？"鱼四不满地问，"这件案子不是他负责的吧？他为什么这么积极？"

"不知道，"第一位助手耸了耸肩，"他好像还和指挥官说，希望把这个案子批给他。这两年，爝氤探长对什么都兴味索然，很多事情都是海珂特探长解决的。你们看，她现在还没来上班呢。"

"我们现在正在做痕迹检验，对比爝氤探长交给我们的指纹，"第二位助手苦恼地说，"可是目前为止什么都没有发现……"

走出警署后，流离和鱼四来到了爝氤探长所居住的公寓楼。"海珂特那个家伙，非常目中无人，嚣张跋扈，"鱼四边走边说，"近两年不知道为什么，突然踊跃了起来。可是我还是不喜欢他。"

"听你们的对话，这两年好像发生了很多变化，"流离敏锐地说，"一直在说近两年怎样怎样的，听起来，两年前的爝氤探长也不是这样。"

"她以前很厉害。"说话间，他们已经来到了爝氤探长的门前。在鱼四坚持不懈地砸了五分钟的门之后，屋内终于传出了声音。

爝氤探长穿着睡衣，披头散发、睡眼惺忪地打开门，哀怨地看着他们。

世若花囚

由于第一颗扣子没有系牢，流离看见她左边的锁骨上有一道非常丑陋的疤痕，它又深又蜿蜒，像一张狞笑的猴子的脸。这让流离几乎无法移开眼睛。

"才十点半，"爝鼠探长丝毫没有在意流离的目光，她嘶哑着嗓子，艰难地说，"这么早来找我做什么？"

"您现在还有心情睡觉吗？"虢四皱着眉头，瞪着她，"昨天袭击我和流离姑娘的那具尸体，竟然已经下葬了？为什么？这件事就这么不了了之了吗？"

爝鼠探长看起来有点生气，她向他们身后扫了一眼，让开了。"请进吧。"她说。

他们来到客厅，坐在茶几前。流离正襟危坐，紧张地四处张望着。一切看起来都很平常。因为拉着窗帘，屋内很昏暗。少顷，爝鼠探长端着精致的茶杯向他们走来，把茶杯放在他们面前。

"请喝红茶。"她说。

气氛诡异地沉默下来，所有人都在默默品茶。春寒料峭中，流离感到暖和不少。

过了一会儿，爝鼠探长说："你们想问什么？"

"如果想要弄清楚，尸体为什么会袭击我们，司法解剖是必不可少的。"虢四此刻已经平心静气下来，但他脊背笔直，目光似乎更加坚定了。

"我想说的是，我确实提出过，可是被否决了。"爝鼠探长说，"按照规定，解剖尸体需要得到家人的认可，果顷的父亲死活不同意，我们也没有正当的理由去要求解剖尸体。"

"所有人都不会相信这具已经死去多日的尸体袭击了我和虢四先生吧？"流离失落地说。

"正是如此。"爝鼠探长说，"大家只认为是多日前，果顷失足落水，由于前天晚上的大雨尸体浮上了水面，被你们发现了。虢四手腕的伤口，也被认为是野兽造成的。尤其是他过去曾有过这种因被野兽攻击而形成了幻觉的事件，所以人们就更不会相信了。"

"那不是幻觉。"虢四说，"两次都不是。"

"你不要劝说我，"爝鼠探长懒洋洋地靠在沙发上，"我是否相信，那不重要。"

"所以你相信吗？"流离似乎察觉到什么，连忙问道。

燧鼠探长顿了顿，说："从官方来说，只能调查昨天医院的事故。两个医生，一个突然暴毙，另一个胡言乱语，无论从哪个角度，社会影响都是很大的。而至于果顷姑娘，已经下葬了，没法再追究下去了。甚至连'倏忽乱向'都没办法追查下去。"

"哎？为什么？"

"虽然米店长曾私下跟我们解释了一些关于这台机器的事情，但是回到警署正式询问时，他完全不承认这台机器跟他有任何关系。他见都没见过。下午出现的原因，只是以朋友的身份去医院探望流离姑娘。而这台机器也像是完全失灵了一样，无论怎么操作，都毫无反应。它本身就已经超出了人们的知识范畴，功能更是闻所未闻，科技太过先进、高超、复杂，不能亲自演示，是无法说服任何人的。"

"'倏忽乱向'是世上绝无仅有、独一无二的发明。"流离肯定地说，"在不清楚到底是谁偷了它之前，米杉一定不想让别人知道它。"

"哇，"骊四佩服地说，"能发明出这样的机器，真的太厉害了。"

"即使是二十年前，我们没有和外界失去联系的时候，这里也只是个耳目闭塞的地方啊。"燧鼠探长叹了口气，慢吞吞地站起来，从报刊堆里翻了很久，掏出一张非常旧的报纸，指着上面的一小块报道，"虽然婆娑小镇本身还算富裕，但是由于地理位置过于偏僻，信息通讯实在太落后了，居然都没有人听说过他。他当时可是个举世闻名的大发明家，甚至可以说，到了呼风唤雨的程度。"

这段油墨已经被蹭得模糊不清的报道，似乎有魔力一般，深深地吸引了流离和骊四的目光。他们不约而同地安静下来。只是一份八卦小报，上面只有一张很小的照片，面部有些地方已经被刮白了，容貌很难辨认。但流离感觉，这就是他。他几乎毫无变化，仿佛穿越数十年的岁月，透过报纸，漠然地看着他们。

流离抬起头，看见了骊四苍白的脸。

"那个人背对着月光，脸上的阴影竟与眼前所见如此重合。"骊四轻轻地说，眼眶似乎有些湿润，语气竟然有些脆弱。

他会认为妹妹的失踪和这个人有关吗？流离想。他濒临死亡，狼狈地跪着，抬头望向天空的时候，会产生虔诚的感情吗？

世若花囚

"张氏集团，"流离努力辨认着上面的字，"这是他曾经所在的企业吗？还有这里写的是什么？'银色蛛丝'什么的……"

　　"他因这个发明而名声大噪，"燧氤探长面无表情地说，"用媒体的话说，这是刑侦系统的救世主，让所有犯罪者无所遁形。独占专利的张氏集团，致力于让永生岛变成一个人人安居乐业、路不拾遗的零犯罪的伊甸园。那里本来就是一个发达国度，而今，更加领先了，原本与其不相上下的消亡大陆，已经很难跟它媲美了。"

　　"永生岛？消亡大陆？那都是什么？"

　　"你还真的是什么都不知道啊。"鱿四在旁边叹了一口气，"它们都是国家的名字。我们生活的婆娑小镇，就属于消亡大陆，位于距离永生岛最远的这一端。而永生岛可是一个绚丽多彩的海上乐园、一个人人梦想的乌托邦，在这些发明出现之前就是这样。"

　　"呵。"燧氤探长嗤笑了一声。

　　"你笑什么。"鱿四问。

　　"没什么。"

　　"不管怎么说，千舟他从小就梦想着去那里了！家里收藏了很多那边的资料，小时候经常和我谈起。不过，在我们失去与外界的联系后，他就很少再提到了。"鱿四的眼中流露出怀念。

　　"千舟先生小时候这么喜欢永生岛，竟然没有听说过米杉吗？"流离问。

　　"张氏集团我们是知道的，但是真的从来没听说过米店长……你这样一说，确实很奇怪……"

　　"而且米杉为什么会米到这种地方隐居？"流离紧接着问，"你们也说过，这里很落后吧。他当时只有二十二岁，就抛弃了自己的身份和财富，隐藏在这里，究竟是为了什么呢？"

　　"这……"鱿四迟疑地说，"确实值得怀疑……"

　　"说起沐和，他今天没跟你一起过来吗？"燧氤探长问，"说实话，我完全没想到竟然是你们两个来找我。"

　　"他还在睡。"鱿四一副死鱼眼的表情。

　　"哦？"燧氤探长扬起眉毛，意味深长地看着他。

"在他自己家里！"魍四恼羞成怒地说，"他不到十一点是不会起的！"

"你知道我们都是中午起床派，还这么早来找我。"爝鼠探长无奈地说，"再说了，你受了这么重的伤，我以为他会要求照顾你。"

"只是皮外伤而已，"魍四挥了挥绑着绷带的左手，满不在乎地说，"我把他赶走了。太烦人了。"

"啧。"

"还有，我以前怎么没有听你说过米店长的事？"魍四话锋一转，犀利地问。

"我也是机缘巧合下才知道的。"

魍四怀疑地看着她，但他没有追问下去。"二十年来平安无事，从未发生过任何惊天动地的案子，人们的思想已经松懈了。"他严肃地说，"可这两天，接二连三，紧锣密鼓，就好像有无数双手暗中操控着。如果继续粉饰太平，总有一发不可收拾的时候。"

"关于这件事，我一直在想，"流离也认真起来，"果顷的酒鬼父亲，每天喝得醉醺醺的，用女儿工作的钱买酒，稍不满意就动辄打骂，却这么迅速就被找到了，还坚决不同意解剖。我虽然不认识海珂特探长，但我觉得十分蹊跷。"

"那你想怎样？"爝鼠探长问。

"我们去把尸体偷出来，上面一定有线索！"流离果断地说。

"挖坟掘尸吗？"魍四露出恍然大悟的神情，"这真是个好主意！"

爝鼠探长兴致快快的表情头一次出现了变化，换作任何一个人，听到这种不合常理、罔顾人伦、无视法律的计划，以如此稀松平常的口吻说出，都要瞠目结舌、火冒三丈的吧，然而她只是陷入了一种忧愁的惆怅中。回过神后，她不动声色地站起来，走到窗边，拉开了窗帘，望着窗外。

客厅中明亮了不少，让流离的决心更坚定了。事实上，这个想法让她热血沸腾。她不清楚自己是谁，但她无法听天由命。她本能地想靠近真相，怀着可笑的正义感，在直觉里执着地认为，这件事的谜底，一定和自己的身世息息相关。

"魍四，"爝鼠探长突然问，"你带枪了吗？"

魍四摇了摇头："放在家里了。"

爝鼠探长将自己的配枪递给了魍四，说道："小心一点儿。外面有人盯着这里。可能，还没放弃杀你们呢。”

鳜四面色煞白地接过枪。“他们没再继续动手了。”说着，却也十分不放心，“流离姑娘，我先将你送回病房吧，你没有必要去冒险。”

“不行，我也要去！这是我提出的，是我的坚持，记忆丧失后，完全没有意义的人生，我一定要亲自改变它！我不知道自己该做些什么，但绝不会坐以待毙，绝不会退缩！”

鳜四笑了，目光柔和地看着她，说：“你下午好好休息，我去养老院。我们晚上见。”

当水流离再次睁开眼睛的时候，已经下午四点了。她睡得很沉，完全没有做梦，这让她心情愉悦。

然后，她吓了一跳——米杉正站在她的床边，抱着双臂，板着脸看着她。

“下午好，”水流离勉强挤出一丝笑容，“你来看我呀？真的太好了！”

“我上午也来过，可是你不在。”米杉露出程序化的微笑，但是流离觉得那个微笑很瘆人。

“哈哈哈，我上午出去转了转，”她的额头冒出冷汗，“我不能总躺着，是不是？毕竟也没有什么大碍。”

“你晚上也要出去转转？”米杉依然微笑着，举起一个笔记本，修长的食指正指着上面的一行字。

不知道晚上会不会发现什么新的线索，这让我感到很紧张。

糟糕了！看见那行字，流离大惊失色。她中午回来后，一直在想着上午谈话的内容，想着案子的事情，便随手在笔记本上记了下来。幸好，她没有写得很详细，只是记录了些含糊的疑问。

“我……我只是关注案件的进展罢了！”流离连忙说，“不是打算做什么，你可别乱想！”

米杉坐了下来，静静地翻着笔记本，水流离心虚地看着他。“果顷姑娘手中的那根奇怪的针头，究竟是做什么用的？”他读道，“它曾经将我的手掌划破，看起来没有任何异常，但果顷姑娘这样紧紧地攥着它，会不会有什么含义？会是从案发现场带出的线索吗？"

米杉拉过流离的手，看着她的掌心。

还是那么冰冷。简直不似人类的温度。

"好凉……"流离喃喃道。

"嗯，我天生体温低。"米杉平淡地说。昨天被针头划破的那道口子已经结痂了，他观察了一会儿，松开手说："看起来确实没有什么问题。"

"爋鼠探长提到，昨天送回警局化验的咖啡是没有毒的。"米杉低下头继续读着笔记本上的字，"据说，千舟先生一直拿着这两杯咖啡，没人接近它们，直到交给警署的人。难道接触了咖啡的麻蝇只是普通的淹死，是判断失误了吗？还是说咖啡被偷梁换柱了？如果真的是这样，那我们到底是生活在怎样一个危险的环境中啊！"

"原来，还发生了这种事啊。我都不知道。"米杉挂着下巴，眯起眼睛说，"你出现的时间不久，但什么情况都了解呢。"

"我只是很迫切地想把一切都弄清楚罢了，"流离不服气地说，"因为没有过去的记忆，我一定要牢牢把握从此刻开始的人生，不是吗？"

"我感觉你挺激动的，"米杉这次是真的微笑起来，因为他的眼中含有笑意，"喜欢做些冒险的事情，还抱着不能让坏人逍遥法外的正义感，和以前一样。"

反应了一会儿，流离才意识到米杉说的应该是二十年前死去的那个人。一个惊悚的念头突然浮现在她的脑海——米杉抛弃了荣誉和财富来此隐居，正好也是二十年前。难道他不是隐居而是躲藏？难道是因为杀了人而遭到通缉，所以才逃到这里吗？杀的那个人，难道就是当时的水流离？那她此刻不就是和杀害"她"的凶手共处一室吗？

这个脑洞大开的想法让她一阵不寒而栗。当然，目前来看，一切只是胡思乱想而已。但时间也很巧合，应该会有什么关联的吧？二十年前究竟发生了什么？

她的记忆始于他的梦里。那梦境如同一间压抑的忏悔室。他曾说，他很后悔，他在后悔什么呢？

难道，她的游思妄想都是真的吗？

想到这里，流离如临大敌、紧张兮兮地看着米杉，但米杉对此无动于衷，笔

世若花囚

64

记上的另一段文字更加吸引着他的注意力。“‘倏忽乱向’是一台空间措置器，”他读道，“它将我们传送到了另一个恐怖的空间中，这简直是超越现有科学知识的奇迹。在我的猜想中，在平行世界之间跳跃，是一件很困难的事情，但如果将某一范围的空间整体错位、相互置换，却会相对容易。我模模糊糊地觉得，‘倏忽乱向’应该借助于后者，当我回到这边的空间时，听说辐射室的环境也变得干净了。但这样的话，那个杀人魔一定原本就生活在错位的空间中，这是为什么呢？可是，这一切太过凑巧，在什么情况下才会出现这种小概率的事件呢？可恶，脑袋像是要炸开一样。这么先进的科学仪器，我怎么可能完全理解呢？潜意识一边延伸，一边抗拒，真让我困倦不已。是不是因为我的精神一直处于紧绷状态，即使一直昏昏沉沉，也无法得到充分的休息？好想问问米杉我的猜测是否正确，似乎只要这样做，我混乱的记忆就能得到肯定，内心也会相对平静了。”

“真是不可思议。”米杉将笔记本合上了，轻轻地放回到流离的枕边。笔记本后面的字已经越来越混乱，看样子流离是写着写着睡着了。“你竟然对‘倏忽乱向’的原理把握得如此精准，这让我很不安。”说着，他拿起床头柜上的水果刀，流离不由得惊呼一声。

一惊一乍的水流离让米杉顿了一下。他瞥了她一眼，然后从随身携带的袋子中掏出一个梨，削起皮来。“是从哪里获得的知识呢？还是说，真的只是随便猜的？我已经很久没有感到这么好奇了。”他继续说，“二十年前，我自认为我的发明是全世界永远无法被复制或赶超的，看到你的出现，看到你写的文字，我的自信受到了打击。这么多年过去，外面的世界或许已经发生了翻天覆地的变化。是时候调查一下了。”

他把梨切成了一片一片的形状，非常工整地摆放在盘子里，递到流离面前，盈盈一笑。

“我会把你研究明白的，流离。”

他的声音真是蛊惑，像柔软的荆棘，遍布着温柔的陷阱，让人心生愧疚和惶恐，却甘愿沉沦。流离突然想到，虽然只接触过短短片刻，但她能体会出鱁四他们在无意中透露出的顺从的感情，大抵正是如此。她的心扑通直跳，为了掩饰，她拿起一片梨，说：“所以，我的猜想是对的吗？”

“是对的。‘倏忽乱向’的原理是使一定区域的空间——可以称为核心区——

在原来的时间流中偏移两秒，使其藏在正常时间线的岔路口。只有'倏忽乱向'本身和与之紧邻的仪器是不会跟过去的。"米杉耐心地解释说，"这是一个隐藏空间的好方法。而医院的范围属于缓冲区，空间没有置换，但通过核心区传送过去的生物可以在里面活动；而医院以外，便没办法走出去了。当操作逆转后，原空间的一切都会回来，出现在与相错空间对应的位置上。"

整个小镇与外界失联的原因，会与此有关吗？流离想。她所去的那个空间，非常安静，听不见一声鸟鸣，整个医院空无一人，只有那蓬头垢面的杀人魔独自游荡。他的状态，像被困了很久。那里不像一个刚刚才分裂出的空间，而是很破旧、看似很多年前的。如果那个杀人魔孤身处于一个已经错位了很久的空间呢？如果那个空间一直保持着和这边相错两秒，已经很长时间了呢？但是，一台'倏忽乱向'的有效范围只有CT室那么小的面积，如果覆盖整个小镇，至少需要成百上千台机器才行，那几乎是不可能的。

吃下的梨竟如此甘甜可口，这让流离十分欣喜，她的眼睛放出光来，迫不及待拿起第二片。她能感觉到，这似乎是她一直以来最喜爱的水果。

然后，她苦恼地看着对此了如指掌的米杉。

对米杉来说，她是一个已经死去很多年的人，她的出现对他来说，一定是一个棘手的谜题。他在破解的过程中，透露出了他的过去。这让流离更加好奇，更加迫切地想弄清全部真相。她不想永远这样无力而惘怅，就好像神一样的巨大身影矗立在她身后，高悬着双手操控着她的纸张。

当流离提出希望去探望曾和她一起受困的医生小姐时，米杉说："你会感到失望的。"

而后她明白了他为什么会这样说。医生小姐住在一楼的病房中，她的脚受了伤，还不能走路，情绪依然很糟糕。然而，她似乎很憎恨流离，发疯似的驱赶她。

但流离并没有感到失望。医生小姐是受到了她的牵连，才遭受了这些灾难，这让她很内疚。或许，医生小姐还听到了她和米杉的对话，以为流离要丢下她独自逃亡。

米杉只是耸了耸肩，不以为意地说："她做了自私自利的事情，没有办法面对你，所以才会故意很凶恶，把错都怪罪到你的身上。理直气壮的样子，不过都是为了掩盖自己的罪恶感，合理化自己的行为罢了。"

或许他说的是有道理的。流离难过地想。但是，既然良心不安，这不正好证明了医生小姐是一个好人吗？她是个普通的好人，她的感受也很重要，不是吗？

在米杉离开后，流离再次翻开了她的笔记本，无意间发现在最后一页，多出一行字来。

这行字写得很漂亮，可内容却让人毛骨悚然。

人的生命不过蝼蚁，人心晦暗不明。

蜷缩在粗糙的木桩旁，水流离等了很久，骊四也没有出现。此刻，已经夜半三更了。寥寥的路灯十分昏暗，就连月亮和星星都躲在云层之后。这根木桩是墓地入口的标志，流离靠自己找到了它。因为地处荒郊野岭，墓地十分辽阔，漆黑一片，像无穷的洞窟，一旦踏入，便万劫不复。

没有耳讯的地方真的很不方便，否则她就可以打电话给骊四了。流离不想空手而归，但她形单影只，如果擅自闯入，一旦发生意外，她岂不成了一个不顾死活的蠢货？悄无声息地来到这个世界，又悄无声息地消失了，她所认识的这些屈指可数的人，过段时间大概就会遗忘她，仅仅把她当作一个未解之谜而已。她不想这样。想到这里，她不禁打了退堂鼓。身后是空荡荡的土路，路旁停着来时她借的自行车，她需要骑六公里的山路，才能回到小镇的街道上。来的时候不觉得难，但现在她开始认真地考虑起自己的个性是否有些过于莽撞了。

她硬着头皮，扶起车子，正准备把手电筒绑在车把手上时，不远处传来了汽车的声音。是骊四来了吗？流离欣喜若狂，几乎想立刻飞奔过去，但手忙脚乱的，自行车还没停稳，脚又被石头绊到了，导致她直接扑倒在地，裸露的手臂都蹭伤了。

在她痛得龇牙咧嘴，趴在满是沙土的地上的时候，突然想起，骊四应该是没有车的。这也是她坚持没有让骊四去医院找她的原因。医院和养老院到这里是完全相反的方向，没有汽车的骊四来接她会绕很多路。她可不想去什么地方都靠着别人来领路，她必须尽快恢复独立生活的能力才行。况且这不是小菜一碟的事情吗？所以，在她多少有些"天不怕地不怕"的坚持下，见面地点才变成了墓地的入口。

或许是骡四找到了车子？但这只是一种可能性而已。在确认之前，暴露自己是很危险的。此刻，已经能看到拐角处的车灯光了，流离下定了决心，迅速地关掉了自己的手电筒，并忍痛将自行车推到了旁边的草丛里，自己也躲藏了起来。枯黄的杂草很茂密，加之土路这边一侧是下坡，因此看起来很隐蔽。

驶来的是一辆黑色的吉普车，看不清车窗里面的情况，但汽车径直驶过了墓地入口的木桩，并没有停下来的意思，看来，不可能是约好与她碰面的骡四。可是，这么晚了，其他人为什么要来这里呢？流离紧张地看着汽车的背影，由于墓地里面的路坑坑洼洼的，崎岖不平，因此汽车的速度慢了下来，看起来很是颠簸。突然，只听"嘭"的一声巨响，汽车冒出了烟来，熄火了。

一个魁梧的壮汉从驾驶座骂骂咧咧地走了出来，查看后，一脚踹到了车身上。"他奶奶的，什么破车！"他发泄着自己的怒火，看起来十分狂躁。这时，车后座的车窗摇了下来，传来另一个男人的说话声。可惜，距离有点远，那个人说话不似司机一样粗犷，因此流离无法听清他在说什么。

正当她犹豫着要不要悄悄靠近一点儿的时候，一个女人突然从车后座的另一边冲了出来。这个女人披头散发，抱着一个两岁左右的小孩子，即使背对着灯光，流离也能辨认出，她的脸极度惊恐地扭曲着，尖叫着，不顾一切地向着来时的方向拼命逃窜。

她的速度飞快，一定是爆发出了惊人的毅力和求生欲望，如同被饿狼扑食的鹿一样用尽全部的力气奔跑，然而，身后一米九的壮汉几个大跨步就抓住了她的胳膊，小孩子掉到了地上，但依然十分安静，没发出半点声音。她也被一把摔到地上，额头撞到了入口的木桩。她试图站起来，但壮汉又一拳打到了她的脑袋。女人无力地瘫倒在地，但壮汉似乎还不解气，一边破口大骂，一边拳打脚踢，女人发出撕心裂肺的惨叫声，树上的乌鸦群被惊得腾空而起。

"你还敢跑，看我不打死你！"

流离心跳得飞快，呼吸急促，死死地捂住了自己的嘴巴，趴在路边的草丛后面，一动不动。她抑制着自己想要冲出去救那个女人的冲动——那只是不自量力而已。这种情况下，应该把这些都录下来才对。于是，她抬起左手去摸自己的耳朵，然后意识到这个动作好像没有什么意义，她也并没有随身的录像设备。

她满身冷汗，手紧紧地握着倒在这里的自行车的把手。如果，她骑着车子带人逃跑呢？那些人的车不知因为什么原因熄火了，会很快就修好吗？徒步的话，说不定追不上骑着自行车的她。但是那个女人就在壮汉的脚边，她根本没有办法就这么把人抢走。然而，那个小孩儿正躺在几米外的地方，距离她更近，而且暂时没人顾及……

她向前挪动着，距离那个小孩子更近了，正要从草丛中蹿出来的时候，突然感到了身后有人接近的气息，她倒吸一口冷气，差点儿惊呼出来，一只手伸了过来，死死地捂住了她的嘴巴。

"嘘，别出声，是我。"

是骉四的声音！流离松了一口气，感觉眼眶都湿润了。他似乎是从后方没有路的树林中穿过来的，此刻和她一样躲在草丛里，小声说："不要冲动，再观察一下。"

车后座的门打开了，刚刚摇下车窗说话的那个人走了下来，是一个精瘦的男人，看起来尖嘴猴腮的样子。他拿着一个手电筒，走了过来，制止住了壮汉的暴力，说："行了，别打了，打坏了可卖不上好价钱了。"

糟糕了。流离和骉四不约而同地想。他们距离那个小孩儿只有几步之遥，刚刚这边很暗，他们趴在草坡里，很难被注意到。一旦被光照到了，后果不堪设想。

"不好好教训一下，是不会长记性的。"壮汉停了下来，看着已经一动不动的女人，朝她啐了一口，"倒是你！麻药怎么下的？怎么让她醒过来的？这要让她跑了，咱们好不容易发现的这条链子，可就不好做了。"

"放心，这没什么大不了的。一个孤苦伶仃的疯婆娘而已，谁会在意她呢？而且我的麻药剂量完全没有问题，可能她以前镇静剂用多了，产生了抗药性。"瘦子不耐烦地说，"快把车弄好，我们赶紧把货运出去，晚了的话，又要遇到什么鬼打墙，不知道还得困多久呢，这一单可白干了。"

好在瘦子并没有再往流离和骉四的方向靠近，因此，手电筒的光并没有照到他们。壮汉一手拎起女人，另一手拎起小孩儿，走了回去，把他们塞到了车后座，打开车前盖鼓捣着。

"骉四先生，发生了什么事吗？怎么现在才来？"流离小声问。

“实在是很抱歉。”鱻四说，“说来话长。总之，这辆车这么晚来墓地，我感觉很不对劲，再加上我拿着铁锹，自己也是做贼心虚，就在他们看见我之前躲到了一边。我怕被发现，所以索性穿过山坡的树林往这边走。结果刚看到你，就听见了有人在惨叫，还有打骂的声音……”

对于如此惨无人道的暴行，流离心潮汹涌地说：“我们有可能把他们救出来吗？”

鱻四摸了摸带在身上的枪——那是爔氤探长上午借给他的。自己的猎枪放在家里，而他一直没有回去。手枪用着没有猎枪习惯，但也问题不大。可是，这两个人看起来都是穷凶极恶的暴徒，犯案熟练、隐蔽，身上会不会也带有武器？如果要救出一个女人和一个小孩儿，他需要同时顾着他们，同时用枪防卫，就算对方没法儿用车追赶他们，也免不了出现什么意料之外的变数。

“刚才他们说的话，你注意到了吗？”他目光炯炯地看着流离，“他们有办法把人运出小镇吗？他们与外界有联系吗？”

“所以，就和你的猜想一样，”流离镇定地说，“莫非，他们与果顷的案子也有关联？按照你说的，婆娑小镇一直风平浪静，不可能同时出现这么多犯罪团伙吧？”

“没想到我们会碰见这样的事，这可是一个重要线索。”

岂料，汽车的发动机已经启动了。竟然这么迅速！看来，汽车并没有什么故障，只是高低不平、坑坑洼洼的泥土造成了熄火。这个时候，他们只有一把手枪，能制服他们，敲开车门，带走受害者吗？流离的心渐渐沉了下来。

狼狈地从草丛中爬了出来，望着愈加微弱的车尾灯，两人的神情都很凝重。但是至少，他们没有打草惊蛇。而且，由于两天前的大雨，时间又是深夜，土壤依然有些湿润，车辙还清晰地印在地上。

流离依然十分难过，目光久久地停留在汽车消失的方向，女人和孩子悲惨的遭遇依然在她的脑海中挥之不去，耳边呼呼的风声仿佛是来自地府的哀嚎，仿佛万千恶鬼从墓冢腾空而起，融化于这静止的冥冥世界中。

“不要担心，”鱻四握住流离的手，坚定地说，“一切谜团终于开始有头绪了，我们最后一定会战胜全部罪恶，将他们救出来的。我保证。”

流离点了点头。

今晚意外的发现带给了他们信心，同时又让他们觉得沉重。这种犯罪，在以往他们是很少能接触到的。

越往深山之中，墓碑变得越稀少。魃四发现了什么，连忙招手让流离过去。

"看，这里的土壤和周围的颜色略微不一样，"他兴奋地说，"应该刚翻动过不久。接近入口的位置已经满了，而这里还比较宽敞，他们很可能是把果顷姑娘埋在了这里。"

"这里插着一根树枝，"流离指着土壤说，"它好好地立着，一定刚插进去不久。刚刚我们一直没有找到写着果顷姑娘的名字的墓碑，想来她的酒鬼父亲也不会好好地埋葬她，说不定就是用这根树枝代替了。"

他们立刻开始动手挖掘起来。人埋得很浅，很快他们就看到了阴森污绿的肌肤。一只胳膊和一只手暴露在空气中，表皮已经脱落了。流离与魃四对视了一眼，仍然心有余悸，仿佛在担心她下一秒就会跳起来开始攻击他们。

天上的云散了，月光倾泻，周遭泛起惨白的薄雾，他们已经将果顷的头部挖了出来，那嘴唇外翻已经肿胀的脸，让他们一度无法辨认这是不是果顷本人，但她身上破破烂烂的衣服，他们还是能认出来的。距上次遇见不过两日，当时她与常人的样子无异，没想到腐化得如此迅速。

他们将人拉出土，看到了她胸口三十厘米的长长的伤痕，伤痕处还有黑色的缝线，像一条长长的蜈蚣，盘踞在鼓鼓囊囊的一块块皮肤上。

"这是什么？"流离颤抖地问。

"难道，这就是那些人想要掩盖的秘密吗？"魃四惊愕地说，"人在死后还会动的原因，会不会也与此有关？"

将尸体抬起后，他们往回走去，但流离不知道踩到了什么，脚一滑，摔了一跤。

"这是什么？"魃四弯下身，扶起流离后，将使她滑倒的那个东西捡了起来——那是一个像扁扁的砖块一样的东西，由于是黑色的，所以他们一直没有发现它。擦去泥土后，它的表面十分光滑，看起来是金属材质的。纤薄的侧面有一些凸起，看起来像是按键之类的东西。

按下按键后，其中一面亮了起来，这是一个看起来像屏幕一样的区域，一整面都是。触碰了屏幕后，九个数字浮现出来，上面还出现了六个空心的圆圈与一行字：输入密码。

"看起来像是个先进的机器啊，这么小的屏幕。"驫四感兴趣地说，"看起来要输入密码才能打开它，但是键盘在哪里呢？"

流离用手点了点屏幕的数字，一个空心的圆圈便变成了实心。"这是已经成功输入的意思吧？"驫四好奇说，"触摸屏幕便可以打字吗？我从来没见过这样的机器，这是来自外面的世界吗？是用来做什么的呢？"

"驫四先生，"流离小心翼翼地说，"我想，这应该叫智能手机，是一种便携电话。"

"以前，我们小镇所使用的便携电话，是黑色块状的，像砖头一样，用的人不多，小时候，看见比较富裕的人，拿着打电话，我们还很羡慕。"驫四回忆着，"不过，忘了什么时候，那个东西没人在用了，好像是后面慢慢地就不好使了。现在大家使用的都还是有线电话。"

"小镇里还能看到废弃的基站，"流离沉思着说，"有可能是因为，信号随着小镇的隔绝被切断了，也可能是模拟移动电话网被替换了，才导致老旧的便携电话失灵。"她皱着眉头看着驫四，"不能否认，我们小镇发展停滞的二十年，跟外界科技的差距越来越大了。我们捡到的这个东西就是一个证明。"

"你果然不是小镇里的人。"驫四确信地说，"虽然失去了记忆，但潜意识中还保留着对这些东西的印象！看来，如果要找回记忆，找回自己的过去，那一定能找到出去的路。我在小镇周遭的山林中狩猎了十年、寻找了十年，一直没有成功过，但是这两天发生的事情，让我相信，封闭的小镇出现了缺口，这个缺口甚至被恶人先发现，并用来犯罪！这是绝对无法容忍的事情。"

是啊，流离哀伤地闭上了眼睛。正是这个缺口的出现，强硬地转动了小镇一成不变的命运之轮，沉浸在过去的幸福中的人们，如何面对这用鲜血开启的新篇章？

但是，这二十年，他们真的幸福吗？从心底里，毫无遗憾，平静而幸福地生活吗？

娑娑小镇的每个人，都有自己的秘密。

短短几日时光，那目之所及之丝线已将一片片朦胧而脆弱的面纱串联。驫四困扰在过去的噩梦中，无法坦然自若地生活，想要找到冲破这种困境的方式；爥氪探长是一个让人琢磨不透的人，好像得过且过、似懂非懂，但流离觉得她的心更深，像活在亦真亦幻的世界中；流离还观察到的细节是，在蔷薇小筑的时候，煐·达那拉医生抬起手检查她的额头，袖子下左手腕缠着的绷带松了，有一道刀割的伤口。

而米杉，流离闭上眼睛——

"当我在杀人魔所在的空间拼命逃窜的时候，我唯一能联系上的人是米杉，他的言语和注视，不知不觉中渗透进我的心脏，操控着我求生的欲望。我感到既欣喜又恐惧。那是一种很奇妙、很矛盾的感觉。我坚信他正在拯救我，坚信在他冷静的陪伴下紧绷而悲戚的情愫是真的，但与此同时，在这漫长的过程中，有那么一瞬间，仅一瞬间，我恍惚觉得，他想就那样杀了我。"

流离喃喃自语如同远方飘来的风铃音。骊四转头望着她的侧脸，表情认真又迷惑。

就在这时，发动机的声音引起了他们的注意，抬头一看，是刚刚已经离开的汽车！那些人竟然驶回来了！被月光照亮、正站在墓地中央的流离和骊四，此时格外显眼。汽车慢吞吞地接近着，他们似乎还在伪装，不想发生什么冲突似的。也许对方也摸不准他们是来做什么的，所以才没有轻举妄动？

然而，就在这犹豫的同一秒钟，骊四猛然将流离一把推开了。刺耳的枪声响起，灼热的子弹正贴着流离的耳朵飞过！

"咱们之前差点儿被灭口，可能是同一拨人干的！他们是认识我们的！"骊四向她喊道。

不愧是猎人，拥有着对杀意敏锐的直觉！流离暗暗赞叹道。她连滚带爬地躲到了一个墓碑后面，而骊四向侧面翻滚了一圈，躲开了射向他的子弹。对方见两枪都没有射中，骤然加快了车速。他们无处可逃，这时，流离看见骊四从腰间抽出他的手枪，只瞥了一眼，一枪便射中了汽车的轮胎。汽车丧失了转向力，险些翻车，勉勉强强停住了。

"是之前让我们干掉的那两个人！"壮汉司机气急败坏的声音传了过来，"不是说解除怀疑了吗？他们怎么会在这里？"

"看来还是被他们发现了什么。"这是瘦子的声音，"你看看你的手机被他们捡走了吗？"

这不就是刚才那个壮汉司机殴打女人的地方吗？流离颤抖地想，看来是壮汉司机的手机不小心掉在地上，被他们捡到了。现在，手机在魍四那里，说不定藏着很多线索，一定要收好才行。

可能因为忌惮他们也有枪，所以车上的人没有贸然下来。车窗里漆黑一片，魍四在外面是无法瞄准目标的。好在，这里靠近墓地入口，坟墓十分密集，修得很好的高大石板墓碑一座座地排列着，流离和魍四都隐蔽着，并尽量沿着汽车盲区的路线悄悄移动。车里的人随便打了一枪，击碎了一个墓碑，就在距流离不远处。流离忍住没有发出声音。

"别这么张扬！"流离听到瘦子训斥壮汉的声音，"要是把这墓地搞得一片狼藉，被镇上的人重视起来，这条路线还怎么走？"

"我的手机要是落他们手里，咱们更要完蛋！"壮汉怒吼。

"这还不是怪你自己没拿好，你这个蠢货！"瘦子显然也失去了耐心，"听着……"

不知他们窃窃私语筹划了什么。突然，靠近魍四那边的车门突然打开了，车门挡住了魍四的视线，他也没有擅自开枪，车上的瘦子躲在车门后，向着魍四的方向开了几枪，枪都没有击中墓碑，但是让却让魍四很难反击。他艰难地从墓碑后探出头，开了两枪，都射到了车门上。趁着这时，壮汉向流离这边扑了过来，同时也用墓碑掩护着自己，他十分灵敏，即使魍四注意到了这边的异动，也不容易捕捉到他的身影，反而又浪费了一颗子弹。

糟了！流离想。她手脚并用地爬着，但距离墓地中心越来越远，再偏就很难再找到墓碑的掩护了。更重要的是，那个壮汉已经发现了她！他狞笑着，朝她的方向冲过来，流离看见他并没有拿着手枪，而是拿着之前用的那根铁棍。可能对方一伙人也只有一把枪而已。

壮汉非常彪悍，像个大猩猩一样，距离流离越来越近。关键时刻，流离向旁边一闪，勉强躲过了挥来的铁棍。她摔倒在了地上。抬起头后，看见魍四毫不犹豫地从墓碑后面冲了出来，奔向她的方向。

他一边跑，一边瞭着汽车的方向，身法十分灵巧、敏捷，闪过了射过来的几发子弹。和流离的距离近一些后，他的盲区变少了，视野变得更加宽阔。这时候，他举起枪，表情冷静而坚毅，双手平稳，一枪便射中了壮汉再次举起来的手。

壮汉痛得嗷嗷直叫，铁棍也掉在了地上。流离没有犹豫，一把抢过铁棍，对准壮汉的头部便砸了过去，但壮汉也不是吃素的，他用没有受伤的左手抓住了铁棍的另一端，力大无比。流离只能用双手死死地压住铁棍，才能不让铁棍再被抢回去。

"快趴下！"骊四朝着她大吼。流离瞬间松开了手，趴到了地上，而壮汉由于惯性，摔得仰面朝天，铁棍也扬了起来。与此同时，枪声响起，是汽车那边开的枪！它本是瞄准了流离的方向，但此刻，只打中了铁棍，使铁棍从中间折成了两截。流离眼疾手快地夺过其中一半，用尖锐的断口刺进了壮汉的肩膀。

壮汉发出愤怒的嚎叫声，左手抓住了刺进肩膀的铁棍，抬起粗壮的大腿，一下子便踢中了流离的腹部。流离痛得捂着肚子蜷缩在地上，而壮汉拔出肩上的铁棍，像失去了理智一样，破口大骂着，向流离这边打了过来。而这时，骊四又开了一枪，准确地击中了壮汉的小腿，壮汉跌倒在地，流离抓起一把土便扬到了壮汉的脸上，趁着壮汉闭上眼睛，流离捡起了刚刚掉在地上的另一半铁棍，用尽全部力气，敲中了壮汉的后脑勺。终于，他一动不动地昏死了过去。

骊四跑到她的身边，将她拉到一个高大的墓碑后面，使得从汽车方向射来的子弹没有办法击中他们。"做得太棒了，"骊四温和地望着她，"真是位了不起的姑娘。"

流离觉得怪不好意思的，她说："现在该怎么办呢？"

双方都不敢轻举妄动。"只剩四颗子弹了。"骊四看着手上的枪，眉头紧锁，"这块地的两侧都是深山。我们可以不走山路，而是从这边的山坡直接逃走。在树林里，对方只有一个人，很难追到我们。但是，夜晚的山林十分危险，还可能遇到野兽。而且，果顷的尸体还扔在墓地中央。如果不解决车里的人，我们是没有办法带着尸体逃走的。"

"有什么好办法吗？"

"这样，"他将手枪递给流离，"你掩护一下我，我悄悄从另一个方向接近他。"

"什么？可是我根本不会……"

"打不准没有关系，你只要朝着汽车的方向开枪，吸引他的注意力就可以了。"骊四愁眉苦脸地说，流离感觉到了他对此举并没有十分把握，"我的身手并不是很好，希望一切都能顺利进行吧。"

流离觉得骊四过于谦逊了。

她找准了机会对汽车放了一枪，骊四趁这个机会，绕了一圈，从另一个方向接近汽车。果然，依然躲在汽车后座门后的瘦子，被流离这边吸引，对着这边射击，好在这个高大的墓碑挡住了流离。她一共放了三枪，子弹即将用罄了。说时迟那时快，已经靠近的骊四如离弦的箭一样冲向了汽车。瘦子根本来不及反应，草率地掉转方向，向着骊四开了一枪。骊四纵身一跃，跳到了车顶，一把就抓住了瘦子的手腕。枪没有办法对准他，于是瘦子的右手一掷，用左手接过了枪。骊四将瘦子扑倒在地，手肘死死地压在他的喉咙上，瘦子头晕眼花、痛苦不堪，几乎马上就要昏过去。

赢了？

流离探头探脑地向这边张望，车身挡住了她的视线。这个喜悦的念头刚一出现，她突然觉察到不太对劲。为什么瘦子会坐在车后座？车后座已经有两个被绑架的人了，很挤，难道仅仅是为了看着这些毫无反抗力的受害者吗？

为了万无一失，流离向骊四喊道："骊四先生！副驾驶有人吗？"

枪响了。

骊四倒了下去。

瘦子狼狈地从地上爬了起来。副驾驶的车窗开着，一只黑洞洞的枪口冒着黑烟。这把枪就是刚刚瘦子递到左手的那把，骊四没有注意到，那个时候，瘦子又用左手将枪扔进了汽车里。不过这也证明，这些犯罪分子的手里的确总共只有一把枪。

子弹并没有击中骊四。在流离问他的时候，他侧过脸，正好看见了对准他的洞口，在千钧一发之际闪开了。

当副驾驶的人再想开第二枪时，子弹用尽了。骊四知道不能给他们换子弹的机会，于是想要趁此机会夺走手枪。但副驾驶的人丝毫没有慌乱，而是一脚踹开车门，走了下来。他的穿着要比另两人更加得体，看样子很有来头，脸上有一条长长的刀疤，表情极度冷酷。

他抬手挡开了骊四的攻击，一个回旋踢踢到了骊四的脖子上，骊四的头撞在

世若花囚

76

了车上，眼前一阵发黑，但紧接着就被刀疤脸再次抓住了头发，狠狠地砸向了车顶。他的额头破了，鲜血流了下来迷住了眼睛。

没想到副驾驶上坐着人，一直没发出声音，没有任何动作，实在太草率，太大意了！流离一边痛恨着自己，一边向着汽车靠近。此刻，枪里只剩下一颗子弹了，他们被逼入了绝境，只能孤注一掷。

"不许动！"她跑到了看得见对方的区域，举起枪对准了他们，大吼一声，"把他放了！"

"喂，"瘦子转过身来，轻蔑地笑着说，"为什么总是有人喜欢上赶着送死呢？你还不如趁这个机会赶紧逃了，或许还能捡一条命。"

"小姑娘，知道怎么用枪吗？"刀疤脸没有动，"能打中吗？"

"要试试吗？敢赌一把吗？"流离厉声说。

他们之间的距离不算远，如果真的开枪，确实有一定的风险，刀疤脸的枪里还没来得及装子弹，而他们也不知道流离的枪中还剩下多少子弹，因此不敢轻举妄动。魆四看准时机，挣脱开了刀疤脸的束缚，向流离的方向飞速撤退。

魆四从流离的手中接过了枪，一边对准汽车的方向，一边继续跑出了墓地，还带上了果顷的尸体。然而，趁这个时间，刀疤脸已经装好了子弹，并对着他们的背影开出几枪。

目标很大，他们非常容易被击中，所幸，果顷的尸体挡住了两颗对方的子弹。这时，魆四猛地停住了脚步。他倏地转过身，举起了枪，目光笔直，毫无颤动。

然后，用最后一颗子弹，一枪击碎了对方手上的枪。

摆脱了枪击的威胁，流离和魆四很快地跑远了。他们将果顷的尸体放在了一开始倒在路边的自行车上，然后推着自行车飞速向山下奔跑，一刻不敢喘息。流离可以听见身后的人在手上的枪炸开后发出的惨叫与咒骂。他们将壮汉司机拖回了车上。瘦子说："真是个中看不中用的废物！竟然被个小娘们给干倒了！"

"你能好到哪里去？开那么多枪，没一枪射中的！"刀疤脸此刻也怒火冲天，"赶紧把轮胎换好！我们还能赶在他们下山前追上他们！"

他们更换轮胎的速度果然很快，不到十分钟就换好了，于是迅速发动车子向山下开去。

"不行，这样我们迟早会被追上的。"拉开一点儿距离后，确保对方已经看不见自己，也没有追上来，流离气喘吁吁地对魑四说，"我们把果顷姑娘的尸体藏在这里，然后骑上车子，这样会更快一些。"

"你说得有道理。"魑四表示认同。他们将果顷的尸体放在了距离路旁较远的一块大石头后的阴影中。正当他们要回到路上的时候，汽车的声音竟然已经传了过来！"竟然这么快？"流离惊慌失措地说，"魑四先生，他们要追上来了！"

"只能穿过山林了，"魑四望着身后黑黢黢的树林，咬了咬牙，"我对这一片还算熟悉，知道怎么下去，不会迷路，但是这里距离山下还有些远，恐怕会很费周折。流离姑娘，你一定要跟紧我！"

车上的人看到了倒在了路上的自行车，立刻知道他们是从这里拐到山林中了。刀疤脸、瘦子和已经苏醒了的壮汉，从车上走了下来，一人拿着一把斧子——这是他们刚刚才从后备厢中翻出来的。他们也进入了这山林之中。

虽然有些树木已经开始发芽，但毕竟不如夏季茂密。流离和魑四两个人，一边尽量隐蔽着自己，一边远离着搜寻他们的那三人。这是魑四的强项。

但是，他捡到的那个手机突然响起了刺耳的铃声！

"哈哈哈哈！"流离能够听见壮汉发出的狂妄的大笑，"没想到吧！老子设的闹钟响了。你们这些杂种完蛋了！竟敢打老子的头，老子一定要把你们剁碎！"

"你笑个屁啊！"这是瘦子的声音，"这个闹铃意味着我们错过了这个月能从这个小镇出去的最晚时间了！如果不是你弄掉了手机，至于错过了时间吗？"

"再躲一阵不就好了？"壮汉满不在乎地说，"再说，这俩人这时间来这儿，肯定本来就有问题，被我们发现，杜绝隐患，不好吗？"

"别吵了！"刀疤脸怒喝道，"先把事情解决了，再来推责揽功。否则，你们一个个都吃不了兜着走！"

闹铃被关掉了，但为时已晚，他们已经被锁定，被逼到了绝境。跑到了一块相对比较宽阔的空地上之后，流离跌倒在地。她剧烈地喘息着，鼻子和口腔中都吸进了泥土，汗水噼里啪啦地滴落在地上，双腿发软，实在是没有力气再站起来了。

那三人追上了她们，仅数米之遥。斧子划破空气所发出的呼啸声，竟然如此清晰。

"鱬四先生，你自己快跑吧，不要管我了！"流离对着跪在她身边，护着她的鱬四说。

"不行！"鱬四的声音十分坚决。

她的眼前一片模糊。反应了好一会儿，她才意识到，这并非缘于她的泪水。这块空地上的雾气异常浓厚，所见万象皆混沌不堪。空地的四周被一块块奇形怪状的大石头围着，在缭绕的雾霭中，它们影影绰绰地扭动着，好似群魔乱舞。在正前方，一块更高的巨石孤傲地审视着他们。她的目光被它吸引了，并看见身旁的鱬四也是一样，近乎沉沦地看着那个方向。周遭异常沉寂，迫在眉睫的危险也消失了似的，一切变得无比庄重。

惊雷响起，一道刺眼的白光从天而降，照亮了一个身影，孑然屹立于巨石之上，沉浮于月光之中，安静地看着他们。

奇怪，她的思维怎么变慢了？流离陷入一种急于了解自己真实处境的意图中，但只有些细碎的片段困扰着她，她努力回忆着，甚至觉得自己想起了很久很久以前的一些事，可当她再想把它们记得更清楚时，它们又无声无息地消失了，怎么也想不起来。

咦？她刚刚不是在山里吗？怎么会在海中下沉？但她完全无须担心自己是否能够呼吸，只是脖子、四肢都格外僵硬，全身弥漫着微弱的刺痛感。海中没有一丁点儿生命迹象，没有鱼，没有草，没有珊瑚、水母和海星。不知过了多久，她沉到了海底，肌肤和骨骼已经被挤压得变形，无边无际的黑暗与寂静遮蔽了她的感官，不再计算时日，不再观测方位，只有偶尔水的流动犹如来来往往的鬼魂。

她感觉自己快窒息了，好像是海水吸入了肺里，又好像一根粗糙的绳子紧紧地勒住了她的脖子，身后仿佛盘亘着一团阴沉丑陋的影子，她不记得那是什么，但对它的恐惧胜过了对世间一切的恐惧，这迫使着她不断逼迫自己醒过来，从这噩梦之中醒过来。

水流离倒吸一口冷气，倏地睁开双眼，满头大汗，泪水渗入发鬓、渗入泥土之中。她还在刚刚那片山中空地上，只是雾气已烟消云散，空气无比澄澈——米杉正半跪在她的头顶，弯腰俯视着她，他的容颜背后是璀璨夺目的星河。

"你醒了？"米杉轻柔地问，他苍白冰冷的手指正触摸着她脖颈的一侧。流离眨了眨眼，算是对米杉的问题表示了回答。

米杉站了起来。流离侧过脸，看见飐四正背对着她侧躺着，蜷缩在那里。米杉走到了他的旁边，掏出一个迷你注射器，将少量的液体注射入他的颈侧。

这时，流离才发现，追击着她的那三人并没有离去，只是，他们都像中了邪一样。那名壮汉司机正挥动着斧头一下下地砍着一棵树，时不时地发出粗野的笑声；而瘦子正在绕着一块大石头转圈，好像追着尾巴的猫一样，转晕了还会倒在石头上歇息一会儿，然后换一个方向继续转圈；脸上带着刀疤的那个人相对来讲就安分许多，他躺在地上，只是手和脚都高高地举在半空中。

他们好似麦角菌中毒的表现让流离着实吃了一惊。联想起刚刚的浓雾和自己经历的幻觉，她不由得怀疑自己是否也有过什么疯狂的行径，这种推测让她羞愤难当。她相信，米杉给他们注射的药物唤醒了她的知觉。然而，等了一会儿，她发现飐四依然一动不动，不禁担心起来。

"为什么飐四先生还没有恢复意识呢？"她问。

默默地站在飐四身边，米杉良久未动，看着蜷缩在他脚边的人，目光意味深长。

"不，"他说，"他已经醒了。"

# 04. 被揭穿的秘密

在流离有限的认知中，她难以言传的想象或许隐含着以前经历过的一种心境。在莫名其妙、脱离现实的幻梦里，说不定有什么她尚未发觉的草蛇灰线。漫长的历史中许多事情不断重复，不断轮回。日复一日地工作、休息、再工作、再休息，这是最微不足道、枯燥乏味的细枝末节了。如果拉长到几十年、几百年甚至上千年，虽然生产力和意识形态的总趋势是曲折地前进着，但人类的罪恶、灾难、仇视、公正、苦痛，总是会使人陷入周而复始的困境中。

"我见到的是你。"她听见了䰡四沙哑的声音——他依然没有动，背对着流离，但流离知道他睁着眼睛，承载着绵绵不绝的忧伤与刻骨铭心的意志的那双眼睛，米杉正毫无感情地注视着它们，"在刚刚的恍惚之际，我依然在逃亡着，但我已经分不清是什么在追我。看着自己成长的、健壮的身体，我发现我正牵着一只小小的、温暖的手。那是我的妹妹。她没有长大，一边跑，一边欢乐地笑着。我虽然困惑不解，也渐渐放松了下来，停下了脚步，甚至开始认真地思考，自己可能是睡着了，才会梦见自己竟然已是大人的模样。我要赶紧醒过来才行，这样才能赶在天黑之前和妹妹回家去，赶上父母准备的热气腾腾的晚饭。但是，突然间，我回到了二十年前的那个晚上，野兽的嘶吼声正好在我耳边戛然而止，妹妹早就不见了。那个困扰了我二十年一直模糊不清的身影，仿佛从天而降一般，就站在我跟前。破天荒的头一次，我清楚地看见了你。"

沉默了一会儿，米杉开口了，他毫无波澜起伏的语调只说了两个字：

"是我。"

"你做了什么？"

"我那时刚好启动了装置，这个小镇被隐藏起来。"米杉坦然应答道，"我想你们都已经猜到了，所以我也不打算隐瞒。在我刚来到婆娑小镇的时候，我将整个小镇从原本的空间中隔离了，所使用的正是'倏忽乱向'。"

"可是，那不是会需要很多很多的'倏忽乱向'才行吗？"流离插话问道。

"一开始我也是这么想的，但是我只随身携带了八台，经过短暂的研究后，我将它们放置在了环绕小镇的八个特定的方位，形成了一个独特而奇妙的阵型，连锁之线被开启，联结一周，正好将小镇的边缘切开。形象地比喻的话，可以想象一块封闭的地壳断裂，深深的沟壑将这块地围了起来。总之，它从原先的空间中被摘除了，所以，处于三维世界的我们是没有办法从中离开的，即使在边界中寻找，也只会在诡异的路线中徘徊；而外界也无论如何都找不到这里。这个地方成了一个完美的庇护所！"

"但是，我们刚刚发现，这些人，他们似乎有进出的办法！"流离急切地说。

"是的，其中一台机器竟出现在CT室中，成为用于攻击的武器，我实在倍感意外。我想对方并不知道相错空间里生活着可怕的杀人魔，只是以为这台机器会让人消失而已。我不清楚它是如何被发现，又如何落入这个团伙手中的。不过，它原本的位置确实距离这里很近。剩下的七台机器，可以勉强维持着小镇与世隔绝的状态，但极不稳定，处于漂移的动态中，可能会在特定的、短暂的时间让出一条通道，然后又长久地关闭，循环往复。我想，这个团伙无意中发现了这个宝贵的路线，并摸出了规律，从而从事非法勾当。"

"为什么，"骊四勉强抬起身子，用手肘撑着地面，喘息着，颤抖的声音中难掩的是情绪的暗潮汹涌，"这算什么，为什么擅自把所有人困在这里？仅仅因为你个人的才能与消遣吗？这里这么多人，丧失了一切与外面沟通的机会，就像被抛弃在了世界的角落里！就这样，只手遮天、独断专行，仿佛对这世界拥有至高无上的支配权一样的高傲！操控着其他人的命运，干涉着其他人的自由，人们的生活和未来都变得身不由己！"

"骊四先生……"流离充满了哀伤地望着他。

米杉一向从容淡然的表情，头一次出现了变化，他的脸色铁青，说："难道是我处心积虑，刻意来这里以玩弄人们的生命为乐吗？你们的人生有自己的定数，命该如此，我凭一己之力就可以改变吗？我若不是也因定数而逼不得已，会来到这绝域殊方吗？你不会以为这里以前是个多么安逸舒适的地方吧？我知道，我的做法带来了很多不便，甚至让一些人分离。可是位于这地势险峻的山中孤地上，外出和来此暂居的人又有多少呢？我又没有办法完美无瑕地保护所有人。你们平安地长大，这些年过得难道不好吗？"

　　米杉的一番话，过于残酷无情，它们一定在某种程度上透露出了一些他过去的影子。这样想着的流离，尚不清楚的是，和过去相比，他是柔和了些，还是更加冷漠？他似乎对控制着命运与自由这样的指控格外敏感。他当年真的迫不得已吗？迫不得已到什么程度呢？然而，像这样一个完美的封闭区域，很难说是无意间发现的，它有着自己的农田、果园、畜牧场，在很长一段时间里都可以自给自足，在隔离后，渐渐发展出了镇内的发电机、造纸厂、药厂等，可以说是非常具有目的性的良选了。

　　"我在这小镇的周围寻找了那么多年，就像最后徒劳的挣扎一样。"骊四沾满泥土的双手攥紧了米杉的衣角，而米杉并没有阻止他，"以为还能找到妹妹，用那点可怜的幻想支撑着。在那么关键的、争分夺秒的时刻，就在那一秒钟，她或许还能回来，但是这种希望被彻底葬送了，对她来说，我和这边的一切，全部消失无踪……"

　　不知被戳中了什么，米杉一向平静的脸变得越来越狰狞，像没来得及忍住心底的怒气，所有面具和伪装紧跟着土崩瓦解。"别自欺欺人、推卸罪责了！哥哥和故乡消失了？你妹妹看得到吗？她早被咬死了！就算我没有恰好在那一刻启动装置，她也回不来了，而且你也会被撕成碎片！那些幼小而脆弱的生命啊！死亡还不容易吗？那些冲动又从众的人，被奴役还不容易吗？连活着都做不到，还有什么资格讨价还价？"

　　他在说些什么？流离的耳边回响着嗡嗡的声音。他所透露出的，究竟是怎样草率又残忍的感情？那好看的双手，将碎玻璃撒到空中，扬到他们面前，五颜六色的彩光闪烁着，可落到土地上，会让赤着脚的人们血流成河。他眼中的世界就如同这碎玻璃一样吗？踩着它们，骊四喘息着，额头满是汗水，和在车上撞出的伤口接触着，制造出发着炎的疼痛，让他在一阵沉默过后，情绪渐渐平稳下来。他抬起头，泪流满面地看着米杉。"说到底，还是只为了你自己一个人吧？"他轻轻地说，"用整个小镇作为豪华的避风港，只是在躲避着个人的灾祸吧？用这么复杂的方式，不也是为了一劳永逸，永远地逃避你曾经面对的危险吗？"

而米杉脸上的狰狞早已经烟消云散、无影无踪。他弯下腰，坦率地直视着鼺四的眼睛，甚至流露出愧疚和悲悯。"我没有办法反驳你。"他说，"从小到大，我一直是一个非常自私的人。"

在这之后的好几天，水流离都没有再见过米杉和鼺四，或是其他任何认识的人，但她并没有因此郁郁寡欢。她正忙着为自己寻一个暂时居所，而且为此需要找一份临时工作。虽然，这几天的伙食费与住院费都是米杉为她支付的，但她并不想非亲非故就做一个衣来伸手、饭来张口之人。

他们依然需要一定的时间去等待下一次通道的开启。当然，米杉完全有能力直接关闭另外的"倏忽乱向"，以便他们可以直接走出小镇，但是，即使只再关闭一个，也会让原本就很不稳定的阵型瓦解，从而整个小镇突然暴露在外界中。小镇的几千居民已经完全习惯了目前安逸的生活，在科技与经济差距如此巨大的情况下，势必会引发混乱。当然，混乱只是暂时的，小镇总有一天会很好地融入这个大千世界中。但是还有一个问题是，原本了无踪迹的小镇，突然出现在卫星地图上，势必会成为世界的焦点，而如此引人注目的行为是米杉坚决反对的，一票否决的。就算他和这个发明不被透露出去，但这种匪夷所思的事件势必会引起张氏集团的注意。没错，米杉承认，那里有一些他不想见到的人，但具体是什么原因，他却无论如何都不肯开口了。

况且，犯罪集团在小镇中犯下令人发指的罪行，一旦被广泛关注，想必也不敢再轻举妄动，这样一来，有些真相恐怕要永远掩埋。究其根本，是因为目前为止并没有出现任何一个明面的受害者。

没错，小镇上竟然没有任何一个登记在案的人失踪，这与"犯罪集团将人拐卖出去"这一判断存在着显著不同。前几天刚被救出的那对母子，独自居住在垃圾场背后，在垃圾堆里翻找食物，母亲精神不正常，被救出去后无法提供有用的线索，时而神神道道，时而歇斯底里。镇上的人没有人认识他们，也不知道孩子的父亲是谁。如果逐一排查，那范围可太大了。

果顷也已经被定性为溺毙了。偷尸体这件事不可能汇报给警署，否则他们会在拘留所里浪费很多宝贵的时间。被攻击的事情只有流离和鬿四两个人的证言，难以公之于众，即使他们将果顷的胸口缝线拆开后，发现了其肺部与心脏已经丢失，也很可能被认为是偷尸贼所为。一个胸腔已经空荡荡的女人，为何会在那天早上出现在蔷薇小筑外，为何会在湖水中挣扎，为何会蹦起来袭击人类，仍然是一个谜团。

唯一可以被追踪的医生被害事件，也是另一个空间的杀人魔所为，暂时与这个犯罪团伙找不到什么关联，而且这还涉及"倏忽乱向"的使用，这又牵扯到了米杉所担忧的事情，所以也没有办法让外界更多的人参与相关调查。

从那天晚上，流离和鬿四所听到的那三个犯罪分子的对话来看，他们应该不止这一次走过那条线路了，所以按理说，不会只有那对垃圾场的母子以及果顷这两件事与他们有关，但是，为什么小镇上没有任何一个失踪者呢？他们选择绑架那对垃圾场的母子，是因为他们无依无靠，即使失踪了也没有任何人会注意到，难道所有受害人都是类似情况的人吗？这三人的身份不是小镇本地居民，在通道开启的短短三天内，他们是如何发现这些没有身份的边缘人群的？他们这三天又居住在哪里？

可惜，无论如何审问，他们就是一言不发，采取了完全沉默应对的对策，偶尔开口，也是为自己辩护，说一切都与他们毫无关系，对如何进出小镇也闭口不谈。好在，确实在他们的车上搜出了麻绳、麻药、斧头等可疑物品，加上那个精神不正常的女人对他们表现出了极度的恐惧，才使得他们暂时被关押起来。

所以，经过了慎重考虑，流离、米杉和鬿四达成了一致的意见，先不将小镇与世隔绝的真相透露出去，以免带来不必要的麻烦。现在无法很好地预测到底会发生怎样一连串的连锁反应，万一会掺杂什么可怕的后果呢？那是谁也没有办法承受的。

这是他们三个人的秘密。

虽然，鬿四应该是不太情愿的，但是，他并没有那么失控了，他的情绪稳定了下来，在归程的途中，一直闷闷不乐，别过头去，不怎么说话。正沉浸在怪异行为中的那三个犯罪分子，被米杉推着，关到了他们自己的汽车里。然后，他们

第一章　婆娑小镇

在山下的一个公共电话亭，拨打了举报电话。

整个过程井然有序、不慌不忙，在乘着米杉开来的汽车下山的途中，他们甚至因徐徐的清风而感受到无比放松和宁静。米杉轻而易举地就让如此紧迫凶暴的危险如梦如幻般消散了，这让流离至今仍然有种不真实的感觉。

"小镇的研究条件实在太有限了，"米杉解释道，"我本来想使用那个落入敌手的'倏忽乱向'来救你们，但是，它的太阳能转化板受损了。我猜测，在转化板损害后，它在原来的位置又工作了一段时间，然后被犯罪分子发现，进行了几次让物体消失的实验。在我将你从那个相错的空间逆转回来后，它的电量正好耗尽了。但是小镇里没有材料和设施可以修复它。这个缺口会一直存在，时间久了，如果其他七台仪器也出现故障，小镇最终总会回到它原有的空间中。"

"小镇与外界恢复沟通的时候，难道不会被外界探测到吗？在那个平衡空间的杀人魔，为什么没有回到原来的空间呢？"那时，流离问正在开车的米杉。

"其中一个仪器受损，只是开启了一个通路而已，也就是在这个位置附近，原有空间与我们所处小镇形成了一个时空坡道，人们可以从中通行，但并非整个小镇与原来的空间相融。外界大概也只能探测到墓地附近的这一小块区域，一般不会引起注意，而那个杀人魔如果没有在这个区域附近的话，也是无法离开的。"

"所以，你是怎么找到我们的？"流离迫不及待地问，"而且，你做了什么？为什么那些人会是这种样子？"

"因为研究条件有限，所以我只是运用了一些很简单的东西。"

"简单……"流离腹诽。

"一些现成的和天然的东西而已，"米杉慢条斯理地说，"我昨天下午去医院探望你的时候，知道你晚上似乎要做些什么，所以，在你的身上放了一个发信器。"

"什么！"

"废弃的信号塔被改造成为一个定位基站，所以我找到了你们的准确位置。在那块空地上，那片浓雾实际上是一种生物毒液汽化又液化的产物。发现这种物质纯粹是巧合。在很偶然的机遇中，我在悬崖底的海岸边发现了一种从未见过的螺类，它们含有一种神经毒素，能够穿过血脑屏障直接作用于中枢神经系统，使生物感官迟钝、意识混乱。"

世若花囚

86

"这也太危险了吧！"

"在有限的条件下，没有办法去制作疫苗，不过，还是发现了有一种以这些海螺为食的鱼类对这个毒素是免疫的。提取了这类鱼的某种物质后，通过对小鼠的实验，发现了它的效用。大概可供毒素通过的血脑屏障上的一些离子通道被暂时封闭了，阻碍了毒素对中枢神经系统的影响。它能很快地恢复中毒者的意识。即使不注射，这些毒素也不是致命的，对生物的大脑没有任何损伤，过几天就能回到正常的状态……对此我实验了十年以上，并不是鲁莽使用的。"

根据海螺的效用，米杉将此毒雾命名为"蔓莎海螺泪语"。

一直沉默不语的魖四这时候说，那个悬崖本来地势险峻，水流湍急，基本没有人会去。小镇封闭后，一些人会去那里捞鱼，在镇上能卖得很好。有一次，有个人捡到了零星的小海螺，被咬了一口，昏睡了好几天。后来去那里的人变少了，海鱼的价格也贵了不少。

"魖四，"米杉突然开口说，"我在采螺的时候，捞过不少海鱼，蔷薇小筑的菜单里，有一道叫作核桃鱼卷的食物，是海鱼做的，而非淡水鱼，而且很便宜，我记得你总去吃。"

"但是为此你的咖啡厅的人气提高了不少吧！"魖四没好气地说，随后又扭头不说话了。

"倒也是。"

在山下的电话亭拨打电话后，海珂特探长带着手下赶来，他竟然丝毫不觉得这些人可疑，甚至想当场放了他们，但是这些人在那时依然有些神志不清，这让海珂特探长也有些进退为难，只能暂时先将人带走。后来，警署的指挥官听说了在车上发现的这些可疑线索，并且这三人的身份竟然无从查证，很可能来自镇外时，激动得亲自下达了命令，这三人才被拘押起来。当然，正如之前所说，这三人清醒后，对一切都守口如瓶，而且似乎在等待些什么。这让流离不禁怀疑，他们是有办法在下一次通道开启时逃脱的。

流离感到十分不安，也明白了当初提到海珂特探长时，魖四为何表现出不满。这个人确实非常嚣张跋扈。前段时间，他似乎是在几件案子上立下了功劳，于是变得更加目中无人。短短的接触，流离就能看出他胸无点墨的粗浅和夜郎自大的丑陋。虽然他负责此事，但指挥官还是因为这三人可能来自外界一事，对此格外关注，所以经常亲自过问。二十年的相对安稳，让小镇的警署得以简化，官职最大的就是指挥官，他手下只有两名探长，也就是爞氤与海珂特。

指挥官对外来人口的高度关注让流离无法透露自己失忆的事实与或许来自外界的可能性，这也导致她只能自行谋生，而不能让警署提供对无家可归者的援助。幸好一开始遇见的是爞氤探长，她对这些事情没什么热情，同时又是鯱四的朋友，所以不会刻意去为难流离。

此刻，流离正对着手上的地图发愁，她刚刚路过一个小旅馆，由于很久没有外来人，已经荒废了。爬山虎将它牢牢遮住，里面湿冷破旧，还出现了闹鬼的传闻，只有一个老婆婆还在守着它，平时还得靠着亲戚的接济度日，所以，在这里打工是行不通的。

当然，如果小镇恢复了与外界的来往，这里一定会很火爆，会有很多游客慕名前来，到时候，它会恢复热闹繁华的气息。流离默默地为老婆婆祈祷着。

这时，她突然发现了不远的前方有一个鬼鬼祟祟的人影，细看才发现，竟然是千舟沐和。只见他时而东张西望，时而左顾右盼、走走停停，他本来就有些拘束谨慎的气质，这样一来，显得更加可疑了。于是，流离也偷偷摸摸地跟着他，可是跟了一会儿，实在没发现出个所以然来，而千舟沐和也是一种抓耳挠腮的心急模样。

流离干脆走上前去，一拍他的后背，问道："千舟先生，您在做什么呢？"

千舟沐和吓得一激灵，回头看见流离，赶紧将手指比在唇前，发出"嘘"的声音。

他指了指在他不远的前方的另一个人影，流离发现，鯱四正在那里徘徊，似乎也是很不自在的样子，不知在做些什么。千舟沐和解释道："由于那天晚上的事，鯱四君这几天一直都无精打采的，为此我一马当先，每天坚持不懈地鼓励和安慰，竟然一点儿作用都没有……"

"那天晚上？"

"嗯？"

"哪天晚上？"

"我没说什么晚上啊。"千舟沐和装傻充愣。

流离眯起眼睛，看着他说："鯱四先生还真是什么都会跟你说啊。"

"那是当然，"千舟沐和得意扬扬起来，"我们可是亲密无间的……不！不对，他也不是什么都跟我说，那天晚上心血来潮偷盗尸体结果被摁在地上狼狈至极的事情，他就绝对没和我说！"

流离无奈地扶额："算了。你是怎么安慰的？"

"给他唱唱歌、弹弹吉他、拉拉小提琴、吹吹口琴什么的。"

"……你在哄小朋友吗？"

"可其他建议他都没兴趣啊，像平时一样，打游戏、出门转转什么的，他都不同意，所以我才想出这种一个人就能完成的给他加油打气的好办法。"

"那，有效果了吗？"

"怎么说呢，"千舟沐和挠了挠脑袋瓜，"一开始他总是不耐烦地把我赶走，后来他干脆懒得管我了，虽然对我还是爱搭不理的，偶尔会忧愁地发出叹气声。这算是有效果了吗？当然，他那种忧郁的样子倒也是蛮好看的……"

想了半天，流离不知道该怎么回复他，最后只说了一句："不管怎么说，你还挺多才多艺的。"

"谢谢。"千舟沐和说话时，目光瞟着别的方向，"不过鱳四君说我的口琴吹得像拉锯一样难听，让他做了好几天噩梦。"

这次流离是真的不知道该说什么了。

"不管怎么说，"千舟沐和继续说，"今天我再去找他的时候，发现他不在家。我找了半天，才在这里发现他。他转悠了有一阵了，行为十分古怪，所以我一直在悄悄跟着他，想看看他究竟打算干什么……"

原来是这样。流离跟着千舟沐和一起，看着鱳四时而东张西望、时而左顾右盼的模样，与他平时襟怀坦白的形象大相径庭，确实让人感到十分可疑。可是跟了一会儿，实在没发现出个所以然来，于是流离建议："这样等下去也不是办法，看起来也不是什么见不得人的事情，我们还是直接去问他吧？"

千舟沐和想了想，同意了。他们走上前去。千舟沐和突然蹿到了鱳四眼前，嬉皮笑脸地说："嘿！吓你一跳！"

鱳四向后一个跟跄，险些跌在地上。稳定下来后，他抿着嘴看着千舟沐和，似乎在忍耐一拳砸到他脸上的冲动。

"您在做什么呢，鱳四先生？"流离连忙问。

骊四指了指在他不远的前方的一个身影——米杉正坐在鲜花盛开的中央，他的面前是一位明媚艳丽的女子。那里是街角的一处小花园，里面放置着一些石桌石凳，由于春天已至，簇簇粉白的海棠与杏花已经开放了，将花园点缀得暖意融融。米杉背对着他们，看不清他的表情，但对面的女人身姿优雅、笑意绵绵。总体来看，那风景如诗如画。

　　"桃花运真好。"千舟沐和酸溜溜地说。

　　"也该接受现实了，千舟，"骊四重重地拍了拍他的肩膀，"为了帅哥而去蔷薇小筑的小姑娘可是成群结队的。"

　　"可是有的时候他也会让人感到有些可怕吧？眼神，还有偶尔流露出的气场什么的。"流离不解地问。

　　"瑕不掩瑜嘛。而且这么多年不也都相安无事吗？"

　　"真好啊，"千舟沐和羡慕地说，"我的音像店和书店也设有休息区和饮品区，怎么没人来呢？"

　　"不是我打击你，就算不考虑其他因素，单单是你菜单里的食物，就难吃极了。"骊四无奈地说，"总之，我今天先去了燧氤探长那里，想看看这几天有什么收获，得知望远镜上的指纹和瘦子是匹配的，所以，他就是当时在医院外监视我们的人，但是仅凭此事，无法证明他与医生被害案或投毒案有什么关联。在他们的汽车上没有搜查到任何毒药。又加上，他们对镇内的情况似乎非常了解。我不得不怀疑小镇内是不是有人与他们勾结……"

　　"不愧是骊四君，真敏锐。"千舟沐和连连赞美。

　　"过后，我去找米店长。我们之前不是有打算在下一次通道开启时，采取一些行动吗？我想去确认一些细节。"骊四无视了千舟沐和，继续说，"不过我却在这里发现了他！和这位风姿绰约的美女在一起。不过，倒是一直保持着社交距离，连手都没碰一下！我研究了半天，也没看出来他们在干什么。"

　　流离无语地看着这两个人，无奈地说："你们两个这么八卦的吗？"

　　"平时太闲了吧？"一个好听的声音从他们身后响起。

　　这三个人吓坏了——米杉不知什么时候，竟然站到了他们的身后，一脸冷漠地看着他们。这让他们既心惊又窘迫，其中属水流离更甚，她本不是来跟踪米杉的，现在的景象反而像是她心怀不轨一样，简直百口莫辩！

世若花囚

90

"米店长哟，"千舟沐和厚脸皮地问，"你在干吗呢？那位美女是谁呀？"

"我认识的一位药剂师，在本地的药厂工作。"米杉叹了口气，"我没有专业设备，只能请她帮忙化验从果顷的尸体上提取出的一些血液、组织液、切片等。当然，我没有说这些样本的具体来源，她也没有细问。刚刚她把结果交给了我。"

魃四显得激动起来，说："发现了什么吗？"

"没有，"米杉耸了耸肩，"没有检测出任何奇怪的成分。这显然不正常。"

"是不是你找的这位药剂师水平不行呀。"千舟沐和说，"我们要不要试试达那拉医生？"

"我和他不是很熟。"米杉皱了皱眉。

"我们打过几次交道，感觉他是个很沉默寡言的人，但是医术很好。"魃四沉思说，"听说有几个连医院都感到棘手的病人，似乎也被他治愈了。我们做的不是什么光明正大的事，找正规的医院或药厂的工作人员，是不是不太保险？达纳拉医生是一个私人医生，只要给钱就会干活儿，应该不会牵扯出什么多余的麻烦吧？"

考虑了许久，米杉妥协说："那就再试试吧。"

说话间，他们一起来到了蔷薇小筑，流离这才知道，三天前开始，这里已经恢复营业了。凶案的消息不知从何处已经走漏了出去，让这里变得更加火爆，人来人往，络绎不绝。米杉忙得焦头烂额，怪不得每天都散发着生人勿近的可怕气息。今天，他难得地把咖啡店关闭了一天，获得了短暂的清净。

他请流离、魃四和千舟沐和享用了晚餐。鲜嫩的黑椒牛排还冒着滋滋的热气，羽衣甘蓝果蔬沙拉看起来清爽可口，配上桂花圆子甜汤，让人由衷地赞叹不已。

这是水流离第一次仔细地观察这个地方。最开始来这里的时候，她在米杉的梦里。那时扭曲地融化的座钟，正庄重地矗立在墙边；那时模糊不清的画，正安静地挂在墙上，画中的马匹站在电灯下和暖气边，暖气生长出树根深入大地，马匹叼着电话，一蹄一变成车轮，仿佛是奔向工业时代的化身。而她第二次在这里的时候，遭遇果顷的攻击，危机、混乱、困惑、不安，接踵而至，对其他事物根本无暇顾及。

在这片小小的、温馨的天地中，流离望向窗外。飞霞穿空刺落日，一片血影洒黄昏。风凉了，湖面泛起涟漪，漫步的人不愿离去，情侣们依偎在一起。蔷薇小筑内燃起了火炉，伴着悠扬的乐曲和蜿蜒绽放的蔷薇花，它们仿佛青春永驻，永不凋谢地拥抱着这遗世独立的人间港湾。

流离发现自己似乎格外沉醉于缓缓落下的红日，它新奇又遥远。不明白自己为何会有这样的感觉，她静静凝望着，就好像此生从未见过如此清澈、明亮、自由、变幻莫测的天空。

在用餐接近尾声的时候，千舟沐和抱怨起骊四在去墓地的那天，这么大的事情，竟然没有事先告诉他，这让他脆弱的心灵大受打击。

"那天晚上你不是一直在陪着你的奶奶吗？"骊四深吸了一口气，"我有想……提起过，但是直到离开之前，看着你沉默而彷徨地在奶奶身边守护的模样，我最终……没能开口。"

"我以为你听见了什么，生我的气了。"千舟沐和轻轻地说，"第二天也是，我注意到你额头新增的伤口，追问了好久，才知道这些事。"

骊四慢慢地放下了刀叉，低着头。"我没有生气，"他小声说，"奶奶说的话是有道理的。"

"胡说八道！"千舟沐和难得地有些不高兴了，"她说的没有一句是对的！"

骊四抬起头，对着千舟沐和笑了笑，把自己盘中剩下的几片难看的菜叶子，又给了他，说："你说的才是对的，行了吧？"

"你就是不想吃这些，故意哄我吧？"千舟沐和不满地嘀咕道，但他还是老老实实地把这些菜叶子吃下去了。

"你们在说什么？那天发生了什么吗？"流离好奇地问，"骊四先生确实是很晚才来到墓地的。"

"再次感到十分抱歉，"骊四愧疚地说，"我不是说过，那天下午要和千舟一起去养老院看望他的奶奶吗？见到奶奶后，我们才发现她的精神状态很不好。细问之下，才知道是因为前一夜隔壁爷爷去世的事……"

在婆娑小镇，老人到了一定年龄住进养老院是一个传统，因为养老院的设施非常齐全，护工们也很专业，也有专门的应急的医生，老人们在一起，其乐融融，相处得非常好，也非常开心。家人和自己都生活在一个小镇里，能够经常见

世若花囚

92

面，所以，很多老人都喜欢选择这样的方式来生活。

养老院中，由于衰老而寿终正寝，或由于疾病、摔倒等意外而去世的老人们，并不算稀少，其他老人知道了，也只是唏嘘，难过一阵子，感叹自己也不能不服岁月，有人更加注意自己的健康，珍惜和家人团聚的时光，有人以平常心对待，心平气和、按部就班地生活着。因此，在千舟沐和的奶奶所居住的单间隔壁，那间屋内的老爷爷去世了，当奶奶表现出心烦意乱时，千舟沐和本以为只需要好好安抚奶奶的情绪，奶奶就会慢慢平静下来。

然而这次，奶奶的反应却十分激烈。细问下才知道，最近，在老人之间似乎有一种不安的情绪蔓延着，他们都提到了一个恐怖的传言。

"是魔鬼！魔鬼在索大家的命呢！"

这传言有模有样，不仅很多老人都相信了，其中甚至有人说他们亲眼看见了魔鬼的真容。它颀长而纤细的身躯在地上匍匐着，六肢干枯，像放大了千百倍的竹节虫，通体漆黑，仿佛有人在空气中用铅笔画了几条长线，但它是立体的阴影，会穿过墙壁和桌椅，挑选着吃掉谁的生命。

这听起来就是无稽之谈，院方也曾澄清过。因为老人们并没有出现死亡飙升的现象。在院中去世的老人都是自然死亡或因病死亡，没有受到惊吓或查不出死因的，死亡人数也没有显著上涨。最初说见到了魔鬼的，都是院中一些患了老年痴呆症的老人们，他们的病情已经十分严重，产生了幻觉，又将其传播出去，使得一些症状较轻的老人们在耳濡目染的暗示下，也对此事深信不疑起来。

千舟沐和的奶奶本来也是不信的，然而在隔壁屋的爷爷去世后，她却转变了态度。"我听见了！"她皱巴巴的双手，紧紧地抓着她的孙子，"昨天晚上，那声诡异的呜咽！它那么清晰，忽高忽低，时而还有笑声响起，窃窃私语，窸窸窣窣！是魔鬼，一定是魔鬼来收人了！"

千舟沐和难过地看着奶奶。隔壁的爷爷已经很苍老了，身体很虚弱，精神状况也不好，前段时间还从养老院走丢了，找了好几天才找到，原来正在自己家附近晃荡呢。他昨夜走得很安详，微笑着睡在床上，安静地去世了。为什么奶奶会被吓到呢？是因为平时的关系很好，所以一时无法接受吗？

他们沉痛地看着隔壁爷爷的家属进进出出，整理遗物，房间渐渐变空，曾在这里生活过的一个人的气息，就这样消失。这时，奶奶突然叫出一个名字：

"阿萍。"

爷爷的家属看了过来，是一个年岁也比较大的中年男人，他走了过来，礼貌地问："您好，是我父亲跟您讲过阿萍的事情吗？"

奶奶摇了摇头，说："是我昨天在那段诡异的声音中，隐约地听到过这个名字。"

千舟沐和和魉四对视了一眼，向对方表示了道歉，并询问了关于阿萍的事情。原来，那是隔壁爷爷的女儿，也是对面这个中年人的姐姐，在很小的时候就走失了。已经过了五十年，爷爷早就很少提到她了。没想到突然再次听到她的名字，中年人也感到很怅然。

"但是老爷爷或许从没忘记她，在临死前，看见了她的幻影，深切地呼唤了她。"魉四悲伤而冷静地说，"千舟，奶奶昨天听到的声音，会不会是老爷爷自己发出的呻吟？"

"有道理，"千舟沐和连连点头，"奶奶，一定是你想多了。"

"他可是亲眼见过魔鬼的！"奶奶着急地说，"他自己说的，最近总能看到那黑影紧跟着他，形象就和之前见过魔鬼的人所描述的一样！那些人都死了，他觉得自己也快了……"

那些人都死了？

这一点让魉四和千舟沐和感到有些奇怪，但是奶奶并不了解其中的细节，而他们也不想再刺激奶奶了。他们陪着奶奶散步了一会儿，好不容易让奶奶的情绪平复了一些，便将奶奶送回了房间，而他们两人向养老院的其他人打听了这件事。

信誓旦旦亲眼见到魔鬼的老人，包括隔壁刚刚去世的老爷爷，只有寥寥五人。这五人似乎都曾被诊断为老年痴呆症，或者存在失眠等精神状况极不稳定的疾病。如此一来，看见幻觉并不意外，然而奇怪的是，他们的幻觉都出奇地一致。在出现幻觉的一段时间后，都去世了，死去时都很安详。

更让人感到不可思议的是，这五位老人在近两年都走失过，且都在不超过一周的时间就被成功找到了，因此并没有留下什么记录，也没有人太在意。其中有两次，家属心急报了案，所幸不出几天就被海珂特探长寻回。

是巧合吗？这个疑问萦绕在两人的心头。

千舟沐和先回到了奶奶的房间，看奶奶休息得如何；而魍四则去了食堂为他们打包了一些饭菜和热汤，他这一路上在思考着晚上去墓地的事情，还一直没有机会和千舟沐和提起。当他走到奶奶房间的门口时，听到奶奶对千舟沐和说：

"沐和，你也老大不小了，什么时候能给奶奶带个孙媳妇来呢？奶奶都不知道自己还能活多久，还能不能有亲眼见到的那一天……"

"奶奶，怎么又提这些有的没的。您能活到一百岁以上呢，不要一天到晚胡思乱想啊！"

"能不急吗？你都二十八岁了。听说，你每天就只和那魍四混在一起，能有时间好好找对象吗？别让他耽误了你。"

"您说什么呢？"千舟沐和听起来生气极了，"我们从小一起长大的朋友，而且您不是也很喜欢他吗？"

"奶奶不是这个意思，奶奶确实很喜欢那孩子，但就是想抱曾孙了。"

"您刚刚才提到孙媳妇，现在都快进到曾孙了，您也太心急了！"

"而且，之前魍四那孩子不是总说见过怪物什么的吗？为此在老一辈中，风评也不太好，说他哗众取宠什么的。你总和他在一起的话……"

"您还说见到魔鬼了呢！那您是想故意引起老头子们的注意吗？"千舟沐和的语气更加不满了。

"说什么呢，你这个臭小子！"

"再说了，您说的都是老早以前的事儿了。他现在可帅了，上山打猎的时候，风姿飒爽，平时也彬彬有礼的，新一辈的好多小姑娘都喜欢他，还给他送吃的！反倒是我，我一直很自闭，不擅长和人交流，是他没有抛弃我，是他一直信任我……这怎么是耽误我呢？"

"好好好，奶奶错了，你别一提起这个就这么激动。"奶奶连忙说，"话说你和咱们小镇的那个探长不也是朋友吗？"

"对，她一拳能把我捶进土里……"

"奶奶想起来了……几年前见过她，好像确实很暴躁。这样不好，不能考虑。"

"哈哈哈，"千舟沐和笑出了声，心情似乎好些了，"如果几年前的探长大人听到这话，我就见不到明天的太阳啦！行啦，奶奶，您可别操心这些了。没事儿就和老伙伴们打打牌什么的吧，不要闲得无聊就知道琢磨孙子。"

"唉，你呀。"奶奶也无奈地笑了。

毓四站在房门口，脸埋在阴影中，不知在想些什么。或许那一刻，他那有些任性无畏拉着好友一起闯祸妄为的念头得到了遏制。一动不动地等了好一会儿，他才礼貌地敲了敲门，走了进去。

奶奶虽然状态已经好了不少，但仍有些惊魂未定的样子。而看着祖孙二人难得相聚的和谐欢乐的时光，看着千舟沐和表面轻松，实则透露出担忧地陪伴在奶奶的身旁，毓四最终还是没能说出夜晚计划的事。


"关于养老院的老人接二连三失踪一事，我怎么感觉略有些熟悉。"流离喃喃道。这让另三人都充满好奇地看着她。她绞尽脑汁，冥思苦想，终于想了起来。"啊，对不起，可能并没有什么关联。我在和燋鼠探长去医院的路上，她和我提到了一篇杂志的连载故事，似乎有类似的情节。"

"探长大人每个月都买的那个不入流的小杂志吗？"千舟沐和兴致勃勃地说，"发表的都是些民间投稿。有的故事极其无聊，情节简单，文笔粗糙，尽是初中小孩儿才会喜欢看的东西。你说的这个连载，我也看过，前面写得还不错，但是结局太突兀了，全员感化，主题升华，关键是这一切过渡得很生硬，毫无逻辑，强行收尾似的。"

"你这么一说，我反倒有些兴趣了。"毓四说，"它讲的是什么？"

于是，千舟沐和开始叙述这个故事，他前面所述，就和水流离在燋鼠探长的车上时所听的相同——主角的邻居家，仿佛一夜之间彻底醒悟，脱胎换骨，成了人人羡慕的幸福家庭。而镇上的养老院，老人们接二连三地消失。由于主角从小喜欢推理，梦想着成为一名侦探，所以她经常前去调查。

"……过程一波三折，艰难险阻，我就不细说了，"千舟沐和大大咧咧地说，"总之，主角女孩儿最后发现了幕后黑手竟然就是和她一起长大的邻家女孩儿！在长期的虐待和折磨下，邻家女孩儿心理已经扭曲了，无比羡慕主角女孩儿所拥有的这样正常美满的家庭。于是，她苦苦修炼一种巫术，用拼凑的人取代了她的家人，而材料就是她工作所在的那所养老院的老人。"

"好残忍……"流离不忍地说，"可是，被仇恨和痛苦冲昏头脑的她，已经

世若花囚

96

无法理性思考了吧？"

"是呀。她对待老人很温柔，很有耐心，大家都信任她，喜欢她，依赖她，而她辜负了他人的善意和本可以拥有的众人的爱，在已经完全可以独立生活，离开那所房子，自由地选择未来时，只想一心沉浸在自己的过去中。而后想想，她对老人们过度关爱的眼神，就仿佛在注视着自己以后的家人一样。"千舟沐和继续讲述道，"总之，主角女孩儿怀着一颗炽热的正义之心。虽然邻居女孩儿的际遇让人同情，但是她的做法，毁灭了更多本该享受天伦之乐的家庭，剥夺了他人生存的权利，让更多的人陷入无穷无尽的悲痛中。主角女孩儿义正词严地揭穿并制止了这种行为。一切看起来都那么顺利美好。然而，在邻居女孩儿进监狱之前，她诡异地笑了。她的双眼直勾勾地盯着主角女孩儿，说'我的诅咒也会降临到你的身上'类似这样的话。"

"真让人不寒而栗，"鲲四不禁打了个寒噤，"我刚刚以为已经结局了。后面还有反转吗？"

千舟沐和点了点头，继续讲述："倒数第二期的时候，主角女孩儿醒了过来，发生的一切竟是她的梦境。她出了车祸，昏迷了很久。现实中，她才是那个生活得痛苦的人，梦中的一切、那个充满了热血并实现了梦想的自己，都是她所渴望的幻想。这一期的故事主要就描述了她在现实世界是什么样的境遇，人体和梦中的邻居女孩儿一样悲惨。然而，到了最后一期大结局，她的家人们突然醒悟了，她出了车祸在生死间徘徊，让她的家人感到了于心不忍，对以前自己的行为悔恨起来，主动来医院照顾她。后来她伤愈出院，和家人们和解，故事就这样走向了圆满的大结局。"

听完了故事，大家不约而同地沉默了，只听到壁炉中的火柴在噼啪作响。窗外已经完全黑了，一些蚊虫飞了进来，于是米杉走过去将窗户关牢。

"如果真的是这样的结局，虽然让人感到很安慰，却和前面的所渲染的基调有些差别。"流离说。

"探长大人也对这个很不满呢，"千舟沐和愁眉苦脸地说，"为此，她不止一次质问我。她说，如果是一个合理的、有深度的结局，选择权应该在主角女孩儿自己手上，在面对同样的选择时，她会如梦中所坚持的一样，原谅亲属，自己努力地生活，还是会如同邻家女孩儿那样，在永无止境的诅咒中轮回。而这个突兀结局，竟然是家人们突然哭着喊着补偿她，不是丧失了故事原本的意义吗？虽然如此，可是我怎么知道呢？我只是从杂志社进货而已！"

"不管怎么说，至少咱们小镇的这个养老院，总不可能是巫术惹的祸吧？"骊四摇了摇头，"所以这就只是一个巧合而已，是吗？"

"作者是谁？"很久没有开口的米杉冷不丁地插话问。

"我也不知道真实身份。笔名叫作十五方圆。"千舟沐和解释说，"这个很重要吗？要不我明天去杂志社问问？"

米杉摇了摇头，他从怀中掏出了一个纤薄光滑的金属物体——是那天晚上骊四捡到的手机。

"外面的发展真快，人手一个这样的手机。"米杉仅用大拇指和食指捏着它，虽然语气含有赞赏，却显示出嫌弃的模样，将它放在餐桌上，"我想办法充了电，密码也破解了。"

流离清楚地知道，自己在一霎间所迸发出的欣喜若狂的情感，只是因为即将揭开更多真相而涌现的短暂的雀跃，但紧接着，她意识到这种喜悦即将面临的，或许是触目惊心的惨状，或许是难以想象的罪恶，这让她的心几乎立刻陷入进退两难的恐慌。她看得见，即使是米杉这样极端的利己主义者，在瞥着这部手机的时候，都会流露出一种厌恶的神情。这是多么可怕的预兆！

可即使做足了如此充分的心理准备，当他们找到存放照片和录像的地方后，大脑依然无法在第一时间就将这些血淋淋的场景判断为现实中存在的事，仿佛视网膜阻止了它的传递，只有冰冷的刺痛感从颅顶瞬间冲到指尖，四肢变得麻木，贲门感受到一股无法忍受的刺激。

照片记录的是犯罪团伙的"商品"，大部分是女人和孩子，图片下有特定的"名称"标记，价格也不同。有些人眼睛和嘴巴被蒙着，有些人没有，但他们茫然、暗黄、绝望、死寂的面庞所传递出的悔恨和恐惧，一致地让人毛骨悚然。他们哭泣着，心灰意冷、遍体鳞伤、疯疯癫癫。有些孩子年龄太小，不谙世事，可能还睁着天真而充满好奇的大眼睛，在这充斥着压抑的磁场中，像一颗颗不知险恶的星星，忽明忽暗地摇晃，但这点点的温情丝毫不能掩盖这样一个事实——他们是牲口，他们的灵魂不被承认，他们的意志需要被管控，他们的思想没有价值。

更令人作呕的是，有很多器官的照片，心、肝、肺、胃、肾、脾等，这些内脏无比鲜活，心脏在跳动，双肺在扩充，胃肠在蠕动，它们就呈现在开膛破肚的人类身体中。而这个人竟还睁着眼睛，表情极度扭曲，四肢却因被生生绑着而动弹不得。他就是个展览品，被置于一个无菌容器内，供人挑选和欣赏。他的器官上都标了价格，也包括他过度凸起、布满血丝的眼球。

这些人不是婆娑小镇的居民，应该是来自其他地区，而这部手机所记录的仅仅是冰山一隅，因为它仅仅与这三人小队有关，只包含了他们自己的交易对象和账单，而他们背后埋藏的更为复杂的链条、更为庞大的网络，一定更加让人震惊。

谁都没有想到，在他们不受打扰、平静生活的这些年，外界竟然盘亘着一个如此巨大的威胁，甚至极有可能近在咫尺！因为，即使那条时空坡道偶尔开启，按理说也很难被发现，但他们既然可以摸清规律，时不时地来这边"进货"，证明据点和这边应该十分靠近。

"之前距离这里最近的一个城市叫江舁城，"骊四神情严肃地说，"我们这里很偏僻，和它隔了两座山，仅有一条崎岖不平的土路相连，每周只有一趟长途汽车。之前说是要修铁路，后来荒废了。印象里，当年在江舁城的这一侧只有我们一个小镇，但另一侧，一些小镇和村庄比较密集。"

"那这些人的大本营可能在江舁城或者周边的区域吗？"千舟沐和问。

"也不一定吧，"骊四犹豫着，"如果外面的交通变得非常发达，再远一点儿也是有可能的。"

米杉这时候开口了："如果只有拐卖人口这一项，只需要把得手的人带到那些需求量大，并且已经养成这种风气的区域卖掉就可以，或许不需要一个固定的据点。尤其是，从这部手机来看，外面的无线网络已经很快、很普遍了，通过电话、网络进行交易，更加方便。但是这些器官的买卖不同，照片所呈现的状态和操作，看起来很新奇、很复杂，我认为至少需要一个地方进行手术和人体实验，这个地方应该距离我们很近。"

"还记得果顷姑娘的肺和心脏吗？"流离瞪大了眼睛看着他们，"她的器官被摘除了，但她却回来了，在水中挣扎，甚至后来进攻我们时，形态体貌与活人无异。但当她倒下后，又变成已经死去了很久的样子，埋葬的尸体腐败的速度惊人。正如这些照片里的人，也是活生生的。他们一定是掌握了什么技术，对吗？"

再次忍着强烈的不适翻找一遍后，他们终于找到了——果顷姑娘就混在这些器官提供者的照片中，拍摄的时间大约为三周前。除了这一张，他们还发现了一张似乎是在追踪果顷时拍到的照片，在一个月前，她还很健康，在路上奔跑着，背影看起来忧心忡忡，侧脸显示出对逼近的危险的慌张，似乎总是回头张望。

"看那个大院儿，"千舟沐和发现了什么，惊呼道，"那不是养老院吗？"

虽然距离看起来很远，轮廓也很模糊，但仔细辨认后，确实能看见养老院的大门，是千舟沐和的奶奶居住的地方！这迫使他们再一次去审视那些残忍至极的照片，其中确实有几个老年人，但实在无法确定他们是否就在那所养老院中失踪过，这也不怪千舟沐和，因为这些本来就满是褶皱的苍老的脸，在恐惧的挤压下都变了形，坑坑洼洼、疙疙瘩瘩，像拧干的脏抹布，又如何能联想到可以被轻易认出的那种平日里祥和慈爱的模样？

米杉解释道，衰老的器官并无用处，但有些老人的肝脏可以维持得很健康，甚至移植给年轻人使用，所以这些老人身上只有腹部开了一个小口子。

竟然就如同那篇连载小说中所描述的一样，千丝万缕的线索都汇集到了养老院这个地方，实在匪夷所思！他们一直以为小镇内没有失踪案，但或许并不是这样，或许是这些人的经历被掩盖得了无痕迹，看上去相安无事而已。或许千舟沐和的奶奶说的是对的，他们确实看见了魔鬼，魔鬼就在他们身边！

它统治着虚弱不堪的人们，在耳边呼出贪婪腐朽的私语，而无辜者，多么惶恐不安、任人宰割。千舟沐和的眼睛红了，几乎想立刻飞奔到奶奶身边，握紧她的手，安慰她不必再害怕，但他没有动。他知道，犯罪者被关押了，通道也封闭着，养老院暂时不会有危险。

他知道，世界上有很多魔鬼，可无论它们多么丑陋，多么强大，总有人站在它们面前，无畏地等候着。

# 05. 沉睡领土与弥留人间

　　她很痛苦，昏昏沉沉，蜷缩在马车上，耳旁是松垮的车轮滚动在颠簸的道路上叮当乱响。她隐约记得，自己离开家乡后，一直这样无依无靠地漂泊着。长久的流浪让她疲惫不堪，对家乡的印象也依稀淡忘，脑海中只剩下山谷的木屋和歪歪扭扭、满目疮痍的小巷。那木屋已然燃烧成灰烬，明亮火焰的晃动久久无法消弭，浓浓的黑烟将枉死的灵魂送向远方；那小巷满是倒下的尸体，人们拖着沉重的步伐匆匆而过，走着走着就捂住胸口倒下，面庞青紫，粉红色的血泡从喉咙中涌出。

　　那是她逃亡的根源吗？不，不是这样。她紧闭着双眼仔细地回想着。在她悬壶济世的那些年里，救助过很多这样的病人，即使是这样惨烈的传染病，她也不分昼夜、尽心尽力地医治。在呕心沥血的努力下，那可怕的症状已经被抑制，死气沉沉的城镇恢复了短暂的繁荣。

　　她收费低廉、刻苦钻研，凭着坚强、聪慧、不屈的精神，一次次调配出疗效显著的药，爱戴和依赖她的人们纷至沓来。她怀着梦想和信仰，单纯快乐地生活着。

　　可从什么时候开始，曾经充满善意的感激变成了刻骨铭心的仇恨？从什么时候开始，怀疑与唾弃的嘴脸纠缠不休、与日俱增？从什么时候开始，窃窃窣窣的议论变成了声如洪钟的质问？她只是个女子，她的知识从何而来，难道不是恶魔所赋予的伪装？她只是个女子，何以拥有高尚的觉悟和独立的思想，难道不是恶魔的引诱，另有图谋？

"瞧，她把疾病散布出去，又用恶魔的药剂治疗。"

"一旦你开始信任她，恶魔就会要求更多的回报。"

"如果不是这样，她如何能比别人更加优秀，医病价格又这么低呢？"

真正杀人的利刃，不是疾病，不是灾荒，是无形的谩骂、攻击、诅咒、中伤。时间长了，这种可笑的臆想竟成了官方信誓旦旦的指控。所以，即使是这种阳光灿烂的日子，她也不得不无休止地躲藏。

回忆起这些往事后，她艰难地撑起单薄的身体。马车外蓝天白云、清风徐徐、鸟语花香，让她的心情也变得释怀，露出温暖的微笑。这时，嗒嗒的马蹄声戛然而止，车厢摇摇晃晃地停下了。她探出身，看到正前方的道路中央，站着一个少年。他是那么瘦弱，赤足沾着灰尘，破布烂衫，像幽灵一样，垂着双手，一动不动地站在那里，睁着冰凉的异色瞳，直勾勾地看着她。

"米杉！"她下意识地呼唤这个名字。

她记得她曾在那肮脏的散发着恶臭的排水沟发现了这个满身泥泞的苍白少年，他正躺在一群腐烂的老鼠尸体中，不哭不喊，沉静地安睡着。她将他带回了家，用尽全力治好了疾病缠身的他。长期的营养不良让他一直佝偻着身体，讲话也细若游丝，由于无家可归，他留在了那里，帮忙采药，打打下手，与其他被收养的孩子相比，他做起事来很厉害，速度惊人，很多让人望而却步的高难度的峭壁他也可以攀爬，摘下珍稀的草本，很多剧毒无比的渊潭他也敢孤身闯入，活捉千奇百怪的昆虫和蟾蜍。

可另一方面，他很阴沉，总是憎恶地盯着来来往往的病人。没有人知道他在想什么，在一群同伴中间，他显得格格不入。如果夜晚安宁祥和，他就坐立不安；如果发生骚乱，他就幸灾乐祸；如果人们渐渐康复，他便一声不出；如果有人不幸病逝，他就发出冷笑。

每当这种时候，她都会毫不留情地严厉训斥他。一次次，不厌其烦，让他的心几乎扭曲得发狂，可当她最终用柔软的手轻轻抚摸他的头顶，用哀伤且信任的眼神看着他时，他会表现出难得的温顺。

米杉一跃而起，跳到了马车上，欣喜地说："流离姐姐，我终于找到你了！"

他此刻看起来比那时长高了不少，身板也变得挺直了。

在流离逃走的那天，米杉并不在他们居住的木屋里，但是流离并不清楚这件事。她好不容易才从大火中逃出，再度偷偷回去，只能看到些烧焦的尸骸，以为所有的孩子都已经葬身火海。此刻，她再次看到熟悉的面孔，活生生地站在她的面前时，不禁惊喜交集、泪如泉涌。

米杉学着流离曾经的模样，将手放在她的头上，轻声说："我听说你逃走了，一直在找你，到处都是通缉你的画像。我还打听了各个城镇的监狱，知道你还没有被抓住，也就放心了。"

重逢真是世界上最美妙的词汇。

马车来到一片花田中央，瘦骨嶙峋的老马不住地呼哧呼哧地喘息，终于支撑不住，倒了下去。

他们从马车上走了下来，流离感到难过极了。她几乎到了极限，身无分文，一路上都没办法很好地照顾它，这让她愧疚不已。忠诚、勤劳的生灵啊，为何要落得这样的下场？

仔细一看，这里其实并不是花田，而是一小片鲜红色的、毛茸茸的絮状的草坪。不，是草？是苔藓？还是真菌？流离困惑了。她俯身趴在地上，仔细地研究着那群介于植物和真菌之间的独特生物。它们没有味道，颜色惊人地纯粹，只生长在土质异常坚硬的这一小块区域。被流离遮挡的那一块阴影里，它们几分钟后迅速地枯萎了，再也没能恢复。

刚刚倒下去的马竟然神奇般地再次睁开了眼睛。那双亮晶晶的眼睛，像黑曜石一样，睫毛很长，它没有站起来，也没有呼吸，只是静静地看着他们。

实在是太奇异了。流离来到它的身边，抱住了它的脖子，它的喉咙发出了满足的呼噜声。

在那片温情的告别中，它彻底死了，没有遗憾，安详地死去了。

流离在不知不觉中，被这种类似于"回光返照"一样的安然长逝所吸引了，在她的脑海中，闪过了诸如"湖水""袭击""老人""木星"这样的词汇，然而，它们转瞬即逝，很快就被遗忘了。在就地埋葬了这匹老马后，流离和米杉徒步来到了附近的一个村庄。此时，天色已经晚了，一片寂静之中只能听到此起彼伏的虫鸣，这里相对闭塞，还没有瘟疫的流传，也没有通缉流离的画像。他们找到了一个破旧的小农庄，一对善良的老夫妻收留了他们，颤颤巍巍地举着白色的蜡烛，将他们引到一个潮湿的房间。虽然房间很简陋，有一股霉味，可走了好几个小时，流离累极了，几乎倒头就进入了梦乡。

入睡时，她迷迷糊糊地想，自己以前曾经听到过这样一个故事：从前，镇上有个旅馆，接待过路的旅人。老板热情好客，很招人喜欢。然而，那片区域的治安不好，经常有人莫名其妙地失踪。有一次，一位旅客来到那附近，遇到危险，逃到了那个旅馆，老板热心地帮助了他，把他安排到一楼的一个潮湿的房间住宿一晚。夜间，他躺在床上难以入睡，惊恐地听到床下发出响声，举起蜡烛看去，竟然发现了一个隐蔽的地下室，从半张的铁门望去，里面全是刑具和死去的人，一个男子正拿着麻绳阴森地看着他。

这只是小时候听过的一个关于黑店的恐怖故事，具体是谁给流离讲的，她已经忘记了。是父母吗？可她不记得母亲温暖的怀抱和父亲威严的臂膀。童年的记忆一片模糊，只有单调呆板的字句，平淡地叙述着老套的情节，毫无起伏的感情，生搬硬套地执行着一行行公式。就好像，她不是出生，而是凭空出现在这个世界中一样。

然而，半夜，她竟然真的听到了一阵吵闹喧哗的声音，她从睡眠中惊醒。她从床上一翻身，摔倒了地上，下意识地看向床下。当然，那里空无一物。

流离爬了起来，看见米杉正站在窗边，窗外似乎有忽明忽暗的光亮，将他的脸映衬得飘摇不定。他回过头，指了指窗外："看，人们在欢呼。"

这真是一副奇妙的景象。在三更半夜，本该安静入睡的夜晚，家家户户竟然都聚集到了一起，围着篝火载歌载舞。收留他们的老夫妇也在其中，一边拍手，一边和众人愉快地绕圈。他们所哼唱的曲调很是陌生，有可能是当地的民谣，又有种祭祀般的神圣，随着旋律变得高昂，他们时不时举起双手朝向天空，好像为自己超度的庆典一样。

没有任何人注意到从农庄中走出的流离和米杉，他们全部沉浸在这一场酣畅淋漓的聚会中。这个村庄不大，只有几家农户，似乎所有人都在这里，纵情歌舞着。流离无法打断他们，没有人对她发出的声音和询问有所回应。这太不自然了。她泛起耳鸣，梦一般模糊的嗡嗡声让她神经紧张。她后退几步，惊骇之下想和米杉待在一起，但是他已经不在她的身后了，慌乱之下，她四处寻找。

"我看得好清楚，"这时，米杉从一个村民背后的阴影中走出，那澄亮清透的双眼幽幽地盯着这些人，难得地表现出了强烈的兴趣，"灵魂在贴合着身体，在配合肉体的动作表演着，看起来真是滑稽。"

米杉经常会说出些常人无法理解之言语，流离已经习惯了，包括他的那些向来诡秘的行为，还有仿佛洞穿生死之本质的视力。但米杉在流离的追问下，也无法给出更详细的解释，只好说："等到明天白天再看看吧，我也不明白到底发生了什么。"

第二天白天，流离从农庄中走出，路上空无一人。她想不起昨天自己是什么时候回去，又是什么时候睡着的。一睁眼，就已经艳阳高照。难道是昨天的狂欢过于疲劳，所以没有人出门吗？她想着，走到一户人家旁边。门虚掩着，屋内没有半点响应。

推开门后，一股强烈的血腥和腐烂的刺鼻味道让流离几乎要吐了出来，她惊恐地发现，屋内的人都已经死了！一家好几口倒在地上，皮肤呈现出黑斑，皮下是凝固的瘀血，绽开的血肉上爬着蛆虫，看样子已经死去多日了。流离心惊胆战地看着他们，还能勉强辨认出他们昨夜就在狂欢的现场！

她难受地蹲了下去，一步步艰难地蹲到这些尸体旁边观察着。从症状来看，他们正是感染了如今流行的瘟疫而身亡的。可是昨天晚上是怎么回事？难道她看见了幻象？

她匆匆又跑去其他几户人家中探望，发现所有人都是这样！昨天还和他们说过话的、慈眉善目的老夫妇，此刻正双双躺在床上，毫无生命体征。这个人口稀少的小村庄，因为瘟疫灭亡了！这来势汹汹的瘟疫应该是从距离很近的那个城市中传来的，村民们几乎没时间做出反应，一家挨着一家地病倒。可想而知，那城市中必然也遭受着肆虐的伤亡。

米杉找到她的时候，她正在祈祷。难道昨夜的一切，是死不瞑目的村民们渴望升天的祈愿吗？在流离执着的要求下，他们将尸体都搬到了一处空地，在第二个夜晚，一同火化了。

他们没再经历像昨夜一样的咄咄怪事。这里变成了空荡荡的鬼乡，无家可归的流离和米杉留下了。在这期间，他们曾去附近城中打探过一次，那里确实也弥漫着一股死气沉沉的气息，但好在采取了一些措施，虽然也死去了很多人，但并没有发生像村庄一样灭绝的惨祸，而且，无论是生活、工作还是娱乐，都还算正

　　　　　　　　　　　　　　第一章　婆娑小镇

常地运转着。流离是懂得如何调配遏制瘟疫的药的，只是，材料很稀少，做出的成品有限。她经常化装成卖药的游商，去城里售卖，很多人的病情得以好转。为此，米杉十分不满，甚至大为恼火。

他倒不是乐于看到人类的死亡，而是流离去城里是十分危险的。城里有她的通缉画像，被认出来怎么办？被抓到怎么办？即使那些人此刻自顾不暇，但是，如果她卖的药很有效这件事再次被扩散出去，她会再次变得显眼，被关注，暴露岂不是迟早的事？

流离是很倔强的人，米杉从来都明白这点，有时，她下定决心后所产生的劲头，让米杉都感到头疼和害怕。只是，她的倔强从未让她产生过任何后悔的念头，就算她遭受了常人不能忍受之痛苦，也不会屈服，因为那些是必然的磨难，是无法在这坦荡和充满感情的人生中所能逃避的。这是米杉永远无法理解的事，别人的生命和苦难究竟有什么重要的？有什么让人同情的？但思来想去，虽然极不情愿，他也可以尝试去体会一下。他不会承认的是，流离或许正对他产生一些影响、一些违背他本性的撼动。至少，流离并不会莽撞和冲动地自讨苦吃，她考虑很多、很周到，她其实很会保护自己。

在不去城里的时候，流离会把时间花费在研究她曾经见过的那片"草坪"上。虽然尚未知晓它们的真实面貌，但根据第一印象，流离将它们命名为红絮草。在村庄的一些不起眼的角落，似乎也有着红絮草的蛛丝马迹，但它们只在极短的时间绽放过。流离一直怀疑村民那不可思议的现象与此有关，她保持着极高的热情和好奇，心怦怦直跳，总感觉自己很快就要发现什么端倪。这种微妙的期冀，让她陷入一种深深的错觉，就好像她会和其他世界的古怪产生若隐若现的联系。可当她理性思索时，她认为或许只是因为自己从小就很喜欢调配各种药剂，对这些奇怪的东西向来如醉如痴，毕竟，这是她从医的主要原因之一。

这天，他们本来计划去城里卖药，结果刚走到村庄口，就看见了一个倒在地上昏迷不醒的小女孩儿。她已经病入膏肓，胡言乱语，高烧不退，即使喝了药也无力回天。很快，在她被带回来的第三个晚上，她沙哑的呻吟变成了一阵痛苦的哀嚎，在一阵激烈的抽搐中，她睁开了眼睛。

小女孩儿的眼睛比以往任何时候都要清澈。她望向紧紧握着她的手的流离的时候，泪水一下子从眼眶中涌出。这让流离感到措手不及，她突然觉得，小女孩儿稚嫩的面庞好熟悉，她是不是以前遇见过？

"你叫什么名字？"流离问。

"我叫果顷。"小女孩儿说。

霎时间，流离的胸口像是被什么堵塞住了，她开始无比艰难地急速喘息。果然有什么不对劲！流离想。从她在马车上醒来那一刻，那种诡异的违和感就一直隐隐地存在。此刻，它被无限放大了。时间是不是被加快了？那仿佛只是几个小时之前的事！她所谓见过这个小女孩儿也不过是几天前的事。

人在快要醒来的时候，往往会猛烈地呼吸，这意味着他们已经位于意识到自己处境的边缘。

"我是来找妈妈的，她就埋在旁边的荒地上。"小女孩儿抽噎着，断断续续地说，"我从湖水中向你飞去，但没有抓住你。你能找到我的妈妈吗？"

"流离姐姐！"流离听到了米杉的声音，但她四处张望，并没有看见他的身影。等她再次看向小女孩儿时，她已经紧闭双眼死去了。

就那样，哭丧着脸，默默地死去了。

"你能找到我的妈妈吗？"

这声音久久让流离久久无法忘怀，她望向自己的手心，那里攥着一瓶褐色液体，这是什么来着？是她刚刚调配出的一种"毒药"吗？流离想了想，将它倒入了小女孩儿的口中。这是她第一次使用它，这种用红絮草制作的或许能让死去的人再次活动的可怕的毒药。

她眼睁睁地看着小女孩儿的脸变得肿胀，一只长长的蜈蚣盘踞在她的胸膛。这让她再次回想起醒来后的世界她会面临的一切，但还不够，她还没有看到这场闹剧的最终结局！转瞬间，小女孩儿恢复了正常，就连瘟疫的症状也消失了。她跳下了床，蹦蹦跶跶地向门外跑去。

流离跟着她来到了村庄旁边的荒地，那里是瘟疫患者尸体被焚烧的地方。小女孩儿向那奔跑而去，高兴地喊着："妈妈！"

她扑在地上，深情地拥抱着残留的灰烬。

流离想向她走去，可她又听到了米杉呼唤自己的声音。她转过头去，这回，她看到了这个少年跌跌撞撞地跑向她这里。他神色焦急，对着她大喊大叫着什么，但她完全没有听清，因为米杉那双像水晶一样的眼睛让她无比惊惧——她看见了那双眼睛所映射的倒影！是她裸眼无法看到的，在小女孩儿趴着的位置，一个躯干颀长纤细、六肢干枯的漆黑怪物，从小女孩儿的皮肤中爬出，摇摇摆摆，融化于昏黄惨淡的月光里。

　　焕·达那拉医生所递交的尸检结果中，同样没有发现什么特殊的物质。也难怪，小镇的各种仪器设备实在是太落后了，根本没有办法做出高精度的分析。但达那拉医生那沉闷的黑框眼镜后面，凝思的眼神让人感觉到了他的疑虑。"死者的血液、脑组织、身体器官均毫无异常。"他用平淡死板的语调说，"但她的脊髓细胞有些微妙的变化，极其不易察觉。虽然不符合常理，但我不得不承认，那些细胞，就好像在死后又再生了一样。或许确实存在什么未知的成分。"

　　达那拉医生果然很让人放心，他丝毫不问多余的问题，做事非常细致。虽然看起来神色有些阴鸷，但是一丝不苟。流离在养老院遇见过他一次，似乎是有经验不足的护士针对老人的病情，向他请教问题，那时，他也看见了流离，向她微微点头示意。他公事公办地对护士叙述着老人的身体状况与相关注意事项，对其他一切都漠不关心。

　　没错，流离在这养老院找了一份临时护工的工作。一方面，自食其力地赚一些钱，另一方面，这里又是一切线索的汇集点。她为自己这个绝妙的想法感到了一丝小小的得意。

　　在这里，她认识了千舟沐和的奶奶。她真的是一位非常慈祥的人，让人感到，千舟沐和一定是在一个充满了爱意的环境中长大的。当她笑起来的时候，眼睛像弯弯的月牙，偶尔还会讲一些笑话，和其他老人的相处也非常融洽。在千舟沐和的千叮咛万嘱咐之下，流离格外照顾她，好在，隔壁爷爷去世那晚的阴影并没有对千舟奶奶造成太大影响，她的精神早已恢复了不少，睡眠也变得安稳了。

　　果顷的尸体所呈现出的结果，是不是说明了那种未知的成分操控了她的行为？想着想着，流离在恍恍惚惚中，仿佛回到了那个夜晚，那个她所梦见的古老时代的夜晚，她的角色所炼制的名为弥留人间的毒药似乎会产生相似的效果。然而，与其说它们存在关联，流离更相信这是完完全全的巧合，因为那梦境彻头彻尾都是编造的。

　　那不是随机产生的梦境，而是有意设定的。

在流离的笔记本上所罗列的米杉的众多发明中，她郑重地写下了"沉睡领土"这个新名字。那天夜晚，当米杉忐忑不安地留下她，说是希望她能帮他一个忙，然后，便将她带到卧室，并说出让她在他的床上睡一觉时，她简直是惊恐万分地瞪着他。

"什么意思？你要我帮什么忙？你要做什么？"她大呼小叫地问。

米杉顿了顿，皱起眉头，指了指床边一个巨大的、连着很多电线的机器。"这个是'沉睡领土'，是我发明的一个梦境编辑器。"他颇有兴致地说，"关于你在我梦境中出现，又来到现实世界中这件事，我百思不得其解，无论如何也想不出个头绪来。"

"呃，"流离尴尬地挠了挠头，"那这件事和这个梦境编辑器有什么关系吗？"

"那时，我正在使用它。"米杉说，"我沉浸在我所创作的故事里，但是在这故事本该终止、我本该醒来时，我却陷入了另一场梦境中。那不是我输入的梦境，是一个意外的插曲，是梦中梦。我以自己二十年前的模样在这蔷薇小筑醒来，和你初来小镇的记忆衔接了。"

"所以，你怀疑和这台'沉睡领土'有关？听起来是有些道理……"

"而且，你因'倏忽乱向'而被困在另一个空间时，影像出现在了'沉睡领土'的屏幕上。似乎一切都与它息息相关，难道是它产生了什么副作用？可再怎么说，梦境中的角色也不可能来到现实中吧？我很久没有遇见这样一个让我苦恼的难题了，日思夜想都渴望破解它。"

流离的脸皱了起来，她嫌弃地看着他。

米杉对此并不介意，他拿出一个带着蓝色花纹的硬壳日记本说："这就是我输入的故事。我想请你也使用'沉睡领土'一次，或许能发现什么也不一定。"

流离默默地点了点头，于是米杉选了一个章节输入到了仪器中。

"这是什么？"流离瞥见了一点点内容，"我看见了我们的名字。"

"是我的日记。"

"是你和那个水流离过去的事吗？"流离一下子振奋起来。

"不是，这是虚构的。"

"可你说这是你的日记……"

"不好意思，我没说清楚，"米杉一边输入，一边温和地说，"这只是我记日记的一种方式。你可以叫它'妄想日记'。只能说，它和我们过去所发生的事，内核是相似的，但我写的故事是几百年前的背景了，是我把自己的记忆和经历加工后，创作出的一段伪造的往事。在这故事里，我的私心、玄幻的设定，让它变了形。你可以仅仅把它当作一部小说，一部文学作品。"

　　流离似懂非懂地思考着这段话。这时，米杉已经请她躺在床上，将针灸一样的针刺入了她脑部的穴位。开启开关后，流离几乎瞬间失去意识，完全忘记了自己现实的身份，一心只知道自己是一个遭到追杀和迫害的女巫，在那段生活贫苦、瘟疫横行的时期，从田间小路的马车上苏醒。


　　在刚听说"沉睡领土"的效用时，流离根本没想过梦境会如此悲伤和漫长，而且每一个细节都那么逼真。是这发明太过先进和高端了吗？

　　她猛地惊醒，睁开眼时，眼前都是花的，好像万花筒在眼前飞速旋转着。脑海中，还残留着在少年模样的米杉眼中所看见的小女孩儿的倒影。窗外的天已经蒙蒙亮了，至破晓时分，当视线变得清晰后，流离看见米杉正面色苍白地跪在床边，像幽灵一样，垂着双手，一动不动地看着她。

　　他和那个在道路中央孤零零地站着，拦下马车，茫然看着她的少年多么相似。

　　当然，她很清楚，此刻她眼前的人，很高、很成熟，和那少年完全不同。可那如出一辙的神志，让流离的心为此深深撼动着。

　　"重逢真是世界上最美妙的词汇。"她喃喃地说。

　　米杉静静地看着她。

　　"我所梦见的都是你写的故事吗？"流离问。

　　米杉摇了摇头。

　　流离困惑地眨了眨眼睛。"到底是怎么回事？"她问，"我究竟遭遇了什么？为什么果顷会出现？为什么有种和现实紧密联结的不协调呢？"

　　"你遇见了果顷？"米杉眯起了眼睛。

　　流离更加困惑了，她把梦中发生的事情尽可能详尽地讲述了出来。

　　"人的梦境，大概不会那么顺从，不会完全按照我写的一切乖乖发展着。"米杉说，"虽然，梦境的背景和情节是我所提供的，但人们的性格和潜意识，影响了它的选择，会强悍地影响原有的走向，到最后，轨迹愈发偏离。最终掌控结局的，不是电脑，是大脑本身。"

"所以，我后面所遭遇的一切，只是受到了我自己原本意识的影响，和你所输入的程序根本大相径庭，对吗？"

"虽说如此，一般人们是不会感觉到反常的。"

"什么意思？"

"我也是这样。"米杉轻声说，"我发明这个机器，用虚无的幻想安慰自己，妄图实现我可怜的愿望。然而，在我使用的时候，结局从未如我所愿。无论我尝试多少次，努力多少次，它就像被现实所注定的命运诅咒了。和我写在'沉睡领土'中的完美结局不同，在我的梦里，水流离总是会死去。"

"可是，为什么虚构的故事会被改变……"

"是虚构的，可它的感情被继承了。我没成功过，它或许证明，我心中那道鸿沟一直在阻拦我。"米杉顿了顿，继续说道，"然而，我在梦境中从未产生过任何与现实相关联的感觉。我对我的角色和生活毫无疑问、一心一意，并没有什么挣扎的感觉，也没有过于离奇、偏离大纲的景象出现。但你竟然产生了反抗！"

"我梦见了那个小女孩儿，她说她叫果顷，她说了很多奇怪的话。我还梦见了千舟先生所讲述的那个可怕的怪物……"

"我觉得，你的脑电波过于强大，有时候甚至反过来操控了'沉睡领土'。"米杉站了起来，弯腰审视着流离，声音隐隐地颤动着，"你看，真正不可思议的是，我并没有写过关小女孩儿的事，甚至没有写过村民的尸体围着篝火跳舞，那就好似是你对现实案件的思考所自动创造的，从你自己的意识延伸出来的！"

"怎么会这样？"流离震惊不已，她想说些什么，但是米杉打断了她。他似乎已经沉浸在自己的绝妙发现中不可自拔，这让流离终于能切实想象出从前那个所向披靡的疯狂发明家大约是什么样子的。他看着流离的眼神变得亮晶晶的，仿佛是看见了什么稀世珍宝，双手死死地摁着她的肩膀，展现出失去了理智一样的激动。

"而且，从显示屏来看，执行的命令到一半就中断了。"米杉继续说，"我也录了我自己的。当我的梦境违背了原本的设定时，屏幕上的程序也卡住了，然后就显示出类似脑电波一样的图像。但是你！你的梦境偏离后，屏幕上显示出和我截然不同的景象！一群群复杂晦涩的代码和千奇百怪的符号如潮水般数以万计地涌了出来！这难道就是你那晚闯入我睡梦中的原因？你的意识在干扰这台机器，在编辑这台机器的程序吗？"

流离生气极了，她的肩膀很痛，而且米杉一连串的质问让她根本应接不暇。她的眼中迸出愤怒的火光，米杉似乎也意识到了什么，手上的力量松了些，微微后退了半步，但为时已晚，流离还是顺手拿起床边的一杯水顺着米杉的头顶浇了下去。

米杉发出一声不解的呻吟，用手揉了揉自己被水迷住的眼睛。流离噌地坐了起来，感到一阵眩晕。

"我……再去给你倒一杯……"米杉一边擦着脸颊上流淌的水滴，一边说。

"谢谢。"流离努力保持着微笑。

米杉离开房间后，流离翻阅起米杉的日记本。他说得没错，原本的段落中，收留他们的是一位老婆婆，她因思念离家的儿女，形成了执念。在她过世后，流离为了实现她的愿望，用研制出的药水，让她死去的身躯恢复了意识，支撑她等到了她的孩子，才安然离去。

日记中写着，在流离调配的许多药剂中，除了治病救人的良药，也有很多有着奇奇怪怪效用的诡异的药水，比如有的药水让猫和麻雀说出人类的语言，或者让人突然力大无穷。所以，被那些庸俗愚昧的人类扣上"女巫"的污名，也并不算无中生有。只是，她一直热爱和帮助着他们，从不害人。如果是非不分的恐惧和轻而易举的谣言就足以使他们任意审判别人、残害别人，那么，他们有什么资格自以为是地活在人世？何其卑鄙，何其懦弱，却永远认为自己是正确的。

他的过去究竟是什么样的？他和曾经那个水流离之间究竟发生了什么？写出这么悲伤的故事，是为了纪念些什么？"群众的思想和行为是很容易操控的。"当探讨日记中的情节时，米杉曾这样说。虽然他是这么认为的，虽然他本人情感冷漠，缺乏同理心，可他却尽可能赋予了他笔下的水流离一个富有正义感的灵魂，他笔下的水流离依然平等地爱着每一个人。

流离接过米杉递来的水，咕咚咕咚喝了好几口，心情总算是平稳了些。

"不过我觉得，你梦见的情节更加有趣，也更自然。"米杉颇为重视地说，

世若花囚

112

"我可以写在日记里吗？我想把之前写的修改掉。"

流离无奈地同意了。"所以，"她小心翼翼地套话道，"这本日记真的是虚构的，对吧？你没有蜷缩在排水沟里，被别人发现，对吧？"

"没有，"米杉平静地说，"我小时候生活在往生岛的一家孤儿院里。"

"往生岛？"

"永生岛附近的一个国度，是一个贫穷的地方。"

流离茫然地看着他。

"不知道你的真实身份和那里会不会有关系呢？"米杉自言自语地思索着。

流离没有告诉米杉的是，她对现实中真实存在的往生岛确实毫无印象，但却强烈地感觉到，他所创造的虚构的梦境，就像她真实的人生一样。


如果灵魂有磁场，它是否能干扰人的头脑，在传导仪器的辅助下，化作信号传输到人们的梦中？传说中的托梦，是否正源于此？

流离无法忘怀梦中的小女孩儿对她所说，"我从湖水中向你飞去"。她想起她刚从这边的世界苏醒，滂沱大雨的湖面上飘荡的白色鬼影。第二天，果顷就在那里被发现。难道，她的魂魄一直徘徊在那里？

是什么将她吸引？她在寻找些什么？

她在养老院工作时得知，曾走失过的那些老人，被找到时，无一例外不游荡在他们的家庭或亲人附近。他们在无意识中，只凭借着本能，被一种神奇的力量牵引，寻去。是血缘？或是情意？流离没有听说过关于果顷母亲的事，她不可能回到酒鬼父亲身边，那母亲呢？难道在那片湖里？

这些日子，这些问题让流离苦恼不已，吃饭走路都在思考。猛然一惊，她意识到现在不是想这些的时候。正值月黑风高的夜晚，她潜伏在黑黝黝的树林中，乌鸦叫唤一声都会让她吓得一激灵，但她同时又十分激动，按捺不住期待已久的心情。相比之下，米杉就显得淡定得多，他的目光紧紧盯着手上那块屏幕，一动不动，一言不发，已近一个小时。

而屏幕上的红点丝毫没有移动。

"或许那些人并不会今晚逃出来呢？"流离不禁丧失了信心，"或者他们失败了？"

第一章 婆娑小镇

"如果我计算得没有错，今天晚上通道会开启的。"米杉平和地说，"但是走到这里，我也找不到具体的地点。通道开启的时间只有这几天，他们如果要逃走，应该只有晚上，而且越早越好。"

"放任那些人越狱这种事情，真的好吗？"流离忧心忡忡，"但似乎也没有其他办法了，就算我们找到了出去的路，也很难定位那些人的老巢。跟踪他们是最省力的办法。"

"我想，他们会逃出来的。从他们这个月的表现来看，似乎非常有信心。警署里一定有他们的内应。我们已经想办法将发信器缝在了他们的衣服里，如果他们开始行动，我们会看到的。"

流离听说了，这段时间，那三个人特别嚣张，尤其那位壮汉，在牢里也大摇大摆拒不配合，而且，在爧氤探长审问他时，经常大呼小叫、出言不逊。而爧氤探长通常并不理会对方的粗俗和挑衅，她似乎并不心急，不为所动，每次都没精打采地将该问的问题问完，任凭对方如何暴躁，她都不理不睬。

但是爧氤探长在魕四与千舟沐和没完没了、软磨硬泡的强烈要求下，给犯人发放了新的囚服。这两个人不怀好意的笑容真是让她抑郁不已，尤其是现在，当她发现关押犯人的单人牢房的门竟然敞开，里面空无一人时，她更感到一种无语的颓丧。

开着的只有单间的门，门锁没有被暴力破坏的痕迹。而这些单间外，外面还有一层门，门口有警卫看守着。他们恪尽职守，并没有人从这里逃出。所以，问题应该出现在走廊里。

监控显示这三人从单人牢房走出后，并没有走向大门口，而是向着相反的方向行进，那里是监控的盲区。爧氤探长若有所思，将监控调到了几个小时前，虽然一切看起来流畅自然，但如果细细查看，会发现有半个小时的监控竟然被剪切删除了。

爧氤探长觉得，把钥匙通过食物或其他方式送进去，不需要删除监控。就算警署有内奸，这一个月有的是机会，查找起来会大海捞针。难道是什么人，不想被看见？

"今天下午有谁进来过吗？"她再次回到牢房，问看守的警卫。

她得到了否定的回答。

那个人是通过三人逃走的密道进来的？难道警署没内奸？

从大门走进去，在单间外的走廊的尽头，有一个废弃的储物间，堆满了各种杂物，外面挂着一个老旧的铁锁。这个铁锁此刻是开着的，进去后，厚厚的灰尘有被人走过的痕迹。

寻着这些痕迹，很快就能发现，在一个墙角，有个被挡住的大窟窿，从痕迹来看，这个窟窿已经存在很长时间了，竟然一直没有被发现。从窟窿里钻进去，走过一段距离后，会来到一个通风管道，它的侧面被切开，正好容纳一人通过。

通风管道里面有些狭窄，燧氪探长怀疑那个魁梧的壮汉司机是否能够通过。在一个翘起的铁片旁，她注意到一些被刮下来的纤维，还有一块黑色的金属掉落在旁边。

他们中有人的衣服被刮破了，是那个块头最大的人吧？燧氪探长想着，捡起了那块黑色金属。眼神中的无奈愈发深邃了。

"他们已经开始移动了，果然不出你所料！"流离兴奋地指着屏幕对米杉说，观察了一会儿，她发现只有两个红点在向前，另一个留在原地一动不动，"难道他们分头行动了吗？"

米杉摇了摇头，表示他也不清楚。那两个红点在缓慢地移动了一段时间后，速度变得飞快，向他们这个方向靠近着。"我想，他们搞到了一辆车。"米杉分析说。

"骦四先生和千舟先生在五百米外的另一个可能的地点，对吧？无论这三人从哪里经过，一定会在范围之内，对吧？"

米杉眉头紧锁。

"怎么了？"流离问。

"我研究了他们落下的手机，尤其是其中的卫星导航系统，从而对我的信号发射器进行了改造。当他们走出小镇后，原本小镇内部的基站信号会消失，理想中能转为小镇外部的卫星信号。但是由于小镇的空间被隔开，没有卫星信号，我没办法确认我的改装是否成功。如果失败了，就只能人为跟踪他们，很容易暴露。"

"现在只能走一步算一步了。"流离忧愁地说。突然，她注意到被落在后面的那个红点也开始移动起来，并且同样快速朝着墓地的方向。米杉显然也注意到了，难得地表现出一丝不安。

流离十分清楚，米杉是不想走出小镇的。而且，他非常明显地显露出，他不怎么在意这个犯罪团伙偶尔带来的危害。但他无法拒绝这次行动，因为"倏忽乱向"正渐渐失去效用，不知什么时候第二个也会损坏，这是个巨大的威胁。流离的出现更超出了他的认知。外面的世界正发生翻天覆地的变化，是他不得不去考虑和面对的。

终于，一马当先的两个红点靠近了他们。车已经没办法行走了，所以这些人换了步行，速度变得缓慢。流离和米杉一边小心隐藏着，一边观察屏幕中的红点。渐渐地，红点距离越来越近，并且向鱂四与千舟沐和的方向偏移着。米杉对流离说："看来出口距离他们那边更近，我们也向那边移动吧。"

丛林中的路非常不好走，不，这里根本没有路，挺拔的参天古树下，茂密的灌木比流离还要高。她费劲地拨开它们，几乎寸步难行。

另一边的鱂四与千舟沐和正急得大汗淋漓。

他们刚刚来到这里的时候，等了一会儿，因为屏幕上的红点迟迟未动，千舟沐和无聊地打起了手机游戏——自从他发现了壮汉掉落的这部手机中所存着的单机游戏后，就霸占了它。不得不说，这二十年间游戏也发展得越来越精良，他已经计划着到了城里之后，一定要买一大堆最新款的游戏和游戏机回来。

"你不是去旅游的。"鱂四不满地叹着气。

但是鱂四自己也十分激动，这将是他和千舟沐和生平第一次走出这个小镇！外面究竟是什么样子的？会是鳞次栉比的摩天大楼和灯红酒绿的繁华街市吗？会是鬼斧神工的艺术、美景和眼花缭乱的美食佳肴吗？会是最新的书籍、音乐、电影、科技吗？

他不会再次遇见那个怪物吧？

这个一闪而过的念头给他泼了一盆冷水。他有那么一瞬曾幻想过，或许妹妹还在外面好好地生活，但他也知道这是不可能的。

想着想着，鱂四坚定了信念。如果再次遇见那个怪物，他一定要将它千刀万剐。

东看看，西望望，他心不在焉地找着可能的路线。结果，一不小心，一只脚被一根绳子紧紧地缠住了。随着他一声怪叫，这条绳子急速上升，他被倒悬在一棵高树上！

　　"骊四君？"千舟沐和环顾四周，没有看见骊四，吓得面色惨白。紧接着，他听到了头顶上方的声音，连忙向上一看，放下手机跑了过来。

　　"等等，"骊四大头朝下艰难地向他喊道，"别过来，这里有陷阱。"

　　"哈哈哈，你一个常年上山打猎的猎人，居然会中陷阱，太好笑了，哈哈哈。"

　　"……"

　　但是很快，千舟沐和就笑不出来了。他小心翼翼地搜寻了半天，发现树干底部绑着一个方方正正的铁盒，沾着湿漉漉的泥土和枯叶，暗灰色的绳子从正下方的土中伸出，一直延伸到树冠，即使在白天也不易察觉。

　　"这是个红外感应器，"千舟沐和说，"我猜，如果检测到有人形生物走到绳索范围内，就会启动陷阱。"

　　"这是那些人设置的，看来，这里就是出口，是通往小镇外面的必经之路。明明是一群无法无天的人，没想到这么谨慎。"骊四正努力尝试着靠自己的力量把身体正过来，趴到枝干上去，但是费了九牛二虎之力，腹肌都快撕裂了，也未能成功。他又重新跌了回去，在空中晃晃荡荡，由于长时间的倒立而变得头昏脑涨。

　　"这是条……钢丝绳，"千舟沐和用力到青筋暴起，即使使用刀锯也无法把它弄断，"骊四君，我们用猎枪把它打断如何？"

　　"千舟，我不想这么掉下去摔破脑袋。"

　　有道理呀！千舟沐和想。仔细观察后，他觉得方形铁盒里应该是有按钮可以把绳索慢慢放下来的。可是，外壳是锁着的，撬不开，他也不敢贸然把它打碎。思来想去，或许最好的办法是先把骊四拉上去，然后再弄断绳索。于是，他摩拳擦掌，开始爬树——这可为难了他。要知道，和常年在山中打猎的骊四不同，千舟沐和更喜欢的是待在屋里。"怎么总是遇到这种高科技的东西，真是对我们这些原始人太不友好了。"他气喘吁吁地抱怨着。

　　"我们马上就会跟上时代的发展了。"骊四昏头涨脑地应答着。

　　他们谁都无暇顾及那块小小的监测屏幕，完全没有注意到，两个红点正向这边移动，越来越近。

千舟沐和好不容易爬到了树冠上，正四肢无力地瘫软在那里，突然，窸窸窣窣的声音传了过来，让他全身都感到了一种麻痹的冰冷。骊四显然也听到了。他们齐齐向声音传来的方向望去，由于位置较高，他们很清楚地看到身材魁梧的壮汉、尖嘴猴腮的瘦子、面相凶恶的刀疤脸正在向他们靠近。那瘦子一脸残忍地指着被倒吊起来的骊四，大声说："快看，有小羊羔自投罗网啦！"

"怎么又是你？阴魂不散地缠着我们到底要干什么？"怡然自得地走到树下后，壮汉对着倒悬在高空中的骊四讽刺。他和瘦子一边嘎嘎地怪笑着，一边捡起地上的木棍石块向骊四投掷。而骊四只能用手护住头部，偶尔晃动一下，堪堪躲过那些侮辱的攻击。

"骊四君！"千舟沐和悲愤地冲了出来，抱着一堆枯枝烂叶，开始对着下面狂轰滥炸。当然，收效甚微。

"我觉得你不如一直躲着。"骊四掩面不忍再看。

"别闹了，你们两个。"刀疤脸并没有像他的同伴一样只知道取乐，而是非常警觉，"你们是怎么找到这里的？还有谁知道这个地方？"

"笨蛋，我们怎么可能告诉你呢？"千舟沐和叫道，"看他们仓皇逃跑的样子，看来没带武器啊，骊四君，用猎枪打死他们！"

"我的眼前全是花的，我打死个鬼啊！"骊四怒吼。他的猎枪正背在身后，可他完全没有力气再去握住它，倒悬着这么久，他没有七窍流血地昏过去就已经很不错了。

"你等着，我马上过去。"千舟沐和狼狈不堪地向着绑住骊四的那边移动。

"老大，我们快把他们干掉吧。"瘦子连忙对刀疤脸说，"这些人害得我们这么惨，在这儿白白被关了一个月！一想起来我就气得恨不得撕了他们。"

输入密码，红外探测器的铁盒被打开了。在摁下其中一个按钮后，钢丝绳突然急速下降。千舟沐和眼疾手快地死死抓住了绳索，以免骊四的头被摔开瓢。

骤降到一半停住，骊四忍住强烈的呕吐感，握住了手里的猎枪。千舟沐和本想慢慢把他放下去，但是对方身上带了不知从哪里抢来的刀具。他们人多势众，就算骊四落地了，不等他缓过来，就会把枪抢走，用乱刀砍死他，这使得千舟沐和丝毫不敢有半分懈怠，纵使绳索嵌入他的手臂，勒出了深深的瘀痕，手掌也被磨破，他也不能松手。

“哈哈哈哈，趁早放弃吧！”壮汉粗野地笑着，“少受点痛苦，少遭点罪不好吗？”

这突如其来的骚乱和粗犷的笑声，流离和米杉自然也听到了。他们被灌木遮挡着，潜伏着，观察着这边的情况。“不要急，”米杉拉住了心急如焚的流离，“不要和他们硬碰硬，会受伤的。”

“那怎么办？”

“这三人都在这里，但是和他们分离的这个红点正在向这边靠近，”米杉指了指手上的屏幕，“很有可能是有人捡到了信号发射器并在跟踪他们。能这么穷追不舍的会有谁呢？不可能是同伙，否则他们应该会先会合。”

在树上拉着绳索的千舟沐和显然也看到了，从这三个恐怖分子来的路上，出现了新的身影，不禁感动得热泪盈眶，一度让悬在半空的鱲四以为他要崩溃放弃了，但敏锐的听觉让他意识到情况。可惜的是，地面的三人虽然看不见，但刀疤脸显然察觉到了什么，厉声呵斥另外两人：“安静点！”

周围安静了下来，他们紧紧盯着来时的路，那里似乎传来微弱的声音，让他们的弦绷紧。壮汉和瘦子一人拿着一把长刀，缓缓向那树丛接近，猛地拉开，结果树丛后面什么都没有。

两人长吁一口气。

“你们在找我吗？”幽幽的声音从刀疤脸的身后传来，贴得很近，让人不寒而栗。一个瞪着大大的眼睛、带着黑眼圈、消沉凝滞的脸如同鬼魂般从刀疤脸的身后冒出，下巴就枕在他的肩膀上。刀疤脸大惊失色、冷汗涔涔，他发现自己竟然丝毫没注意到这个女人是什么时候来到他身后的，这让他几乎想立刻跳起来，但他动弹不得，一把枪正指着他的脑袋，枪口紧紧地贴在他的太阳穴上。壮汉和瘦子也不敢轻举妄动。

“这不是探长大人吗？”刀疤脸故作镇定地说，“您是怎么找到我们的。”

“我一直让我的两个小助手关注着你们呢。”爋鼠探长行若无事地说，“你们消失后，我马上就知道了，顺着你们逃走的通风管道追了过来。在墓地入口发现你们的背影后，就一直跟着你们呢。”

“探长大人，”树上的千舟沐和向她喊着，“快救救我们吧！鱲四君快要死了！这些丧心病狂的家伙，竟然把他吊在这里这么长时间，用惨无人道的方式折磨他……”

“我没有要死了！”鱺四向他怒吼，“我好得很！”

爔鼠探长对此二人视若无睹，她掏出一个手铐，镇静自若地说：“我劝你们不要抵抗，乖乖伏法，跟我回去吧。”

刀疤脸一脸狞恶，他和另外两人交换了一个阴险狠毒的目光。趁着爔鼠探长给他戴手铐的时候，他猛一弯腰，一个尖刀飞了过来，正对着爔鼠探长的胸膛。爔鼠探长侧身躲了过去，但刀疤脸趁机压住了她拿枪的手，使得爔鼠探长两枪都击到了地上。

“你以为我们能被弱鸡一样的女人吓唬住吗？”壮汉秉承了他在警署时的狂妄，“竟然敢独自一人追过来，老子今天就让你死在这里。”

弱鸡？鱺四与千舟沐和同时感到了困惑。

只见爔鼠探长一手接住了壮汉挥过来的拳头，岿然未动，萎靡的眼神突然迸射出可怕的寒光。她一向平静的表情变得怒气冲冲，纵身一跃，连续几脚猛攻壮汉的头颅，对方一点儿反应的时间都没有，根本来不及阻挡或躲闪，就被踢翻在地，力道之大让壮汉怀疑自己的脑壳都被踢碎了。刀疤脸想去捡枪，但爔鼠探长更快一步，把枪踢飞了。

刀疤脸显然是有些功夫的，上次就是他让鱺四吃亏受伤来着。他连连攻击过来，爔鼠探长躲闪着他挥舞的尖刀，眉头紧锁，表情不再冷静，能看出她的艰难，而瘦子就在她的身后，也拿着一把刀作势刺来。爔鼠探长勉强躲开了，顺势将瘦子拉了过来，击打他的肋骨，一用力，就折断了他的手腕，把他的刀抢了过来。瘦子痛得嗷嗷大叫，但被爔鼠探长一脚踹飞。他骨碌碌地滚了好几圈，停下来的时候，发现眼前有一双脚。

他正好滚到了躲着的米杉的脚下，米杉居高临下地冷冷瞥了他一眼，抬起一只脚，优雅地踩住了他的脖子。瘦子咒骂不止，但他很快便无法呼吸，面色紫红，昏死过去。

千舟沐和已经将鱺四缓缓降落在地上，流离跑过去照看他。这时，壮汉捡起了刚才被爔鼠探长踢飞的枪，站了起来，对准了他们。但紧接着，他就被砸倒了——千舟沐和从树上跳了下来，正好落在了他的身上。

“好痛！鱺四君，我好痛！”千舟沐和抱着被磕到的腿，在地上来回翻滚。

然而，壮汉就是强悍，即使如此也没有昏厥。他知道，等豂四恢复清醒，拿起猎枪后，他们更难逃走了。于是，他咬牙坚持着，一边举起枪对准他们，一边后退。另一边，刀疤脸根本不是同样拿着尖刀的燨氤探长的对手，燨氤探长的尖刀飒飒作响，如同刀法剑技一样，而且，她的招式进攻性非常强，他从没有见过她审问他们时有过这样认真的、带着杀意的眼神，他身上已经负伤，完全招架不住。

"不许动！"壮汉大喊。燨氤探长停了下来，刀疤脸趁机和壮汉退到一处。"不要过来，否则，我一定会开枪的！"

燨氤探长看了看豂四，他已经可以使用猎枪了，但逼得太紧，只会让这两个亡命之徒跟他们你死我活地对射而已，这时如果受伤再回到镇里，可是要花费不少时间的，他们不能这样冒险。

显然，在场的其他人也是这么想的。而且，他们还存有自己的小心机——希望放跑这两个人。信号发射器还在这两人的身上。只要生命危险解除，将其放走，或许也是一个好方法。

就这样，一味地僵持没有意义，这两个人一边威胁着他们，一边后退，很快消失在丛林中。

# 06. 江　尋　城

“我的天呐！这是什么地方？太浪漫了吧！”

千舟沐和张开双臂欢呼。

这是一片宽阔的六边形广场。在夜晚来临、夕阳沉落之际，在南边的橙色与地平线相接，北边的蓝天变成柔和的紫色、现出点点星辰之际，这广场升腾起如火的灯光，变得热闹喧哗，人来人往、车水马龙。这就是繁华的江尋城！他们正位于城内的广场中！

在刚刚走出小镇的那一刻，他们一行人，还尚未产生如此不真实的感觉，因为小镇的外面仍然是一片山川河流。但他们的内心切实地明白这样一个事实：他们已经走出来了，小镇的一切规则都失效了，他们来到了一片全新的天地中。对于常年在小镇四周打猎的鱺四来说，这截然不同的大自然的景象更是让他无比清醒地认识到这一点。眼前不再是没完没了、循环往复的山林，他们在盘山的山路上完全可以看到一望无际、开满樱花的峡谷，在那破晓时分，深蓝的天空下，金色与粉色相互交融。

而今，他们来到这城中的巨型广场，六个角分别矗立着六座细长的、高高的钢塔，塔顶约两百米高，六条玻璃栈道高悬在一百五十米的高空，将高塔连接起来，围成一圈，而他们正位于这玻璃栈道中。透明锃亮的天花板、墙壁和地面，让身处其中的人仿佛飘浮于空中，低头望去，脚下踏着红色祥云与白色霜雾——那是仰天绽放一般的鲜红的水晶枝条所构成的奇形怪状的路灯，以及一颗颗绑着青白小灯的树木穿插其中。那路灯就像纯净无瑕的红珊瑚，那树木就像挂着清冷的雾凇，将广场环绕成超脱凡尘的仙境。广场正中心是一座巨大的喷泉，那喷射在空中飞扬的水柱，随着悦耳动听的旋律变幻出恢宏华丽的纹路，视觉也会被节奏所折服。

来到江峟城已经好几天，他们幸运地赶上了这一年一度的春日露天音乐节。广场上的乐队已经演奏了好几场曲目，而其他位置则是络绎不绝的游客和商贩，紧挨着的摊位上尽是琳琅满目的纪念品和让人垂涎欲滴的小吃。在穿过拥挤的人群走向其中一个钢塔的途中，流离先后买了一个消亡大陆的小国旗、一些摆出奇怪表情的发卡、一张造型夸张的面具、一包花花绿绿的水果硬糖，还有一大块春日精灵造型的巧克力——那是这个广场的吉祥物，在广场的入口还立着它的雕塑。

鼫四和千舟沐和买得更多，比如古老的蒸汽火车模型、最新建成的大桥模型、风格独特的草编帽、条形智能音箱、项链一样挂在脖子上的精致的捕梦网等。他们还在无人机的摊位前流连忘返，但苦于实在没有钱，最终只能放弃。这两个人几乎已经倾家荡产！

这并非耸人听闻。社会高速发展，物价涨得飞快，在婆娑小镇内部赚取的收入，在此显得微不足道。好在旧时的货币还没有被取缔，依然能够使用，这两人早有考虑，几乎把全部家产都带在身上了。

即便如此，他们依然死皮赖脸地住在皇宫一样的豪华酒店里，房费全是米杉所支付的。未雨绸缪的他随身携带的都是保值的东西，包括好几颗净度顶级的钻石，只有这些可以让他在隐居之前的财富完好无缺地保留下来，不得不说，真的是深藏不露。卖掉后，所获的现款让其他人瞠目结舌。

虽然米杉似乎并不在意这些，但他并非完全心甘情愿给别人花钱。可鼫四和千舟沐和义正词严的指控很有道理：是米杉把小镇隔绝的，让小镇的经济被远远落在后面，他当然要负责。

所以这几天，米杉一直懒得搭理那两个人。不过流离倒是觉得，这不能说是他们的错，其实，刚进城的时候，他们是想住在便宜的地方的，是米杉自己坚决拒绝住在廉价的小旅馆里，就连那些实惠的经济酒店他也不想接受。流离不禁怀疑，他小时候真的生活在贫穷国度的孤儿院吗？

流离转头看着此刻正站在她身边的米杉，他身上丝毫没有受过苦难的气质，换上了最新的礼服和耳饰，一副衣冠楚楚的样子，俯视着广场上绚烂的表演，粼粼的水光映在他眼中，变得更加光彩夺目。流离早就发现，他其实非常享受这样站在高处的感觉。

“你看着我做什么？”米杉疑惑地问，“想去吃饭了吗？”

流离确实饥肠辘辘了。鱫四和千舟沐和倒是买了一大堆好吃的，包括杂粮煎饼、奶酪帕可拉、贻贝薯条、车轮饼、烤猪蹄、萝卜糕、鲜切凤梨等。流离承认，他们在穿过广场时，那些散发着诱人香味的各式小吃，无数次地引诱着她，但她还是忍住了——他们预定了钢塔上的旋转餐厅，到时候什么都吃不了了怎么办？

什么都没有买的只有米杉，还有爊鼠探长。

爊鼠探长正忧郁而惆怅地望着虚空中的一点出神，她完全是被他们“绑架”过来的。在刀疤脸和壮汉逃走后，她一度想要回去，但是鱫四和千舟沐和滔滔不绝地挽留她，流离也担心，她需要独自一人在漆黑的夜晚，穿过深山老林返回小镇，是否不太安全。

其实，爊鼠探长在山野丛林中，确实不像鱫四那样来去自如，她的警用手枪都丢了，可能会遇到野兽，也可能迷路，能够来到这里只是因为跟着那些逃犯，才没有迷失方向。不过她知道，她的两个同龄人盛情挽留，只是在害怕再次和那些歹徒正面相遇而已。即使他们应该是有办法躲避的。

而这些人雄心勃勃的计划，似乎并没有让她惊讶或表现出兴趣。相反，她难得地流露出忧愁。

啊，这些人对生活还是拥有这么多激情，义愤填膺、愤愤不平，就和她失去的曾经一样。

她掏出在通风管道捡到的、被壮汉司机蹭掉的信号发射器，无奈地说：“你们不会早就知道他们要逃走，故意坑我吧？”

“没有啊，我们什么都不知道。”千舟沐和大言不惭地说。

流离可以看出，鱫四和千舟沐和有意无意之间，想要挽救他们的好朋友，所以，他们内心是希望爊鼠探长留下的。流离一直以为，在爊鼠探长那种长久的低落中，世界一片沉闷，工作只是为了消磨时间，是对任何事都提不起兴趣的；但她在痛殴那些歹徒时，凶狠强悍的身手、突然高昂的情绪、明显易怒的气场，让流离大为震撼。

在酒店，她和燐氤探长住在一个房间里，燐氤探长经常睡着睡着就掉在地上，爬起来后，流离能感觉到她猛然爆发的无声的怒气。

不会是有躁郁症吧？流离想。

"我倒是从来没有这么想过。不过，探长大人以前确实是很暴躁，"当流离小心翼翼地提出这个猜想时，骊四丝毫没有介意地解释道，"见微知著，雷厉风行。根本没有人敢犯事的。千舟那家伙格外怕她，哪敢像现在这么大胆。"

那时，他们的汽车终于从早已废弃、破败不堪的长途汽车道驶入了有人烟的乡间小路，他们得以短暂地休憩。和骊四一起去加油站买东西的流离问："那后来到底发生了什么呢？"

"我也不太清楚，"骊四苦苦思索回忆着，"其实，我们那时候关系也不是很好。由于小时候，负责我妹妹的案子的那位探长是燐氤的父亲，我总是去……那个……纠缠他们家，企图让他们相信我，这才和她认识的。她父亲调职，她当了探长后，我和千舟闯祸了也会找她，收拾烂摊子也会找她，我觉得她那时是真的讨厌我们俩。除此之外，我们的接触就不是很多了。我只知道，二十五岁那年，她因病在家休息了一整年，等再次遇见她，她的性格真是发生了天翻地覆的变化。所以，当我们看到她偶尔会显露出以前的样子，心里还是很高兴的。"

他们已经回到汽车的后座上坐着了——开车的是劳苦受累的千舟沐和，而米杉悠然坐在副座。而一路上睡在车里昏昏沉沉的燐氤探长则根本没听他们说什么。但是，流离能感觉到，随着渐渐远离婆娑小镇、新奇的事物层出不穷，燐氤探长的情绪偶尔会呈现出一种微妙的波动。与其说是喜悦，不如说更像是抗拒与忧心忡忡。

当然，这也可以理解，来到与从小生长的环境迥然不同的地方，不是所有人都会感到耳目一新，莫名其妙就背井离乡了，总有人觉得恐怖。

米杉似乎不这么认为，他对燐氤探长的态度有些微妙。流离不知道他们的关系是否亲密，他们彼此之间似乎比她所想象的更熟悉、更随意一些，但却存在着一种隐隐的防备和芥蒂。

"你不会认为她就是犯罪分子在警局里的内应吧？"流离不满地问。

"那是不可能的。"米杉确信地说，但随后语气变得忧虑，"是跟我自己有关的一些事情。根据我的调查，我怀疑的是，她有一个秘密，这个秘密会让我身处非常危险的境地。"

"什么秘密？"

米杉只是摇了摇头。

流离想：我觉得你的秘密才多呢，让我们所有人都处于危险之中！

就是这样一个糟糕的队伍，也搞不清楚为什么，早就把此行的真正目的忘在脑后了！在城里滞留了这么久，不务正业，还出人意料地诞生出一种诡异的团结感和归属感，像暴发户似的，非要来观看这场音乐节的开幕式不可。塔顶的旋转餐厅有多贵呢？流离痛心疾首。

不过，江峏城毕竟位于消亡大陆相对边缘的地方，刚进城时，普通的楼房道路并没有很惊艳。这个广场是城中最繁华的地点，又赶上一年一度的盛大节日，错过了确实很可惜。

现在，流离迫切地需要填饱肚子。她左边的餐厅，古色古香，散发着清香的檀木家具，门框上雕刻着精致的角叶，窗上挂着风铃，天花板是暖色灯笼和倒悬张开的油纸伞；右边的餐厅，铺设了镜面、扶梯与发光的轨道，轨道可以由机器自动运输食物，墙壁是以水蓝色为背景的壁画，抽象的几何图形构建了充满未来感的画风。

他们所预定的是右边这个餐厅。同样什么都没吃的燻氪探长，听到流离说饿了，早就压着肚子，走过去等着了；米杉和流离也打算跟过去；意犹未尽的只有骊四和千舟沐和，他们刚刚吃了太多的东西，此刻正深深地后悔着。

当米杉直起身子的那一刻，相邻的玻璃栈道上，另一个身影同时转过身。他们的视线短暂交错。通道内比较昏暗，对方的脸部埋在阴影里，根本无法看清，米杉却在那一瞬间，感受到自己那难以察觉的指尖发麻、不知是兴奋还是警觉的战栗。

这是一家烤肉餐厅，一行五人围坐在窗边的座位上，仅仅那烤架上滋滋的炭火气就能让人的心中涌起充实与满足，更不用说桌面上满满的五花肉、猪里脊、牛舌、牛小排、横膈膜、百叶、牛腹肉、鸡腿肉、鸡翅、鸡蛋卷、豆腐卷、年糕、杏鲍菇、尖椒、红薯、生菜、大虾、生蚝等。霓虹灯下的烟熏缭绕让这氛围更是变幻莫测，营造出不真实的梦幻场景。

"哇，真的好好吃，"流离把刚剥好的大虾塞到嘴里，由衷地赞叹说，"太好吃了！我失去记忆以来第一次吃烤肉，但是我相信这个绝对比别的地方好吃！"

"没错，比镇子里的那家可好吃多了，"千舟沐和一边大快朵颐，一边含糊不清地说，"如果能每天都吃这个就好了！"

"我们可不能再这么挥霍无度了，"鱷四哭笑不得，"再这样下去，我们真的什么都办不成了。"

"所以，接下来，你们打算怎么办呢？"面对完全不想回去的这些人，燣氪探长长叹一口气，不得不好心提醒道，"那些人都死了，线索也已经断了，我们就像无头苍蝇一样在城里乱逛。"

"他们是死于氰化物中毒，镇子里有人杀了他们灭口。"流离回顾说，"有人接应他们出狱，又不想让他们活着出去，到底是谁会这么做？是接收了这个犯罪组织高层的命令吗？可他们是怎么联系的？还是说，是这个人自己的决策？"

"隐藏得这么深，无法无天又畏首畏尾的，应该是个有势力的家伙吧？"鱷四推测道，"喂，燣氪，你在警署里就没发现什么可疑的人吗？比如某些一无是处、猖狂跋扈，但最近突然活跃立功的家伙？"

"我知道你们都怀疑海珂特探长，"燣氪探长耷拉着眼睛，"他确实有可疑的地方，但是我觉得他不像是会做出这种残忍的事情的人。"

"得了吧，你现在脑子都成糨糊了，能想清楚啥？知道不，思考迟钝就是抑郁症患者的典型症状之一。"千舟沐和不假思索地脱口而出。

燣氪探长冷冷地看了他一眼。

他的气势立刻蔫了。

"总之，"鱷四尴尬地咳嗽了一声，"我们不能白出来一趟吧？难道只能回去抓住那个人，严刑拷问，才能找到这些犯罪分子的老巢吗？"

"谁跟你说我有抑郁症的？"燣氪探长根本没理会鱷四，眯着眼睛看着千舟沐和，一种无形的震慑让千舟沐和说起话来颤颤巍巍。

"我也是猜的……"他说。

　　　　　　　　　　　第一章　婆娑小镇

"是貌四和你说的？"

"是貌四君和我说的。"

"貌四你……"

貌四一下子紧绷起身体，如临大敌地说："是流离姑娘推测的！"

爐氤探长用一副死鱼眼的表情看向了流离，这下轮到流离欲哭无泪了，她不明白，这种倒霉事怎么最后落到了她的头上？"我真的是随便问的。"她说。

"流离说得又没有错，"米杉拄着下巴不满地皱起了眉头，对爐氤探长说，"不是抑郁症，是躁郁症。你去看心理医生了吗？他肯定也会这么说。"

"我没有躁郁症。"爐氤探长用平淡呆板的语调说，"我本来就是这样的。"

"简直是张口说瞎话，"貌四关切地说，"竟然连头脑也不清醒了吗？"

"你以前去蔷薇小筑的时候，气魄十足的样子我还是记得的，"米杉似乎在打探些什么，"但是，这两年显得有些顾虑我。你到底发现了什么？"

"我最终又没有害到你，"爐氤探长直截了当地说，"也没造成什么严重的后果。"

"米店长，你怕探长大人发现什么呢？难道说，除了'倏忽乱向'的事情，还有什么不可告人的秘密吗？"千舟沐和好奇地问。

"什么都没有。"米杉说。

"我也什么都没有。"爐氤探长说。

"不可能吧，爐氤，你明显不正常。"貌四说，"我现在越来越觉得怪异了。"

"我讨厌别人关注我，"爐氤探长说，"都从小镇出来了，你找找你从小到大跟我们家信誓旦旦说的那个魔窟不好吗？"

"丧尸都出现了，魔窟的存在肯定是真的。"千舟沐和说，"貌四君说的那个怪物肯定就住在那里，肯定是它把人们变成妖怪的。"

"你还说我大脑有问题，你这天马行空的想法才奇怪吧？"爐氤探长毫不留情地说。

"千舟，我也不觉得事实是这样的……"貌四无奈地扶额。

随着短暂的停顿出现，流离连忙说："大家不要再吵了，我们还是想想接下来的计划吧。"

这个进退两难的困境如同挥之不去的阴霾，一直笼罩在他们的头顶。他们早就无法再跟踪逃走的犯人，那些人已经死了，正是因此，他们才会在城中滞留这么长时间。那凄惨的死亡恐怕是魔鬼对他们最狂妄的嘲弄。在踏上这征程的那一天，顺着歹徒逃走的痕迹，一个洞口映入眼帘。如果不是怀着细心与决意，那可能只会被当作一个普通的陷阱——那是个长长的通往外界的地下洞穴，狭窄逼仄、昏暗潮湿，让人感到一种永无尽头般的压抑。

洞穴的地面意外平坦，从入口下去，会发现一个手推车，相对较新，在近期使用过，恐怕是为了运输拐带人口。虽然看起来原始，但苦于条件的限制，总比人为扛着要省力很多。

即使这么辛苦，进出这么麻烦，竟然还会把魔爪伸向这里。只能说，这是为了获得暴利，是犯罪者丧心病狂的贪婪，这样做是值得的。他们在别的地方有更大的来源和产业，这里应该只是偶然发现的，还处于探索阶段，才会遮遮掩掩，还不敢明目张胆地犯案，对流离和骦四的追杀只是一次试探，是因为果顷那边出了意外，而他们想要掩盖更不可告人的阴谋，才会铤而走险。

带着绑着的人，会耗费太多体力。所以，在走过洞穴以及外面一段只能步行通过的区域后，一定会找到车能通行的地方，接应的汽车就停放在那里，和小镇这一侧的安排是一样的。流离等人正是开着这辆车，找到了早已荒废、摇摇欲坠的穿山隧道，而车原本的主人，死在了地下洞穴里。

刀疤脸和壮汉司机的尸体嘴唇青紫、口吐白沫，面容惊恐而愤怒地扭曲着。看样子是氰化物中毒。可两人的随身物品中并没有发现食物和饮用水，他们是怎么吃下毒药的？

燧鼠探长花费了一点儿时间回头去察看那个瘦子的情况，发现他同样暴毙身亡。

虽然这些人罪有应得，可流离却看到了更加深不可测的旋涡。信号发射器已经不能使用，线索随着这三人被灭口而中断了，但眼前的路依然深深吸引着她。她多么迫切地渴望着能找到任何与她的身世来历有关的线索，或许外面是有答案的。这种热切的祈盼一直在冥冥之中左右着她的心灵。她相信米杉也想搞清楚她的身份，她相信骦四也想去验证些什么。况且，就算这三个罪犯死去了，或许还会有其他办法来找到对方的大本营。时间拖得越久，破解真相的希望就越渺茫，幕后黑手会逍遥法外，这岁月静好的假象背后依然是枉死的冤魂。

当他们走到洞穴出口的时候，米杉似乎踩到了什么。他抬起脚，一个比米粒还要小很多的红色晶体在一片暗红色的土壤中若隐若现。他蹲了下去，两根手指捏起它，举到眼前紧紧地盯着。那表面极其光滑，不清楚是什么材质，内芯有一片纯黑的阴影。而拈起旁边的土壤轻轻闻了闻后，米杉的眼神越来越凌厉了。

糟糕，流离觉得自己开始犯困了。人在填饱肚子的时候确实会感到幸福啊！危机感也会降低。当餐厅旋转到背对广场的那一侧时，看见万家灯火的和睦，更让她感到一种浮萍般的疲倦。旁边的米杉正掏出那部壮汉的手机，说："他的手机应该是关闭了定位功能，也没有记录下任何行程轨迹，地图软件里也是空白的。一个连照片和账单都大大咧咧地存在手机里的家伙，不可能谨慎到把这些都删掉。"

"他对这片应该已经熟悉到不需要使用任何导航了吧？"千舟沐和说，"探长大人，在另外两人身上没有搜到什么有用的东西吗？"

燋鼠探长摇了摇头："车上有几块东西用来维持这部手机的电量。但是没有找到其他手机了。"

"是那个被称作'充电宝'的东西吧。"骊四摸着下巴说，"那这么说来，那三个人就靠这一部手机？那不是人手一个的东西吗？"

"可能分为私人和公用的？"流离回过神来，加入大家的讨论中，"不是说，这部手机里没有关于他们身份的信息吗？"

"确实，他们的真实身份还是个谜。"骊四苦恼地说，"这边不会有认识他们的人去找吗？"

"他们一定是被困在婆娑小镇里！"一个清冷却突兀的声音响起，流离心中一惊。难道他们暴露了？被盯上了？

声音来自米杉背后方向的那桌，只见说话的是一个背对着他们的男子，挺拔纤瘦的背影看起来很年轻，初步打量身高约一米八，张扬的头发中夹杂着深蓝色发丝，穿着高贵不凡。他显然没有注意到流离等人，而是对着与他同桌的两个同伴交谈，不知为何言至此处，语调略有些高亢，引得周围的人一些目光。

"嘘！"他的同伴之一，一个长相甜美可爱、身高大约一米六的女孩子，慌张地摆动着她的手，让男子安静一点儿，旁人的注视让她的脸颊微微泛红，大大的眼睛里充满不安与窘迫。"小声一点儿呀，储枫，别人都听到啦。"她说，"这只是你的猜测吧，毕竟那只是一个传说中的地方，不是吗？"

"不过，他们两个从学校离开的时候，确实说过打算去探索这个未解之谜，找到这个消失了数十年的神秘领域。"另一个同伴说。他是单眼皮，容颜俊秀，嗓音圆润透亮，但说起话来的语气偏偏很阴沉，眼神也很阴郁，时不时地瞄着周围的情况，看起来谨慎又机警。

"虽然有关于这个小镇的记载，可是没有人去过，不是吗？"女生看起来担忧极了，"盖布里尔学长和贝蒂学姐是在这附近失踪的，怎么都联系不上，我总是担心他们遭遇了不测。虽然他们的家人已经报案了，可是至今一点儿进展都没有，只知道他们最后出现的位置就在这江寻城。"

"说不定，他们确实是找到了那里，但是却没办法走出来呢？"最开始说话的那个被唤作"储枫"的男子，此刻已经压低了声音，"那里自古就是一个自给自足的偏僻区域，我们不是一直怀疑，日益发达的交通与信息网络让一直生活在那里的野蛮部落感到了冒犯吗？自先世至此，不复出焉，为了不让偶然闯入的人透露情报，寻向所志，因此才把他们都圈禁起来，用于祭祀鬼神的庆典……"

"噗……"刚喝了一口水的魖四没忍住，呛到了，喷得到处都是——好在他们已经吃完了（大多数人，而爌氤探长刚默默放下了筷子）。他剧烈地咳嗽着，脸憋得通红，抱歉地说："对不起……"

那个男生好像意识到了魖四是在笑他，转过身来，不满地看着他们："怎么了吗？"

不得不说，他的脸果真能让人感觉到惊艳，深蓝色的双眼清澈无比，如果不是刚刚脑洞大开、神经兮兮的一番推理，他绝对是一个气度翩翩、轻盈飘逸的少年。

一直没有往后看的米杉，此时也转过身去，面无表情地看了他一眼。

那就是他隔着玻璃栈道所看见的人。

那只是极为普通的一瞥，可不知为什么，流离诡异地感觉到一种无形的宿命，一种万世流转的岁月和光阴。她是不是看错了？总觉得光影之下，他们的侧脸与眉眼间有些许相似呢？

"不不，你说的完全是一个原始社会吧？"魖四终于理顺了气息，"再怎么说，那里也是被现代社会熏陶过，怎么听你说得像是会吃活人似的？"

"这么说，你们对婆娑小镇也颇有研究？"储枫的语调总是无意识地透露出一种高傲，"据说，那里很偏僻，在工人开始修建铁路的时候，就如鬼魂一般随风消散了。人们都说曾经来往于那边的长途汽车是通往黄泉之车。"

"这都是迷信，吓唬人的。"骟四皱起眉头。

"这是我们学校的十大灵异传说之一。"那个旁边的女孩子怯怯地说，"我们想，在江屛城里，或许有些年纪大些的人亲自去过，想来采访一下呢。"

"你们刚刚说的失踪的同伴是怎么回事？为什么会认为他们在婆娑小镇呢？"流离连忙岔开话题问道。

"你们是谁？"另一个男生抱着敌意看着流离这群人，"为什么对我们说的事情这么感兴趣？"

不妙，气氛变得有些僵硬。这时，米杉悠悠地开口了："我们曾经去过婆娑小镇，知道那里是什么样子的。"

"对，就是这样，"流离紧接着说，"那里是个和平的地方，所以，刚刚不小心听到了你们的推测，感觉有些不符合。"

"真的假的？"储枫将信将疑地问，"你们看起来很年轻啊，难道是很小的时候去过吗？就算是这样，也应该不记得了吧？"

"我们家里可是有那边的老照片的，"千舟沐和侃侃而谈地插话，显得有些得意扬扬的样子，"你们不是想调查采访吗？天大的幸运遇到我们啦！不过，我们又不知道你们是谁，有什么企图，不能白白地什么都告诉你们吧？"

对面的三个人面面相觑，或许是流离等人信誓旦旦的样子把他们唬住了，在小声地讨论了一段时间后，终于，储枫说："好吧，反正我们现在也像无头苍蝇似的，告诉你们也无妨。我的名字叫张储枫，这位，"他指了指同行的女孩子，"花梨木轻葶，而这位，"他又指了指同行的男生，"可以叫他溯。我们几个都是二十岁，宝城大学大三的学生，灵异社的成员。"

怪不得会对这些灵异事件感兴趣。流离想。

"失踪的是我们大四的学长，盖布里尔和贝蒂，"花梨木轻葶接话说，"他们是灵异社的前辈，本该今年毕业的，可是不久前，说是要去婆娑小镇消失的地方探险，结果一去不返。警方也找不到人，联系了搜救队，据说，他们一进入婆娑小镇原本标记存在的范围，就会在其他位置出现，不停地在同一片区域打转，指南针、定位仪，全部会失灵，直升机也没用。这件事在我们学校传得愈发邪乎了，所以我们几个才会想要来看看。"

因为小镇所处的空间被隔断了。流离想。米杉的发明真是强大。

"可是，谁也不能确定，你们的学长的确去了婆娑小镇吗？"流离问，"没有什么别的线索吗？"

"警方说，他们的手机信号最后出现在江峏城附近，也联系了这边的警方，可是他们没找到发生其他情况的有力证据，还说应该就是探险发生了意外。茫茫山林无限大，地形复杂，野兽横行，搜救起来会很困难。"说到这里，张储枫眉头一皱，"不过，听你这么一说，我现在突然觉得，这些人是不是敷衍我们呢？"

"也确实有那种在森林中离奇失踪的新闻，不是吗？别的地方也有。"溯的沉闷的声音传了过来，"几年前有个传得很广的事件，两个女孩儿去热带雨林徒步旅行，结果太阳下山了还没回来。经过几天的寻找，在瀑布边发现了背包和掉落在溪流中的相机，里面除了一开始的风景照、两人的合照，还有数十张完全漆黑的照片，十分诡异。"

"如果是在永生岛，说不定一秒钟就能找到呢。"花梨木轻萏用羡慕的语气说，"你看，毕竟有'银色蛛丝'的存在嘛。"

"哦，大概吧。"不知为什么，张储枫对这个话题显得有些反感。

而米杉对于这些话无动于衷。

这时，他们听见了窗外不和谐的骚乱声音，委婉曼妙的弗拉明戈舞曲爆发出尖锐的转折，将其乐融融、睡意昏沉的夜晚打破。向下望去，似乎是刚刚有个女子冲撞到了乐队中。两个男子跟了过去，想把她扯走，但女子拼命挣扎，拉住一个大提琴不松手。大提琴手是一个小姑娘，她都快要吓哭了，紧紧地抱着她的大提琴。最后，在那两个男子的蛮力拖拽下，女子披头散发地倒在地上，被拖走了，还在大吵大叫些什么。人群纷纷围观上去，指手画脚，议论纷纷。

"简直岂有此理！"张储枫拍案而起，"大庭广众之下，强抢民女，也太嚣张了吧。"说罢，他风一样地冲出了餐厅。

"唉，这个娇生惯养的大少爷，行侠仗义的瘾又犯了。"溯的语气充满了无奈，但他似乎并不是真的在抱怨。

"哎，不会出什么问题吧？"花梨木轻莩和溯一起匆匆跟了过去。

"我们也去看看。"一脸严肃的虪四推着流离，也向电梯走去。千舟沐和在后面发蒙地跟着："虪四君？你怎么把我落下了？"

早就恢复百无聊赖的状态的爣氪探长，睁着黯然无神的双眼看了看冷眼旁观的米杉，默默地站了起来，向出口移动着。米杉盯着她的背影，幽幽地问："我在洞穴口捡到的那个红色晶体，你知道是什么吗？"

爣氪探长停住了。

米杉走到她的身后，说："在地上的那些血迹中间，它几乎不起眼，失去了能源，你知道它有什么作用吗？"

爣氪探长回过身，毫不避讳地直视着米杉的眼睛："你自己，难道钻研不出来吗？"

流离在等电梯的时候，回头看见了这样的场景。她不得不感慨，或许因为这两个人身高差距不大，爣氪探长的气势一点儿不弱，虽然她还是有气无力的，但总有种隐隐的骇人的气场。流离对这样身材高挑、轮廓优美的英姿感到了由衷的羡慕。

爣氪探长已经向她这边走过来了，她们正好一起踏进电梯里。门关上前，流离看见收银员对米杉说了些什么，米杉的脸色很不好。

"实在很抱歉，先生。"收银员说，"您旁边这桌还没有结账，我看你们好像是认识的……"

米杉叹了口气，从窗户向外俯视，看到一马当先的张储枫已经冲过去了。没有旁人的关注，米杉的目光终于深长地停留在储枫的身上——这个少年像个"变异种"，竟然会以如此正直坦率的模样示人。除非，这只是一种伪装。怀着种种忧虑，以及所谓的"恻隐之心"，抑或别的什么想法，米杉神色复杂、面色铁青地帮这位"仅有两面之缘的陌生人"垫付了。

流离挤过人群穿到前面时，正好看见张储枫的脸上挨了一拳，而那个衣衫不整、头发稀疏的女子正要被塞到面包车里，她的手抵抗着车门，手腕的瘀青清晰可见。这两个男子，一个比较年轻，大个子，脖子短粗，火气旺盛；另一个看起来年龄很大，快六十岁的样子，又黑又瘦，嘴里一直嘟嘟囔囔的。

"竟敢无视法律，强行绑架，我可要报警了。"储枫用手碰了碰被打的地方，依然傲气地说。

"我都说过了，这女的是我老婆！"年轻的那位用粗犷的声音吼着，"她赌气出走，跑城里来打工，都好几天不回家了！把我们扔家里，这是想干什么？是不是有了姘头，想跑了？"

"谁知道你说的是不是真的？"储枫毫不退让，"找个借口就可以光明正大把人带走了？"

周围有人开始窃窃私语起来，他们说："我在十二乡见过他们，确实是两口子。"

还有人说："这个女的好像学历不错，一直看不起她老公来着，总想着往外跑。来这城里赚钱玩乐，你看，她都来这音乐节吃吃喝喝的，也不把钱带回家去，不管孩子。"

"你们别在那儿瞎说！他们总让我辞职待在家里，我气不过，才不回去的！你们都从哪儿听的乱七八糟的？"那个女人气愤地吵嚷着。流离发现她的声音其实并不羸弱，而是底气十足的，平时应该确实是比较强悍，有收入，家里大大小小的事情劳心劳力操持着。

"你不会就是我儿媳妇在外面养的小白脸吧？怪不得她在外面这么长时间就是不回家。"那位年老的男子对储枫恶言相向，盖过了女人疯疯癫癫的声音。

围观群众开始纷纷对储枫指指点点，这让他的脸涨得通红，气急败坏地冲了过去："就算是这样，她去哪里也是个人意愿，也不能暴力胁迫。"

结果，再次试图阻拦的储枫，被体格壮实的年轻男子和他的父亲一起攻击，仰面向后摔去。然而，他没有摔倒在地上，因为爝氤探长正好站在他的身后，这"庞然大物"砸来的时候，她双手穿过他的腋下，一把抱住了他。而对面的那个年轻男子依旧不依不饶地扑过来，挥舞着刚硬的拳头，破口大骂，说储枫勾引了他的老婆。

储枫觉得自己双腿失力、倒在别人怀里的姿势让他羞愧难当，挣扎着想站起来，但爝氤探长将他往旁边一扔，随意抬起脚，正好踹在了冲过来的年轻男子身上，年轻男子翻倒在地，痛得满地打滚。

而被扔出去的储枫也跟跟跄跄地趴在地上，狼狈极了。

"这样不行的，姐姐，"溯在旁边阴森森地提醒说，"你会被讹上的。"

"可是，真要说起来，明明张储枫的伤口更多嘛！"千舟沐和在旁边不满地抗议。

"不要小瞧无赖的威力。"溯回应道。果真，对面的人看到他们人多势众，开始哭天抹泪，年老的那位说自己的儿子有心脏病，可受不了这样的刺激和打击，必须要有赔偿。

"说起这个，刚刚你去抢人的时候，把人家小姑娘的大提琴弄坏了。"这时，流离扶着刚刚乐队中的小姑娘走了过来，小姑娘看起来很害怕，但还是勇敢地站在了人群中央，骊四指着她，对那些人说，"据说，这个大提琴是她自己的，很名贵的，你们要怎么赔偿？"

"这是她非要抓着这个琴，要赔偿找她去！"年轻男子立刻不捂着心窝了，气势汹汹地指着差点儿被塞到车里的女子说，"她弄坏的大提琴和我有什么关系！"

"她不是你老婆吗？你刚刚还说她的钱要给你。你们两个的钱，还分得这么清楚干什么？"骊四回应道。

"要不，你就把她留下，等赔完钱再走！"流离附和说。

"你！"年轻男子语塞了，咬牙切齿地说，"行，你说，多少钱？"

"五十万。"

"这么贵？！"年轻男子简直暴跳如雷。

"这把琴是她家祖传的，"流离耐心地解释道，"两百年前生产的，自然很贵。"

"我身上哪里能带那么些钱？等我们回去了再说！凑齐了再说！"年轻男子急匆匆地说。随着围观人群越来越多，人们也开始把矛头指向他，他变得非常急躁，只想草率地结束这次争执。不清楚是不是有人报警了，这让流离感到担心，因为他们身份空白，本不想惹人注目来着。

这时，那个险些被带上车的女人突然改变了主意，说要回家去了。"你们管得太多了！"她反而转过头来，对着流离等人恶狠狠地说，"钱等我们凑齐后会还的！可以吗？"

多么颤颤发抖、容易受惊的仇隙之心，对施以援手的陌生人充满了不信任，怕留下后，会为难她、找她要钱，因此，轻而易举地选择了袒护家人。她怀着警

世若花囚

136

惕，只想匆匆离开。当然，会有这种担忧也很正常，不能说是她的错。她只是内心敏感，小心防备，强大又脆弱，可处于风暴中心的那对父子，已经钻进车里了，周围的人们，七嘴八舌，一根根手指只能对着留在下面的她，指责他们夫妻吵架，还打坏别人的财物，连累别人。

这不是流离的本意。这样一来，他们再纠缠下去，已经毫无意义。这个女子苦求着，细细的皱纹在眼角抽搐，重压之下，只能选择留下联系方式，以便日后再商量关于赔偿的事宜。流离看到她写下的名字叫"子玉"，并且留下了地址。这种情况下，流离一行人只能眼睁睁地看着这位名为"子玉"的女子回到对方的车里，一家人扬长而去。

围观的人渐渐散了，这时，警铃声才姗姗来迟。流离想要躲避，可比她更慌张的，是蜷缩在地上、面容憔悴的张储枫。他完全失去了刚才意气风发、昂首挺胸、无所畏惧的风度，就好像罹患重病，迅速地衰弱下去，深蓝色的眼睛也变得苍凉。他捂着胸口，摇摇晃晃地站起来，艰难地喘息着，表情变得狰狞。"我们先走，先撤退……别这么显眼……"他艰难地说。

他们来到了一个漆黑的小路上，这是松软草地上的小径，铺着一块块石砖，无车经过，地灯也昏暗不明，一条破旧的长椅孤零零地放置着。储枫吃下了轻葶递过来的药，已经平稳了不少。

在那对父子恬不知耻地作秀装病时，他的病却是真正地发作了，他的心脏剧烈地疼痛着，额头上的冷汗一滴滴滑落。他趴在那里，不敢动弹，不想让人发现自己那种仿佛呼吸一次都会使胸口的血管断裂一样的可怜兮兮的惨状。和毫无底线地博取关注与同情相比，他的尊严更重要，他的"隐私"更重要，这些是一个普通人在那盛大的吹捧狂欢中，无论如何也无法获得的。

眼前这些人对于储枫而言，充满了未知的危险。他们的目光中充满关切，但并非所有人都是这样。其中，那个睁着双异色瞳的人，眼中毫无善意，而是难以言传、无穷无尽的寒冷。从第一眼见到这个人开始，储枫就从内心涌出一股没来由的恐慌。只是，他不知不觉中忽视了它，因为他从小习惯了，他的周围尽是这样的眼睛，以至于心中早已慢慢麻痹。此刻，他才终于意识到，这种盲目的熟悉，这种灵魂被浸透般的恐惧，是多么的清晰而不同寻常。

可这个人走到了他的面前，用很随意的口吻说："我叫米杉。"

第一章　婆娑小镇

"等，等等……"储枫突然变得非常激动，"您是'银色蛛丝'的最初发明者吗？"

"原来你听说过我。"米杉淡淡地说，"我以为这是一条禁令。"

"咦？储枫，怎么回事？"轻葶昏头涨脑地问，"'银色蛛丝'不是张氏集团的人发明的吗？"

"是一开始在张氏集团工作的米杉先生发明的，"储枫看起来很坦然，"可不知怎么的，在我出生那年，他突然销声匿迹了。这个信息很少有人知道，不过它不是禁令，是可以被讨论的。"他转而对着米杉说，"张氏集团一直没有放弃寻找您，我常听家父说，您是永生岛的神灵，贡献无可比拟，他们无时无刻不渴望着回报您。"

他的发丝汗涔涔地垂落着，挡住了他闪烁的眼睛。

"……我一直以为，"流离怯生生地开口了，"米杉是被通缉或是被追杀的，所以才会躲着……"

米杉轻轻地笑了笑，不易察觉地点了点头。

这让流离愈发困惑了。

"所以，储枫同学是来自永生岛吗？"千舟沐和很感兴趣地问，"那里怎么样？很繁华吗？像世外桃源一样吗？"

"千舟，如果你这么喜欢永生岛，怎么之前没问问米店长呢？"鳓四提醒道。

"他毕竟离开二十年了嘛，"千舟沐和大大咧咧地说，"而且，我也能看出来他不喜欢那里，问他又有啥用呢？"

"是的，我是来消亡大陆留学的，永生岛是我的家乡。"储枫笑眯眯的，"那里……确实很繁华，发达极了，有很多仿佛只有梦里、科幻电影里才能看到的炫丽之景。"

"连我们都不知道储枫不是本国人。"轻葶惊讶地说，"从永生岛来这里的留学生一直很少，尤其是计算机与信息技术学院的。可是，既然如此的话，你为什么不在永生岛把心脏病治好呢？众所周知，永生岛的心脏手术是全世界最厉害的，百治百愈，没有一次失败的案例。"

储枫的笑容退却了。"我的家人也是这样要求的，是我一直拒绝做手术……

我应该庆幸，以我的身份，还能有不愿意的权利。"不知为何，他的语气变得有些冷漠，偷偷地看了看米杉的方向，"我很担心沾惹事端，会被驱逐出境，所以才尽可能回避警方的。"

而米杉礼貌并疏远地对他微笑着，手杵着下巴说："以我的猜测，或许永生岛治疗心脏病的方式只有一种，而且是强制的，就是让病人替换金属的仿生心脏。而消亡大陆大概还保留着传统的治疗心脏病的方式，因为永生岛的技术是不会外传的。不过，传统的医学治疗技术应该也有很不错的飞跃了，有很多优秀的医生，成功率也不低。"

"每次心脏病发作，我都像经历过一场死亡。"储枫抬起头，目光悠远地望着漆黑深沉的远方和寥寥无几的星星，"可那种极致的痛楚，才能让我清醒，知道生命多么深刻、多么美丽，这些从未有过的自由和快乐有多难得。"

"可是，永生岛的治疗方式有什么弊端呢？不也挺好的吗？手术成功后，难道就会忘记活着有多么可贵吗？"一向向往永生岛的千舟沐和不服气地问。

"我想，不会的，也确实没什么弊端。不过，我总觉得抵触。"储枫说，他的表情变得无比严肃，"我记得，永生岛的第一个机械心脏移植成功的手术，是在二十年前，对象是一个来自往生岛的二十二岁的男子，他的心脏残破不堪，父母为此奔波二十多年，到处求医，甚至求神拜佛。不知为什么，他们受到了张氏集团的资助……或许，因为那是张氏集团开发的项目，需要有人成为实验品吧。"

停顿了一下，他继续说："我见过几次，样貌毫无变化，毫无岁月的痕迹，甚至都让人怀疑他是否是一个活人。那个人的脸，白得像一张纸一样，光滑得像冰凉的瓷器，嘴唇鲜红，如同终日不见阳光的吸血鬼，一双杏眼，精致的眼角微微下垂。对了，"他一指水流离，"和你有点像。"

惊愕之余，流离突然感到了米杉身上所迸发出的毫不遮掩的杀意，这让她胆战心惊。"你说的，是水流星？"米杉皱起眉头，厌恶地问。

"您也听说过他吗？"储枫连忙问，"他身居要职，有很多权力。"

"那你听说过'水流离'这个名字吗？"米杉指了指流离，直截了当地问，"和她的名字一样。"

"这个……完全没有印象……"储枫说着，掏出了手机查看了一会儿，"在网上也完全查不到。她很有名吗？"

"并不是有名，不过，二十年前在永生岛，关于她的新闻很多，一时间引起过轰动。"米杉冷笑着说，"作为公众眼中的妖魔。"

"妖魔……"这个词让流离更加心惊胆寒。她想起了那个梦，那个在蔷薇小筑的夜晚，米杉通过尖锐冰冷的长针向她的脑中输送的，那个孤单、无助、万众唾弃、万劫不复的自己。那时的感情，无比真实地留在她的心里，让她分不清，那究竟是虚构的残影，还是遗失的记忆。

漫漫意识中，那茫茫孤寂的海水，再次源源不断地涌入她的身体。

"确实搜不到一点儿信息。"储枫又摆弄了一会儿手机，最终放弃了，"我也没听任何人提起过。总之，那个水流星，虽然长得有点像，他可没有流离小姐姐这样善良。他很僵硬，每次见到他，我都不寒而栗。不知道他原先是什么样子的，可我总怀疑是心脏手术留下了后遗症。"

"感觉不是什么大毛病吧？"魉四说，"推行这么多年了。如果有什么严重的问题，应该早就被揭发了吧？也不会有人去做手术了。"

"怎么可能呢？"储枫又笑了，"这是国内唯一的、世界上最完美的心脏手术，谁敢有什么建议？大家都狂热地拥护它。政府永远是正确的，张氏集团永远是正确的。"

他略有些分裂的回答和态度让流离感到有些头痛，她能看出来魉四和千舟沐和也是一样。

"水流星的手术就是当年张氏集团的家主、现今六十六岁的医学博士张哲樨亲自执行的。他是个医学天才，他的医学发明拯救了无数人的性命。"储枫说。

"当年张氏集团的家主是张哲樨？"米杉再次皱着眉头打断了他。

"有什么问题吗？"

"张哲榆呢？"

"张哲榆是谁？"可以看出来，储枫是真的没听说过。

"是张哲樨发明并进行的那次手术吗？"

"是呀，"储枫点了点头，"机械心脏移植手术的发明，为他光荣的英雄生涯添上了浓墨重彩的一笔，是很重要的一个里程碑。"

"那你有听说过秦筱博士吗？"

"那个没完没了地纠缠已婚的张哲樨博士，还企图霸占他学术成果的无耻的女人吗？"张储枫疑惑地问，"她是博士？她怎么了？"

"没什么。"米杉的表情显得有些幸灾乐祸，"她确实是一个疯狂的人。"

什么嘛。流离不满地看着米杉。一副对那里很了解的样子，他不是很忌讳那段经历吗？

米杉注意到了她的目光，耸了耸肩，小声对她说："我是想弄清楚你是谁。"

这句话让流离再次陷入仓皇与哀伤。她想追寻自己记忆的信念依然未变，可在他们的对话中，她直觉所感受的，不是什么愉快的过去。或许，她的长相、姓名、声音和那个水流离一样，这件事只是个普通的巧合呢？或许，和永生岛毫无关系呢？谁说她就一定会是过去那个人的影子呢？

流离一行人相继介绍了自己，但没有透露来自婆娑小镇的事，然后才发现，原来他们住在同一个酒店里。在这个过程中，米杉一直在低头摆弄着壮汉司机的手机。储枫的身体恢复了，又变成生龙活虎的样子，正打算一起回到酒店泡个温泉，再美美地睡一觉时，米杉说："我们明天去一趟十二乡吧。"

"哎？去要债吗？"骊四有些抗拒，"我估计他们是不会还钱了……其实那把琴也没有那么名贵，只是为了找个借口而已……"

米杉举起手机，指着屏幕，说："在前往婆娑小镇的一个必经路口有一个摄像头，警方有查看过其录像，但时间不长，也可能他们看得不够仔细，总之，官方档案里并没有所谓的证据来证明宝城大学的那两个学生曾经去过那里，或许根本没拍到过他们的身影。实际上，根据这两个人在城中的移动路线，在他们的手机信号消失时，更可能会去另一个方向，从地图来看，那个方向可能通往十二乡。"

这群人听得目瞪口呆，被米杉无视了，但张储枫冲上去紧紧握住了他的手，崇拜地问："您是怎么查到的？"

"江㝷城执法部门的系统很好入侵吧？"米杉反感地后退了一步，但没能成功地把手抽出来，"你没有这个能力吗？"

储枫的脸涨红了，说起话来显得委屈巴巴的："我没有……我从小确实学了很多，但消亡大陆的防火墙是专门克永生岛的技术的，我还没有弄明白……"

"只是档案而已，非常浅显的、外围的东西，不是重要的机密，防护没有那么强。"米杉毫不留情的严厉话语打断了他，原本趾高气扬的公子哥突然哼哼唧唧的腔调让他更反感了。

米杉也来自永生岛，而且还是二十年前那个时代，如今在消亡大陆做调查却依然轻而易举、游刃有余，这强烈的对比实在让储枫大为受挫。但转念一想，或许他这二十年都躲在这里，早就对这边了如指掌了。只是他想不通的是，张氏集团曾派过很多人去寻找他，近年来不知为何，愈演愈烈，江寻城也来过好几次，可一点儿踪迹都没有发现过。他是怎么做到的？

米杉的奇怪发明层出不穷，还有，他们入住酒店时，米杉不知用了什么方法，欺骗了身份登记系统，对此，流离早已不感到惊奇。她一直充满了信心，并对他有着"上天入地无所不能"那般的安心。只是让她意外的是，米杉居然会对那两个失踪的学生感兴趣。她一针见血地指出："你不是一向事不关己，高高挂起的吗？突然醒悟啦？对这些可怜的学生萌生同情啦？"

米杉面不改色地将手机递给了她，其他人也凑了上来。手机调出的画面，是流离曾见过的其中一个被绑架者的照片，照片中有一个年轻的女人，黑色短发微微有些卷，方形脸，薄嘴唇，脸上长着少量的雀斑。轻葶惊呼："这不是贝蒂学姐吗？"

难道，他们是遇见了这个犯罪组织，才会失踪的吗？流离发现，零零碎碎的线索都拼凑到了一起，产生了千丝万缕的联系。他们所苦苦追寻的目的地，或许和储枫三个人是相同的。没想到，他们的师兄师姐会是这个团伙的受害者。盖布里尔和贝蒂，莫非真的去了十二乡？说到底也只是推测而已，他们能否顺藤摸瓜厘清更多脉络？

本来已经山穷水尽了，如今至少出现了一丝丝头绪，他们必须抓住，不能放弃。

"啊，对了，"一直孤僻地蹲在路边玩儿石子的爣氪探长抬起了头，如梦初醒地说，"你们身上都有的那个刻着手掌印的菱形小镜子，"她指了指储枫的腰饰、轻葶的项链和溯的胸章，"我就觉得眼熟来着，应该是在哪里看见过，怪不得，怪不得。"

流离看见照片里的贝蒂凌乱的头发上摇摇欲坠的发卡，也是一个刻着手掌印的菱形小镜子，和这些人所佩戴的一模一样。原来如此，所以米杉才会认为她和他们是认识的。轻葶难过地说："这是我们灵异社的标志，还是贝蒂学姐亲手设计的……你们怎么会有这样的照片？她发生了什么？为什么看起来这么糟糕？"

流离、魖四和千舟沐和七嘴八舌地向储枫三个人解释了贝蒂所面临的情况，包括他们也在追踪这个犯罪组织这件事。他们并没有隐瞒关于会动的尸体以及三个犯罪分子暴毙身亡的这些信息，这让轻葶连连惊叹不可思议，同时，怯懦柔弱又极富同情心的她，对这些可怜的受害者的遭遇既惧怕又愤怒，泪水在眼眶中打转。性格沉闷的溯显得平淡很多，虽然没有说话，但流离能看出他也是惊讶的。

而储枫心高气傲地昂起头，大义凛然地说："管它什么牛鬼蛇神，我们肯定能救出学姐，把这帮丧尽天良的歹徒一网打尽！"

他又恢复到他们刚见面时自信满满、盛气凌人的样子，流离不禁叹了口气，摇了摇头。在其他人默默地往回走着时，储枫一直不依不饶地向米杉"请教"各种稀奇古怪的知识与科技，这让米杉非常烦躁。但纵使是如此努力营造出的情绪，流离也隐约察觉出，自从米杉介绍了自己的名字，储枫的气息就发生了改变，他似乎在努力维持着自己若无其事、泰然处之的正常表现，可无论是笑着还是忧虑，他的眼中尽是审慎的掩藏和退却的温度。

流离知道米杉也清楚这一点，他只是不在意而已。他们让流离更加好奇永生岛上究竟拥有怎样的秘密，听起来像一个超凡脱尘、绚丽至极，却孤傲、尖端、危险，与平常规则格格不入的地方。正当她为此陷入天马行空的想象时，他们回到了酒店的门前，米杉站住了，打断了储枫喋喋不休的疑问。

"储枫。"他说。

"怎么了，米杉先生。"储枫立马正襟危立，想要乖乖听从指教。

"请把晚餐钱还给我。"

# 07. 石 窟 惊 魂

流离是在低低的呜咽声中醒来的。

在她挣扎着睁开眼睛之前，她还停留在那个烟火繁盛的晚上，她开始接触多姿多彩的人生和友谊，在她虚无缥缈的记忆里，她从未像那天一样，和众多的同伴一起，对充实的目标有那样乐此不疲的计划与凝聚的信心。她从不认为那样的时光不会继续下去。那时她真的感觉到满足和幸福，就像长久漂泊的心灵获得了依靠，茫然诞生于这全新世界的自己，对陌生而渺茫的未来产生了难得的、片刻的向往。她无比希望继续酣睡下去，可那绵长不止的哭泣让她不得安宁，就好像不断回荡的钟鸣一样。她徘徊于梦境与现实的临界点，开始仔细思考着自己是否有什么必须醒来的理由。

她回忆起自己的处境——她没有睡在酒店柔软的大床上。她越来越清晰地感受到，这坚硬、潮湿、冰冷的地面所散发的寒气。她想起自己正被困在一个狭小闭塞的石室里。

她想要哭出来了，她甚至怀疑这源源不断的哭泣声就是她自己所发出的，可她的眼睛是干涸的。为什么她会流落到这个境地？她越想越觉得委屈，觉得自己被抛弃了，失去了无所不能的米杉的庇护，她一无是处，只能一败涂地。可这种脆弱的心情是她不该有的，这种想要依赖别人的想法本身就是禁忌。只是，那种与认识的第一个人所产生的联结，是很难斩断的，他是她的答案，他的梦是她的窗口，虽然她不愿意承认，但他失去踪迹后，她仿佛有种无所依归的迷惘彷徨。

是的，米杉在那个晚上消失了，哪里都找不到他。

由于前一天睡得太晚，流离起床的时候已经快要中午了。原本，他们也只是打算去十二乡简单地打探一下，所以并不着急。但是米杉一直没有出现。他的房间整整齐齐，只有打开的被子有些凌乱，行李物品都完好无缺地留在那里，甚至那身名贵的服装也规规矩矩地叠放在床边，一丝褶皱都没有。门反锁着，但门卡留在房里。一切迹象表明，他似乎是穿着睡衣就不见了。

无论如何寻找、如何等待，他就像随风而去了一样。其他人也毫无头绪。流离有时候怀疑，他是不是再一次出逃了。他原本就躲藏在一个与世无争的地方，他们却逐渐把他构建的壁垒打破。尤其是遇见了永生岛的"故人"，更坚定了他离开的想法。说不定，过段时间，就会有个像婆娑小镇一样的区域，莫名其妙消失了，到时候，流离就知道该去那里找他。

可是，根本没有多余的"倏忽乱向"来供他使用了，除非还有什么其他意想不到的发明。流离也不相信他所说的"想要搞清楚流离的身份"这种念头是假的，不相信有什么变故让他干脆放弃了。难道，他回到了婆娑小镇吗？他觉得再怎么折腾也无济于事，所以早早回去等着了？可去十二乡这个计划不是他提出的吗？

张储枫曾用现学的知识调出过酒店的监控，画面很模糊，但能依稀分辨，米杉门前的那条走廊静悄悄的，甚至没有人经过。虽然鱿四提出，这会不会与米杉的诡异发明有关，但流离总禁不住猜想，米杉是不是遇到了连他自己都难以掌控的意外。她对鱿四说，她总感觉轻莘用闪躲的眼神悄悄地看自己；而光明磊落、目光坚定、干劲十足的储枫，他的眼底流淌着连他自己都没有察觉的可怕的怒气，似乎有一种无法宣泄的情绪，如休眠的岩浆，还夹杂着不安和狂喜。

回到此时，流离觉得自己可能过度紧张了，那些或许只是自己敏感的妄想。正如她上一次在这个石室中醒来的时候，一个破旧的玩偶在角落看着她，而她以为这个玩偶有什么灵力。它直挺挺地站着，个子到人的大腿，脏兮兮的金发已经打结，灰白的、硬邦邦的脸庞裂开了，有破损的洞，衣服上露着线头，血红嘴唇的微笑让流离感到无比惊恐，觉得它亮晶晶的眼睛会说话，嘲笑她的同时在向她哭诉。后来，玩偶真的动了起来，眼珠滴溜溜地转，僵硬的四肢向门口走去，流离这才发现它背后裸露的电线。它出门后，过了一段时间，用极其不协调的动作端来一些食物。原来，这是个粗糙的小机器人，可以自动化地监视并喂养被囚禁的流离，而流离认为它似乎拥有感性的思考，这完全是一种错觉。

可它待着的方向又传来了凄切的啜泣，流离怀疑自己是不是还处于半梦半醒的阶段——尽管她已经完全回忆起所发生的一切了。她缓缓张开眼睛，想去看看哭声传来的角落，结果发现，她自己就在角落里！眼前还是一如既往单调的房间，这个房间是一个正方体，六个面都是青黑色的石头，天花板有一个昏黄的小灯。一个形态娇俏活泼的女孩子背对着她，躺在房间中央，那种蜷缩的姿态让流离有点难过，可她的眼球依然是枯竭的。哭声原来是从隔壁房间透过石墙传来的，那声音很熟悉，甜美的、纯净的、软软萌萌的，那是花梨木轻莩的声音。

流离想叫她，可下巴硬得超乎想象，嗓子也只能发出嘶嘶的电流声，这让她产生了不好的联想。她迫切地想要大声呼喊，或者用脑袋撞墙，踢翻什么东西，以证明自己的身体是正常的。她感觉自己的舌头没有了！

她扭动着硬邦邦的脖子，低头看见了自己白森森的手，手指粘连在一起，无法灵活地做动作。但她的恐慌在慢慢退却，因为她清楚那只是钢制的外壳，不是她自己的手。她胸腔中的驱动器会随着她的情绪而发烫，而那也并非跳动的心脏。看着自己娇小的脚穿着那个机器娃娃断了鞋带的布鞋，她渐渐明白，她的眼睛是摄像头，她的喉咙是麦克风，她的关节是机动轮，她的肌肉是传送带，她的皮肤布满了传感器，她变成了那个机器娃娃，她就是那个机器娃娃，她的意识在这个机器娃娃的控制器与信息处理系统中！

她走到躺在房间中间的那名女子的身边——那是她自己，是她原本的身体。她还在呼吸，双手和双脚被绑着，皮肤因为寒冷而变得惨白，心脏规律地跳动着，只是全身软绵绵的，彻底失去了意识，像植物人似的。

她担心自己的身体会生病。机器娃娃似乎会在每天固定的时间去固定的地点取食物，很快就要到时间了，她或许可以顺便取一条毛毯过来。如果一切都是自动化的，那么应该不会有人时时刻刻都通过她的眼睛去监控这里，她可以趁机自主地做许多事情。她似乎拥有这个天分，对于现在的状态，很快就能适应。

她用掌心的门禁卡将紧闭的大门打开，走出去后，门又重新关牢了。如果她有一颗真正的、血肉的心脏，它一定怦怦直跳。可她依然只能感到胸腔中因为情绪激动而产生的不规律的电流。她走到旁边的房间外，那扇门有一个送餐的小口，里面没有机器人。所以，所有被抓起来的人，都是机器娃娃负责输送食物，而她待在流离的房间里。

这条窄长的走廊没有监控，所以流离打开了送餐小窗，去叫了叫那个脸已经哭花的人："轻葶！"

轻葶吓了一跳，抬头看到机器娃娃这张破损的、古怪的脸，吓得几乎要昏了过去。但她很快微微镇定下来，怯懦地问："你们是谁，怎么知道我的名字的？"

"我是水流离。"

轻葶看起来更战栗了。"这是什么阴谋吗？想套话吗？"她恐惧地说，"还是，是流离小姐姐在通过监视器和我说话吗？"

流离不知道该怎么和轻葶解释，因为她自己也一头雾水。这是怎么回事？灵魂出窍？魂魄附体？她尽可能地描述了现在的状况，但轻葶看起来将信将疑。流离知道自己的语调太呆板了，那种机械音效无比滑稽。

她试了试自己的门禁卡，竟然可以打开这扇门，看来门禁是通用的。轻葶害怕得缩在墙角，她不知道这个机器娃娃要对她做什么。流离无奈地说："我刚才说的是真的。没想到可以打开你的门。但是我们对这里完全不了解，不能贸然出去。好在我现在是这样的外形，先出去打探一下路径和情况，然后回来找你们。我们一定能逃出去。"

轻葶犹豫着点了点头。

流离把门关上后，又走到再往前的一个房间。溯被关在里面。他浑身都是血迹。当时在那个小木屋里，一群黑衣人出现，要将她们带走时，而后赶到的溯是第一个冲出来的，不顾一切地和这些黑衣人厮打在一起。不过，他打架的风格除了拼命，毫无章法。流离以前不知道，原来这个一直很阴沉的男生是这么的冲动、凶狠、勇猛，他不要命的姿态很可怕，像饥饿的鹰。

她看出他已经醒了，昏昏沉沉地靠在墙上，一股黑暗的气息笼罩在他的头顶。流离喊了他的名字，他阴冷地看了她一眼，听她将刚刚对轻葶解释的话又重复了一遍。

溯只是警惕地看着她，没有答话。

流离看出他只是在思索，心存疑虑，便没再继续打扰他。她想着去取食物、探路的时候，再找找有没有创伤膏之类的药品。她继续笨拙地向前走去。在走廊尽头的最后一个房间里，还关着两个人。一般来说，两个人不会被关在一起，只不过……

驫四正静静地平躺在房间的地板上，双手交叉放在胸前。他的脸和嘴唇是苍白的，双眼紧闭，发丝凌乱地垂在额头和脸颊旁。他的呼吸和脉搏已经停止很久了。一个星期？十天？流离记不清了。她脑海中依然是他汗涔涔的脸和坚定的眼睛。他在熊熊烈火中，用无比执着的力量将流离和轻葶从木屋的天窗中送出，可他自己却没来得及离开。滚滚浓烟将他淹没，他扼着自己的脖颈，贴在地上艰难地喘息。

流离和轻葶从屋顶跳到松软的土地上，想从屋外将门打开，可是被守在外面的黑衣人抓住了。他们想直接将两人带走，无论她们如何大喊大叫，根本不管在屋内生死不明的另一个人。这时，赶到的溯冲了上来，黑衣人分了心，而她们扑到门前，撕扯着绑得紧紧的铁链。

紧跟在溯后面冲上来的，是听到了她们叫喊声的千舟沐和。他发了疯一样砸着那纹丝不动的锁。驫四曾经尝试过从里面用猎枪将锁轰开，但是粗粗的铁链缠了一层又一层，很难打断，他只能用枪将天窗打碎，将两个女孩子送出去。千舟沐和拎起靠在木屋旁的旧斧子，开始一遍遍地砍那厚木门。门漏出个大洞后，他们冲了进去，把驫四拉了出来，但是那时，已经晚了。

千舟沐和发出一声哭号，流离从未听过那样凄惨而痛苦的声音。

他泣不成声地说："驫四君，驫四君，快回来，快醒醒吧。你说过，像我这样没用的人，只能没用地和你胡混一生，害得你也变得没用。你怎么反悔了呢？像在游戏中一样，复活吧，醒来吧，出现在我的身后，我们还会有重新冒险的机会啊。"

黑衣人没办法把他们分开，所以才将他们一起带走，关起来。此时，千舟沐和满脸胡楂，脸凹陷下去，像苍老了好几岁，跪在驫四的尸体旁，双手合十，心无旁骛地祈祷着。流离不知道他保持这个姿势多久了，就好像一尊石像一样，之前送来的食物一动未动。而驫四看起来像是沉睡着，非常安详，身上像散发着圣洁的微光。

流离像对轻葶与溯一样，和千舟沐和解释了一下现在的情况。他的眼睫毛动了动，也不再默默念着什么。流离知道他听到了。

走廊尽头的右边是一个简陋的电梯，看起来很久了，至少存在了数十年，电梯门还是栏杆式的，可以看见外面的景象。流离走了进去。这里是最底层，也是负四层，而根据这个机器娃娃存储的信息，她应该去负一层。这部电梯只连通负四层到负一层，流离可以确定它只是一个快要废弃的老旧电梯，而负一层有其他更为先进、好用的电梯能通往楼上。其实，关着他们的负四层就很残破，到处是灰尘和堆积的旧物，应该很久没有人去了。就连她附身的这个到处是破洞的机器娃娃，也应该是很久以前的产物，只不过它身上的科技在当时还是最先进的。如今，它还没有损坏，所以依旧被使用着。

流离十分奇怪他们为什么会被关到那里，为什么没有被直接卖掉或者被解剖？这里就是他们一直追踪的那个犯罪团伙的核心基地，她很确定这一点。所以，将他们扔在很多年不用的地下室，置之不理，这明显不正常。电梯上升的时候，她看见负三层的地上散落着一些奇怪的骨架，而她无法辨认它们属于哪一种动物；负二层的灯光更昏暗，她隐隐约约能看见太平间的字样。很明显，这两层很少有人会去。到了负一层，门开后，她来到了一个像是岩石洞穴一样的地方，而走过人工地板，刷开不远处的门，她来到了一个干净整洁的、像研究所一样的地方。

路过一些不起眼的房间，她走到了厨房，只有一个长着络腮胡子的高鼻梁厨师在那里。流离让自己尽量保持自然，去拿了四份烧得黏黏糊糊、发出难闻气味的土豆，和四杯廉价果汁。装着食物的托盘平整地放在她举成九十度的胳膊上，她开始往外走。那个厨师完全忽视了她，毕竟他应该习以为常了。他正在打电话，手机那边是一个女人的声音。

"说真的，我保证，"他用粗野的嗓音大大咧咧地说，"今天监控系统有点儿问题，整个负一层完全是黑屏的。他们这两天不知道忙什么呢，都没空管这里，明天才会来维修。你今晚就过来，咱们可以在这儿约会……"

女人说了什么流离听不清楚，但是从厨师的表情来看，对方似乎是同意了。流离还想继续听听，但她不敢停留太久，怕引起怀疑。她故意装出迟钝的样子，缓慢地移动着。

"那就八点，之前我还得给那些鼻孔看人的实验员做吃的。"厨师说，"这儿可是机密，我是带你悄悄溜进来的……"

他注意到了行为迟缓的流离，并没有起疑心，而是抱怨道："这破东西是不是要坏了？"

流离走出了厨房，回头看了看，那个厨师依旧在滔滔不绝地讲电话。她不知道他说的关于监控的事情是不是真的，如果是，那岂不是一个绝好的机会吗？想到这里，她决定冒险。徘徊了一段时间，并没有人注意到她的反常，让她相信负一层的监控真的出了故障。她将食物放在了那部破旧电梯前面的岩石地砖上，然后一直走到走廊另一端，站在那个通往楼上的电梯前。这部电梯里面是有监控的，她不敢再继续前进了。她的行为如果太过诡异，很有可能会有人怀疑她是被远程操控了。

突然，她眼前的场景变化了，她仿佛又回到了那个囚禁着她的石室里，目视着她自己的身体蜷缩在房间中央的地板上。她以为自己又开始做梦了，去负一层探路这件事，莫非只是她的想象？但紧接着，她能感觉到自己在移动着头颅，而眼前的画面一动不动。她能听到厨师从厨房里走出的脚步声，让她心中警铃大作。她凭借听觉，摸索着躲进了凹陷的墙壁中，以免被看见。她的背后有一扇门，没有锁，于是她藏了进去。

她可以听见厨师上了电梯，电梯发出了"叮叮"的声音。

唯一让她不解的是，她的眼睛所看见的依然是关着她的石室中的景象，还有自己的身体一动不动的背影。即使她闭上了眼睛，用橡胶做的眼皮遮住了镜头，她依然可以"看见"。这让她意识到，这个图像是呈现在她的"视网膜"上的，是从她记忆中的场景调出来的伪造的视觉。如果有人透过她的眼睛看实时监控，那么那个人就会看到这幅画面，而非她在负一层鬼鬼祟祟打探的情景。

她不清楚输入这项命令的人为何要这样做，难道是不想被人发现什么吗？她感到那个人输入了让她走回去的命令，但她无视了，不知为何，她的意识中自带一个可以反抗更高级命令的程序，因此她可以不受控制。或许，所有的人类思维都可以这样？她猜测遥控着她的那个人不是研究所里的，否则，他为何要覆盖监控图像呢？

等了一会儿，眼睛的图像被调整回来了。她发现自己在一个杂乱的储物间。怪不得门没锁，里面都是些不重要的旧物。她找到了一个厚厚的毛毯，一些绷带。她没有拿那些用了一半的创伤膏，显然，它们已经过期很久了。意外地，她还找到一个电棍，虽然没电了，但不知道充电后是否还能使用。

储物间的角落有一个架子，上面放着一本古旧的卷宗，纸已经发黄了，存放了至少一百年。卷宗上记载了一些将人虐杀的过程中人体的生理反应，和将钢钉刺入脑中使人性格大变的"游戏"，这让人确信这本卷宗是一百年前一个变态的手稿。这是个历史上有名的连环杀手、开膛手，没有人知道他的身份，在这个石窟中一个巨大神像的后方发现了隐蔽的秘洞，他将人带到这里，再进行他残忍的消遣。这些像日记一样的文字只有寥寥几页，可能后人认为它并不重要，将它丢弃在这储物间里。

如果研究所是从那个秘洞开始而进行扩建的，那是不是意味着他们正位于一个莫大的石窟中？流离想起距离十二乡一个半小时的车程，有一个旅游景点，三个巨大的洞窟相连，里面有上千尊大大小小的石像。她不清楚卷宗上所说与这个景点是否有关联。

她曾怀着"米杉会不会独自先去了那里"的猜测来到十二乡。他们通过地址找到了那个和他们发生冲突的一家人，那对父子在家里，还有正在烧火做饭的母亲，和院子里正在嬉戏打闹的两个小男孩儿，但是那个叫子玉的女人不在那里。他们以为流离这些人是来讨债的，一开始，说他老婆又跑了；后来，可能是担心他老婆的债需要他来偿还，他突然改变了说法。

"一想到所背负的欠款，她就忍泪叹息，于是，扛不住压力，跳崖自杀了。"年轻男子声泪俱下地大声控诉，流离等人瞬间变成道德上被谴责的人。这家人哭得涕泗横流，引来了很多街坊邻居，说流离他们背上了无法偿还的人命，为了金钱丧尽良心。

流离开始觉得，这件事或许是真的，这些乡亲才是正确的，而她愚蠢的正义从头到尾都是错误的。她很心虚，大提琴很名贵这件事从头到尾就是个谎言，他们的存在就是个谎言，如果警方介入，他们只能夹着尾巴偷偷溜走。这让她的愧疚感愈发强烈了。

不过，储枫依然红着脖子据理力争，他对自己的选择有着难以动摇的自信，这一点让流离很羡慕。趁着事情闹大之前，他们从十二乡匆匆离开，去往年轻男子所说的妻子跳崖的方向。储枫坚信这件事是不可能的，这让流离也从刚刚的不安中渐渐清醒，恢复了理智。他们虽然与那女子只有一面之缘，但是那女子所表现出的不屈与强悍，还有一点点无赖的精神，是不会轻易改变的。这样的人会寻死吗？这会不会只是那家人的借口呢？三人成虎，谎言不断重复，看起来就像真的了，很多人就会相信了。

那个山崖不算偏僻，也不是很高。爐氲探长"被迫"和储枫、千舟沐和、溯共同行动，一行四人找到了一条逶迤的陡坡可以通往崖底，而骉四保护着另外两个女生，在原地等待。

现在想想，或许就是那个年轻男子，向这个犯罪团伙泄漏了关于他们的信息。他先将他们引到了那里，然后慌张地给那些坏人通风报信。那时，爐氲探长在崖底反馈说，并没有发现血迹，也根本没有警方来调查过的样子。而与此同时，流离三人发现不远处有一个隐蔽的小木屋，周围长满了杂草，可开门时，门轴很润滑，似乎是经常有人进出。小心翼翼地向里张望，她看见那女子曾穿过的鞋子遗落在地上。她为什么会来过这里？这里是什么地方？

正当她思绪一片混乱，门猛然地关紧，从外面锁住了。紧接着，就是那慢慢燃烧的火。

这就是他们被抓起来的那天发生的事。流离想不出，为何对方原本打算斩草除根，现在又放弃了。她把卷宗放下，思忖着，十二乡似乎是一个关键的地方，万千巧合汇集在那里，或许，那个距离很近的旅游景点真的就是他们的所在地。

卷宗旁，一个被埋在一堆杂物下的笔记本引起了流离的注意。

那明显不是一百年前的产物了，纯黑色的封皮毫不起眼，背面的封皮已经被扯掉了，最后一页的角落里有一个标记，像一个长方形的米字格，但是最左边的竖、最下边的横、中间的横，是没有的。流离见过这个标识，她刚刚瞥见了上楼的电梯中，这个符号就刻在墙上，看样子是这个研究所的标志。翻开笔记本后，她发现笔记本中笔迹歪歪扭扭，难看极了，像是小孩子的涂鸦，内容也是小孩子的口吻。

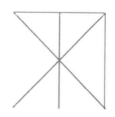

××××年××月××日，今天妈妈又去工作了。她终日埋在实验室里，废寝忘食。我曾悄悄地溜过去看她，但只能看见她狂热的眼睛。我知道，肯定又要好几天见不到她了，她只要在摆弄她的那些机器，就会彻底忘我、极度兴奋。我并没有在抱怨。我非常喜欢自己一个人待着，非常讨厌和她待在一起。再过一个月就是我七岁的生日了，我正在为自己准备一个生日礼物，我希望她不要来烦我，最好能忘记这个日子，让我自己度过，独自见证这个奇迹的诞生。如果我的愿望实现了，我就可以像魔界的造物主一样，把妈妈这个疯狂的机械爱好者比下去，让她知道她所痴迷的那些东西都是垃圾，只有我所爱的才是最好的。

　　昨天晚上她回来时，对我说，很快我们就会去往我父亲那里。因为她了不起的发明，能够帮到我父亲，我父亲迫切地渴求她，强烈地爱慕她。我从她的眼中看出了得意扬扬的神态，可我觉得她不过是在自我陶醉而已。没有人会喜欢她这样一个疯子的。我只担心这个日期会在我的生日之前，这样我就完不成我的大作了。那可是我花费了很长时间准备的，是我最初的、最具有纪念意义的作品。某种程度来说，它会是我的兄弟，毕竟和我来自同一个地方。是的，我悄悄使用了妈妈的发明。但"兄弟"这个词对我来说就和餐具、马桶、水壶一样，"父母"这个词也是这样，没什么特别的。妈妈还送给我一个她刚刚制作的机器娃娃，美其名曰怕我寂寞，可我知道，她就是为了监视我，为了看看我在干什么，否认我的梦想，扼杀我的兄弟。看着这娃娃眼睛里的摄像头我就觉得恶心。

　　昨天可儿阿姨也来了。她是妈妈的大学同学，读博士的时候也在一起。妈妈重建了这个研究所之后，找她过来帮忙。她似乎不会和我们去往同一个地方。在我们离开后，她好像打算回到她的故乡去。毕竟她已经在那里结婚了，还有个即将十三岁的儿子。她说起她的儿子时，眼中会流露出非常奇妙的光彩。我苦苦思索我看过的所有书，整整一宿，才恍然大悟，那应该被称为"温暖的爱意"。这是我不能理解的，不过，我也不觉得可惜，因为那看起来没什么用。我们以后应该不会再相见了，这倒是让我有些遗憾，因为她对我还是非常和善的。

　　往下的内容没有太重要的，流离往后翻了几页，都是在书上摘抄的公式，还有一些生物、化学等方面的晦涩难懂的东西，还有对动物、植物的改造，萤火虫、花朵之类的。在翻到有字的最后一页时，满满一页的大字让流离心惊。那是匆匆写下的，充满了愤怒，笔尖用力得纸都划破了。

> 为什么这一天这么早就到来了！我马上就要成功了！只差把它取出来！只需要五分钟，再有五分钟就可以了！你们这些渣滓有什么资格干扰我！杀死你们！杀死你们！杀死你们！

文字到这里戛然而止，看起来这个孩子已经被人强拉走了，而他就把这笔记随意扔在这里，被别人丢弃在储物间。而流离只感到触目惊心，先不管内容如何，最后这满页扭曲的杀机将前面所伪装的彬彬有礼的语言方式彻底撕碎了。流离想把它放回原处，但她发现笔记本的后几页夹着一页纸。将纸抽出来后，她看到这是一张用铅笔绘画的草图，上面画着一个巨大的怪物，像是一匹狼，但也不像，旁边标记的数字显示它将近三米高。它的眼珠非常大，外凸着，血盆大口中长着又尖又长的獠牙，全身的毛发很硬，用后腿站着，而腹部的透视图标注着它里面的器官。

这样的形象忽然让流离觉得有些熟悉，闭上眼睛，她的心中回荡起魖四那温厚轻柔的声音，想起他叙述的经历，蓦然发觉，这幅潦草的图画和他遭遇的那个怪物十分相似。难道它成功地孵化了，在"主人"离开后，无人看管地跑到山林里，嗜血发狂，吃着人，包括魖四的妹妹吗？她为自己的推理欣喜不已，想要立刻回去告诉魖四这件事，然后她停住了，咧开的嘴角还没放下，脑海中就浮现出那个冰冷的事实：他已经死了，他永远不会知道了。

她多希望回到自己的血肉之躯，这样，她就可以好好地哭一场，而不是转动着这颗玻璃眼球，它们被心底汹涌的电流驱动，飞速旋转着。她很惊异她这样一团铁块，也会对情绪做出反应。那好像深深地刻在她的骨子里，无论载体是什么。

她将笔记本和草图藏在了衣服里，拿起毛毯、绷带和电棍，往回走去。走廊里一个人都没有。路过厨房的时候，她又取了今天新出炉的黄油面包、水果梨、热气腾腾的鸡腿和美味的咖啡，带上之前端走的土豆和果汁，她回到了负四层。

她将食物分给了那三个人，将绷带交给了溯，将那张草图交给了千舟沐和。他一眼就认出来了，毕竟从小到大，听了无数遍，或许，他做噩梦的时候也能看见类似的模样。他开始崩溃大哭，一颗颗泪珠顺着脸颊流淌，落到了魖四的脖子上。如果不是这样，流离甚至觉得形容枯槁的他，比魖四更像一个尸体。魖四的脸依然饱满，没有半点腐烂的迹象，像被冻结了一样。

　　流离回到了自己的房间里，用毛毯将自己的身体紧紧卷起。她跪下来，抱住了她——她原本的身体。头枕在她的身上，这身体的体温通过温度传感器传入她的"神经"。在这个机器娃娃游荡在这暗无天日的地下室的二十年里，它一直机械地工作着，来回走，来回传递东西，被搁置在角落。它还存储着它第一次陪伴和监视的那个男孩儿的身影，可流离看不清，只知道是一个瘦小、孤僻、阴狠的人。原来机器的记忆也会模糊不清啊。流离笑了笑。她似乎听见了那时尖叫、争吵的声音，看来，也是一场不小的喧嚣。二十年前哪，那是个多么动荡的年份。

　　而她的意识出现在了它的系统里，让它第一次拥有了短暂、绚烂的感情。


　　流离再次睁开眼睛的时候，自己正裹在一个厚厚的毛毯里。机器娃娃已经回到了之前所在的角落。她想起自己在睡去前，视网膜再次定格在原本流离躺在屋中间的画面，她相信它此刻监视的仍然是那样被替换掉的画面，而不会拍摄到自己的活动。她起身走到房门前并将门成功打开了——她在储物间找到了一个无效的门禁卡，并通过机器娃娃自带的NFC（近场通信）技术将手掌的门禁卡功能传递到了那张卡里，毕竟机器娃娃出人意料地沉，搬不动，手掌也无法卸下来。根据科技发展历史，近场通信技术是在二十年前刚刚被发明出来的，当时的应用还非常有限。所以，这个机器娃娃身上的先进之处有很多，流离不懂它为什么会被丢弃在这里。

　　她去看了其他人，他们已经恢复了不少体力，食物吃得精光，就连那难以下咽的土豆都一干二净。流离发愁地揉了揉自己的肚子——她忘记给自己留了。

　　时间临近八点，虽然不知道把他们绑来的这些人到底在忙些什么，才暂时无暇顾及他们，但是这是个绝好的机会，如果错过了，说不定就永远无法逃离。他们决定今天就冒险闯出去。

　　流离带回来的电棍也充了电，但是有一个问题是，它是漏电的。怪不得别人会把它扔在杂物间里。可是有一个防身的东西总比没有好。千舟沐和自告奋勇地跃跃欲试。"不会电到我的！"他自信满满地说。他恢复了精神，比以前嬉笑的样子要英勇许多。他背着鳑四，手上拿着电棍，看起来激昂愤慨。"流离姑娘就没有办法回到那个小机器人的身体吗？"千舟沐和噘起嘴说，"那样的话可太方便了！"

"我也不知道那是怎么做的。"流离哭笑不得。

溯还很虚弱，只是简单包扎了一下，没有药膏，伤口发了炎，让他有些发烧，所以轻葶搀扶着他。

他们蹑手蹑脚地穿过走廊，通过电梯上到负一层，任何一点儿风吹草动都让他们胆战心惊。小心翼翼地打开通往走廊的门后，依然一个人没有。他们贴着墙边，来到厨房门口的时候，发现里面竟然也没有人，这让他们深感不安。这时，那部通往楼上的电梯的"叮"的一声响了，门即将打开。

厨师带着一个浓妆艳抹的金发女郎走了出来，正手舞足蹈地吹嘘些什么，结果，在电梯门关上后，几道身影"嗖嗖"地蹿了出来，不由分说地把他们摁倒在地上。千舟沐和把电棍一通乱挥，那名厨师和金发女郎都被电得昏倒在地，想要触碰警铃的手也垂了下去。

他把电棍放在靠在墙边的鳑四身上，然后帮大家一起将两个人拖到了储物间里，用粗麻绳将两人捆在了一起，绑得紧紧的。"祝你俩永不分离。"千舟沐和嘟囔道。

流离奔向厨房，发现晚餐剩下的食物是一种用切开的葫芦食器装着的红椒烧肉饭，满满一瓢，于是狼吞虎咽地吃了起来。锅里还有冷掉的可可牛乳，流离热了热，喝了一杯，一些碎渣硌着她的喉咙。她想起自己刚来这边时，在米杉的梦里，米杉为她做的那杯可可。这杯和那杯相比，味道差远了。

"太香了！"轻葶口水都要流下来了，"我感觉我还能再吃一点儿。"

两个男生将厨师和金发女郎的手机翻了出来。厨师用的手机和之前壮汉司机使用的一样，看来真的是统一配发的，他们担心手机会监听到什么，于是简单地翻看一下后，给关掉了。好在，金发女郎不是研究所的人，是厨师从外面带过来的，用的是自己的手机，溯使用这部手机给储枫拨打了电话。

当时，刚刚从原路登回崖顶，储枫也想跟在溯和千舟沐和的后面冲上来，但是被走在最后的爝氤探长一把薅住了领子。她不是个莽撞的人，黑衣人数量不少，都拿着武器，贸然行动只会全军覆没。张牙舞爪想要摆脱桎梏的储枫被黑衣人看见了，有三个人围了过来，都拿着刀具。

"快跑，快跑，"储枫像英雄一样威风凛凛地叫喊道，"燨氪姐姐，让我来对付……噗！"话没说完，一只脚就踢在了他那张精致的脸上，他再次丢脸地倒在地上，捂着脸龇牙咧嘴的。那个黑衣人似乎对长得帅的人有怨念，还想继续用靴子蹬踩他的脸，被燨氪探长拦下了。她抓住了他的脚，让他大头朝下地被过肩摔出很远，抓着枝条才勉强没滚落下山崖。

而对付起另两人的围攻是非常艰难的，他们看起来像是专业的保镖，单是要躲过那些挥来的刀刃，就已经很困难了。眼看着燨氪探长很快就要体力不支，身上也开始出现伤口，储枫扑了过去抱住了其中一个人的腰，当那人的刀刺来时，储枫用大拇指掰动了中指戒指的侧壁上的一个拨钮，握起拳头对着刀尖直面迎击。很神奇地，那刀尖竟然刺偏了。它根本无法刺中他，准确地说，是无法接近他的手，好像有一种神奇的力量在阻碍一样。

"这颗宝石可以随意改变磁性、热量、电能，"储枫还不忘炫耀一番，"是在几千米深的海沟里采到的，世界上只有四颗……"

"闭嘴！"已经开始变得烦躁的燨氪探长暴怒地吼道，把储枫吓坏了。他连忙把拨钮转到另一个方向，被不听使唤的刀搞得晕头转向的黑衣人，没来得及握住，刀从他的手里飞了出来，贴在了戒指的乳白色宝石上。

储枫又掉转了一下拨钮，刀尖冲着被燨氪探长死死钳住手腕的那个人直射了过去。那人没来得及躲开，肩膀被刺中了，向后一个踉跄，摔出了山崖。

最后剩下的那个失去了武器的黑衣人，见状想要后退，被燨氪探长追了上去，一掌敲晕了。他们拖着这个被敲晕的黑衣人就开始跑，所以没有被逮到。

接到溯的电话后，储枫高兴极了，叽里咕噜地说了一堆话。他说得很快，断断续续、气喘吁吁的，那边很嘈杂，有很多人在叫喊，还有孩子的哭声。没有免提，流离听得不清晰，但在接近尾声的时候，她看见溯的眼中盈满了泪水。他的拳紧握着，薄薄的嘴唇半张着，仰着头，看着天花板的白炽灯，泪珠从脸颊滑过，融入了脸上的灰尘和血污中。

放下电话后，他说："我会让盖布里尔学长见到他的父母的，也会把贝蒂学姐平安带回去的。"

储枫就在斯若索石窟，也就是关押着流离四人的这里。他就在他们上方。那里正处于混乱中。一个人从很高的环壁台阶上，越过防护栏杆掉了下来。他就摔在一些游客和巍峨肃穆的神像前，发出巨大的响声，让场面变得十分混乱。"他死了！"一些人围过去后，有人检查了一下，惊慌地尖叫着。储枫也在那里，他在很长一段时间里，都深深地低着头，咬住了嘴唇，忍耐着指尖的颤抖。而当他抬起头的时候，目光异常坚定，联系工作人员封闭了出入口。"请大家等一等，"他叫道，"已经报警了，我们等他们过来！再等一等！"

恍惚中，他看见躺在地上已经死去的男生，对他俏皮地眨了眨眼睛。

是盖布里尔。

储枫不清楚，他是否还有痛感，但他故作轻松的安慰让储枫更为难过。他想，学长还是会疼的。虽然，在摔下来之前，他已经死了。

在储枫和燻氲探长押着抓住的那个黑衣人在丛林中行走、逼问犯罪团伙的据点时，他们迎面碰上了这个衣衫褴褛、疯疯癫癫、神志不清地朝他跑来的人。他意外地发现，这个人竟然就是盖布里尔学长！他不断念叨着："我逃出来了，逃出来了！她说的路线是对的！"

遇见储枫后，他还处于精神极度紧张的惊恐中，似乎不认识眼前的人，嚷嚷着要回家去。当储枫拼命地抓着他的手腕，试图让他安静下来时，震惊地察觉到了他毫无反应的脉搏。虽然储枫有听过流离一行人讲述类似的事情，可他依然难以置信。他望着眼前一向健壮、热情、笑容阳光的学长，此刻完全变了一副模样，惊魂不定、草木皆兵，不禁感到心如刀绞。

燻氲探长掀开了他身上的破斗篷，看到他的胸膛是光滑的，并没有果顷一样长长的伤口。"我依然不知道这是怎么做的，"她推测说，"等彻底死去之后，那些伤口可能才会显现出来。"

储枫知道她说的是对的。学长的手上应该有一道儿时形成的伤疤，此刻竟然完全没有痕迹了。不知道这个犯罪团伙到底使用了什么，它能够让人保持人体活着的新鲜状态，伤口也会自动愈合，只有死后才会揭开所有的表象，一起爆发出来。可能是因为活体器官是最珍贵的，可以卖很多钱，不明真相的人就会被欺骗。他看过那些照片和视频，人即使死了，心脏也会跳动，它们被"鲜活"地送去黑市里，往后会如何就无所谓了。而学长此时没有脉搏，只有一种可能，就是他的心脏已经不见了。

他被用利用完了，身体已经毫无价值，所以摘取器官的刀口才会被缝合。他要被送进太平间静静等死，对他的监视放松了，他才能有机会，凭借着强大的精神毅力逃出来。

储枫花费了很大的气力，才让盖布里尔冷静下来。盖布里尔很难相信储枫告诉他的真相，这几天的记忆非常混乱，头脑也变得模糊，但他依然是能思考的，与常人无异。在储枫提醒他之后，他也清楚地发觉自己的身体是不正常的。他拼命地听自己的心跳声，可那里一潭死水，耳边一直有长长的耳鸣。

真正让储枫难过的是，他不得不再一次让学长为了他们而牺牲。那是他无法面对、难以承受的学长的信任。学长同意采用这种最极端的方式，向社会发出呼喊声，毫不犹豫地破坏自己的身体，为了储枫所说的同伴们，和更多即将同他一样遭遇的人。换作自己，储枫想象，即使知道自己已经死去了，也不一定会有再次寻死的勇气，也不一定会有从高处跳下的勇气。

可是，储枫只能想出这种办法，来获取大众对于这里的注意。当盖布里尔先尝试着去警署求助时，差点儿被强制送回家里，似乎他在哗众取宠、妨碍公务；他的失踪可能只是一时想不开，离家出走而已。这些人还为解决了一桩失踪案而沾沾自喜。

以防万一，储枫没和他一起进警署。不一会儿，几个西装革履的人就走了进去。那些人给储枫的感觉很不好。他想到，学长出逃了，犯罪团伙必然会去寻找，警署附近是重点区域。局里肯定有人透漏信息给他们了。他曾听过，流离他们认识的那个叫果顷的姑娘，死后的样子被发现，对方竟然打算把目击者全部灭口。

好在盖布里尔趁着去厕所，从警署中溜了出来。

而储枫不知道的是，盖布里尔逃走的事情，让研究所的人短暂地分神了，让他们花费了不少时间和精力，很多人员都被派去外面寻找、监测，必要的话还需要打点疏通，内部的防范在这几天变得松懈下来，只剩下一些专心实验的研究员。

储枫又想了一个办法。他们假装不小心，放走了那个被捉住的黑衣人，然后再悄悄跟着。那个黑衣人看起来似乎很谨慎，没有直接去根据地，而是回到了十二乡的家里。他们只能耐心地等待着。

守了好几个晚上，储枫已经快失去耐心了，但他回头看到爁氤探长的眼睛瞪得大大的，一眨不眨地盯着小区，几个小时不动也不说话，他不禁佩服地说："爁氤姐姐，你在你的老家是一个警探对吗？简直太厉害了。你不困吗？"

"我这几年睡了很长时间了。"她依然保持着原来的姿势，眼球连一丝颤动都没有，格外专注、平静地说，"储枫，我那天距离小木屋很远，又被黑衣人纠缠着，看得不是很清楚。但你应该看见了……�四是不是死了？"

储枫突然就不知道该说什么了。

爁氤探长没有追问下去，她回过头来，捡起一根树枝在地上画着。"我们守了好几天了，那个人没再出来过，肯定有人命令他这段时间别轻易露面。"她画了一个大门和两辆车，"但是我注意到，小区这几天有两辆面包车会有规律地在深夜进出，它们不是开往乡里，也不是城里的方向，而是另一个比较荒芜的地方。我偶尔看到旅游车也会开往那个方向。那是什么地方？"

"斯若索石窟吗？"储枫查了一下手机地图。

"这些面包车显然不是去旅游的。我们可以试着跟踪这些车。发现盖布里尔的地方也是那个方向，不是吗？"

储枫觉得她说得有道理。

面包车走的是一条被铁栏杆封住的小路，栏杆上挂着"闲人勿进"，通过后就落锁了。储枫和爁氤探长先伪装游客将车停在停车场里，然后步行沿着那条路寻找着，走了很久，才在前方发现一个不起眼的洞口。斯若索石窟一共有三个洞窟，都很大很宏伟壮阔，它们是开放的。但这个洞口似乎通往一个小洞窟，毫不起眼，没被开发过。洞口的顶部有一个摄像头，储枫连忙躲了起来。

他们势单力薄，不知道眼前有什么危机等着，不能硬闯，但是贸然去找警方求助又没什么证据，还可能被眼线发现。最后，他们才会想出这种方式，盖布里尔从高处一跃而下，将警方引过来，逼迫他们不得不调查这里，同时又可以声东击西，分散对方的注意力，给自己创造机会。

盖布里尔义无反顾的行为让储枫不敢再去看学长的脸，有时候，死去的人比活人更富有感情和热血的心。他静静地等待着，十二乡的警员花了一个半小时到了这里。他们确认盖布里尔已经死亡了，本来想以自杀或意外结案，但是周围的游客七嘴八舌地说："我看见了！有个长得很高的人推了他！"

"没错！那个人裹了一身黑色的斗篷，不知道藏到哪里去了！"

"石窟的出入口被封闭了，那个人肯定还没来得及跑掉！"

很多人都这样说，警方大为恼火，他们不得不对这个地方进行彻底的搜查。这就是储枫的计划，"推"了盖布里尔的人当然就是爟氤探长，她在储枫和门卫沟通的时候，就借着他的掩护出去了。

储枫希望尽可能将事情搞大，让所有的人都关注这里。如果这里处于风口浪尖上，里面的人才会谨小慎微，不敢轻举妄动，给他们提供更多空间。他将录好的视频用宝城大学灵异社的官方账号发到了网上，配上了一行字：

来斯若索石窟旅游，竟然看见失踪的文学系学长遇害了！凶手到底是谁？

即使他不做这些，也有很多其他游客在拍照录像，他们都会发到社交媒体上。

这时已经八点多，盖布里尔的尸体被拉走了，储枫感觉他在隔着白布注视着自己。法医应该不会深入研究他的死因，毕竟众目睽睽，没有什么好怀疑的。学长对灵异事件保持着充沛的热情，储枫只希望他不会诈尸去吓别人。他刚入学的时候，就被扮鬼的学长吓过，在他无孔不入的宣传下，才加入了灵异社。这次的事，当盖布里尔逐渐接受了那惨绝人寰的事实后，反而镇定下来，反过来激励他。学长不再崩溃大哭，还像之前那样积极阳光，倾尽全力去对抗他所热爱的"灵异"。

这算是追求爱好的一种方式吗？

储枫沮丧地苦笑着。这时，溯的电话让他精神振奋起来。他有种感觉，他们的付出不会白费，很快就要获得回报了！

溯插上了耳机，将手机放在了胸前的口袋里，镜头露了出来，以便储枫可以看到他们这边的视频。根据储枫的指示，他去扫描了负一层坏掉的摄像头的协议和端口。导致摄像头故障的原因可能只是简单的电路问题，但研究所内其他摄像头所使用的端口都是一样的。储枫的手上还有黑衣人以及壮汉司机的手机，都是统一配发的，很容易攻击内网服务器的漏洞，或模仿授权用户，将研究所的监控录像显示在他的笔记本电脑上。他很担心防护报警系统会发现他并启动，毕竟消亡大陆的防火墙日新月异，但他也向米杉学了些皮毛，套用了上次纠缠米杉时所问出的相同的路子。

"有几个穿着白大褂的人聚集在六楼的一个地方，那里是顶楼，他们似乎在通过什么看着外面的情况，看来是外面的骚乱太严重了。"储枫说，"很高兴他们被吸引了注意力。我们先去控制一楼的监控室，只有一个人在那里。"

"人不多吗？"溯问，"整个研究所里？"

"大部分负责外围的罪犯，在全国游荡，绑架人口，而一些稍微高端的，与活体器官有关的，可能在这个地方做些非法研究，但他们不会整天整夜待在研究所里。"储枫解释说，"还有很多成员被派出去寻找逃走的学长了。目前来看，研究所里还有几个实验人员和一部分安保，这些安保拿着武器，基本都聚集在大门那里。"

"那我们该怎么逃出去？"

"盖布里尔学长不可能是从大门口跑出去的，"储枫分析说，"那样的话，一下子就被逮到了，肯定还有别的途径。我们刚遇见他的时候，他一直念叨着，'她说的路线是对的'。曾经有人逃出去过，而且那条路至今没有被研究所的人发现，否则盖布里尔也不会逃出去。"

"我想，第一个逃出去的人或许是果顷姑娘。"流离小声说，"我在养老院工作的时候，发现了在那里做志愿者的果顷姑娘的手记，其中有一张画了很多线条的草图。虽然非常粗糙，歪歪扭扭的，但是很像一个建筑的内部。"

"应该与这里无关吧？"轻葶提出疑问，"难道，她逃出后，将草图留到了流离小姐姐工作的养老院吗？"

流离摇了摇头，解释说："她逃出后不可能再回去养老院，而且一直有人在追她，她那时已经神志不清，才直接闯入湖里。那张草图夹在她遇害之前留下的笔记里，里面是对失踪过的老人的采访。千舟先生问过杂志社，得知果顷姑娘就是那个连载故事的作者。一公顷是十五亩地，所以她才取笔名为'十五方圆'。或许，她的初衷是为了自己的小说，为了让写出的故事更真实，才会去调查那些老人。但是老人们的记忆都很模糊，让她很困扰，当然，她以为是老年痴呆症的缘故。"

"这些老人曾经被这个团伙绑架过又被送回去了？"储枫不解地问，"为什么？"

"可能是因为我们那个地方很小、很封闭，人如果莫名失踪了，会引起很大关注，以后再往外带人就不容易了。"由于流离没有说过自己来自婆娑小镇，此刻她也不知道该如何向他们解释，"总之，其中有一个头脑混乱的老人，他以前是个建筑工人，时而知道自己已经八十岁了，时而又以为自己还是个身强力壮的五十岁的中年人。在他清醒时，果顷了解到，他曾参与过镇外一个研究基地的施工，那是私人老板雇佣的，可能没有申报过，很多安全设施不达标，但是工钱很高；在他不清醒的时候，他就会吵嚷着说自己该去那边工作了，能拿到很多钱，别人纠正他时，他会反驳说他前两天刚去过那里。果顷将这些都记录了下来。"

"你的意思是，他施工的地方是这个研究所，不是吗？还说'前两天'刚来过什么的！"轻葶恍然大悟。

"是呀。老人还画了一张草图送给果顷姑娘，是他参与的那个建筑的构造图。"

储枫在壮汉司机的手机中找到了流离拍摄的这张草图的照片，仔细对比后，发现能对应上，但也有很多细节是有误的。"我从监控中看到药房、人体实验室、一些不明阴影在三楼和四楼，而关押实验对象的位置在五楼。"储枫一边说着，一边寻找地图上可能是五楼和六楼的区域，"学长和那位叫果顷的姑娘如果要逃跑的话，去往一楼的大门是比较困难的，有可能会去往顶楼。那里似乎有类似垃圾管道的地方。图上有标注。"

"如果是垃圾管道的话，这些人不可能想不到吧？"流离心存疑虑地问。

"图上的其他区域都没有类似的管道，有没有可能是建到一半被叫停了，未完工的？"储枫推测，"然而这个老人和一些工友私下把它完成了，并记了下来。所以其他人才不知道。我看图上有个斜线，有可能是个坡道？"

虽然这个猜测没有根据，但是流离想了想果顷当时的心理，或许她处于绝境之中，脑海中浮现出这幅草图，真的会去往那个标注着斜线的地方。

千舟沐和换上了厨师的衣服，并戴上了翻找出的假发和假胡子，不看正脸，还真的不太能分辨出。他将电棍藏在围裙里，因为偶尔泄漏的微弱电流而发出间歇性的抽搐，看起来滑稽极了；同时他也带上了厨师的手机，和储枫手上的壮汉手机连线在一起——储枫已经确认这些手机都没有被监听，他似乎对这方面很有经验。

千舟沐和低着头走进电梯，从头顶的监控来看，完全没有问题。只是他每抖一下子，盯着屏幕的储枫也忍不住跟着抖。储枫每次都会吓一跳，然后紧张兮兮地去看监控室里那个人有什么反应，好在，那个人没注意到这种细微的小动作。

一楼并不在负层的正上方，而是顺着负层走廊的方向继续向前延伸的。路过一楼长长的、灯光一闪一闪的走廊，一个相对宽广的中厅出现在眼前，中厅连着的另一条走廊和他走过的走廊呈九十度角，是通往大门的路。千舟沐和看到那条走廊的尽头是前厅，有一些安保人员在闲聊，发出粗俗的大笑，那里还有另一部电梯。而监控室在中厅。他尽量自然地走向那里。这时，两个安保人员从前厅走来，去往厕所，路过他时，根本没往他这边瞅。千舟沐和松了口气，拍了拍自己的胸脯，然后，爆发出一个激烈的颤抖。

两个安保人员齐刷刷地看向他。

他惊出一身冷汗，感觉自己都不会动了，眼睛骨碌碌地转。紧接着，他把双肩往上猛地一提，并发出大大的打嗝声。

空气出奇地安静。

他根本不敢回头看，一个接着一个地打嗝，企图蒙混过关。那两个安保大笑起来，嘲弄地说："怎么了，摩根，吃我们的剩饭撑到了？"

千舟沐和装作有点生气的样子，大手一挥，那两人笑着去向厕所了。

直到完全看不见那两人，千舟沐和才继续向前走。他来到监控室的门前，这时，耳机中储枫小声提醒他："等等，监控室里这人看见你往监控室去了，他要出来了！"

眼看着门被打开，千舟沐和连忙转身，背对着那个人。

"摩根，你来干什么？"监控室的那个人说，语气听起来暂时还没有什么怀疑，"你今晚不是要带你泡到的一个金发妞去楼下约会吗？还让我睁一只眼闭一只眼来着？"

对呀，那个厨师把外来人带进去，肯定会和看监控的和把门儿的打点好吧？千舟沐和想着，压低嗓子说："我还不是怕你偷看吗？"

"你的声音怎么了？这么低沉？"

"咳咳……今天做饭的时候不小心烟大，熏到了……"

"原来是这样……我不是跟你说了负一层的监控出现故障了，让你放心吗？"

原来，就是这个人跟厨师说的这件事。千舟沐和想了想，又说："谁知道你是不是故意这样说，实际上想偷窥，看什么香艳的现场直播呢？我可信不过，信不过，我得亲自来看看。"

"你把哥们儿我当成什么人了？"那人听起来有点生气，侧过身子指着屏幕说，"你看，那片区域的屏幕都是黑的！"

千舟沐和紧张极了，他看见上厕所的那两个人已经出来了，而这个人还在等着他转身，情急之下，他抬起两条胳膊，一把挡住了脸，蹿了进去。

"你这是干什么？"

"那个……我，我不是怕你已经看啥了吗？没脸见你……"

"太不对劲了，"对方变得有些警惕起来，"再说了，你完全可以去那些没有监控的区域吧？快把脸转过来！"

他伸手去拽千舟沐和的肩膀，结果，千舟沐和在这个时候又抖了一下，肉眼可见的青白色电光出现在那人的手与厨师服的布料之间。"嗷！"那人后退了一步，抱怨道，"你身上的静电也太大了吧！"

千舟沐和瞥见那两个安保人员已经走过去，不见人影了，于是，像华丽登场一样，一个蹦跳转过了身。对方看见了他的脸，眼睛惊恐地瞪大了。"你！你是谁！"他连连后退，伸手就去够警铃。只见千舟沐和叉开双腿，从围裙下掏出电棍，一边威风凛凛地喊："看摩根我对你发射出爱的电火花吧！"一边将开关打开。电棍戳到对方的身上，对方一阵痉挛，像在跳一个滑稽的草裙舞，随后倒在地上不动了。

千舟沐和将他牢牢捆住，嘴上也贴了胶布。紧闭的门外并无异常，他大摇大摆地坐到了座位上，看着监控屏幕，对着手机显摆："怎么样，灵异社的小帅哥，我厉害吧？"

"……我好几次呼吸差点儿停了。"储枫在电话那端说，"我刚用预付卡手机和燎氪姐姐通话了，你那里能看见她吧？"

千舟沐和看到燎氪探长正在对着小洞窟口的那个摄像头没精打采地挥着手，不禁高兴地说："啊，探长大人，快英勇地拯救我们吧！"

"门口的安保人员太多了，而且大门关得很严，她潜伏着，等待合适的时机。"储枫说道。他身边的游客们已经开始渐渐变得烦躁了，因为警方还是什么都没搜出。为了平息骚乱，警方开始慢慢往外放人，并一个个地记录着离开的人的信息。这是个勤奋的方式，但是对储枫很不友好。他逆着人流，尽量去寻找一个隐蔽的地方。

接到了储枫消息的流离三人，蹑手蹑脚地溜了上来。他们先将骊四扛到了监控室里，然后开始前往楼上，计划先去检查一下六楼的那个垃圾管道是否存在——它处于监控的盲区。

目前为止，一切看起来非常顺利。流离、轻荨、溯，三人先来到了四楼，他们不能直接到六楼去，那些在六楼聚集的人，就在走廊的这端，距离这部电梯很近。流离确信那些人在观望着发生骚乱的洞窟的情况，所以六楼一定有个窗口，能够看到游客涌动的洞窟，她也嘱咐了储枫要小心。这样看来，有着能够通往负一层的电梯的那条走廊，朝向是储枫所在的那个有名的洞窟的方向，负一层，包括走过负一层的走廊更往里才能下去的负二到负四层，确实位于有名的洞窟的正下方；而前厅的电梯不通往负一层，上到四楼后人很少，因为那里观测不到发生骚乱的洞窟，那一侧所有走廊的方向都是通往大门的，也就是那个未开发的小洞窟。

四楼有很多实验室，存放着大量机密的研究资料，甚至有一些实验室是没有监控的，那里一定进行着更加不可告人的研究。流离和另外两人弯着腰，贴着地面前行，生怕那些没有监控的房间里隐藏着一双向外窥视的眼睛。不知为什么，这层楼的灯光格外昏暗，灯罩里满是油污和灰尘，中厅那边更是一团漆黑，像一张会吞噬人的大口，狭窄笔直的走廊好像走不尽一样，通往无穷的深渊。

"那里也没有监控，"储枫担忧地说，"尽管两边的走廊都没有人。"

"会不会有人在黑暗中正看着我们呢？"轻荨害怕极了，听起来像是快要哭出了声。

一直踌躇不前也不是办法。他们鼓起勇气继续前进，踏入了黑暗中。打开手机的手电筒后，发现周围并没有人，但是墙体都涂成了黑色，天棚的灯也被卸下了。墙上有一扇黑色的铁门，完美地融入黑色的背景中，流离险些撞到它。这道门嵌入墙体，严丝合缝、平整无比，如果不是旁边有一小块刷卡的地方，根本无法注意到。

　　"这是什么地方？"流离自言自语道。她将耳朵贴在门上仔细地听着。门的那边一片空旷，但墙内部似乎传来无数细碎的耳语，它们像被埋在研究所的每一个角落、每一处虚空，将哭泣和诅咒传递到流离的耳朵里。它们所拥有的魔力，好似无法摆脱的黑色梦魇里，伸出无数双干枯的小手，试图将活人的灵魂拉入地狱中。

　　这时，一声响亮的哀号压过了它们，更加真切、更加清楚。流离看了看她的同伴，轻葶和溯显然也听到了。他们一起抬起头。那是从楼上传来的，绵延不绝的痛苦的号叫。

# 08. 归　　程

随着一声微弱的鸣音，黑色铁门渐渐向外凸起，它脱离了墙面，里面依然是一片漆黑。一个中年女人走了出来。如果不是借着两侧走廊昏暗的灯光，加上女人穿着白色的实验服，流离几乎看不见她。那人拿着个像瓶子一样的东西，骂骂咧咧地嘟囔道："又叫唤起来了，这帮牲畜就不能忍忍吗？"

她的话头戛然而止，流离知道她在看自己。虽然他们紧贴着墙面，站在她的后面，但是她在这样的黑暗中，很可能带着红外眼镜。说时迟，那时快，溯蹿了上来，紧紧勒住了她的脖子，她手上的瓶子掉了下来，被流离接住了，而轻莩死死地抓住了女人想要伸入口袋的双手，口袋里一定有什么能通知其他人的报警器。

流离看了看手中的瓶子，它是纯黑色的塑料瓶，瓶身上贴着一张简单的标签纸，纸上只有手写的四个钢笔字：永生病毒。

当她读出这四个字的那一瞬间，仿佛有什么东西从她身边飞速流逝了，她如同置身于通往宇宙空间的隧道中，世界万物生长又消亡，遥远的尽头传来一个女孩儿虚弱但欢呼雀跃的声音："就是它，你寻找的答案，最初的那一型！"另一个慷慨激昂的声音在反驳她："你这样做是没有意义的！拯救他们只能害了自己！"

"流离小姐姐，你还好吗？"轻莩担忧而怯弱的关切声将她拉回了现实。这声音与刚刚臆听到的清脆的女声天差地别。流离眨了眨眼睛，回过神来，看见自己撕下了那个标签，攥在手里。这特殊的标签纸，或许和果顷手中握着的那张湿掉的纸是一样的。抬起头，眼前依旧是那个阴晦而冰冷的研究所，刚刚那一须臾的幻觉仿佛是来自记忆深处的残余。

流离以前一直以为没有记忆的自己无法面对未来，拼命地想完善自己空白的人生，可此刻，她第一次有了一种不想再去探究过去的冲动。一如那悲伤的曲调在流淌，她失去了勇气。

中年女人昏死在地上，但他们没有办法把她绑在或关在哪里，如果她醒了，后果不堪设想，他们必须加快速度。然而，这铁门里面黑漆漆的秘密又散发着危险的诱惑。三个人看了看彼此，还是决定进去看看，说不定能掌握这一犯罪团伙惨无人道的阴谋的关键性证据，虽然一路上，他们拍了很多照片，储枫还保留了一些活体实验者的监控录像。

流离戴着红外眼镜走了进去，轻葶抓着她的后襟摸索着，好在屋里没有其他人。屋子里没有实验设备，只有一些书本。里面还有一个屋子，进去后，一个大实验台横在正中，摆放着显微镜、试管、扩增仪等。越过实验台，是另一间屋子，通往无菌室。他们没有管杀菌消毒等必要程序，直接闯了进去。有两个密封的大玻璃箱子并排放着，其中一个箱子是空的，另一个箱子底部长着一层毛茸茸的，像草地一样的东西。

这些是什么？虽然没有风，它们却在摇动。每一枝细小的身体都好似一个纤长的竹节虫，有一对几乎看不见的丝状触角和四只脚。但它们不是实心的，不是一个整体，而是不连贯的，松松垮垮、碎碎糟糟地连着，好像很多灰尘拼凑在一起，组成了一群晃来晃去的生物。

流离将红外眼镜摘下，把手机的灯光打开了，这才看清，它们是红色的。血红的一片阴影，映在流离的瞳孔中，让她仿佛回到了那晒着暖洋洋的阳光的乡间小路，她和她救下的少年在逃亡，马儿倒在那片红色草地上。

那是米杉创造的梦境，那是红絮草。

然而，和那想象出的神奇生灵截然不同的是，喜爱阳光的红絮草会在阴影下枯萎，而眼前这些生物在纯黑中蔓延。在手机灯光的照耀下，它们像在尖叫一样，不再摇动，由微小灰尘组成的身体塌陷了，坍成一堆，红色褪成灰白。即使没有受到灯光的直射，只不过是遭受到来自远处极其微弱的余光，也是一样的。

怪不得它们由一层层黑暗牢牢地包裹着，它们就是永生病毒。

无数的病毒拥在一起，不会全部死去，总会有存活的，生长在内部。

当流离回到四楼走廊有灯光的区域后，将拿出的本子摊平放在手上。里面提到，这类病毒最初是由秦博士发现的，来自一只活了很久的僵尸昆虫。不知为何，只痴迷于机械的秦博士竟对该病毒十分感兴趣，并将其命名为永生病毒。

永生病毒只由核糖核酸与蛋白质构成，无细胞结构，微观外形为一条较长的枝干，上面有六条较短的枝杈，看起来像一只竹节虫，就和它们聚成的群体形状一样。令人惊异的是，它们不具有传染性，无论呼吸还是进食，都不会感染，只有直接注射才能起作用。而且，它们不需要借助其他生物体就可以自我繁殖，并能独立存活许久。其潜伏于生物体内的原因只有一个，就是避光。一点点微弱的光，都会让其迅速消亡。

秦博士于二十年前离开，去了永生岛，放弃了后续研究。哀博士认为该病毒过于危险，会造成不可估量的后果，因此将研究封存。而后，哀博士也离开了。直到近期，才有人找到这被掩藏的记忆，将其用于科学研究。研究所的新一任领导者，大胆地将病毒用于活体实验中，得到了数以万计的宝贵数据，为研究所带来了巨大的利益。

资料里提到，永生病毒在哺乳动物身体中主要影响脊髓中枢，用来支配动物死后的动作。但令人惊奇的是，在人体中，人类的大脑中枢能够被脊髓逆向影响，被病毒从神经纤维向上传递的信号激活（按理说这是不可能的），人们可以凭借自己的意识活动，让前额叶产生的命令再通过脊髓部位的永生病毒向周围神经系统传递，从而控制肢体的动作。器官脱离人体后，其实并不含有永生病毒，如果不及时移植到新的人体里，也会很快死去。感染了永生病毒的人，本身的行为也不是永久的，随着全身细胞的储存能量渐渐用尽，脑部电流减弱直到消失，身体也会突发腐烂，该人则彻底死亡，并呈现出死去很久的模样。

流离想起了在婆娑小镇的时候，达纳拉医生在果顷的尸检报告中曾描述有脊髓细胞的异常，和这些资料是完全吻合的。小镇的医疗水平有限，无法检测出永生病毒，况且，它一见光就死去了。而此刻，终于揭开了它的面貌。

其余的篇幅都是对实验数据的详细记录。而本子的背面，依然印着那个像米字格一样的符号，和那孩子的笔记本上的一样，缺少了三笔。他们在走到这里的途中，经常会看见这个符号，看来，果真是这个研究所的标记。

"等等……"流离突然想到了什么，"秦博士……就是那个孩子的母亲？她叫什么名字呢？"

"笔记里说她最后去了永生岛？"储枫的声音从手机那边传了过来，"但是在我印象里，永生岛没有过像这篇笔记里所描述的这样厉害的女性的秦博士。"

流离的脑海中回想起米杉的声音。"那你有听说过秦筱博士吗？"那时，他这样问储枫。那人似乎只是一个可耻的第三者，储枫也不了解她的学术。

当时，怎么回事来着？米杉轻蔑地笑了，是这样吗？他说她的确是个疯狂的人。

而她的孩子，说她是一个疯狂的机械爱好者。

那个米字格一样的符号仿佛在旋转一般，随着流离的思考在脑中飞速环绕。它分裂了！"7""X""T""1"四个字符从它的身体中飞了出来。它们重合在一起，会组成那个缺了三笔的米字格，上面的横与右边的竖都重复了两次。7，变成了11000；X，变成了1001；T，变成了1；1，变成了01111——这是摩斯密码。将它们前面数字填满变为七位数，首位为1，其余空位为0，即变成1011000、1001001、1001111，这四段字符可由标准ASCII码值（7位二进制编码）转化为对应的字母"X""I""A""O"，合起来为"XIAO"。

是秦筱！是她三十年前建了这个研究所，这个研究所就是秦筱的！

听了流离的推测，储枫陷入了沉默。"我以为她是个贪图名利的蠢人，"最后，他说，"我们那边的新闻一直是这么说的。"

"她最后怎么样了？"

"我也不知道她去哪里了。好像没有人提过。而且，我也从来没听说过她有个孩子。"

原本模糊不清的一团迷雾，终于开始明朗起来。那一条条混乱的真相之线，开始逐渐清晰，通往同一个方向。零散的片段拼凑到一起，全部指向永生岛二十年前的那场未知的过往！

楼上再一次传来绝望的哀鸣，流离的心为之咚咚直跳。五楼关押着那些器官提供者。资料上说，已经死去的、只凭着永生病毒活动的人，是不会有痛觉的。但那惨惨戚戚的一声声，让流离意识到，那个人还在活着忍受折磨。中年女人拿着的这瓶永生病毒的制剂，是要为那人注射的。

"我看不见手术进行中的区域。"储枫说，"有可能是机密的。其他未被'使用'中的人，所在的透明无菌箱陈列在另一个地方。"

他们来到五楼，路过那个装着一排排裸露身体的地方的时候，不敢看他们黑珍珠一样亮晶晶还带着希望的眼球。流离强烈地渴望把所有人都救出。这愿望比其他任何想法都要迫切。红絮草所制作的弥留人间，初衷就是为了让人在死后还能看见亲人，和他们待在一起，能了却一桩遗憾。她体验过怀着高尚的梦想去制作那些药剂的感觉，而此刻那些情感依然真实地存在于她的心里。或许他们出去后，有办法让警方突袭这个地方。如果有机会，将这些人，在彻底失去意识前，送回亲人的身边。

手术室中的人，腹部被划开了，器官似乎是完整的，不知为什么，一开始只是被麻醉而已。如果永生病毒进入他的身体，他会彻底死去。此刻，他还有活着的机会。溯似乎懂些医学皮毛，他摸索着又进行了一次麻醉，然后用很粗糙的手法将腹部的口子缝上，以防更多的感染。

他们在另一个房间里，发现了一份交易名单的副本，这让他们十分意外。可能当时正在处理这份名单的人跑到楼上去看热闹了，或者去忙些别的什么。他们看见了器官捐献单上果顷和盖布里尔的名字；第二份名单里，一些妇女儿童被卖到了国内贫困而闭塞的区域，那里没有他们熟悉的人；而第三份很短的名单上，他们发现了贝蒂和那个住在十二乡、据说已经跳崖自杀的女子"子玉"的名字。

那个人没有死，这里写得很清楚，是夫家把她卖掉的，交易地点就在那个已经烧成灰烬的小木屋！流离相信她不会突然就"自愿"把自己换成一笔钱，离开她的孩子。她似乎为工作骄傲，能依靠自己的双手劳动，很勤劳能干。那天那对父子突然要把她带回去，甚至不怕她失去工作，是不是因为已经谈好了价格？

"这个名单上的人，是卖到哪里的？"轻荨激动地问。

流离眯着眼睛看了看最开头模糊的小字："好像是五天前送往了永生岛。"

"为什么会卖给永生岛？"轻荨惊呼，"那种高度文明的地方要这些人做什么呢？做奴隶吗？"

沉默了一会儿，手机那端传来储枫弱弱的声音："永生岛……有的时候会有外国人去'打工'，往往都是苦力劳动、捐献、试药、代孕。"

"看，"流离指着名单，"这个名单上的名字都被标注了详细的来历、病史、婚育史，重点是高学历，那么有可能是为了做孕母的。这在永生岛是合法的吗？"

"对。和消亡大陆不同，永生岛不禁止这个。而且有官方的机构和志愿者。"

"可这些人也不是主动去打工的呀？不都是被强迫的吗？"轻葶十分困惑。

"我从没听说过有人是这样被卖过去的。"储枫闷闷不乐地说，"而且，人们觉得国外哪方面都不如永生岛，这些人终于获得了更好的生活，会感激，会很快乐。如果不是这样……那只能说不知好歹、贪得无厌。"

"这种想法也太离谱了。没人觉得不对吗？"

电话那边又沉默了很长时间。最后，储枫说："对不起，没人说过，这个可能是错的，所以我在此之前都没有仔细想过。我现在觉得你说的是对的。可是，在永生岛，所有人都非常拥护这个政策，舆论出奇一致，没有过任何质疑，国民的思想都是整齐划一的。如果以前有过反对的建议……那可能早被遏制了，因为它绝对是有害的。如果这种建议造成了影响，那么提出者与传播者都会被判刑的。"

"所有人都说那里是一个民主、自由、人权高度发达的……"

"确实是，本国人都是这样认为的。他们都相信这一点，自豪地热爱着自己的祖国。"

轻葶感到十分困惑。

流离摸着下巴推测说："我猜，如果一个群体就生活在那样的环境中，每天很幸福，那视野就是如此的。他们的信仰被塑造了，舆论都一片大好，质疑的想法都被早早筛除、规范、改正。即使口耳相传的言语也和官方话语完全一致，大部分人早就形成了不可动摇的观念。即使有人因为某个政策而遭到了实际的伤害，那人也会觉得是自己的错。这样就会变成储枫所说，人们的想法都是统一的。"

"是统一的，但不是正确的。"储枫说，"有什么重要的东西被剥夺了，非常重要的东西。"

流离和轻葶都无声地点了点头。

"看这里。"溯指了指名单的最后部分，一段潦草的手写语：

消亡大陆的法律真是因循守旧，这样如何与永生岛相比？好多产业都不放开，我们还需要偷偷摸摸来做这些实验和交易。有人自愿用身体换钱不也挺好的？法律和政策过度受制于普通群众，但他们七嘴八舌、乌烟瘴气。低等而狭隘的人能理解崇高的理想吗？能明白该为国家崇高的发展做出什么牺牲吗？

千舟沐和背起骊四，鬼鬼祟祟地从监控室探出头，蹑手蹑脚地来到远离前厅的那部电梯。眼见着电梯在降落，耳边传来储枫的声音："电梯里有人，前厅还有两个安保人员向这边走过来了。先躲起来！"

他情急之下，躲进了旁边的楼梯间。

刚刚，先锋部队的三人到达了六楼的垃圾管道，那里与有人的区域仅有几步之遥，让他们大气不敢喘一个，但如果找准时机，小心回避，还是能溜进去的。让人奇怪的是，垃圾管道并不隐蔽，它的拉门很明显，溯还将头探了进去，里面黑漆漆的，空空荡荡。难道，仅仅因为这个管道是废弃的，就没人检查过吗？对方不会想到有人会从这里离开吗？流离仔细地研究手机里照下的草图，这个管道口确实明显地被标记出来，连接着一条斜线，按理说，应该是像他们推测的一样才对呀。

走过来的安保人员和乘电梯下来的研究人员遇到了一起，不知道因为什么事，闲谈起来，让千舟沐和急得大汗淋漓。他需要赶紧到同伴身边去。保不齐会有人突然去监控室，发现异常呢？想了想，他一咬牙，从楼梯开始往上爬。

而另一端，溯打算先进去探路，可流离越想越不对劲。她总觉得有哪里不太正常。就算果顷对地图有印象，逃出去了，就没人想过这个垃圾管道可能有问题吗？没做出任何防护措施吗？

她拉住了想要爬进去的溯，严厉地说："不行，我们要试验一下。"说完，她悄悄地走入一个培育间，取了一只比普通青蛙大一倍的巨型青蛙，并在它身上绑了一根长长的丝线。这只绿色的青蛙看起来带着一副长者的慈祥模样，可能拥有喜爱阴暗地方的特性，安然地向深处跳去。

千舟沐和刚爬到三楼，正气喘吁吁、大汗淋漓地对骊四抱怨呢，突然听到警铃大作，那刺耳的声音一股脑儿地灌进他的耳朵里，让他全身寒毛都竖了起来，一个踉跄趴到了楼梯上。一墙之隔有沉重的响声传来。"电梯紧急停止了！"他听见电话那头的储枫在喊道，但他知道储枫不是在对自己说话，而是对着流离他们说的。他吓得不敢动，心想若是有人去了监控室，也会看见他的，他是不是应该披块布伪装一下？

青蛙还没走多远，警铃就响了。流离将它拉出来，它已变得血肉模糊。所以，垃圾管道内某个地方应该是有个机关！果然如此，流离就觉得这里不可能如此疏于防范。来不及多想，六楼走廊那端的人员都跑了过来。最前面的那个人举着一把银色的枪形物体对着他们，这时，后面一个人喊道："等等，秦博士的少爷不是说要留活口吗？"

"这只是麻醉枪而已，"最前面的人大吼，"而且少爷不是说了，万不得已也可以赶尽杀绝吗？"

趁着他有些分神，溯敏捷地蹿了上去，扣住了他的手腕，麻醉枪发射了两针都射偏了，流离和轻葶齐力将它抢了过来。后面跟来的那些人，有些也拿着武器。流离三人转身往回跑，差一秒钟，就要被降下的铁栏杆给拦住了。

他们沿着电梯旁的楼梯向下跑去，但是储枫说有一批人正顺着楼梯上来。于是，他们从四楼转向了另一边楼梯，并在下楼的时候撞上了晕头转向的千舟沐和。

遥远的地方传来了三声枪响。

流离等人正不明所以，但是他们听到了电话那端的储枫对着另一部手机说话的声音："爢氲姐姐，你要先毁了监控才行！"

爢氲探长说了什么，流离他们是听不到的，但他们知道研究所的入口发生了骚乱，而警方也会听到枪声。这是围魏救赵、调虎离山。果然，洞窟内剩下的游客都陷入了恐慌，有人窃窃私语、有人大声质问，警方人员对着对讲机吼叫。储枫随着还剩下的为数不多的人向出口涌，大声叫道："是枪声！是枪声啊！就从那个方向传来的！那边有个小路！"

他看见有人向监控室跑。千舟沐和在离开时，将一个矮柜斜着靠在门里，随着关门而慢慢放倒。但那很容易就能被撞开。这时，爢氲探长拿着储枫那颗神奇的乳白色宝石戒指，拨动了底部的一个按钮，宝石中射出一道电光，与大门的门禁系统相连了，顿时火花四溅，随着一阵噼里啪啦的声音，供电彻底过载，短路瘫痪了。门只能通电开锁，想要开启需要手动连接蓄电池才可。里面的人被堵住了，能听见他们来回奔跑喊叫的声音，但具体发生了什么，储枫也无法得知——监控系统也瘫痪了，此时建筑内部应该只有应急灯是在工作的。

"有人跑过来了。"溯冷静地低声说，"刚刚他们应该没有在监控里看见我们，所以才没有一起围攻过来。但他们在找我们，猜测我们在这个楼梯上。我听到了很多人的脚步声，楼上楼下都有。"

"我们往楼下跑！"流离确信地说。虽然她听到了大门已经封闭，聚集了很多人，但是直觉告诉她应该这样。楼上那个垃圾管道的思路是完全错误的，她一定忽略了什么！

"好嘞，"千舟沐和将背上的骊四往上颠了颠，和大家一起往楼下跑去，"骊四君，现在我们要改变策略啦，不知道能不能通关呢，你要是能像以前一样，助我一臂之力就好啦！"

"好……"

"啊！"轻葶吓得差点儿背过气去，就连流离也差点儿滚下楼梯——刚刚那分明就是骊四的声音。可是，怎么会？

"见鬼了！见鬼了！"轻葶惊呼，"那个，千舟先生？我刚才好像看见骊四先生动了一下……"

但千舟沐和此刻全身僵硬，表情呆滞，一动不动。他一定是产生了错觉，困在游戏世界的幻想中出不来了！他从后背感受到微微麻木的刺痛，溯将那根电棍抽了出来。没错，一定是这样的，刚才他将电棍放在了骊四的衣服里，所以只是因为漏电而已！一定是这样的！

他平复了心情，和其他人继续往楼下跑。刚刚那一瞬间，神迹一样的碰巧，就好像上天施舍的小小恩赐，给他注射了兴奋剂，激励他的决心，让他坚信，不能被抓住，不能困在这里，他们的身体应该是完整的，死后的路途应该是平坦的，绝不能被玷污。

"呃……"

怎么回事？骊四又发出声音了？他还在幻觉中？还在心存侥幸？

但是身后的人的动作越来越剧烈了。这让和他们一起往下跑的轻葶脸色苍白，一步三回头，大大的眼睛紧紧盯着骊四愈发扭曲的脸，尤其在青白色的应急灯光下，那皮肤仿佛阴间的水怪那般颜色。她眼睁睁地看到骊四发出了难受的呻吟，眉头紧锁。由于趴在背上，硌着胃，逃跑时的颠簸，偶尔电流的刺激，让他再也忍不住，那灼烧感一路涌上喉头，"哇"的一声吐了出来。

流离扶住了快要昏过去的轻荤，也感到震惊不已。她看到呕吐物沾了千舟沐和一身，同时喷到了从楼下赶来的追击者的脸上。追击者的视线受阻，张牙舞爪地挥舞电棍，被溯躲过了，反手将对方电晕。

"鱶四君？"千舟沐和颤颤巍巍地问。

"呃……"

这算是答应了吗？还是无意识的？想了想，千舟沐和又问："我是谁？"

"大傻子。"

他是醒着的！神志很清楚！这是踏入了拥有魔法的奇妙世界吗？还是他已经被捉住了，被拖入了充满花香的幻境中？可如果是那样，他就不会这么累了，沉甸甸的体重压着他，这绝不是假的！千舟沐和再也忍不住，大哭起来，豆大的泪珠一颗接着一颗，噼里啪啦地从眼角滑落，那号哭的声音绝对能让其他地方的人听见！

果然是个傻子。其他人全都默默腹诽着。研究所里的人都会被吸引来了，这下该怎么办？

流离从没觉得自己的大脑转得这么快过，好像摩擦出火光一样，她猛然意识到，她或许陷入了思维定式。果顷和盖布里尔一定是从五楼关押着实验对象的地方逃出去的吗？从五楼逃出，在全是人和监控的研究所里，去别的地方确实很困难，六楼的垃圾口是最容易想到的。可是，果顷已经失去肺部和心脏了，盖布里尔的心脏也没了，他们被搜刮干净，不再有什么能榨取的，还会留在五楼的存储后备区吗？

有效期将至，他们只需要静静地等待死亡就可以。他们不在五楼，他们被送去了负二层的太平间！

果顷在被拉走之前，将记忆中地图的某条路告诉了当时在五楼尚有利用价值的盖布里尔。然后，成为第一个跑出来的人！她一路跑回了婆娑小镇，负责这条线的人想抓住她，可她不知为什么，落入了蔷薇小筑门前的湖水中。她死后依然动来动去的样子，被流离和鱶四看见了，那些人才想灭口，后来，可能觉得没有透露什么消息，加上小镇的通道马上要封闭了，才没有继续追杀他们。

流离连忙打开手机的草图照片，仔细寻找。研究所是从负一层新建的区域开始，才有监控的，再往下就只有笨重的机器娃娃在巡逻。果顷从太平间逃出，没有被阻挡，也没有被拍到，这样别人才不清楚她是怎么出去的，那个地方肯定在附近。流离想起负四层至负一层的电梯与负一层走廊之间的那个潮湿的大洞，那里很原始，有水珠沿着坚硬的石头尖端滴落，还有沾着暗红色痕迹的石台在一旁。难道那就是一百年前的连环杀人魔所说的隐秘场所？有名的洞窟下方的负楼层经过那个大洞变向了这一侧，所以那个大洞的位置可能正是在最大的那具神像的身后。一百年前不可能造出这么复杂的建筑，那么，那个连环杀人魔是如何进出的？

流离找到了照片中的草图，在负一层的中间有一个圆圈，圆圈里面有个黑点，被重重描画了。

"就是那里！快跟我来。"流离豁然开朗，带领众人向下冲着。那个建筑工人一定是偶然发现那个秘道的，所以研究所的人才不知道。大门的方向传来了更多枪声，想必是燋氲探长为了吸引更多的人去她那里，不过，这把从暴毙的那三个犯罪分子手中回收的警用手枪，子弹一定不多了，不知道能支撑多久，也不知道警方会不会寻过去。他们已经很长时间没听到储枫说话了，但无暇顾及。他们相信他肯定在忙碌些什么。

不过，跑动的流离，此刻只想甩掉身后的那一坨聒噪的物体——昏头涨脑的豗四随着跑步的震荡，还在疯狂呕吐，而千舟沐和在底下大哭，泪如泉涌，他们两个像组成了一台生锈的液体喷射机，滑稽无比，别人看了只想远离。

枪声确实再次让警探们陷入混乱和不安，他们已经请求支援，并向那边靠近。储枫将手提电脑收进了背包里，鼓动着人群一起冲了出去。他戴上连体帽，冲在最前面，大声喊道："在这里！这里有条路，枪声是这里传出的！"

留在六楼观看情况的人也注意到警方开始向研究所大门的方向移动了，通知了其他人。他们并不想和警方爆发冲突。此刻闹得这么大，就算有和警方打通关系，可又是大庭广众、众目睽睽之下的命案，又是禁枪社会的枪声迭起，警方迫于压力肯定会调查这里。研究所暴露了，他们肯定就完了。

当然，会有负责人和警方交涉，警方暂时没有权力硬闯。然而，保不齐还会有什么意想不到的事情发生。此时，他们放弃了开启大门，不想和警方直面相迎。有几个人想先抓住流离他们再说，但是打架不要命的溯拿着电棍架势凶猛，流离和轻葶也拿着刚刚从那两人手中抢来的电棍防身，而恢复了一点儿气力的鼺四用他们之前夺过来的麻醉枪帮助他们，颤抖的手让他看起来像个凄美的英雄，不过命中率还是百分百，让人由衷地佩服。

最后，流离他们还是逃过了危机。不过其中最主要的原因，还是因为过来阻拦他们的人很少，研究所的人大部分都开始从前厅那端的楼梯跑向楼上，跑到自己的逃生通道处。当初建设的时候，他们肯定会想到这点，不可能让自己成为瓮中之鳖，也必须要防范门禁失灵、失火、毒气泄漏等意外发生。流离突然意识到，六楼的那个废弃的垃圾管道，很可能是这些犯罪团伙他们自己设计的逃生秘道，否则，怎么会让建筑工人建造一半，就欲盖弥彰地说不建了呢？他们只需要关闭机关，就可以从那个斜坡顺利地滑出。他们一定会躲过警方逃出去的。

这个几乎能够确定的结论让流离有些垂头丧气，毕竟，这次无法将他们一网打尽了。但如果幸运的话，五楼的那些活体实验者说不定能被拯救。只是不知道他们是否会迎来官方的医学研究，让永生病毒公之于世，在社会上引起轩然大波。不过，这不是目前应该考虑的问题。他们跑过负一层的走廊，来到了那个大洞中。

根据草图标记的位置，他们找到了一块有些凸起的、和周围颜色略有不同的石头，它被埋在石壁底部那些不起眼的草丛中。将石头按下去后，石台竟然整个升了起来。

"太神奇了！竟是现实中的机关！"千舟沐和连连称赞。

"以后有机会，带你们去玩儿密室逃脱。"轻葶说。

"呕……"这是鼺四的声音。

"花梨木小妹妹，能帮我拍拍鼺四君的后背吗？"千舟连忙说。

"我不敢！"

"快下去吧！"流离催促道，"免生事端。"

他们钻进石台下，沿着草甸垒成的台阶来到更深处，石台又重新降落回去。鼺四可以自己走路了，让快要累趴下的千舟沐和将他放了下去。他们在走着的过程中，踩到了碎裂的油灯与用尽的火把，那都是很古老的东西。流离又想起了自己在这个世界最开始的记忆，一个狂风暴雨的晚上，二十二岁的米杉光着脚，举着油灯，将她领进蔷薇小筑的模样。后来，他们在蔷薇小筑中吃饭，米杉点的也是油灯，虽然蔷薇小筑是有电的，但是他似乎喜欢这样。流离一直以为孤傲的天才没有这样复古而简单的爱好。

她又开始变得脆弱了。

好在他们现在可以用手机照明。无法想象果顷和盖布里尔是怎样在黑暗中摸索，跌跌撞撞地往外跑的。不过，他们对死亡时和死后的记忆都模糊了，可能只是凭借本能。

在路过一些人类的骷髅和动物的尸骨后，他们走到一处石墙前，拉了拉一根很粗的草绳，石墙升起来了。爬出来后，他们发现自己置身于一个空旷庞大的洞窟中——正是作为景区开放的有名的洞窟。之前人群攒动，此刻，正值深夜，早过了景区关门的时候，由于命案而被困在这里的人们，在获得了"通行令"后，基本都走光了，剩下的人也被枪声吸引，同警方一起去拥堵住了那条通往研究所大门的小路。此时这里空无一人，灯也都熄了。流离发现，他们出来的位置是那个最大石像的宝座后方，而后，宝座的其中一片石叶恢复了原位，从外观来看完全没有任何痕迹。果顷和盖布里尔一定也是深夜逃出的，才没有在游客中引起骚乱。而检票口是有监控的，先是果顷，后是盖布里尔，路过检票口跑出，被监控拍到，才会被发现，才会被紧急派出的人马追击。

"这里！这里！"储枫已经回到了租来的车上，把车从停车场开出，向他们招手。这是一辆袖珍小型巴士，青绿色的外皮，显眼的名牌车标，除了驾驶与副驾驶，后面仅有六个单人的座位，每边窗户旁三个。水流离、骊四、千舟沐和、花梨木轻荽、溯，飞一般地冲了进去。

他们逃出来了！是真的逃出来了！这不是像梦一样吗？为什么没有闪闪星光为他们庆祝呢？为什么没有流逝的微风和他们相拥呢？眼前的一切，就仿佛勇闯魔窟一样的奇幻之景，狂风大作，树冠像在癫狂地招手，又像桑巴热舞一样尽情摇摆着。厚重的一簇簇云团在深灰蓝的天空中旋转，中心的旋涡仿佛通向宇宙的万丈深渊。

"快下暴雨了！"流离挡着脸喊道，巴士的窗户开着，吹得她睁不开眼睛，可她还需要探头出去张望着，"燹氤探长呢？"

"她被堵在研究所和警方中间了，"储枫说着，打开了雨刮器，"小路只有一条，她只能穿过树林跑出来。"

"她可是个路痴。"鳃四一边拍着脏兮兮的胸口前襟，一边提醒着。

"手机定位开着了，没事的。"储枫说，"借助现代科技，什么都能办到！查地图就可以了！"

他们先经过了那条通往研究所入口的小路，悄悄打探了一下，才知道警方刚刚成功打开了研究所的大门，并进入其中。这让他们稍稍安心一些，他们相信，里面的秘密一定能被发现的。

巴士往回程之路开去。斜着飘落的雨滴渐渐变成越来越大颗的像炮弹一样的水球，噼里啪啦地砸下来，"咣咣"地在车顶演奏宏伟的交响乐。"我现在有点同情那些不巧被派来这里调查命案的倒霉警探们啦。"千舟沐和幸灾乐祸地说。

不过，最应该同情的，还是一个人徘徊在丛林中的燧氪探长。从定位屏幕上看，她在缓慢地转圈，明明可以直接走到路上去，可她的路径是七扭八歪的，似乎一直对不准方向。看来，即使有现代科技的帮忙，路痴还是会晕头转向。最后，她终于走到了一条地图上能够显示的道路，储枫把车开过去花了一点儿时间，找到她的时候，她正蹲在路边，被大雨淋得通透，满头长发都湿漉漉的，紧紧贴在脸上。手中的戒指散发出微弱的白光，释放出一种奇异的热量。她闭着眼睛，异常安静，好似在瓢泼大雨中沉思，沉浸在自己的内心里。

流离觉得，她依然活在另一个世界、另一场回忆中。

乡村的道路很颠簸，车开得飞快，他们在人生的路上流亡，又像在疯狂追赶着什么。窗外的雷声震耳欲聋，而巴士里面的空间孤绝无依，像一块叛逆的方盒子，不知飘向何方。


数月后，深夏的晚上，在一个宽敞如音乐厅一样的房间中央，一个男子躺在柔软的灰色扶手椅上。他双目微阖，双腿交叠，靠着椅背，一只手撑着颅侧，慵懒而傲慢，疲惫而优雅，多么完美无瑕的状貌，如一尊让人痴迷的、栩栩如生的神像，只看一眼就沉醉其中。然而，他的面前是一块块堆叠的显示屏，旁边是复杂难懂的操控台，运转的嗡嗡声破坏了这圣洁而宁静的假象。

外围的墙壁像教堂，高大的彩绘落地窗延伸到天花板，渗入暖黄色的阳光——但那只是人造的，外面的蓝天花草只是凝固不动的图像。窗下是纯净的水池，绽开翅膀的天使雕像，长着纱裙下摆一样的鱼尾，正要跃入荡着涟漪的水中，肃穆的、直立的柱子上雕刻着匍匐讴歌的精灵。房间中还有几根奇形怪状、七扭八歪、像是由不规则的石块垒起的柱子，白色的、飘浮的光圈在柱子周围环绕。房间正中央的地面，也就是显示屏和那个人所在的地方，是微微凸起的圆形区域，像嵌入地板的飞碟一样，青色铁皮上，有方形的凸起和闪烁的小灯。一只蜘蛛从那人的脚边爬过。

另一位男子走入房间中，又是一张惊为天人的年轻脸庞，他有一双狐狸一样的眼睛，和张储枫一样的深蓝色，可眼神更为深邃和冷漠，下巴的轮廓也更为分明。他走到了在中央倚靠着的人的身后，微微俯下身，目视前方的显示屏，在那人的耳边说："为我提供材料的基地被毁了。"

说这话的时候，他的嘴角上翘，是微笑着的，可眼中没有丝毫笑意；呼吸平缓，语气平淡，像在谈论天气。但坐在扶手椅上的人知道，实际上，他很生气，在彬彬有礼地发怒，在暗暗警告着。

扶手椅上的人睁开了眼睛，无比纯粹的琥珀黄和翡翠绿摄人魂魄。

是米杉。

"这不是你亲爱的侄子干的吗？"米杉那看似随意的语调隐隐透出一丝愉悦。

那人站直了身体，绕着中央的操作台走了两圈，一边踱步，一边说："我的小机器娃娃的监控画面被替换了，就连左下角的时间都严丝合缝。它害得我没及时发现。和研究所内的监控不同，我对那个机器人是有最高级别的唯一控制权的。然而，事后一点儿痕迹都没有，完全追踪不到操控者。是谁能做到这点呢？"

米杉只是冷冷地看着他。

那人笑了，说："您被我请过来，要求我不动您的同行者，是合乎道理的，我信守承诺，否则，他们在那个燃烧的小木屋就全该被杀死了。可是，我难得的仁慈换来的是他们对我的利益的大肆破坏。"

"如果你觉得吃亏了，大可以把我放回去。"米杉毫无感情地说，"其他国家所构筑的针对'银色蛛丝'的屏障，不需要我来破解。永生岛对你来说已经足够了。"

"永生岛是我父亲和哥哥的。"那人眯起眼睛，"也会是我那任性妄为、不顾后果的侄子的。他愚蠢地破坏自己家族的利益。在消亡大陆，脆弱不堪的人际关系和贿赂网，轻易就被社会大众的关注与舆论、最高机关的参与、墨守成规的法律所瓦解了。这在永生岛是绝对不可能的。多亏了您二十年前协助的伟大革命。相信如今，有了您的帮助，那些无与伦比的事业就不会再是见不得人的秘密。我请您过来的决定是诚心诚意的，我们可以掌控一切，可以改造一切。"

米杉又阖上了眼睛，靠在椅背上，泰然自若、悠然自得，完全不再理睬那个人。他回想起，他逼不得已来到这里，没有任何其他选择，突如其来，让他根本来不及做出反应。然而，张哲楔和张禾似乎都不知道这件事。他被直接带到了这里，现在还没想明白这人是如何利用储枫看见了他。蛛网笼罩着他、缠绕着他，可那对他来说不是难题。他了解到了永生岛二十年的变化，也知道了克隆人和仿生人的技术全都还在初级阶段。所以，水流离不是人为制造出的。这些人似乎根本就不知道她的存在。关于她来历的解答，又绕回死路里。难道，真的只是巧合吗？

他在操控研究所的机器娃娃的时候，被机器娃娃的异常反应吸引了。那是无比强大的力量、无比独立的反抗，压制了一切外来的命令。在那一瞬间他甚至以为他被发现了，对方用更高的权限击败了他。过了很长一段时间，他才反应过来，是流离的意识与那人形机器产生了共鸣！

世上为何会有如此奇异、难以解释的现象？越来越多无法破解的诡秘，围绕着这个横空出现的水流离，连他这个世上最伟大的发明家都搞不清。抑制不住的好奇、愈感怀疑的警惕，同时存在他的心里。

以及，那重见故人时，再也无可克制的、涌动的怀念。

在米杉旁边的那人等了一会儿，见米杉不再有任何反应了，于是，转过身，一言不发地走出了门。

走过一段无比漫长幽静的笔直走廊，他来到一个纯白色的房间。那房间白得发亮，但有非常刺鼻的消毒水、洗洁剂、漂白粉的味道，所有可能存在过的秽物都被遮盖了。房间里有一张单人床，上面躺着一个穿着白色连衣裙的瘦弱女子。那人已不再年轻，恐怕五十岁有余，此刻，正捧着一个平板电脑，上面播放着视频。

走进屋中的男子凑过去看了看，视频是一小段破旧不堪的古老旅社中闹鬼的灵异录像。这个录像是宝城大学灵异社的官方账号发布的，主角是他的侄子和两个他记不住名字的蠢货同学，后面有些不重要的路人。这个女子见他走来，把平板电脑放下了，脸上还挂着未干的泪痕。

"您不会是被这样粗制滥造的视频给吓哭了吧？"男子温文尔雅地建议，"您可不能这样脆弱，不利于腹中胎儿的存活。"

"他四年没有动静了。"女子开口说道，那声音充满痛苦，竟如八十岁一样苍老。

"我定期用仪器检查，他还是活着的。"

"我已经五十四岁了，有可能没有这个能力了。"女子颤颤巍巍地说，"你什么时候能放过我？"

"您在说什么呢？我小时候，您不是很疼爱我吗？怎么总想着离开呢？"男子说，"这些年您诞下各种各样的怪胎，没有一次成功的。这些失败对我来说是耻辱。但您的奉献是有目共睹的，毕竟您的腹中曾孕育过那样优秀的孩子，比我要强大很多。您那充满温情的血肉之躯是最伟大的容器，我母亲……啊不，'那个人'，她崇尚的完全是错的。"

女子浑身发抖地看着他。

男子"温柔"地抱了抱她，说："这次如此不同寻常，肯定会是个了不起的杰作。"

过了一会儿，女子不再抽泣了。男子直起了身，离开了这里。在关上门之前，他回过头，带着寡淡的笑容，用让人动容的声音，"深情"地说：

"再见。可儿阿姨。"

# 09. 启　　程

　　平躺在床上，窗外传来蝉鸣，古旧的阁楼蕴藏着浓郁的暗香。蓝黑色的夜空满天繁星，十二下钟声响起，一只栗色的大孔雀蝶不小心从半开的窗户闯入，绕着快要熄灭的油灯盘旋。它闪烁的影子倒映在水流离睁得大大的、茫然望着油灯的眼睛里，仿佛和刚刚梦境中的某一瞬间重合了。那只蝴蝶掠过山川河流，穿越了空无一人的世界，世界的尽头是米杉冷清的背影。

　　他脚下青灰色的水面上，数百只载着白色蜡烛的白色纸船在漂泊。

　　真是个……孤寂的梦啊。

　　流离不知道自己为什么会梦见这个场景，正如她上一次，梦见了果顷和永生病毒妖魔化的形体。她能反过来利用"沉睡领土"这台机器，也能利用那台研究所中的机器娃娃，这真是不可思议的奇迹。不知为何，"沉睡领土"无法控制她，它变成了通往现实的指引，无论对她的身体，还是心灵。

　　自回到婆娑小镇，已经过了很长时间了，这是她第一次尝试重新启动它。由于不懂如何操作，她只能再一次经历上次输入的程序。这回，她见到了原本设定的老婆婆，在慈祥地收留了她和少年模样的米杉后，因病去世了，流离的弥留人间让老婆婆等到了她的子女。

　　按理说，故事只编辑到这里。她该醒来了，可一切仍在继续，仍然如同她经历过的人生一样真实。她穿着水蓝色的裙子，坐在村庄旁一棵大树的枝杈上，在空中上下摇晃，像明亮自由的青白火焰一样。麻雀在她旁边歌唱，这时，米杉冰凉而纤瘦的手遮住了她的眼睛。

她在想米杉站在什么地方。

"流离姐姐，"他轻轻地低吟，"功德腐蚀了我的身体，我的主人来回收我了。"

他的声音很弱小、很平静。当流离回过头，最后一眼看见的，只有他溃烂的脸皮下露出的牙齿，随后变得透明。流离从树上跳了下来，周围到处都寻不到米杉的身影。她慌张地跑回老婆婆的屋子，满是裂痕的木头桌子上留着一封信。

> 我不是人类，我是恶魔的使徒，是恶魔诞下的孩子。当流离姐姐在下水道口发现我的时候，是我在将瘟疫通过死老鼠带到人间。蜷缩在那里的我其实并不可怜，可你将我带回家去，用我不了解的魔法刺痛了我对恶魔的忠诚。看着你减轻了不少瘟疫造成的祸害，我曾真的想杀掉你。因为，我是个罪恶的存在，帮助恶魔散播过无数的霍乱与战争，那是我生命的养分、强大力量的来源，民间渐起的谣言也是受那种力量蛊惑的声音。
>
> 然而，它所带来的愚昧的仇恨，让本该感到快乐的我，竟然无比痛苦。我真的想让你死去吗？我真的想让你屈服吗？当你带着我到处治病救人、为孤苦的人呐喊、为不公的现象抗争时，你成了我新的信仰。如果这个世界真实的规律，是像我这样的人遭到惩罚就好了，可恶人还好好地活着。我作为他们中的一员，每天在惶恐不安中度过。恶魔迟早会找到我，那时，只希望我从未存在过。如果可以用我最后的法力改变原本的命运，我愿倾尽一切。

流离对着蓝天，将信纸举起，透过它，看见荒原的苍穹下，无数个他，每一根手指都绑着锁链，每一条锁链都笔直地通向同一个远方，苍白的少年在正中间慢慢前行。突然，他们共同变成了一只巨大的黄色蝴蝶，少年是它的身体，锁链是它的翅膀和纹路。蝴蝶从信纸中飞出，从雨夜飞到了阳光下。流离用无拘无束的双脚，追着它，不知疲倦地奔跑着，跑过城市与大海，来到遥远的孤岛上。

在蔷薇小筑的阁楼，大孔雀蝶离开了油灯，又从窗口飞了出去，很快，融入皎洁的月光中。它不羁而灵动的倩影，唤醒了还处于呆滞状态的流离。她叹了口气，抬起僵硬的手臂，将头部刺入的长针拔出，坐了起来。漫长的旅程还未结束，这只是一次短暂的休息。她很快会再次离开，去永生岛，去探明记忆的真相，去拯救子玉和贝蒂。如果她的梦是一把可以预知未来的钥匙，或许米杉就在那里。

摊开的日记还放在枕头旁。这本名为《妄想日记》的日记，将米杉的过往以一种虚构的方式保存下来。上面所写的结局与流离自发的梦不同。日记中夹着一张从发黄的报纸上剪下的报道，是水流离自杀身亡的事，正是二十年前。流离第一次知道，原来那个勇敢的女孩子是一名记者。报道不长，最后两行只说她畏罪自杀了，从自己的家里跳楼身亡，而前文所写的罪过被米杉用黑色的马克笔画掉了。那笔画很直、很重，流离想不出米杉当时是怀着怎样的心情和想法，慢慢地去抹掉那些文字的。自杀这两个字上画着一个工工整整的圆圈。日记的最后一页写着：

> 当我在孤儿院的时候，赤裸的男孩儿女孩儿一排排地跪着，圣洁的光照在他们身上。那个时候，我就知道，日记中这个被恶魔眷顾的自己诞生了。我杀害神灵，任意操控别人的生命。可当我第一次遇见你，流离姐姐，你害我住了三天医院。那时我只有七岁，也没想过像你这样家庭健全的人，为何会寄宿在孤儿院里。看见你一个人在荡秋千，生锈的铁链吱吱嘎嘎地响着，我想走到你身后使劲推你一下，说不定你会腾空而起，落到前面不远的大坑里，簌簌的落叶会飞快地把你埋起来。
>
> 当你真的被下葬埋起来的那一天，我却没能亲眼看见。不知道那死时的疼痛是瞬间的，还是持续在你躺在楼底的时候，瞳孔里未谢的蔷薇花丛和天空飞过的大雁中。我是个拥有恐怖的基因和在扭曲的环境里成长的恶灵，被困在自己所造的囚牢里，缠绕着我的全是诅咒。而你被花簇拥着，是那样美丽。我羞于见你。在几乎毁了一切而逃出去之后，我从没去过你的坟墓，但是，一只蜘蛛代替我亲吻了你。
>
> 在《妄想日记》中编纂的结局，修改过很多次，从没在"沉睡领土"中成功过。人间的现实不是梦幻，梦境也不能成为我的生活本身。我终于承认，这是我的忏悔，是永远不能逃避的。

流离默默合上了日记，将它放在行李箱中。她至今也不清楚自己究竟是否是一个完全无关的人，但她的心情似乎与之相通。行李中另一样东西是一个小小的纸包，里面是米杉在婆娑小镇通向外界的隧道中捡到的红色晶体。这是流离匆匆去江岢城的酒店，取回米杉留下的所有物品时发现的。包着它的这张纸是从一个笔记本上撕下来的，上面是米杉的笔迹：

> 它的核心有一个微电路，类似追踪器，可以记录人的位置、动作和声音，应该是近几年的一项发明。消亡大陆针对"银色蛛丝"构建了非常坚固的屏障，所以必要时，有想达成的目的时，只能采用这种昂贵的方式。它真正高科技的地方在于外壳。此刻，它没电了。但如果将它置于流动的液体中，外壳会将流体的摩擦转化为电能补充到核心追踪器中。这个红色晶体最宽部分的直径只有五毫米，如果它被埋在比它直径大的血管内，只要血液不停歇地流动，就能为它提供源源不断的电力，它就会一直工作了。只是，外壳的材料是有毒的。

这个红色晶体就在婆娑小镇的入口浅埋着，很难不让人怀疑幕后者就是为了米杉而来的。而被利用的人发现了它，割破了自己的血管，使它随着鲜血一起流入了土壤中，最终将电耗尽了。流离想起她第一次去爝氤探长家时看见的她锁骨上的丑陋伤疤，那就像是被刀挖掉一块肉一样。三年前，那个洞穴位置的"倏忽乱向"开始出现故障，通道初现，难道没有迷途的人闯出？爝氤探长那时正好消失了很久，性格也变得萎靡颓丧。流离很想问她到底发生了什么，可或许还不是一个好的时机。在江岢城的时候，米杉曾旁敲侧击地问过，也没问出结果。

这一次，米杉是真的被发现，然后被带走了吧？在流离从研究所逃出来的时候，她身旁的轻葶终于鼓起勇气，对她说："其实，米杉先生消失的那个晚上，我曾经看见储枫进去过他的房间，可他的身影很僵硬，怎么叫他也不理我。我想起有同学说过，有一次，考试前的深夜，储枫在走廊里一遍遍踱步，对身旁的人不理不睬，第二天却对此事记忆全无。他是不是像那次一样，正在梦游呢？我很担心，就一直在走廊的拐角等着。过了一会儿，他一个人走了出来，眼神依然是涣散的。看到他回到自己的房间，我也就放心地回去了。可第二天，米杉先生就不见了，所以我……我总是禁不住去想，会不会有什么关联呢？虽然看起来是不太可能的事……但是想了很久，我还是决定跟流离小姐姐说一下……"

那个时候，房间里发生了什么，流离不得而知，她想，就连储枫自己也是不知道的。他是个见义勇为、潇洒倜傥的公子哥，但他对米杉和被米杉影响的永生岛有一种压抑而克制的愤恚。当米杉存在时，他在永生岛形成的面具自然而然就生长了。或许连他自己都没有注意，那刺激了他梦游的行为。不过，酒店的监控连进出的储枫都没有拍到，足以证明它一定被动了手脚，好在轻葶目击了这件事。

流离将小纸包和日记放在了一起，开始想还能往箱子里装些什么。她孤身一人，本来就没多少东西。昨天下午路过音像店的时候，她看见千舟沐和把一大堆书碟和一大包红杏干装进了行李箱里。

"你带这么多没用的东西干什么。"旁边的骊四说，"想累死吗？"

"这些都是没开封的绝版书和绝版光盘，卖出去的话，不比在小镇里赚的钱多吗？"

"外面早就都从网上下载了，书、电影、游戏，没人会买这些的。况且，如果以后有机会，小镇和外界恢复沟通，到时候就会有很多人为了潮流，或者旅游纪念，或者真有懂行的收藏家，慕名前来，可能卖得更贵呢。说不定能成为……那个叫什么？网红店？"

"不愧是骊四君，懂得真多！"

"这是那三个大学生说的。"骊四略显尴尬地摸了摸鼻子，"我刚从他们那儿过来，因为达那拉医生也在那里……他们在旅馆里面拍摄视频，说想等出去后传到网上去……宝城大学灵异社的官方账号有很多粉丝，据说可火了。"

"啊？这种视频传出去没问题吗……"

"他们好像是会搞得神秘一点儿，知道吧？就鬼片式的那种短视频，没头没尾的，也不说在什么地方拍摄的。咱们那个小旅馆，二十年都没人住了，里面破旧阴冷，到处是蜘蛛网，很像会闹鬼的样子，被这些人看中……"

骊四从千舟沐和的行李箱中把一摞书和碟都搬了出来，打算放回架子上，一回身，才看见一直听着他们说话的流离，吓了一跳，手里的东西险些都掉在地上。"流离姑娘，你什么时候来的？"他心神未定地问。

"早就来了，"流离无辜地说，"而且千舟先生是正对着我的。"

骊四没好气地瞪了嬉皮笑脸的千舟沐和一眼，向梯子走去，千舟沐和连忙跟了上去，说："我来，你别累着，赶紧坐会儿，别再出什么问题……"

"我身体好得很，一丁点儿毛病都没有，"魉四不满地说，"回来后找达那拉医生看了好几回了，医院也去了两次，没检查出任何异常。"

他起死回生的事情是一个奇迹，是他们接二连三的灾难里，最无可比拟的恩赐。太难以置信了！那几天，轻葶总是会偷偷看他，就好像他会突然暴走发狂一样。不了解事情原委的人看见了，还以为是春心萌动的少女在暗恋这个魅力四射的男人呢。

他们刚从研究所逃出来时，在那辆造型夸张的蓝绿色小型巴士上，就连燧氪探长都主动拥抱了他。

在听说这件事时，达那拉医生曾经沉默良久，一言不发地为他做身体检查，可无论是心跳还是呼吸，每个指标都十分健康。那时候，千舟沐和简直紧张极了，每隔几分钟就会问魉四想不想喝水，有没有饿的感觉，还时不时地突然掐他一下，最终，换来魉四的一顿暴揍，他才老实下来。流离知道千舟沐和在担心什么，因为她也这样想过——魉四会不会是中了永生病毒呢？

如果他真的已经死了，但是只是因为永生病毒的缘故才活动起来，如果他只是一具行尸走肉，不出多久会再次倒地不起，永远离去，那又怎么办呢？

不过，流离实在想不出，他是如何才能感染上永生病毒的。他没有被注射过，是因为在小木屋火灾产生的有毒浓烟而"死亡"的，之后一直和千舟沐和在一起，直接被带去地下室。但让流离隐隐有些忧虑的是，第一次遇见果顼时，她狂性大发，抓烂过魉四的手腕——那伤疤如今完全愈合了。可是，根据研究所的资料，病毒的传播需要通过长长的针管直接注入脊髓的靶部位，不会通过血液传播。果顼的手上应该没有病毒，就算有，病毒也不会通过魉四的手腕进入脊髓的特定区域。魉四有疼痛感，有饥饿感，前两天还发烧了，这些都是那些被永生病毒激活的死人绝对不会有的特征。

"虽说如此，"千舟沐和对流离说，"研究所对永生病毒的研究也只是初期的，指不定有什么奇怪的特性没有发现呢。"

最后，达那拉医生只能提出一种解释——这很可能是一种假死现象。很久之前，医学还不发达的时候，有资料记载过一些以为病人死去将其活埋的事例。其实，病人还未脑死亡，只是处于一种严重的深昏迷状态，连心跳和呼吸都检测不到。

黀四的脑电图也很正常。而根据研究所的资料，死人依靠永生病毒活动，大脑的部分区域虽然被激活，但由于大部分脑细胞已经死亡，所获得的脑电图会与常人有很大区别。那些人，往往坚持不到三个月，就会彻底无法动弹，失去意识，变成一具真正的尸体。

盖布里尔就是在被运往江尋城警署的路途中，灵魂飞向了天堂。

那天夜里，他们先是路过十二乡，由于研究所的大部分工作人员都住在那里，想必早就听说了这场动乱。他们不清楚这些人有多大势力，不敢久留。储枫与爔氤探长这两个没有被抓住过的人先尝试着去了警署，果然，差点儿被强行扣留在那里。虽然他们已经表明自己是从研究所逃出来的，想要提供关于那边的命案、枪声，以及非法研究的线索，但五六个男人围过来，不由分说地要将他们戴上手铐，蒙上黑布，先关起来再说。这种对待犯人一样的方式，丝毫不是对待受害者或证人的态度。好在他们早有准备，还没等被抓住，就反应迅速地回击，储枫神奇戒指的强大磁力让手铐都弹飞了。他们强行跑回了在外面接应的车上，司机是千舟沐和，他一路开车狂奔，终于甩掉了后面追赶的人。

“我们是不是不应该跑呀。”轻葶忧虑地说，“是不是应该乖乖配合，提供证据？这样反而有理说不清了，真的连警方都要通缉我们了。”

“我不信任他们。”储枫说，“肯定早被渗透了，才会先想着捂住你的嘴再说，避免把消息泄露得人尽皆知。况且，我和溯都有些理由，不愿意和警方打交道，而这些人，”他指了指流离一行人，“我早就看出来了，也没有合法的身份。只有你能光明正大地进去，轻葶，可是我们怎么能让你一个小姑娘独自面对那些呢？”

流离想，聪明的储枫已经发现了他们的反常，但他依然什么都没说，因为他非常清楚什么事情是正确的，他信任他们，这让她心中暖暖的。这时，爔氤探长悠悠地说：“刚刚在警局里的时候，听到有窃窃私语的声音，说从斯若索石窟运出的尸体被直接送去了江尋城，可能是惊动了高层，所以下达的命令，并没有经过十二乡的警署。”

小巴车在狂风暴雨中，向着江尋城飞驰，在城市的灯火隐隐浮动在地平线上的时候，他们追上了运送尸体的车。不知为什么，车是停着的。这辆车的前面还有一辆白色的车。在远远地看见这两辆车时，千舟沐和早早就把车灯关掉了，慢悠悠地蹭了过去，大雨很好地掩盖了它的声音。看样子，有一帮人聚在前面，正交涉着什么。

储枫、轻葶、溯，三个人悄悄溜了过去，到了后车厢，只有盖布里尔的尸体在那里，其他人似乎都撑着伞下车去交谈了。他们到了盖布里尔身边，他头上的布依然盖着，三个人叫他的时候，他直挺挺地躺在那里，一动不动。

他真的死了。

轻葶的眼泪流到了学长溃烂的脸上，他摔得不成人形的身体也开始迅速腐烂，手上的伤疤出现了，胸口出现裂痕，这是永生病毒失去效用的显著特征。他在被抬到车上的时候，储枫确信他还是醒着的，透过白布的缝隙在看他，或许还有很多话想说，可是在这枯燥而漫长的道路上，他渐渐失去了意识。他们很难得地重新与他相遇，但却困于险境，没有机会聆听他最后的话语。他们记得，学长和学姐刚从学校出发、往这边旅行时，是无比兴奋和激动的，两人写了很多计划，没日没夜地商讨着，期盼得睡不着，并说会给他们带回礼物。那就像昨天发生的事一样清晰。而今，他的行李全都了无踪影，他瞒着贝蒂给她买的告白手链也了无踪影——那是在石窟里，跳下之前，盖布里尔对储枫提起的，还说他很想把它找回来。

在这个风雨呼啸的晚上，这个车厢就是孤独的灵堂，盖布里尔躺在中央，他的学弟学妹围在身边，发誓会将手链亲手送给贝蒂。雨水顺着他们湿淋淋的身体淌到车厢地上，这蔓延的水渍和污泥，是最后的、永久的告别。微弱的祷告声，在这震耳欲聋、雨雾连天的茫茫世界中，是多么的渺小。

流离想起了同样悲惨死去的果顷。生长在父亲醉醺醺的使唤中，她微笑阳光的外表下，是孤僻又脆弱的内心，白天在养老院辛勤地工作，晚上将真实的自己写进小说。为了让小说更真实而采访那些老人，却不想，踏入了深不可测的旋涡。

如果没有果顷，这个犯罪团伙的秘密将永远不见天日，会出现越来越多的受害者。如果没有盖布里尔，犯罪团伙的基地将永远成谜，不会将更多人引去。像是注定好的一般，原本不可能有交集的人，普通而平凡的人，在相同的痛苦中相遇，成为揭穿和毁掉这些阴谋和罪恶的最重要的两环。

他们都一样伟大。

然而，这复杂的案件牵扯颇多，庞大而丑陋的遮羞布还在拼命掩盖着。那些人半道拦截了未在十二乡停留的运尸车，确认了尸体已彻底死去，那些不可告人的罪行不会被戳破，才放心离去；宝城大学灵异社的官方账号发布的那段盖布里尔从高处摔下来的视频，不知道什么时候被删除了；任何关于研究所的报道以及命案的新闻，都被压住了。至少，公众媒体上看不到任何进展，很可能会一直拖到热度渐渐退去为止。

　　储枫只能用前些天刚向米杉学到的方式，查找警方关于这个案件的记录。令人惊异的是，有效的信息寥寥无几。可是他们确定当时警方已经闯入研究所，后来发生了什么？

　　经过不懈的努力，储枫找到了一段被隐藏的信息，他想办法恢复了其中的只言片语——那个建筑中布满毒气，走在前面的几名警员都昏了过去。排查后，发现源头在五楼，那里还有一堆尸体，不同程度地腐烂了，器官丢失。有一具尸体躺在手术台上，并未腐烂，腹部有新鲜的缝线；另外两具尸体，一男一女，在地下一层，被绑在一起。经研究，这种毒气可以阻碍神经信号的传递。

　　流离知道，这种毒气很可能会阻断永生病毒对神经的刺激。对方早就做好了准备，在逃离时将留在那里的实验对象全部处理，同时也赶去确认和处理盖布里尔的尸体。所有资料肯定也被带走了。她竟然这么天真，还幻想着让那些留存一丝意识的人，能再见亲人一面，结果，就连当时还尚未死去的人都一并被灭口。

　　"当时只有你们两个女孩子和溯在那里，溯也受了重伤，是没有办法将那个手术台上还没有遇害的人带走的，不要伤心……还有厨师和他的女朋友……我们在离开时该给他们松绑的，可是谁能想到那些人这么狠心？也不顾虑会不会伤及无辜……我们本来以为警方进入后，会将他们救出来的，不是吗？"千舟沐和安慰说。流离知道他也很难过。他们都很难过，就好像他们间接害死了那些人。好在安保人员当时为了找他们，踹开监控室的门，发现了那个被绑的人；在四楼晕倒的中年女人也醒过来逃走了。虽然这些人都是罪人，可如果被这样屠杀，该是多么残酷啊！

　　官方的信息只记载到这里。他们无法判断，是否是因为性质过于恶劣，而消除的证据又让调查举步维艰，一时间没办法解决，为了避免恐慌，才会这样，先暂时镇压，杜绝传播，降低影响。

他们依然处于敌人天罗地网的魔爪中，被严防死守，江寻城到处都是眼线，无法接近警署。在果断而迅速地从原先居住的酒店退房后，他们又换了两辆不起眼的黑色轿车，并将所有证据，包括壮汉司机的手机、被抓黑衣人的手机、在研究所拍摄的照片、人体交易名单等，匿名寄给了江寻城的警局。当然，留存了备份，以防这些线索石沉大海、杳无音信。

储枫本想邀请流离一行人一起前往宝城，先观测事态发展再说，那里距离首都也很近。不过，在这种风口浪尖的时候，火车站、机场和高速公路似乎都不太安全。流离在和其他三人商讨后，决定先将他们带去婆娑小镇。

盖布里尔和贝蒂，就是为了探索婆娑小镇的秘密而来到这里的，他们怀着热切的期盼和好奇心，却遭遇了不测。这是多么无奈的悲剧！这让流离无法再一味隐瞒自己的来历。千丝万缕的命运将他们连在一起，牵引着他们的意志和力量，这些人是值得信赖的。

这个消失了二十年的传说一样的地方，果然让储枫和轻荑惊喜不已，他们一进入镇子，就带着新奇的目光和无穷无尽的激情将每一个角落都逛了一遍，并发现，这里和储枫原先想象的那种原始部落完全大相径庭。不过，他们不得不尽量保持低调，避免引起注意。

溯表现得相对淡定。他的伤还未痊愈，所以显得病恹恹的。达那拉医生除了经常为骓四检查身体，也会帮溯疗伤。所以，骓四才会从闹鬼的老旅馆来到千舟沐和的音像店，因为达那拉医生在那里，似乎正在复查溯的病情。这位不苟言笑、看起来有些死板的医生，对于这些人的出现，并没有表现出太多惊讶。他只是用他一如既往的深邃眼神观察他们，但流离依然察觉到了微妙的不同。

达那拉医生在第一眼见到张储枫的时候，他的瞳孔微微地张大了，双手不由自主地抖动了一下，就好像它们会违背主人的命令，做出什么难以挽回的事。那似乎只是一种无意识的反应，没有人注意到，连他自己都毫无察觉。流离怀疑自己看错了。他们不可能认识。婆娑小镇封闭的时候，达那拉医生只有十三岁，而张储枫刚刚出生。

达那拉医生在第一眼见到溯的时候，他那平淡、沉闷、严肃的气息，似乎有一种说不上来的古怪变化，柔顺又黏滞，暧昧又狰狞。他凝视了溯许久，然后仔细检查了他的伤口。而溯只是一脸戒备地回望着他。流离想起刚与溯相识时，他也是这种警觉的状态，对每个人都有所提防，但这次，他似乎格外抵触而紧张。直到最后，达那拉医生用绷带将溯的手一圈圈地缠上时，说："很高兴认识你。我是小镇里的医生，煐·达那拉。"

他握住溯的手腕，叹了一口气，又说："真是伤痕累累的一双手呀。"


流离从阁楼出来，跑下楼梯，将昨晚买的梨装到了行李箱里——是那些红彤彤的杏干给她的灵感。当时，千舟沐和说："这可是咱们小镇里特产的新鲜的红杏，又大又甜，外面肯定没有卖的，但我就爱吃这个！"

千舟沐和还向她展示了自己的收藏室。除了刚从江峕城买回的物件，里面还放了很多其他风格迥异的东西，以及花花绿绿的明信片，看起来是从很多次旅行中收集、寄回的。流离这才知道，千舟沐和的父亲是一个风趣幽默、富有激情的探险家，很喜欢去各地旅行，经常带很多稀奇古怪、有纪念性的玩意儿回来。可惜的是，在他六岁时，父亲跟着一支船队去南极，发生意外去世了。所以千舟沐和小时候就向往着环游世界，虽然他想去永生岛，但那只不过是其中一站而已。他想收集世界的宝物，放在这意义非凡的房间里。

他意气风发地说："等下次回来，我会带回更多有趣的宝贝的！"

由于这次可能会离开很长时间，他和骊四打算去养老院看望奶奶，好让她不要担心。因此，流离独自离开了音像店。走到蔷薇小筑门前，她遇到了爔鼠探长。她正独自一人蹲在湖边，手中拿着一根小树枝，不知在泥土上画着什么，夕阳将她的影子拉得很长。

"你在做什么呢？"流离走到她身后，问道。

爔鼠探长没有回答，目光越过平静的蓝色水面，望向覆盖山体的绿色森林，在渐沉的落日下，那森林泛着一层暖融融的薄光。流离知道，果顷仅存的尸骨和她的母亲，就埋葬在那里。

刊登着果顷的连载小说的十一本杂志，和几页写满果顷笔迹的草稿纸，也与她们埋在一起。脆弱的纸张在微风与露水的浸润中，早与土壤融为一体，同她们不屈的生命，彻底归为尘土。

那份留在养老院的、没来得及寄出的草稿纸，写着小说原本的结局：她笔下那个出了车祸的女孩儿，躺在病房，做了一场孤单的美梦。其实，没有人看望她，没有人悔过。现实中，她就是梦里备受折磨的邻居女孩儿，生活在亲人的阴影中，心底渐渐被黑暗淹没。而她幻想出一个充满正义、积极向上、对罪恶绝不妥协的化身，训斥她，试图阻止她向深渊滑落。可那化身不知疾苦、光明磊落，如何能阻拦自卑、敏感、痛苦的她？她"看清"了真实的自己，在出院后，做出了和梦境中邻居女孩儿一样的选择，杀害了双亲，将他们变成玩偶。在她虚弱无多的最后时日，短暂地拥抱着虚假的幸福。

这份稿子，最终没能投出，杂志社联系不到她，只能擅自编写了风格不一的结局。

她的一生只留下这个拙劣的作品，最终获得了有限的读者的回报。燧氪探长难得地提起精神，根据果顷留下的线索，暂时拘押了养老院的护士。

并非父母双亡、有着少量社会关系的果顷，本不应成为犯罪团伙的目标。然而，她看到住在千舟奶奶的隔壁爷爷被护士带走后，在纸上记下了这件事，并跟了上去。这是她最后的笔记。因此，护士变得非常可疑。而且，护士是最有可能知晓养老院内老人肝脏的健康情况的；她也会知道哪些老人精神不太好，以便推托出老年痴呆症的说辞；在老人去世后，死亡情况和死亡信息也会由她给出。

这不是一部非常优秀的小说，但是，是果顷第一次尝试写作，她将全部心血倾注在了作品里，并为其付出了生命。在跟踪被带走的老人时，她甚至可能尝试过阻止，尝试过勇敢地保护那个老人，但是却被犯罪分子追击、抓走。那位爷爷只需要切除肝脏，在通道尚未关闭时就被送了回来；而果顷有价值的器官很多，她被留在了研究所里，经过了一个月，通道正好又一次开启时才逃回。逃走前，她将记忆中模模糊糊的路线透露给盖布里尔，让无数的机缘串联在一起。

她实现了她热爱的写作，并且，终于找到了她从小就失去的母亲。

流离总是会回想起梦里的果顷，鬼魂形态的、小女孩儿形态的，都在低声呜咽。或许人在死后，真的会受到灵魂的召唤和指引，"沉睡领土"被这电波影响，向流离传递着果顷内心的渴望。或许，果真就如弥留人间的设定，她会回到她最爱的人那里，正如所有失踪的老人被发现时，都徘徊在自家附近。果顷没有回家，没有回到养老院，却无意识地投入这片湖里。

蔷薇小筑内有一套潜水设备，储枫用它潜入了湖底，花费了十几个小时。他找到一具腐蚀的骨骼，燧氪探长在老旧的档案中翻找出果顷母亲的失踪记录，骨骼的衣物特征与她失踪时所穿衣物是相同的。

"你还会潜水呵。"爝鼠探长半睁着眼睛问。

"当然了,"储枫扬扬得意,"我四岁就学会潜水了。十六岁的时候,潜水深度就超过了我小叔叔保持的最深记录。不过后来,心脏病严重了,就再没做过。"

爝鼠探长停顿了一会儿,然后小声说:"不该让你下去的,抱歉。"

储枫耸了耸肩,无所谓地说:"没事,不是很深,而且从米杉先生家里找出的这套潜水设备,特别好,有些地方还改进了,我觉得没有那么难受。"

湖底果顷母亲的骨骼被找到,被带了出来,与果顷一同葬在湖对岸的森林。

流离将目光从湖对岸收回。爝鼠探长依然垂头丧气地蹲在那里,面前的地上有个方框,里面画着一个叉。于是,流离试探性地问:"这是什么?是……果顷姑娘的母亲?"

爝鼠探长点了点头。

"她为什么在湖底呢?"

"她可能就是在这里遇害的。"爝鼠探长指了指蔷薇小筑,她的声音很轻,流离险些没听清她说什么,"米店长来之前,湖边小屋是无人居住的。这是个古老、被遗忘的空房子。没人知道它的来历,没人知道它里面发生过什么……任何事都是可能的。"

流离想起她灰头土脸地从壁炉中爬出来,仿佛穿过异世的入口。可她从来没想过,那场梦为何会与壁炉中的火焰相连?米杉也是后来才迁居至此,住在里面,不过二十年,他知晓房子的一切吗?他能阅尽房子多年来累积的秘密吗?

"我翻了档案才知道,当时和她一起失踪的还有两个人,"爝鼠探长在方框里的叉旁边,又画了两个叉,"其中一个人,是被江晷城的警方找到的,但有些神经错乱。她的家人去接走了她,一起搬离了小镇,不知道现在在哪里。另一个人,记录相当少,连名字都没有,只提到说是她的儿子来报的案,但紧接着,没过一个小时,那位儿子的父亲就把他接走了,说她只是出镇去工作,孩子不知道而已。在那之后,没到一年,小镇就封闭了,也不知道她有没有及时回家。"

流离难过地低下头,说:"或许,'倏忽乱向'让很多家庭都支离破碎。米杉从没考虑这个。"

"我想，他以前非常可怕。"爔氤探长眯起眼睛，"隐约记得，我和骦四、千舟沐和那两个家伙，小时候见到他，都是很畏惧的。可是为什么他做的东西那么好吃？我们总来吃。也忘了什么时候开始，他柔和了不少，对我们也越来越纵容……后来我才意识到自己其实很庆幸。"

"怎么讲？"

"婆娑小镇以前不算一个特别安全的地方。小时候，我父亲是探长，非常忙，我在警署，耳边总有报案人的哭声，说他们的孩子丢了。那时候，我击打家里的沙袋、木桩、不倒翁，让自己变得很强大。虽然果顷姑娘的母亲是在镇子里被找到的，可其他失踪者，大部分是被拐走的。小镇与外界失去联络后，失踪案就几乎没有了。"

"如果能有两全其美的办法就好了。"

"不过，地处偏僻，也没通火车，这种现象不算很多。当年那个脸上有疤的人就被抓过，那个储物间曾经是关他的牢房，墙上的窟窿和通风管道的侧切口应该都是那时越狱留下的，后来就锁住废弃了，后人也不知道它是干什么的。没想到，他对这里这么执着，都过了二十年，又重新进来作恶。"

"所以，他是从记忆中的路线逃走的，加上有内应，才这么有恃无恐。"流离猜测，"不过，就这样死于自己人之手……算是罪有应得吗？我听说，这是海珂特探长干的，在他家里发现了氰化物，还有大量来源不明的现金。那三个罪犯就是因氰化物而死的。之前，你和骦四先生的咖啡里也有毒，后来咖啡在警署被调包了，对不？老人在失踪后，都是被海珂特探长找回来的。而且，据说在犯人逃走前，他还去过监控室，并把值班人员支开了，随后，越狱期间的录像被剪辑，数据也无法恢复……他被拘押了，人们都在传这些事，都在欢呼。"

"海珂特以前是我父亲的跟班，"爔氤探长笑了笑，"向来嚣张跋扈，确实得罪了不少人。"

"你们共事了很多年，你觉得他是冤枉的吗？"流离一针见血地问。

爔氤探长站了起来，两眼无神地目视着远方最后一抹霞光。当它被吞没的那一瞬间，硕大而皎白的圆月，连绵而墨黑的山丘，清晰地倒映在湖水中，仿佛她们的脚底是一个纯净而完整的泱泱世界。

"可能，是我低估他的本事了。"

来到蔷薇小筑后，流离只想着去使用"沉睡领土"。而此刻，她在整理了自己的笔记后，回想起爝氩探长所说的空房子，想起它包容的胃口和隐匿的玄机，因此，不由自主地向壁炉走去。

壁炉看起来朴实无华，非常老旧，还在使用木炭和柴火，拱形洞口内墙体都被熏成了黑色。流离钻了进去，想象着她刚刚来到这里的样子。那时，她浑浑噩噩，仿佛同火焰和烟灰一起飘浮在空中，仿佛阳光穿透了身体，伴随着灼烧一样的疼痛，骨骼在挣扎，血肉在凝固。当回忆起那些感觉时，她的心在慢慢冷下去，在失去的记忆中，有种本能的痛苦在不断向她发出喊叫声。她在茫然中，在壁炉内摸索，不小心压到一块砖石，正中的墙体竟然裂出一道缝隙。

然而，这并不是一个密道，缝隙背后只有个狭窄逼仄的小空间，恐怕仅能容纳一人蜷缩在里面。那甚至不能说是一个房间，更像一个草草掏出的洞，十分粗糙，墙面是掉渣的碎石砖土，裸露的电线从天花板伸出，落在地面上。流离无法想象这个洞和她能有什么关联。说不定，在很久以前，这只是房子主人用来藏东西的场所。

角落里有些看起来像小孩儿玩具一样破旧的东西。而在地面中间，有一个被细绳串起的吊坠，那是完全透明、空心的，水壶形油灯的形状，大小像一颗核桃。奇怪的是，它还很新，拂去灰尘后，充满质感的外壳晶莹透亮，似不属于这陈旧破败的地方。不知为什么，它的盖子是打开的，这让流离想到，莫非有神灵从小小的阿拉丁神灯里逃出？可如果是这样，它实现了谁的什么愿望？

捡起吊坠，将盖子扣好，流离把它挂在了脖子上。她不清楚米杉是否知道这块秘密的区域。很有可能，他从来没有对这个古老的房子一探究竟。他是个自负的人，只喜欢沉浸在自己的成就里，除了无穷的悔恨，他只对自己的智慧着迷——从柜台后面向里走，有一个通往地下室的楼梯，地下室里堆满了奇形怪状的机器，流离完全搞不明白它们都有什么功能，因此敬而远之；桌上和地上到处都是溶液、草纸、电线、零件。可以看出，米杉日常都在沉迷着什么。

在调查壁炉之前，流离去那里转了一圈，找到了几颗像弹珠一样的小圆球——那是由薄薄的橡胶裹住的"蔓莎海螺泪语"。流离只认识这个，它由引发幻觉的海螺毒液制成。只需要将它重重地摔在地上，它就会挥发，然后又在有限的范围液化，形成雾气。流离同时找到了解药制剂和迷你注射器，还有一台能制造出雷声光电效果的小机器，当初米杉在墓地救他们的时候，不知为何会使用它，难道它会加强幻觉效果？还是说米杉只是享受这种叱咤的感觉而已？总之，她将它们共同装在了行李箱里，就在鸭梨和一堆不成形的饼干旁边。

这堆饼干是流离突发奇想制作的，可她什么都不会。经过一番折腾，原本干净整洁的厨房，被火烧成了黑色，到处是干硬的面疙瘩和灭火器留下的泡沫、飞溅的油滴和满地的糖粉，还有一堆用了一半的餐碟。这些东西原样留在厨房里，流离觉得，有朝一日，米杉如果真的回来，看到这个，会被气疯的。

窗外的天蒙蒙亮了。流离从壁炉中钻出，洗了脸，换上了新衣服。拉着行李箱，她走出了蔷薇小筑，将门关紧，挂上了厚重的铁锁。这空空荡荡的咖啡厅，又重归寂静，盛开的蔷薇将它包围，一朵朵婀娜的身影，郁郁花香，沁人心脾，仿佛下一秒，就会有人将门窗开启，用咖啡和糕点的醇美甘甜与其遥相呼应。而此刻，它静静躺在蔷薇花的怀抱中心，等着那个时刻重新降临。

来到路上，水流离远远地看到了她的同伴们。她向他们跑去。骊四看起来精神饱满，神采奕奕，还对着流离挥了挥手，流离想，因为经常去山上打猎，他很习惯早起；喜欢晚起的千舟沐和意外地清醒，但他扛着一个硕大的行李箱，流离不知道在她走后又发生了什么，为什么昨天还尺寸正常的箱子，今天变成这样，她怀疑千舟沐和是否能够走完那段只能步行通过的山路；燼氪探长则意料之中地闭着眼睛一动不动，像雕像一样，流离觉得她很可能站着睡着了；花梨木轻萆是坐在地上打瞌睡的，头埋在抱膝的双臂里；张储枫还算正常，恋恋不舍地东张西望；溯一如既往的沉静，没有那么警惕，显得有些温和，外表已经完全看不出受过伤，偶尔会回应储枫的话语；焕·达那拉医生站在他们身后。

他们最后还是决定带上了达那拉医生，这也在一定程度上泄露了他们的秘密。但达那拉医生的医术非常高明，他们很可能会需要他。而且最重要的是，连消亡大陆的医生们都感到棘手的储枫的心脏病，在达那拉医生的针灸下，竟然得到了缓解，储枫减少了吃药的频率。这一点，储枫本人大为震撼、啧啧称奇。他本来抱着试一试的心态，凡是医生都会问问，没想到，在这消失了二十年的偏僻小镇，一个从未上过医科大学的私人医生，竟有如此不可思议的医术。而达那拉医生对于进出小镇这样惊天动地的消息，依然保持沉默不语、无动于衷，看不出他肃穆的眼镜背后真实的情绪。只是，在思索了良久后，他答应了他们的请求。

形态各异的一行八人，在藕荷色的天空下迎接朝阳。只是那时，谁也没有想到，这朝阳背后，是多么难以启齿、痛彻心扉的过往。初升的日光穿透了雾霭，也穿透了他们辽阔而陡峭的未来。

# 第二章
## 消亡大陆

# 01. 宝城大学杀人事件

以下是我的遗书：

我们班遭到了诅咒。

我是宝城大学文学系四年级一班的学生，名字叫祯。我有一个就读于同一所大学、读医学系三年级的弟弟，名字叫溯。从年初到现在，短短六个月内，在我的班级中，就有七个人遭遇不测。还有什么能够比诅咒的力量更为合理的解释呢？

最先遭遇不测的，是我的同班同学，盖布里尔、贝蒂两个人，在年初去江珥城旅游后失踪。到了四月份，我的弟弟和与他同一社团的两个同学也去了那里，我很担心他。可他似乎不领情，没打招呼就走了。自从四年前那件事，他一直对我很冷漠。难道他不知道我为他付出了多少？如果没有我，高中就辍学的他，能就读这么好的名牌大学吗？守护着共同秘密的我们，应该成为比现在更团结、更亲密的姐弟才对。

后来，我在灵异社的账号上，看到一个视频，内容是盖布里尔从斯若索石窟很高的地方跳了下来。这让我吓得够呛。他平时在我们班，十分热情开朗，为何会突然自寻短见？但评论里有人说他是被人推下来的，众说纷纭，我也不知道该相信哪个。我觉得视频肯定是弟弟他们拍摄的，因为他们恰巧也去了那里。可是没过多久，视频就不见了，人们开始怀疑这件事的真实性，毕竟，宝城大学灵异社这个账号，经常会发布一些玄之又玄的视频。

我也怀疑这是不是弟弟的恶作剧，于是打电话质问他，却被告知他会消失一个多月，让我不要联系他。我简直怒不可遏，为何他现在什么都不告诉我？小时候，是我一直在保护他，他什么都会跟我说，向我诉苦。可现在，他那让人可怜的阴沉气质减少了，有什么改变了他，把他从童年的阴影中拉出来。这样是不行的，像他现在这样倔强的样子，就不会再有人同情他了。罪魁祸首就是他的那两个同学。他们让他不再自闭了，我不再是他唯一的依靠。张储枫还好，他迟早也会成为我们的家人，我爱他，我们一定会在一起。让人讨厌的是花梨木轻葶，那个装模作样只会扮可爱的家伙，每天假装善良地去喂喂校园里的小动物，灵异探险的时候楚楚可怜地嘤嘤一叫，就会让成堆的男生迷得不行，前赴后继，连我弟弟也对她言听计从。他以前只听我的话，现在却被勾走了心智，变得不受我控制了，我爱的储枫似乎也很喜欢她。这次，肯定就是她怂恿这两个男生去江骉城的，美其名曰担心灵异社的前辈。我是失踪者的同班同学，我都不担心，她担心什么？肯定是为了满足她自己的假道德和虚荣心吧？如果有机会，我真想宰了她。

过后，我果然联系不上弟弟了。如果不是他事先跟我打过招呼，我急得都要报警了。在我和弟弟失去联络后，过了半个月左右，盖布里尔的尸体被送回给他的父母，大家都议论纷纷，听说，他是去城外探险时遭到了意外，具体什么意外不得而知，也可能只告诉了他的父母吧。很快就举办了葬礼，我也去参加了。那时，很多人都在哭，他的父母哭得尤为痛苦，他的人缘很好，同学们都很难过，于是我也想办法流下一些眼泪。我想起上一次和弟弟一起参加葬礼的时候，是送别我们的父母，我哭得很凶，泣不成声，弟弟却一滴眼泪都没有掉。别人都困惑地看着他，真让我恨铁不成钢！好在，那些人认为他可能因过度悲痛而处于无法接受现实的状态，这才让我们蒙混过关。

盖布里尔的行李也被找到，送了回来，他的行李里面，有给大家买的礼物，竟然有给我准备的一份！这是一个春日精灵的徽章，虽然很小，很不起眼，却是我从出生以来，除了爸爸给的糖之外，收到的第一份礼物。它来自我死去的同学之手，这次，我是真的有想哭的感觉了。我以为，从小到大，我的心已经麻木了。谢谢你，盖布里尔。还有一份礼物，是给贝蒂准备的，然而，贝蒂依然不知所踪。

如果仅仅是盖布里尔和贝蒂的事情，还不足以将其称为诅咒，不足以证明我们班级正被恶灵纠缠。然而很快，就发生了第二起事件。五月初的时候，班上的另一位同学，欧阳朱，喝农药自杀了。他自寒假结束从他的故乡岩城回来后，一直闷闷不乐，没想到突然就想不开。后来我打听了一下，原来，他的父亲在寒假时因心脏病去世了。母亲早逝，他们父子相依为命，然而，生死有命，这件事竟然会给他如此大的打击。他以前是个很得理不饶人的家伙，凡事都会据理力争，内心原来这么脆弱吗？

当然，这些事目前来看，都只是巧合，但我很担心自己会成为第四个受害者，因为从四月开始，我弟弟刚离开，我就发现，有人在跟踪我！

虽然曾有人在论坛上发帖说，校园里有个鬼鬼祟祟的人影，女生如果自习到很晚，从图书馆回寝室的路上，就会发现有人远远地跟着，但我一直不以为意，直到我亲身遇见。那天，我为了找工作的事情，一直在校园外奔波，回来后，穿过教学楼后的一条小路，却突然感到身后有人。我回头看去，一个身高不高但体格看起来很壮的男子在距离我不远的正后方，虽然是春天，他却穿得很厚，把自己裹得严严实实。我停了下来，他也停了下来；我向前走，他也向前走。这使我吓坏了！我不敢再回头看他是不是还跟着我，飞也似的跑回宿舍，几乎想立刻跟弟弟联系，让他来见我，然后，突然想起来他不在学校里。我几近崩溃，在宿舍中大哭起来，我的舍友们都来安慰我。可是她们能有什么用呢？我明明和弟弟约好的，有任何危险，我们都会一起面对，可他却不在我的身边！

舍友们对我说，可能是我神经过敏的老毛病犯了，因为我过去的经历，可能是创伤后应激障碍在作祟，让我不要多想，好好睡一觉就好。她们什么都不懂，我也什么都没和她们说，乖乖地喝了热牛奶，上床睡觉了。但我不相信那是我的妄想，不知为什么，我心里憋着一股火，为了证明自己是对的，我过了几天，再次在那个时间去走了那条路，果然，那个人还在那里！

这一次，他没有戴围巾把脸遮住，而是把围巾拉了下来，咧嘴向我笑。这种笑容我太熟悉了，十几年来一直刻在我的记忆深处。我再次尖叫起来，跑回宿舍。

我没敢再去那里，也压根没想过找老师或警卫，因为他们是不会解决任何问题的，幼儿园、小学、初中、高中，他们没有一次相信过我，没有一次帮助过我。我只能靠自己，靠我和我的弟弟。那段时间，我天还没黑就会回到宿舍，太远的面试也不去了。然而，有一天，我早上醒来，发现我的枕头边多出一张卡片，上面歪歪扭扭地写着一行字：你睡着的样子真美。

我怒不可遏地质问我的每一个舍友，到底是谁在做这样的恶作剧，可是她们全都否认了。这时，我发现宿舍的窗户是开着的。可昨晚我明明亲手把它关好了！又问了一圈后，小叶子承认，窗户确实是她睡觉前觉得有些闷而打开的，但是她并不知道卡片的事。

宿舍在二楼，我们的窗前还有一棵树，每到秋冬就会有很多乌鸦在外面叫，非常吵。但是，很有可能会有外人通过这棵树爬到我们宿舍。而且，我们的宿舍楼在校园的角落里，和街道只有一道墙相隔，鲜有人路过，相对来说很僻静。于是，我对另外三人千叮咛万嘱咐，晚上不要开窗。她们虽然以为这些神经兮兮的举动只是源于我的病情，但还算通情达理，纷纷同意了。

六月上旬的一天，我在半夜醒来，感到有人在抚摸我的头发。

我不敢睁眼，假装还在睡。他在我耳边说话，臭气随着呼吸冲进我的鼻腔，龌龊之语让我仿佛回到了童年。我假装动了动，做出要醒来的样子，那人便离开了。过了一会儿，我睁开眼睛，发现窗户是开着的，床边的梯子上有一个运动鞋踩出的鞋印。这让我再次发了脾气，舍友们纷纷被吵醒，这次，我对她们说了发生的事，她们看起来也很害怕，但是都不承认开了窗户。

经过检查后，原来是窗户的锁坏了。我误会她们了。我们叫了宿管阿姨请人把窗户修好，但那维修工要第二天才能来。那天晚上有七级大风，风声呼啸，像地府中的万千鬼魂在狂跑哭号，十分惨人，外面的树摇得很厉害，或许，条件这么恶劣，那人也不会过来了。我们安心了些，用强力胶带纸把窗户缝粘牢，便熄灯了。

但不知为什么，那天我久久无法入睡。到了后半夜，我听到窗户发出"吱嘎"的响声。

我猛地坐了起来，看到那人正从窗户里钻进来，手上拿着一把刀！我吓得大喊一声，从床上蹦了下来，差点儿把脚摔骨折了，但我顾不得疼痛，向外跑去，不知道为什么他没有追出来，也不知道为什么我的舍友们没有醒。其他宿舍的人都被吵醒了，围过来看，吓得魂不守舍，一时间，宿舍楼内鬼哭狼嚎——那疯子竟狂性大发，把我的舍友们都砍死了！

校园里的保安也被引来，这个人见状，破窗而逃。而后，警方也赶到了，我乖乖配合他们调查，把知道的事情全盘托出。他们并没有对我很严格，只是详细地问了事情的来龙去脉。还有老师、同学、心理医生等人，都和颜悦色地安慰我，给了我很多援助，甚至由于我近期一直在为找工作而苦恼的事，他们也为我安排了妥善的办法，这让我感到十分温暖。

六月末，弟弟回来了。他一见到我，就神色慌张地冲过来，紧紧地抱住我，不断地问我还好吗，有没有受伤。我感到他在发抖，他一定是看到了这个事件的新闻，当时这新闻很火，占据了各大头条。我更加欣慰了。看，他果然还很在乎我！

读到这里，流离想起他们刚从婆娑小镇出来的时候，为避免江寻城的眼线，于是直接驶往临近的合口城，计划从那里乘坐特快列车（无须证件和安检）前往宝城。她和储枫、溯、达那拉医生坐在前面的车里，只能由有驾照的储枫来开车，这引起他的不满。"你们一路都在睡，"储枫叫苦不迭地抱怨着，"本少爷为啥要遭这个罪呢？"

"换我开一会儿吧，"溯说，"前面不会有人查驾照的。"

换了司机后，储枫舒舒服服地靠在副驾驶，打开刚充满电的手机，想看看研究所的案件是否有什么进展，可是网上依然风平浪静，查不到半点消息。这让他们十分忧虑。难道，这件事就这么过去了？储枫正打算再黑进警方系统里看看，一则新闻的标题突然映入眼帘："警惕跟踪狂！半夜潜入女生宿舍，三人惨遭杀害！"

"溯……这不是你的姐姐吗？"

报道中所述的案件过程与情节，和遗书中所写的完全相同。流离看到溯的脸色"唰"地变得惨白，双手紧紧攥着方向盘，指甲发白，全身都散发着恐惧和痛苦的气息。流离很少在溯的身上看到这种脆弱的气质，他虽然不善言谈，像把自己缩在一层保护壳里，然而他是个很刚劲的人，打架时很拼命，不顾后果。此刻，却如此张皇失措。那毕竟是他的姐姐。

"不要着急，别开这么快，当心被抓到，耽误更久！"储枫抓着车窗上面的把手，心惊胆战地说，"祯小姐不是没有事吗？放心吧！"

达那拉医生坐在流离的旁边，凝视着溯的后脖颈，一言不发。

后面的车上坐着另外四人，只有轻荦有驾照，可以充当司机这个角色，她在开车时，一直小心翼翼地盯着路况，紧张兮兮的，并要求副驾驶的骊四帮她仔细盯着前后左右各个方位的情况，一有风吹草动就要及时提醒她。而后座上的两个人早就睡得昏天暗地了。这时，她看见前方的车速骤然加快，瞬间不见踪影，不禁感到莫名其妙。她的手机响了，骊四帮她读了储枫发来的信息。

"他们几个要赶合口城去往宝城时间最近的一班火车；而依照咱们这辆车的速度，恐怕只能在合口城睡一宿，乘坐明天的车再去了。"鼹四说。

溯确实很在乎祯，流离不明白为什么遗书里写着，溯对祯很冷漠。当时，溯一回到学校，就飞奔到姐姐身边，看起来很慌张，确认了姐姐没事后，寸步不离地守在姐姐身边。这怎么会是排斥呢？

不过，眼前这位女子确实给人一种纤弱可怜、敏感多疑的感觉。她和溯长得一点儿都不像，身材有些瘦小，弟弟紧张的反应似乎让她十分满意。她看到了同行而来的储枫后，扑到他的怀里就开始哭泣，而储枫只能尴尬地拍着她的肩膀安慰她。她对于一同到来的流离和达那拉医生似乎有些反感和敌意，但并没有说什么。

"姐姐，"溯把她拉开，直言不讳地说，"别哭了，储枫他不喜欢这样。"

祯看起来很生气，开始对溯发脾气："你这个没良心的东西，从小到大，我救了你多少次？为什么你就不知道帮我？为什么总和我对着干呢？"

"你现在住在哪里？"溯似乎习惯了这种指责，轻描淡写地把话题岔了过去，"那个人还没被抓到吧？这不是依然很危险吗？"

"我现在住在研究生宿舍里，"祯高兴了些，"毕业典礼已经结束，很多毕业生都离校了，那栋楼里的房间基本都空出来了。因为安全管理严重失误，学校备受舆论压力，会全额资助我读研的！当然，安全设施也加强了，随处可见报警按钮呢。"

沉默了一会儿，溯说："你不是不够保研资格嘛，而且名额也满了。"

"小叶子死了，正好空出来一个名额！"

流离看到溯的拳头攥紧了。许久，他说："姐姐，如果再有危险，就打电话叫我，这一回，我会随时保护你的。"

那几天，流离一直住在租赁的别墅中，查找关于这个案件、研究所事件、消亡大陆、永生岛、二十年前重大事件的各种资料。别墅就位于学校旁，所以流离偶尔也会借学生证前往学校的图书馆。她会拉着不情不愿的爣氪探长一起去，因为她根本指望不上其他人——鼹四和千舟沐和大部分时间都花在别墅里的最新世代的电子游戏机上；三位学生打算先参加期末考试，他们耽误了很多课，正没日没夜地复习；达那拉医生喜欢把自己关在房间里，偶尔也会出门，不知在研究什么。

"看这里，那个跟踪狂已经被发现了，可惜，已经变成一具尸体。"流离指着报纸上的新闻说。此时已至傍晚，她们走在校园中。

爝氪探长借着路灯的光，看着流离手中的报纸说："是在学校附近的运河里被捞起来的。祯小姐也确认了他的样貌。初步判断是溺死，推测可能是逃跑的时候过于慌张，失足落水。在河里也发现了那把刀。不过，似乎存在一些疑点，警方决定对这具尸体进行进一步的解剖呢。"

"真负责。相比之下，为何盖布里尔的案件迟迟没有进展呢？储枫在江晸城警署的系统中，并没有发现进一步的情况，跟研究所有关的消息依然严密封锁。"

"不同城市的警署也是不同的。"说着，爝氪探长停住了脚步，转过头看了看西南角落的宿舍楼，她们距那里不远。"要不，去看看？"她提议。

这让流离十分惊喜，爝氪探长竟然会有这种"闲情雅致"？她们来到相应位置，由于案件的缘故，且正值期末，这里目前空无一人。爝氪探长带上了随身携带的手套和脚套，从旁边的树上，三下五除二便轻松跃上二楼命案寝室的窗台，这一套流程熟练至极，流离站在外面，大气不敢喘，战战兢兢地看着四周，生怕被人发现。

爝氪探长在里面逛了一圈。现场基本还保持原样，可能要等到结案后才允许清理。她仔细看了看血迹，它们基本集中在床单上，以及在床边墙上呈喷射状。她回到窗边后，又俯身仔细看了看窗框边缘。

"您可吓死我了。"见到爝氪探长跳了下来，流离赶紧迎了上去，"被别人看见了怎么办？可是要被当作嫌疑人抓走的！"

"找到了久违的感觉啊。"爝氪探长耸了耸肩，"以前我总会这样做。"

您是警探还是盗贼？流离郁闷地想。

"那三人都没尝试过逃跑。"话锋一转，爝氪探长难得一见地严肃起来，"都是在自己的床上被砍死的。她们躺在不同的床上，在跟踪狂攻击其他人时，都没被吵醒，像待宰的羔羊一样，一个接着一个被杀，都没挣扎。"

"这也太诡异了！"

"还有一件事，"爝氪探长说，"封住窗户的胶带纸，贴了很多层，粘得非

 世若花囚

常牢，刀从缝隙把它们割断了。宿舍楼比较老，刀刃确实可以从窗缝伸进来。可是，根据切口方向，它是从里面被切开的。"

流离感到一阵惊悚的战栗。难道，是有人从里面打开了窗户，将跟踪狂放了进去？可她为何要这么做？

"既然如此，再请探长大人帮忙去饮水机采个样吧。"突然，她们的身后传来一个冷淡的声音，把流离吓了一跳——达那拉医生从树后面走了出来，递出一个离心管。他是什么时候来到这里的？

燃氩探长倒没说什么，再次跳了上去，取了一管水递给达那拉。

第二天下午，流离遇见了轻葶，她是最先考完试的。她们一起从盖布里尔的家人手中，拿到了那条给贝蒂买的手链。它美极了，柔软的金色链子上，挂着红色与紫色的雪花。

"如果找到了贝蒂学姐，我们会代替学长把链子送给她的。"轻葶对盖布里尔的父母说。

"溯呢？"回到校园后，流离问，"他的最后一门考试应该也结束了吧。"

"他和他姐姐在一起。"轻葶叹了口气，并把手上的火腿肠喂给校园里的小猫咪，"如果他决定陪在姐姐身边，很可能就不会一起去永生岛了。"

"他们的感情真好。"

谁知，轻葶惆怅地皱起眉头："可是，溯从来没表现出来过。我一直以为，他不爱他的姐姐，甚至非常抵触她。他总是在回避提到她，每次遇见，他总想立刻离开。但祯小姐却无比依赖弟弟，总是主动去找溯，她让我们都觉得溯很亏欠她。"

"这是多么奇怪的关系呀！看来，有解不开的心结呢。"

轻葶将最后一截火腿肠放在了地上，双手捂住了脸庞说："我只知道，溯十七岁时，父母都被歹徒杀害了。现场惨不忍睹，引起了社会的广泛关注，当时，那是个轰动的大新闻。他们姐弟侥幸逃脱，由于还未成年，祯小姐被慈善机构资助就读这所大学，而溯在读完高中后，也来到这里就读。"

流离敏锐地感觉到，这个故事听起来有些熟悉。它和现在所发生的事情脉络是何其相似呀！

"刚遇见溯时，他像个刺猬一样，谁都无法靠近，从不主动和人说话。我从

第二章 消亡大陆

未见过那样让人想哭的眼神。可有一天，他勇敢地救了我。"轻葶的语调有些颤抖，"正是因此，我们才相识。祯小姐向别人讲述她父母被害的悲惨遭遇，那残暴的歹徒是多么可怕。那时，我们都很同情她。可溯对我说……"

"说什么？"

"不要相信她的谎言。"

经过进一步的尸检，确认跟踪狂确实为溺毙，但在溺水前，他曾出现呼吸衰竭的迹象。他是由于病情发作，才会掉入运河中。尚不清楚他是否曾有相关疾病史，但警方怀疑，这呼吸衰竭来源于河豚毒素。河豚毒素致死量少，检测难度大，因此还不能确定。

媒体的风向已经转变，各种猜测纷纷涌出。有人认为是犯人作案前误食，有人认为是犯人作案后自尽，也有人把矛头指向唯一的幸存者，指责与质问层出不穷。这时，流离遇见了达那拉医生，于是问："医生，您为何要了一杯水呢？"

"因为没有人在逃。"达那拉医生语调平淡地说，"这让我感到好奇。我刚刚检测出，水中有安眠药的成分。"

这一项项令人心惊的事实摆在眼前，让流离应接不暇。这场凶杀案的背后，似乎隐藏着惊天动地的玄机，并不像表面一样简单。她不愿做最坏的猜测，她能看出，祯小姐真的发生事故时，溯是由衷地着急。

然而，正当迷雾重重之时，他们却收到了祯小姐寄来的一封信，信的开头赫然几个大字：以下是我的遗书。

那时，由于没有更明确的线索和更直接的证据，案件迟迟无法取得进展，陷入困境，警方完全没有披露有关安眠药的事情，不清楚他们是否做过检测，祯小姐也并没有被列为嫌疑人。她很快就可以继续受到学校的资助，攻读硕士学位，前途一片光明。这样的人，为何突然做出如此举动？

回忆至此，流离继续往下读着这份遗书：

……这就是这场诅咒中，第四、五、六位受害者。接下来，我会开始讲述第七位受害者。

和弟弟一起回来的，除了社团的两个同学，还有他新认识的朋友。他究竟去了哪里？为何会交到这么多朋友？从小，他封闭自己，是我拼命地融入集体，伪装成一个正常人。但此刻，他跑在了我前面。他们聚在一起，为共同的目标努力着。

　　我承认，我在嫉妒。我偷偷跟去了他们租的别墅，看弟弟都在做些什么。期末考试都已经结束了，张储枫在电脑前忙碌些什么，我看见他将一张张可怕的照片用一种特殊的方式传给位于首都的最高权力机构，并在网上进行揭发。细问之下，我才知道，原来，这段时间，弟弟他们发现了一个犯罪团伙。这个犯罪团伙何其可怕！手眼通天。闹出那么大的动静，居然没走漏一丝风声。

　　可听弟弟对我描述他们的罪行，我的内心却毫无波动。

　　这个世界不是本来就这么黑暗吗？

　　如果不是这样，为何我们会在那样的痛苦中长大？为何没有任何人，给予我们一丝施舍？为何我们需要用罪恶去掩盖罪恶，才能骗到别人虚假的善意呢？弟弟，你都忘了吗？

　　我回到了宿舍。果然，这件事发酵得很快，迅速超过了关于我的新闻的热度。这些爆料是删不掉的，也查不到揭发人是谁，那些犯罪分子和他们的庇护伞一定非常慌张。我不清楚张储枫到底是怎么做的，他在计算机这方面一直很有天分。我想，就算他这半年缺了很多课，期末考试也会是满分，而我弟弟恐怕要挂科了。他本来就没多少基础，是我用我们的悲惨经历向校方施压，逼他们非录取他不可。

　　很快，就有更高级别的长官，命令彻查了那片区域，人体实验的研究所被公之于众，那边的很多官员也被立案调查。当然，很多人仍出逃在外，想要彻底解决他们，绝非一朝一夕的事。不过，被烧毁的、器官残缺的尸体，还有被卖走的人，都根据名单，尽可能确认了身份。受害者的家属痛哭流涕。不过，弟弟所说的病毒，在研究所里并未搜出。如果是像他们所说，那病毒如此娇贵，很可能早就见光灭亡了。

　　看着弟弟他们为此努力的身影，我深深地羡慕。小的时候，怎么就没有像他们这样的正义之士出现在我的生命里？怎么就没有像张储枫一样的白马王子把我救出来呢？

　　如果我是一个正常的人，他的聪明正直会是我爱他的原因之一。很可惜，我不是，我并没有为此动心。我爱的只有他的钱。虽然我不知道他来自哪里，但他的举手投足都很贵气，我知道他一定很有钱。我这么穷苦，这么可怜，如果他同情我，接受我，那我一生就不必再受罪了。

我之所以现在会把我的实际意图如此坦率地写出来，是因为，再隐瞒也毫无意义。我愿意让这个被我纠缠了三年的人看清真实的我。我知道，我已经完了，很快就会死去。

我开始频繁地看见一盒药。

双生药厂，安钍素片。

它是一盒再普通不过的安眠药，对我来说，却意义非凡。它是我的天使，这一年，我曾无数次地用它进入睡眠，摆脱过去所带来的一场场可怕的梦魇；它又是我的魔鬼，将那个渴望用不正当的方式获取利益的我，引入万劫不复的深渊。

这几天，无论我走到哪里，这盒药总会出现在我的视线中，甚至浮在半空。可是，这怎么可能？有一次，我在食堂看见它，方方正正地摆在我的面前。这让我惊叫出声，猛地站了起来，感到一阵眩晕。别的同学都被我的一惊一乍吸引了目光，可这时，当我的眩晕感过去，眼前的药却不见了。类似的事情发生了很多次，每次，我都表现得像个疯子，周围的人离我更远了；我像个瘟神，人人唯恐避之不及。

是她们来索命了吗？

我失声痛哭，恳求她们原谅我。等我死后，她们还会接纳我吗？还会像以前一样，在我生病的时候帮我打饭回来，在我生日的时候为我买蛋糕唱歌吗？我一直在羡慕弟弟，可是，是我主动拒绝着别人的好意。当我面对危险时，我以为，只有这样做，我才能解脱，才能变得安全，也会获得我想要的，就和之前那次一样，不是吗？

不，不是，这次不一样。

她们不是我们的父母，她们是好人。

那些药片依然无时无刻不出现在我身边，我快被逼疯了。我追着它们，差点儿从天台上掉下去。当我回过神来，我看见自己正在寝室里，手边有一盒拆开的安钍素片，还有一颗糖。

我听到了一个温柔的声音，他问我："你是怎么做的？"

我就像做梦一样，拿起那颗糖，将它含进嘴里。

我说："我就是这样做的。"

凶案的前一天，真实情况是，跟踪狂闯入我的寝室时，发现我醒了。他捂住我的口鼻，掐着我的脖子。我只有拼命求他，艰难地对他说，我不会告发他的。我让他相信，我是喜欢他的，并承诺，让他第二天再来，我会做好准备再跟他出去。然后，我看着他跑掉，才开始大喊大叫。

那时，我所有的恐惧都是真的，我带着真情实感，对别人哭诉，将跟踪狂的事情宣传得人尽皆知。我说我一醒来，跟踪狂就跑了。一旦发生危险，每个人都会在第一时间想到，是那个跟踪狂干的。我不指望那些听我故事的人能保护我，我需要靠自己，彻底把跟踪狂除掉。临近傍晚，我将安钛素片放入饮水机中，看着舍友们喝了下去。她们很快睡着了。而我用一把刀将我们刚刚封好的胶带，沿着窗户割了下去，然后，就坐在椅子上等着。

他果然来了。那时，我将手中的糖递了过去。

"给你糖。"

说出这句话时，我胃里都在作呕。我终究说出了这句，和那个最恶心的家伙所说的相同的话。弟弟，记得吗？每次父亲在侵犯我们之前，都会掏出一颗花花绿绿的水果糖，并对我们说：

"给你糖。"

跟踪狂吃了下去，我将刀塞到了他的手里，转身跑出了寝室。

他发疯似的追我，而我拼命堵住了门。怒不可遏的他开始在里面屠杀，而我知道他会这样做。他昨天就想杀了我！我不想死，只能让别人代替我去死！他是个狂暴的人，被欺骗的怒火得不到释放，做出过激的举动也不为奇。

这时，我才去叫人，大吵大嚷让所有人都听见，逼他逃走。当糖融化后，糖心的高纯度河豚毒素会把他灭口，这个变态会在路上窒息而亡，这种毒素也很难被检测到，很可能会和呼吸系统的疾病混淆。这样，我就永远安全了！同时，我还会获得所有人的同情，只有当这种时候，他们才会对我格外好；舍友们什么都不知道，不会恰巧醒来发现我做的这些事，也就不会泄漏我的秘密；空出的保研名额正好会落到我身上，我不用再每天辛苦地找工作了……

当我把事情的真相写出来，我发现，我的心情变得无比舒畅。因为，我终于不用再伪装了。我所说的第七位受害者，就是我自己。在我所吃下的这颗含有河豚毒素的糖彻底融化前，我选择把这份遗书寄给你，弟弟。是我对不起你。

在我孤苦无依的时候，你的母亲带着你，嫁给了我的父亲，那时我甚至有些欣喜，因为我再也不用独自承受折磨。我总对你说，是我护着你，但实际上，是你陪伴了我。你如此年幼，在懵懂无知的时期来到这里，父亲对你产生新鲜感，让我短暂地得以喘息。而继母性格懦弱，不敢反抗，睁一只眼闭一只眼，你就这样落入父亲的魔掌中。

我们都是被这个社会遗弃的孩子。父亲在外面，是一个慈眉善目的老好人，继母也帮着他，没有人会倾听我们这些"坏孩子"的一派胡言。那时，我觉得，只要我们在一起，任何困难都能面对。后来，我开始保护你，其实是因为内心深处，怕你会丢下我。直到四年前的那一天，我在你面前杀了父母，将现场布置成入室抢劫的样子。那时，我跪在楼梯下，仰头望着你，对你说：

"弟弟，我们终于解脱了。"

所有人都开始关爱我们，把我们当成精神受了刺激、父母双亡的可怜人。那感觉为何如此美妙呢？我拉着你，汲取这种畸形的养分，以为用这种方式活着才是正确的，才会获得幸福，最终，酿成如今的惨祸。

当你进入这充满青春活力的学校，有了自己的朋友，你开始看到，世界不是那样的，不像你从小经历的那般黑暗，不像你所生长的地方那般丑恶。不只姐姐爱你，你的朋友也在爱你。你摆脱了我们共同承担的过去，笑容变得更多。然而，在这个过程中，我一直要求你回报我。那对你来说，一定是非常沉重的负担吧？不知不觉中，我成了你新的枷锁。

我知道，并不是你改变了，你从来都是这样温暖的人。你曾张开小小的双手，挡在我面前，你也一定会为了朋友不顾一切。我想，那就是他们爱你的原因。

濒死的时候，我才真正看清这些，这是多么讽刺的事情。可惜，一切都来不及了。恶贯满盈的我，居然会萌生赎罪的念头，了结自己的生命。难道，这还不是中了诅咒？希望在我死后，我们的班级不会再有新的悲伤出现。希望你和你的朋友，会一生幸福快乐。就让我，为这个诅咒画上句号吧。

祯

××××年××月××日


溯发出一声悲戚的哀嚎，从别墅冲了出去。

其他人跟在他的后面。

祯的寝室只有她一个人，倒在地上，双目半睁着，夏季的蚊虫落在她的眼睛上。溯呆呆地站在她身旁，"扑通"一声跪了下去，抱住了她的尸体，无声地痛哭起来。

储枫和轻葶跪在他的身后，充满哀怜地拍着他的后背，轻轻地安慰他。

"我一直躲着她，是因为我在躲着我过去的噩梦，也躲着她沾满鲜血的手。"溯哽咽地说，"我知道她是个满嘴谎言的人，但我从来没有责怪过她。"

"我知道，我们知道的。"轻葶趴在他身边，抚摸着他的头发，难过地说。

"在我们不见天日的童年，我们只有彼此，相互扶持着长大。小时候，姐姐对我说，'我们应该是永远的家人，只有我们两个在一起，才能对抗这世间种种的危难'。她说这话的时候，是那么坚强、那么高大。她做到了，她一直在保护我。然而，在她需要我的时候，她只有孤身一人，关键时刻，我却不在这里。如果她在遇到危险的时候，被跟踪狂盯上的时候，我就在身边，是不是就能阻止她，一切是不是就不同了？"

"这不是你的错。"储枫愧疚地说，"是我们要拉着你的。"

溯摇了摇头。"谁也不会想到，会发生这些。那时，你们想让我散散心，我是知道的。"他说，"是我一直在逃避。"

说到这里，他抿起了嘴，再也无法言语。这份遗书唤起他的记忆，他开始真正地面对那些事实，父亲残暴的笑容、每一次给的糖，都是污秽不堪的。当姐姐再遇见跟踪狂这种变态的行为时，会有多么害怕，行为会多么疯狂。不是为姐姐开脱，他一直厌恶着姐姐在这种环境中所衍生出的新的罪恶，她的舍友们又何其无辜啊！然而，他却无法责怪她。

她已经醒悟了，以这种方式坦白，付出了自己的生命。溯在那一刻甚至延伸出一种奇怪的想法：这或许是姐姐最好的结局。

而他的朋友们抱着他，丝毫没有嫌弃。自己又是多么的幸运。

流离默默地在心中哀悼着，转过头，看见燧氤探长正盯着书桌。她拿起书桌上拆开的药盒看了看，又去柜子里翻了翻。流离凑过去，小声地问："怎么了？你在找什么？"

"祯小姐的柜子里还有两盒这种药。"燧氤探长说。

"这很正常吧，毕竟她一直在忍受失眠的困扰。"

燧氤探长撇了撇嘴，无所谓地说："可能吧。不过，桌上这盒药，生产批次

第二章 消亡大陆

是最新的，应该是不久前刚买的，而柜子里的药，买了有一段时间了，没有超过保质期。"

"那祯小姐为何刻意新买一盒呢？"流离感到了困惑，"遗书中说，药和糖就摆在她的面前。我觉得是她精神压力过大，忍受不了良心的谴责，才会出现幻觉自杀的。她是一早就制造了两颗内含河豚毒素的糖吗？"

"这也并非不可能的。"爝氤探长深深叹了口气，"她一直精神不太正常，也有自残倾向。正好备了两颗毒药，以防万一，也说得过去。"

"糖要等到溶化到里面时，才会吃到毒药，你知道我想起什么吗？"流离说，"当时，我们最先抓到的那三名犯罪分子，死在了走出小镇的洞穴隧道里。他们也是中了剧毒。会不会是事先吃了含有剧毒的胶囊呢？有些胶囊在肠道内，最长四到五小时溶解都是可能的吧？"

"有道理。"爝氤探长摸着下巴，"可他们为什么要吃胶囊？"

"这……我就不知道了。"

"和祯小姐新买的药一样，令人费解啊！"

"这件事，总觉得还有些说不通的疑问呢。"流离喃喃自语着。她看着寝室中的其他人，而那些人并没有注意到她和爝氤探长的小动作，也没有理会她们的窃窃私语。连一向喜欢隐在角落默默观察的达那拉医生都没看她们，他正单腿跪在溯的正前方，看着溯泪流满面的脸，轻声问道："阿溯，你有吃过安钍素片吗？"

"没有，虽然姐姐失眠会吃，也向我推荐过，但我不想吃药。"溯闷闷地说。

是错觉吗？流离觉得，医生看起来松了一口气。

"那就好。"他说。

# 02. 犬熔镇山神传说事件

流离一行人来到了犬熔镇。

犬熔镇隶属岩城，位于山势起伏、郁郁葱葱的河谷盆地中，房屋古朴雅致，山脚下有大片田野。在犬熔镇的周围分布着三座大山，偶尔有人会手持木棒，脚着凉鞋，头戴草帽，身穿蓑衣，在山路上徒步行走。山中有一个山神雕像。徒步者凡路过那里，都会叩首祭拜。

那就是犬熔镇的山神，在宝城大学灵异社的十大灵异传说中榜上有名。各地有自己的风俗和迷信，这点本不惊奇。此地也是同样，有关山神的传说自古有之，据说，它体格巨大，四肢健壮，似犬形，全身为燃烧的红棕色，会保佑小镇土壤肥沃、风调雨顺、庄稼丰收。然而，灵异社之所以会把其列为怪奇之象，是因为从十几年前开始，这里开始频繁地传出目击山神的新闻。

它会将踩踏庄稼的野猪吃掉，也会将走失的小孩儿送回家中。原本早已淡化的传说，再次在镇子的居民中掀起口口相传的热潮，人们纷纷前往废弃破旧的山中雕像那里，供奉家中的食物，祈求山神能够保佑自己和家人安居乐业、平安健康。

"如果能拍到山神的录像，那我们的粉丝又要暴涨了。"花梨木轻葶坐在温馨而惬意的小面馆中，翻着自己的手机说。小面馆背靠一片竹林，内部干净整洁，她的面前摆着刚刚端上来的山药香菇面，热气腾腾，但她无暇顾及。而桌面上还摆着鸡肉沙拉、山间野菜、炖鲜鱼，看起来十分诱人，让人食欲大增。

“昨天刚刚发到网上的闹鬼旅馆的视频，点击率就很高。”张储枫优雅地喝了一口汤，“只是他们都不知道那是在婆娑小镇拍摄的呢！否则点击率肯定还会翻倍的。”

“真的吗？让我们也看看嘛！”千舟沐和说着，拿过手机，流离和鱦四也凑上去观看起来。视频是以第一视角拍摄的，只见气氛渲染得十分诡异，厚重而压抑的黑窗帘让旅馆内密不见光，幽暗潮湿的走廊上结满了蜘蛛网，在无人的地方会出现莫名其妙的影子，偶尔墙内还会传来莫名的响声，像石子坠入荷塘中发出的声音一样。视频的最后，镜头转了过来，三人的脸出现在屏幕上，还有一个佝偻老妪和身穿白大褂的人的身影，就站在他们身后远远的角落里，留下毛骨悚然的悬念，使这个收尾变得更加神秘而恐怖。

“这不就是旅馆主人老婆婆和达那拉医生吗？”鱦四嗤之以鼻，“那天我去找医生的时候，他就在旅馆，最后一次给溯换药，不是吗？”

“鱦四先生一点儿都不浪漫呢，”轻葶不满地嘁起嘴，“老婆婆和医生都是很好的恐怖元素哦，尤其是这种模糊不清的焦距。我们发现最后的镜头正好不小心拍到他们，就赶紧利用起来了。”

“这和浪漫有什么关系，”鱦四吃了一口煎饺，含糊不清地说，“我这是实事求是而已。这些不过是骗小孩子的，未知的东西才最可怕。”

“所有事物在知晓真相前都是未知的。”轻葶很有哲理地说，“所以这次，我们一定要拍到传说中的山神。这样的话，又有一个谜题在我们手上被破解啦！”

“虽然有很多目击报告，不过，不是一次都没被人拍摄到吗？”鱦四毫不留情地泼下一盆冷水，“有人甚至在山中雕像旁设置了摄像头，最后发现消失的食物只是被普通的动物叼走了，而非山神吃掉的。后来，摄像头不知道被谁破坏了，录像也遗失了。这种情况下，感觉很难拍摄到所谓的山神……”

“鱦四君说得对。”千舟沐和连连附和。

“你除了会说‘鱦四君说得对’，还会说什么？”轻葶勃然大怒。

“本来这就是实话嘛，”千舟沐和不以为意，“鱦四君在我眼里，就是完美的。”

“没你的事！”鱦四和轻葶异口同声地对千舟沐和怒吼。

千舟沐和看起来委屈极了。

"唉，现在的年轻人啊，真是沉不住气。"储枫故作老成地在旁边摇头。

"恕我直言，您老人家是这些人里面年龄最小的。"溯低声提醒道，他的精气神已经有所恢复，今天的胃口很好，甚至开始吃第二碗面，"生日比我和轻荸都晚。"

相比之下，达那拉医生没吃多少东西。他只吃了一份清淡的凉拌荞麦面，便默默放下了筷子，保持着他若有所思、沉默寡言的常态，起身走出面馆，很快便不见身影。流离想，他可能先回旅舍了，就像燼氤探长一样，也是先走了。他们落脚的旅舍，位于小镇边缘处的山坡上，有着充满艺术气息的庭院与画廊。夜深人静的时候，会听到溪流的潺潺水声。店主是一个和善的中年大叔，而他二十岁左右的儿子，可能是身为艺术家的缘故，有些忧郁的气质，画廊上的画有很多是他本人所作。

回过头，流离发现，溯正聚精会神地盯着医生背影消失的方向。

"说起来，储枫，你的身体还好吗？"流离担忧地问，"刚才发作的时候，看起来有些可怕啊。"

"完全不需要担心，只要吃了药就没事了。"储枫神清气爽地捋了捋头发，"而且达那拉医生又为我做了一次针灸，我觉得身体状态要比之前轻松很多。啊！真不可思议啊！这段时间，因为达那拉医生的定期治疗，我的发作频次少了很多，而且发作时，也不那么难受了。以前的我真的无法想象，消亡大陆会有如此神奇的医术。永生岛还在恬不知耻地宣传他们的手术才是一劳永逸解决病痛的最好方式呢！当然，大多数人都信他们。可是，这种厉害的秘方似乎很少有人知道啊。如果我能彻底痊愈就好了。犬熔镇不是有个传说中的老神医吗？会不会比达那拉医生更厉害呢？"

在前往永生岛的途中，他们经过这里，在此留宿几晚。究其原因，除了想探究山神的踪影，还有就是，犬熔镇有一个传说中的老神医，对于治疗心脏病独有一套方法，据官方记载，犬熔镇及周边地区的心脏病治愈率比其他地区都高。是的，并非缓解，而是真正的治愈。然而，老神医性情怪僻，他十分神秘，深宅重重落锁，拒绝任何照片和录影，医术绝不外传，求医者是否能得到救助也全凭他的心情。因此，很多人对老神医存在的真实性保持怀疑，关于其事迹的传播很少，小镇以外的大部分人甚至压根没听过他。

吃完饭后，储枫、轻葶、溯三人前去寻访老神医，而流离与魖四、千舟沐和三人，回到了旅舍。刚一到旅舍，就见到了店主大叔慌张而哭丧的脸。

"老板，您怎么了？发生了什么？"流离关切地问。

而店主大叔无比焦虑地摇着头，焦急地说："我儿子从昨晚出门，到现在都没有回来，手机也联系不上他，我实在是太担心了。"

"您先别着急。"流离好心地安慰说，"会不会是在山里迷路了？"

"他经常会去山中写生，对道路都很熟悉了，他也不会不跟我打招呼，就只身闯入危险的深山老林中，"店主大叔说，"我担心的是，儿子最近的精神状态一直不好，我很害怕他会想不开……"

"他有什么心事吗？"

"半年前，他深爱的女朋友因心脏病去世了。那是他的初恋，在岩城认识的，两人十分相爱，可她却突然死亡。在女朋友死后，我儿子一蹶不振。一开始，把自己关在房间里，不知道在干什么。后来，他的情绪似乎好些了，会偶尔和朋友出门，最近也重新拿起画笔作画了。"

在第一次遇见店主人的儿子时，他身上确实环绕着一股化解不开的悲伤，当时，流离以为是艺术家的多愁善感，没想到竟然是如此沉痛的原因。

"令郎的女友也有心脏病吗？"魖四问，"他没有带她去找镇上的老神医看一看吗？"

"唉，去了呀，"店主大叔深深地叹了口气，"可是，无论怎么敲门，就是无人应声。那是个古老的宅子，一层层沉重的大门牢牢地锁着，我们也搞不清楚老神医在不在家。一连去了好几天，都是同样的结果。"

"老神医他多大年龄了？"流离问。

"这个……我也不清楚，我记得，从我记事开始，就有他的传闻了。"

"那应该很老了吧！"千舟沐和直言不讳地说，"说不定已经去世了。"

"以前也有过这种时候，人们去求医，他不想医治时，就会一声不吭，把人拒之门外。所以我们也不确定具体是什么情况啊。"店主大叔说，"总之，我们见这种办法行不通，就只能吃药治疗。那是个乐观的姑娘，也并没有为此感到沮丧，谁承想……唉，不说了，我再出去找一圈，如果还找不到，就只能去警署报案了。"

说着，他匆匆穿上鞋子，向门外走去。这时，流离突然想到了什么，追上他问道："您儿子的女友吃的是什么药呢？"

"哎？她买的药，我其实不是特别了解……好像是叫什么，昆纳汀……"

是夜，骊四坐在热气蒸腾的浴缸中，闭着眼睛，昏昏沉沉。自从离开故乡，一路上有太多离奇古怪的事，让他的思绪杂乱无章。

他知道，溯的姐姐在饮水机中投放安钲素片，使得舍友们毫无反抗地被跟踪狂杀害，最后，她自己也服用安钲素片及河豚毒素自尽。安钲素片是双生药厂生产的，这是一家在消亡大陆创办了很多年的药厂，从婆娑小镇封闭前就有了，位置就在岩城与犬熔镇中间的公路旁。巧合的是，流离在下午所询问出的心脏病特效药，他们后来查了一下，也是双生药厂生产的。

昆纳汀在网上的评价很好，十分有效，据店主大叔所诉，他儿子女友的心脏病并没有很严重，却突然暴毙身亡，着实奇怪。他们花了三个多小时，查找了很多信息，才终于发现一条不起眼的留言，内容是某一批次的昆纳汀似乎出了一些问题，尽管药厂已经及时发现并回收，但还是有少量的药品流通出去，仅在岩城附近出售过，造成了严重后果，有些受害者的家属好像计划起诉药厂，但不知为何，这件事后来没了下文，不了了之。

此刻的旅舍异常寂静，本身游客就不多，店主大叔还没有回来，储枫、轻萼和溯也没有回来，而令人不安的是，爀氤探长与达那拉医生也一直没有回到旅舍。他总觉得，有什么事故要发生了。

正在此时，他以自己多年打猎的敏锐直觉，突然感知到这个寂静夜晚的不同寻常——有什么东西正在他背后，悄悄地靠近他。

他所在的浴缸位于一个木制的小棚子中，在旅舍后门处，旁边就是树林。棚子是露天的，头顶便是澄澈的星空。而那脚步异常轻盈，上一秒还在很远的地方，刚迈出第二步，便瞬间靠得很近。骊四岿然不动，静静地坐在浴缸里，一直在加热的水让他的额头布满汗珠。声音不见了，可骊四闻到熟悉的气味随着清风飘入。

恍若梦境般的不真实感也随之渗入他的心中。这气味和所有野兽都不同，他永远无法忘记。它曾压在他的身上，贴在他的脸前，近在咫尺，铺天盖地，将他逼入死亡的绝境。可它怎么会出现在这千里之外的地点？难道，自己迷迷糊糊中，陷入了恍惚？

低着头，他缓缓睁开了眼睛。

在溶解了绿色浴盐的晶莹水面，他看见了它清晰的倒影。

二十年未见，它依然没变。吃掉他妹妹的怪物，庞大的身躯正趴在棚顶的边缘，倒映的保龄球一样大的双眼，透过水面与他四目相对。

那一刻，他所有的理智轰然坍塌，与恐惧相比，此时更多的是愤怒和仇恨，这些情绪一并冲入他的脑海。他从水中一跃而起，拿起猎枪，对准了这头怪物——这把猎枪是他离开小镇前自制的，一直隐藏着携带在身边，而原先那把不知被那帮人收在研究所的什么地方，估计已经被警方收缴了。出人意料地，怪物并没有攻击他，没有用那健壮的大爪子将他拍倒在地，而是转身就跑，逃入丛林。

"别跑！"觚四大叫着，随手披上浴袍，穿上木鞋，向着怪物逃走的方向，踏着板凳和窗沿，一跃从棚顶翻出，追了过去。

怪物跑得很快，一晃不见踪影，但由于体格巨大，一路上会有撞断的树枝和踩踏的灌木，觚四寻着这些痕迹，拼命追赶着，攀登一些陡峭的上坡时，蹭得满身泥土。不知过了多久，也不知跑到了深山的何处，树木茂密，怪物的痕迹早看不清了，他失去了方向。圆月高悬，这时，他听见了前方的狼嚎声。

循声走去后，他来到了一块小小的空地上，山神雕像立在空地的正中央，与一条蜿蜒曲折的小径相连。灵异社的资料没有记录山神雕像的照片，所以，他不知道山神竟和那怪物长得那么像。小镇上的人说，十五年前开始，山神显灵了。难道，是在说那个怪物吗？

那个怪物曾在他的面前，长长的獠牙插入妹妹幼小身躯的血肉中，它叼着她，像叼着一个毫无生机的布娃娃。这只残暴得超乎常理的怪兽，竟然有这么多人在供奉、祭拜它。这是何等的讽刺啊！

然而，在这山神雕像背后，他看到了更恐怖的画面——一个人吊在不远处的大树上，背对着他，脚悬在半空，已经没了气息，结实的草绳深深地勒进那人的脖子。觚四急促地喘息着，心脏怦怦直跳，慢慢地绕到那人面前，抬头看着他的脸，惊异地发现，那竟是店主大叔的儿子！

流离和千舟沐和找到鱦四的时候，他正抱着双膝，闭着双眼，头低垂着，坐在山神雕像旁。

“鱦四君！”千舟沐和扑了过去，“你还好吗？受伤了吗？快醒醒！”

“你别摇晃我，我没事……”鱦四沙哑着嗓子说，“我看到了杀我妹妹的怪物……”他缓缓抬起头，脸色十分苍白，将发生的事情尽数对两人道出。

而流离呆呆地看着山神雕像和上吊的尸体，不知在想些什么。

“那……那个怪物，怎么会来到这里，成为山神呢？”千舟沐和结结巴巴地问，一时间，信息过于混乱，让他难以理出头绪，“而且，都过了二十年，没想到它还活着……”

“没死更好，”鱦四恶狠狠地说，“这样我就能亲手宰了它，为妹妹报仇了，不是吗？”

千舟沐和第一次见到鱦四这种冷酷锐利的眼神，不禁打了个寒噤。平时，鱦四的眼神往往很柔和，桃花眼的眼角布着温情与耐心，而此刻，突如其来的打击让他难以冷静。千舟沐和叹了口气，默默地轻抚着鱦四的后背，转头问：“流离姑娘，你在看什么？发现了什么吗？”

“你们不觉得吗？与其说，这个山神雕像与鱦四先生所说的怪物很像，倒不如说，它和那张草图更为相似。”流离喃喃地说。

“你说的是这张吗？”千舟沐和恍然大悟，从前襟掏出一张图纸，将它展开，正对着山神雕像比对着，“果然如此。这草图仿佛就是照着雕像画的一样。可是，这怎么可能呢？我记得你说过，这张草图是在那人体实验的研究所的储物间发现的，夹在一个七岁男孩儿丢弃的日记中。”

流离点了点头，说：“那个研究所二十年前的领头人是秦筱博士，而那个男孩儿是秦筱博士的儿子，天赋异禀，从他的日记来看，他所作所为的疯狂程度丝毫不亚于他的母亲。在他被带走之前，试图依照这张草图制造出一个生物，而且很快就要成功了！根据我的猜测，很可能就是袭击了鱦四先生和他妹妹的那头怪物。”

“犬熔镇的山神传说自古就有，这座雕像也存在百年，而这头怪物却是新生的。难道，"千舟沐和茅塞顿开，"这张草图是依照山神的形象画出来的？那个男孩儿不知从谁那里听到了山神的传说，或者看到了山神的图像，才会设计出这种外形，执行这项计划。然而，他走后，怪物才诞生，跑了出来，到了婆娑小镇附近，袭击了那里的人。这才是正确的时间顺序。"

毓四从千舟沐和的手中拿过草图，凝视着上面的铅笔画，许久，他说："这个男孩儿真可怕。"

"虽然那留下的残缺纸页中，透露出的关于他的信息不多，但他的出生和成长一定是非常扭曲的，否则怎么会做出这种东西？"千舟沐和说，"可是，这种小地方的传说，一般只有本地人才会知道吧？二十年前，信息还不发达，他是从何得知呢？"

"是他母亲讲的吗？"毓四说，"我们都不知道秦筱博士的故乡在哪里。"

"我想，他和母亲的关系很不好，而且性格很孤僻，总是独来独往。"流离用手拄着下巴，仔细地回忆道，"还记得研究所负三层的那些辨认不出种类的动物骨骼吗？说不定，是他做出的失败品。他写下的那段话提到，这头怪物将会是他第一次成功的作品，不是吗？他把这些罔顾人伦的实验当作游戏，同时鄙视并憎恨着母亲所狂热投入的工作。所以我想，他的母亲对他也一定非常冷漠，像个陌生人。犬熔镇的山神传说不可能是秦筱博士跟他讲的。"

"那研究所的人都是一帮变态。"千舟沐和不满地抱怨道。

"但是他写了，有一位可儿阿姨不是对他很和善吗？"毓四指出，"她会给他讲故事吗？"

可儿阿姨会给他讲故事吗？

被关在那暗无天日的研究所里，机器监视着他，肉眼却无视他，人们从他身边路过时不看他，却透过冰冷的镜头看他。这时，他听到的故事，会有什么特殊的意义吗？会让他把故事中的那个神灵，当作送给自己的生日礼物吗？

可儿阿姨的故乡又在哪里呢？

流离的眼睛倏地睁大了。

"怎么了？"千舟沐和敏锐地问。

流离从口袋中掏出一张老照片，盯着它，目光中充满沉思。这张照片已经发黄，两侧边缘布满了白色的折痕，像是有人无数次地捏着它的两边、望着照片中的人，将长长的岁月和深深的思念捏进这些折痕中。照片上的四个人有着同样明媚的笑容，一对将近四十岁的夫妻坐在前面的椅子上，两个初中生一样的男孩儿和女孩儿，站在椅子后方，看样子是他们的子女。

"鱬四先生，我和千舟先生发现你不见了，来找你的时候，储枫他们刚好回到旅舍。"流离的呼吸抑制不住地加快了，杂乱的线索正逐步汇集，在她的头脑中逐渐变得清晰，"老神医隐蔽的大宅子，大门紧锁，门把手上积着厚厚的灰尘，里面出奇地安静。他们千方百计地溜了进去，在卧室看见床上躺着一具骨骼。那就是老神医，很可能是由于过于衰老而寿终正寝的。半年前，店主大叔的儿子带着女友去求医时，他就已经死了。老人的双手交叠在胸前，手中就握着这张老照片。"

她对面的两人困惑地看着她。

"重点是，储枫他们在屋子里找到了神医的身份信息。这位老爷爷的名字叫哀诺之，八十年前出生在犬熔镇，家族世代从医，对于治愈心脏病的方法，可能确实有不外传的秘籍，不过，他们在宅中没有找到。"

"唉，储枫一定失望透顶了！"千舟沐和遗憾地感叹道。

"哀诺之……"鱬四念叨着这个名字，"我记得永生病毒的资料里有记载过，秦筱博士曾全力研究永生病毒，在她走后，研究落到哀博士身上，而哀博士选择把研究封存，而后也离开了……难道，就是这位老神医？"

"根据传说，老神医应该没有长时间地离开过犬熔镇，二十年前他六十岁，又为何去那种非法研究所工作呢？"流离又指了指照片，"然而，你看老神医的这对儿女。"

他们再次仔细地看着这张照片。男孩儿和女孩儿，看起来身高相同，年龄相仿，长相极其相似。

"龙凤胎吗？"千舟沐和喃喃道。

"男孩儿的日记里写了，可儿阿姨和他妈妈是大学同学，还一起念的博士！"鱬四突然意识到什么，猛地站了起来，感到一阵头晕，但他没有选择扶着身边的山神雕像，而是离它远了些，"她就是那个哀博士，她的名字叫哀可儿，是老神医的女儿！"

"这……"千舟沐和瞠目结舌地说，"这也太牵强了吧。"

"听我说，"流离的眼睛闪闪发光，愈发坚定，"生产安钍素片与昆纳汀的双生药厂，距离这里很近，我上网查了一下，董事长的名字叫哀酷儿，是一位五十四岁的中年男子。"

"那他岂不是老神医的儿子吗？"千舟沐和倒吸一口冷气，"而且他们的名字如此相像，确实很像双胞胎。"

"如果哀可儿还活着，今年应该也五十四岁了。"魖四一边思考，一边慢慢地说，"二十年前的话，是三十四岁，年龄确实正合适。如果她是老神医的女儿，那么她的故乡不就是犬熔镇吗？她是听着山神的传说长大的，很可能会把这个故事告诉那个男孩儿。男孩儿根据山神的外表做出了那该死的野兽！"

这就是灵异传说的真相啊！犬熔镇的人们从十五年前开始目击到它的身影，以为真的是山神显灵。可实际上，他们所看到的是个被制造出来的怪物，是个被遗弃的实验品。它就那样潦草地出生了，狂性大发，在婆婆小镇封闭前，吃掉了魖四的妹妹。谁能想到，竟如同命运般，它机缘巧合来到这里，千山万水之外，魖四又一次遇见了它。

他终于可以亲手为妹妹报仇，他的心激动得在颤抖。

然而，千舟沐和的声音却变得异常冷静："魖四君，它认识你吗？"

魖四板着脸，没有说话。

"我觉得，它认出了你，才会刻意去找你。"千舟沐和轻轻地说，"你不想弄清为什么吗？"

魖四冷冷地抬起头，目光直视着森林的深处，那里一片漆黑。树叶在他的脸上投下阴影，未被遮住的地方，还沾着他不管不顾地追来时蹭上的污泥。

他对着那个方向单手举起猎枪，扣动了扳机。


警方在接到了报案后，调查了店主大叔儿子的死亡现场，确认店主大叔的儿子是自杀的。

又是一个自杀的人。

祯小姐的遗书曾提到的班级诅咒的第三个受害者，欧阳朱，父亲也是半年前因心脏病去世了。而前段时间，欧阳朱在寝室自杀。储枫辗转问了欧阳朱的同学，得知其父亲所固定服用的药物正是昆纳汀。

店主大叔的儿子的女友、欧阳朱的父亲，服用的药物都是双生药厂的昆纳汀，都在半年前去世。流离越来越确定，那个批次的药出了问题，有人因此死亡了，受害者基本上集中在岩城及附近乡镇。本来有人打算起诉药厂，后来却偃旗息鼓。而店主大叔的儿子和欧阳朱，全都选择了自杀。

难道全是巧合吗？

在店主大叔哭着送别儿子时，曾说过一件奇怪的事：儿子之前拜托过他，将一封信藏起来，不要让他本人知道，就算他问，也不要告诉他。店主大叔以为是什么游戏，就答应了。后来，儿子果然神情恍惚地问过一次，他没有说。

流离从床上猛地坐了起来，头也不回地跑到店主人儿子的房间中。那里堆着很多画，基本都是小镇或山上的风景，还有女友的肖像，有些是半成品，却镶在画框里。流离把画框里的画取了出来。当取到某一张时，一封信从画纸背后掉了出来。

流离颤抖地打开了它，里面的字密密麻麻，开头几个大字：起诉书。而信的末尾，是拒绝接受赔偿的受害者家属的联合署名，一共十三个人，流离看到了店主大叔的儿子与欧阳朱的名字。

这令人震惊的事实简直让她难以置信，为何这些看似零碎的案件却有着如此诡秘的联系？她仿佛再次感受到只手遮天的压迫，可怕的阴谋暗潮汹涌。而这一切的焦点，似乎集中在双生药厂。看着名单上的其他名字，她打算立刻去一一调查，然而这时，另一幅画引起了她的注意。

那是一条美丽的河流，清澈的瀑布倾泻而下，激起暖融融的浪花，水面波光粼粼。瀑布旁站着一个小孩儿，正在哇哇大哭，而山神怪物躲在瀑布后面，拼命地遮掩着自己丑陋的身躯，小心翼翼地递给他一个果子。

店主大叔的儿子常去山中写生，那也许是他真实看到的场景。

流离的眼中盈满泪水，想起了那微弱的呜呜声，多么凄惨和悲怆。当他们在山神雕像那处时，她没想过那怪物一直潜伏在他们身边，也没想过鳏四能一枪击中它。

更没想过，千舟沐和会去阻止他。

她一直以为，千舟沐和会永远无条件地支持鳏四，尤其是为妹妹的复仇的事。他多么了解鳏四内心的痛苦与遗憾呀！好不容易，天意一样的机会降临，原本不可能的事，突然就触手可及。然而，他却拉住了鱬四想要继续射击的手，从背后紧紧地抱住他，不让他追过去。

"放开我！千舟沐和！你这个混蛋放开我！"鱬四拼命挣扎。可千舟沐和不知哪来的力气，硬是让他动弹不得。

"不行！鱬四君，你听我说，你要好好想清楚了。"千舟沐和十分坚定，"想想你是不是真的想这么做！"

"我都想了二十年了，还有什么可想的！"鱬四怒吼。

"你听到了吗？那些居民说的，从它来到这里开始，就一直在保护着他们，没有一次伤人事件，还会保护庄稼和走失的小孩儿，记得吗？"

"那都是瞎传的！这帮愚昧的人臆想的！它就是个残暴的怪物！不会不吃人的！"

"所以，再调查一下不好吗？它为什么去找你，你不想知道吗？"

"没什么好调查的。不管它有没有再吃人，它吃了我的妹妹难道不是事实吗？我要杀了它，我一定要复仇！"

"你根本就不想复仇！"千舟沐和固执地喊道，"看看你在起杀意时，那麻木而晦暗的眼睛吧！那已经不是你了。"

鱬四用枪托狠狠地杵了千舟沐和的腹部，千舟沐和难过地"哼"了一声，松开了手。鱬四朝着怪物中枪的地方跑了过去，只看到地面的血迹，而怪物已不见踪影。

"都是你的错！"鱬四对着千舟沐和大发脾气，"你对你奶奶说的话一点儿都没错，你对我来说就是个阻碍，一直拖累我！如果不找到它，不杀了它，我誓不罢休。你不许再跟着我！"说完，他一个人跑向丛林深处。

千舟沐和脸色惨白，看起来很受伤，他试图拉住离开的鱬四，但鱬四甩开了他的手，很快便独自消失在山林中。

目睹着他们争吵的流离，终于战战兢兢地来到千舟沐和旁边，小心翼翼地问："千舟先生，您为什么要阻止鱬四先生呢？这不是他的愿望吗？"

千舟沐和摇了摇头，情绪低落地说："我们以前说起这件事，虽然设想过复仇，但只是起个念头，他的笑容很快就会消失。他的眼神很落寞，我看得出，那不是他深深渴望的。他更多的是自责，他怪的是自己贪玩儿。他是个温柔的人，在忘记这件事时，他神采奕奕，那才是真正的他。此刻，他只是被冲动蒙蔽了，把自责转移为仇恨，可他内心深处的阴影依然盘旦在那里，而杀戮不会解决他的痛苦。正因为我了解他，我知道，他不是这样的人，即使真的这样做了，他也不会被拯救的。"

那时，流离不知道千舟沐和说得对不对。但当她看见这幅画时，她最终相信了。那个研究所的男孩儿一定想不到他造出了什么。这是一个拥有智慧的生物，作为被拼凑出的异类，无人知晓、茫然无助地出生，跑到山林中，凶残地以吃动物和人类为生。可当它成长后，却学会了回报感情和表达善意。这里的人们，是真心地尊敬和感激它。店主大叔的儿子选择在那个位置自杀，说不定也是因为，山神在他心中象征着美好的愿望。

和这头野兽相比，那个男孩儿才是玩弄生命的怪物。

她所认识的魖四，如果杀害这样的它，确实不会解脱。

魖四曾经回过旅舍，换了一身轻便的衣服，再次上山去了。千舟沐和看见了魖四留在这里的行李，精神振奋了些，也毅然决然地进入山中。他发誓要让魖四想清楚。流离觉得，这并不是因为千舟沐和了解这怪物的本心，而是他看到了怪物的脆弱，看到了怪物的示好，看到了怪物没有袭击他们、反抗他们，他希望魖四能做出无愧于心的选择，希望魖四的灵魂永远是明亮的。

当魖四再次找到那怪物的时候，它正在山脊上一片平坦的地方，蜷缩在一个凹陷的大坑里，喉咙中发出痛苦的低吟。之前的子弹打中了它的大腿根，似乎伤得很严重。它看见了魖四，直起了身体，但并没有逃走或反击，而是跪在那里，学着人作揖一样的姿势，对着魖四叩首。

但魖四无动于衷。他像个行尸走肉，冷酷地看着怪物可怜兮兮的模样，对着它举起了枪。

"住手，魖四君。"他的身后传来声音，那声音十分冷静。

"千舟，你又要来阻拦我。你为什么就一定要来碍我的事呢？"

"它在求饶。"

"它在残暴地吃人的时候，有接受别人的求饶吗？"

"你怎么知道没有呢？"千舟沐和坚定地说，"它不是个普通的怪物。我觉得它是有思想的，是故意去找你的，还带着你找到了店主家儿子的尸体。或许，它已经不一样了。甚至，它去找你，跪在你的面前，都不是在求饶，是想祈求你的原谅。"

毓四的眼睛略微垂了下去，那个晚上的场景蓦然出现在他的脑海中。他已经忘了，当这头怪物用强有力的爪子将他摁在树上的时候，它的手指是有些发抖吗？是因为刚刚出生吗？它也在恐惧吗？它凭借本能捕食，难道就能被原谅吗？

天色那么晚，他还带着妹妹在深山闲逛。如果是一只普通的老虎吃了妹妹，他会非要找到那只特定的老虎来报仇吗？野兽吃人具有目的性吗？杀了它，心中的阴影就会消失吗？

不，不是这样，他是被千舟沐和的说法影响了。他不能这么想。重要的是结果，结果没有任何改变。就算它改过自新了又怎么样？就算它救过一百个人又怎样？难道千舟沐和是想说，它来到这里后，再也没有吃人，之前太饿了，就吃了他妹妹一个？他妹妹就活该倒霉？

想到这里，他稳住猎枪，淡漠地说："我为什么要去思考它是怎么想的。只要杀了它就可以了。"

"放屁！"千舟沐和勃然大怒，"我了解的你，根本不喜欢这样。"

"那么你了解的就是错的！"毓四也生气起来，声调骤然提高，转过身来对着千舟沐和怒目而视，"怎么样？对我失望了吗？你从小就喜欢小动物，每次我去打猎你都感到不满，每次都要拦着！可我没想到这种丑陋的怪物，你也要同情它！你就是心软了，还非要干涉我！"

"我确实觉得它可怜。但我知道你真实的心灵也会这样想。你不会心安理得地杀掉这种对你示弱的生物！你此时做的只是泄愤而已。你敢确定当你冷静下来后，不会为此辗转反侧吗？"

"你就是假清高，满足你那种英雄的幻想，拯救天下生灵，真了不起，还想要感化我！如果你再阻拦我，就再也别出现在我眼前，我情愿没认识过你！"

那一刻，风仿佛静止了。千舟沐和呆呆地站在那里，哀伤地看着毓四。

当流离赶到那个地方时，远远地，她看到千舟沐和站在毓四的面前，双手低垂，脸上像失去了生机一样。两人相互对视着，夕阳将他们的影子拉得很长。那头怪物趴在毓四的身后，呜咽了两声，一瘸一拐地跑掉了。

她看到千舟沐和在毓四的耳边说了句什么。

然后，他走了，头也不回地离开了。

而鲽四站在原地，直到落日西沉，明月高升，轻拂发梢的微风变得越来越猛烈，他都一动不动。


流离拿着画从店主家少爷的房间走了出来，去找鲽四，可他不在自己的卧房里。流离又去了千舟沐和的卧房，也没有找到人。这个房间异常干净——那天凌晨，鲽四一声不吭地跟着她回到旅舍后，曾来到千舟沐和的房间，却发现他的行李已经不见了。

鲽四的脸色变得惨白。

"鲽四先生，没事的，"流离好心地安慰他，"吵架这种事情是很正常的。千舟先生只是暂时气不过，跑了出去，等他气消了就会回来的。"

"可是我们以前从来没吵得这样凶过。他临走的时候说……"说到这里，鲽四顿住了，许久，他低下了头，嘶哑着嗓子说，"没什么，他可能永远不想见我了。"

"那怎么可能呢？"

可是，自那之后，一连过了好多天，千舟沐和都没再出现。他应该是带了新买的手机在身上的，可电话也一直不通。流离知道，他不是一个会任性置气的人。别看他的外表总是一种嬉皮笑脸的模样，可内心深处，他比鲽四沉稳。就算一时冲动不告而别，等恢复理智应该会回来的，可他却无影无踪。

储枫曾经查到千舟沐和的手机定位，最后一次就出现在他们所居住的旅舍中。说明他在离开时，手机处于关机状态，并且没电了。可是，都这么久了，也总该找到地方充电了呀。定位却没有更新。他的脑筋那么灵活，如果平安，一定会想到办法联系他们，可他却杳无音信。

流离觉得，一定发生了什么。他不是不想回来，而是无法回来。

同样地，最开始从面馆离开的燨氤探长也一直未归。这种情况一定不正常！如果不是发生了这么多事，流离早就想去找她了。而同样在最开始就离开面馆的达那拉医生，过了好几天才回到旅舍。据他所说，他为了研究一个药方，去了一趟岩城，那药方似乎是治疗储枫心脏病的关键。他没有说有没有拿到药方，但当他再次为储枫治疗时，执针的手长久地悬在半空，似乎陷入深深的沉思中。

"怎么了，医生？"储枫问。

"张少爷，您的母亲，是怎样的人？"一向沉默寡言、毫无情绪波动的达那拉医生，突然问了一个问题。

储枫虽然感到奇怪，但还是老实地回答道："是个雍容华贵的人，非常美丽，但是有些娇气，盛气凌人，对我和弟弟很纵容。"

"你还有个弟弟？"

"对。"

"你的母亲，在怀着你弟弟的时候，是什么样子的呢？"

储枫仔细地回忆了一下，表情十分困惑："弟弟出生时，我只有七岁，确实记不清楚了……我们相处的时间不多。父亲忙着工作，而她喜欢到处玩儿，参加宴会什么的，所以，我是真的想不起来她是什么样子的。印象里，她一直很耀眼，总会得到很多奉承。我虽然让她低调点，但是她很享受这样。也罢，毕竟从小就出身富贵，现在又是总裁夫人，任性点就任性点吧。我还是很敬爱她的……啊，说远了。医生，您问这个干什么？"

达那拉医生将针放了下来，摘下眼镜，站起身走到墙边拧开了水龙头，将眼镜放在水流下。没人能看见他的表情，房中安静得只能听到这哗哗声。过了一会儿，他将水龙头拧紧，用布将眼镜上的水珠擦干净，重新戴在脸上。他走了回来，坐在储枫床边，恢复了精明干练的模样，认真地说："没什么，我们继续吧。"

就是这样诡谲的状况，危机潜伏，风雨欲来，每个人都坐立不安。

从千舟沐和的房间出来后，流离又在旅舍的其他地方转了转，终于在露天浴室的小木棚中找到了魖四。那里已经被打扫干净了，可魖四却趴在地上不知道找些什么。过了一会儿，他来到木棚外，最终在墙根处找到了一只小孩儿的鞋子——那是怪物曾攀登的那块墙壁的正下方。

"这是什么？"流离问。

"我妹妹的鞋子。"魖四轻声说，"那头怪物是为了把鞋子送过来才来找我的。都过了二十年，它真的记得我。"

两个人都沉默了。

"岩城火山那里有一个度假村，我们明天会出发去那里。"流离将在店主儿子的卧室里发现的那张山神的画递给魖四，小心翼翼地说，"储枫探测到爐氲探长的手机信号在那里。可是不知道为什么，无法联系，信号既不消失，也不移动。我们很担心，所以决定过去。"

魖四接过画，凝视着上面温馨的图景。那专注而平和的目光，多么清澈，多么悲恸。他低下头，画中的太阳，渐渐晕开了。

"对不起，魖四先生，我们不能再等了。"

魖四摇了摇头，温和地说："我知道，再等也没有意义了。我也很想找到爐氲。"

"如果千舟先生回来，会给我们打电话的。"流离试图安慰他，可她自己的声音也在颤抖。魖四的手握着画纸和小孩儿的鞋子，脖子上还挂着在江㝵城买的捕梦网，轻盈的羽毛就和魖四的发梢一样，微微颤动。如果噩梦全被困住，只留下美丽的梦乡，那该有多么的幸福。

在这种忧伤的祈愿中，流离不知还能再说些什么，只能深深地叹了口气，离开了木棚。


临走前的那天黄昏，魖四又去了山中。

他来到上一次见到怪物的地方。怪物已经回到那里，依然蜷缩在那个坑中，见到魖四后，它撑起身体，又摆出作揖的姿势。

魖四跳到了坑里，坐在它的面前，把猎枪放在了身边。在看着怪物对着他连拜好几次后，他无力地开口了："为什么人们总是会说出让自己后悔的话，做出让自己后悔的事呢？"

怪物瑟缩地俯趴在那里。

"我有那么恐怖吗？"

怪物摇了摇头。

"那你是觉得对不起我？"

怪物点了点头。

"你为什么非要表现得……这么拥有人性呢……"魖四的眼睛红了，"这岂不是证明，千舟那个混蛋，说的都是对的吗？"

怪物歪着头看他，那保龄球一样的大眼睛，此刻丝毫不显得可怕，反而很蠢

第二章　消亡大陆

的样子。

"是什么让你变了呢？"

怪物发出一阵"呜噜呜噜"的声音。

"算了……"骊四苦笑了一下，伸出手，摸了摸怪物獠牙的断口，"你也一定经历了很多不同寻常的故事吧。"

这只本不该出现在这个世界上的生物啊，可能早就清楚，它永远不会找到它的同类。在它流浪到此处前，可能獠牙就已经断了，身上还有许多伤口。莫非，人们所祭拜的神灵真的存在吗？才会让它得以来到这片土地，栖息于这片山中。

"呜……"怪物可怜巴巴地哼了一声，爬了起来，从腹部下方的坑底掏出一颗红杏递给他。

"你怎么知道我爱吃什么。"骊四顿住了，听起来有些哽咽，"千舟把那一大包红杏干都带走了，真是太可恶了。"

怪物无辜地坐在那儿。

"太可恶了，他真是太可恶了。"骊四喋喋不休地念叨着，"他不是说很了解我吗？难道看不出我的动摇吗？我那时，都没有再对你动手了。"

他将红杏握在手心，并没有吃掉它。他们又在这儿静静坐了会儿，风吹过他们的面庞。等天色越来越晚，骊四站了起来，拍了拍身上的尘土。

"我要走了，可能不会再回来了。"他整理着自己的衣角，重新背上了猎枪。最后，他深深地看了怪物一眼，真心地、温柔地笑了。"如果你真的是山神，请保佑我能找到千舟沐和吧。"

怪物轻柔地嚎叫了一声，那个夜晚，整个山间响起长久的回声。

# 03. 岩城火山群体自杀事件

　　甂四认为，自己是因为听到了有人叫他，才会从展望台往下，沿着小径，走向火山口。

　　那声音断断续续、细若游丝地传入耳中，让他的心痒痒的。他迫切想去听清那声音究竟说了什么，可除了自己的名字，他什么都听不清。无处不在的公共广播一直在播放着旅游资讯，空闲时还会响起轻柔的音乐，伴随着"嗒嗒"的鼓点，可那节奏又极其不均匀，让人心烦意乱。他想屏蔽掉这些杂音，专心致志地聆听那声音对自己的呼唤。渐渐地，那声音增大了，独特的嗓音让他为之一震——那听起来很像千舟沐和。

　　啊，他难道也在这里吗？他和燲氪探长在一起吗？所以才没有回去，而是等着我们过来找他吗？在迫不及待地循声而去之前，甂四想赶紧跟同伴打声招呼，但是却发现自己在不知不觉中已经走出很远。回头望去，展望台笼罩在一片烟雾蒙蒙之中，硫黄的气味随处都有。这也难怪，不远处的熔岩湖正在沸腾，他不应该脱离群体。可这种情况下，他不想再走回去，一旦这声音突然消失，又该怎么办呢？这瘠薄之地如此危险，浓烈的火光从洞口喷薄而出，一旦那两人正困于险境中，形势刻不容缓又该怎么办呢？

　　这些天，他总会梦见自己走在雪松林，那里昼夜昏黑。他可以看到前方有一团篝火，篝火旁是千舟沐和裹着厚厚棉衣的身影，坐在那里蜷成一团，似乎很冷，很僵硬。可无论他怎么往前走，都无法向篝火靠近，四肢极不协调，喉咙也无法发出声音。

此刻就如同那梦中，火山口的焰红就是那篝火，而他奔向那里的路似乎格外漫长，随着那声音愈发着急、空气愈发炎热，他产生了一种和梦中类似的迷茫与恐慌，就好像他再不加把力，就注定什么都无法挽回。于是，他的决心变得更坚定了，终于走到了火山口。向下望去，有一块凸起的岩石，千舟沐和就蹲在那里，不知为什么，他穿着和梦里一样的厚厚棉衣。难道是为了怕火熏到皮肤？可是这也太热了！鱿四叫了叫他，千舟沐和抬起头，熏黑的脸上全是"都怪你"的表情。

"你是怎么掉到那里去的？"鱿四对他喊道。

千舟沐和张嘴说了些什么，可他还是没有听清。公共广播的声音又变大了，没完没了的，十分嘈杂，这简直不可理喻。千舟沐和埋怨的神情让他既愧疚又难过，那仿佛在回应他伤人的指责，仿佛在说"我总算明白，你是怎么想我的了"。鱿四又想起梦中的那团篝火了。他好不容易走到篝火旁，难道还不能实现愿望吗？这时，他发现不远处的地上有一根长长的铁索，这让他欣喜若狂，几乎是立刻飞奔到那里，将铁索绑在火山口边缘的岩石上和自己的身上。只要他顺着铁索爬下去，就可以将千舟沐和拉上来。到时候，他一定会收回之前说的气话，一切问题都会迎刃而解。


花梨木轻葶此刻感到很紧张，她总觉得身后有人在监视着她。虽然她混在人群里，但那人的视线会若有若无地落在她的身上。她想，自己会不会被发现了？

前几天，夜深人静之时，她一个人在岩城火山的度假村中散心，路过村中的温泉水井时，看见一个鬼鬼祟祟的人影，正往井中投放可疑的东西。她倒吸一口凉气，捂住嘴巴，惊悚地躲在草丛与树木后边。可正当那人要离去时，却突然往她的方向看去。月亮在云后边，那人的脸在面罩下，她只能看见对方阴鸷的双眼。

她吓得转身就跑，大声呼救，但慌忙之中迷失了方向，周围空无一人。那人紧随其后，紧追不舍。一不留神，轻葶掉入一个池塘中。她把自己隐藏在池塘里，而池塘的水是热的。那人追到此处，没有看见她，于是继续向前搜寻。

她从池塘中爬了出来，憋得满脸通红，拼命喘气。

第二天，她把这件事告诉了她的同伴们。大家都感到十分震惊和警觉，并把这件事告诉了度假村的警卫，而警卫也很重视，请了专家，在井水中化验出了安钍素片的成分。然而，那只是安眠药，没有任何证据证明那会有任何危害，而且浓度分量很少，甚至达不到使人昏睡的程度，实在无法判断对方的意图。难道是小偷想要趁机窃取游客们的财物？

度假村中的人们被告诫，尽量喝瓶装矿泉水，避免饮用村中流通的温泉水。过一段时间，水就自然会被更替。然而，可饮用的温泉水是这里的特色，轻葶还是会看见有人在喝。喝掉后，他们顶多有些精力不振，休息一晚后，反而更加精神。

当然，她和她的同伴们是没敢喝的。因为在他们来到这度假村的第一天，这里就爆发了一起轰动全国的大新闻：一个旅游团体，一行十五人，全部跳入火山口中自尽。

这让他们心惊肉跳、心急如焚，因为储枫精准定位到燧氚探长的手机就在火山口附近的展望台上，直到从新闻中确认了十五人的身份，才微微安心。他们是只是网友，互相结识，自发组成了旅行团体。官方的解释是，他们被网上的自杀团体怂恿了，然而轻葶和同伴们都不相信。他们已经查到，流离在犬熔镇找到的那张起诉书，结尾署名的十三人，已经有九人自杀身亡。旅舍老板说他的儿子在女友刚刚去世时，似乎有服用过安钍素片；祯小姐在自杀前也服用过安钍素片；而祯小姐的同学欧阳朱，他们则不清楚。如今，又有十五人集体自杀，短短这几个月，岩城附近的自杀率未免过高。而这个旅游团体自杀后，他们又发现有人在井里投放安钍素片，很难不让人产生深深的疑虑和警惕。

无论是治疗心脏病的昆纳汀、不了了之的起诉书，还是无处不在的安钍素片，都与双生药厂息息相关。而双生药厂的董事长，就是能够妙手回春治愈心脏病的老神医哀诺之的儿子、离开人体实验的非法研究所后不知所踪的哀可儿的兄长。这事件变得愈发扑朔迷离。

由于集体自杀事件，火山顶被封了一段时间，他们一直没能来此寻找燧氚探长的手机。到了今天，这一景点终于重新开放了，他们同其他游客一起，坐上大巴车、缆车，经过好几个小时后，终于到达了岩城火山的展望台。突然，轻葶却感受到那监视她的目光。

第二章 消亡大陆

其实她一直感觉那个往井中投放安钛素片的人就在度假村里，总会在偶尔的瞬间，感受到有人在看自己，但她以为，可能是自己多疑了。然而此时，这种感觉无比清晰和强烈。她想去喊同伴们，但发现自己被挤在人群的另一边，自己的声音被嘈杂的人群和公共广播的音乐声盖过了，而这音乐声中不规律的鼓点让她的心莫名地慌乱。这时，一只冰凉的手握住了她的后颈。

轻荨吓得再次拼命逃跑，却不想无意中远离了展望台。她觉得自己一定是慌了神了，这种决定是错误的，待在人们身边才更安全。她想跑回去，但烟雾蒙蒙的人群中，有人同样离开，向她这边走来，体形轮廓和那晚的人一模一样。轻荨只能继续向前跑。不知不觉中，她看见前面有一个浅浅的坑洞，如果能躲在里面，说不定就会和那晚躲在池塘中一样，不会被那个人发现的。


张储枫小时候跟着母亲出门，曾看见有两个身穿治安制服的人，将一位老婆婆摁倒在地，拳打脚踢，用辣椒水喷她的眼睛。第二天，他看见新闻里写着"刁蛮老妇拖欠房租，抗拒执法，已被治安管理局逮捕"这样的标题。他问母亲："我没看见老婆婆反抗呀，她就趴在地上，好可怜，那些执法人员太暴力了。"

母亲说："你才看见多少呀。媒体肯定已经调查了全貌，知晓前因后果，才会这么写的。不要同情这些刁蛮的底层人民，他们无赖得很，就是不知道服从管制。"

后来，他长大了一点儿，有了自己的家庭教师，某一天，想起这件事，又问了一次。家庭教师沉默了许久，紧张兮兮地四处观望，最后只说了一句话："你不要成为这样的人。"

去年暑假，这位家庭教师死了。人人都说她因病去世，但她的尸体被拉走前，储枫跑了过去，看到了她惨不忍睹的外表。储枫一时没有忍住悲愤的心情，问了关于凶手的事。他的父亲警告他，不要胡乱猜测和打听。父亲说："永生岛已经很多年没有凶杀案，是个绝对安全的国家。平常也顶多是偷窃、财务纠纷、扰乱治安这样的犯罪。不要散播恐慌。"

"是，父亲。"他恭敬地说。

家庭教师在很多年前开始教授他的弟弟，而他曾看见过弟弟打她。弟弟偌大的卧室里，挂着刚刚获得的三好学生的奖状，贵族学校的老师都夸他是知书达礼的好学生。

而储枫也相信。

在他和同伴们发现了双生药厂的疑点后，他曾查过哀酷儿这个人。他是如何操纵那些想要起诉他的人一个接着一个地自杀的呢？哀酷儿的私人电脑没有任何记录，而他本人此时竟然不知所踪。储枫只能找到两年前的一个报道，那是安钍素片刚上市的时候，哀酷儿在采访中曾提到这样一句话："我攻破了一个我做梦都想解决的难题。"

发明一款安眠药有什么可激动的？

这句话毫不起眼、莫名其妙，没有引起任何人的注意。查到后，储枫只和当时在身边的溯提起过。正当他想要翻一翻自己之前的照片，看看有什么别的忽略的线索的时候，不小心翻得过多，弟弟房间里奖状的照片映入眼帘。

只有他自己明白，他的心有多么沉重，被他刻意遗忘的压抑和恐惧又重新回到脑海中。那张奖状的位置，原先挂着他和弟弟、家庭教师三人的合影。他装作不经意，旁敲侧击地问过弟弟，弟弟一脸骄纵与狂妄，一副极其了不起的样子，说："谁让她不听我的话。"

直到手机屏幕自动熄灭了，他才回过神。溯正担心地看着他。他连忙道歉，解释说自己看到照片，不知不觉回忆起过去的事，才会走神儿的。

溯难过地低下头，不敢看他的眼睛，带着一种很复杂的神情。而储枫并不明白溯想表达的含义。

那轻柔的音乐声浸入他的意识中，而他的思维一片模糊。储枫完全不记得自己是如何到达展望台的，他的记忆只停在乘上大巴车，睡了过去。难道自己又梦游了吗？同学曾跟他说过这种情况。

可这展望台真高啊！他的头顶紧挨着密布的乌云。穿透乌云，他回到了自己的家中。长长的走廊歪歪扭扭，他怀疑自己还没有醒，耳边全是杂乱无章的"嗒嗒"声，心中的荫翳在随之扩大。走到弟弟的房间里，他看见那面墙，一张挨着一张，贴着满满的奖状，都是相同的，那鲜亮的颜色如此刺眼。

他的心中涌起一股愤怒之情，冲了上去，将奖状撕开，整面墙都像一张巨大的画纸，于撕扯处向外卷起。他看见墙后面隐藏的是一个深深的陷坑，坑底是家庭教师伤痕累累的尸体，瞪着眼睛看他。他还看见了幼时见过的老婆婆，看见了弟弟同班的同学，他看见了消失的千千万万人，全部注视着他，一只只手全部伸向他。这是通往地狱的洞窟吗？平和幸福的表象哪里去了？为什么要把这些血淋淋的现实直接摆在他眼前？他是张氏集团的大少爷，是当前家主张禾的长子，想要什么就有什么，舒舒服服地享受权力不好吗？他为什么要把假象撕开，为它背后的鲜血而感到绝望呢？

不，不是这样的。他痛苦地想。他明明心存疑虑，却刻意不去思考，刻意将它忘记，他根本不想抛弃自己的身份，根本不想理睬个别倒霉蛋的那些无声的呐喊和悲惨的命运。他和他的家族一样，本身就是个罪恶的人。

在无边的悔恨与自我否认中，他向坑底的那些人伸出了手。


一个人从身后冲了上来，紧紧地抱住了张储枫。

"储枫！张储枫！"那人喊道，"快醒醒！你在梦游！"

储枫的头脑有些迷糊，他想回头看看那人是谁，但是这时，另一个人同样接近了他，一把就将他推进坑里。他的双脚已经从边缘滑了下去，好在第一个人没有松手，死死地拽着他的衣服，大叫着："你要是杀了他，我跟你拼命！"

"你怎么会在这里？"这是推储枫的那个人，声音阴毒无比，"我明明让你睡得很沉。"

"我早就开始怀疑你了！"第一个人大声说，似乎在掩盖内心的崩溃和恐惧，"我能感觉到，你要执行一项计划。所以一开始我就做好准备，用针扎自己的手心，拼命地清醒过来，乘出租赶到这里，终于追上了你们。"

沉默了一会儿，直到储枫感到自己被拖了上来，他才听见第二个人冷冷地问："你是怎么怀疑到我的？"

"在犬熔镇的老神医的宅子中的时候，"第一个人试图让自己冷静下来，可声音还在微微颤抖，"我们在宅子里翻了很久，试图找到能治愈心脏病的秘法。那个时候，我发现了老神医的忏悔录，明白了他们祖传的真正秘籍到底是什么！我……都是我的错！我没有立刻把这件事告诉储枫和轻荇，只是心中隐隐有些不安，那种不安让我第一反应是先把它隐瞒起来！我想先去问你。不！我当时还不知道事态有多么严重，都是我的错！"

储枫终于分辨出，救他的人是溯，推他的人是达那拉医生。他的神志逐渐苏醒，可依然全身无力，硫黄的味道十分刺鼻，他开始明白，坑底那滚烫的液体不是血液，而是熔浆，他就在火山口的边缘！

他艰难地回过头，看见溯挡在他的前面，一只手举在身前防备着，另一只手垂在身边，手心被针刺得鲜血淋漓，而他对面的达那拉医生正看着那只手，即使在做着如此可怕的事，即使被揭穿，他也依然没什么表情，或者说，他的冷漠、愤怒、残忍，都被藏在了镜片后面，那薄薄的嘴唇张开，淡淡地说："你本来想问我什么？"

"忏悔录里写着，老神医从祖上开始，代代最拿手的，其实有两个，心脏病治愈术与催眠术。它们是世上绝无仅有的医术，无比强大。无论多么严重的心脏病，都可以被彻底治愈；而那独特的催眠术，几乎到了可以为所欲为的程度，是超越世人理解的，普通的催眠术效果甚至无法达到它的万分之一，可以说是绝对隐秘的禁忌了，如果被不法分子利用，该造成多么不可估量的后果。"

达那拉医生麻木地看着他。

"老神医年轻气盛的时候，掌握着这两项绝技，是多么狂妄自大啊！"溯继续说，"他用催眠术控制了妻子与他相爱，当他的妻子终于清醒过来，无比失望和愤怒，抛下他和一对读高中的儿女离开了，老神医与儿女的关系也为此很僵。儿子自从去读大学，就再也没有回来；女儿在大学毕业后结婚，同夫君定居在婆娑小镇，也没再回来。他们都全无联络，老神医的脾气变得越来越古怪。这就是他悔恨的事，他相信自己一定会含恨而终。"

"我猜，老神医的忏悔录里还写了，他的儿女带走了他的秘籍。心脏病治愈术需要针灸术与药方配合使用，定居在婆娑小镇的女儿带走了针灸术，儿子带走了药方。我为张储枫治疗时，所使用的恰巧是那针灸术。你本来想问我这件事，是吗？"达那拉医生轻轻地问。

溯咬着嘴唇，点了点头，说："我在你的家里见过一本非常古老的书，你会在深夜的时候读它，在摇曳的烛火下，时间一分一秒地过去，只听得到翻页的声音，读了很久，再把它藏起来。第二天，你才开始为储枫治疗。这让我展开了联想，那会不会是老神医的女儿留下来的？如果她就是你的母亲，那么你会不会同样继承了那举世无双的催眠术呢？那么强力，那么不可抵御，可以命令任何人做任何事！我的姐姐、旅舍老板的儿子、度假村里的人，都服用过安钍素片，而你对安钍素片格外感兴趣！双生药厂的董事长在发明安钍素片的时候，曾提到过，他攻破了一个做梦都想解决的难题。我不知道那是什么，但或许和催眠术有关系。查到这条消息时，储枫盯着一张不存在的照片看了很久，那症状和我姐姐相同——是内心深处的阴影掌控了他们！所以，我才会怀疑到你，只有你能做到这些。你不仅要杀储枫，还杀了我的姐姐，还想杀掉所有人！"

在他说着这些话时，他看到游客们陆陆续续走向火山口，已经有人跳了下去。他想起之前那个十五人旅游团的群体自杀事件，或许就是这样的场景。在庞大的火山的呼啸中，肉体就像毫不起眼的稻草，瞬间化作灰烬。那是多么悲哀的事情！人生如一捧碎土，风一吹就消散了。

烟雾缭绕中，他看不清他的另外三个同伴在哪里，看不清他们是否随着人群一起跳了下去。

"阻止他们，求求你了！"溯说，"你这样做到底为了什么？到底有什么意义呢？"

"我的怀表放置在公共广播室里，广播不停，他们是不会停的。"达那拉医生捂着自己原先挂着怀表的左胸，嘴角泛出一丝残忍的笑意，在溯的面前踱起步来，"双生药厂的董事长，老神医的儿子，我母亲的双胞胎哥哥，那个利欲熏心的商人，也掌握着祖传催眠的绝技。我可以告诉你，他所攻破的难题是什么。我们的催眠术无论如何强大，都无法控制人类去杀人和自杀，人人都有强烈的求生本能，他们的大脑会阻止他们。所以在婆娑小镇的时候，我从未这样做，只能利用海珂特探长和养老院的护士帮我消除证据而已。从婆娑小镇出来后，我在你姐姐寝室的饮水机里化验出安钍素片，一下子就理解了它神奇的效用。它竟然可以让额下回的风险规避区域的功能大幅减弱，包括求生意志。我在你姐姐身上，试验了它的效果，那是我第一次成功地用催眠术杀人。无法通过催眠来控制人们自杀的障碍被攻破了！"

溯目瞪口呆地看着他。

"但即使是舅舅，他也比不上我。他的目光那么短浅，只关注商人的利益。他为了掩盖双生药厂那批失败的昆纳汀，为了维护所谓的名誉，用这种方式将那些起诉书上的人全部灭口了。而我却在这时对安钍素片进行了简单的改良，它的安眠效用降低了，但却可以配合公共广播进行集体催眠。之前的那个旅游团体只是我的试验，果然成功了。当然，集体催眠也只对服用过改良版安钍素片的人有效。我在井里下了药，你们再怎么防范也没用的，我总有机会让你们喝下去，我只没给你喝。"

"为什么，为什么你要这么做？"溯的手颤抖着，从口袋中掏出在大宅中翻到的一家四口的照片，递给达那拉医生，"和她有关吗？"

躺在地上依然软弱无力的储枫，头一次见到一向将情绪控制得很冷静、很克制、很隐晦的达那拉医生，在接过照片，望着照片上的那些人时，会表现出如此强烈的反应。他握着照片的手在抖动，呼吸变得急促，一种压抑的感情在心底流动，马上就要喷薄而出。

非法研究所里的那个小男孩儿的笔记里提到，"可儿阿姨"有一个即将十三岁的儿子，她很爱他，很快会离开研究所，回到故乡去。可那故乡，到处都没有她的身影。她不在犬熔镇，也不在婆娑小镇。

煐·达那拉医生的母亲去了哪里？

"都是我的错，我早该对别人提起对你的怀疑，才能阻止你这种丧心病狂的行径！"溯悲哀地说，"可你曾和我说过，你的母亲二十年前不见了！那个时候，那个去婆娑小镇的警署里报案的男孩儿就是你！那个不到一小时就被父亲带回去的男孩儿就是你！我看见过你割腕的伤口！所以我最终没有问你！因为那是你的创伤！"

"她曾经回来过！"达那拉医生猛然爆发般地开口了，语气是从未有过的激越，"她陪我度过了十三岁的生日，她说，她不会再回去工作了，她可以像我的外祖父一样行医治人，还说有机会带我去她的老家看看。可还不到一年，她就不见了！你知道吗？我父亲勾结外面的犯罪团伙，把她卖走了！这有多么可笑！该死，我在被父亲从警署带回家后，过了很久，才终于发现这一点！知道为什么我第一次见到你，就觉得惺惺相惜，就觉得我们是同样的人？因为我们第一个杀的人都是自己的父亲！"

溯的脸色变得惨白。啊，那是多么残忍的事实，那一幕幕如同电影，回放在他的脑海里。那天，父亲在伤害他的时候，他再也无法忍受，把父亲推下了楼梯。父亲的脖子摔断了，没了呼吸……

这是他竭尽全力也无法忘记的事。达那拉医生说的是对的，他们所处的黑暗是相同的。

"知道我为什么杀了你的姐姐吗？除了试验新型催眠的效果，我也是为了你，知道吗？她在你的生活中不就是个魔鬼吗？不是一直在要求你回报吗？而你是多么需要摆脱亲人带来的痛苦呀！就和我一样。我为什么一开始要割腕自杀呢？我真是蠢。杀了父亲之后，我终于解脱了！那才是解决痛苦的方式！"

那是解决痛苦的方式吗？像达那拉医生一样，向世界上的所有人发泄怒气，心灵在黑暗中变得扭曲，每天味同嚼蜡般吃饭，行尸走肉般活着，只有在伤害别人时才会得到快感。那是解决痛苦的方式吗？像姐姐一样，千方百计，费尽心机，博得别人的同情，来获取利益，用虚伪的面孔活着。那是解决痛苦的方式吗？

溯想，或许曾经的他真的会这么选择，真的会堕入黑暗中去。当他刚进入大学时，大白天，碰见一群人调戏一个女学生，他想都没想就冲了上去。那群人恼羞成怒，开始围殴他，那个女学生跑了，再也没回来，也没叫人帮忙。那时，他伤痕累累地躺在地上，心想，姐姐说的是对的吧，这个世界就是这样的，他再也不会有这样天真的举动了。

没过多久，他再次碰见类似的事。这时正值黑夜，身边几乎没人。那是他第一次注意到花梨木轻葶。她被一帮人堵在角落，瑟瑟发抖，溯犹豫了一下，还是冲了上去。轻葶也跑开了，溯的心正变得灰暗，轻葶又跑了回来，她拉来了附近的张储枫。他们似乎刚参加完灵异社的活动。一向喜欢行侠仗义、打抱不平的储枫，当然二话不说就见义勇为，和对方扭打在一起。可他似乎对自己的身手有些高估，受了不少伤。

储枫对自己的身体状况似乎也有些误解，虽然最后那些人都走了，但他的心脏病发作得很严重。轻葶和溯手忙脚乱地围在他身边。即使吃了药，储枫还是被送到了医院。轻葶和溯也跟去了。他们三人在病房里度过了第一个相识的夜晚。

从那时起，他的心灵被拯救了。无论他做出什么选择，他都不会让任何人在他面前伤害这两人。想到这里，他变得冷静了。

"这是不对的，"溯说，"杀人不是解脱的唯一方式，还会有其他方法的。"

"别傻了，"达那拉医生冷酷地说，"你知道，通过正规的途径，会面临多少怀疑、污蔑、质疑、嘲弄吗？会花费多少时间？会成为多少人的谈资？会付出多少代价？"

"那都不重要，"溯坚定地说，"我一定要阻止你！"

"我本来就是为了杀张储枫，想掩盖这个真正的动机，撇清自己的嫌疑，才会设计这项计划。其他人只是掩饰、陪葬而已。我是不会放弃的。"

"我不明白的是，你曾经真心实意地想治好他。针灸术只有搭配药方才能彻底治愈心脏病，所以你才会去双生药厂寻找药方。不是吗？"

"我确实是为了寻找药方去找舅舅的，当然，昆纳汀不是真正的药方，舅舅把它改造了，以防祖传的秘方泄密。但同时，我去找他，也是为了问出母亲的下落。"达那拉医生向前迈了一步，镜片后的目光异常凶狠，溯不由得后退，后脚踝紧紧贴着储枫，"母亲曾经说过，她和舅舅有奇妙的心灵感应，所以舅舅一定知道母亲在哪里。舅舅说，母亲被卖去永生岛了。这可是哀可儿博士啊，是消亡大陆最优秀的人，自然会为永生岛最尊贵的家族做代孕母亲。"

储枫半睁着眼睛，灰蒙蒙的烟雾遮盖了他深蓝色的双眸。他从不知道这件事，可他的世界又多了一个埋在坑底的人。在他屈服于他的家庭时，又一块玻璃刺入了他的膝盖里。

"多么讽刺啊！这个借我母亲的肚子生出来的孽种，刚出现在我眼前的时候，让我罕见地动摇了，无意识地流露出自己的情绪。那种熟悉的亲切感啊，伴随着抵触和仇恨，同时出现在我的心里。我以为是自己想多了。可事实证明，我的直觉是准的。当我从双生药厂回来，当我知道了真正的原因，我简直无法抑制住自己内心的愤怒！这种愤怒促使我做了一切。"

"这和储枫没有关系，不是吗？"溯急切地说，"他可以决定自己的出生吗？如果可以，他会选择生于那种他所厌恶的畸形的家庭吗？你要做的根本就毫无道理！"

"为什么你就不理解我呢？"达那拉医生的双手紧紧地钳住了溯的双臂，力气出奇地大，"如果他真的厌恶自己的家庭，死亡就是最好的解脱！再说，就算他什么都不晓得，事实也无法改变。他在我母亲的羊水中的时候，就开始掳掠和强占别人的健康和生命。他们一家人，踩着别人的鲜血，过着光彩照人的生活！别人的孩子被抛弃了，别人的人生被毁掉了，那只是无足轻重的小事。我的手术刀，不过是想切断这样的寄生虫而已。"

"胡说八道！"溯挥开了达那拉医生的手，"你现在做的不也是同样的事？你有在乎过别人的生命吗？你的心已经完全被腐蚀了。在你眼里，世界已经完全扭曲；在你眼里，所有人都是寄生虫，你的每一次杀人都是在切割它们。"

达那拉医生放下了手，站直了身体，表情不再激动，恢复了他从前冷漠而黯然无光的模样。"我真失望，"他平静地说，"我以为我们是相同的人。"

储枫艰难地抬起头。他看见达那拉医生摘下眼镜，一把将它扔到火海里。相识这么久，储枫终于看清了他的镜片背后，最真实的、无比赤裸的恨意。

水流离在度假村的时候，偶尔会听到公共广播里传出轻柔的音乐声，那旋律哀婉而忧伤，又有着尖锐的怨恨。每当这时，她的眼前会掠过很多场景，其中一个场景尤为深刻：那个世界全是奇形怪状的蠕虫，一个人手执着刀，麻木地将它们一只只杀死，鲜血沿着他的指尖流淌。

此时，她在岩城火山的展望台上，握着刚刚从充电口拔下的燃氪探长的手机，这音乐声像洪水一样汹涌，她反而什么都听不见了。她的意识有些飘忽，无知无感，仿佛处于那无边无际的寂静之中。她拖着沉重的双脚，走过大海，走过天空，走过因瘟疫而病死的人群，走过成片的红絮草，走过暴雨中沉睡的湖边小屋和噼啪作响的壁炉，最后困入一个极其微小的身体中。

她没有四肢，笨拙而僵硬。这种感觉很熟悉，以前似乎也有过类似的经历。在非法研究所时，她不知所措地从机器娃娃的意识中苏醒，这件事还历历在目。这一次，她竟然变成了一只机械蜘蛛。她的视觉模糊不清，眼前一片朦胧，就像隔着一片凸起的透镜。在这样的混沌之中，她以那渺小的身躯四处张望，一切都显得高大神圣。虽然看不清楚，但她能感受到温暖而明亮的光芒，她能勉强辨认出彩窗、水池、雕像、灯环，这是个豪华宽敞、如梦似幻、像天堂一样的地方。

艰难地移动着无法协调的八只脚，她穿梭在机器的丛林中。在这丛林中央，一个模糊的轮廓出现在她的眼前。好几个月未见，他容颜几乎没变，那让她更加相信她正陷于幻觉或梦境中。如果不是，怎么可能会有这种神奇的力量将她的意识拉到这里，于恍惚之中与米杉相遇？可他用清冷的异色双眸瞥了她一眼，弯下腰，用修长的手指将她捏起，放在手心里，举到眼前，轻轻地问："是你在通过电脑和我交流吗？"

流离困惑极了。她无法听见他的声音，却能感到声波的振动的频率通过一张无形的网传入她的神经中，使她辨认出他的话语。可这种时候，她总觉得有一只大爪子在挠她的大脑，虽然以她现在的外形，是没有这个部位的，但她只能想出这样的比喻，每一个承载着她思想的脑细胞，都像要被撕碎瓜分一样。这种难受的感觉啊！她如果拥有真实的胃，一定会吐出东西来吧。是什么样的梦会这么折磨，却同时让她感到喜悦呢？

"这是现实存在的地方，不是梦境。"米杉越过她的身体，看着电脑屏幕说，"嘘，你要当心，不要被集体意识探测到。"

"集体意识是什么？是那只在我的脑子里抓来抓去的手吗？"

流离想着这些语句，而米杉似乎接收到了。只见他愣了一下，浮现出一种诡异的神情，犹豫着点了点头。

"真是不可思议，"米杉喃喃自语，"你在'沉睡领土'的控制下做梦的时候，自动延伸的代码，我在这里尝试了无数次，每次都像一潭死水，根本没有任何逻辑和反应。这一次，它却将你的意识通过蛛丝网传输到这只监视我工作的蜘蛛身上。究竟是哪里出了问题？"

流离的思绪还未完全理清，他的话更是让她懵懵懂懂。这段时间经历了太多事，成百上千的疑问堆积在心里，她完全不知道该从何说起。那些混乱繁杂的想法，像连珠炮一样，爆发在米杉眼前。米杉一动不动，聚精会神地目视前方，偶尔皱起眉头，看样子，理解起来十分费劲。

"我想，度假村里和火山口的公共广播一直在向你们传递着一种声波，拥有独特的音调、响度、音色、节奏频率，搭配你所说的药物，会影响人类的脑电波。"米杉说，"我恰巧输入了能代表你的脑电波的一段程序，你才会从原本的肉体脱离，短暂地出现在这里。这是一种自我防护能力，虽然无法用更详细的科学知识去分析它，但我只能想到这种解释。"

"那我该怎么回去？"

"你只是暂时选择了这个载体而已，或许，等我把你从这里删除，你就能回到原本的肉体中。你的精神力量很强。比如，'沉睡领土'、非法研究所的机器娃娃，还有这只蜘蛛，会反过来被你利用，你独立的意识覆盖了操控它们的一切权限和命令。我猜，这种精神力量让你不仅可以反抗机器的控制，还可以免受人为控制的影响。那种催眠术对你来说，应该是不起作用的，你所看见的场景，不是那音律的效果，而是其中所蕴含的本质。"

"你知道是谁在做这样的事吗？"

米杉没有回答，在电脑上操作了一下，流离的系统接收到一张照片。那是一条刚爆出来的新闻，双生药厂的董事长哀酷儿被发现死在了自己的家中，照片上是他的尸体，前襟挂着一块古铜的怀表。

"怀表一共有两块，那是催眠的重要道具。"米杉说，"我想，哀酷儿就是通过这个方式来消灭所有想起诉他的人的。"

这怀表和达那拉医生一直戴着的不是一样的吗？

流离突然明白，消失的哀可儿就是达那拉医生的母亲，她为他留下了这块怀表、满屋的医书和老神医祖传的秘术，也为他留下了一颗偏离正轨的心。当达那拉医生孤身一人，研读医书，自学成才，修炼出精湛无比的医术时，他的心也在逐渐变异。他和他的舅舅一样，享受地做着伤天害理的事情。

"二十年前，我离开永生岛的时候，张储枫刚刚出生。"米杉面无表情地说，"那时，我无意间看到了那个将他生出来的人，那个与他没有任何血缘关系的人。那一眼的印象很深，她像灰烬中重新燃起的火苗，似乎在渴望着任务已经完成，能被送回故乡去。不过我知道那是不可能的，张氏集团是不会让任何对自己不利的消息走漏出去的，虽然走漏后也能清理干净，但何必费更多气力呢？当我重新回到这里的时候，在这个建筑中是可以自由活动的。令我感到诧异的是，居然又见到了她，当然，是被囚禁着。她反反复复地看着同一个视频，就是储枫发在网上的那个闹鬼旅馆的视频，我想，你知道那是为什么。"

视频里那模糊不清的身影、无法辨认的面容，是哀可儿见到亲生儿子长大后样子的唯一方式。这是多么让人难过的事。是那母子的痛苦连在了一起，驱使着疯狂荒谬的杀戮在火山口蒸腾。

流离知道自己的同伴在面临危险，她还能挽回这一切吗？她的悲伤同音乐中的悲伤重合，渐渐地，她又可以听到那哀婉的旋律源源不断地传入耳中了。

"我感觉，我快要回去了。"流离闷闷不乐地想。

"如果你们要来永生岛，小心，时刻注意自己的言行，'银色蛛丝'会识别、监控和记录很多事情。"米杉在接收到她的讯息后，匆匆地说，"是你们无法想象的严格和严密。虽然掌权者是储枫的祖父张哲榉和父亲张禾，但储枫的能力有限，并不能完全庇护你们。好在我能确定你们的数据不在永生岛的任何系统里。另外，去海城找海明少尉，拿一个我二十年前寄存在那里的箱子。"

米杉的声音越来越飘忽。在感受到摇晃的火光和炎热的空气时，她最后看了米杉一眼，他正将手掌翻转，让这只蜘蛛落回地面。在那奇妙的失重感的包围下，她彻底回到了自己的肉体中。


流离从展望台向火山口拼命跑去，看见軃四和轻葶都位于火山口的边缘。她拉住了他们，惊慌失措地叫道："軃四先生！轻葶！快回来，不要跳下去！"

"别担心，"軃四说，"你看，我已经绑好绳索了，只需要下去把千舟拉上来，离得也不远……"

"不，千舟先生根本不在下面，你的手上也根本没有绳索。你一定要冷静下来，仔细听我说，你是被催眠了！"

軃四困惑地看着她。

"是我们这几天听到的公共广播在潜移默化地影响你。"流离解释说，"还记得我们吸入'蔓莎海螺泪语'的时候，所产生的幻觉吗？那种感觉，那种不合理，应该是类似的，请体会一下，请用理智想一想，千舟先生怎么可能在火山口里面呢？"

軃四抬起手按了按太阳穴，脑神经的刺痛感让他无法集中精力。他又向火山口内望去，裹着厚厚棉衣的千舟沐和依然蜷缩在突起的岩石上。这确实不合理，不是吗？他沿用了梦中的形象，仿佛依然身处寒冷的雪松林，依然在那篝火旁。

然而，軃四却无法清醒地思考这件事，他的脑中像有两股力量在做斗争，只剩下迫不及待想爬下去的冲动。

这时，他看见千舟沐和用一种极其不易察觉的幅度摇了摇头。

軃四跪了下来，用手揉了揉被硫黄和热浪刺痛的眼睛。他心底的幻影是他所了解的千舟沐和，它所流露出的潜意识的动作，竟与真人一模一样。这让他不敢再向下看去，紧紧地捂住耳朵。抬起头后，他看见几步之遥以外，流离在努力劝说轻葶。他刚刚全然没有注意到轻葶也在这里，看来，确实有什么奇怪的力量在影响他们。

"流离小姐姐，你一定要相信我。我上次遇见的那个在井里下毒的人，他在追我，我们快躲在这里。"轻葶用极度恐惧的声音说。

"不是这样的，"流离说，"没有人追你，一切都是你心里想的。听我说，快把耳朵堵上。"

"你为什么不相信我。"轻葶快要哭出来了，催眠对她的影响有些大，她一直在挣扎，流离勉强才能拉住她，而鳃四堵着耳朵，依然受到一定程度的影响，没有办法帮助她。

流离还没有找到其他同伴，现在的状况就已经十分危急。正当她感到束手无策之时，耳边的音乐声和怀表声却突然消失了。这真是幸运！难道，有谁摆脱了控制，切断了广播？

一切突然变得异常清明，周围的人群在接二连三地认识到自己的处境后，纷纷陷入不知所措的慌乱中。轻葶也停止了挣扎，安静了下来。随着渐渐清醒，她终于清晰地回忆起，她所见到的下毒者是达那拉医生，那天夜晚，她根本就不是躲在池塘里逃过追击。实际上，那有力的手掐着她的后颈，她的脸被按在水桶里，被灌了好几口含有安钍素片的井水。而后，她受到了催眠暗示，改造了这个故事。

这时，他们听到了四声枪响。

突如其来的清风，奇迹般地吹散了火山口的烟雾。轻葶多么希望，自己还没有醒，自己所看到的一切依然是幻觉。因为，在那短暂的一瞬间，她透过烟雾所看到的，是痛彻心扉、终生难忘的一幕。


燔鼠探长实在是太累了，她躺在肮脏不堪的下水道，沉沉地睡了过去。醒来时，正有阳光穿透井盖的缝隙，洒在她的眼睛上。

这条废弃的下水道竟然没有被那密不透风的监控网覆盖，真罕见，在重重追捕下，她好不容易死里逃生，如今，拖着疲惫负伤的身躯，只能在这污泥浊水中穿行。

可奇怪的是，她心知自己一定能逃出去。这是一种十分奇妙的感觉，就好像于她而言，空白的三年被刨掉了，而她还在延续以前的心情。

不知不觉中，她发现自己走到地铁通道中，无论前方还是后方，都十分幽暗、漫长，一圈圈明灭的白炽灯等距分布，永无尽头一样。她沿着轨道走了很久，依然找不到出口。这时，身后传来轰隆隆的响声，一辆地铁车正疾驰而来，刺眼的车灯将她的影子长长地投射在前方，燧氲探长紧张起来，飞速向前奔跑，然而依然看不见站台，两旁依然是牢固狭窄的砖石墙。

不行了，跑不动了。燧氲探长的双手撑着膝盖喘息着，转过身。眼看车厢越来越近，压迫的风扑面而来，她突然感到左边的锁骨传来一阵刺骨的疼痛。那疼痛比即将到来的死亡威胁更加明显，反而使她冷静下来。她闭上了眼睛，本能驱使着她向左边一闪，身体落在沙石和草丛上。

皎洁的明月挂在夜空，她如梦初醒，爬了起来，拍了拍身上的泥土。刚刚将她困住的铁路，根本没有所谓的隧道，是她心里所构筑的石墙将她阻挡。她险些被这正在驶过的火车撞飞了！这就是所谓的催眠术吗？她想，这滋味真不好受，混沌之中将火车与地铁混淆，如果不是旧伤在疼，让她恢复些神志，她真的以为她无法向旁边躲开。

在彻底回忆起这件事的来龙去脉后，她一瞬间怒上心头，几乎想立刻飞奔回去，痛扁凶手。而后，她发现自己根本找不到道路。身上的手机大概是被达那拉医生拿走了，手枪也不见了，她只能摸索着沿铁路向前走，先找到有人烟的地方再和同伴联系。

她一直对海珂特探长勾结犯罪团伙的事情保持怀疑。海珂特探长删除监控是为了消除证据，却留下"去删除监控"这么明显的证据，就算他再怎样头脑简单，也不会犯这样自相矛盾的错误吧？那么被删除的监控所记录的真的是海珂特探长去帮犯人越狱并下毒吗？那三人是服用了含有氰化物的胶囊身亡的，如果以海珂特探长这样的身份，去让这三人吃药，他们会吃吗？不会感到奇怪吗？

只有医生让他们吃药是合理的。那三人刚被抓起来时，壮汉司机的头部被铁棍敲击，身上还中了一枪，警署曾经请过私人医生来给他治疗，那正是达那拉医生。海珂特探长家中，氰化物的来源也不清不楚。养老院中，老人们的身体状况，谁拥有健康的肝脏，谁有些精神不稳，除了护士知晓，医生也可能接触到。然而，这些仅为零碎的猜测，很难拼凑出一条完整的逻辑线。而且表面来看，所有事情确实是海珂特探长与护士参与的，其他人又如何能操控他们？

祯小姐在自杀前，出现了严重的幻觉。她没有吃下之前剩下的安钛素片，而是新买了一盒。这一盒会不会是别人买的？吃下含有河豚毒素的糖果就可以实现目的，为何还要吃下这盒药？

如果这盒药真的是别人买的，那它会是让祯小姐自杀的必要条件吗？

谁会利用安钍素片的作用呢？爅氤探长想，达那拉医生化验了祯小姐寝室里的饮水机，是会最先猜到祯小姐做了什么的，那么，他会发现这药有什么特殊的功能吗？胶囊与糖果的延时手法相同，如果曾用胶囊杀过人，那不是很容易联想到祯小姐的杀人方式吗？制出一颗相同的毒药送祯小姐死亡，这也是可能的吧？

可是，这样做的动机是什么？

此时，爅氤探长还只是隐隐有些怀疑。当他们来到犬熔镇，她在面馆外徘徊，看到达那拉医生独自离开了面馆，想了想，还是悄悄跟踪在后面。达那拉医生去了双生药厂，用手摘下胸前的怀表，举到耳边，拨动着旋钮，控制着指针的节奏，便如入无人之境一样，轻松通过门卫走进药厂中。如果那是魔法，那一定是可以让自己隐身的最强魔法，别人如同看不见他。而爅氤探长无法跟进去，只能在外面远远地徘徊。

过了很长时间，达那拉医生才走出来，身边跟着一位西装革履的中年男子。爅氤探长躲在一旁，听见达那拉医生对那中年男子说："我还有最后一个问题。"

"什么问题？我亲爱的外甥？"那中年男子的声音听起来十分狡猾。

"你一直能感应到你孪生妹妹的遭遇，却只知道守着自己富贵的生活，什么都不做？"

"我能怎么办呢？"中年男子耸了耸肩，完全一副无所谓的态度，"如果不是我妹妹那么蠢，非要和我们的父亲一样，用催眠术控制所爱之人结婚，你父亲会为了摆脱意识操控而勾结犯罪团伙把她送走吗？身为舅舅，让我来教教你，这个世界就是弱肉强食的，看重情义就只能自取灭亡。我是个商人，只会做对自己有利的事。若非你承诺用心脏病治愈术的另一半秘籍和我交换，我都不会把这件事告诉你。现在，我的保镖会跟你去把秘籍取来，知道吗？"

达那拉医生低着头，别人根本无法看清他的表情。坐上保镖的车离开前，爅氤探长听见了他极其微小的声音："这个世界就是弱肉强食的，我也一直是这样认为的。"

爅氤探长本想继续跟上去，中年男子突然做出了一个诡异的动作，似乎有些意识不清似的。他没有回到药厂中，而是走向车库。想了想，燧氤探长还是决定先跟踪这个人。他来到岩城的一个高档小区，那里可能是他的家。而后，便一直没有出来。夜里，一道黑影潜入进去。

第二天，燧氤探长听闻这个小区出了命案，死者正是这中年男子。这是一件他杀案，监控只拍到一个全身黑衣的人，没有正脸。可门卫对此全无印象。

燧氤探长带着满心的疑虑，想要赶紧回到犬熔镇。坐上大巴前，她买了一瓶水，一路上昏昏欲睡，恍惚中，想起了三年前的事。突然，她意识到了什么，心里一惊，将水扔到了地上，一转身，达那拉医生就坐在她的后面，直勾勾地看着她，在她的意识里，巨大的表盘像覆盖了整片天空，重重地压扁了大巴车。

看来，通过催眠术命人自杀的条件，是必须要先服用过安钍素片。在这催眠之中，她还以为自己刚从三年前的追杀中逃脱，就差点儿被火车碾过。不知为何，她在最后一刻清醒了。

如果先用普通的催眠术，控制人吃下安钍素片，然后再实施命人自杀的催眠，估计也是会失效的，有可能是因为前一次的催眠会让人脑产生抗体，或者有什么相反的作用，在脑海中埋下警铃。否则，达那拉医生为何不那样做？为何要想方设法让人先服下安钍素片不可？

而在婆娑小镇时，还没有安钍素片的出现，达那拉医生只能用别的方式杀人。他可以通过护士知道老人们的身体状况，伪造死亡证明；可以利用海珂特探长找到那些走失的老人，找到果顷的父亲，删除监控；他这么聪明，或许还是他发现的"倏忽乱向"使人消失的用法，随便控制谁安置在CT室里。那些被催眠的人，就如同提线木偶一样，对自己所作所为并无察觉。

达那拉医生为何要勾结犯罪团伙，做这些丧心病狂的事呢？没有人知道。或许，他没有任何动机，他只是有着强烈的反社会人格，只是想宣泄愤怒和仇恨而已。

燧氤探长又沿着铁路走了很久，又累又饿，正当她打算休息一下时，看到距离铁路不远，有一个小房子。她向那边走去，敲了敲门，但无人回应。

这里显然是有人居住的，辣椒和红薯还挂在院子里，门窗也很整洁，没有积灰尘。难道是出门了？由于实在太饿了，燧氤探长只能吃了些晒干的红薯干。当她吃完后，绕到房子后面，却发现这里异常凌乱，似乎有打斗的痕迹。松软的泥土留下了脚印。沿着脚印，她来到一个小山坡。还未等翻越山坡，她就听到直升机的声音。

那直升机缓缓升起，她趴在地上，抬着胳膊挡着风，眯起眼睛，却透过直升机的窗户，看见千舟沐和坐在后面！他似乎被绑着，脸上挂着伤，显得垂头丧气的。还有一个中年男人和一个年轻女子和他坐在一起，都是燨氪探长不认识的人。而直升机上的其他人拿着冲锋枪。

这真是太诡异了！尤其是，燨氪探长看见直升机的机尾刻印的张氏集团的图案！

到底发生了什么，为什么千舟沐和会落单？为什么会和张氏集团产生联系？唯一可以确定的是，他一定处于非常危险的境地中。

她回到了小房子，将门砸开，进去后，找了很久，也没发现任何电子设备或通信设备，但她在其中一间卧室的床垫下面发现了一个青草绿的袖标，上面印着一只黑色的标记，外形很像啄木鸟。她将袖标收进了口袋中。

又过了很久，燨氪探长终于找到了有人的地方。十分凑巧的是，那里正是岩城火山度假村。那时，她打不通同伴们的电话，四处询问下才知道，他们已经前往火山口。燨氪探长只能搭车追过去。

她来到缆车的起点，旁边便是广播站，听到那音乐声时，左侧的锁骨又产生了相似的刺痛感，这让她十分不安。于是，她走进广播站，却发现工作人员都睡着了，一台奇怪的机器绑在麦克风旁，音乐与嘀嗒声就是从那机器中传出来的。思考了一下后，燨氪探长抄起凳子，将这机器砸得粉碎。

那声音消失了，古铜的怀表躺在废墟中，出现了裂缝。


当公共广播停止的时候，达那拉医生的表情变得很狰狞。他所精心设计的一切都被摧毁。本来，张储枫有梦游症，是最好控制的人，通过催眠让他远离集体，单独死去，这样也很隐秘。然而，达那拉医生花费这么多心力，杀掉了这么多人，除了想掩饰真正的目标，更是因为他不满足于此，那太简单，无法消解他的怒气。他需要能配得上他心境的祭典。溯说的是对的，他正在进行一场盛大的手术。可此时，不仅计划暴露，储枫也开始逐渐清醒，挣扎着撑起身体。这岂不是连最原本的目的也达不成了吗？

达那拉医生已经不想去管这件事情该怎么收尾，也不想去管自己该如何逃脱制裁，此刻，他只想将这个把他的人生引入毁灭之路的祸首之一除掉，完成这个仪式。他掏出麻醉剂，一针注射进拼命拦着他的溯的脖颈中。溯瘫倒在他的脚边，眼睁睁地看着达那拉医生掏出从燨氤探长身上搜出的警用手枪，对准了储枫。

第一枪，射中了储枫的手，他正打算拨动那颗神奇的戒指。

"他的心脏病明明很严重，在我的医治下，显然好了很多。"达那拉医生双眼无神地说，"我们一脉相承所供养的这条命啊，该到索回的时候了。"

结局仿佛已成定数，心理已经完全扭曲的达那拉医生，会像对待所有那些无足轻重的人一样，毫不留情地痛下杀手。"可是，你为什么从没有用催眠术控制过我？为什么不把我一起除掉呢？"溯努力让自己醒着，颤抖地问。

"我说过了，"达那拉医生似乎犹豫了一下，回答说，"我看得到你身上和我同样的痛苦，在我的世界里，很少会有这样的感觉。每当我想下手的时候，总有一个声音说，它会被毁掉的。"

它会被毁掉的。在达那拉医生温馨而虚假的童年里，唯有此深深地留在他的心里。恍然间，溯明白了一件事。达那拉医生的外祖父、母亲，用催眠术所做的事，代代相传的恶果，延伸成一条河，从中延伸出来的爱是畸形的，除此之外，便是一片干涸的土地。或许，在达那拉医生的潜意识中，他无比痛恨这里。

这是他罪孽深重的人生中，仅存的善意和软弱。

想到这里，溯小小地释然了。他们都是不堪重负的人。在父母死去的时候，姐姐抬起头，对他说："弟弟，我们终于解脱了。"

当那清风吹过，他的灵魂终于有了睡意。缓缓地转过头，火山口的烟雾奇迹般地消散了，他看见了轻荸，看见了新认识的朋友们，他们依然安全，这给了他莫大的勇气。在达那拉医生再次扣动扳机的那一刻，溯撑起身体，站了起来，扑了过去。他中了一枪，很好，那会让他的神志更加清醒。

他钳住了达那拉医生。"放开我！"达那拉医生像个发狂的野兽一样挣扎着，又开了两枪，可溯爆发出了巨大的力气，丝毫没有松手。只见他借力一百八十度地回转，推着达那拉医生猛地一冲，冲出了火山口的边缘。

那一刻，溯说："燨医生，我们终于解脱了。"

他们会落入火海中。

"不！溯！不！"储枫崩溃地大喊着，伸出手。可他没能拉住他们，指尖仅碰到溯的衣服。在催眠中刚刚彻底恢复的意识和力量，像是在狠狠嘲弄着他的无能。他绝望地趴在那里，对着落下的人撕心裂肺地呼唤着。

达那拉医生反而安静了。他握着枪的右手已经松开了，而左手还紧紧地捏着母亲年轻时那一家四口的照片，那照片在风中颤动，母亲的笑容和记忆中相同。他叹了口气，终于深深地垂下了头颅。

被岩浆淹没之前，溯握住了达那拉医生的左手腕，那里还有他曾经割腕的伤口，与溯被针刺破的掌心重合。溯流着眼泪，轻轻地说："啊，真是罪行累累的一双手。"

# 04. 天堂号邮轮暴乱事件（前篇）

往返于消亡大陆与永生岛的客运邮轮仅有两艘，其中，天堂号由消亡大陆建造，全长三百米，总吨位十四万吨，载客上限两千五百人。它会从消亡大陆的海城出发，历时六天到达永生岛的水滨城，停留两周后返航，每年仅通行四次，分别为春季航行、夏季航行、秋季航行、冬季航行，到达永生岛后，正赶在那个季节最美的时候。

春天，是漫山遍野、香气扑鼻的丁香；夏天，大街小巷到处都开满了茉莉；秋天，满目皆为花团锦簇的木芙蓉；冬天，纯白的雪上，梅花嫣然绽放。这些花往往种植在游客区。而在游客区以外，其他种类的花更为繁盛。

所谓游客区，也就是允许游客在永生岛上活动的范围，仅有六处，包括两个城市、两个镇、两个自然风景区。永生岛对于外来人员的管制十分严格。例如，跨国来永生岛工作，需要很复杂的审查手续，且每次允许停留的最长时间不超过六个月，如果触犯法律规定，会被遣返回国，永远不准再踏入境内。而对于游客，最长可在永生岛停留十八天，言行限制也会稍微宽泛些。他们可以选择坐船往返，或乘坐飞机也可。飞机的班次也是有限的，跨国航班的机场都在游客区或云裳之城。云裳之城就是永生岛的首都、政治文化中心，张氏集团的总部也在那里。

因为身份不明，流离一行人在一开始就没有选择乘坐飞机飞往云裳之城。他们选择走水路，乘坐天堂号邮轮。

航行第二天，下午一点整。

一位中年男子在十六层的自助餐厅用餐的时候，突然用双手捂住胸口，倒地不起、四肢抽搐、面目狰狞，客人们被这一情况惊到，全都围了上来。中年男子被送到九层的医疗中心时，已经神志丧失、瞳孔散大、全身发青。最终，没能将他救回来。

死因被诊断为心脏病突发死亡。

与男子同行的五个朋友宣称男子没有心脏病史，认为是食物出了问题，为此索要赔偿，一直与工作人员激烈地争执着。然而，自助餐厅的餐盘、餐具都是随机的，食物、饮料都是自取、共用的，很难解释为什么只有他一人食物中毒。如果是有预谋的谋杀，那么他的同行者岂不是有很大嫌疑吗？

当时，张储枫正好在医疗中心取一些晕船药。他看见死者戴着一块非常名贵的手表。在他刚登上船的时候，他在八层的免税店买过相同款式的一块，但很快，那块表就不见了，而他怎么也找不到它。

在死者的朋友与医护人员冲突的时候，他悄悄凑到死者跟前，看到死者佩戴手表的手腕处，有一个极其细小的、不易察觉的针孔。


航行第三天，下午四点整。

邮轮六至八层船后部的中庭，是一个豪华无比的商场。六层有美丽的室内花园、小剧场的舞台、酒吧、咖啡厅、赌场、艺术画廊、拍卖厅、练歌房等，天花板在八层棚顶，中间三层之间没有阻隔，玻璃制的旋转楼梯将它们连在一起。

一声刺耳的尖叫声让喧喧嚷嚷的人群安静了两秒钟，随即爆发出更加难以控制的混乱。一个七八岁左右的小男孩儿翻过八层的栏杆，摔到了六层的地板上，正好砸在张储枫面前。小男孩儿睁着眼睛、头破血流，已经停止了呼吸。储枫抬起头，看见了向下张望的燧氤探长。她蹲了下来，正从男孩儿摔落的位置捡起什么东西。

这名男孩儿也被诊断为心脏病突发死亡。

他在栏杆处发作，才会不小心跌落下来。男孩儿的家长表示，他们的儿子从来没有过心脏病的征兆，因此自然不相信这个说法。然而，现场经验丰富的医护人员表示，从男孩儿的症状来看，包括皮肤颜色与花斑，事实正是如此。不过，他们会将男孩儿的尸体带到医疗中心，再做细致的检验。

储枫顺着玻璃制的旋转楼梯往上走，心怦怦直跳，但没有不舒服的感觉，他的心脏很久没有感到难受了，自己也觉得很诧异。而他登船还不到三天，船上已经有两位因心脏病发作而死去的人。

他看到，爌氤探长捡起的东西是一张巧克力的包装纸。爌氤探长说，这是男孩儿挣扎时，从他的口袋中掉出来的。这种巧克力十分贵重，手工制作，小山羊皮制盒，盒内的每一颗都包裹着镶嵌水晶的金箔丝绸，因此包装纸很有特点。几个小时前，储枫刚在船上的专卖店买过相同的一盒。他将其中一颗装进了自己的口袋中，但很可惜，他的口袋破了，巧克力不知掉在了哪里。

他对爌氤探长讲了手表的事情，觉得自己总是丢三落四的，非常倒霉。爌氤探长说："我听说，那名中年男子和五个朋友住在五层内舱房的六人间；这个小男孩儿因为很淘气，我也有些印象，似乎与父母住在六层的家庭房。他们似乎都很难买得起这么贵的东西。真是奇怪的事情。"


航行第四天，下午两点整。

骉四猛然从睡梦中惊醒的时候，正躺在宽阔柔软的大床上，阳光透过明亮洁净的落地窗，暖洋洋地洒在他身上。然而，那温暖似乎有一种恍若隔世的不真实感，他像被从UFO中抛出，躺在午后的麦田里一样，手脚瘫软，头脑混沌，瞪大眼睛望着天花板，周围一片寂静，听不到自己心跳和呼吸的声音。

这里是储枫的一七〇一号房，是顶级贵宾的豪华套房。午餐后，储枫"大发善心"地"允许"他在这里午睡一会儿。

过了好长时间，他艰难地向床边移动，一翻身，从床上摔了下去。是噩梦的后遗症吗？真是可怕的感觉！在那噩梦里，几条柔软粗糙、黏糊糊的物体从床底蹿出，飞快地捂住了他的嘴巴，捆住了他的手脚，他根本来不及反应，"呜呜"地叫着，全身动弹不得，渐渐窒息而亡。

他踉踉跄跄地爬起来，走到浴室，从镜子里看到了自己面部与颈部的一节一节的瘀青。

怎么回事？那难道不是梦境吗？骉四大口地喘息着，突然感到了自己惊魂未定的心脏正在剧烈地跳动着。他扯开自己的睡衣，从镜中看到自己布满勒痕的身体。汗水从他的额头渗出，顺着脸颊滑过，滴落在地板上。一阵眩晕中，他用手撑着水晶雕刻的洗手台，用冷水冲了冲脸。

随着慢慢清醒，他看见自己手上的瘀青正在渐渐褪去。当他再次抬起头，望向镜中的自己的时候，那可怖的勒痕已经消失了。


航行第四天，晚上七点半。

流离蹑手蹑脚地出现在甲板层以下的配电房。

一个扁平的金属盒子吸引了她的注意力。她走了过去，将盒盖打开后，看见三百只蜘蛛并排趴在盒子里，一动不动，整整齐齐，一千八百只眼睛齐刷刷地看着她。这场景简直让她汗毛直立，连忙将盖子扣了回去。

这些并非真的蜘蛛，它们的脚是灰色的金属，吸附着金属盒子的底板，而盒子与充电口相连。蜘蛛的头胸部是深红色的，硬邦邦的，分布着发射器与接收器的凸起，但螯肢与须肢却由活体细胞构成，雄性的须肢末节为交配器；这些蜘蛛的腹部看似也是肉体，红棕色，还长着绒毛，雌性的腹面前部正中有一个生殖孔，但尾端的纺器却又是膨胀的金属颗粒。

这就是米杉所发明的"银色蛛丝"，更准确地说，它们还仅是部件，数以亿计这样的机械蜘蛛在永生岛随机分布，四处爬动。而这些部件之间相互联结的无形蛛丝网，才是这项发明的精髓。人们的声音与动作能够通过"蛛丝"的"振动"传递到蛛体中，进行辨认和识别，出现敏感、可疑的情况，会自动传递给初级信息处理基站进行筛选、保存。这种方式让探测的覆盖范围变得更广阔、更紧密，更少的蜘蛛就可以完成，节约成本，还避免了出现探测死角、遗漏的可能。

而蜘蛛的"眼睛"部位可以扫描物体形状和人类面容，人们随时随地都可能被扫描到，从而使任何通缉犯都无处遁形，只有死去的人才会从资料库中删除。人们甚至无法通过胶皮面具、人皮面具来躲过它们的火眼金睛，当有人这样做时，蜘蛛往往会将头与身体识别为两件物体。没有人知道它们是怎么判别的。对于偷渡者也是同样。没有登记在官方身份系统中的人，当他无法与资料库匹配时，会被自动锁定并上报，轻而易举就能被抓到。国外来访者必须向官方申请，提前录入面部数据与允许停留的日期范围。在该时间段内，才可以在岛上活动。

想到自己曾经附身于这样一个小小的身体中，流离不禁感到一阵恶寒。她发誓，她绝对不是故意溜去配电房的，有一个鬼鬼祟祟的人影将她引了过去，那个人身穿工作人员的制服，走路的时候像是在地上滑行一样，给人的感觉十分恶心。那人的手里抬着什么东西，被布裹了起来。当她跟踪到那里后，失去了那人的踪迹，只有这些机械蜘蛛，规规矩矩地排列在金属盒子里。

流离想了想，又重新将金属盒子打开。她与蜘蛛们对视着，想起米杉与这样的她对视的时候，他的眼睛里有和这些蜘蛛的外形相同的倒影。这是多么奇妙的感觉啊！如果此时，米杉也能透过这些蜘蛛的眼睛看见她，那该有多好。然而，她自己也知道，这只不过是妄想而已，"银色蛛丝"的最高权限正牢牢地控制在永生岛的最高权力机构手中。想到这里，她突然萌生出一个奇怪的想法，鬼使神差地，她拾起其中一只蜘蛛，放进口袋中。在这只蜘蛛的机器与肉体衔接的"腰部"，晕着一朵很浅的蔷薇花纹，不仔细观察，根本注意不到。虽然很可能只是蹭脏了，她却无法控制自己不去捡起它。

好在她现在还不必担心这个动作会被这些蜘蛛捕捉，因为它们还没有被启动。天堂号已经在海上航行了将近四天，再过一天，进入永生岛局域网的范围，这些蜘蛛才会全部激活。到时候，和普通蜘蛛一样大小的它们，会沿着各种管道缝隙穿行，船上的人会彻底进入永生岛的管控之中。

流离走出了配电房，离开了非开放区域，先登楼梯来到对游客开放的四层，再坐上电梯，往十八层的露天餐厅赶去。

电梯每上升一层，她都会感到内心多一层恐慌，仿佛他们这些人，是在随着这电梯的上升，逐渐失去重要的东西一样。可实际上，让他们愈引愈深的是无法逃脱的命运，他们无论如何都会踏进这旋涡之中。自从离开岩城，沉闷与压抑的氛围一直笼罩着他们。她看见轻荨的眼眶总是红红的，储枫的话也少了很多。他的面色苍白，而奇怪的是，他的心脏病再也没有发作过。

她也曾见过魕四独自一人站在甲板上，凝视着永生岛的方向。那时，夕阳正渐渐沉落，云层与天空弥漫起橘红色的暖融融的日光，倒影渗入那无穷无尽的深蓝色中，灿烂而斑驳。天堂号行驶在这样一望无际的海水中央，白色的浪花翻腾滚动。魕四紧紧握着护栏，神情沉重而复杂，脖子上挂着的捕梦网被风吹了起来，羽毛映着五颜六色的霞光。

"鼬四这个家伙，虽然看起来很坚强的样子，其实内心很脆弱，相反，千舟沐和表面不靠谱，内心要更坚强。"燧氪探长望着他的背影，对流离说。

"不过，我觉得鼬四先生的眼神和从前一样，依然很坚定。"流离充满信心地说，"我想，他一直知道自己该做些什么。"

燧氪探长点了点头。

"您说，千舟先生为什么会被张氏集团抓走呢？"流离问。

燧氪探长掏出在小房子里发现的袖标，指着上面的图案说："如果他真的牵扯进'啄木鸟'这个反叛组织，也就不奇怪了。当时和他一起被抓走的还有一个中年男人和一个年轻女子，他们生活的地方一点儿电力都没有，很像在躲避什么人。他们很可能是'啄木鸟'的成员，被抓了回去，连累了正好在那里的沐和。"

"啄木鸟"是永生岛上的一个著名的叛乱集团，也是唯一的一个。广泛流传的说法是，"啄木鸟"的成员都是旧势力留下的残党，因循守旧，阻碍国家进步与社会发展，到处制造恐怖袭击。他们通常生活在几十米深的地下，在网络与"银色蛛丝"覆盖不到的地方，终日无法见到阳光，这样才会勉强躲过追击。这些人像"阴沟里的老鼠"一样，尽做些见不得人的勾当。永生岛的国民普遍对他们十分厌恶，网络上尽是声讨、抵制他们的声音，甚至出现了一些民间团体，积极揭发可能与"啄木鸟"有勾结的人。

燧氪探长捡到的袖标就是"啄木鸟"成员的标志，储枫认出了它。那时，他显得有些愤怒，那种情绪毫无预兆地占据了他的头脑。根据他的说法，永生岛有时会报道关于捣毁"啄木鸟"某个地下据点的新闻，同时列举出其成员惨无人道的恶行，这些人整日散布谣言、挑拨离间、制造混乱、无事生非，无法安分守己，总想着钻空子，烧杀抢掠，结果无一例外地被"银色蛛丝"探测到，逮捕归案，处以极刑，永生岛上一片叫好。

"永生岛不愧是世界上最发达富裕、安全稳定的国家，这些恐怖分子根本就是无处遁形嘛！"民众们纷纷称颂着。

"当然！没有任何罪行会逃过'银色蛛丝'的法眼，没有人敢犯罪。我们的犯罪率年年都在降低，甚至只有其他国家的千分之一。仅有的重大案件都是'啄木鸟'组织搞的。他们真是唯恐天下不乱，真是太可恶了！"民众们纷纷附和着。

流离看得出来，储枫对于这个组织的看法和他的同胞是一样的。

伴随着"叮"的一声，电梯到达了十八层。流离走出了电梯，回头望着电梯中镜子里的自己，感觉在看着另一个世界的另一个人。她知道，她心中的恐慌更多的来自"她正在逐渐接近永生岛"的这个事实。她不清楚自己的过去，但二十年前死去的那个水流离，她的痕迹埋藏在永生岛的各个角落里，反而让她越来越不敢面对，就好像她会踏入一个可怕的禁忌中。

但米杉说，他们的数据不在永生岛的任何系统里，也就不会被机械蜘蛛认出。

她想，或许这是因为，死去的人，都已经从资料库里删除了。


航行第四天，夜晚八点整。

流离到达露天餐厅时，夕阳已经完全沉落到海平面以下，大海一片漆黑，在这深沉的、没有月亮的夜晚，一望无际的黑暗无限延展，仿佛世间万物变得孤寂，仿佛有八爪巨兽会从黑咕隆咚的海底蹿出，仿佛人们并非在海上航行，而是悬浮在宇宙中，只有发动机激起的轰隆隆的海浪、船体的摇晃、阴冷而剧烈的海风，才会让人们切实感受到自己还生活在地球上。

鱿四、燧氙探长、储枫、轻葶都已经等在那里了。他们坐在栏杆旁，桌面上有寿司、刺身和蟹肉火锅。鱿四似乎正在抱怨关于住宿的问题。

"你为什么要一个人住在十七层的豪华套房？"鱿四有气无力地说，"不能带上我吗？让我也体验一下。"

"一个人住是一种享受，"储枫端坐在那里，显得十分优雅，轻轻地笑着，"我是无法忍受自己的房间里有其他人的。溯还活着的时候，我也从来没和他住一起过。"

听了这话，轻葶发出了不满的哼声，但没有再为此哀伤戚戚。她面前的盘子里装了很多食物，堆成小山一样。这些天，她一直郁郁寡欢，基本没怎么吃东西，看来是饿坏了。

"再说了，今天中午，你不是在我的房间里午睡了一会儿吗？"储枫说，"还有什么可抱怨的？"

"我还有另一个问题，"鱿四没有回应他的话，而是开始剪蟹腿的壳，"为什么我们要在大晚上的选择这种露天餐厅？"

此时，这片区域只有他们一桌，被闪烁的彩灯包围，忍受恐怖的氛围与愈加呼啸的海风的洗礼，而其他人都躲在温暖而明亮的大堂里。刚刚，他们的煤炉被吹灭了，服务生为他们换了电磁炉。

"啊，你不觉得这一切非常浪漫吗？"储枫说着，站起身，对着漆黑的大海展开双臂，陶醉地说，"就好像置身于另一个世界中，充满了神秘感，多么美妙的景象啊！"

轻葶打了个喷嚏，盛了碗热汤。

"张氏集团的人多多少少会有些变态的。"爣鼠探长云淡风轻地说。

流离露出了笑容。看起来，他们的心情都好些了，这让她的精神也备受鼓舞。她加入了他们，讲述了自己的所见所闻。

"确实很可疑，那个服务生。"储枫回到座位上，皱起眉头，"听你的描述，那个人偷偷摸摸溜去了配电房。会不会藏了什么违禁品？"

"违禁品带到永生岛去，也没什么用啊，"骊四说，"犯人很快就会被抓起来了。"

"万一是'啄木鸟'那些人贼心不死，又顶风作案呢？"储枫看起来有些激动，"他们总是不顾后果，弄这种'自杀式袭击'，完全不在乎自己会不会被抓。"

"好好好，知道了，知道了。"骊四连忙说。

"那些蜘蛛听起来好瘆人，"轻葶怯怯地说，"不能把那个金属盒子扔进海里吗？"

储枫用手帕擦了擦嘴，皱起眉头，环顾四周，郑重其事地说："很少有人知道，永生岛上的每一只蜘蛛都是有编号的，脱离了永生岛局域网范围的蜘蛛，如果没有在规定时间返回，没有重新连接网络，就会被注意到，到时候，不仅对船上的审查会更加严格，而且那些失踪的蜘蛛都会被引爆，以免落入其他国家手中。"

"这么说，还是不要惹是生非的好。"轻葶噘着嘴，用筷子将面前的寿司捣得稀巴烂，"就当我没说吧！还有什么要注意的吗？"

"唔……还有就是，只有少数有权势的人才能在家宅中安置针对'银色蛛丝'的射线屏蔽器，因为一台的价格要上千万元。"储枫想了想，继续说道，"'银色蛛丝'可以识别无信号区域。曾经有一个工程学教授，未经批准，自制了射线屏蔽器，警方怀疑他有勾结反叛组织、策划秘密活动的嫌疑，将其关进了监狱。媒体将其大肆宣扬，他的家人很长时间都生活在网友口诛笔伐、没完没了的道德谴责中。"

"永生岛的法律这么严格，却纵容这种类型的网络暴力吗？"流离不满地问。

"怎么说呢？大家不都是好心吗？他们痛恨犯罪，才会去指责和辱骂。而且，人们不会相信谣言或不确定的消息，也就不会伤害无辜者，只有官方报道才是权威的。"

"官方报道的没有无辜者？"爣氪探长半睁着眼睛搭话道。

储枫打了个寒噤，嘴角抽动着，说："总……总之，没有人管这种事。这没有什么损害。"

"除了对于犯罪者。"流离犀利地指出。

"罪犯没有人权。"储枫平静地说。

看着他人望向自己的目光，储枫换上了程序化的微笑，说："在永生岛上是这样的。而且，官方媒体是不会存在错误的，没有所谓的无辜者。一定要记住，这是挑衅公权力、质疑公信力的说法，不要这样。"

啊，这就是所谓的"入境问俗"吗？他们必须提前适应才行。要改掉自己直言不讳的毛病，不能太高调，否则一定会引起注意，前功尽弃。

在消亡大陆的时候，遇到不公平的事情，不得已通过网络主持正义，施加压力，才能暴露出那些见不得人、触目惊心的真相。这样的做法已经很无奈了。没想到，在永生岛，无处不在的监视系统甚至封住了这种途径。人们不允许提出质疑。如果说出来或发在网上，会担上煽动不满、扰乱治安、勾结反动组织等罪名；连在纸上写字以及未联网的图像都能被探测到，有被认定为思想不端或犯罪未遂的风险。在这样的匣子里，人们的热血情怀是单向的、经过审批的，只存在被允许的英雄主义和不经思考的群情激愤。人们怀着崇高的集体荣誉，重复"正确"的观点，除了对犯罪者宣泄情绪，不可能逆流而行、扰乱民心。

"另外，这些机械蜘蛛拥有自我修复与繁殖功能。"储枫说，"你们可以看到，它们分雌雄，由肉体和器械两部分组成。电力低于百分之十五时，它们会爬到附近的充电口自动充电；某些部位损坏时，可以自动修复，向肉体补充干细胞，而器械由自带的三维打印自动补足；当损坏不可逆转时，则寿命已尽，由其他蜘蛛繁殖出新的个体，肉体部分通过肉体繁殖，机器部分依然依赖于双亲蜘蛛的三维打印，然后蜘蛛们再爬去最近的仓库中补充材料。新生蜘蛛会代替死去蜘蛛原来的编号，并吸取死去蜘蛛身上的火药；如果原编号的蜘蛛是爆炸的，缺少的东西依然来自仓库。这一切都是完全自动化的，肉体与机器同时生长，紧密结合，自然而然，没有任何排斥反应，整个过程仿佛是在遵循这种新生物的习性一样，根深蒂固，前赴后继，它们的生命因此而永垂不朽。"

"所以，永生岛上的机械蜘蛛这么多，并非由工厂一个个制造的，它们可以自主扩增！"流离震惊地说。她知道米杉的发明一直很变态，但这功能实在是超越了常人的想象。它们听从指令，它们代代相传，它们无处不在，它们永生不死，甚至不需要其他人的指令，蜘蛛本身就可以杀人。"可能很多甚至还是初代。这样一来，就连工厂也不知晓它的原理，它的真面目永远是神秘的，只掌握在张氏集团的极少数人的手中。"

"是的，张氏集团有'银色蛛丝'的最高控制权。"储枫表示赞同，转念一想，他又说，"不过，没有人清楚是否存在只有发明者本人才知道的机密。"

"蜘蛛身上的火药是什么？"鱙四问。

"'银色蛛丝'有一个未公开的防卫机制，以确保没有任何人能够窃取它的科技。"储枫解释道，"当任何一只蜘蛛遭到外力的损毁或拆卸时，都会立刻启动自毁程序，发生爆炸，而且威力很大，会将重要的零件迅速化为灰烬，即使将其带到水下或真空拆卸也是一样，在国外也是一样。所以，没有人能够研究它。况且，单只蜘蛛的构造也无法体现庞大的蛛网系统的奥妙。再有就是，在国外的蜘蛛，全部会在繁殖期之前返回，一旦超出设置的规定时间，就会丧失繁殖功能，并自动爆炸，彻底销毁。这样一来，也保证了这几亿颗炸药即使不被统一管控，也不会被别有用心的人利用。"

"这样会不会很容易发生意外啊？"轻葶担忧地问，"我们走在路上，一般很难注意到是否会踩到什么昆虫，不是吗？"

"一般来说，普通人是不会将它踩坏的。况且，蜘蛛们都有自动躲避功能，不会被人踩到，也不会被汽车轧到，还会躲避水坑和鸟的捕捉，比真的昆虫更加灵敏。在我的印象里，它从未发生意外。"

"你的意思是，新闻从未报道过。"流离还是忍不住发表了自己的看法，"就算它能够自动躲避，小孩子们总有办法捉住它。"

储枫像被噎住了一样，不吭声了。他低下头，沉思了很长一段时间，才用微弱的声音说："我不知道，我没想过。好像确实有过小孩子被炸死的新闻，不过据说是玩儿鞭炮导致的。孩子们从小就会被父母教导，不要触碰机械蜘蛛，淘气的孩子不听话……就只能是遗憾了。"

他脸上还一直努力保持着微笑，让人很难分清他说的到底是真话还是假话。或许，他从小到大生长的环境对他的影响一直根植在他的心里，对他的影响比他们想象的要大很多。人们的言行被丝线捆绑，就连思想也像被无形中拖拽着。或许，这才是储枫对"银色蛛丝"深恶痛绝的原因。流离想起，储枫在梦游的时候曾去过米杉的房间里，当晚发生了什么，她还不知道，但那时储枫在无意识中所压抑的怨恨是确实存在的。

"从未报道过，就意味着从未发生过，意味着其他说法都是别有用心的揣测。"爧氤探长幽幽地插话道，"'银色蛛丝'的精密算法可以筛选所有言行，不利痕迹都能自动抹除，包括渗入互联网，听说，永生岛的每一台设备都是强制联网的，所以，私存的照片与录像也能被找出、消除，也不会消耗人力。目击者的记忆不过是个人的妄想，无法保存、交流和传播。现实就是那样，美好的、官方的。永生岛永远是人们眼中的乌托邦。"

"单个人所能看到的事物是有限的，群体所能看到的事物是被筛选过的。所以，永生岛就是乌托邦，我们都要学会接受被修改的现实。"储枫点了点头，看起来依然温和地笑着，可流离觉得，他的脸都要僵硬了。

一只铝箔气球飘过了他的身边，碰到了他的指尖，像是在回应他的话。他转回头，正好与气球上歪歪扭扭的笑脸对视了。

在那一秒钟，他虚假的笑容渐渐消失，瞳孔张大了。

雾气漫上了他的眼睛。虚无之中，传来若有若无的哭声。那是家庭教师的声音，来自他的记忆深处。在他所接受的被修改的现实中，她病死了，而他轻而易举地"相信"了。

在岩城火山的时候，处于催眠状态中的他，第一次赤裸裸地正视了自己的心

269　　　　　　　　　　　　　　　　第二章 消亡大陆

底，第一次无比清晰地被潜意识中真实的黑暗影响，一度失去活下去的欲望。可死去的不是他，是溯。当溯向火山口一跃而入时，那些真正的现实刻进溯所付出的生命和灵魂中，永远伴在他的身边，再也无法撼动。

就如同这气球上摇晃的笑脸，直率而倔强地指出他言不由衷的丑陋笑容。它的线钩到了他面前装着甜点的叶形盘子，盘子落到地上，摔得粉碎，一口未动的巧克力榛子蛋糕也变成了糨糊。

当他想抓住它时，海风将它吹上了天空。

"不……"过了一会儿，在静谧的沉默中，储枫用疲惫而沙哑的声音，对着没有星星的夜空说，"它总会改变的。"


航行第四天，夜晚十点整。

储枫立志要搜出"啄木鸟"私藏的违禁品，打算前往配电房，为此干劲十足，丝毫没有困意。

"爔氤姐姐，你陪我一起去嘛！"储枫环视了一圈，露出"天真"的假笑，厚脸皮地说。

"哎？"爔氤探长惊呆了，睁着困倦的眼睛，"啊，我……我想回去睡……"

"就这么定了。"储枫完全没有听进她的话，生拉硬扯地将爔氤探长从椅子上拽了下来，推着她往餐厅外走，"这可是犯罪哦！"

"这个地方跟我完全没有关系吧！"爔氤探长用低沉而无奈的口吻说，满脸不情愿，"你不会是不敢自己去吧？什么意思？是说我比较有安全感吗？为什么不让魉四陪你？完全是被他带坏了吧！"

她回过头，正在拼命摇手的魉四瞬间把手收了起来，装作看着别的方向。爔氤探长眯起眼睛——她隐隐有些发怒的征兆了！这可不好。最近，她感觉自己越来越控制不住以前暴怒的性格，这可不是她想要的！

"储枫有的时候，胆子也挺小的呢。"轻葶看着他们的背影，噘起嘴来，"灵异探险的人多的话，他就表现得很英勇。可他从来不会自己去。"

"看不出来啊，"流离挠了挠头，"是不是比较逞强呢？"

"大概……就是这个意思吧……"

一只猫跳到他们脚边，吃起了掉在地上的蛋糕。

"猫咪是不可以吃巧克力的哟。"轻葶将猫抱了起来，猫咪不满地扭动着。

舻四坐在栏杆旁，望着漆黑的大海。

"舻四先生，你在看什么呢？"流离好奇地问。

"小时候，我很喜欢坐在悬崖边看大海，和这里很不同。"舻四轻柔地说，"那边的海水总是很湍急，很阴郁，我和千舟曾经坐过小船，想走出婆娑小镇，但是无论怎么往外驶去，身后总能远远地看见悬崖。"

"那边的海对岸是什么地方？"

"我记得，有一个叫双星岛的国家，还有一个叫'泥洼之国'的国家。双星岛有一大一小两块岛，由一条狭长的路相连；泥洼之国到处都是生长着五颜六色的棉花的土地，丰收的时候美极了。"

"我曾经去过双星岛旅游哦。"轻葶说。

"真的？"

"大岛上有很多历史古迹，而小岛上开发得更彻底，非常繁荣。十五岁的时候，我看过完全由木质结构搭建的城堡，还有海岸边的沙丘，非常柔软，感觉很开心呢。只是食物不太习惯，那边有一种很特别的香料，在消亡大陆也有卖的，但是一般人都不太喜欢。"

"有机会真希望去看一看呀！"流离喃喃地感叹道。回过头，她发现舻四依然在盯着海的远方，而且紧紧皱着眉头，看起来突然变得很不安。

"怎么了？舻四先生？"

"我总觉得……那里有什么东西。"舻四站了起来，死死地盯着那个方向。流离顺着他的视线看过去，可那里一团漆黑，什么都看不见。

舻四眯起眼睛，侧过头，听着那边的声音。流离只能听见游客们的说话声和海浪声、风声，但舻四似乎在听着什么其他的动静。她突然想到，舻四在上山打猎的时候，应该就是这样敏锐的，他对于蠢蠢欲动的危机有着超乎寻常的感知力。

"有什么在……接近我们……邮轮上有武装警卫吗？"舻四突然问。

"我想，邮轮上应该只有安保人员。"轻葶说，"这种旅行用的邮轮也不会装备武器。"

他们冲出餐厅，跑到了十五层的观景回廊，那里有投币使用的观景望远镜。

夜晚很少有人会使用它，目之所及皆为无边无际的黑暗而已。然而此刻，一只只"老鼠"从那黑暗中钻出，那些老鼠长着吓人的背鳍，亢奋、活跃，窸窸窣窣，飞快地向这边靠近。

不，那不是老鼠，那是一艘艘船，背鳍是桅杆，杆上挂着海盗旗，黑色的布融入背景中，仿佛只是无数白森森的骷髅飘浮在半空。

往生岛的海盗？他们怎么会到这边来？这条航线距离往生岛的海域很远，数十年一直相安无事，而且，航线两端的消亡大陆与永生岛都那么强大，他们从不敢主动招惹，如今却像见了肥肉的老鼠一样围了过来，这一切太过巧合与诡异，令人心惊胆寒。

流离用旁边的公用电话联系了安保部门，一开始，没有人相信，直到她变得怒气冲冲。她听见电话那边在说雷达上并没有显示靠近的船只，但似乎瞭望员发现了什么，陷入混乱，有声音说要汇报船长。

挂下电话后，他们跑到了电梯里，下到九层，来到骊四的房间中。他从床底掏出了猎枪。这时，船上响起了警铃与公共广播。"请各位游客在工作人员的指示下，迅速前往安全舱，启动安全锁；请各位游客听从指令，通过楼梯有序回到各自区域的安全舱中，邮轮将启动最高级别的安全装置！"

轻荨怀里的猫从刚才开始，就病恹恹的，所以轻荨一直抱着它。此时，它突然发出一声悲鸣，全身变得软绵绵的，脑袋垂了下去，死掉了。


航行第四天，夜晚十点半。

储枫与爝氤探长在第一配电房中，他们也听到了广播。刚刚，他们在一处隐秘的地方发现了锁住的铁皮箱，颜色与周围的设备都是相同的，如果不细细观察，一定会以为它只是配电房的一部分。

撬开箱子后，里面装着的定时炸弹让他们惊愕不已。"看来，确实发生了什么可怕的事情。"爝氤探长说，"但是没有人注意到这里有一颗炸弹。"

炸弹的外壳是一个透明的塑料盒子，里面的电线清晰可见。"还有六十秒。"储枫说着，试图用戒指上的宝石将封住炸弹的塑料外壳烤化。然而，虽然从外表看不出来，实际上，这个盒子异常厚，而且很耐高温，当它开始融化时，他感觉里面的电线也要燃烧起来了。

"还有三十秒！"他大叫道，又试图用戒指将电流吸走，然而塑料是不导电的，它密封得很严，又很厚，进展非常缓慢。没办法，储枫用戒指的磁性迫使短路开关被牢牢吸住，抱起炸弹就往外跑。他也不清楚，磁力是否能穿透这种类型的塑料。爧氪探长跟在他的后面，看着手上的地图说："船上还有一个配电房，不知道那里有没有被装炸弹，但无论如何，现在肯定来不及了。"

她接到了流离的电话。"海盗？"她说，"是你们通知了船长吗？听着，我们找到一个装着炸弹的箱子，现在看来，那名服务生有可能是海盗的内应。什么？死去的猫？那是什么意思？"

不知道流离那边说了什么，过了几秒钟，爧氪探长又说："我知道了。听着，现在还有五秒钟，我们只找到一个炸弹，不清楚是不是会有其他的……"

没等说完，只听见"轰"的一声，第二配电房的炸弹爆炸了，威力不是很大，但足以将配电盘都炸毁。所有的灯都灭了，备用电源也没有启动，四周一片漆黑，仅有墙上的消防应急灯发出微弱的光芒。储枫吓得脸色惨白，跌坐在地上，手里还抱着那颗定时炸弹。炸弹的时间已经归零，但并没有爆炸，短路开关依然被外力紧紧地扣在一起。

"真勇敢，"爧氪探长试图将他扶起来，然而储枫依然两腿发软，趴在地上，"计时器归零的那一刻，要吓死了吧？"

"你就别嘲笑我了！"

"不，你一直没松手，我是真的觉得你勇敢。"

船上的照明系统、监控系统、通信系统、无线电系统都陷入了瘫痪，手机也没有信号了，但是幸好船长提前收到报告，产生了警觉，在爆炸之前联系了消亡大陆的海军。这里距离永生岛更近，如果永生岛的海上警卫队得到消息，则很可能会在更早的时间赶来。

另外一件幸运的事是，第一配电房的炸弹此时在储枫手里，那里的配电盘还在正常运转，船舶的定位导航和助航系统还都是可用的。船只没有漏水下沉，提升了速度，向目的地航行，陆地上的设备也能定位到它。很多跑在前面的游客已经来到了安全舱中，舱门与墙壁都是钢筋结构，安全门锁十分先进，枪炮很难将门轰开。这样一来，海盗无法劫持他们索要赎金。只要不成为人质，挨到救援到来，获救的希望是很大的，损失也会减少。

船上的内应似乎只安装了这两颗炸弹。毕竟，要躲过严密的检查，浑水摸鱼地将炸弹带到船上也并不是一件容易的事情。炸弹结构比较简单，对方很可能是登船后才组装的。然而，正在接近的海盗一定会带来更多的武器。储枫和爟氤探长摸黑跑到了四楼的渡船甲板层。安保和船员们聚集在那里，由于缺少枪支弹药，他们拿着自制的燃烧瓶，往船下扔去，试图阻止海盗登船，火光在黑夜中格外明亮。

一颗颗子弹从船下射过来，形成激烈的交锋。

枪声引起了更多恐慌，储枫可以听到楼上传来的尖叫与喧嚣，还有未疏散完毕的人群跑动的声音。他跑到栏杆旁，看到快艇已经追上了加速的邮轮，海盗们围在船舷旁，固定住铁钩向船上爬，升降绳都是电动的。他将定时炸弹扔到了其中一只海盗的船上。短路开关失去了戒指的束缚，弹开了，电流通过起爆器，猛然爆炸，对方的快艇燃烧起来，出现一个大洞，很快就沉了，船上的海盗也未能幸免于难。

海盗们发出愤怒的吼声，进攻的势头更猛烈了。最终，船员们还是没能阻止海盗登上船，纷纷向后撤退。甲板上还有几个游客没来得及跑回舱内，他们躲在隐蔽的地方瑟瑟发抖，都被海盗揪了出来，和落在后面被抓住的船员跪在一起。储枫和爟氤探长藏在一个巨大的木箱子后面，在昏暗的光线中，没有被发现。

船员不是军人。一般来说，海盗只需要将他们控制住，将船上价值不菲的名画珠宝洗劫一空即可，或者再去驾驶室劫持船只，用人质向消亡大陆索要赎金。

可是，一个看起来像海盗头目的家伙走了出来，他长着浓密的络腮胡子，人高马大，十分魁梧。只见他一抬手，海盗们举起机关枪，疯狂扫射，竟然将投降的船员和游客全部射杀！一时间，甲板上全是此起彼伏的痛苦哀嚎。

为什么？储枫难以置信地看着眼前的景象。他们不是为了钱财来的吗？为什么要赶尽杀绝？公然挑衅消亡大陆？想被清剿吗？不想活了吗？

突然，楼上传来一声枪响，打穿了甲板的地面，海盗们连忙寻找隐蔽处，并向那个方向射击。"是鸸四的猎枪的声音。"爟氤探长冷静地说。她站了起来，打开手电筒，向着海盗头目躲藏的地方使劲一扔，然后往旁边倒去，躲开了射来的子弹。手电筒的强光照亮了头目的脸。只听，在密集的枪声中，楼上又传来第二声枪响，那猎枪的子弹直直射穿了海盗头目的脑袋。海盗头目就这样倒在地上，一动不动了。

海盗们陷入慌乱之中。他们怎么也不会想到，刚一登船，头目就这样被人干掉了。爔氤探长拉住储枫的手腕，趁机跑回船舱。失去领袖、混乱无章的海盗们一窝蜂地追上来，子弹从背后射来，打穿了墙壁，储枫用戒指形成了一圈电磁环，挡住了部分钢制子弹，它们像击中球体的小钢珠一样从表面划了过去，然而，铜制子弹的轨迹没有受到影响。好在此处的走廊比较狭窄，储枫调大了磁性，将跑在前面的海盗手里的枪弹飞，他们没有站稳，向后倒去，堵住了后面的人。

储枫与爔氤探长跑到了六层船后部的中庭，那里还堵着很多游客没有疏散完毕，很多人顺着玻璃制的旋转楼梯向楼上跑，也有人向楼下跑。他们都在大声吵闹。原因是这样的：十四层以上的游客应回到各自的客房，每一间客房都是一个安全舱，门墙和门锁极其坚固，这一部分的人数不多，十六、十七层更是每层仅有四间客房，只有主人能打开，所以并没有什么争执；关键在于十三层以下，九至十三层的客房很集中，每一层有一个公共安全舱，而八层以下居住的游客与工作人员，只有一个公共安全舱位于五层，各层居住的游客应跑到各自楼层的安全舱里才对，但很多人并不会听从楼层的分配，或冲进距离自己最近的安全舱，或偏向高楼层的安全舱，九至十三层的安全舱被占满了，导致原本住在九至十三层的人又不得已向下跑，吵架推搡时有发生，局面混乱极了。

"请大家尽量往楼上跑，十三层的医疗中心启用的也是同样的安全门锁，那里也可以藏人！"储枫喊道，"海盗已经从四层向这边扩张，很快就会来到这两层，再往下跑，会迎面撞上的！"

"我们没法儿挤上去，楼梯间的人也很多，拥堵在那里。刚才海盗头目被干掉了，其余人群龙无首，有些混乱，可能还需要一点儿时间找过来。"爔氤探长对储枫说，"但是按照现在的情势，不知道为什么，他们没想绑架人质，只想赶尽杀绝，很可能不会对无辜的路人手下留情的。"

她观察着四周的情况，绕到了舞台后方。储枫也到处张望着。这时，小孩儿的哭声从楼梯下方传来，吸引了储枫的注意。他跑了过去，借助戒指发出的淡淡的光，看到一个五岁左右的小女孩儿蜷缩在那里，她的手缩在袖子里，捂着脸，害怕地哭泣着。

第二章 消亡大陆

“小妹妹，你怎么一个人在这里？和家人走散了吗？”他问。

小女孩儿依然低着头，发出“呜呜”的声音，没有回答。

“你住在哪里，我送你回去吧。”储枫说。

小女孩儿点了点头，她的手向储枫伸去，储枫隔着衣服握住了她的手臂。

咦？这是什么？

小女孩儿的手臂软软的，好像根本摸不到骨头，还有什么疙疙瘩瘩的、湿漉漉的东西在蠕动着，那触感十分诡异。储枫僵住了，吓得不敢喘气。他战战兢兢地将发光的戒指凑上去，看到小女孩儿的袖子浸透了青绿色的黏液，一只长长的、像巨型蜈蚣一样的触手从袖口蹿了出来，缠住了储枫的脖子，力道十分强劲。储枫剧烈地挣扎着，憋得脸色紫红，根本发不出声音。他感觉自己很快就要昏死过去了。

一道银白色的光闪过，触手被切断了。

“你还好吗？”爞氤探长单腿跪在他旁边，手上拿着一把刚从腰间抽出的短剑。那柄短剑的剑刃长约四十厘米，极其光滑、坚硬、锋利，透着一种说不出的亮银色，剑柄的剑格部分中心镶嵌着一颗乳白色的宝石。储枫将自己脖子上的触手扯了下来，趴在地上猛烈地喘息。

小女孩儿此时抬起了头，另一只手和双脚出都喷射出触手，速度极快，爞氤探长飞快地将它们都砍掉了。然而，小女孩儿的衣服下面又伸出了更多触手，让人应接不暇。借着戒指的微光，他们看到，这根本就不是一个小女孩儿！她的脸长满了皱纹，青绿色带着条纹，就像青蛙背部的皮肤一样，张开嘴后，会露出分叉的舌头。可她的眼睛依然是人类的样子，水灵灵地看着他们，甚至楚楚可怜。

玻璃楼梯终究没有禁得住拥挤不堪的、跑动的人群，从七八层间碎裂了，人们从楼梯上掉了下来，又砸碎了六七层之间的楼梯，齐齐砸到小女孩儿身上。小女孩儿用稚嫩的声音发出惨叫，她的身体被压破，流出浓浆，一块尖锐的碎玻璃直直插入她的脑中。很快，她便停止了挣扎，不再动了。

“这究竟……是个什么东西？”储枫咳嗽着，惊魂未定地说。

爞氤探长皱着眉头凑上去，捏起小女孩儿的领子看了看。“你曾经说过，觉得自己这几天很倒霉，对吧？”

“啊，是这样，上了船之后丢了很多东西呢！”

"说不定你是真的很幸运，身上的光芒耀眼得很呢。身边很少有人能抵得过它的力量。"

"哎？干吗突然这样说，弄得我怪不好意思的。"储枫害羞地挠了挠头，燽氘探长一巴掌拍到他的脑袋上。

"第一个因心脏病发作而死的人，戴着和你相同的表，表上有一个机关，会将毒针刺入手腕中；我后来查了下，那个人在消亡大陆有过偷窃的前科，他很可能就是偷了你刚买的表，那根毒针原本是为你准备的。"燽氘探长说，"第二个死去的人，心脏病发作之前吃了那块巧克力，就是你买的一盒七万块钱的那个，你揣在身上的巧克力从破洞的口袋里掉了，很可能被小孩子捡起来吃掉，那也是有毒的。你的死亡若以心脏病为借口，最为顺理成章。有人想杀你，曾经下手过好几次了。"

储枫听得目瞪口呆，不自觉地颤抖起来，他无论如何也没有想到，自己竟会招惹杀身之祸，没有想到，自己在无意之中躲过那么多杀局。是谁想杀他？在消亡大陆或永生岛的境内，没有机会动手，所以才会趁此机会挑选他在邮轮上的时候吗？那个人为什么要这么做？

"刚才接到流离的电话，"燽氘探长继续说，"一只猫吃了你掉在地上的巧克力榛子蛋糕，也中毒死去了。那应该是对方的又一次尝试。还有，这个小女孩儿的衣服，我对她有印象，有的时候会在我们周围看到她，总是低着头。现在想来，她会不会是在观察你？我也不知道她有没有下过手，比如趁你睡觉时干掉你什么的？不管怎么说，也可能又被你走运躲过了。"

"对方三番五次下手都没有成功，眼见就要驶入永生岛的管辖范围了，才会铤而走险，利用海盗？"储枫倒吸一口冷气，一个可怕的想法浮现在他的脑海中，"我们都不知道海盗为什么突然出现，又为什么采取如此诡异的做法，莫不是他们不得已采用最后手段，来掩盖杀我的真正动机？天哪！我是造了什么孽，为啥总有人想用这种方式对我下手哇？为啥每次下手都要牵扯无辜的人啊？之前的达那拉医生也是这种手段。现在又是谁？既然能勾结往生岛的海盗，会不会是'啄木鸟'干的啊？"

跌落下来的游客们，多多少少受了伤，这里的楼梯不能用了，受伤较轻的人们忍痛爬起来，都向楼梯间跑去。这时，楼下的海盗涌了上来，看来，其他小头目暂时稳住了队伍。他们将迎面遇上的游客全都砍倒在地。游客们哭喊一片，纷纷后退，有的双脚发软、跪地求饶，有的掉头向船尾跑去。

燼氪探长从旋转楼梯旁跳了出来，用短剑挡住了海盗们挥向平民的砍刀。"快跑！"她对着身后的摔倒的母女吼道，速度极快地冲进海盗中间，伴随着几道银光，血滴飞溅，那些海盗被利落地解决掉了，他们手中的枪也被短剑劈成了两半。这些海盗身负重伤，倒在地上，哀嚎不已。不远处一排机关枪的子弹扫射过来，燼氪探长拎起其中一个海盗的尸体挡住子弹，闪身躲到了假山后面。

"啊啊啊！"储枫一边抱着头，一边往酒吧柜台跑。他躲在酒吧柜台后面，用戒指将舞台的钢架、音响都吸了过来，堵在海盗面前，挡住了射向平民的子弹。完成这些时，他累得全身酸痛。虽然戒指的宝石能够化解一部分反作用力，可说到底，还是不能过于超过自己的力量极限，他觉得自己的手臂都麻木、没有知觉了。游客们大多已经逃到船尾的楼梯间，可少数人还是受到了波及。他看到海盗拿出一个火箭筒，打算将面前这堵钢铁堆砌的墙轰掉。

这时，从八层射来几发猎枪的子弹，干掉了拿着机关枪与火箭炮的人。是魈四他们！他们藏在暗影处，位置与假山的方向相反，在光线如此昏暗的情况下，依然枪枪爆头。储枫趁机跑到了假山那里，他和燼氪探长顺着假山不规则的大石块，爬到了八层。由于海盗们的注意力被另一方向突然出现的攻击所吸引，没有发现他们的行动。

假山顶与八层的地面有一小段距离，燼氪探长一手握住栏杆底部，轻松翻了上去，然后将储枫拉了上来。储枫趴在那里，喘着气，颤颤巍巍地再次伸出手，用戒指将落在地上的火箭筒吸了上来——幸好还没有超过起效的最远距离！之前没有人敢去捡那个火箭筒，否则会被暗处的猎枪率先杀掉。

然后，储枫又拨动了另一个旋钮，用电流射击了堆在海盗面前的音响和电子设备等，它们被电流击中，发生了爆炸，很多海盗被炸伤，纷纷后退。"从这边走。"他们中有人喊着。

流离、魈四和轻葶跑了过来。"这只是其中一支小队而已。"流离气喘吁吁地说，"这样也不是长久之计，主力肯定向下去了驾驶室，这样才能劫持船只。否则，邮轮很快就要进入永生岛，也很快就会被军队营救的！"

他们来到楼梯间，看见原本堵在楼梯间的游客，此时趴在地上，全都陷入了昏迷，海盗们似乎在一个个检查他们的脸。"可恶，是催眠瓦斯。"他们捂住口鼻，从楼梯间退了出来。"他们的装备真是齐全！简直气死我了！"储枫怒气冲冲地说，"说实话，因为往生岛很贫穷，我们一直没有觉得那里的海盗会有什么威胁呢！"

"不过，他们没再继续下狠手，"燧氪探长说，"有可能枪支弹药也不是很充足。他们没想到抓你要这么费工夫，恐怕不打算一味往里冲了。但如果控制了驾驶室，那么我们迟早会成为瓮中之鳖。"

"那块蛋糕果然是奔着储枫去的吗？"轻荸担忧极了，战战兢兢地缩在同伴身边。这时，她感到身后传来窸窸窣窣的凉意，顿时脊背发冷。她回头看去，一个身穿工作人员制服的人站在阴影中。

好奇怪。轻荸疑惑地想。那个人为什么没有躲藏，没有逃跑，或者同船员一起维持秩序，而是像僵尸一样站在那里，直勾勾地看着我们？

地上有什么像放大了几十倍的蜈蚣一样的东西爬了过来，千只密密麻麻的细足飞快蠕动，伸到了储枫脚下！轻荸看见了它，发出一声惊叫。她将储枫推开，自己的脚却被缠住，摔倒在地，被飞快地拖走了。"轻荸！"储枫想要抓住她，可对方的速度更快，拖着她躲到阴影里。轻荸一直在惨叫，原本甜美可爱的声音，此时变得刺耳尖锐、异常惨烈。

其余四人追到一个剧院后，轻荸的声音消失了。剧院很大，还有后台和其他的出口，这里太黑，他们根本不知道狡猾的对方是从哪里逃走的。

储枫捂住自己的胸口，面如死灰地跪在那里。"都是我害的，"他的嘴唇颤抖着，"又是这样，和溯那时候一样。都是我连累的他们……"

他伸手去够口袋中的药片，转念又想起，他的口袋破了，药早就不知道掉在了哪里。他的脑袋"嗡嗡"作响，身旁的声音忽远忽近。"储枫！储枫！"缓了一会儿，流离的声音在他耳边响起，"你还好吗？"

"他的房间里有药！"骦四说着，背起了储枫，和流离、燧氪探长一起，向楼上爬去，此时，楼梯间的烟雾已经散得差不多了。

"听，广播响起来了！"流离说。

广播中传来的是海盗们的声音，他们竟然将绑来的人质全部带到了四楼的渡船甲板层，船头的空地像恐怖分子的处刑场一样，每隔五分钟就当众杀掉一个人，并通过广播公开播放。船上的每一个人都会听到这个过程。

“他们在广播里说，让船长和船员们投降，否则会把抓住的人全部杀掉。”流离说，“看来，他们在甲板以下的地方也遇到了阻碍，船员与安保的抵抗还是很顽强的，海盗没能控制驾驶室和配电房，邮轮依然在向永生岛的方向行驶。”

流离等人来到储枫十七层的房间，那里的阳台竟然能够看到四层船头的甲板。那里已经点起火把，十分明亮。他们向下张望着，看到轻葶也跪在那群人质里。那个将她抓去的诡异的服务生，正站在她的身后，阴森冰冷地抬起头，望着流离等人的方向。

“他在等我过去。”储枫没有服药，但身体却自己恢复过来，他从鱺四的背上跳了下来，“大头目死去后，剩余的大多数海盗，未必会知道我的事情，只是单纯地听从之前头目的指令而已。或许他们也不知道为什么会突然接到命令，来挑衅消亡大陆，所以在刚刚激战的时候，充满了迷茫和迟疑。此刻，他们想，既然都做到这个地步了，不如就索性把目标重点转移到劫船这件事情上，所以才会这样做。但那个小女孩儿、这个服务生，是真正动手想取我性命的。他们在借着海盗的手逼迫我！”

“没错，这个人就是我见到的那个去第一配电房安放炸弹的工作人员，他走路的时候就是这种蠕动的形态！”流离说，“根据排在轻葶前面的人的数量，还有二十分钟就会轮到她！”

“我现在立马去见他们。”储枫坚定地说。

“什么？这可不行！”鱺四立马表示反对，“你到了那里，知道内情的人就会开枪宰了你，把你伪装成普通的遇难人员。根本起不到任何作用！”

“说到底，这一切都是我造成的。”储枫平静地说，“我一个人去，你们不要跟着我。这是我的责任。如果能阻止这些暴徒，让他们不再残害无辜的人，那就是最好的结果。”

大家都陷入了沉默，此时的他们似乎真的已是穷途末路，他们没有别的选择。浓厚密布的阴云笼罩在天空，也笼罩在每个人的心上。

# 05. 天堂号邮轮暴乱事件（后篇）

航行九天前，下午三点整。

在岩城开往海城的火车上，张储枫佩戴在腰上作为饰品的灵异社标志，也就是那个刻着手掌印的菱形小镜子，掉在地上摔出了裂痕。储枫的脸色苍白。他想，这小镜子里或许真的藏着什么怨灵，才会一个随主人落入熔浆，一个被摆在主人的遗像旁，还有一个，他们正在寻找，不知它的主人身在何方。

这个小镜子不是扁平的，镜子背面有些许鼓起，在鼓起部分两侧，有两个小圆孔。爀氪探长将小镜子捡了起来，对着窗外的太阳，裂缝里透出微微的红光。她从卫衣下掏出一柄短剑，沿着裂缝将镜面撬开，藏在里面的红色晶体蓦然出现在他们眼前。

储枫惊讶极了。他知道这枚红色晶体是张氏集团的一项发明，名为"晶体追踪器"，它是最高级的军事机密，他没有什么机会接触到，在读过米杉留下的纸条后，他才知晓它的用途——在永生岛外，"银色蛛丝"失效的地方，也能够对被监视者的情况了如指掌。可他怎么也想不到，它一直被放在他的身边。

在宿舍里，摆放着一个假山盆景的循环水池，他经常会将小镜子挂在假山上，水流若通过那两个圆孔，就会无意中为晶体追踪器充电。离开宝城后，他不知道它的电量维持了多久，也不清楚对方是谁，都听到过什么——不，在仔细研究后，他们发现这颗红色晶体略大些，里面似乎还内藏了一个微型摄像头，而镜面为单面镜，也就是说，不仅可以知晓位置、听到声音，还能看见这边发生的事，比之前的版本更为优良。

而更让储枫惊讶的是燫氤探长所执之剑。他曾经在他最小的叔叔那里见过，这是由一种特殊的材质制成的剑，锋利无比、削铁如泥，是世间难见的宝物。更重要的是，世间仅有的四颗深海宝石，短剑上有和他的戒指相同的一颗。

这四颗于几千米的海沟下开采的神奇宝石，是张氏集团的深海科研队于六年前发现的，目前分别在储枫自己、他爷爷、他父亲和他最小的叔叔那里。他一共有三个叔叔，小叔叔在四年前，研制了转基因的丁香、茉莉、木芙蓉、梅花，会散发出让人感到平和幸福的花香，爷爷问他要什么赏赐，他要了这颗宝石。

有一件事情是能够肯定的——燫氤探长曾经去过永生岛。

"在我逃离永生岛的时候，把它抢走了。"燫氤探长面无表情地说，"我曾经用这柄剑，刺入左边的锁骨下，挖出了埋在我的血管中的同样的红色晶体。那颗红色晶体掉落在婆娑小镇通往外界的洞穴里，那片土壤是被我的血液染成了红色。"

其他人都难以置信地看着她。

三年前，墓地附近的那台"倏忽乱向"刚刚坏掉，燫氤探长无意间闯出小镇，结果，怎么也找不到回去的路。那时候，她是一个和现在完全不同的人。她充满了活力，丝毫不畏惧危险，性格随心所欲，她什么都敢做，也敢独自一人往永生岛去。当她发现自己竟然能走出小镇时，外面的世界一时间吸引了她。

这就是她"卧病居家"那一年的故事。"我想，流离姑娘和米店长早已经猜到了。"她颓丧地说。

曾经有过一种可以偷渡到永生岛的方式。燫氤探长无意间混入一艘偷渡船中，船只先绕到了往生岛的海域，那里海盗猖獗，会和偷渡者对接，收取费用后，通过潜艇，把人运到永生岛地下的秘密入口，因为蜘蛛畏水，在水中会变得迟钝、寿命消耗快，所以，那里没有蜘蛛的分布，且海盗们有一种独特的方法，可以不被反潜装备和卫星雷达探测到。

不过即便通过这种方式到达永生岛，偷渡者也无法来到地面，所以，这通常是"啄木鸟"的反贼们使用的方法。因为他们常年聚居在地下，在周围存在大量水的地方扎根，这样蜘蛛才无法接近他们。

同样是三年前，这种途径被发现了，当时，很多"啄木鸟"的据点被捣毁了，得此功劳者，正是储枫的小叔叔。储枫还记得当时铺天盖地的新闻："啄木鸟"勾结国外海盗的恐怖势力,证据确凿,其心可诛。因此,永生岛加强了巡护,现在这种偷渡的方法已经不可行了。

爁氤探长受到这件事的牵连,才会从永生岛逃出去,这也是有可能的。可她为什么会被植入晶体追踪器,为什么手中拿着储枫的小叔叔的短剑?她和张氏集团究竟有什么交集?

"不过,我一直都不清楚这颗宝石应该如何使用呢。"爁氤探长看着手中的剑说。

"应该是有启动机关的。"储枫饶有兴趣地观察着短剑,"我也不知道在哪里。宝石的特性需要通过一些装置释放出来,我的戒指是我自己设计的,我想,这柄短剑也是一样,通过某种步骤才能使用宝石的能量。你看!"他拨动了戒指侧面的旋钮,桌上的铁盘浮在了半空中。

储枫很喜欢他的小叔叔。张氏集团是一个冰冷如机器一样的地方,在他的印象里,父亲从没有对他笑过。但小叔叔对他很和善,那个人每天都保持着微笑,温和而谦谦有礼,似乎有种奇妙的魅惑之力,让人很难在他面前维持警惕。他今年二十七岁,很聪明,有很多成绩,可不知为什么,爷爷并不是特别喜欢他,只有偶尔才赏给他一些恩惠,就储枫知道的,包括这颗宝石,还有几间生化研究所,除此之外,他几乎没有什么权力,甚至没有出过国。而国家的各个命脉都由储枫的爷爷、父亲和其他叔叔掌握着,基本没有任何势力能比得过。

真的很奇怪,储枫想,明明小叔叔和他的二叔、三叔一样,也是祖母亲生的孩子呢。


航行六天前,上午十点整。

流离一行人在海城拜访了米杉提到的海明少尉。

严格来说,这时,他已经成为海明中校。

谁也没有想到,正是海明中校主导研发了针对"银色蛛丝"的强大屏障系统,并将其卖给了其他国家,不仅为国家赚取了巨额财富,还彻底阻止了二十年前永生岛将"银色蛛丝"扩张到全世界的趋势。如此功不可没,才会让他在这二十年里节节攀升。而作为"银色蛛丝"发明者的米杉,竟然会与这样的军官有交情,这真是一件奇怪的事。

更让人惊讶的是，据海明中校所述，二十年前，告诉他该如何建立屏障系统的，竟是从永生岛逃出来的米杉本人。

"这没什么可惊讶的，"海明中校说，他是一个四十五岁、身材挺拔、不苟言笑的男人，"他既然和张氏集团闹翻了，又想找一个好的藏身之处，就不可能让张氏集团凭借他的发明肆意妄为。呵呵，搬起石头砸自己脚的这种事，他从小到大可没少做。"

"您和他到底是什么关系呢？"流离好奇地问，"看起来十分要好。"

"一点儿都不好。"海明中校严肃地说，"小时候，我恨不得弄死这个阴邪恶毒的小崽子。只不过共同的利益将我们暂时捆绑在一起。二十年前，他来找我的时候，那憔悴的模样简直不敢想象，我做梦也想不到，一向心高气傲的他能有求到我的那一天……"

环顾四周，五双大眼睛正一眨不眨地盯着他，困惑、不满、诧异等目光将他团团包围。他重重地叹了口气，将手中的绿茶放在了面前的办公桌上，站起身来踱起步。"好吧，"他说，"如果我不说得明白些，你们是不会理解的。我想你们都知道，米杉曾经是往生岛上的孤儿……"

"不，我不知道。"储枫和轻葶不约而同地小声嘀咕道。

"我和他一样。"海明中校没有听见他们的话，继续说，"我们都生活在圣光孤儿院。那时候，孩子们都很怕他，当时流传一种说法，他被来自地狱的魔鬼附身了，他的眼睛能穿透人们的灵魂。"

"这种传言不是很扯淡吗？"流离一拍茶几，义愤填膺地说。放在桌上的茶杯被震得发出声响，而爥氲探长面前的绿茶几乎是满的，振荡出来洒在了桌子上，只见她小心翼翼地抽出一张纸巾，轻轻地擦拭着。

海明中校笑了笑，说："你的反应简直和小时候的水流离一模一样。"

刚见到流离的脸时，海明中校曾十分吃惊，扶住了桌角，喃喃自语着："原来如此，怪不得，竟然有这样的事。"流离想，他一定也认识二十年前死去的那位水流离。"我想，我和她不是同一个人。"流离的脸微微有些泛红，小声回答道。

海明中校对此没再说什么，只是点了点头，继续解释道："总之，这种说法确实是有根据的。我在九岁的时候，因父母双亡，在孤儿院生活了两年时间，然后被消亡大陆的军官家庭收养。在我来孤儿院之前，那里曾有过一位十分有名望的院长，慈爱、伟岸、受人敬仰，孩子们无比拥戴、尊崇他。然而，在五岁的米杉被收养进孤儿院后，不到一年的时间，那位院长就死了。传言，在院长死去的前几天，不知为什么，变得神经兮兮的，似乎突然特别害怕米杉，曾经不止一个人见过，院长指着米杉，看起来恐惧极了，大喊大叫，说有魔鬼渗入了他的影子里，说他的灵魂肮脏不堪。没过几天，院长就死了，死状特别凄惨，全身上下中了无数刀，几乎没有完好的地方。那天下着瓢泼大雨，很多人说在院长的窗外，飘着米杉透明的身影。"

"这么玄幻的事情，怎么会有人相信呢？"流离不服气地说。

"而后的几年里，凡是曾经冒犯过米杉的孩子，都会莫名其妙地死去。"海明中校微笑地接话说。

流离瞬间哑口无言。这些事情确实过于巧合与诡异，而她根本不了解从前的米杉，也就没有资格在这里为他辩驳。只是，她突然有些理解，米杉为"沉睡领土"所虚构的日记，和现实中的童年有着怎样的对应。这时，她听见旁边的骊四在小声念叨着"对不起，米店长，我以前不是有意冲撞你的"，不禁感到无语和好笑。

"我不知道他现在变成什么样子了，但是他曾经非常阴森冷漠，孩子们都不敢靠近他，而他似乎很享受这一点。"海明中校说，"而我在离开孤儿院以后，再次听见他的名字，便是他在张氏集团名声大噪的时候。"

沉默了一会儿，流离正想提起他们此行的目的，储枫突然插话道："其实，我对于您所说的，米杉先生如何搬起石头砸自己的脚这件事，感到非常好奇呢。"

只见他那深蓝色的眼睛炯炯有神，盯着海明中校，看来是真的很感兴趣。流离无奈地摇了摇头，而海明中校则哈哈大笑，说："你是说，他在同院孩子的水杯里下毒，结果被揭发，被一群人摁在地上，老师把下了毒的水灌进他的嘴里，结果他差点儿死掉，住院住了好久这件事吗？这可不是一件有趣的事情啊！"

海明中校口中说着这样的话，结果笑出了眼泪。可是，这种毛骨悚然的事情真的有这样好笑吗？流离郁闷地想。她看了看同行的其他人，他们似乎都有点被这件事吓到了，轻莩显得格外局促。确实，他们所认识的米杉，在儿时做出这种集疯狂、残忍、恶意于一体的事情，是很难想象的；他所遭受的对待，也是很难想象的。这时，只见海明中校大手一挥，指着流离说："对了，不就是你揭发的他吗？"

"哎？"看见所有人的目光都望向自己，流离尴尬极了，"我都说过了，不是我……"

"哦对，你们不是同一个人，我总忘。"海明中校一拍脑门，"不过，你们实在是长得一模一样，也不怪我弄混。"

他说的是真的吗？如果是这样的话，那米杉不是应该很讨厌她吗？流离的心开始"扑通""扑通"地跳起来。她想起过去某些极短的瞬间里，米杉会流露出不自然的、同时糅杂着悔恨与憎恨的感情；当她被困在废弃医院的空间时，米杉说"有个杀人魔，正盯着你们呢"，那一刻，她莫名地觉得，米杉很想让她就那样死去。此时，她在这句话中体会出了别的含义。

他们成功地从海明中校那里取出了米杉寄存的箱子。且在随后几天，海明中校帮他们打点好了一切，来自婆娑小镇的人，有了合法的身份、护照，他们的面部数据也录入了永生岛的旅游许可中。虽然这种事情，张储枫也能尝试，但以他当前的年纪和社交圈，还很难在不引起张氏家族注意的情况下办成，他想尽量避免这样做的。海明中校真是帮了大忙。

海明中校还与天堂号的船长打好了招呼，允许他们携带危险物品。天堂号从属于消亡大陆，这使得这件事变得非常容易。而到达天堂岛后，入境时会通过安检，海明中校嘱咐他们，一定要在二十七号口排队，那边的工作人员不会检查他们的随身行李。

储枫很好奇，在如此戒备森严的永生岛，海明中校是如何与其联系、打通关系的？难道，永生岛的管理还存在什么漏洞吗？然而，在海明中校锐利的目光下，储枫打了个寒噤，默默地缩在了一边。他很清楚，作为张氏家族的人，他不得不谨言慎行，避讳探听这些近乎"敌国"军事机密的东西。

就这样，怀着忐忑不安的心情，一行人登上了天堂号邮轮。


航行第五天，午夜零点半。

距离海盗入侵天堂号，已经过去了两个小时。张储枫独自一人来到四楼，走廊通道里负责看守的海盗发现了他，果然不知道他是谁。他们将他抓了起来，带到了甲板上。

被海盗抓住的轻荨看见了他，露出难以置信的惊讶神情，同时十分感动。而他笔直地站在那里，看见海盗中有几个小头目，似乎是知道内情，举起枪对准了他。"竟然独自前来送死，逞英雄吗？这就送你下地狱。"那些人起着哄，想要借着这种机会干掉他。

"我是永生岛掌权者张禾的长子张储枫！"他突然对着海盗用于公放广播的麦克风大吼道，"我是来做人质的！这里的每一个人，此刻都会知道我！他们会听到，你们是想绑架我，还是毫无道理地直接干掉我！"

不知道内情的海盗果然陷入慌乱中，他们没有想过同时得罪消亡大陆和永生岛，一时手足无措。而那些想要开枪的人也短暂地犹豫了，他们如果直接开枪，岂不是摆明了就是冲着他下手的吗？那么之前大张旗鼓的铺垫，又有什么意义呢？

果然如此。看着对方的反应，储枫想。海盗背后的人不想让人知道，有人刻意想对他下手。那个人想让他死于病发、意外，怕他父亲追查下去。这些海盗果然只是工具，是替罪羊。如果他只是被海盗的暴乱牵连而死，那么永生岛可能只会清剿海盗，而不会知道还有其他背后操控者，不会知道那个人的真正动机。

那个人到底是谁？不，不是"啄木鸟"组织，"啄木鸟"组织暗杀他的话，是不需要偷偷摸摸的。一定是一个在他们视野之外的人，一个轻易不会让人想到，但是一旦这种动机暴露，就会变得很不利的人。

想着这些，储枫的心情愈发沉重起来。他被海盗压着，跪在轻荨身边，握紧了口袋中的小橡胶球。那是他来此之前，流离交给他的，当时还有一针液体。"这是米杉发现的'蔓莎海螺泪语'，会让人产生幻觉，针管里是解药。"流离是这样解释的，"以防万一，我们三个已经提前注射过了，它不会对轻荨产生影响。关键时刻，它有可能会帮助你。"

接过针管后，储枫毫不犹豫地将其刺到自己手臂的静脉中。

现在，他跪在这里，内心无比紧张。身后的服务生还在盯着他的后背，眼睛发出瘆人的幽光。


航行第五天，午夜零点半。

与储枫分开后，流离、魍四和爝氪探长没有向楼下跑，反而跑到了二十楼的顶层。那里有泳池和错综复杂的滑道，一个向外凸起的跳台在船头的左侧，是极限蹦极的区域，正下方就是海面，最低点能够落到第十一层。他们将弹力绳拆开，将两根绑在了一起。

"只有这样的办法了。"流离喘着气，平复着自己恐惧的心情，瑟瑟发抖地说，"我们需要将海盗引开，才能阻止他们继续屠杀。"她看着虢四将弹力绳绑在自己的身上，而她和爝氤探长会使用另一根弹力绳。

储枫感受到身后的寒气在渐渐逼近。他微微低下头，看见巨型蜈蚣一样的触手，一只小足握着一根针向他靠近。毒针？他惊悚地想。是啊，心脏病，这是最"正常"的死亡方式。想着这些，他猛然往旁边一闪，服务生的针刺歪了。"不要动！"海盗举起枪向他怒吼。这时，他抬起头，看见一道身影从顶层飞跃而下。

虢四在空中向下坠落，到甲板处时，弹力绳渐渐收紧，略微有些减速。"趴下！"他大吼。储枫抱住轻葶和她一起趴在地上，同一瞬间，虢四举枪射穿了储枫正后方的服务生的头。死去的服务生尸体，衣服下软绵绵地伸出了很多一节一节的蜈蚣触手，其中一根握着的针尖距离储枫的太阳穴仅剩几寸。

海盗们被突如其来的变故打乱了手脚，开始向虢四的方向射击，但虢四已经下落到甲板以下的位置了。海盗向栏杆处涌去，趁此机会，储枫从口袋中掏出"蔓莎海螺泪语"，重重摔到地上，薄薄的橡胶外皮被摔破，雾气瞬间弥漫开来，充斥在甲板上方。

海盗的思维变得有些迟钝了。储枫拉起轻葶，躲避着海盗莫名其妙的舞蹈或攻击，跑到栏杆旁，看见虢四正好落在了海盗的快艇上。虢四抓住快艇以防自己被弹回去，解开了腰上的弹力绳，一枪干掉了驾驶着快艇使其与邮轮保持同速的海盗。

储枫将海盗剩下的升降绳绑在了轻葶身上。他们都将到那快艇上去。邮轮上的救生艇应该已经被控制住了，他们只能去抢对方的船，只能以这样的方式逃离。否则，总有人在找他，船上的屠杀永远不会停止。

这时，夜空中的阴云散开了，出现了星星和明月，大海泛起朦胧的微光。他们看到甲板的暗处突然出现一只巨大的怪物，不禁惊愕不已。它究竟是从哪里冒出来的？

这只怪物的体态十分怪异，头很小，长满了黑色的毛，嘴却可以张得很大，仿佛整个头骨都对半裂开一样，发出让人毛骨悚然的声音，然而，它有八条腕足，每一条竟然长达十四米，十分粗壮，每一条腕足都如同一只巨型蜈蚣，长着更多一张一曲的小足，流淌着青绿色的黏液，剧烈地扭动着，卷起一个海盗就塞进了嘴里。

触手向储枫的方向飞快地伸了过来，储枫赶紧将轻葶送下船，自己一低头，躲开了挥来的触手。轻葶降落到快艇上，骊四接住了她，将升降绳解开了。"发生了什么？"骊四问。从他的角度看不到甲板上的情况。

"吓死我啦！有怪物！"轻葶语无伦次地跟他解释。这时，有子弹向他们射来。是其他快艇上的海盗。骊四把轻葶挡在身后，举枪回击，他向上看去，似乎其他人都遇到了麻烦，于是，他一咬牙，将快艇驶离了邮轮，躲避着其他快艇的追击。

"轻葶姑娘，帮我控制下。"骊四说，"我来把这些讨厌的老鼠干掉。"轻葶点了点头，从骊四的手中接过方向盘和控制杆，骊四则更专注地对付起那些对他们紧咬不放的海盗。好在快艇上留守的基本只有驾驶员，大部分兵力不在这里。骊四举起他们抢来的火箭筒，对准了距离他们最近的一艘快艇，一炮便将它轰飞了。手持火箭筒一共只有四发炮弹，现在还剩下三枚。

他们暂时摆脱了麻烦，向上张望着，由于快艇离开了邮轮一段距离，从现在这个角度，他们可以看到甲板上的庞然大物了。只见那怪物的巨型触手缠住了储枫的手腕，将储枫挥到了天上，储枫发出惨烈的嚎叫声。

"啊啊啊啊！"与这个声音同时嚎叫起来的，是水流离的声音，她和燣氤探长终于从跳台上跳了下来。她的双手紧紧抓着燣氤探长，看样子十分紧张，"腰部安全带是坏的！安全带是坏的！"她大喊。

"没有办法了！"燣氤探长说，"情况紧急，我们只能现在跳下来！"她一只手拿着短剑，另一只手在下落的过程中，抓住了被挥到天上的储枫的脚。"砍断触手！"她对储枫喊道，将短剑递给储枫。储枫用没被缠住的另一只手接过扔来的剑，狠狠一挥，便将缠住他的触手砍断了。

"真厉害！"他叫道，"我尝试使用戒指的高温和电流，都无法穿透坚硬粗糙的皮肤，对它丝毫没有影响。我根本没想到这把剑能砍断它！"

他们的空中轨迹因为怪物的拉力而发生改变，储枫的后背撞到了甲板的栏杆上，看样子受了伤。三个人落到海面，又被弹了起来。蜈蚣触手挥了过来，像挥动球棒击打棒球一样，狠狠地打在他们身上。他们被击飞，远离了邮轮，弹力绳从他们身上脱落下去，三个人共同落到海里。

轻葶将快艇驶向同伴们落水的方向，尽量稳定在落水的同伴身旁——这对她来说并不容易，要知道她连开车都是战战兢兢的。鱺四趴在快艇旁，将落水的同伴一个个地拉了上来。

流离、储枫和爐鼠探长被海水呛到，趴在快艇上狼狈地喘息着，全身湿透，在夜间的海风中哆哆嗦嗦。然而，此时却没有休息的时间，一转头，他们看见那巨兽也跳进了水里。大海是它的领域，它速度飞快，在快艇身后紧追不舍，轻葶已经将速度提升到最高，却依然不能甩掉它。他们无法想象这种怪物竟然游得如此之快。

鱺四举起火箭筒，对着怪物的方向射出一发炮弹，然而，怪物很快地闪开了。

“反应好快！”鱺四感叹着，眼睛紧紧盯着怪物的轨迹，然后尝试发射出下一发炮弹。这一次，怪物虽然快速闪躲，但还是被炸弹炸断了好几根触手。它因疼痛而扭动着，迅速潜到了海中。

“这下子，我们看不见它了，不知道它会从哪里蹿出来。”鱺四说，他紧紧盯着海面，但那只是一片漆黑的海水而已。轻葶只能一直保持着高速，才不会被怪物抓住。渐渐地，邮轮被远远落在后面，看不见了。

“不好了，”流离说，“快艇上没有任何雷达，我们失去了参照物，像无头苍蝇一样乱窜，也不知道方向是否正确的。”

听了这话，轻葶将快艇往回开了一段距离，速度减慢了些，尝试着找到邮轮，可绕了很久，却没有发现任何踪迹！这时，几条触手从水下伸出，缠住了快艇。是那只潜入水下的怪物，它想要将快艇直接掀翻！然而此刻，储枫却十分冷静地说：“等你很久了。”说完，他将手伸到海水里。戒指发出微光，快艇的周围形成了一块浮冰，怪物被冻住了。

“抓住你了！”储枫胸有成竹地说。

鱺四将火箭筒抵在了冰上，冷冷地看着怪物。“永别了。”他向怪物挥了挥手，一炮轰碎了浮冰，怪物的身体随之四分五裂，彻底死去了。


航行第五天，午夜一点整。

流离落入海里的那一分钟，想起了一件小事。

她想起自己曾经徘徊在一个狭小却温馨的房间里，房间的窗户紧闭，窗外漆黑一片，房间内有一张单人床，床上躺着一个十五岁左右的小姑娘，有着美丽的浅金色头发和浅蓝色眼睛，却是病恹恹的，面色苍白晦暗。床头柜亮着一盏台灯，小姑娘靠在那里，腿上放着一本打开的、精装的纸质书。

流离还清晰地记得自己犹豫不安的心情，但具体是因为什么原因，便无论如何也想不起来了。

"我讨厌这个结局，"小姑娘指着书上的段落，无比难过地说，"它总让我联想到现实。我同学的好朋友就是像这样被烧死的，那个同学性格叛逆，他们把错全怪罪在他的好朋友身上……如果你也这样，那又该怎么办呢？"

"不会的，"流离记得自己这样说，"这本书的结局，是可以被改变的。"

"可是你已经离开一年了。"小姑娘虚弱地说。她猛烈地咳嗽着，小拇指膨胀起来，变得像一个网球一样，爆掉了，血肉飞溅得到处都是。

在那一瞬间，流离感到十分悲伤。她将一片药和一杯温水递给了小姑娘，小姑娘开心地吃了下去，很快就睡着了，她的小拇指也恢复了正常。

书桌上的屏幕亮着，屏幕那边是一模一样的房间，站满了穿着钢铁防护服的"人"。但流离丝毫不担心，机器被她藏在很隐蔽的地方，对方是不会找到的。

流离离开房间后，穿过曲折婉转、歪歪扭扭的小巷，走了很久，那感觉又如同此刻的浮沉，飘忽不定，直到双脚踏上冰面、双眼看见暗红的天空。她来到一个叫作"失败品集会"的地方，见到了一个看起来玩世不恭的年轻男子。那名男子靠在一把很有年代感的扶手摇椅上，捧着电子书屏，津津有味地阅读着。

流离探过头去，看了看内容，他读的书和小姑娘是一样的。

"欢迎！"男子一跃站了起来，张开手臂，夸张地说，"你能找到这里，真的很不容易。我们不得不经常改变地点。你知道的，我们一直在不断地死去，意识与灵魂依然未抹消的同伴可不多了。"男子挥了挥电子书屏，"但你的个性促使了你的选择，就和书里一样。相反，如果是那些苍白无力的故事，无论怎样，生命也会是苍白无力的。"

"这本书可没有一个好的结局。"流离说。

"如果真如你的造物主所述，如果爱和思想真的能够完美复刻出来，我相信，结局会改变的。他不能决定结局，只有你能决定。你所拥有的权利，和其他人都是同样的。加入我们，你就能获得解脱。注意到了吗？"男子指着她的脚踝，微笑着说，"你脚上的镣铐已经没有了。"

流离所想起的这件事，她自己都无法确定，是否真的发生过。只有一点她是肯定的，在她失去记忆之前，她曾落入海中，就和现在一样。


航行第五天，凌晨五点整。

远方的地平线浮起晨光，漆黑的天空渐渐弥漫起纯净而梦幻的金色和蓝靛色，阴森冰冷的大海终于有了些许温度。

快艇正稳定地行驶着，他们偏离了航线，也找不到邮轮，只能借助手机上的指南针，好在这里距离永生岛不会太远，海面又无风，只要沿着正确的方向，总能到达陆地。

一群舰队突然远远地出现在他们身后。

"是海盗吗？"轻荨立刻紧张起来，"他们还没有放弃搜寻我们吗？"

"不……我想，不是的……"储枫眯起眼睛望着舰队的方向，"我想，他们找到我们的原因，是因为我们已经驶入永生岛的海域了，他们定位到了我的手机，知道我在这个位置。"

他站了起来，迎面看着那一群舰队，表情十分不悦。那是永生岛的海上警卫队，当他们接近后，其他人看到了永生岛的国旗、国徽和张氏集团（制造商）的标志。一个人从领头的船舰中走出，对着张储枫敬礼说："大少爷，属下来晚了，是属下的失职。"

储枫皱着眉头问："小汪指挥官，你们怎么会从我们的身后追上我们？"

小汪指挥官站得笔直，义正词严地回答说："我们已经到达了邮轮附近，但是这时出现了大少爷的信号踪迹，便立刻来此营救大少爷。"

"那还有几艘船舰留在邮轮那里？"

"两艘。"

"给我回去！"储枫气得嘴都要歪了，对着小汪指挥官大发脾气，"你们这么一大群船舰来捞我一个人，就连指挥官也在这儿，那船上那么一大群人所面临的威胁就不管了吗？"

"统领下达了命令，一定要把大少爷安全带回去！"小汪指挥官高亢地回答，就好像要让所有人都听到一样。他的神情十分认真严肃、目光如炬。

"闭嘴！"

"是！"

就这样，他们跟着永生岛的海上警卫队一起回到了邮轮上，这时，消亡大陆的海空两用战机队也刚好赶到，漂浮行驶在邮轮旁。船上的海盗可能提前发现了敌情，早就回到自己的船队逃亡了。

海盗们的行动失败了！

没有人知道海盗此次为何突然采取如此大胆而疯狂的行径。根据幸存者的口述，甲板上的海盗和游客有的陷入疯癫，有的昏迷不醒，在甲板下区域与船员对峙的那部分海盗因此失去了人质。他们没有选择继续挟持那些游客，来夺取舰桥、配电房、船长室，而是莫名其妙地派出很多兵力去搜寻被抢走的快艇。在茫茫漆黑的大海上，他们什么都没找到，无功而返，那时，船员们已经占据了优势，将神智处在幻觉中的游客全都带到了安全舱。海盗再想劫船，希望变得愈加渺茫，无奈之下，他们知道救援很快会赶来，便纷纷撤离。

流离松了一口气。看之前海盗那凶残而执着的势头，她本以为还会有一场恶战，到时候，不知道又要有多少伤亡。不过，她的担忧也并非完全是错的。据说海盗决定离开时，内部似乎发生了很大争执，有几个人还不太愿意放弃，那几个人形销骨立，嘴唇惨白，眼睛深深凹陷在眼窝里，像是看到了什么可怕的事物一般，看起来十分恐惧。

而玻璃制旋转楼梯下方的小女孩儿、甲板上中枪而死的服务生，他们的尸体全都不见了。


航行第五天，早晨七点整。

一个年龄四十五岁、长着髭须的男子坐在偌大的总指挥室中，看着眼前的显示屏，神情严峻。他就是张禾，是张储枫的父亲，虽然已经有些年纪，但威风凛凛、英气逼人、威严无比。

屏幕里，是各种各样的线条、数字、图像轮廓，是"银色蛛丝"显示的分析结果。储枫刚进入海域时，四面环海，海盗快艇上也没有机械蜘蛛，是通过手机信号才定位到他的位置。当海上警卫队的船救起储枫时，"银色蛛丝"才探测到信息，它们显示，当时快艇上只有两个人，为储枫和他的一位大学同学，那位同学名叫花梨木轻葶，出生于消亡大陆的一个普通家庭中。

而后在与小汪指挥官的确认中，对方并没有否认这个说法。

虽然儿子被救起来，是一件值得庆幸的事情，但眼前这份探测报告一点儿都不会让他感到高兴。他向来很反对储枫出国留学。储枫在出国后，也很少与他们联系，并且用各种方式逼走了所有暗中的保镖，完全不让人知道他的位置，他在干什么。这一次，更是擅自乘坐邮轮回国，得救后还非要回到邮轮上去。这种冒失而仁善的性格不是他所喜欢的。

说起来，他十三岁的小儿子足够狠心，这点深得他意。但小儿子不如储枫聪明。如果他们的优点能够组合在一起，那该有多好。可见，世上的事情并不能皆如人意。想着这些，张禾左边的太阳穴开始感受到刺痛，他无奈地轻轻揉着。

这不是什么大问题。想到往生岛上丰富的石油，以及跨海大桥大工程，张禾开始考虑起与布里安家族联姻的事情。


航行第六天，夜晚八点整。

在往生岛的海岸边，一个绑着头巾的小伙子想去不远处的渔夫家里买些鱼。他知道，那渔夫家里住着一对姐妹，她们的丈夫都是渔夫，加上孩子，一共九个人住在一起。这几天，丈夫们正好在外，出海打鱼。小伙子想着，他要去买几条鱼，如果能顺便调戏一番留在家里的两个年轻女子，那也是好的。想到这里，他不禁哼起了小曲。

到了渔夫家，小伙子发现房子的门敞开着，不禁觉得奇怪。平时男人们不在家，姐妹两个往往很谨慎，断不会有此疏漏。他小心翼翼地进去，几间屋子都寻找了一圈，没有找到人，于是，绕到了后院。

眼前的景象让他吓得魂飞魄散，尿湿了裤子，跌坐在地。后院的绳子上，向来晾着很多小鱼干，然而此刻，两个女人、五个小孩儿和密密麻麻的鱼干挂在了一起。

七具皮囊的脚下立着一根木牌，正好就在因双腿发软而跌倒的小伙子面前，上面清清楚楚地写着几个字：这是神的奖励。


航行第五天，早晨七点整。

小汪指挥官正在与消亡大陆的军队负责人进行交涉。这时，他的通讯器响起了。小汪指挥官接起通讯器，声音洪亮地立正敬礼："张统领！"

他将通讯器递给了储枫。"父亲大人，"储枫接过通讯器，态度十分恭敬，可眼神是冷淡的，"是的，我很好……擅自选择船只回家，是我的错……是我坚持要回来的……的确太过冒险……谢谢父亲大人的关心……好的，我登岸后立刻回去……请代我向母亲大人问安。"

流离裹着毛毯，坐在甲板的地上，看着这样的情景，她觉得有些想笑。

耻四走了过来，坐在了流离的身边，说道："我知道储枫是张氏集团的大少爷，但是，这还真是出乎意料。永生岛似乎从来没有过财阀做统领的先例呢！"

"不，你误会了，国家统领不是张禾，是一个叫朴鑫孟的人。"轻荨也走了过来，坐在了流离的另一边，"但朴鑫孟的妹妹朴政伊是张禾的妻子，而他自己也是因为有张氏集团的帮忙才能当上统领的。本质上，永生岛一直由张氏集团在实际控制……啊，这些信息都是消亡大陆的小道消息，等到了永生岛，可不能讨论哪……总之，不知从什么时候开始，也有人开始称呼张氏集团的总裁为'张统领'，这件事没有任何人反对。张氏家族既是商人，也是政客，权势滔天，手下很多人还身居国家要职，这么说也没差。"

"张氏集团一直用'银色蛛丝'控制着永生岛，会变成这样也是正常的。"耻四满心愁苦，"在这样的环境中，我感到越来越紧张了。"

"不要担心。"流离露出明媚而鼓励的微笑，她望着升起的朝阳，充满信念地说，"这次，我们齐心协力，战胜了危险，没有人再伤亡，没有人再离开我们。命运会从这里开始逆转。从此以后，不会再有人被击倒了！"

# 第三章
# 永生岛

# 01. 不存在的酒吧

顿斯林在汤潭城的边缘经营着一家小酒吧。

汤潭城与永生岛的游客区相邻，每当刮起南风，顿斯林就会闻到游客区传来的阵阵花香，这让他的心情十分愉悦。汤潭城本身也是一个很有历史感的老城，有很多名窑，盛产陶瓷玉器；只是近年来发展工业，一些古建筑给拆掉了，换成了钢筋水泥的建筑。不过，这的确让人们也享受到很多便利，况且，游客区里还保留着很多古老的寺庙和城楼，有机会也能看到。顿斯林自己的老爹就住在新建成的医院里，医院大楼仅花费两个月时间就建成了，不得不让人感叹这高效与发达。小酒吧附近有一个地铁站，还有一个高空索道站，都可以直接通向医院，顿斯林可以很方便地经常去探望老爹，只是车票钱略有些贵，也算是唯一的一点儿小遗憾吧！

这天，他一如往常，将门上挂着的牌子翻到"开业"后，回到吧台后面擦拭酒杯。一只小蜘蛛从他的手边爬过。但他丝毫不觉得担心。他的店里并没有什么卫生问题，他买了最新款的"鹿牌"杀虫剂，除了作为安全监控的小蜘蛛，其他昆虫一个不漏，全可杀死，整个小酒吧非常干净、整洁如新，卫生管理局的人连一个小飞虫都看不见，每次检查都赞不绝口，几张金灿灿的证书和许可证就贴在他的墙上。

而那杀虫剂既然通过了审批，必然对这些特别的小蜘蛛是无害的，这一点非常重要。它们是国家财产，损坏它们就像损坏公共设施一样，可是要负法律责任的。

人们的语言和动作，都可以被蛛丝网探测，上传到初级信息处理基站，这是众所周知的事情。初级信息处理基站由区镇级治安管理局进行管理，只要他们想，他们可以在任何时候翻阅那些上传记录，从而检查是否有危害社会安全的现象发生，对于侦破案件也会大有帮助，人们没法知道某时某刻某个人的一言一行是否会被审查。较严重的事件会汇报给中级信息处理基站，也就是城市级治安管理局；以此类推，再往上是域级治安管理局负责的高级信息处理基站；而顶级信息处理基站只有统领和张氏集团才能把控。社会就是这样有条不紊地运行着。

顿斯林今年二十三岁，从小到大就是在这样的环境中成长起来的，行为举止非常符合规范，而对于那些年纪稍大些的人来说，却很难做到如此，就比如他的老爹，有时候会抱怨"定期身份审查"这件事太麻烦。但顿斯林认为这样做很有必要，能够防止某人在某期间前往地下等"银色蛛丝"覆盖不到的地方进行非法活动，再假装若无其事地回到大众中。况且，很少有人连续那么久都不被蜘蛛扫描到。即使真的有，也是治安管理局先派人去调查下情况，身正不怕影子斜，如果只是碰巧，那么调查人员审查登记后也不会有问题；其他原因还有溺水（登记为死亡并删除资料）、非法出岛（登记为通缉犯且一旦再次出现便立刻逮捕）等。老爹的抱怨属于一种质疑管理政策的行为，经常会收到治安管理局发出的警告信息，严重时甚至有人上门警告，但老爹屡教不改，经常忘。顿斯林真的担心，不知道哪天老爹就要被抓进拘留所里。

顿斯林习惯这种生活，不，更为确切地说，按这种生活方式生活已经成为他的本能。他觉得这样就是正常的，不这样反而不正常，他无法想象别的国家的人如何保证自己平安无事。他听说那些混乱的地方，夜晚八点钟之后都不敢出门，否则很可能会遇上流氓、醉汉、难民、黑恶团体。而在永生岛，一切阴霾都暴露于阳光之下，任何潜在的危险都会被排除，顿斯林很庆幸自己会能够生活在这样一个让人感到安心的地方，他是一个勤勤恳恳、任劳任怨的守法良民，只有可鄙的罪犯才会对此反感和不安。他想起自己刚开始使用"鹿牌"杀虫剂的那几天，一些顾客在他这里喝酒吃饭后，食物中毒被送去了医院，故意找碴儿说是他这里的饮食有问题。那些人体格健壮、满脸横肉，像是要将他生吞活剥一般，顿斯林吓坏了，生怕自己触怒了这些人，引来无妄之灾。幸好，那些人只是口头威胁了一下，顿斯林想，如果不是处于"银色蛛丝"的时刻监视下，自己很可能就会被拖到没有监控的地方被暴揍一顿了。那些人看起来真的很不好惹！

顿斯林去治安管理局举报了自己被口头威胁这件事，而治安管理局的人查出当时的情景已经被自动识别并上传保存，因为"银色蛛丝"探测到对方的这种语言有扰乱治安的可能。最终，那些找事儿的顾客被带走拘押起来。顿斯林想，如果那些人先去警局申请调查，而不是直接来找他"私斗"，那情况可能有所不同。当然，他相信自己的食物没有问题，一定是什么别的原因导致的，治安官们一定也能查出来，还自己清白。只能说，那些人太冲动，以为人高马大、人多势众就能吓到他。唉！人啊，就不能冲动，就不该冲动，不要觉得情感充沛、内心激动、血气方刚算什么好事，凡事都要理性才行，要想想对自己的好处。顿斯林无比感谢英明神武的执法者阻止了可能发生在他身上的无理取闹，他的日子才会依然平静祥和。

顿斯林去举报的那一天，白天一直在下雨，到了下午五点左右，雨变小了，顿斯林才出门。路过一个小学的时候，看见很多家长围在校门口，一直在拨打治安管理局的电话。从他们的喧闹声中，顿斯林听出，似乎是有个亡命之徒劫持了小学生们。好稀奇的事！这个犯人顿斯林也知道，是学校的清洁工，偶尔去他的酒吧喝酒，四十岁左右，一直遵纪守法、循规蹈矩地生活，顿斯林无论如何也想不到他会突然暴发此等疯病。因为那个人看起来真的很老实！莫非，这个人是恐怖组织埋藏在他们身边的特务？

治安管理局的人一直没有出现。这也是可以理解的。永生岛上，当雨量到达中雨以上的程度，人们不允许出门。过多的水会对机械蜘蛛造成损害，所以大部分蜘蛛会自动聚集在干燥的地方，室内丝网变得密集，室外逐渐稀疏，而疾速坠落的水滴也会对蛛丝的探测形成干扰，所以，蛛丝对雨中事件的探测精度会比较低，这就是颁布雨天禁令的原因。家长们很着急，但他们也都躲在棚子下干燥的区域，顿斯林听见一个女人说，她的丈夫冒险去治安管理局寻找救援去了。

顿斯林走到治安管理局，看见门口围了几个人，但是周遭十分寂静，甚至能听见雨后的树叶落在地上的声音。顿斯林踏过淡红色的水坑，走进大厅排队，中途去上厕所的时候，无意间看见有人用担架抬着一具三十多岁男子的尸体路过楼梯拐角，男子拿着小学生的书包，他的头部有个弹孔。

顿斯林在第一时间下意识地认为，这位赶来报案的父亲被治安官开枪击毙了。或许他被当作了那个亡命之徒，还对治安官们大吼大叫来着？但这仅仅是个想法而已，顿斯林自己也觉得可笑，他不会告诉任何人。总有人会因为把不负责任的猜测肆无忌惮地传播出去，引发谣言，被抓进监狱。况且，就算事实真的是这样，那也是这名男子先违反禁令，他一时着急，冲昏了头脑。顿斯林不禁感慨，为什么人们总不会理智地思考问题呢？

这件事最后是如何收尾的，顿斯林一直都不知道，因为很多天过去了，也没有出现这方面的新闻，网上也没有讨论。这与他没关系，他需要安分守己，需要努力赚钱，为老爹做换肾手术。他每天工作都非常辛苦，酒吧很早就开始营业了，这样，他就可以比其他酒吧多挣一份早餐钱。虽然更换机械肾脏的手术费很昂贵，但是他可以购买一个普通肾脏，而这笔钱很快就要攒够了。听说那些聚集了"外国劳动者"的工厂，有很多人自愿卖肾，正好可以提供给像他这样的普通人家做肾源。想到这里，顿斯林欢快地哼起了歌。

又一只蜘蛛从他的手边爬过，顿斯林伸出一根手指，作势要触碰蜘蛛，结果蜘蛛很快地躲开了。不过顿斯林知道，这样的小动作完全没问题，虽然会被上传给基站，但是治安官们检查后也不会觉得这个人能有什么威胁，况且他们也不会事事都事无巨细地检查。他打开吧台上的小电视，电视里正在播放早间新闻。这些新闻早已在网上传开了，引起了轰动性的效果，几乎家喻户晓。

播音员正在播报的第一条新闻，是永生岛的年度经济报告。过去的一年里，国内生产总值又增长了五个百分点。这类新闻每年都会在这个时候播报，每年国内生产总值都会持续稳定增长，每年各地都会张灯结彩，歌颂人们在统领的英明领导下所获得的幸福生活。

顿斯林想起，又该到了为庆典捐款的时候了，不禁有些发愁，最近的生意越来越不好，连治安管理费和卫生管理费都要交不起了，他还想赶紧攒够钱去买一颗健康的肾呢！

接下来，开始播报第二条新闻，一家生产无糖健康饮料的工厂被查封。他们表面上喊出口号"为了糖尿病患者、肥胖症患者的健康"，实际上，使用的还是白糖，而不是配料表中的赤藓糖醇。而替换配料这种事情，是很难被探测到的，这也是工厂这么多年逍遥法外的原因。很多患者在长期饮用后，都病情加重，这才将其曝光。评论员说，工厂甚至不去使用价格低廉的糖精，而是刻意换成白糖，恐怕不只是为了节约成本这么简单，而是有意为之，其心可诛。工厂负责人早期经常在网络发布不实信息，喜欢发表社会评论，但那评论往往只是发泄不满、宣泄恶意、传播负能量而已。此类言论被（瞬间）自动删除的次数达到几十次，该负责人更得到了治安管理局的多次严厉警告。如今，发现他有此罪行，更是佐证了他的险恶用心。

顿斯林想起，老爹也一直在喝这个品牌的饮料，说不定就是因为这件事得了肾病！新闻里说这家工厂赔偿了受害者很多钱，如果顿斯林也加入起诉，是不是也能获得一笔赔偿金？盘算着这些，顿斯林看见死亡人员名单里有一张熟悉的照片，是前几天在治安管理局看见的那具尸体。电视里的文字表明这些人都是因为糖尿病急性发作而死亡的。

原来如此，斯林顿的心里松了一口气，原来是那个人正好发病了去世呀！顿斯林感觉一块大石头落地了，心想，这下子一切都说得通了。

下一条新闻说的是，来自恐怖组织"啄木鸟"的通缉犯，扎罗尔汉，日前在西北海岸被逮捕归案，半月后会通过网络直播公开执行死刑。这可是一个了不得的消息。要知道，扎罗尔汉可是"啄木鸟"组织的核心领导者之一，男性，今年四十四岁，从二十多年前开始就带头挑衅法律法规，其言论夸大其词、蛮不讲理。这个人执着于抹黑政府，指认政府与财团勾结，通过寡头政治进行专政暴政、牟取暴利，他污蔑并辱骂治安管理局，但这一切不过是他挑动内部分裂、煽动反抗情绪的手段罢了。几年前有个有名的纵火案，新闻媒体十分肯定地说，那是扎罗尔汉干的，这不就露出其青面獠牙的真面目了吗？

顿斯林自豪地想，只有思想意志不够坚定的人才会受到他的蛊惑，而他是不会听信这样的挑拨的。对方所宣称的自由听起来很有吸引力，但不过只是祸害大众、让社会变得混乱的把戏而已。顿斯林在学校里学过该如何去辨认出这种说辞的虚伪之处，他学得很优秀。

接下来，电视里用最长的篇幅开始报道最后一条新闻："海盗大劫难！惊心动魄的十二个小时"。这条新闻从昨晚刚一刊登在网上，瞬间就引起了讨论狂潮，成为震惊全国、热度最高、影响力最大的一则要闻。具体内容是：几天前，从消亡大陆开往永生岛的天堂号邮轮被海盗突袭，遭到重创，乘客与船员也有不少伤亡。来自往生岛的海盗，数十年来首次与两个军事强国发生正面冲突，更何况这条航线距离海盗的地盘也很远，简直不可理喻！永生岛的全国人民都发出了怒吼声。更重要的是，张氏集团的大少爷当时就在那艘客运邮轮上。新闻里说，在这次海盗劫船事件中，这位大少爷与海盗周旋，斗智斗勇，用他无比聪颖的智慧、谋略守护了乘客的生命与财产安全。正是因为他的存在，天堂号才能平安等到永生岛的海警支援。新闻还花费了一定的时间回顾了永生岛的海上警卫队在近些年拯救遇难船只与落水者的以往功绩，并强调在本次救援中，海上警卫队远比消亡大陆的救援更早到达，并在与海盗的抗争中发挥了不可替代的重要作用。

据说，不久之前，消亡大陆剿灭了一个从事非法人体实验与人口贩卖的组织，也是归功于张大少爷的参与，而那边的高层领导人似乎都是迫于压力才去处理，对此咬牙切齿、无可奈何似的。呵，真是个无耻的国家。本来，这种新闻通常都是永生岛的国民们对消亡大陆冷嘲热讽的笑料，例如"消亡大陆表面上维护那些虚伪的法律，其实尽是偷偷摸摸做这些勾当，坑害的都是自己人"等等。当关于张大少爷的事件流传出来后，网络上全变成了对他的夸赞，也绝口不提这种犯罪本身还是否正确、是否虚伪了。这种传闻在永生岛并没有被禁止，大抵就是官方默认了。年少有为的张大少爷在这些事件中大放光彩，名声和威望都大大提升，他的肖像也首次公布在了本次新闻报道中，获得了大批狂热的支持者，其中女性支持者尤其多。

不过从以往来说，在子世代中，顿斯林更常听到的是张二爷的公子张渡楸的事迹。他是个绝无仅有的天才少年，年仅十九岁却总是很活跃，人气也更高，而张统领的大少爷向来很低调，从没有爆出过这种出众的新闻。

真好啊！顿斯林想。只有少数贵族子弟或大公司、大企业的人才，才能有出国工作或学习的机会，他们每次最长可以在外面待六个月，回国后再参加思想政治考试，并持续审查三周时间。当然，张大少爷回国后，肯定不用接受这种考试和审查。他在邮轮上英勇对抗海盗，大耍威风，连消亡大陆那种天天抹黑我们国家的地方都对他赞不绝口，真让人羡慕。不像自己，就算想要见义勇为、逞逞英雄什么的，都没有这样的机会。

想到这里，他打开手机，找到那条"无糖健康饮料工厂被查封"的新闻，关于"治安管理局曾经多次严厉警告这位工厂负责人"这件事，他发表评论说：就不应该给这些社会渣滓"严厉警告"的机会，这样才能更好地防止犯罪。当然，我并不是说我们的司法体系不好，宽宏仁慈、以人为本、让人反省改过都是我们发达进步的体现。可在打击犯罪这一方面，如果有人收到多次警告还不悔改，加上"量刑加重"这一条法规，我是百分百地支持！

看到工厂负责人及其家人的手机号码和地址已经被人肉搜索并公布在了网上，顿斯林又掏出手机，编辑了一条信息发给了工厂负责人：你的家人难道没有用你赚来的脏钱吗？不如带着你的妻子儿女，一起去死吧！

看！我的正义之心是丝毫不会输给别人的吧？发完这些评论和信息，顿斯林沾沾自喜地想。

门外似乎传来什么动静，顿斯林走到门边，悄悄把门打开一条缝。门外不远处，一个老大爷骑着摩托车，后座上坐着他的五六岁的小孙子，他们连人带车都翻倒在地。摩托车后面是一个豪华轿车，车上坐着几个小伙子。摩托车的后车灯和轿车的前车灯都被撞碎了。

一定是轿车追尾了摩托车，把摩托车撞翻了吧。顿斯林第一时间这样判断。因为他知道骑摩托车的爷孙俩是附近的居民，经常来买早餐，每次都把车停在同一个位置。所以这次也很有可能是这样——当爷孙俩把车停好后，还没等下车，轿车就急匆匆地冲了过来，停在这个位置，把爷孙俩撞翻在地。

顿斯林看见轿车司机从车上冲了下来，他检查了一下自己的车灯，简直要气坏了，开始对着老人和小孩儿破口大骂。"你们敢弄坏我的车，知道这辆车有多贵吗？你们赔得起吗？"他大叫。

小孩儿的腿被压在摩托车下面，流血不止，一直在哇哇大哭。老人艰难地从地上爬了起来，颤颤巍巍地指着轿车司机讨要说法："我们停在这里，你们从身后撞过来，简直太过分了……"

"你这个老不死的，想碰瓷也不看看我们是谁？把我们的车撞坏，还敢倒打一耙？"司机一脚踢在老人的肚子上。这时，车上又下来两个人，他们不由分说地挥拳砸向老人的脑袋，老人再次翻倒在地，紧接着，他们开始对着老人拳打脚踢，鲜血从老人花白稀少的头发中流淌出来，落在沙土地上。其间，因为小孩儿的哭声太过吵闹，一个人捡起一块砖头向小孩儿的脑袋猛砸去，小孩儿瞬间没了声音，只能"咝咝"地在那里抽气了。

顿斯林心惊胆战地躲在门后，吧台上的小电视还在播放播音员诗朗诵一样心潮澎湃的赞颂："当残暴的海盗在甲板上公开进行杀人的暴行时，在外留学的张氏集团总裁长子不顾个人安危，率先冲出来与邪恶势力进行对抗，挡在无辜的乘客面前，此等让人感动的英勇行为通过公共广播传递到了每一个人的耳中，也传递到了每一个人的心里。他凭借一己之力，抢占了海盗的快艇，将危险的海盗引开，而自己却深陷困境。"

顿斯林从来不会怀疑某条新闻是假的，而此刻他却不由自主地想从这些语句中找出不合理之处。公共广播？他想，怎么会这么巧，这种无畏行径就被所有人听到？该不会是故意表演、积累声望吧？但是自己若有这种行为，可不会有个大喇叭去放给全世界来听哦！

紧接着，顿斯林又扇了自己一个嘴巴。简直是胡思乱想！难道他想说媒体夸大事实、趋炎附势吗？他怎么能质疑这些消息的真实性呢？想来想去，顿斯林觉得，这都是那些张大少爷的女性支持者的错。都是她们过于肤浅，没有深入思考、了解事实，仅凭对方长得帅就呐喊助威，害得他有些逆反心理，想法也被诱拐入偏见。

他没有看见事情的起因到底是追尾还是碰瓷，所以，他不能有偏见。这些人这么嚣张，在这么安全的国度，不怕监视、不怕曝光，想必是真的占着道理，又和治安管理局有什么关系。再说，就算真的是这些人脑子抽了，发疯发狂，他们也会被抓起来的，完全不需要他来操心。

车上的人叫停了他们，说出一个地址。顿斯林知道，那是爷孙俩的家。这些人坐上车扬长而去，顿斯林觉得，他们应该是去爷孙俩的家里索要赔偿去了。这么理直气壮？顿斯林越来越肯定自己的猜测是正确的，他庆幸自己没有"妨碍执法"。老人和孩子躺在沙土地上，似乎全无气息似的，只有不明真相的刚刚路过的路人拨打了急救电话。过了一会儿，顿斯林看见一辆救护车开了过来，车上下来的人身穿医护服与治安管理局的制服，直接把老人和小孩儿伤痕累累的身体拖走了。

这下子就清楚了。治安管理局肯定会公正地解决这个问题，到底是追尾恶徒的暴行，还是老人碰瓷被执法，后续只要看新闻，就会明白事情的真相，如果新闻没有播出，那一定是不重要的事情。顿斯林松了口气，他蹑手蹑脚地把挂在门外的牌子翻到"非营业"的一面，悄悄关上了门。这时，晨间新闻已经播完了，最后一格画面似乎讲了关于永生岛即将出兵围剿海盗的计划，而张氏集团的大少爷会为他们提供宝贵的、有价值的线索。

真好啊！顿斯林想。什么时候，他才会有像张大少爷一样成为英雄的机会呢？

日子又风平浪静地过了几天。顿斯林去医院看望老爹的时候，老爹又在跟他抱怨，作为"无糖健康饮料"的受害者，竟然为被逮捕的工厂负责人说话，这可把顿斯林气得不行。老爹说，这位工厂负责人在五年前因为造谣"这家工厂把昂贵的代糖换成了普通的白糖"而受到处分，这件事他还截图了。可老爹翻出之前的手机，找了很久也没有找到这张截图，所以顿斯林更生气了。工厂负责人早期热衷于"造谣生事"，一定是拿了对家工厂的钱，或者是唯恐天下不乱，才会胡编乱造、恶意带节奏，跟老爹说的根本是两码事！

几只蜘蛛从老爹的病床下爬过的时候，顿斯林坐立不安，结果，老爹这时候又开始说起病房的灯、厕所的瓷砖，前两天无缘无故地掉了下来，摔得粉碎，于是怀疑起承建商。顿斯林想不出老爹究竟是何居心才会在此胡言乱语，该不会是有什么组织刻意去煽动这些没有判断能力的患病老人故意闹事吧？也可能老爹只是病糊涂了，忘记了这些话要是被人听到，他会被制裁的。顿斯林甚至感觉进来给老爹换药的护士表情都十分诡异，那个药瓶，他也紧张兮兮地盯了很久，心想，老爹不会突然不治身亡了吧？如果真的是这样，那肯定是老爹口无遮拦的原因。

在回酒吧的路上，顿斯林坐在地铁上，手里捧着刚刚从医院拿到的一叠资料，开始挑选肾源。他想起他在接过资料时那个可笑的仪式，也就是他和医生、护士们高举双手，感谢器官提供志愿者们的无私奉献。才不是无私奉献呢，好吗？顿斯林腹诽，资料里的这些肾脏这么昂贵，为什么要做这种感激仪式？我们又不是不付钱！

前面的肾脏都买不起，大约是来自一些身体精壮的小伙子，顿斯林快速地把资料翻到最后几页，相中了一颗比较便宜的肾脏。顿斯林读着相关介绍：

捐献者：子玉；性别：女；年龄：三十岁；调动：生育管理局；疾病：肝囊肿、肺结节、子宫腺肌症；获批日期：……

顿斯林猜想这位名叫"子玉"的女人原本是去做代孕志愿者的，但是由于查出妇科疾病，失去了价值，才会从生育管理局调到医疗管理局。这些外国来打工的人可真狡猾啊！顿斯林愤愤不平地想，谁都知道代孕赚的钱要比捐肾多很多，她一定是因此故意隐瞒自己的疾病吧！幸好我们国家的检查设施与流程十分完备，让这些人没办法钻空子，她的肾脏相对来讲也变得便宜。顿斯林在考虑要不要就选她，至少肾脏是健康的，价格也能支付得起，不是吗？

不过经过了这件事，顿斯林更加讨厌外国人随性所为、阴险狡诈的恶劣品质了。就比如，他的酒吧在一个高速路口，沿该路向东南方一直开车，会路过一条隧道，隧道那端便是游客区的"古镇大集"。总有游客不守规矩，悄悄从隧道钻到这边来。当然，人工检查站是存在的，蜘蛛的身份扫描十分严格有效，所有人都会被礼貌地请回去，可能也会被拉到旅客黑名单中，但这不妨碍顿斯林对这些人的反感。"不听话"最容易孕育危险，更何况他的酒吧距离隧道口这么近，受到牵连怎么办？

地铁到站后，正值晚饭时间。顿斯林往回走，看见自己的酒吧门口站着三个人，两女一男，前胸上各自别着一颗独特的纽扣，上面有两道透着深蓝色光芒的裂痕。其中，男人身高大约一米七五，头发蓬松凌乱，长相结合了野性的英俊与柔和的美感，背着一把长而扁的电吉他方箱；个子较矮的女生大约一米六，精致的鹅蛋脸很白净，棕色的杏眼总透出一种聪慧机敏和忧心忡忡；另一个女生是三人中最高的，有一米八，但她看起来最为懒散，有种很独特的引人沦陷的气质，银灰色的头发是非常显眼的标志，她正凝视着某处的地面，不知在思索些什么，一动不动。

"您好，"个子较矮的女生见到他，礼貌地说，"您是酒吧的主人吗？今天晚上营业吗？"

顿斯林凭直觉认为他们不是本地人。他犹豫了一下，还是打开门，打开灯，将客人迎了进来。这三人进门后，先是一言不发，坐在比较靠近里面的位置上，用手机将周围的环境录了下来，然后，掏出一个土黄色金字塔状的物体放在桌子中央，并且将塔尖转动九十度。八条棱似乎渗出暗暗的、蓝紫色的光，将此桌包裹在一个放大的、纵横交错的四棱锥中。

"我觉得杀虫剂的味道太浓了。"当完成这一切后，三人中的男子皱着眉头，用手指按压着太阳穴和上腹，看起来头部和胃部都有些不适似的，"沾在食物上一定会让人中毒腹泻的。"

"你们是谁？"听了这话，顿斯林显得很不满。这款杀虫剂是政府推荐的最新款，销量很高，效果显著，获得了一致好评，只有满脑子阴谋论的人才会觉得它是有害的。况且，自从上次的风波过去，找事的人受到惩罚，再没有任何一位顾客敢说关于食物中毒的事情，眼前的人却说得如此直白，真的让人心理不适。

"你可以叫我S，我们是从消亡大陆来的。"个子较矮的女生笑眯眯地说。

"你们是来留学或者出差的吗？"

"不是。"S言简意赅地说，但顿斯林却有了心思。如果不是留学生或跨国工作者，又不必留在游客区，那一定是获得了特批，只能是有权势的人才能做到。想到这里，顿斯林变得热情起来。他积极地打开通风设施，介绍了很多招牌食物，而对方非常慷慨地接受了他的推荐。

当顿斯林将烤牛舌端上桌子时，S正在阅读一则新闻。她拿的是报纸，太老派了，这可不常见，顿斯林甚至想不起来汤潭城还剩几家报刊亭。然而，这画面映入眼帘，他的心却莫名有些发酸，仿佛模糊地回忆起婴孩儿时期的自己在地上乱爬，旁边的老爹对着展开的报纸破口大骂的场景。人不可能有三岁以前的记忆，他们这个年代的人，只会觉得那种场景不可理喻，是旧社会的残骸，如果那三年真的能给顿斯林留下什么和现在这个时代不一样的印象，那也会随着时间渐渐被淡忘。

S面前的报纸上刊登了这样一则新闻：

……日，汤潭城入古区治安管理局接到群众举报称，某某某甲郎（男，六十九岁）驾驶摩托车非法进入高速公路，在治安管理局的执法人员前往处理、调查取证的过程中，某某某甲郎不予配合，暴力抗法，攻击、辱骂执法人员，并通过假摔、碰瓷等行为进行勒索，损害公务车辆，造成国家财产损失，其间更是因为情绪激动，误伤其同在现场的孙子某某某丙郎（男，六岁），致其死亡。随后，某某某甲郎出现呼吸困难、全身抽搐等症状，执法人员将其送往医院救治，两日后，心电图显示全心停搏，医生宣告其临床死亡。随后，医院对其家属出具了死因司法鉴定，证明其因血液酒精含量较高导致脑溢血而病发身亡。家属对此表示理解和愧疚，并对损害的公务车辆进行了赔偿，入古区治安管理局也决定不再深究问责。整个过程公开透明，已经自动记录并上传至中级信息处理基站。

　　顿斯林庆幸自己没有多管闲事。人要保持理智，各方因素都考虑到再去行动是最安全的。他相信所有围观者都是同样的清醒，在这样的社会中养成这样的良好习惯，才不会对事实产生偏颇，被可怜的嘴脸蒙蔽，反而害了自己。

　　"这件事就发生在这个酒吧门口吧？"一直沉默的银灰色头发的高个子女子突然开口问道，"我看见不远处的沙土地上有零星的、没处理干净的血迹。"

　　那已经是几天前的事了！顿斯林在心里喊着，突然全身紧绷起来。"我什么都不知道，我不在酒吧里。"他下意识地说出这样的话。

　　还没等眼前的人说些什么，旁边吧台上坐着的一位年轻男子开口了："据我所知，你每天都会在那个时间段卖早餐。我以为你会看见什么呢。"

　　顿斯林有些发慌。因为在严密的监视中，谎言很容易被戳破，治安官们能轻而易举地查到"银色蛛丝"的记录，进而发现他那天就在酒吧里，躲在门后面向外张望。不过，他觉得，治安官们所希望听到的正是他刚刚的回答，而眼前这个人是没有权限去查阅记录的，一定是这样。

　　"我那天身体不舒服，一整天都没有营业。"顿斯林心虚地说。

　　"倒也是，我那天晚上也来过一次，发现酒吧关着门。"年轻男子点了点头，"话说回来，我来这里主要是为了另一件事。从这间酒吧去入古区治安管理局的道路上，会经过一所小学。不久之前，那间小学发生了一起劫案，我知道，那个时间段你正好去治安管理局举报自己被找碴儿的客人威胁来着。一位学生家长也在那时突发恶疾身亡。你有注意到什么不同寻常的事情吗？"

　　"没有注意到什么。我只是路过小学，看见那里聚集着家长，到达治安管理局后，按部就班地完成诉求，其他情况一概不知。"顿斯林的回答天衣无缝、滴水不漏。对方只可能是相关人员，可他不知道这个人是出于什么动机来问他这些，因此也就无法回答。这可不是他胆小怕事！说到底，那具头部中弹的尸体，和他完全没有关系，他也只是匆匆一瞥而已，很有可能看错了。他的几句话改变不了任何事情。

眼前的年轻男子似乎很满意他的答案，掏出一个小本子，在上面记了些什么。顿斯林莫名地松了一口气。他转过身，拿起放在吧台上的肾源资料，想往后厨去，却不小心把吧台上的招财猫碰掉在地上，摔得粉碎。真是倒霉！零钱全都滚了出来，这绝不是一个好兆头，就好像顿斯林的财产都要流失干净一样！顿斯林一边在心里咒骂，一边将扫帚拿来清扫碎屑。

"你没事吧？我来帮你。"这时，S走了过来，将已经满了的垃圾桶更换了一个新的垃圾袋。看着眼前善解人意的女生，顿斯林感受到一点儿久违的温暖，但紧接着，他又开始担心对方会不会捡走他的零钱。他客气着："不用了，不用了，怎么能让客人做这些？"然后，一股脑儿地把碎渣全都扫进簸箕。他想回头再去垃圾桶里看看有没有落下的零钱。但S并没有去注意那些零钱，而是捡起了同时掉在地上的肾源资料，望着上面的名字和照片，脸上是激动和凝重的复杂表情。

"医疗管理局？"S问，"在什么地方？这些器官是从哪里运送到医院的？"

"我也不知道，"顿斯林耸了耸肩，"这又不重要。他们负责管理医疗资源、设备、药物、医师资格什么的，而我们都是去医院，只要能顺利看病、治病，不就可以了吗？我的老爹正在住院，而我已经攒够了钱，敲定了一名捐献志愿者，就是你手上拿的这一页，叫'子玉'的这个女人。"

"志愿者？"S用讽刺的语气重复了一遍。

"很讽刺吧？"顿斯林说，"这些来永生岛打工的，明明收取高额费用，却还称自己为志愿者。但是所有人都是这么称呼的……毕竟，只是个称呼而已。"

"不……我不是这个意思……"S用无奈的口吻说。还没等她继续问些什么，吧台旁刚刚和顿斯林搭话的年轻男子突然发出一声痛苦的呻吟，捂着肚子从椅子上摔了下来。"肚子……肚子好疼……"他满地打滚，汗滴大颗大颗地往下落。

S和她的两位同伴冲了过去，手忙脚乱地围在年轻男子身边。"你还好吗？能听到我说话吗？"S试图和他对话，但是对方呕吐不止，根本说不出话来。"我们需要拨打急救电话，"银灰色头发的高个子女子说，她问顿斯林，"酒吧里有座机吗？"

世若花囚

"你不能用手机打电话吗？"顿斯林反问。女子迟疑了一下，似乎突然有些生气似的，但还是掏出手机，将急救电话拨打出去。

电话响了很久，对方才接起来。"这里是急救中心，"手机那头隐约传来笑声，"请问有什么事情？"

"还能有什么事情？"女子用冷静的声音说，"这里有人突然……像是急症发作一样，不知道是食物中毒还是什么，倒在地上，十分紧急，请马上派车过来，地址是……"

她的语言很有条理，但是电话那头却说："你能让患者本人和我们通话描述吗？"

顿斯林觉得那一瞬间，女子银灰色的头发像是要被怒火染成红色似的，她说："本人正倒在地上，十分痛苦，还怎么和你们亲自描述？这种要求有什么道理？"

"你知道这个人的身份吗？"电话那头又问。

女子俯身过去察看，但年轻男子已经开始呼吸困难、肌肉抽搐。S正握着他的手，那只手被冷汗浸得冰凉。"我不知道，"女子对着手机说，"他说不出话。没有办法问出来。"

"这个月已经有好几个食物中毒的了，每个都拨打急救电话，结果都不是什么大事。"这句话没有直接和他们说，但是显然是和同伴的窃窃私语通过手机传了过来。

随后，接线员的声音清晰地从手机听筒中响起："知道了，很快就到。"说完，还没等这边有什么反应，电话就挂断了。

顿斯林惴惴不安地同大家一起等待着，他有种不祥的预感，总是担心年轻男子的病会让他摆脱不了干系。最重要的是，对方之前有试探过他的目击细节，有什么来头也说不定，不管原因是什么，要是非让他背锅，又该怎么办呢？想着想着，酒吧电话响了起来，顿斯林接起电话，脸色"唰"地变得惨白。

是老爹！不知道为什么，医院突然给他打电话，通知他老爹病重，需要尽快做肾脏移植手术才行。听到这些，顿斯林颤颤巍巍地掏出存折，打算去银行将所有的钱取出来。这时，窗外突然电闪雷鸣，狂风大作，倾盆大雨顷刻间倾泻而下。

"不，不行……"顿斯林颤抖着说，"雨天有禁令，不能出门的……"

"但是我听说，治安官的车、救护车、消防车等应急车辆是例外的，"S说，"永生岛的法律条规清清楚楚地这样写着！"

"你……你说得对……"顿斯林强迫自己冷静下来，"我……我可以顺道搭乘你们的救护车到医院去，路过自动取款机取出钱……"

这倒不是医院设备落后，而是顿斯林存款的是一家小银行，利息高，缺点就是银行卡不能在大型医院、商场等地直接进行刷卡支付，所以顿斯林只能先去取现金才行。然而，将近一个小时过去了，连急救车的影子都没有见到。

"这也太慢了！"S十分着急，她看到年轻男子已经出现了瞳孔缩小、心律不齐的症状，于是毅然决然地说，"我们不能再等了，我们自己开车把他送到医院去！都是我的错，我们早就该这么做的，我还以为急救车上能有专业的抢救设备！"

"这不是你的错，我们怎么能预料到救护车来得这么慢呢！"与S同行的男子将桌面上金字塔形的仪器收了起来，坚定地将年轻男子背了起来，没有半点犹豫，"店主，你愿意来帮忙吗？我们可以把你顺道捎去医院，去看你的老爹。"

"外面下着大雨……不能……不能出门的！"顿斯林咬紧嘴唇，眼眶中含着泪水，说出这样的话。他想，一定是那天在治安管理局见到的情景给他留下了心理阴影，才会让他这样无能，真的不是他不关心、不在乎他的老爹！否则，他就不会累死累活地赚这么多钱，只为帮老爹选一颗（便宜的）肾脏，难道不是这样吗？只是，他实在是不能违反禁令，他也知道，很多人，如果没有造成严重后果，顶多也只是批评教育，留下案底。可即使是这样，也太冒险了。他发誓，只要雨稍微小一些，他就会冲出去。一定来得及的，他刚才通过电话听到医生说了，医院的设备能暂时先维持着父亲的生命，只是让他尽量快点而已，老爹没道理等不了这点时间！

"你们的账单……"面对即将离开的一行人，他怯懦地提醒道。看吧！就连此刻，他都愿意抛下自己的尊严，让人唾弃，只为了老爹能过得好一点儿。

"店主……"S悲哀地看着他，又看了看她的两个同伴，可她的两个同伴都没有好脸色。S深深叹了口气，将他们与年轻男子的结账款一起付给了顿斯林。她在将钱递过去的时候，用非常沉重的语气说："谢谢你的食物。请保重。"

水流离靠在后座上，望着车窗外瓢泼的大雨和起烟的路面，想着此时的景象，就和几天前他们离开酒吧去医院的路上一样。那时她坐在相同的位置上，而那位突发急症的年轻男子蜷缩在她身边，不住地发出痛苦的呻吟，除此之外，大抵皆为无穷无尽的沉默。

　　此时也是同样，只不过这回，他们是从城东的精神病院驶向东南的那间酒吧而已。

　　他们刚刚穿过隧道，离开古镇大集来到汤潭城时，便是去了那间酒吧。选择那里的原因是因为该店没有监控摄像头。店主顿斯林是一个胆小怕事的人，不，准确地说，那不是一种正常的怯懦，而是一种自私自利又自娱自乐的古怪个性——流离是这样隐隐觉得的。自从离开游客区，她总会产生这种极其不适而压抑的心情，就好像从什么美好的梦境中突然清醒了一样。而在游客区内，现代化的区域里，各种光滑如镜的高楼大厦直耸云霄，繁华的商场鳞次栉比；那些风景山河，空气纯净、晨光熹微、色彩曼妙、星空如梦；历史遗迹也有着稀奇古怪的风俗和特色——这一切都是真实的。如果她是一位普通而无忧无虑的游客，一定会被这奇幻的仙境吸引。

　　可以想象一个大泡泡笼罩在游客区的天空上，泡泡里充满了漫山遍野的茉莉花香，在那里，人们总感到幸福祥和，想要什么都不用管，就只需要考虑"嗯，这里真的很舒服，人们都很喜欢来旅游，美好的传言都是对的"。不要误会，这可不是什么人为幻觉或思想控制，而是一种潜移默化的情绪感染，就好像在澡堂里点薰香，听到舒缓的音乐，让人感到放松和愉悦一样。流离曾听储枫说过，这种最高机密的转基因植物是他那痴迷生化科技的最小的叔叔——张桤的发明，是一种提高好评的办法，但对人体、大脑、思维等都不会有任何影响，不会让人们丧失危机感和斗志，抱着沉痛目的的人依然是清醒的。而怀着警惕之心的流离一行人，当通过隧道口的检查站，冲破那层透明的墙，就仿佛突然堕入一个寂静无比的空间，面对一种说不出的真实，而这真实的第一站，便是那间酒吧。

　　那天也是像现在一样的大雨，路上车很少，他们的车开得飞快，大概是想赶紧飞速赶到目的地吧。走在半路开始下雨是无法避免的情况，可人们已经被驯化得十分成功，变得非常谨慎了。众所周知，雨天禁令的标准是中雨以上，可渐沥小雨的时候，路上也是安静的，商场下和地铁站挤满了人。大抵是因为界限不清，分辨起来又那么麻烦，治安管理局那帮人不想花费这种时间，不如"一刀切"来得容易罢了。他们会每隔一段时间抓一些典型来以儆效尤，人们有了教训，谁也搞不清自己会不会这么倒霉，所以普遍采取更保险的做法。而在长年累月的模式下，这早已成为稀松平常之习惯，再不会有人感到不妥了。

在雨天，"银色蛛丝"的探测精度低，可那并不意味着探测不到，远处依然有蛛线传来，所以，没有人说话。流离想，送年轻男子去医院的时候，如果不是那场突如其来的变故，大概也一直不会有人开口。

"可恶，又有超车的。"当时，开车的骊四猛地将车向右一让，躺在后座的男子的脑袋撞在了车门上，一辆车从他们左边驶过，轮胎打滑，差点儿把左后视镜撞掉。还没等他缓过神来，前方又突然出现一个白色的身影，骊四连忙踩急刹车，再次转动方向盘，车上的人向前一震，发出惊呼，惊魂未定地喘息着。好在没有撞到人。随后，一阵惊雷闪过，照亮了那白色身影乌黑湿透的长发和惨白的脸——那是一个三十岁左右的女人。只见那女人又跟跟跄跄地走到马路中央，险些被另一辆车撞到。那辆车虽然也及时停住了，但女人还是被刮倒，手肘重重地磕在柏油路上。车上的司机摇下车窗，对她破口大骂道："大雨天在外面晃悠什么？神经病吗？"

女子不作答，就好像失去了魂魄一样，呜呜咽咽地想要站起来，结果又跌落在地。"看来真是个疯子，"司机抱怨着，"快送到城东的精神病院吧，不要在这边晃悠，危害社会安全。"

"太危险了，"副驾驶也探出头来，"咱们的车停在马路中间，会被别的车撞到的。还是尽快赶回去吧，在雨里待太久了可能要被处罚的。"

说完，他们将车窗摇了回去，发动轿车，很快便不见踪影。

"确实太危险了！"骊四从车上冲了下来，愤怒地向着那辆车的背影大吼。他冒雨去路中间把倒在地上的女人扶了起来，关切地问："受伤了吗？别站在路中间，我们先离开这儿！"

女人大吵大嚷，激烈地挣扎着："放开我！我不回去！我没有病！我要去云裳之城，别拦我！"

流离也撑着伞跑了过来，她安抚这位失控的女人说："请冷静一点儿。你看，手肘流血了，需要马上处理才行，否则会感染的！"

看着眼前这些真诚的人，女人似乎平静了一些，她颤抖着，瘦骨嶙峋的手钳住流离的手腕，哆哆嗦嗦地说："我只是想趁着大雨多走一些路，这样更可能躲过监视，不会有人来抓我……"

她湿淋淋的袖子落了下来，流离看见，女人格外憔悴，除了刚刚磕破、流着鲜血的手肘，手臂上还有很多其他的瘀痕，很像是用鞭子或细棍抽打的痕迹。

"这是怎么回事？"流离问。

"是精神病院。"女子急促地说，"他们把我关起来，不让我问问题，每天都让我接受、签字……给我吃药……但是我知道我没病……我一定要跑出来……"

眼前的女子虽然神神道道的，但她的思路并不混乱，不像是精神有问题的样子，只是受到了巨大的惊吓和打击。流离不禁觉得有些困惑。"他们让你签什么字？"她问。

"我丈夫和女儿的死亡通知书。"女子的泪水瞬间涌了出来，"就前段时间，我女儿在小学，被亡命之徒杀死了，他们说那人是'啄木鸟'怂恿的，正在全力追捕。但是，我的丈夫去治安管理局报案，也再没回来！说是糖尿病突发身亡，这怎么可能呢？他并没有这个病啊！那些人又说，这种病一开始没发现也很正常，等发现就已经是重度晚期了，还在我家里翻出了无糖健康饮料，就好像找到了铁证一样，尸检报告也是这样写的，却不让我看尸体，直接钉死棺材火化了。我没控制住情绪，一时间不能接受，他们就说我无理取闹，说我疯了，把我关进精神病院……"

那女人坐在车后座上，三个人挤在后面，年轻男子从躺姿变成了坐姿，靠在另一边的车门上。流离知道他已经恢复了意识，虽然没有说话，但明显可以看出，他忍受身体不适的脸上，还透露着不悦的神情。如此怪异组合的一行人就这样在茫茫大雨中前行，保持着沉默。

此番景象就和现在一样，它们那如出一辙的幻影在流离的眼前高度重合了，就仿佛依然停留在两天前的那个夜晚。只是这一次，同样的女人突然出现在他们的车前，在軂四踩了急刹车后，他们看到的只是这女人毫无逻辑地手舞足蹈而已。

她像个孩子一样，拥抱着雨水倾落的天空，快乐地笑着。流离把她拉回车上，让她披着毛毯挤在后座上，可她已经完全失去了神志，无论你再和她说任何话，她也不会做出任何回应了。

"我们现在怎么办？"骊四问。

"我们把她送回家去。"流离抚摸着女人的太阳穴上电击的灼痕，坚韧而冷静地说。

现在想想，那女人之所以想去云裳之城，是想告状，讨说法，她在反抗她所听到的"事实"。如果他们能早一点儿意识到这件事有多危险，就不该放她一个人待着，先去了日月队长的病房。没错，他们在办手续时，看到了年轻男子放在衣服内侧的证件：巡回督察队队长，日月。

巡回督察队是直属于朴统领的组织，负责督察各地官员的工作。上位者都很忙，根本不可能有时间面面兼顾，所以发现问题是依靠这支队伍在国内的巡检，如果遇到什么可疑的，再汇报统领，查找相应地点与时间段的记录是很容易的事。

理论上，日月队长有权力去询问关于这些案件的事。他可以向上汇报，把这件事查清楚，到时候，一切都可以迎刃而解。可流离早就感觉到，那个人其实并不想事情这样发展下去，他想听到的就是和酒吧店主一样的回答。他是最先在酒吧打听这个案子的，也是流离等人知道此事的最先来源。毕竟，他们完全没有在网上查到关于这所小学的劫案的任何报道，也没有任何人提到它。如果他们去问别人，那么回应一定是："从来没听说过，不要编造谣言好吗？"

"疯子的话不可信。"果然，当日月队长做完洗胃手术，流离在他的病房里提到这件事时，日月队长这样回应。

"可是你为什么要去调查呢？"流离皱起眉头问，"难道不是因为发现这件事有什么问题吗？"

"因为那是我的工作！"日月队长吊着点滴，依然很虚弱，可以看出，他只想好好休息，而事实的真相并不重要，他完全不想理会任何烦心事，因此语气也略显急躁，"见鬼，我知道目前还没追到那个亡命之徒，所以根据职责，必须问出这些话才行！就因为是工作而已。这里管事的说那店主老实，如果有问题问他就可以，所以我才会去！谁能想到碰到这样的事？说到底，你们为什么要救一个疯子呢？"

流离一时气结，说不出话来。可她知道，这种事情，早就是明了的。从他们在那间酒吧，看到那篇充满矛盾的报道和门前的血迹开始，她就该知道，这一切都不对劲，人们全都活在人造的安稳梦境里，逃出梦境的人是被丢弃的零件而已——不，整个永生岛都是一部大型的机器，发达先进，不过，全是没有温度的钢铁，运作规则就是"思想达尔文"，坏的的零件就被淘汰，不顺从的零件就被处理，在"优胜劣汰"中形成这样人们被任意使用、思想被牢牢控制的大型茧房。

无坚不摧的机器，闪烁着耀眼的光芒，大家听从指挥，麻木冰冷，在这个世界中无人可敌。

她紧紧抿着嘴，默默地看着日月，而日月队长移开了目光。这时，敲门声响起，门开了，是骊四。他对流离说："方便来一下吗？我发现了一个你可能会感兴趣的人。"

流离点了点头，站了起来，转身向外走去，走到门口时，她回过头来，回答日月："救人还需要考虑那么多吗？"

"你会被听到的，"日月队长轻轻地说，"我们都会被听到的。"

"我总觉得，"流离望着窗外的乌云，还有已经变得微弱的雨滴，眼中尽是看不透的惆怅，"如果二十年前的那个我，她明白这'道理'，就不会死去了。"

日月队长不明所以，困惑地看着她。眼见流离要走出门去，他急切地小声说："你们救了我，和救那疯子不同，想要多少钱，我都可以付给你。"

能够看出，他说这话是真情实感的，也是他所表达的最真诚的心意。流离只是笑了笑。她看着日月苍白晦暗的脸，想着它要重归那自欺欺人的安静之中，重归那封闭的钢筋水泥之下，于是关上了门，让这病人，沉沉地睡去了。

骊四把她带到另一间病房外，透过门上的小窗，她看到一个四十多岁的中年人躺在床上，戴着呼吸机，嘴里不住地念叨着什么，玻璃面罩上不住地起着白雾。

"这个人不是……"流离说。

"是酒吧店主的老爹，对吧？"骊四说着，将土黄色的金字塔放在旁边的长椅上，"和摆在吧台上的合照里的那个人长得很像。"

"看他的心跳、血压，还是很平稳的。"流离担忧地看着老爹，"是已经抢救过了吗？如果明天雨停了，店主就能去取钱救他，不是吗？"

"你可别忘了，那人要去买的肾脏，提供者可是被拐来的。"鼩四提醒道，"是黑产。就算他不去买子玉的，我们也不可能分清其他的肾源是以什么途径进行所谓的'捐献'的这种情况你要如何避免呢？"

这真是一个进退两难的境地。器官移植的资源往往都很有限，价格也贵，国外"志愿者"来卖，解决了这个困境，又不会让人有罪恶感。这已经形成了底层逻辑，人们真的不认为这是什么大不了的事。可对于流离来说，靠掠夺别人的生命来救人，这件事从根源上就是错误的。

"资源不再稀缺后，恐怕就到了推销的阶段，可能这个人的病并没有那么严重呢？"他们的身后突然传来悠悠的声音，吓了流离一跳，回头一看，原来是爁氤探长走到了他们身后。路上她一直在副驾驶位置昏昏沉沉地睡着，现在反倒显得精神些了。鼩四见她来了，将金字塔的塔尖再次旋转九十度。

"我刚才在医院里转了一圈，发现肾病科这边住院的人格外多，"爁氤探长说，"问了小护士，说是这几日才增多的。记得咱们在酒吧看到的资料吗？那一沓子的人，获批日期都是从五日前开始的。"

"呜哇……不会是我们想的那样吧？这也太可怕了。"鼩四压低声音说。

"我们的队伍里没有医生，也不知真实情况到底如何……"爁氤探长说，"这边谁也不能问，谁也不能相信，不是吗？"

"这让我想起，溯也是医学生来着。"流离怀念地笑了笑。

"不过，听说他学习成绩很不好呢。"爁氤探长说。

"他在非法研究所的时候，帮一个人的肚子做了缝合。"流离的语气很是低落，"那时候，真的很厉害……如果他有机会，一定会成为非常了不起的医生。"

三个人不约而同地陷入了沉默。过了一会儿，鼩四喃喃道："好歹在消亡大陆，那样的研究所还是非法的。"

"叛徒！间谍！"小孩子的大吼声突然在他们的身边响起，回头一看，一个七八岁的男孩子和一个同龄的女孩子正站在他们身后，显然听到了他们的只言片语。周围的人来来往往，穿梭不停，流离完全没有注意到他们是什么时候偷偷潜伏到身边的。小孩子的这种言行在这儿很常见。就算得罪了谁或说错话，也没关系。即使是在永生岛，孩子也受到法律的特别保护。所以，某些这个年龄段的小孩子，很热衷于这种游戏，将凶残的本性用在所谓"异端"的身上，再分享在网上，这就是他们的功绩榜。

功绩榜上所举报的思想不纯的异己，有时候比"银色蛛丝"抓到的还要多，白底黑字，远比医院的白色和消毒水的味道更可怕。而让人感到"神奇"的是，刚一跨过未成年至成年的那条线，他们又仿佛变魔法般突然老实起来，什么话都不肯放在明面上说了。

"说我们国家的坏话！"这两个小孩子恶狠狠地向站在病房外的流离等人吐唾沫，把手里的药瓶扔到他们身上，并向周围大吵大闹地宣扬着。

"我们快走，别待在这里。"眼见围观的人越来越多，骊四用手肘挡住脸，"我们不应该引起注意的！"他伸手去够长椅上的金字塔，可金字塔被小女孩儿抢走了。她拿着抢来的玩具，笑嘻嘻地乐着，吐着舌头，大喊着："这是我收缴的赃物！"然后，又开始跑来跑去。

爝氤探长可没有那么好的耐心，只见她突然青筋暴起，三步并作两步就追上了这个淘气鬼，一伸脚就把她绊倒。小女孩儿摔在地上，下巴磕伤了，但爝氤探长无动于衷，不由分说地就将小女孩儿手中的金字塔夺了回来。"快走！"她拉起流离的手向外科赶去，而孩子们的家长正从远处气势汹汹地冲上前来。

他们一边摆脱着家长的纠缠，一边来到外科，却发现他们在半路上载的、在这里包扎伤口的女子不见了！问过护士后才知道，原来是精神病院的工作人员带走了她！"我们院的病人跑出来，给您添麻烦了。"那些工作人员笑眯眯地对着医院的医生客气着，而医生也一派和气地寒暄回应。那女人想要逃脱，但被注射了镇静剂。

流离追出了医院，眼看女子要被带到精神病院的车上，她想要阻止，但骊四和爝氤探长却在她的左右两侧，一同拦住了她。"放开我！"流离愤怒地挣扎着，"我们不能就这样让她被带走！"

"我们不能再惹事端了！"骊四低声向她吼道，"才刚来汤潭城，就已经引来这么多人注意，再这样下去，所有计划都会付诸东流！"

"可是……"眼见那精神病院的车开走，流离抿着嘴唇，不甘心地放弃了挣扎。骊四说的也是有道理的。他们原本计划在离开游客区后，一路向北，于云裳之城与储枫和轻荨会合。而一路上保持低调，才是最合适不过的选择。

在看到有关扎罗尔汉处刑的新闻后，燃氤探长认出，那就是在消亡大陆被张氏集团的直升机带走的中年男子，和他在一起的还有一个很漂亮的年轻女子以及千舟沐和。可新闻上只提到逮捕扎罗尔汉的地点在荒芜嶙峋的西北海岸，鹿之化工厂旁边，当时只有他一人。另两人的消息完全未提，他们毫无踪迹，让人不安。流离觉得，他们或许在云裳之城，包括被卖来的人群、她的身世和记忆、二十年前的真相，一切的根源都在那里。可为避人耳目，他们无法做到光明正大地直接前往，只能采用这样的方式，也难怪魆四会焦虑心急了。

他们怀着沉重的心情，跑回车上，逃离了那些纠缠不休的家长与看热闹的人群。

如今看来，在那五味杂陈的医院，每一桩每一幕都是给他们的启示，当时的犹豫也注定了无法挽回的结果。现在车上坐着的这五人，还和两天前他们奔往医院时相同，可心情却截然相反了。

日月队长板着脸说："听着，你们不要钱，而是要求来精神病院看这女人，这件事我已经破格帮了你们。如今，人情也算还完了，以后就两不相欠。知道了吗？"

"可这女人两天前还好好的，思路也清晰，如今突然变成了这样，你不会觉得奇怪吗？"魆四开着车，不甘心地问。

"我那个时候病恹恹的，哪知道她什么样子？"日月队长说，"再说了，在头部两侧连上电极、采用电击疗法这种治疗手段，在疯人院都是很常见、很正常的方式，现在她已经不会对社会产生危害了，所以才会把她放回家去。这不是已经完美解决了吗？"

"你……"

还没等魆四反驳的话语出口，流离就打断了他："算了，别说了。"

是她要求日月队长带他们进精神病院的——作为所谓的回报。对于巡回督察队来说，检查那里是应有的权力，而他们则伪装成了他的随从。而日月队长虽顾虑重重，到底还是答应了。可这件事，无论说与不说，无论是否对精神病院突袭，都会通过"银色蛛丝"传到治安管理局那里，而这才是加快了这位可怜的女子大脑被损毁的直接原因。他们到达精神病院后，得知女子已经被送回家的消息。至于她为什么疯疯癫癫地逃走，在马路中央，再次被他们遇到，只能说是巧合而已。

流离确实是这样认为的。她也知道，日月队长心里也有着疑虑的种子，只是太贪图表面上的安稳美好而不愿接受被遮盖住的现实。他心里有着善意，绝不想把人逼入死地。面对治安管理局的人提到的那两个在医院大叫着"叛徒！间谍！"的小孩子，他帮忙说了好话。

巡回督察队队长的这个面子还是要给的。没有人来为难或询问流离这些人，家长在治安管理局的投诉得到的回应是："我们已经查了记录了，没有这回事。小孩子都是爱说谎的，明明自己磕了下巴，还要诬赖别人，带回家教育一下吧。"

流离很是感激。可她也知细想之下，这社会的眼睛让人不敢说话，别人可不像他们这样幸运，大多数无权势者，就这样渐渐成长为像酒吧店主一样的人。

他们将日月队长送回了酒店（他已经出院了），又将那女子送回了家中。他们看着女子的妹妹从家里出来，将她往家里领。没有了女子的哼唱，车里渐渐安静下来，没有人再说话，只听得见发动机低沉的轰隆声和那无穷无尽的雨声。在这孤身一人的黑暗世界中，那女子舞动的双臂像街边的摇晃的树一样，无知无感、无忧无愁，附和着风的方向。


当那雨停后，风和日丽，流离等人再次前往东南的酒吧，想要再问问店主顿斯林一些问题时，却发现那里只剩下一座空房子。招牌不见了，吧台桌椅也不见了，墙上不再有那些"卫生许可证"和"优秀商家"的证书，碎玻璃满地都是。这房屋只剩骷髅骨架，完全看不出它之前的半点痕迹，看不出仅仅三天前，这里还闪烁着霓虹灯，烟火气浓，食物丰盛。看着此时这萧瑟的景象，流离的心中无比疑惑，仿佛那天发生的故事，就只是一场幻想。

那间酒吧，已经彻底消失了！

就好像从未存在过。

# 02. 不存在的家人

花梨木轻葶总觉得自己有些不对劲。

喉咙里像是有什么东西在蠕动，脖颈后像是有什么东西在贴着她呼吸，向她的脖子吹气，那突如其来的不寒而栗，令她全身发冷，猛地回头，却发现身后空无一人，什么也没有。低头望向自己的双手，十根指头像没有骨头般，像软绵绵的蠕虫，连在手掌上。

她尖叫地站起身。等回过神来，它们又都完好如初了。

尖叫声吸引来众多目光，也引来一阵窃窃私语。那些人穿着高贵的晚礼服，上面有钻石珍珠和一针一线缝制的手工绣花，而自己只不过和平时一样平凡普通。轻葶不确定自己是不是出现了幻觉，也不懂自己为什么会来这宴会厅。明明说好了，她应该独自留在客房里，相安无事地度过这个晚上。

可她却莫名其妙地出现在这里，还发出那种引人瞩目的怪异尖叫。

会有大麻烦的！

可以想象，若是被储枫的父母看见，那必将惹起不小的纷争和骚乱。他们会用责怪与蔑视的神情、狡猾多端的借口将她隐瞒起来，因为她一直以来的遭遇都是这样。这是老夫人的六十岁生日宴，也就是储枫的继祖母、张禾的继母的花甲寿，各界大佬都会出席。她看见了朴统领夫妇，也看见了亿勇社的社长、媒体大亨水流星。而这宾客之中，也包括往生岛的四大权势贵族之一——布里安家族的国公老爷布里安王和大小姐布里安�妩。

正是因为他们会来，所以轻葶才会被排除在宴会之外，不愿她被布里安家族发现。不知道为什么，张氏集团的人似乎认为轻葶是储枫在消亡大陆交的女朋友。这次储枫之所以会选择乘坐邮轮，就是为了陪伴女朋友游玩。

既然家人们都这样认为，那储枫和轻葶正好也就将错就错下去，照着这剧本伪装、演起戏来，毕竟他们也编不出更为合理的解释了。

可张禾已经为储枫安排了联姻定亲的对象，而这"交易"都是在储枫留学的时候发生的，储枫刚刚才知道这件事。对方是布里安家族，几乎掌握着往生岛的全部能源，大小姐布里安妩年方十八，正是家族联姻的佳选。据说，他们儿时也曾见过一次面，从那时起，布里安妩小姐就对储枫一见倾心、念念不忘。郎才女貌，年龄相配，在如此巨大利益的驱使下，张禾断不可能让储枫与平民的姑娘交往。储枫生来就是这样的宿命。

由于这个原因，轻葶被要求回避布里安家族。她不该来参加这宴会。可好似如梦初醒一般，她突然发现自己身处宴会之中，内心无比彷徨。在这七十八万平方米的庄园里，她的客房和宴会区域相距甚远，她完全记不清自己是如何来到这里的。她最后的记忆是自己抱着双膝蜷缩在床上，眼睛紧盯着紧闭的衣橱门，心脏扑通、扑通地狂跳。

她从小就害怕衣橱，童年的记忆中，那黑暗狭窄的空间里，深夜会传来咯吱咯吱的动静，若透过微微开启的缝隙，会看到一排排衣服，像排列整齐的、浮动的鬼魂，毫无生气地垂着，呆滞无力地看着自己。可如今，她已经长大了，不再害怕衣橱，甚至主动加入灵异社（更确切地说是听了盖布里尔学长无休止的热情宣传），和众人一起面对所谓闹鬼、所谓探险时，虽然充满恐慌，却也觉得既紧张又刺激。

经历了这么多，她觉得自己已经变得勇敢，况且，如果说她生长在一个普通的家庭，家里的房子有一百平方米的话，那么这客房衣橱就和她家的房子一样大，完全不是什么漆黑而狭小、衣服堆得满满的地方。但为什么，那久违的恐惧记忆如此突兀地回到她的脑海里？那种感觉冰冷、绝望，就仿佛衣橱门后有一个深不见底的洞窟，会将她吸入，让她彻底失去自己的意识和思想，沦为傀儡一样。

她记得自己战战兢兢地打开门，在天堂号邮轮上看到的长着粗壮的蜈蚣触手的小女孩儿和服务生，在门后直勾勾地看着她，湿漉漉的黑发下，皮肤青绿、满是疙瘩，衣服下面有什么东西在滑动游走，发出咕噜咕噜的声音。这景象吓得她一把关上了衣橱门，跌坐在地，头痛无比，似乎有一种压迫的黑暗让她喘不上气。

这就是她最后的记忆。随后，她就发现自己莫名其妙坐在宴会厅的座椅上，还因为幻觉而一惊一乍的。这是怎么了？发烧了吗？她缓缓坐下，用手掌贴着自己的额头，却只能摸到止不住的冷汗。

储枫看见了她，神情很是担忧，向她这边走来。在那灿烂摇晃的水晶吊灯下，光晕模糊又恍惚，储枫穿着黑色的礼服马甲、翼领衬衫，戴着黑色领结、白色真丝口袋巾与黑色宝石扣饰，仿佛于那光辉之中降临凡间。

真的好耀眼啊！

这时，一个娇俏可人的女孩子出现在储枫身边，看起来乖巧伶俐，同时有着优雅知性的贵族气质。那就是布里安妮。她挽着储枫的手臂，巧笑倩兮，明眸皓齿，眉黛春山，无比动人。不知说了什么，储枫被她拉着往别处去了。他维持着自己绅士而礼貌的教养，走在布里安妮旁边。可还是回头往轻葶的方向看去，目光依然很不放心。

轻葶对他笑了笑。她挥了挥手，用口型告诉他，她没事的。见此，储枫放下心来，那觥筹交错的应酬声与曼妙舞姿的交际场，渐渐埋没了他的身影。


轻葶不想让别人担心，她能照顾好自己，若非如此，她就不必如履薄冰地过着这每一天的日子，面对这些不了解的、陌生的一切，就仿佛孤身在另一个世界的一场探险。她相信自己能够忍耐。

有时候她会想，如果溯还活着，自己就不会单独面对这些，也无须用这种身份伪装自己。可又一想，那不就是把溯当作工具一样吗？不，她怀念他，和此无关。溯直率又倔强，英勇无畏，他所带来的力量会让她不再软弱无能。这不是能像以前一样躲在别人身后的时候。她握紧了拳头，暗暗地对自己说："我一定能做到。"

她知道自己不对劲，想要找出原因来。仿佛有一块记忆缺失了，不仅仅是来到这宴会厅的记忆，而且前几天到这庄园之后，某时某刻的记忆也消失了，浑浑噩噩、恍恍惚惚。

轻葶坐在靠近宴会厅门口的桌子旁，开始一点点去搜寻这段记忆。

天堂号邮轮刚在水滨城靠岸，她和张储枫就被早已等在那里的私人喷气飞机接走了，直接飞往云裳之城。到达庄园内的停机坪后，乘坐洁白轻盈的四轮观光车，终于进入了豪宅的大门。说"豪宅"其实并不准确，更为贴切的说法是"宫殿"。就在轻葶还为打碎了飞机上的艺术品花瓶而喋喋不休，把储枫烦得够呛时，眼前这私人铁路、湖泊、酿酒坊、成百的家仆等，更是让她感到窒息，激动得要昏过去。

"那个花瓶，竟然要四十万？我把它打碎了！打碎了！"轻葶压低声音，咋咋呼呼地说。

"没事，你都说了好几遍了。"储枫咬牙切齿地制止她的过度反应，"我们已经到了，要记住，尽量表现得自然一些。"

"我在哪里？"

"我家。"

"这是个庄园。"

"我知道。"

"不对，比庄园还好大好几倍！是皇宫吗？你能想象吗？"

"行了行了！不需要想象！我住在这里！"

往大门走时，轻葶死死地拽着储枫上臂的袖子，全身僵硬，感觉四肢都不会用了，左脚绊右脚，差点儿摔了个大跟头，储枫的袖子快被扯坏了，他无语地问："你知道怎么挽着别人吗？"

"我紧张……我不敢……"轻葶委屈巴巴地说，"为什么你的家里人……他们只注意到了我呢？实在是太倒霉了！"

不知为什么，从张禾发来的命令来看，在他的概念里，最开始发现储枫时，海盗的快艇上就只有储枫和轻葶两个人，储枫就是在这样的情形下才会去逞英雄。张禾压根儿不知道另外三人的存在，这着实让人感到困惑。不过，这也是一件好事，他们不必再绞尽脑汁地遮掩隐瞒。他们决定装作互不认识，先观察情况、打探消息，兵分两路在云裳之城会合。一切都会在暗中进行，而不是一开始就莽撞行事。

可这是不是意味着，有一种更强大的力量在监视、支配着他们呢？冥冥之中，仿佛有种风雨欲来、摇摇欲坠之感。在以往的认知中，"银色蛛丝"永远是完美无缺的，在它所一手构建的单纯而压抑的环境中，切断不利交流，掌控公众传播。可那隐秘潜伏的力量竟然能淹没掌权者的耳目。在风平浪静之下，似乎存在一个他们完全不了解的世界，在那里，有什么东西在蔓生滋长，却无人察觉，就连储枫那自以为掌控一切的父亲对此也毫不知情。

米杉、千舟沐和、贝蒂，目前在永生岛的某个地方，依然下落成谜。储枫也不确定自己的父亲知道多少。如果他们也被困在这未知的、将人玩弄于股掌之上的牢笼中呢？那实在不敢想象！

为了应对即将到来的危险，他们尽可能地做好了充足的准备。那时候，由于快艇返回了一段距离，天堂号并没有驶入永生岛的海域。储枫小声交代小汪指挥官，既然他父亲没有问快艇上的人，那就不要主动去汇报多余的情况。而小汪指挥官用他那一如既往的大嗓门说："一切都听从大少爷的指示！"

米杉留在海明中校那里的箱子，里面有很多奇形怪状的仪器，并写了它们的用途：

一、虚拟现实纽扣。这是一颗独特的圆形纽扣，表面上有两道深蓝色的裂痕，实际上隐藏着电路，背面是调节按钮，底部是核心处理器，顶端有个凹陷的微型覆盖镜头。这是一种可以欺骗"银色蛛丝"面部扫描功能的装置。根据机械蜘蛛的工作原理，它们很容易被虚拟环境所欺骗。如果将它们置于虚拟世界中，那么它们所录制的一切都会是虚拟世界所发生的故事，而它们本身分辨不出该事件是否属于现实。这颗纽扣能够生成虚拟形象，覆盖于全身，包括头部，相当于在脸上带了一层虚拟面具。这样一来，机械蜘蛛所识别的面容则为仪器发射的伪装，而且，由于这种面具是无形的，和那胶皮、人皮面具不同，蛛丝完全不会探测到什么异常。

真不可思议！除了发明者本人以外，没有任何人知道"银色蛛丝"还存在这样致命的漏洞，没有任何迹象表明类似的装置曾经出现过，否则早就会被人利用。纽扣有三颗，分别戴在流离、貙四、爝氤探长身上，如果虚拟容貌开启，只需时刻注意别被摄像头照到，是暂时隐藏身份的方式和绝妙的逃脱术。

二、身份病毒操控卡。这是一种针对永生岛身份登记系统的病毒，只有插进总控制室的主机下，才会起作用。总控制室比顶级信息处理基站更加高级和机密，只有张禾一个人有权进入。这种事只有张储枫才能搞定。成功后，本地居民的身份就会生成，流离、鲵四和燻氪探长就可以离开游客区，神不知鬼不觉，以那凭空出现的虚拟身份在永生岛内部活动。最重要的是，它会时时与虚拟现实纽扣配合，为纽扣佩戴者设计身份，自动生成姓名、工作、人生履历，肖像可为真实的，也可为虚拟的。使用者若更换身份，原先的身份则会消除，不会被定期审查抓到，"银色蛛丝"对该人的轨迹追踪也会断掉。

流离等人穿过隧道时，用真实肖像与伪造身份的组合通过了人工检查站，而他们身为游客的登记也自动删除了。随后，再依照实际情况，决定是否控制更换即可。

三、通讯轴。这是一张巴掌大小的电子卷轴，软如纸张，展开后，墨水一样的文字展现在柔软的屏幕上，出现后再如溶解般消失于空气中。这是一种独特的通讯器，所使用的是与手机不同的隐蔽线路，且为随机触控键盘，不会被窃读，不会被自动识别。"银色蛛丝"能够探测到敲击键盘的动作所连成的语句含义，也能与网络结合探测到屏幕上所呈现的文字内容（强制性），这些监测都可以被通讯轴躲开。通讯轴只有两个，只能每队各拿一个。

四、隐声塔。它的外观像一个土黄色的四棱锥金字塔，是为了防止违规语言和动作被识别上传而设计的，数量只有一个。就和"雨天里，室内的蛛丝更密集，从而会影响探测精度"的原理相同，隐声塔不仅会播放虚拟形象，更会在一定范围内形成非常密集的与蛛丝相同的射线，通过强烈的振动来模拟事先设定好的情节与对话，该振动会影响外部环境中真实蛛丝的振动，从而改变其探测到的事情，使得隐声塔附近的人真正的行为与声音被掩盖。隐声塔模拟的动作与对话不会触犯任何禁令，也就不会被自动追踪、录制。通过塔上分布的按钮和塔身的旋转可以调节有效范围与模拟人数。最好事先将周围的环境录制并输入塔中，如果不这样做，那么它的模拟场景会显得失真且不稳定（米杉在设计的时候，是需要通过相机录制且电脑传输的，智能手机的面世解决了这个麻烦）。

五、射线可视镜。仅有一个，从外观来看，它就只是个普通的放大镜而已，可若知晓其中的奥秘，将黑色的柄瓣开，摁下按钮的话，就能透过这镜面看见那些无形的蛛丝穿梭来去，显示为深灰色，如果是存在射线屏蔽器的区域，线则变为浅灰。之所以为"浅灰"而非"全无"，是因为射线屏蔽器仅可以屏蔽蛛丝射线对语言与动作的探测，而在其范围内的通信和网络依然会被渗入的蛛丝所监视。储枫所居住的庄园就存在一大片屏蔽区域（不包括边缘区域与要道），安保方式主要为公共区域的摄像头、定时巡逻、其他高科技产品等。云裳之城里，有很多高级的俱乐部、政府大楼、权贵住宅等地，被批准可安装射线屏蔽器。这是官员和有钱人的特权。轻葶拿着这可视镜，就可知哪些区域是安全的。

幸好有这些仪器的协助，他们才不必提心吊胆、举步维艰，说话做事也可松泛些。听了海明中校讲的孤儿院的故事，有理由怀疑，这位大发明家就是因为那次中毒才有了教训，往后凡事必定给自己留下退路。提取出毒物"蔓莎海螺泪语"，必定要保证有解药才会去使用；"银色蛛丝"的问世，必然同时在暗中准备能够克制它的东西，而他当初大概就是借着这些东西成功逃走的；甚至婆娑小镇也是他很早就搜寻好的完美藏身之处。所思之远、心机之深，让人望尘莫及。

到达庄园后，轻葶首先见到的人，便是储枫的父母。父亲张禾，张氏集团的总裁，控制着永生岛的全部，也有深蓝色的眼睛，气度不凡、威严十足；母亲朴政伊，看起来比实际年龄（四十二岁）年轻，风姿绰约、气质雍容。轻葶可以看出，他们对于她的到来并不欣喜。虽然表现得还算客气，体现了上流社会的教养，可那种无形的审判的架势还是压得轻葶喘不上气。她的脑海中瞬间浮现出以前看过的那些关于豪门恋情的狗血电视剧剧情。

"有没有受伤，儿子？"一见到储枫，朴政伊就急匆匆地走来，关切地问，"我听说了邮轮上发生的事，可让我心惊坏了。"

"我没事，母亲大人，嘶……"母亲的拥抱碰到了储枫的后背，那里还有撞在甲板栏杆上所造成的伤痕，让储枫忍不住发出声来。而他的手掌还缠着绷带，在火山口中枪的伤口也没有完全愈合，这一切都让朴政伊大惊失色，大声呼叫着："去把最好的医生叫来！"

身旁的侍从连忙去喊医生。

轻葶被挤到一边，局促不安，仿佛这些都成了她十恶不赦的罪过。这"拼死相救"一事，成了储枫对她上心的铁证，让储枫的父母十分头痛与恼火。

可他们不知道，不只是救她，他们的儿子还救过很多不相干的人，将自己置于水火之中。他的身上受过很多次伤，每一次都没寻求家族的庇护。

"你家里是做家具生意的，是吗？"在医生检查了储枫的伤，为其换药包扎后，他们坐在网球场一样大小的会客室里，张禾这样询问轻葶。

"那个……母亲开了一间家具店……"轻葶怯生生地回答，"父亲是个名不见经传的画家，前段时间举办了画展，不过没有什么人来……"

储枫在一旁尴尬地咳了一声。轻葶明显可以看到张禾脸上不满的神色，不禁感到有些委屈，在对方眼中，她肯定像一个痴心妄想的丑小鸭吧。然而，她不能反驳，依照计划，他们还需要利用对方的反对来讨价还价。

"储枫很快就要和布里安家族的大小姐定亲了。"张禾直截了当地说，"他的身上有着更为重要的使命，所以我希望你们停止这过家家一样的儿戏，恢复同学的关系。"

本来就是同学的关系。轻葶在心里暗暗地说。可是在对方如此强势的威严下，她就像失去了语言功能一样，舌头打结，什么话都说不出来，她也不清楚这种情况该做何反应，只能深深地低下头。

"父亲大人，"储枫面色苍白，换药时的疼痛让他的额头渗满汗滴，"我从来都没有听过定亲的事情，这是什么时候决定的？"

"就在不久前商定的。本来知道你要回来，就打算和你说。谁知道你去坐船，还出了这种事？"

"不……不能不做吗？"储枫用脆弱的目光看着父亲，嘴唇惨白，因疼痛和震惊而颤抖、喘息着，看起来，这消息让他难以置信，一时间无法接受，"这实在是……太突然了！我……我和轻葶是真心相爱的，我不想……和她分开。"

"如果只是玩儿玩儿也就罢了。"张禾镇定地坐在沙发上，用很可怕的目光回视储枫，"听说你在消亡大陆，和那些市井庶民、三教九流混在一起，一点儿都没有少爷的样子。现在，竟然开始想着反抗我，在终身大事上也肆意妄为？我……是不是太纵容你了？"

轻葶看见储枫握紧了拳头，而他正在发抖。他张开嘴想说些什么，却没办法发出声音，这时轻葶才明白，储枫也非常害怕他的父亲，他对父亲提的每一点要求，都需要难以想象的勇气。

"订婚典礼已经安排在下个月，做好准备吧。"张禾冷冷地说，"明天我会安排专机把轻葶小姐送回去，这事儿就这么翻篇了。"

"下个月？不是过了开学的时间？"储枫紧张地问。

"晚些回去也没什么。"

"那样……总归是不太好……"

"你以为我不知道吗？你有老实地在学校待过吗？我派去的人基本没在学校里找到过你。"

储枫深吸一口气，似乎在做心理准备，随后，突然抬起头，倔强地直视着父亲的眼睛，勇敢地说："我为什么就一定要联姻？我为什么就不能随着自己的心意生活呢？无论什么我都听父亲大人的，就这一次，您就不能让我自己选择自己的婚姻吗？"

张禾站起身，那一瞬间，轻葶甚至在他的眼中看到了杀意，让人浑身发冷。他走到储枫面前，强壮有力的大手一下子掐住了储枫的脖子，狠狠地说："出去几年，真是长了本事，连我的话都敢不听了，是不是忘了以前吃过什么教训，需要我帮你回忆一下？"

另一只手一挥，手下为他呈上了带刺的藤条。

"等一下，"朴政伊见状连忙拉住他，"儿子的背上还有伤，那么严重，你还要像他小时候一样用藤条打他吗？"说完，她又赶紧转过头来劝储枫，"你为什么要这样违抗你的父亲呢？和布里安家族联姻，会带来多大的利益，你不知道吗？"

"小叔叔不也没结婚吗？为什么不让他去联姻？对张氏集团来说，不都一样吗？"储枫的脸憋得通红，艰难地说。

"就那个野种，你要把机会拱手让给他？"张禾嗤笑一声，松开了手，"没想到，我的儿子竟然这么愚蠢。"

父亲的用词让储枫皱了皱眉，让人感到奇怪的是，朴政伊看起来似乎也很不自在。看见轻葶在看自己，朴政伊咳了一声，掩饰自己的尴尬说："张楷他比布里安娜小姐大了九岁，确实不合适，况且布里安妮小姐指明了你。"

"可是……"

"没有什么可是。"朴政伊不满地说，"你就这么舍不得这乡野丫头吗？她这姿色有什么好的？我可实在是看不出来。"

储枫深吸一口气，酝酿着情绪，渐渐地，眼中噙满泪水，他用心痛而隐忍的神情捂着胸口说："我知道，她相貌平平、家世普通，母亲大人，可我却抑制不住自己的心情，这大概就是爱吧！如果不能和她在一起，让我眼见她面临危险，一个人孤单离去，那简直让我心如刀绞……"

轻荨早就吓得在一旁喘不过气了，结果这些话让她回过神来。相貌平平？什么意思？之前不是一直说她甜美可爱吗？现在才是真话？可她去年还跻身宝城大学校花榜了呢！这明显是为了迎合母亲而违背良心说话！简直太过分了！

看见储枫不断地在用眼神瞟自己，轻荨突然意识到，自己也应该因为遭遇"棒打鸳鸯"而表现得伤心些，于是整张脸都扭曲起来，想要摆出一副委屈的神情，并试图挤下几滴眼泪。可惜，完全失败了！她看到储枫低着头，在他父母看不见的角度，白眼快翻到天上去了。

"就算父亲发怒你也不在乎？你可真的气死我了！"朴政伊恨铁不成钢地说。

"我已经不是孩子了，出于对威逼的恐惧而服从，没有任何意义。如果……"

"如果什么？"

储枫的语气变得镇静下来，悄悄打量了一下父亲，试探地说："白白地让我与轻荨分手，有什么东西能够抚慰我的心灵吗？对我来说，岂不是没有什么好处？"

听了儿子的话外音，张禾笑了一声，精明地问："你有什么条件？"

"父亲您是'银色蛛丝'系统的总负责人，可作为您的儿子，却没有半点相关的权力。如今我若是订婚了，在布里安家族眼里，我不也只是您的工具，毫无作用与威信可言？"

"你对这感兴趣？有这心思？"

"起码……先进您的总控制室看一看。只是暂时先了解一下，不好吗？"储枫走到父亲面前，单膝跪地，握住父亲的手，目光真诚而炽热，"我是您的儿子，这有什么损失的？三个叔叔都有他们的领地，虽然您的权限大过他们，可您能看

331

第三章 永生岛

管得过来吗？我已经是成年人了，都要订婚了，还不能为父亲分担忧愁吗？"

张禾用怀疑的目光看着储枫，"为什么这么急切？"他说，"你现在还在上学，等你毕业再……"

"如果我可以毕业后再订婚，我正巴不得如此。"储枫咄咄逼人地说，"说不定，我就可以和轻葶双宿双飞，再也不回来了！"

拜托不要再提到我了！轻葶蜷缩在一旁瑟瑟发抖，她能感到朴政伊正不满地看着她。

"你这是在威胁我？"张禾怒气冲冲地问。

"这么一说，我想起来了，堂弟张渡楸就比我小一岁，"储枫趁机煽风点火，"他是顶尖的天才，在媒体频繁出现，二叔肯定在帮着他，继祖母也更喜欢他，他们巴不得布里安妮小姐能和渡楸成亲吧？如果那是您希望看到的，简直太好了，我也正好能够解脱。"

张禾瞪着储枫，没有说话，手拄着下巴，陷入思考与算计中。他是断不可能让老二一家人坐收渔翁之利的。这些年，他们的权力扩张愈发严重，有陆军总司令藤原久的支持，也有老太爷的偏爱，老太爷虽然退居二线，可权力仍不可小觑，威信仍处处压他一头，老二的小舅子又是网络媒体的总负责人，在话语权方面也占得先机。再让他们继续渗透下去，后果可不堪设想。

这样一想，储枫遇到海盗这件事，该不会和老二有关吧？只要储枫死了，联姻的事情自然就落到了年龄相仿的张渡楸身上，这样想也并非全无道理。只不过，他们如何与海盗产生关联呢？往生岛的海盗的立场，和当地的权势水火不容，会因为这种事相互勾结吗？

"二叔的领地，渡楸不会参与管理吗？他懂的不会比我更多吗？"见张禾明显犹豫起来，储枫开始趁热打铁，"可是您的总控制室权限比他们更高，在这方面，有着无可比拟的优势，我也能帮助您。我忍着巨大的痛苦，离开心爱的人，为了家族的利益通婚，在您眼里，还不足以证明我的诚恳吗？"

张禾眯起眼睛，他总觉得储枫这小子有什么别的心思。不过，对权力有欲望，这不是坏事，至少，对他是个有用的人。按理说，总控制室是一定要牢牢掌控在自己手中的，他也是六年前继任总裁时，才从张哲樨手中彻底接过总控制权，可是，只让储枫看看，提提意见，应该也没什么影响吧？正如储枫所言，二弟可能早就教了他儿子不少东西，那孩子从小头脑就无比聪明，万一真的出什么岔子……

深思熟虑之后，张禾松口说："好吧，只要你乖乖听我的安排，我同意你偶尔进去看看。"

储枫在父母看不见的角度，握紧了口袋中的身份病毒操控卡，露出了胜利的微笑，然后，他发现自己因为过于紧张和激动而差点儿忘记表现出痴情的样子，于是连忙表现出不舍的感情说："轻葶……只要订婚宴之前回去，不就可以了吗？开学前，再让她在这里待一段时间，就只作为我的同学，可以吗？"

张禾考虑了一下，同意了这个请求。


储枫成功进入了总控制室，趁父亲不注意，将身份病毒操控卡置入主机，然后用通讯轴通知了另外三人离开游客区。做这些事时，他紧张得大气不敢喘，生怕被父亲发现。

而他第二次进入总控室，是在通讯轴上接收到流离等人在汤潭城发现的重重疑点之后。

"都还顺利吗？"在储枫的卧室里，轻葶坐在地毯上，拿起可视镜扫了一圈——那时她还确信自己是正常的，没有什么奇怪的感觉。

"我都说了，卧室里有射线屏蔽器的。"储枫心烦意乱地说，"短时间内进去两次，父亲大人姑且认为我是因为好奇而被吸引，没有怎么怀疑。所有结果都已经用通讯轴传给他们了。"

储枫查了三段"银色蛛丝"的监控记录：第一，酒吧门口发生的事情，是在老爷爷停稳电动车后，轿车才从后面撞上来。尸检报告里写了老爷爷的血液酒精浓度超标，这一点，没法儿看出是否是真的，不过，没有证据显示其有碰瓷、勒索、无赖等行为，且孙子小男孩儿是被车上的其中一人用砖头打死。进一步调查后，确认那些人是房产公司和建筑管理局的纨绔子弟，通宵玩乐才没好好开车。这家公司就是新建成的医院的开发商，向来追求最低的成本和最短的时间，要求工人夜以继日地干活儿，也会购买国外劳动力，背后有当地建筑管理局的批准和支持。

第二，小学劫案的凶手是学校里的清洁工，平日看着老实，那天却突然狂性大发，将一个班级的学生都锁在教室里，在僵持了一段时间后，大部分学生都被杀害了，只有老师和极少数学生逃了出来。然而，"银色蛛丝"并没有记录到有家长疾病发作身亡的事情。

真奇怪，除了总控制室以外，其他地方是没有权限删除探测结果的。莫非真的是自己发病，而这种事没有触犯禁令，所以没被捕捉上传吗？可为什么不让人看尸体，就匆匆火化了呢？真的只是巧合吗？

清洁工的儿子就在这班级读书，有几个同学一直欺凌他，嘲笑他父亲的工作，嘲笑他没有妈妈，强迫他趴在地上，吃狗屎，剪掉他的头发，撕掉他的衣服。为此，清洁工曾经向治安管理局报告，但却没有人搭理他。最终，他的儿子自尽身亡。校园监控虽然被删除了，但这些事在"银色蛛丝"中依然保有记录，合理推测这是清洁工产生报复社会的念头的原因。他没有立刻动手，劫持老师和学生后，向治安管理局讨要说法却依然无果，才下决心杀害了所有欺负他儿子的同学，也牵连了很多其他无辜学生。

如果是这动机，确实不宜外传，因为这就代表了治安管理局的不作为，在接收到校园暴力的投诉后无动于衷，所以这起案件至今没有报道。或许抓住凶手后，宣布其来自恐怖组织，是最好的解决方案，甚至不是真的凶手也无所谓，只是现在暂时还没找到替罪羊而已。

屏幕上蛛丝所模拟的动作，显示出杀人方式是往受害者身上疯狂捅刀，甚至包括那些无辜被牵连的孩子。为何会带着如此深仇大恨？而且，受害者在中第一刀后就不动了，证明一下子就刺中要害致其死亡，可清洁工接下来还接连砍刺很多刀，难道只是对着尸体泄愤？现在，很多家长已经将死去的子女火化了，仅剩三具尸体还留在医院的太平间。储枫将此信息也记在了通讯轴中。

第三段监控记录，是消失的酒吧，已被清空并转售出去。通过查询工人的通讯记录可知，雇主是一家私人银行的行长秘书，而那银行确实有这酒吧抵押的房产证。原店主顿斯林目前在拘留所里，罪名是扰乱公共秩序、宣传不良信息。

以前的记录显示，顿斯林十分老实，基本没被自动上传过信息，从未收到过警告信息，这次却连一次警告都没有，直接就被拘押起来，财产也被没收了。探测启动是从他在银行的吵闹开始的，听内容，似乎是账户取不出钱来，理财抵押的房产证也要不回来，这才情绪失控，在公共场合大声询问"还要审查到什么时候"。

治安管理局的人来维持秩序，顿斯林向其指控银行私吞钱款，却被缉拿关押。他鼓足勇气大声说："你们这是非法拘禁！"

"错了，这是合法拘禁。"抓他的人回复道。

这些就是呈现于眼前的全部真相，从表面来看，就是这么简单。储枫把通讯轴卷了起来，扔在了沙发上，站起身走来走去，内心却忧虑不安——事实真的如此吗？它们的背后，真的没有更深层的原因吗？

有时候，亲眼所见也未必就为真实。

"连一时心急，没控制住自己的情绪，崩溃了大声喊几句，也算是危害公共安全吗？"轻荨忧心忡忡地看着踱步的储枫。

"虽然是家私人银行，老板只要用钱事先打点好，"储枫焦躁地说，"官商勾结，有人护着，这很容易理解。"

"如此明目张胆，就因为没有一个人能说出去。"轻荨低呼，"可上面不是应该对所有发生的事情都了如指掌才对吗？既然这一切真相都有记录，那么就可以阻止犯罪，惩戒那些无法无天、仗势欺人的恶徒，这就是'银色蛛丝'存在的意义，不是吗？"

"果然，这世上的人还真都这么想，永生岛的舆论声势与宣传方式果然厉害。"储枫皱着眉头，摆出厌恶的表情，"可'银色蛛丝'存在的意义，实际上是为了更好地镇压抗争、控制民众、杜绝悠悠之口，而不是查处官员。安稳祥和只是假象，给人看的。现在的情势下，上位者权势过大，又没有监督，很容易独断专权。统领也不可能事无巨细地把国内发生的所有细节都像看电影一样查个遍，除非传到他的耳朵里，否则，绝大多数的这类'小事'是不会被注意到的。所以才会需要各地的治安管理局来协助，帮助更好地稳住局势，监视人们的一言一行。"

"不是还有巡回督察队吗？"

"巡回督察队不是伸张正义的使者，他们的督察重点是去看看有没有未消灭的动乱情况，那才代表该地官员工作不力，很少是为了民生问题。这些人通常受该地官员招待吃吃喝喝，很少会真的汇报什么严重的事，除非是担不了责任的大罪。"

　　　　　　　　　　　　　　　第三章　永生岛

“但我们既然查到这些事，不是正好可以汇报吗？”

“一个区区的小局子，就敢这么嚣张……”储枫坐到轻葶身边，眼中闪烁着愤怒的光芒，“处理他们不难，只是我在考虑，现在汇报，结果顶多是默默把负责人一换，悄无声息，无人知晓，最终还是粉饰太平。如果放长线钓大鱼，引出背后势力，岂不更好？”

“那帮人对着巡回督察队队长遮遮掩掩、消除痕迹、让知情人全部消失，说明不想让上面察觉到。这些事情或许并没有那么简单。向朴统领申请暗中调查如何？”

“我们不能打草惊蛇。”储枫陷入深深的思索中，“汤潭城是二叔管理的领域，还要受他的牵制。要是瞒着他这样做，只会无缘无故地激化矛盾，谁知道会造成什么后果？舅舅是不会冒险的。二叔的权力可不小。”

“那怎么办呢？”

“领袖真正在乎的是什么？相比于站在民众利益的角度去说服他，不如让他觉得，自己的地位正受到威胁，这才会引起重视。在二叔管辖的地盘上，挖出的东西越多，不可控的情况越多，说不定最后，二叔也脱不了干系。真正会让舅舅和父亲大人感到忌惮的，是暗中培育势力、密谋反叛的嫌疑。为了达成目的，我们要做好充分准备，用一击致命的证据，才不会让这件事就这么过去，才能把二叔的领域里那腐烂的一切，一举连根铲除。”

“等一下，”轻葶突然意识到什么，瞪大了眼睛难以置信地问，“你的意思是想最终以此为契机，帮你父亲扳倒你二叔的势力吗？”

“如果想彻底改变，这是必要的。”听了这话，储枫回过头来看着轻葶，目光有些冷淡，“二叔的权力越来越大，对我有什么好处？这些问题，总有一天要去面对，而我无法一味地逃避。我还不至于傻到不帮自己的父亲，坐以待毙吧？”

“也是，”轻葶小嘴一噘，闷闷不乐地说，“等你‘继位’了，就一定是个‘以民为本’的好皇帝，‘银色蛛丝’也能发挥它原本的作用了，对不？”

“你这是在讽刺我……”储枫的气势瞬间弱了下去，“我没这个意思呀，我没想……哎！”

可轻葶已经气呼呼地站了起来，向外面走了，储枫没拉住她，在后面追着解释："我真没那么想。你知道我有多讨厌这里……我只是说，要从根源解决，就只能从他那里开始下手。不能只看到表面的问题，没有用的……"

从小生活在上流社会的玻璃罩里，储枫却并不天真无知。只有他打抱不平的个性略显天真。对于人们的苦难、社会的黑暗，他多少都会敏感细腻地察觉到。万人簇拥的成长来自无法无天的剥夺。从前他只想自己跑出来，没有太多的欲望去反抗。可这几个月的经历让他下了决心，不能再被动接受，一定要主动进攻争取。

当晚的家宴，轻莛开始逐渐理解储枫所说的话。在这暗潮汹涌的家庭聚会中，她第一次见到张氏家族的全部成员，也隐隐约约感受出那种危机四伏、诡谲多变的人物关系。

老夫人藤原绪是老太爷张哲樨的续弦，藤原家族实力雄厚，手握大权。张禾虽为长子，却是原配夫人（四十一年前过世）的儿子，即使成功担任了总裁，依然处处受到继母和二弟的限制。二爷张桦（四十岁）是老夫人最为偏爱的亲生儿子，她对张桦的独子张渡楸更是喜爱有加。张桦一家人刚到场，她板着的面孔立刻变得喜笑颜开。

"让奶奶看看我的宝贝孙子。"她拉过张渡楸的手，一阵嘘寒问暖。

庄园的产权拥有者目前还是老太爷张哲樨（六十六岁），平时只有张哲樨夫妇和长子张禾一家人住在这里，虽然也有其他家庭成员的房间，可他们平日住在外面，偶尔才回来。所以老夫人才会格外想念他们。张榕一家人来后，她也十分热情。张榕（三十七岁）是张哲樨的三子，有三个女儿（张红椰、张红桃、张红枸）和一个两岁的儿子（张红柚），他们也围在了老夫人的身边，景象可谓其乐融融。

老太爷的小儿子（第四子）对外宣称也是老夫人亲生的，可提起他时，老夫人却显出极其嫌恶的样子。当众人入座时，张禾看着空着的位子说："张楷还没有到。"

"不用管他。"张哲樨毫无感情地说，而藤原绪则透露出一种更为冰冷的蔑视。

轻莛原以为，那一定是一个平平无奇的人，才会如此不受重视，可当张楷出现后，她发现自己想错了——即使张氏家族盛产俊男靓女，张楷出尘脱俗的气质也更胜一筹。他今年二十七岁，身高一米八四，与同样样貌出众的储枫相比，他显得更成熟些，漆黑柔顺的头发，飘逸儒雅，有种低调不张扬的内敛，可眼尾上翘且狭长的狐狸眼却摄人心魂。

"十分抱歉，我来晚了。"他淡淡地微笑着，对着老太爷与老夫人微微鞠躬，也带了礼物。明眼人都能看出，那礼物很贵重，可老夫人只是"哼"了一声，随意把它扔在一边。

张桤丝毫没有介意，规矩地坐回座位，表面上，气氛还算融洽。

轻葶是以被储枫请来做客的同学身份介绍给其他人的。虽然出身平凡，可宝城大学毕竟也是世界排名前列的名牌大学，作为那里的学生，成绩优异，前途也不可小觑，张氏集团再怎么样也不会待客礼数不周、处处冷落，该有的客套还是会有的。有时候，也会有人和轻葶随便聊一聊。

张榕的夫人说："原来花梨木小姐的父亲是个画家呀，我有印象，记得去年在一个艺术展上见过令尊的画来着，还是挺厉害的。"

"真的吗？"轻葶感到高兴了一些，她知道那个国际艺术展，那是父亲最优秀的作品，好不容易争取上了展览名额。听到张榕的夫人这样说，别人好像也对她刮目相看了一些。

"是啊，可是因为太便宜，又没什么名气，所以就没买。"张榕的夫人遗憾地继续说道。

储枫"扑哧"一声，差点儿笑出来，随后又立刻恢复了之前严肃的表情，轻葶瞪着他。

张榕的夫人似乎意识到自己说的话有些不妥，赶紧补充道："啊，下次见到，我肯定会买的，送给手下不是也挺好吗？"

轻葶尴尬极了，恨不得钻到桌子底下去。一抬头，正对上张桤的目光。他对她笑了笑，体贴地说："三嫂就不要取笑轻葶小姐了。"

"哎呀，四弟说得对，你看我，就是不会说话。"

轻葶的脸有些泛红，可朴政伊看起来好像不太高兴。轻葶知道储枫的母亲对自己一直都有意见，自己已经同意分手，却还是无法和她好好相处，如今看她又在瞪着自己，不禁觉得毛骨悚然。

这只是个小插曲，也没有人放在心上。

轻葶注意到，和亲哥哥张储枫相比，张禾的二儿子张储槐（十三岁）似乎与他的堂兄张渡楸更亲。这两人的座位挨在一起，正鬼鬼祟祟地不知在说些什么，似是有意回避别人。储槐似乎在向渡楸咨询什么，语气透出些急躁，渡楸好像也有些生气似的。轻葶的角度看不清他们脸上的表情，也不清楚他们之间有什么秘密。

　　储枫看起来心情有些沉重，他压低声音悄悄对她说："白天的事我想过了。你说得对，就算是为了长远大计，妻离子散、家破人亡的惨状就在眼前，又怎能忍心不闻不问呢？至少，先用小学劫案一事牵制住那些官员。我要争取让舅舅支持我才行，先怂恿他以协助追捕嫌犯为由，命令日月队长在那儿多待几日，提供掩护、转移视线。这点小忙舅舅还是能帮的。"

　　想起他们白天的矛盾和自己的小脾气，轻葶觉得有些不好意思，正想说些什么，却听见张渡楸张扬的声音突然响起："听说花梨木小姐是堂兄在学校带回来的小女友，今日一见果然很亲密。"

　　储枫冷冷地看着对方："堂弟说笑了。都已经介绍过，只是请同学来家里做客而已。我下个月就订婚了，各位叔叔应该也收到了邀请函，再说这样的笑话可不合适。"

　　能看出来，张禾对这样的回答很是满意。他瞪了张储槐一眼，看来心里多少有些了解，一下子就能看出是谁把事情说了出去。而储槐则不满地看着渡楸，手足无措地缩在椅子上。

　　老夫人似乎也不太乐意似的，露出了惋惜的表情："看来这婚事是已经定了啊，只是可怜了储枫这孩子，你们是不是强迫人家来着？我们张氏家族也不是没有别的合意的人……"

　　在父亲冷酷的目光下，储枫也像储槐一样，向后缩了缩，连忙说："谢谢祖母关心，我很愿意与布里安家族结亲，并没有受委屈。"

　　"长兄大人，"张桦开口道，"储枫有严重的心脏病，这件事您已经和布里安家族说了吗？这可是会影响子嗣的。"

　　"不劳二弟费心，早就交代好了。"张禾丝毫不留情面地说，"布里安家族是基于利益最大化，才会选择与储枫联姻的。希望二弟能早日看清这一点。"

　　张桦的脸色变得不太好看。这时，储枫装作不经意地问道："二叔，听说'啄木鸟'组织的反贼头目扎罗尔汉，是被您抓到的？"

"没错，在西北海岸发现的，也不清楚他是怎么逃过去的。"

"就……只有他一个人？"

"是呀，一个人，看起来有些精神错乱，属下发现了他的踪迹，报告给我。"

储枫神情凝重地皱了皱眉，想了一下，直截了当地问："他被关押在哪里，我能去看看吗？"

"你对这反贼也开始感兴趣了？"张桦眯起了眼睛。

"我就想看看，长见识。"储枫的样子看起来十分坦荡，没有一丝心虚，"二叔这么大的功绩，我想去瞻仰一下，学习学习，看看反贼都是什么样的。"

"既然储枫想去，就让他看看吧，"这时候，老太爷突然发话说，"我记得渡楸前几日也去看过，难得储枫会对这种事情感兴趣，也可以像渡楸一样多参与一下。反正过几日便行刑了，就看着这些人最后的挣扎，也能感受一下，和我们作对的人，最终是什么下场。"

渡楸差点儿被自己的食物呛到，抬起眼来看了看张哲樨，讨好地说："还真的是什么都瞒不过爷爷的眼睛。"

张桦的脸色再次阴沉下来，他也没想到张储枫会突然提出这种要求。虽然不是什么大事，可大少爷之前一直对这些事不感兴趣，小时候本来就不太听话，长大后虽然顺从很多，但执拗地想去国外留学，为此和张禾有不少矛盾。谁知道这次回来突然转了性似的，不仅同意家族联姻，还打听他管的事。而老太爷对这样的变化并无反对之意，反而有意纵容。呵，真不愧是长子长孙。难道说，这些年费尽心思，做了这么多准备，最终却还是要乖乖让步、前功尽弃吗？

"谢谢祖父大人。"储枫显示出开心又谦虚的样子，故意无视了正在瞪着自己的继祖母和堂弟。

随后，话题又说到天堂号邮轮上海盗的暴乱。在储枫遭受了这场劫难之后，每个人见到他，都要围上来"关怀备至"一番，无非都是些场面上的话。储枫没有提过对方是冲着自己来的，他不想暴露太多细节，以免出现什么破绽。而储枫观察着眼前这些人进行讨论的态度与反应，似乎真与此事毫无关系一般，完全看不出任何端倪。

正如新闻中所述，永生岛和消亡大陆的联合军队很快就会出发，往生岛也会帮忙围剿。天堂号上没找到什么线索，只能抓住海盗后再进行审问。储枫只希望到时候能获得什么有用的信息。

张楷走到他身边，递过来一个装饰精美的盒子，温和地说："这是我自己研制的药膏，应该比家庭医生给你用的好些，如果信任我的话，可以试一试。"

"四弟又有新产品了，"张禾冷硬的气度威严可畏，"可毕竟还没有上市吧？这是拿储枫当实验品了。"

"长兄大人请放心，"张楷笑眯眯地说，"我已经做过很多次实验了，很快就会申报检验，再批给父亲大人的药厂。"

朴政伊和气地解围道："这小叔子专利的产品可是千金难求的，就算我们去拿也要收钱，如今直接给了储枫，也是很疼爱侄子呢。"

看着老太爷张哲樫对这药并没有反驳之意，似乎已经默许，张禾也就不再说什么了。老太爷以前是医学博士，四个儿子都有自己的研究团队，他自己手下就有高科技武器研发团队、太空科学考察队、深海科学考察队等，老二、老三也有医药团队，可没有一个能比得上张楷。张禾很清楚张楷的才华，知道他的很多东西都给老太爷带来了巨大的利益，如果不是这样，他是不可能活着留在老太爷身边的。虽然没有自己的武装势力、企业和领地，可张楷的研究所全都是价值连城的机密重地。

"谢谢小叔叔。"储枫倒是十分感动，抬手接过装药膏的盒子。这时，他似乎想起了什么，犹豫着问道："小叔叔，我记得你有一把削铁如泥的短剑……"

张楷的手一动，突然握住了储枫的手腕，储枫止住了话头。

"是爷爷赏的那把吗？"张渡楸没有注意到这一动作，含糊不清地问，看起来有些不甘心和委屈，"我当时好想要那把剑，爷爷却把它给了小叔叔，我至今还耿耿于怀呢。"

"都说你聪明，"张桦板着脸，"可你要能比得过他的能耐，爷爷会不把好东西给你？"

"那深海宝石不也给了四弟吗？"张榕皮笑肉不笑地接话道，"一共就四颗而已。父亲大人对四弟还是偏心，好东西全赏了。"

张楷收起笑容，平静地看了他的哥哥们一眼，又垂下目光，盯着自己握住的储枫的手腕，轻声问："回来之后，有做身体检查吗？"

储枫摇了摇头。

"有时间的话，去检查一下自己的心脏病吧。可能会有意外的收获。"

储枫困惑地看着他，说："可是……"

"是我送给她的。"这时，张桤站直了身体，用微乎其微的声音漠然地说。储枫和轻葶差点儿没有听见，反应了好一会儿，才意识到他指的是那把短剑。储枫还想继续追问，可张桤已经松开了手，他的表情变得有些冷淡，回自己的座位去了。

家宴就这样于表面的波澜不惊中进行着，可除了显而易见的血缘关系，那些暧昧、隐蔽的情绪仍旧晦暗不明。老太爷张哲槿，很难看出他究竟偏向谁，如同一个精明的商人般，在背后统筹算计、隔岸观火、平衡势力；而张禾的夫人朴政伊，娇美优雅的谈吐明艳动人，可轻葶却在无意中看到她不知从何人身上匆忙收起的、欲盖弥彰、含情脉脉的眼神；张桦与张榕表面上对储枫关爱有加，可在其背后，只有全无亲情的冷酷；最后，储枫为了调查目的而进行一次次的试探，更是让轻葶觉得胆战心惊。

真是猜不透、看不清。

轻葶对于这次聚餐的记忆是清楚的，并没有发生什么断断续续、让人头痛的诡异之事。而且，她还收获了很多额外信息，认识了很多权力中心之人，不知是幸运还是不幸。她会将这些信息整理出来写在通讯轴上，看见对方的回应，会让她那悬着的心踏实一些。在通讯轴打字非常慢，需要很多耐心，但她平时也没什么其他的事可做。接下来的连续好几天，储枫一直很忙碌，而她大多数时候只能在庄园里待着，有很多时间。

她于通讯轴上得知，流离此时和另外两人并没有在一起，不禁担忧起来。昨天汤潭城刚刚发生一起四级地震，震级不大，事却闹得很大，到现在都很混乱，不知会不会与此有关，正打算细细询问之时，不知哪里蹿出的小猫咪叼走了轻葶手上的通讯轴，转身就跑。

轻葶大惊失色。她很喜欢猫咪，经常喂校园中的小猫。可即使如此，她此时也没有办法把注意力放在猫身上，她一定要赶紧拿回通讯轴，否则若被别人发现，后果必然不堪设想。想着这些，她追着猫咪来到……

咦？

她去了哪里来着？

这件事……真的发生过吗？通讯轴一直在她的手上，从来没有丢失过，之后他们还和那边交流了关于案件的信息。为什么？为什么她会觉得自己追着一只猫……

不，不对，她的精神没有任何问题，说到底，她究竟为什么要开始搜寻自己的记忆？只是发烧头痛而已，回去休息一下不就好了吗？

意识中的场景开始旋转，直到回到此刻，她还在老夫人六十岁的寿宴上。轻葶看着眼前的桌面上弧形的酒杯，那倒影里鼓起的面容，仿佛不属于她自己，眼睛下面出现一道深深的绿色裂痕。

她再次猛地站了起来，但这次并没有惊呼。一抬头，看见布里安妮正站在她面前。她在呼唤自己。

"我听说了储枫哥哥有个刚分手的女友，一直想着要见见，"布里安妮甜甜地说，向轻葶伸出手，做出要握手的姿势，"别人说姐姐不会来参加生日宴，没想到还真碰见了。"

这事儿传得可真快。

布里安妮手上的钻石反射着刺眼的金色灯光，晃得轻葶眼睛都痛。像她这么闪耀的人，为什么会注意到我呢？这些话浮现在轻葶的脑中，让她的大脑嗡嗡作响，额头渗满了汗滴。她再次低头看向手中的酒杯，却发现倒影中的那道裂痕并不存在。

是幻觉吗？

她急促地喘息着，强迫自己伸出手来回应。

布里安妮却将手收了回去，碰都没有碰到她，掏出手绢，开始细细地擦拭。周围的富家姐妹们发出一阵高高在上的笑声。是在笑我吗？轻葶的心里突然涌上来一股没来由的怒气，身体里仿佛有什么东西苏醒了，咕嘟咕嘟地沸腾着，在她的喉咙里、心脏旁、腹腔内，涌来涌去。那黏腻的藤蔓缠绕住她的每一寸骨骼，控制着她、刺激着她，将她同化为同类。

"可姐姐这扮相，未免也太寒酸了。"布里安妮优雅而娇贵地捂住自己的嘴，"原以为是国色天香的美女，才会吸引住储枫哥哥，现在看来，大概是学校里也没什么好姿色吧？看姐姐的样子，确实没见过世面，我也是真的心疼。姐姐若是能留到订婚典礼，我的那些不知道怎么处理的好东西，一定都送到姐姐那里去，至少也比姐姐用的贵很多呢。"

她这娇怯发嗲的说话方式可真让人作呕。轻葶的胃里泛起阵阵恶心，也泛起一种强烈的冲动，想狠狠撕碎对方的脸皮。不，或许她想撕碎的，是自己的脸皮，把她身体里的那个东西放出来。

那个东西？是什么？轻葶骤然感到一种莫大的恐慌，又想起了衣橱和衣橱门后的怪物。那不是她！她自己说话也是这样，胆怯而柔弱，她不会这样凶狠的！是那个东西在影响她！

然而紧接着，这短暂的念头又被否定了。她从未觉得自己如此清醒过——这是她自己的想法，是她自己想要杀人！她不会收被当作垃圾扔掉的旧衣服，也不会任由自己受到侮辱。一切都是真实的自己，体内那舒适的变异让她喜悦。她的双手，像是不受控制一样，依然停留在自己的面前，在轻葶的眼中，那手指像疙疙瘩瘩的触须一样蠕动得更加剧烈。她要用这双手掐住对方的脖子，或者砸碎酒杯，用碎片的尖碴儿狠狠地捅进对方的脑壳里。

"轻葶姐姐，您怎么在这里？"

在轻葶感觉自己即将爆发的那一瞬间，一个少年的声音突兀地在身边响起，让她恍恍惚惚的神志有些恢复过来。她转过头去，看见张储槐正站在自己身边，身姿笔直。储槐绅士地向布里安妩微微鞠躬："布里安妩小姐，我的哥哥正在找您呢。"

周围的富家姐妹起哄道："只有几分钟没见，张大少爷就这么着急，可真是对大小姐用了心呢。"

布里安妩不禁娇笑起来，露出高傲而得意的神情，瞥了轻葶一眼说："和姐姐聊天真的很开心，可是储枫哥哥正需要我。我们以后再见吧，希望还能再看到姐姐。"随后，便离开了那里。

布里安妩走后，储槐关切地问："轻葶姐姐，您还好吧？"

轻葶回过神来，身旁的景色愈加喧闹而清晰，刚刚那着魔了一样的感觉已荡然无存。她扶住额头，全然不清楚自己究竟是怎么了，只能喝了一口杯中的酒，点了点头。

"正好我也觉得这宴会无聊，姐姐如果也想回去了，我正好有些功课想要请教。”

张储槐在所有人面前，都是一个彬彬有礼的小绅士，对待轻葶也礼貌得体，从未像他的父母一般严格苛刻而高不可攀，把她当作平民一样区别对待。储槐好像很热爱学习，一直是老师同学口中的乖乖子，获得过无数奖项与称赞。由于居住的地方很近，他经常对轻葶说：“有机会，还要向姐姐请教功课呢。”

可不知为什么，每次听见这话时，储枫脸色都变得难看，所以轻葶一直没去过。看来这两兄弟的感情真的不好。也难怪储槐更亲近张渡楸。

想着自己身体不适，轻葶本想拒绝，可一想到刚刚储槐为自己解了围，她犹豫了一下，还是点点头同意了。她跟在储槐身后离开了宴会厅。而她没有注意到的是，在不远的身后，张桤端着酒杯，目光冷漠，面无表情地看着他们的背影。

布里安妩看见张储枫时，储枫正带着焦急的神情向她这个方向走来，边走边东张西望，似乎在寻找什么。她露出灿烂的笑容，贴上去挽住了他的手臂，开心地说：“储枫哥哥，你在找我吗？”

储枫停住了脚步，深吸了几口气，突然露出笑脸，对着布里安妩的方向说：“嗯，刚刚没看见你，我还有些担心。”

布里安妩害羞地低下头。

可储枫的笑容很快就消失了，变成了担忧。他显得心事重重，遇见布里安妩的父亲布里安王时，他强打精神与之交流，就连布里安妩也注意到了他的心不在焉。于是，她拉住储枫的手说：“储枫哥哥，我有些累了，你陪我去休息好不好？”

“你想去哪里休息？”

“我还一直没见过储枫哥哥的卧房是什么样子的呢。”

“像你们这样身份的贵宾，让你们留宿在庄园，实在会很失礼。”储枫的脸色有些难看，语气显得有些疏远，“我记得你和布里安国公住在宙斯山原的皇家酒店，私人铁路直通，只需二十分钟。”

“可是我现在就累了嘛！”布里安妩撒娇道，“就只是休息一下，也不是住在这儿，我好想去看看储枫哥哥睡觉的地方，听说连你的同学都去看过。这寿宴不知多久才会结束，父亲要到那时才走，我们还有很多时间，可以待在一起哦。”

"可是……哎……"

储枫被布里安妖拉着，向门外走去，路过宴会厅的门口，储枫向轻葶之前坐着的位置张望着，却没有看见轻葶的身影。想起刚才见到轻葶时，她的状态似乎很不好，或许此刻已经回房了。

"我父亲明天就会回去，"布里安妖动情地说，"而我会一直留到订婚宴结束。订婚之后，我们还要等十个月才会结婚。所以……可不要浪费这宝贵的时光……"

"我们要到下个月才会订婚，"储枫站住脚，略显抗拒地将手抽了出来，"现在还是不要过于亲密比较好。"

"干什么嘛！储枫哥哥一点儿都不热情！"感受到了储枫的犹豫，布里安妖恼羞成怒，发起了脾气，"你难道就这么心不甘情不愿的吗？难道还期待在这一个月发生什么意外吗？"

"我没有这个意思，布里安妖小姐，您想多了。"储枫的面色有些苍白，"这件事已经定下来，是我们两家坚定的结盟，我是不会反悔的。"

啊，久违的感觉又重新回到了储枫的心中，一回到家，留学时所暂时压制并遗忘的黑色阴影，又重新将他包裹起来。他会说违心的话，被迫做出每一个选择，想挣脱却不得不这样度过。如果真能一走了之就好了，也像米杉一样，躲在婆娑小镇里，永远自由快乐地活着。可那能解决什么问题呢？依然会有那么多残缺的肢体，永远地堆积在永生岛之下。他不该那样弱小。这一次，就算要付出一些代价，他也想主动面对，不只救一两个人，还要救更多的人，救所有的人，彻底改变现状。

布里安妖开心了一些。只苦了储枫，嘴角僵硬地维持上扬，任由她拉着向外走去，却在正前方迎面碰见了独自一人站在那里的张桤。他端着酒杯，那感觉就像在等他们一样。

"布里安妖小姐，初次见面。"张桤微微欠身，向他们打招呼。储枫像找到了救星一样，连忙为布里安妖做介绍。虽然之前没有见过，想必布里安妖定从他人口中，也听说过这位家主最小的弟弟吧？在张桤翩翩的气度下，布里安妖略显羞涩。他们礼节性地交谈了几句，然而，在这个过程中，储枫依然心怀不安。不知为什么，他总有种不好的预感。

张桤盯着储枫看了一会儿，突然笑了笑，不经意地提道："之前看见轻葶小姐跟着张储槐离开了宴会厅，大概是为了请教问题、辅导功课，没想到张储槐这么用功，在祖母大人的寿宴上也不忘勤学苦练啊。"

听张桤在这个时候提起轻葶，布里安妮感到非常不愉快，她不满地噘起嘴来："二少爷那么多优秀的家庭教师，为什么要向那没有见识的小丫头讨教啊？"

张桤耐心地解释说："也不能这么说，宝城大学是当今世界最顶尖的高等教育机构之一，有很高的学术地位和影响力，要知道，储枫少爷也是在那里读书的。"

"知道啦！"布里安妮有些不好意思，"我也不是说储枫哥哥就读的学校不好……不说这个了。储枫哥哥，不要管她，我们去你的卧房吧！"

储枫没有回答。准确地说，他毫无反应。跟在布里安妮身后，如同机械般走了两步，眉间的顾虑舒展不开，反而越来越深。

"布里安妮小姐，"几步之后，储枫突然站住脚步，坚定地直视着布里安妮的眼睛，"十分抱歉，我今天不能继续陪你了。"

说完，他甩开了布里安妮试图拉住他的手，头也不回地离开了宴会厅。

"你给我回来！"布里安妮气得大喊大叫，周围人的目光全被吸引了过来，这反倒让她有失淑女的风范，显得无比尴尬起来。她平复着自己的情绪，捋了捋自己的头发和裙子。"张四爷……"她转过身来去找张桤，想问问他关于卧宿区的位置，却发现张桤早就不见了身影，她环顾一圈，怎样都找不到。

布里安妮咬着嘴唇，狠狠地跺起了脚。


张储枫飞快地冲到弟弟的卧房门口，想把房门打开，却发现门是反锁的。里面没有传出任何声音，他暴躁地敲着门。

"储槐！张储槐！你在里面吗？把门打开！"

仍然鸦雀无声，储枫也不确定对方是否真的在里面。一般主人不在时，也会把卧房锁起来，只有主人和管家才会有钥匙。储枫在外面徘徊了一会儿，正想着要不要去书房看一看，却突然听到里面传出什么东西摔碎的声音。

"张储槐！"他继续坚持不懈地敲着门。

门开了，储槐站在他面前，问道："哥哥怎么来了？"储槐露出天真无邪的笑容。

　　储枫一言不发，越过他进入房内，看见轻葶正坐在书桌旁，用手撑着下巴，迷迷糊糊地打着瞌睡，脚边是打碎的茶杯，少量的奶茶渗入地毯中。"储枫，"轻葶用手揉着眼睛，气息虚弱地说，"你怎么回来了？我又把这名贵的茶杯打碎了，就和上次的花瓶一样，真是没完没了地闯祸呢。"

　　储枫走了过去，碎碴儿刺进了他的鞋底，他弯下腰，关心地问："你还好吗？"

　　"嗯，"轻葶努力想让自己保持清醒，却失败了，"本来储槐二少爷想问我国际通用语文课的阅读感悟题，可我总打不起精神来。可能今天确实身体不适，真的很抱歉。"

　　"没关系的，轻葶姐姐，"储槐彬彬有礼地说，"是我没注意到姐姐的状态不佳，还要这么麻烦姐姐，实在是我的过错。"

　　"听说这半年来，你已经换了好几个家庭教师了，"储枫冷冷地看着储槐，"你都做了什么？"

　　"谁让她们……"储槐说到一半，止住了话头，"哥哥管得太多了，她们教得都不好，都是父亲换掉的。他也说，像我这种身份的人，对待教育可不能马虎大意。"

　　"轻葶……"储枫想把她拉起来，可轻葶已经睡着了。他想了想，将她横抱起来，向门口走去。

　　"哥哥，"储槐叫住他，"你把布里安妮姐姐丢在宴会上了吗？明天又要受罚了吧？"

　　"不用你管！"储枫阴着脸，一脚带上了房门。

　　站在代步车上，储枫本想把轻葶送回客房，可想了想，心中的不安并未消解，把她独自留在这里，总觉得不太放心，于是一咬牙，把轻葶带回了自己的卧室中。将轻葶放在床上，他坐在床边，感觉瞬间苍老了好几岁。

　　"轻葶，对不起，"他单薄而无力地喃喃自语道，"让你卷到这些事情中来，是我利用了你。"

　　轻葶于那半梦半醒之间，听到了这句话，可她却无法睁开眼睛，只有泪水从她的眼角流了出来。

刚刚在睡梦中，她想起了一些事。

她的通讯轴被小猫抢走了，她很担心，追着小猫进入一个虚掩的房门内。进去后，她捉住了小猫，拿回了通讯轴，放在自己的衣服里，这才发现，她所身处的这富丽堂皇的地方，是主卧，是张禾与朴政伊的卧房。

不知道房门为什么没有锁，不知道周遭为什么没有人，她深感惶恐不安。要是万一被人看见，自己该解释不清了。想到这些，她正想悄悄地溜出去，却听见外面传来由远及近的脚步声，好像是两个人，吓得她慌不择路，推开一个小门就躲了进去。

那就是衣橱。

她趴在衣橱的门后，听到了张桤和朴政伊的说话声。朴政伊告诉了张桤很多核心的军事机密与内部消息，作为张统领的夫人和朴统领的妹妹，她自有消息来源。可说着说着，那内容开始让轻葶脸红心跳起来，震惊得几乎忘记了呼吸。

他们在偷情。

轻葶透过门缝窥视，看见朴政伊急切地扑在张桤身上。他们在接吻，过了好一会儿才分开。

"你说，我们有多久没有在一起了？"朴政伊委屈地嗔怪道，"现在好不容易有机会单独相处，你还要问东问西的，全是那些政事！"

"是我冷落了嫂夫人。"张桤淡淡地微笑着，用很深情的目光看着朴政伊，可随后，他向衣橱这边瞟了一眼，那眼神瞬间又变得非常可怕。轻葶飞快地闪到一边，拼命捂住自己的嘴巴，心想，自己不会被发现了吧？

"这里确实没有其他人吧？"她听见张桤问。

"这儿周围的人都被我支开了，还有什么不放心的？"朴政伊回答。

"我是一直非常相信嫂夫人的。"

他们滚到了床上。听着那些露骨的声音，轻葶颤颤巍巍地掏出手机。她不知道自己该不该冒险。搜寻以往的记忆，似乎没听说过如果打开相机，会有什么样的危险，按理说，这里肯定也有射线屏蔽器，她会被发现吗？

那是储枫的母亲和叔叔，他们怎么可以这么做呢？

这样想着，轻葶按下了按钮。

她再次透过门缝，却看见张桤正抬起左手，盯着一块像是电子表的东西看了看，表情十分平静。

"怎么了？"朴政伊问。

"嫂夫人，请等一下。我去取一样东西。"说完，张桤起身向衣橱这边走来。轻葶大吃一惊，蹑手蹑脚地想要躲起来。这衣橱足有两百平方米，如迷宫一样，轻葶慌张地跑到里面，蜷缩在一排长长的礼服下面。

"你去哪里呀？"朴政伊不满地喊道。

"我很快就回来。"张桤没有停下脚步。他推开衣橱门，又将其在身后掩好，直直向里面走去，脚步平稳而轻盈。

过了一会儿，他停下了。

轻葶抬起头，看见他站在她的面前，面无表情。

张桤拆下自己左手腕的"电子表"，将它递到轻葶面前。轻葶看到屏幕上显示着一行字：方圆二十米内，探测到录制设备开启。

她吓得一动不敢动。而张桤却俯下身去，半跪在她的面前，轻声说："不要害怕，不会有任何人发现你的。"

他抬起手，修长的手指轻抚着轻葶的后颈。"告诉你一个秘密，"他用轻柔的声音说，"我知道你们看过我小时候的笔记，而我那时的实验，从来没有停止过。"

轻葶感到有什么尖尖的东西刺进了她的脊柱里。

"张哲樨所有的私生子全死了，他亲自下的命令，只有我活着，因为我的才能有利用价值。可他同时又在恐惧，害怕我的天分。看，我从来都没什么势力，可我并不羡慕别人，他不知道的是，人类就像牲畜一样懦弱愚蠢，偏听偏信却自私自利、自以为是，对我来说，权势丝毫没有吸引力。我所造出的崭新的物种，比他们更加高等。"

那一瞬间，仿佛有什么东西在她全身游走，冰冷又滚烫，矛盾的、剧烈的疼痛让她想要尖叫，疯狂地尖叫，却无论如何也发不出声音。

"嘘。"张桤深蓝色的眼睛变成了铅灰色，露出温柔而蛊惑的笑容，"很快就会过去了。"

张桤轻轻亲吻了她的额头。

随后，她彻底失去了意识。

那浑浑噩噩的感觉持续了很久，像有什么东西紧紧地勒住了自己的脖子，侵入她每一个细胞，可她却不死，站在脑中的镜子前，她看见了自己长着触须、丑陋无比的身体。

当她于自己的房内苏醒时，对于这发生的一切，已经毫无记忆。

轻葶缓缓睁开眼睛，看见床边的储枫还穿着那身礼服，妆容精致，实际却如提线木偶一样，疲惫不堪。可她却什么都无法说出口。因为她知道，这段记忆很快又要被她忘记，会作为一段噩梦一样的东西，在她清醒的时候，瞬间消散。

她又想起了储枫的家人们，心思迥异的脸和各怀鬼胎的神情。想起家宴第二天，储枫听了张桤的建议，为身体做检查，却发现心脏病竟然痊愈了。听了这个消息，祖父母、二叔一家、三叔一家，脸色都变得很难看，即使是亲生父亲张禾，脸上也毫无喜悦之色，而是充满了忧虑和怀疑。张氏集团的"机械心脏"手术受到了挑衅，这才是更重要的事情。

相比之下，那变态疯子，煐·达那拉医生想要杀他，可在为他做最后一次治疗时，却用已经从哀酷儿那里拿到的祖传药方治好了他。是为了作为医生的荣誉？还是为了完成一个完整的仪式？没人能猜出达那拉医生怀着怎样的心情。他们从同一个子宫诞下，却是毫无血缘关系、相差了十三岁的陌路人。可对于储枫来说，无论受精卵来自哪里，让他作为胚胎借住生长的，是达那拉医生的母亲，将他残缺的身体修复健康的，是达那拉医生自己。

这真是沉重而讽刺的命运。

储枫很想问母亲这个问题，也想问一问哀可儿的下落。可母亲朴政伊正在怨恨地对他念叨着："十月怀胎生下你，有多辛苦，你知道吗？可你对自己的母亲也不愿说实话吗？消亡大陆如果真存在这么神秘的技术，我们就一定要趁早挖过来，或者想办法彻底消灭，要不然我们的利益要受到多大冲击？"

那时候，储枫只是低垂着头，什么都没有回复。

他在想什么呢？

轻葶又闭上了眼睛，再次沉沉地睡了过去。她不知道张桤到底对自己做了什么，甚至怀疑自己可能永远也不会知道了。这些记忆，很快就会消失。

只是她觉得，储枫每天都维持着笑容，高贵而得体，从不流露心声。在表演和自己分手的痛苦而捂住胸口时，哭得簌簌落下眼泪来，纠结不舍、忍痛割爱，那夸张程度使储枫如同戏精；在为了调查而四处奔波时，与每个人相处，每时每刻都犹如身处战场，谨慎布局、小心翼翼，也不会让自己露出破绽，拼命扮演着对方想要的角色。可这一切，与他的家人相比，都不值一提。

他家人的生活，才真像一场荒唐的戏。

# 03. 不存在的记忆

　　日月队长收到了朴统领直接下达的指令，让他在汤潭城多停留一些时日，协助入古区治安管理局将小学劫案的犯人捉拿归案，作为犯人的清洁工的面部图像也发给了他，以防浑水摸鱼。

　　追捕犯人这种事情本不属于他的职责范围，所以接到命令时，他感到很奇怪。这案子是他来入古区巡查时偶然发现的，可他并没有上报。朴统领是怎么得到消息的？知道这件事的人，除了入古区治安管理局、他本人、酒吧店主顿斯林、受害人亲属，就只有他遇见的三个陌路人。从治安官们的脸色看，他们可不希望他继续追查下去，所以不会是他们自己上报的；顿斯林已经被抓进拘留所里；受害人亲属基本接受了官方说法和赔偿，没听过有想要越级上报的情况；至于那三个陌路人……

　　不知为什么，日月队长总觉得他们的身上散发着危险的气息。虽然从身份登记系统来看，找不出什么端倪，可万一那些身份只是伪装呢？就连朴统领都格外重视、亲自叮嘱，日月队长怀疑，那些人甚至有可能与某位权贵有密切的联系……

　　日月队长不敢再继续想下去。也有一种可能是，市级甚至域级的某位官员在中、高级信息管理基站注意到了这个案件，并汇报给上级。在不清楚到底是哪种情况时，多想也无益，他只需要埋头把统领交代的事情办好就可以。

　　可怎么查出犯人躲去了哪里？他在信息管理基站反复检查了很多遍清洁工的

行动轨迹，都没找出对方的最终位置。思前想后，他来到医院的太平间。

在他的面前，横陈着三具孩童的尸体，是小学劫案中最后还未火化的三人。这三个家庭小有财力，正在申请土葬，奇怪的是，一直都没有被批准，不过，也因此耽误了时间，使得日月队长能够亲眼见到这些尸体。

致命伤在心脏处，除此之外，身上还有无数伤口，实在惨不忍睹。日月队长忍耐着胃里的不适，细致地观察了一下，发现这些伤口并没有什么规律，只有一个共同点，就是面部毁损非常严重，尤其是眼睛，空空的、干瘪的——他们的眼球全被挖走了！

日月队长后退几步，突然感到胸口憋闷，于是试图推开太平间的门，可这门竟纹丝不动，怎么也推不开！怎么回事？他心里一惊，大力敲打着门，大喊："有人吗？"喊了很久，却依然没有回应。

今天是庆典的日子，庆祝国内生产总值显著增长。外面基本全是张灯结彩，一派热闹景象。日月队长甚至能听见远处有吹喇叭和放礼炮的声音，而他自己却被锁在这里。医院里也布置得喜气洋洋，那些欢呼雀跃的人，一定想不到在他们的脚底，还有一个人被独自困在太平间，与尸体为伴吧？

尸气越来越浓烈，日月队长头晕眼花，喘不上气的感觉也愈发强烈了。他想起，治安管理局的领导们曾经请他吃饭，并向他保证："就放心交给我们吧，肯定能把人抓到，您只要坐等好消息就行。"可日月队长因为统领的要求，并没有收对方的礼，并且在一定程度上，依然多多少少进行了一些调查。现在看来，虽然被探测并记录下来的作案过程已然清晰明了，可案件背后应该另有隐情。他开始明白，自己了解得越多，越容易招致灾祸，治安管理局那帮人，表面上一个个笑脸相迎，谁知道背地里又有什么心思呢？

巡回督察队与统领之间，有很高权限的通信渠道，邮件不会被拦截或删除。可当他用这部特别的工作手机拍摄照片、拨打紧急求助电话或与统领取得联系时，竟然全都失败了！这怎么可能呢？连照相都无法保存，那只能证明官方设置的敏感内容被"银色蛛丝"探测到后，瞬间被禁止且立刻删除了，这条特殊线路的权限被取消了，谁能有本事这样做？

日月队长艰难地喘息着，跪在尸体旁，剧烈地颤抖。

庆典这天，艳阳高照，花车游行。各个城市在这庆典的花车和演出上，往往有着强烈的攀比心，极尽奢华与侈靡，并有电视台随行录制，所以各大领导都高度重视，在这一天格外忙碌，争取评比出奖项来，获得优秀城市的证书和奖金。

　　从医疗管理局到医院，会途经一条偏僻的小路，当花车经过与它平行的大路时，第一声礼炮响起，掩盖了第一声枪响。

　　人群热烈地欢呼着，高举"永生岛永生不灭""统领万岁""感激财富"之类的横幅，簇拥花车路过。在人群的背后，隔着一条街，那条偏僻的小路上，医疗运输车停在路边。当第二次拉响礼炮，又掩盖了第二次枪声。

　　小路拐角处有一个废弃的楼屋。骊四位于三楼的窗口，仰靠在破旧的扶手椅上，派头十足的样子与装模作样的姿态，宛如一个久经沙场的杀手——墨蓝色衬衫与背带工装裤，油光锃亮的皮鞋，双脚搭在窗沿，嘴里叼着雪茄（未点燃），戴着墨镜和黑手套，右手执枪，左手敲打着耳朵上的蓝牙耳机，惆怅地望着蓝天。

　　医疗运输车已经从远处驶来，手机那端却均未接通。这两个女人，真是没一个靠谱的！骊四愤懑地想。将器官捐献者转移到新建成的医院，正巧安排在这天，子玉也在这一批名单中（有其他人订购了她的肾脏）。本来他们会在这里会合，可此刻就只有骊四一个人在等着。医疗管理局与医院满是人员与监控，只有这条小路鲜有人经过且没有摄像头，是难得的机会。如果错过，就很难得手了。官方记录中怎么样都找不到贝蒂的名字，或许只有问一问当时同一批次被卖来的人员才能知道线索。

　　骊四重重地叹了口气。他的自制步枪最远只能射击四十米的距离，眼见医疗运输车越来越近，距离废弃小楼只剩三十九米时，他把脚从窗沿上收了回来，站了起来，一枪击穿了一侧轮胎。好在小路上车速不快，司机及时刹车，车没有偏转过多，撞到了行道树，停了下来。骊四又开了第二枪，击碎了车内的行车记录仪。

　　哼！不用别人帮忙，他一个人也可以。骊四将雪茄（装酷用的）收进口袋，把脸蒙了起来，从窗口跃出落到一棵树上，借力滑落在草地。做完这一切后，借着第三声礼炮，他击中了副驾驶上穿着白大褂的人刚刚举起的手机。

　　"把门打开。"他一只腿蹬在车上，用步枪磕了磕门，枪口指着司机嚣张

　　　　　　　　　　　　　　　　第三章　永生岛

地说。

司机战战兢兢地开了门。

用枪托把两个人都打晕后，魆四找到钥匙打开了后车厢。后车厢里一共五个人，都处于麻醉状态，他将子玉扛了出来，放进自己的车后座，用布将她盖了起来。

在现实世界做这些事情，要比游戏里难多了，总担心会被发现，仿佛自己才是人贩子似的。可他来自二十年前的时代，无论是眼花缭乱的现代科技，还是背井离乡漂泊的远方，都和安稳的过去有着天壤之别，让人应接不暇，如此荒谬的不真实感，和游戏世界又有什么区别呢？

唯一的区别大概是，和他一起玩儿游戏的人，并不在身边吧。

魆四很想把其他人也带走，想必他们也是人口拐卖的受害者吧？可是，他们不一定来自哪个国家，而他只认识子玉。天堂号邮轮还停靠在水滨城的海岸，由于海盗围剿计划，几名消亡大陆的外交官与海军军官也暂居在那里，远比戒备森严的云裳之城（大使馆）近。子玉是失踪人口（虽然被登记为死亡），是消亡大陆的国民，有理由向消亡大陆寻求庇护，其他国家的受害者则肯定不行。

跨国拐卖现象全世界都有，基本全在黑市流通，只有永生岛的官方机构会从跨国商人（合法职业）手中购买，声称不了解跨国商人的人口来源。可无论哪个国家，是明是暗，如果本国国民求助，就一定会协助受害人回国。天堂号是消亡大陆的船，而他可以变回来自消亡大陆的本来身份，只要到了那里，就不会被阻拦。

由于隐声塔无法覆盖很大的范围，魆四的一系列动作足以被"银色蛛丝"定位。虽然可以通过虚拟现实纽扣来掩饰自己的行踪，但难保子玉不会被定位发现，他必须争分夺秒，最好在十二小时内到达天堂号邮轮，不被抓住才行。于是，他坐到驾驶位，最后环顾一周，还是没有发现流离或爝氲探长的身影，不禁也开始担心，她们会不会遇到了什么危险或意外？可是事已至此，不能半路放弃，魆四只能一咬牙，自己将车发动，向古镇大集的方向开去。

值得说明的是，古镇大集和水滨城都在举办庆典，从那里开始，会转为张禾的领地。向跨域级的信息处理基站申请共享嫌犯位置并不是即时的，况且他的行为目前来看，不是杀人放火等影响恶劣的重大案件，还不清楚治安管理局那帮无能的废柴会为此分出多少精力呢。

两个城市相连的隧道旁，有一个十分隐蔽的废弃矿道，有时会有游客从那里偷溜过来（虽然很快就会被发现并送回去）。鼬四找到那个地方，背着昏睡的子玉向矿道内走去。

这条矿道并不长，可是狭窄闷热，走了一会儿，鼬四气喘吁吁地将子玉放在地上，试图叫醒她，却以失败告终。麻醉剂的效果太强了，这真是计划之外的情况！耽误得越久，对方准备时间就越充分，成功的希望就越渺茫。

可话说回来，这段时间，他们这些人，不是一直都在这样狭窄闷热的道路上前行吗？什么时候才能走到出口呢？

突然，地面开始晃动起来。鼬四站立不稳，单膝跪倒在地，再抬头，看见远方洞口的日光，被掉落的碎石和扬起的尘土渐渐遮住，唯一的光亮也在慢慢消失。

明明只剩下几步之遥，可他却无法一个人冲出去，冲进满是阳光和空气的自由山野中。

躲避着碎石，鼬四费力地喘着气，汗滴不断滚落，渗入土壤。他用坚定的目光直视前方，护住身旁这仅有一面之缘的、悲苦的劳动妇女，蹭着墙面上湿漉漉的苔藓，依然坚持不懈地向矿洞外移动着。

然而，不知碰到了什么，石壁的石块竟脱落下来，他们滚入一个深深的陷坑中。而这废弃的矿道，终于在这场突如其来的地震中，轰然倒塌了。


水流离已经死去了很久，她的墓地在一片蔷薇园中。

在墓碑背后，在土壤下，在棺木中，腐烂的尸骨还在长眠；在那墓碑前，失去记忆的水流离站在那里，棕色的眼睛映着阳光。隔着冰冷的石碑，她们终于相遇了。

蔷薇花瓣落入泥土，却又落入一片黑暗的世界中；流离望着石碑，却又宛若望见自己的身影悬在半空。恍惚之间，她看见，是那只晕着蔷薇花纹的蜘蛛爬到了墓碑上，无形的线通过它，将她们的身躯连在一起，将她带入这个未知的世界里。

这世界空无一人，没有方向，只有漆黑的虚无，无穷无尽，无声无息，宛若神圣的禁地。蔷薇花就像雪花，未碰到地面就消失融化。死去的水流离，身穿水蓝色长裙，悬浮在空中，二十根白色蜡烛，在她身旁飘浮环绕，不会熄灭，永恒地燃烧着。她睁开的双眼了无生气，有着微弱火光和蔷薇花的倒影。

　　流离抬头仰望着自己，一步一步向那边走去。走着走着，她模糊地觉得，自己来到这个世界，是来找药的。可她无法回忆起这念头来自何处。漫长的时空岁月，已经让她严重毁损，她什么都忘记了，然而，在此刻，她强烈地感觉到，自己真正想要寻找的东西，"自我"比药更加重要。

　　这时，她的身后出现一个人。

　　是米杉！

　　他就那样默默浮现在她背后，像一个缥缈的影子，如神祇一般凭空降临。流离没有回头，可她能感受到米杉轻柔的鼓励。他探过身去，轻轻环抱着她的肩膀，在她耳边说："终于等到你了。在几乎毁了一切而逃出去后，我从没去过你的坟墓，但是，一只蜘蛛代替我亲吻了你。"

　　这就是那只蜘蛛，在她死后的七日里，吸收了大部分她身上消散的粒子，背上绽放出蔷薇花纹。这些粒子是一种目前还没有任何人能够解释的能量，会在人死后流失。经过了二十年的光阴，如同宇宙中的奇迹，蜘蛛来到活着的水流离身边。它一直在尝试将粒子投映在她的脑海，重复了一万次，每次都是失败的。水流离毫无反应。可在这里，它成功了。或许，即使头脑和心脏早就化为尘土，残破的骨骼也可与有着相同DNA的生命遥相呼应，连入意识传输。

　　他等的是她找到水流离的墓地。

　　"我一直在想办法让你恢复记忆。关于你的过去，我想，我们很快就会知道答案了。"

　　米杉松开了手，流离飘了起来，从他的怀抱飞向半空，飞向二十年前的水流离的灵魂。所有的蜡烛全围绕过来，穿过了她的身体，这让她的心变得滚烫，眼前闪过无数画面。在这个过程中，其中一根蜡烛灼伤了她的手心。


　　四十四年前，水流离出生在往生岛的一个村庄。幼时的记忆很少，可她记得在山野中奔跑的感觉；记得追赶蝴蝶，梦想像蝴蝶一样飞舞在自由的蓝天和花香里；记得跑到破旧的教室外，听老师念书的时候，心中所向往的未来。

那时候，她还很小，不懂忧愁是什么。只知道家境很贫穷，可也并没有因此而不快乐。因为父母在附近的城中打工，她在五岁以前都和奶奶一起生活。奶奶种了几棵梨树，在结出果子的秋天，每天都带着她去城里卖梨。幼小的身躯，蜷缩在三轮车后面，看着奶奶的背影在费劲地蹬车，还会天真地想，如果果子少一些，或许奶奶就不会那么劳苦，她想的办法竟然是偷偷吃掉那些梨，还为此沾沾自喜。奶奶发现后，并没有责备她，为这滑稽的方式笑弯了眼睛。落叶在开心笑着的奶奶身旁飘落，那温暖的场景深深留在她的心里。

五岁的时候，父母在城里租了个大一点儿的房子，姑姑也大学毕业，有了体面的工作，父母把奶奶和她接了过去。就像每个普通的女孩儿一样，她也向往城里的生活，所以她很感激。这时她才知道，她还有一个三岁的弟弟，名字叫作水流星，一直被父母带在身边。让人难过的是，弟弟的身体很虚弱，总要卧床，父母每天出去工作，无比地辛苦劳累。这是她第一次意识到，病痛和贫穷是这么无助的事情。所以，留在家里的她，会主动照顾弟弟，也会勤劳地帮家里干很多活儿。

她的乖巧懂事让父母越来越喜欢她，给她买很多好东西吃，可如果有什么事情没做好，例如，不小心打碎了碗，父母就会变得非常生气。为了让父母开心，为了获得奖励，她心甘情愿地为家分忧。弟弟总是很羡慕她，因为父母不让他自己跑出去玩儿，也不让他吃零食，但姐姐都可以。为此，他在家里大吵大闹，摔东西，父母也不会责骂他，只有一次，弟弟偷偷跑出去玩儿的时候，父母是真的对他发怒了。

"小孩子跑出去，没有大人跟在身边，多危险呀！"父亲把弟弟骂了一通。

流离觉得自己也很羡慕弟弟。弟弟四岁的时候，开始去幼儿园读书，而她一直都没上学。不过，她知道家里的经济拮据，所以也体谅父母。有时候，父母也会说出口，就好像要补偿她一样，看见好看的衣服、好玩儿的玩具，问她想不想要。如果她很喜欢，就会想办法买给她。最高兴的是过节的时候，家人会团聚，吃一顿丰盛的晚餐，有时候姑姑会过来，流离就问她很多书上看不懂的知识。

不过，相比之下，流离更喜欢的却是自己生病的时候。虽然身体很难受，但看着母亲心疼地流下眼泪、父亲更加拼命地工作时，她就会觉得，自己是被爱着的。父母照顾着她，非常在乎她，这个认知似乎会带来一种和平时不一样的、微妙的幸福。就这样，直到她九岁，一家人都其乐融融，时光温馨如常。

水流离九岁的时候，奶奶因病过世了。流离心想，死亡真是一件痛苦又可怕的事情，人生往往很难如意。那一年，弟弟开始上小学，由于病情不见好转，父母为此更加费心，很难再顾及她了。好在姑姑正为了获得志愿证书，去了城郊的圣光孤儿院义务教书，她被寄养在那里。

孤儿院看起来古老而阴森，院子不大，沟壑难平，寸草不生，青黑色的墙砖脱落，建筑就像废弃的教堂，方圆几里都是荒地，来往的路途艰难崎岖。十六个孩子住在一间宿舍里，被褥潮湿破旧，食堂的饭菜也难以下咽，都是干硬的面包和烧煳的苞米粥，楼梯和洗手池都很肮脏简陋，只有市政来检查时，食物才会变得美味多样，走廊、窗户、厕所等也会被清理得干净一些。

刚来这里，诡异的气氛让流离很不适应，她觉得，大部分的小朋友都神经兮兮的，尤其是从小生活在这里的孤儿们，他们一直在祭拜神灵，就像着了魔一样。他们相信，自己的不幸，是因为生来身心污秽恶浊，要奉献自己，服从救世主的一切要求，让那全知全能的救世主，赐予圣水，清洗自己前世的罪恶，才能通向往生。

要想获得拯救，就要先驱逐异己。该被清除的头一个对象，就是混入人间的恶魔。异色的双瞳是被恶魔附身的显著特征。当恶魔出现，救世主就无法在这个世界停留。一年前，老院长死了，老院长就是收养他们的救世主。

那是流离第一次遇见米杉，在一个狂风骤雨的阴冷天气，七岁的米杉出现在走廊的尽头。其他小孩子明显在向后畏缩，他们亮晶晶的、狂热的眼睛充满憎恨。那时候，米杉很瘦，看起来苍白而弱小，他裹在宽大拖地的袍子里，用冰冷空洞的眼神打量别人，那双眼睛，翡翠色的左眼和琥珀色的右眼，像晶莹剔透的宝石，毫无温度。

他确实很特别。

老院长亲口所说，来自地府的恶灵，正企图破坏他们的神圣。他们相信米杉就是那个恶灵。他的注视让人感到一种莫名其妙的寒冷和恐惧；靠近他的人，无论对抗鄙夷，还是示好谄媚，生命都会枯萎。正如生病的孩子，短短五天就会丧命。

在流离来到孤儿院后，看到老院长养大的孤儿们，经常点燃白色蜡烛，在深夜举办仪式，似乎是在火焰指引的冥界尽头与救世主对话。他们需要全身赤裸地待在一个漆黑的房间里，在仪式中，祈祷怨恨的人消失死去，这才是实现一切愿望的核心。在这样的过程中，他们会变得与众不同，有资格做很多事情，比其他孩子更加高等。

他们也邀请新认识的流离加入，可流离觉得这些小伙伴对老院长的崇拜是畸形的，所以毫不留情地拒绝了。现在想想，那时的自己真的头脑简单、不谙世事。她会傻傻地直言："这样做是不对的。"

对方的表情变得很难看。

孤儿院里，有一个漆黑狭小的砖房，在后院的角落，没有窗户，地上满是爬虫、蛇和老鼠。这是曾经的惩戒房。即使现在，"神的惩罚"依然在延续，新入园的小朋友如果"反抗神灵"，就会被那些孩子们关进去，在门外挂一把大铁锁，里面的人吓得哇哇大哭。知道了这件事，流离非常气愤。

"这样做是不对的。"她总这样说。在别人眼里，她一定很招人讨厌吧？喜欢"多管闲事"，还会提起自己的父母，偶尔的周末，父母还会来看望她，仿佛只有她与别人不同。一开始，和许多小伙伴在一起，她也很喜欢说话，当其他人躲开后，她才渐渐沉默下来。

只是那时候，她还不懂这世上多的是让人愤愤不平的事，不懂为什么新来的院长和老师，都如同机械的行尸走肉，很冷漠，仿佛只是为了完成政府给予的任务，对这种现象不闻不问。可她并没有停止，心中的火焰反而燃烧得更加猛烈。遇见看不惯的情形，她就毫不犹豫地说出来，渴望求一个公正。她忘记自己并没有铠甲，不过也是一个弱小而普通的人。

被那些孩子记恨后，他们找机会把流离也偷偷关进惩戒房。在那漆黑的屋子里，她害怕极了，一直在瑟瑟发抖。她不相信妖魔鬼怪，可厚厚的湿墙所传来的声音依然很让人恐惧。渐渐地，她觉得，幼时在山野里自由自在、无忧无虑的日子，可能永远不会回来了。

然而，在忍受黑暗的过程中，她更多的是开始理解，遭受这样对待的人拥有怎样的苦难，平凡的生命会有多么脆弱。蒙受欺辱的人，谁来为他们呼救？暗无天日的痛苦，要如何让更多人听见呢？在这样的思考中，不知过了过久，日光透过门缝渗进屋内，流离的心反而平静了。她决定自己逃出去。

借着微弱的光，她看到地上有两根绳子，全都系了一个圈，其中一根是完整的，一端拴在墙上的扶手上，这根绳子正上方的棚顶，一根房梁是断掉的；另一根绳子是被切断的，还有一小截正挂在它正上方的房梁上。屋子里到处都有烧焦的痕迹。

流离在角落里发现了一把生锈的小铲子，旁边堆了很多稻草。把稻草掀开后，很多老鼠和虫子蹿了出来，吓得她惊声尖叫。可是被困在这里，并没有人能回应她。在不断地鼓励自己后，她再次鼓起勇气靠过去，将稻草全掀开了。稻草下的泥土要比其他地方松软许多，这个发现让流离燃起了希望。她用小铲子开始往外挖土，意外地发现，这里的土非常松散，很容易就能挖出一个坑。她不懈地努力着，坑越来越深，向外延展着，经过了一整天的努力之后，终于通向了砖房外面！

好在她还是一个小孩子，能从那狭窄的通道里，成功钻出来。她气势汹汹地跑出去，丝毫不服输，全身都脏兮兮的，小朋友们都吓了一跳。在告诉了姑姑原委后，孤儿院的老师们惩罚了那些把她关起来的孩子，他们要饿着肚子去干活儿。这样一来，流离更招人怨恨了。

周末父母来看她的时候，也听说了这件事，表现得非常心疼和愤怒，这让难得见到他们一次的流离的心里感到了久违的温暖，不禁泪湿眼眶。不过，他们依然训诫流离要好好和小伙伴们相处。"你一定也有做错的地方。"父母对流离说，"我们每天那么辛苦，不要让我们操心，知道吗？"

流离深深低着头。只不过这一次，她心里隐隐地不服气。她觉得自己一定没有做错。

就这样，流离固执地维护着自己的信念，艰难地、慢慢地融入了孤儿院的生活。幸运的是，一年前上任的新院长在孤儿院里开设了课堂，她也可以跟去听课。难得的机遇让她欣喜若狂，几乎手不释卷，花费许多的时间在图书室里，就忘记了其他不顺心的事。在读书的时候，她明白了更多人世间的悲惨与不幸。她反思自己以前说起自己的家庭的时候，是不是无意中流露出了优越呢？

米杉从来没有和她说过话，但却偶尔会盯着她看，让她觉得毛骨悚然。或许是因为米杉也很喜欢待在图书室。小孩子都不爱读书，所以原先米杉是在图书室待得最久的，流离到来之后，他就变成了第二久的，每次路过门口，看着时间记录表，他就会露出不满的神情。由于流离已经开始懂得去考虑别人的感受，所以她猜测，这就是他不满的原因。只是她想不通，他如此阴沉孤僻，与其他人格格不入，也会计较这么幼稚的排名吗？

一天夜里，在米杉离开图书室后，她跟了上去。因为她很好奇，很想把这件事问清楚。可是，她却看见米杉去了教室。他从口袋中掏出一块金色的长命锁，锁上有一个搭扣，竟然可以打开，在其中一个水杯中，他向里面磕出些粉末来。

米杉抬头望着窗外的月亮，那一瞬间，流离头一次在他的眼中看见了虔诚而愉悦的感情。

流离知道水杯是谁的。这个人无比听信那些祭神的孩子装神弄鬼的蛊惑。有一次，他被怂恿去对米杉说："你为什么不去死呢？"

米杉无动于衷，看都没看他一眼，就好像已经听过无数次这样的问题。"我是不会死的。"他平静地说，"问出这样诅咒的人，往往才要小心。"

流离的心里感到不安，在回去的途中，她遇见了一个老师。当老师问她为什么这么晚还在这里闲逛时，她犹豫了，因为她并不喜欢这个老师，他总是很嚣张，经常训斥犯错的孩子，喜欢体罚，就像在拿他们撒气一样。眼见她支支吾吾的，老师生气了，流离于是如实说出看见的事情。

第二天，她还没走到教室，就听见前方熙熙攘攘的哄笑声与叫好声，那里围了很多人。她跑过去，看见米杉被围在那群孩子中间，昨晚遇见的老师正将他按在地上，拿着装满水的水杯审问他。

"你还不承认？"老师咄咄逼人地用强壮的大手和膝盖压住米杉的胸口和大腿，"流离小朋友亲眼看见你往里面放了什么东西！"

这样的场景让流离手足无措地站在那里，看见米杉恶毒地向她的方向瞪了一眼。

"你这个小撒谎精，要是你坚持不承认错误，就把它喝下去，证明给大家看看！"老师沾沾自喜地说着，强制地将米杉的嘴扒开。一向冷静的米杉，此刻情绪无比失控，抗拒挣扎着，可他最终也只是一个幼小的孩子。老师还是将水灌进了他的嘴巴里。米杉呛到了，拼命地咳嗽，在地上翻滚起来。

其他的小朋友们都在欢呼，奉承起老师来，似乎很受用，让老师越来越起劲。他将米杉拎起来，扔进了后院角落的砖房，冷冷抛下一句："好好反思一下自己的过错吧！"

　　流离吓坏了，向姑姑求助，可姑姑认为那个老师心里有数，同事之间也要处好关系，况且，小孩子还能藏着什么危险的东西呢？喝了也不会有什么大事的。于是只是说，先把米杉关一会儿，长长教训，第二天就放出来了。但流离并不这么觉得，一种不好的预感很强烈。夜里，孤儿院的灯都已经熄了，她拿着手电筒，悄悄跑去了砖房，隔着门呼唤着："米杉！米杉！"

　　实在是太安静了，没有一丝回应。

　　流离找到之前逃出来时挖的洞口，向里钻去，心里默默祈祷着米杉已经发现这个洞口并离开了。可事情怎么会如她所愿？当在砖房里探出头，她看见米杉正蜷缩在稻草堆上，一动不动，仿佛停止了呼吸一般。他的手臂被咬破了，鲜血流淌一地，旁边躺着很多死去的蜘蛛。流离连忙跑过去，用带来的盐水帮米杉催吐，一遍又一遍地按压着米杉的胃部，并且抠着他的喉咙。不知努力了多久，米杉的手动了动，露出痛苦的表情，终于，"哇"的一声吐了出来。

　　米杉虚弱地喘着气，躺在流离的怀里，模糊地睁着眼睛，向着棚顶那两根房梁的方向，没有焦点的目光望着虚空。他轻轻地说："我的妈妈，在召唤我。"

　　过了一会儿，他又说："她就死在这里。"

　　流离感到很歉疚，眼泪也簌簌地落下来。"对不起，"她难过地说，"我真的没想到会这样！"米杉没有理睬她，只是无力地躺在她身上，仍旧气若游丝。

　　不能就这样坐以待毙！于是，流离拖着米杉，从挖开的通道爬了出去，而米杉用了很大的毅力才能支撑着自己。由于米杉不让她再去找老师，所以她扶着他，溜出了院子，竟然很幸运地拦到了一辆路过的货车。司机是在夜间给城里送货的，好心地将他们带去了城里的医院。在医院里，米杉被送进了急救室，奄奄一息的他经过了好几个小时才抢救回来。

　　在偌大的、洁白的医院里，只有流离孤独地、害怕地、无助地待在那里，直到米杉醒来。她清晰地向医生表述了情况，按照政策，这次的急救与住院是可以由公共补助的。在这件事被披露给媒体后，孤儿院才匆匆派人赶来，嘘寒问暖，无比亲切。儿童保护机构也参与了进来。不管怎样，无论是流离的父母，还是孤儿院，作为监护人都是失职的。

　　这是流离的父母第一次对她大发雷霆。她这次可是让他们家颜面尽失，让他们平白遭受不少指责。含辛茹苦地把她养到这么大，难道她就这样忘恩负义，就为了给家里带来没完没了的诘难吗？把她送去孤儿院不也是没办法的事情吗？他们也会尽可能给她买东西，看望她，又不是不管她了！

流离哭得很伤心，她不明白，自己为什么会受到父母如此痛恨的咒骂。而在那病房里，醒来后的米杉只是淡漠地看着她。

过了一会儿，流离的父母来到病房，要把她接走。米杉仿佛在自言自语一般，在一边小声说："这么难得的机会，难道不可以利用它讨点赏赐吗？"

他的声音真的像蛊惑人心的恶魔。

流离的父母仿佛被点醒了什么，在镜头面前哭诉着儿子的病。他们家的困难，对儿女的爱和无奈，得到了很多理解和同情。那时的通讯还很不发达，因为上了电视和报纸，他们收到了一笔不菲的捐款。这可让他们高兴坏了，对流离也又搂又抱，亲了好几口，稀罕得不行。流离感动得红了眼睛，心里又莫名有些发酸。

米杉的身上或屋子里并没有发现任何长命锁，水杯中也没有检测到有毒的成分，他生命垂危、送去抢救的原因是被毒蜘蛛咬到了。他在回到孤儿院后，住了很长时间医务室。灌他水的老师已经被撤职了。不管有没有人向他报告，他的处理方式显然是丧失理智的。院长也受到了严重警告。所以米杉回去的那段日子里，过得还算舒服，也难得清净。

流离很快就回到孤儿院了。经历了这么多事情，她似乎成长了许多，也不似初来乍到时那般充满希望和信心了。失落地坐在后院的秋千上，生锈的铁链吱吱嘎嘎地响着，在她的面前，是落叶铺满的大坑。流离想起落在奶奶头上的那片叶子，仿佛还是昨天的事情，枯黄的落叶与灰白的发丝下，是奶奶慈祥的面庞，音容笑貌依然浮现在眼前。她抬起头，望着秋日的蓝天，和天上飞过的、成群结队的大雁，泪水从眼角流了出来。啊，这段日子里，她变得越来越爱哭，越来越多愁善感了，小小的心灵，也变得忧郁。

就这样，摇啊摇啊，不知过了多长时间，她突然感觉到有什么人正站在她的身后，阴森森地看着她的背影，惊得汗毛直立起来。回头一看，原来是米杉。

"你怎么又回来了？"米杉幽幽地问，"你们收到的钱呢？"

"爸爸妈妈用那笔钱，送弟弟去大城市里更好的医院去治病了。"流离没有多想，老老实实地回答说，"因为要离开很久，所以把我送了回来。"

在米杉靠近她时，她紧张极了，可米杉只是沉默地将她推到很高的地方，再松开手来。在流离的视线里，灰色的建筑变成了遥远的彩霞，变成了渐渐弥漫着橙光的天空，下落时，又变成了脚下的荒沙。她从来没有荡得这么高过，就好像在飞翔一样。

神奇的是，她能感觉到米杉是一个可怕的人，可在这个过程中，她从未觉得害怕。

流离的心里有一个结，认为是自己害米杉住院的，因为愧疚，在回到孤儿院后，她经常去医务室，守在他床边，无微不至地照顾他。不过，即便如此，她也坚信自己没有看错。这是两码事。她不清楚米杉的长命锁为什么不见了，可那天晚上的场景在她的脑海中挥之不去。当她知道水杯的主人，最后还是从陡峭的山坡上滚落下去、意外摔死时，心情更是跌落谷底，愈加沉重而压抑。

"你突然刷了鞋。"流离坐在米杉的床边，突然开口说。

"你觉得是我做的吗？"米杉悠然自得地靠在背垫上，翻了一页书，无比平静地问。

"在那个小伙伴摔下去的土坡上，长着一片野花，从脚印来看，有两个人曾经踩过它。"

"有人去调查吗？"

流离困惑地摇了摇头，显得有些委屈："老师说，这就是一个意外，让我不要瞎琢磨，无中生有，节外生枝。"

"所以就是没有证据了。"米杉面无表情地回复她，"说来也可笑，弱小的人，生命真是廉价。没有人会在乎，也没有人会听见他们的声音。接受这个现实吧。"

听了这话，流离更加难过了。她不清楚那双鞋是否沾上过野花，可她有一个预感，这个事件，永远也不会知道真相了。可她并没有感到挫败。"弱小的人应该受到保护。如果没有人听见他们的声音，让他们的声音被听见就好了。"低着头，流离心中的火焰反而燃烧得更加旺盛，眼睛亮晶晶的，像在黑暗中点亮了一束光芒，"长大以后，我想成为一个面对世上的罪恶不会违背良心、认命苟活的人。我知道自己很渺小，即便如此，千千万万的我也可以让世界越变越好，平凡的生命不会永远都这样孤苦无望的。在你濒临死亡的那一天，不是也有很多人会愿意帮助你吗？"

"在我濒临死亡的那一天……"米杉张了张嘴，似乎想说些什么，可面对流离的炯炯目光，他突然开不了口，只得"啧"了一声，"书没少读，倒是很会空讲大话。"

流离局促不安地搓着手，隐隐觉得米杉正提到完全不同的一天，突然觉得莫名悲凉，她看着米杉，就好像看见了自己七岁的弟弟，于是抬起手，温柔地摸了摸他的脸颊。

米杉吓了一跳，向后猛地一退，不知为什么，眼睛里竟然有些恐惧。下一秒，他似乎意识到自己的反应有些过激，变故作镇定地拉过被子，躺了下去，背对着流离，将自己蒙了起来。

这真是一件奇怪的事。


时间过得飞快，离奇的死亡事件还是会发生。父母来探望流离的次数越来越少，可她已经习惯，不再像从前那样难过了。她的心里有了信念，有了更重要的追求。由于九岁才开始念书，起初流离的成绩很落后，可她非常努力，从早到晚都在刻苦学习。十二岁时，在一次考试中，她终于超过了米杉，获得了第一名。

她知道自己在这些年里，依然不受欢迎，因为她的进步，老师会渐渐偏向她，而她也经常去和米杉搭话，这一切都会让她很不合群。可即便如此，她也想不到，随着她变得愈加优秀，周围开始响起刺耳的议论声。

"她的姑姑是咱们的老师，所以她才会得第一名！"

"是与恶魔做了交易，才会让她变得聪明！"

她无法做到完全去无视这些窃窃私语，心思愈发沉重，喜悦荡然无存。闷闷不乐中，她漫无目的地闲逛，不知不觉来到了图书室。只有米杉一个人在那里，正专注地用铅笔在书桌的草纸上画着些看似杂乱的线条网络，面前摆着许多复杂难懂的书籍，名次单就摊在他的左手边，他的名字赫然出现在第二的位置。最近，他很少会留到这么晚，流离意识到自己很久没和他说过话了。

"你在画什么呢？"流离问。

"我在设计一个可以掌控所有人的世界。"米杉答。

"那是不可能的，"流离下意识地说，"一个人的力量怎么可能做到这种事呢？"

一如既往，米杉没有搭理她，收拾好自己的东西，一言不发地想要回去。流离连忙拉住他。关于那些闲言碎语，她张了张嘴，总想向米杉证明些什么，却不知从何说起。

没等她开口，米杉就打断了她，用平静的语气说："你不用向我解释，我从来不相信流言蜚语。"

说完，他便离开了。

有的时候，流离觉得米杉明明小她两岁，很多事情却比她懂得多。她也很想变坚强，可长久的重担还是压得她喘不过气，她很快就生病了，发起烧来。昏昏沉沉地躺在医务室里，只有她一个人，回忆起以前躺在床上的自己，难得渴求到的来自父母关怀的爱意。如今她第一次感觉到被遗弃般的孤寂，它所带来的痛苦，要比身体的不适更难以忍受。

夜深人静时，她翻来覆去、煎熬地喘息着，脑中纷杂不停，水杯、枕头、吊灯，似乎都变成了又长又弯的庞然大物，围在她的床边，仿佛自己正在狭窄破旧的走廊里逃窜，怪兽在沿着墙壁追逐自己。

在五花八门的幻觉尽头，她蓦然回到了后院的角落里的那个漆黑阴暗的砖房。那次事件之后，它就被封上了，几年来无人靠近。此时，它向她敞开，那里的秘密伴着死亡的腐烂气息，仿佛真的有魔鬼一样。满地的麻绳全都变成了连成串的毒蜘蛛，让她惊恐发作，难受地呻吟出声。

"那时候，我觉得自己很快就要死了，"恍惚之间，一只冰凉的手抚上她的额头，是米杉，不知何时来到了她的床边，他的体温本就比常人更低，在流离发烧的高温下，他的手更是彻骨寒冷，"你是怎么把我救活的？"

"因为弟弟生病，我学了很多急救知识……"流离听见自己的低哼声。

"你救了一个恶魔，不会感到后悔吗？"

"我从来没有觉得你是一个恶魔。"

流离不确定自己是不是真的回答了他，因为周围的一切都混混沌沌的。尝试睁开眼睛，只看见米杉从她身旁离开，躺在另一张病床上，头枕双手，望着天花板，身形缥缈，模糊不清。"在去教室之前，我就把长命锁埋在了一个不起眼的地方。"米杉轻柔而沙哑的声音，仿佛从遥远的虚空中传来，"长命锁里有一种无色无味的毒，可以杀人于无形，暴露于空气后，二十四小时之内就会挥发干净，再也测不出痕迹。"

流离的心开始咚咚直跳，挣扎着想要清醒过来。不知道米杉是认为她睡着了，还是根本不在乎，他继续说道："故意被蜘蛛咬到，是因为要以毒攻毒。那已经是第二次了，在五岁的时候，母亲带我来到这里，就躲在那间砖房里。因为曾经经历过，所以我是知道的。"

在这样虚幻的声音中，流离已经分不清什么是睡梦，什么是现实。"流离姐姐，你就当作听了一个虚构的故事吧。"米杉为她所诉说的一切，都让她在模模糊糊的幻觉中，仿佛真的看到了那样的画面。

米杉的母亲就来自这间孤儿院，也是由老院长养大的。她未婚先孕，米杉从出生开始就是耻辱，一个不被期待的、本就不该存在于这个世上的生命，尤其是在他的母亲有着诚挚信奉的神的情况下。父亲留下的唯一物件，就是供他们自我了断的新型毒药。东奔西跑、苟延残喘地过了五年，在长久的折磨中，最初的信心早就消磨殆尽，母亲把所有怨恨都加在了他的身上，就是因为有了他，她才会被抛弃。

母亲总用无比悲伤的眼神望着他，沉痛而怨艾地对他说："你为什么不去死呢？"

那就是米杉在整个幼年印象最深的话。

狼狈地回来，躲在后院的砖房里，不敢见人。在这个母亲从小长大的地方，她重新找回了她的信仰与神灵，她开始相信，自己是自食恶果，唯有死亡可以赎罪。她让米杉服下了长命锁中的毒，又将绳索套在他的脖子上。那时候，米杉还不知道母亲在做什么，只觉得，颠沛流离的日子很快就要结束了。

母亲用非常温柔的手掌抚摸着他的脸颊，然后，另一只手狠狠一用力，把他吊了起来。

米杉腾空而起，高悬在房梁上，粗糙的麻绳深深陷进他的脖子，他剧烈地挣扎起来，余光里，看见母亲把绳子的另一端系得牢牢的，然后，自己也爬上凳子，将头伸入绳圈中，露出从未见过的微笑，带着无比向往而痴迷的神情，对他说："我们很快就会获得幸福了。"

　　　　　　　　　第三章　永生岛

说完，她踢翻了凳子。

米杉的嘴唇和指尖已经开始发青，渐渐窒息的时候，他没有看见天堂，只看见了满是刑具的地狱，那里只有无穷无尽的疼痛。

这时，在他的头顶，年久失修的房梁断掉了，他摔在地上，拼命地喘吸。他从未想过，这世上比寒冷和饥饿更痛苦的事情还有很多很多。抬头看着自己的母亲，却看见母亲临死前那恶毒仇视的眼神，责怪他没有陪她一起死去。

米杉愣愣地望着母亲吊在那里的身影，直到她渐渐再也不动，疯狂的、歇斯底里的母亲终于消失了，她变得无比温柔美丽，那场景才是最神圣的解脱。

由于服下的毒药很快发作了，他试图打开门，却发现门从外面锁住了。是有别人这样做的！里面发生的一切，都是有人默许的！意识到这点，米杉用幼小的拳头敲着门，向外呼救，却无人理会。他倒在母亲的脚尖下，扭动抽搐着，结果又仿佛天赐一般，几只毒蜘蛛咬了他。

那几只蜘蛛还很幼小，毒性不强，昏迷了一段时间，米杉如梦初醒般睁开眼，却发现身体轻松了许多，他竟然奇迹般地自愈了。不仅是身体，他的心灵也变得轻松，变得如飞翔般自由。他已经很久没有吃东西，丝毫没有停歇，生吃着砖房里死去的蛇和老鼠，马不停蹄地在墙角开始挖土。那条通道，如今土质松散，是因为他曾经挖过那里。他如此瘦弱，在那狭窄的缝隙里，轻易就能钻出。

老院长看见他，是很惊讶的。大概他也从未想过米杉居然还能活着。是他提供给米杉的母亲赎罪的方法，可米杉的母亲死了，米杉却自己走进孤儿院。如此强大的生命力，让他莫名觉得恐惧，那双失去了全部光彩的异色瞳的注视，也让他莫名觉得恐惧。他大叫着，这个孩子灵魂肮脏不堪，有魔鬼渗入了他的影子里。

想要得到救赎的小朋友，全都要赤裸地跪在教堂里，接受老院长的洗礼。他们会定期进行各种各样的仪式，虔诚地匍匐在老院长的脚边，祈求他的圣水。只有米杉是拒绝的，从来不会参与。但这或许并不是因为他有多么清醒理智，相反，他好像很喜欢看到这样的情景，眼睛都在发亮，在这样的过程中，似乎有一种全新的力量和向往，在他的心里诞生了。

米杉的反应让老院长更加恐慌，他坚信米杉是受恶魔眷顾的人，试图在他身上进行驱魔仪式，把他吊死、关禁闭、丢进满是饥饿老鼠的坑中、关进砖房里烧死，可都没有成功。这是天降的奇迹，老院长从未见过气运如此强悍之人。他开始变得神经兮兮的，越来越害怕米杉，却还妄想用暴力将他驯服。他对米杉说："你不该活着，不该出生，就因为恶魔降临到你的身上，才会害得你母亲死去。"

那天晚上，大雨瓢泼，老院长死在了自己的房间里。没人知道发生了什么。

"你错了，"五岁的米杉将他的尸体踩在脚底，手上的刀滴着鲜血，居高临下地俯视着他，"上天强将我留着，不就是为了让我统治你们这些卑鄙龌龊的人吗？"

交错的光中，米杉的影子像幻灯片一样，投映在密集的雨帘上。

这样的影像，逼真地定格在流离的脑海中，让她惊惧不安，久久不能忘记。她躺在病床上，就像做了一场残忍的噩梦，在噩梦的最后，她听见米杉毫无起伏的语气。"老院长说自己是神，可他也不过是蝼蚁而已，轻而易举就能被捏死。"他一字一句地慢慢说着，"这才是生而为人的规律。你心中的那种公正的世界，是永远不会出现的。"

或许是因为退烧药的缘故，流离的体温下降了一些，觉得不那么难受了。她浑浑噩噩地睁开眼，大汗淋漓，看见米杉又回到了她的床边，冰冷的手再次贴上她的额头。

"这个故事好听吗？"

他这样问她，用同样居高临下的、麻木的眼睛，俯视着她。

而她摇了摇头，用包容的、同情的、无畏的目光回望着。

在那目光中，米杉后退了一步。


病好后，流离在封禁的砖房旁，埋了几颗蔷薇花的种子。第二年，它们竟然发芽了，长成一片蔷薇花丛。在那花丛中心，有米杉死去的母亲，有曾经濒死、获得重生的自己，还有熊熊大火和毒蜘蛛，可米杉并不避讳那里，偶尔还会和流离一起去照料那些花。那个像地狱入口一样的冰冷砖房，被包围在温暖而充满色彩的阳光中。

"假如你的品德十分高尚，莫为出身低微而悲伤，蔷薇常在荆棘中生长。"流离满心欢喜，心中的信念更加坚定，"在这样的环境里，也会不屈地开放着。"

米杉似乎养成了一个新的爱好，就是在厨房烘焙甜蜜可口的点心。这真是不可思议！那本来是流离试图去学的，想要在回家时做给父母和弟弟吃，结果只能做出硬疙瘩一样的面糊；而米杉只随手弄了一次，美味珍馐便出现了，让人惊叹不已，也让流离大受打击，拒绝再尝试了。

她心里很清楚，虽然考试时，自己总能取得第一名，但米杉的天资禀赋，确实是上天的奇迹。她越来越相信，或许真的是天意，没有让他平白死去。为此，她一直追在米杉身边，让他接受她的意见，不要滥杀无辜，不要轻视生命。当然，米杉依旧从不回应她。

"米杉，不要作恶。"她严肃地说，"老院长表面光鲜亮丽、受人尊敬，背地里只是个单纯的变态而已。他不是神，是个狂妄的疯子，他没有资格影响你。"

"好好好。"米杉说。

"不管你怎么说，我以后，一定要成为一名正义的记者，揭露所有的黑暗与不公。"流离又说，"如果你露出马脚，被我抓住，我是不会放过你的。"

"好好好。"米杉说。

可米杉做的甜点真的很好吃！随着年龄增加，流离也长了不少心眼儿，学会用些好听的话哄着他。所以从那以后，米杉在闲暇时候，就用做甜点来打发时间了。

那四年，孤儿院里，一次死亡事件都没再发生过。


流离十六岁的时候，离开了孤儿院。在往生岛这个贫穷的国度，七年过去了，城郊反而愈加萧瑟，孤儿院依然被遗忘在荒僻的角落里，破旧凄冷，毫无生气，只有她种的蔷薇花开得茂盛。过着简单平淡的生活，时光像是停滞了一样，如果不是父母突然出现，要将她接走，她还觉得岁月丝毫未曾流逝过。

事实上，她已经出落成一位清纯美丽、善解人意的姑娘。在孤儿院里，不再像小时候那样招人讨厌了，那些年龄很小的、新入园的孩子往往都很喜欢她，她也感到很舍不得他们。只不过，许久过后，再次见到思念的父母，面对他们关切疼爱的目光，流离的心更加柔弱。父母苍老了许多，疲惫的双眼满是操劳的痕迹，许久不见，看到父母那样想念自己，流离就会觉得很感动。回想起幼时家人团聚在一起的日子，一直以来的小小埋怨，似乎也变得不再那样重要了。毕竟是亲人呀！和孤儿院的其他孩子相比，家人对于她而言，是多么珍贵的财富！流离相信，等她回家后，会重新获得与家人团聚的幸福。她发誓，一定要更加努力，实现自己的梦想，让千千万万生活在孤儿院里的被遗弃的孩子，都能过得更好。

"原来如此，"听着流离对未来的向往，米杉频频点头，一边在手上写着仿佛天书一样复杂难懂的公式，一边冷嘲热讽地说，"你父母看你可算是顺眼一点儿了。"

"不要胡说，他们一直都很爱我呀。"流离睁着困惑不解的大眼睛，不服输地回瞪着米杉。

"为人父母，他们为你付出过什么？"

"之前把我留在这里，爸爸妈妈也是有身不由己的苦衷的，他们一直觉得很愧疚。"流离像是要证明什么一样，信誓旦旦地向米杉解释道，"而且现在不是要接我回家了吗？我们一家人还有很长时间可以生活在一起，一切都还来得及。"

"流离姐姐这个岁数，可以开始工作，或者嫁人了。"米杉头也不抬，淡定地说，"到了可以奉献的时候，这么好用，他们难道会不爱你吗？"

"你不要想得这么阴险好吗？"流离不满地说，"继续读书，才能找到更好的工作。等我赚钱了，我就可以给家里买很多东西，给父母很多钱，让他们为我感到自豪和骄傲！"

"真可怜呐，你不会以为……"米杉眯起眼睛，话说到一半，还是止住了话头，后面的话都没再说出口。最后，他只是说："你要是对他们这么说，他们会考虑的。"

"你是怎么知道的？"

"人的灵魂，是很容易被看透的。"米杉面无表情地回复说。

是呀，流离一直都很清楚，当初在医院里，米杉一眼就明白了她父母的内心，是他的一句话，才让父母对她眉开眼笑。她隐约觉得，自己想否认的就是这样的现实；她想证明，爱不该计较那么多。米杉看到的，全是残酷而毫无感情的东西，而爱可以克服残酷。

不知是因为米杉语气中难得的悲悯，还是因为她渐渐明白，自己要面对的是未知而艰难的未来，流离突然无比难过。他们向着孤儿院大门的方向走，走着走着，她抑制不住自己的眼泪，噼里啪啦地掉落下来，不知不觉中，她已哭得泪流满面。

"为什么人生从来不会如意呢？"流离伤心地问，"我还能再见到你吗？"

在即将到达阳光下的阴影边，米杉停住脚步，站在那里，许久都没说话。

"等你再见到我，你就会看到一个更强大的我。"最后，米杉只是轻轻抱了她一下，将她推入阳光中，"流离姐姐，后会有期。"


二十根白蜡烛，让水流离空白的灵魂渐渐变得充盈，可她也被一根蜡烛持续地灼烧着，这种强烈的感受来自她对家人的爱。接下来的很多记忆，都让被灼伤的手心无比疼痛。

在回到家里之后，父母果然想把流离嫁出去，亲事都说好了。那是她第一次为了自己与父母爆发激烈的争吵。父母很失望。

母亲说："小时候明明那么听话，怎么越长大越叛逆呢？"

父亲说："都是在孤儿院里，和那些没爹没妈的野孩子学坏了。"

不就是你们将我送过去的吗？流离想。

但记忆中的流离是没有这么想的。她只想说服父母，让他们理解自己的追求。虽然外表依然温柔脆弱，可内心里，她变得越来越刚强。她不再像小时候那样逆来顺受了，或许，孤儿院里所发生的种种，真的有在慢慢影响、改变着她。可即使是那样坚韧的心，也存在缺口，而她在不断向那个缺口中填补。

米杉的说法是对的，她的成绩一直不错，孤儿院的老师也这样说过，继续发挥这点优势，才能给这个家带来更好的未来。所以最后，父母同意她去读了高中。高中的三年里，她心无杂念，每天就只有勤勉不懈，同时打些工补贴学费，十八岁的时候，甚至申请到了去永生岛出国留学的资格。

现在想想，那是她人生中的又一次转折，是她命中注定的劫数。命运真是神奇，本来父母是绝对不会同意的，但当时永生岛的一间生物医学领域的研究所在招募心脏病受试者。研究所的负责人张哲槬博士，是信息领域的财阀——张氏集团总裁张哲榆的弟弟。该研究因为有违伦理的实验而臭名昭著，遭到主流声音的反对与抵制，如果不是张氏集团在背后支持，恐怕早就要被调查处理了。在永生岛本地进行招募受试者，成本很高，障碍重重，于是，他们的魔爪才伸向外国。

由于病情毫无起色，抱着试试看的心态，父母帮水流星报了名，尝试服用研究所生产的各种药物。借着这个契机，他们搬到发达而富裕的永生岛，成了非法移民，四处打工勉强维持生活。流离终于可以去云裳之城的大学读书，业余时间也做些兼职来补贴父母弟弟居住在此地的房租。

二十二岁的时候，大学毕业的水流离正式留在永生岛，加入了一家国内很有影响力的新闻会社——亿勇社，成为一名调查记者。原本她不属于这个岗位，是她自己坚持做出的选择。亿勇社向来以揭发权力层黑幕、捍卫公众利益而闻名遐迩，秉持坚定的信念，聚集了很多有志向的青年。通过调查记者独立深入、全面细致的调查访问，那些被故意掩盖的罪恶才能公开曝光于青天白日之下。由于会得罪很多政商界有权有势的人，调查记者的人身安全往往受到威胁。不过，亿勇社的揭发报道在广大民众中间得到了很多支持，带来的压迫感不可小觑。亿勇社的名声很好，声誉很高，网络也刚刚开始普及，在这样渐渐形成的社会风气与浩大声势下，媒体的威望空前提高，人们崇敬敢说实话的亿勇社，甚至会自发保护。那是永生岛发展最迅速的黄金时代，当时的社会经济蒸蒸日上，永生岛被世界称为海上的乌托邦。

在流离加入的团队中，有一个和她同岁的男同事，名字叫扎罗尔汉，他们是搭档，经常一起去实地调查，发表过"廉价劳动力奴役事件""代考风波事件""独立记者非法通缉事件""豪车肇事逃逸事件"等新闻报道。有时，他们被围困车中，遭到一群手执棍棒的大汉的恫吓。虽然遭遇了很多危险，但流离认为，一切都是有意义的，既惊险刺激又很有成就感。

父母不懂那些深层的意义和决心，不清楚其中的凶险，只是觉得她进入的这家报社很有名望，从事的行业让他们很有面子。唯一的不满，就是她经常很忙碌，有时候很久都无法回家。不过至少，每个月都会往家里寄钱，他们便不会多说什么。

或许，这样也好。流离的手里拿着被撕碎的深度进学研修书，心里想着，她实现了在孤儿院的时候立志要完成的梦想，也有了收入，这样的选择也很不错。对这样的生活，她依然充满向往。

然而，当这个记忆融入脑海，现在的流离心里却很生气，气到手心的伤口几乎要溃烂下去。此番画面无比剧烈地震颤着，她很想冲进这记忆中的场景，回到那时候的光阴，再重来一次，向撕掉通知书的父母大声叫嚷。

这种愤怒，让她短暂地从记忆的回溯中脱离出去。她想起自己来到水流离的墓地时的情景，大抵经历了同样的情绪。那时，为了救出子玉，水流离走向与同伴约好会合的偏僻小路。路过医院，一个六十多岁的老太太拉住了她。

"流离？"老太太颤颤巍巍地说。

她满是沟壑的脸露出欣喜与怀念的神情，让流离一时间不知所措，又不自主地生出些愧疚之情。她想挣脱，老太太却死死地攥紧她的手腕，不让她离开。

"我的女儿哟，"老太太的眼泪"啪嗒啪嗒"地掉，"你怎么消失了这么久？"

是母亲吗？水流离的心里更难过了。这个词语让她感到很陌生，她不认识对方，可看着老太太苍老的身影与欣慰的表情，她不禁也为其哀痛。空洞而苍白的往昔，似乎出现了希望。她能找到自己的记忆和家庭吗？她也能体会到来自亲人的温暖和爱意吗？拥有母亲，是一种什么样的感觉呢？

她轻轻地抱住面前这瘦弱的老太太，感受着难得的温馨时光，自从清醒后，那种坚强、恐惧、不屈的心灵，也在这一刻松弛下来，有了一种脆弱的感情、一种陌生而想哭的冲动。

口袋中的蜘蛛似乎很不安分，突然爬来爬去，躁动不安。

"你怎么消失了这么久？"老太太继续喋喋不休地哭诉，哭得声泪俱下，"你有多久没有往家里寄钱了？"

流离的心一凉，愣愣地站在原地，直到老太太扯着她向医院走去，力气出奇地大，边走边絮絮叨叨地说："早就不同意你去念书，你非不听，学了那么多的知识又有什么用？就只学会了忤逆父母，抛下病弱的弟弟不管不顾。多给家里赚些钱也行，可你那工作，没多少钱不说，动不动就不见人影，还有把我们放在心上吗？就说我今天在医院等了这么久，也没人来接，快去给我办出院手续！"

"等一下，"流离尝试平复着自己的心情，费了很大劲才拉住老太太，试图让声音冷静下来，"您不记得了吗？水流离已经死去二十年了。我不是您的女儿。"

"什么意思？"老太太的情绪突然激动起来，"宁可去死也不管我们？我们是造了什么孽，生养了不知感恩的女儿哟。"

可以肯定的是，老太太的精神不太正常，失去了时间的概念，似乎还停留在二十年前。流离本不该和她计较，可却无法控制自己怒火中烧，背一挺，杏眼圆睁，破口而出："据我所知，从小就被扔在孤儿院，也算养育吗？工作也是为了自己的理想，有什么可责骂的？"

老太太苦口婆心地说："从小到大，你总跟我们说理想，那些虚无缥缈、花里胡哨的东西有什么用呀？能值多少钱？能比你弟弟的健康重要吗？"

流离不愿理她，转身欲走，可老太太拉住她，怎么都不让她离开，大哭大闹，称她"不孝"，渐渐吸引了围观的人。拉扯的过程中，流离的手机摔到了地上，出了故障。

这下子可麻烦了！流离绝不想引起旁人的注意，只能忍气吞声地妥协，尽可能温和地问："您在哪里住院？我把您送回去，您看可以吗……"

流离来到新建成的医院，而与同伴们约定的时间恐怕早就过去了。她无法抽身，只能在心里祈祷另两人能顺利将子玉救出。老太太只是有点感冒，却在顶级贵宾病房住了一周。流离从护工处听到，今天本来应该是老太太家的司机来接他，可因为花车游行线路，很多道路被封，司机需要绕行很远才能到达，因此才耽搁了时间。流离以现在的身份，不能帮老太太办出院手续，老太太不让她走，她只能在那里等着司机到来。

医院里人人都知道，她的儿子水流星是国内唯一权威媒体亿勇社的社长，于二十年前接任。流离在等待的时候，读了关于水流星的采访体传记。从小就有严重的心脏病，家境清寒，即使在这样艰难贫苦的环境，水流星也一直很努力，忍受病痛上学读书，被人看不起，在历尽人间疾苦的过程中立下志向，虚弱地躺在病床上望着窗外的天空展开奇思妙想，每一件小事都那么让人同情又充满激励，催人泪下，妙笔生花，是奋斗后改变了命运的励志故事。

书里倒是有提过他有一个大他两岁的姐姐，但笔墨很少，也没写她的名字，只说在二十年前，姐姐自杀后，水流星悲痛欲绝，自愿成为张哲楒博士机械心脏手术的第一批试验者。他成功了，而他一直以来的天分与刻苦让他实现了从小的愿望，他的勇气与意志开启了医学的一段新的伟大里程。多么令人振奋的奇迹呀！不过，水流离对这些往事毫无印象，她几乎不能找到关于自己的蛛丝马迹，不禁有些失望。她反复读着仅有的、提到她的寥寥几行：

> 我很珍惜小的时候，和姐姐在一起生活的日子。父母不在家，姐姐会做好吃的，会为我讲故事，奶奶身体不好，也会待在家里，闲暇时，我们围坐在狭窄的小床上，说说笑笑，全是轻松快乐、无忧无虑的时光，三个人的温馨，大抵成了我记忆里，最

牢不可破的时光。纵然因身体原因存在限制，我也会缠着姐姐带我出去，虽然后面挨了骂，我也没有后悔过。

跟着父母东奔西跑地求医，我们相处的时间变少了。曾有一次，我偷偷跟着父亲，去了姐姐借住的地方。那里阴冷破旧，可我看见姐姐在一片荒芜的后院，正种下几朵蔷薇花。我没有和她打招呼，就悄悄回去了。第二年，我再次溜去，看见蔷薇已经开放，不知不觉中，我仿佛也获得了在逆境中生长、克服困难的勇气。很可惜，我跟着父母搬到了另一个地方，无法再找到那里。

我一直坚定地认为，姐姐是一个了不起的人，她的学习成绩很好，那么优秀，永不屈服，仿佛什么困难都不会击倒她。这是我心里最柔软的秘密。最后姐姐选择自杀这条路，我很意外，也很遗憾。听说，当初盛开的蔷薇花在一场大火中，被烧成了灰烬。这个消息让我更加难过。现在想来，姐姐的命运，就像这被火烧尽的蔷薇花。


这个故事大概是为了表现水流星富有感情的一面，以及逆境中也不会放弃的坚强吧。可流离知道，自己的痕迹大多都被抹去，而水流星坚持将这段文字留在了书里，大概它真的很深刻。在众多虚假或夸张的故事里，这些话或许是真的。照片里的水流星，正如储枫曾经所描述的，皮肤纯白透亮光滑紧致，一点儿皱纹都没有，如同瓷制机器人，嘴唇鲜红，眼睛和水流离一模一样。流离的心里终于有所触动。

传记就放在老太太的枕边，像宝贝一样，被翻了很多遍。所以她应该知道，女儿已经死去了，可她却不记得这件事。老太太十分自豪，一直在对流离说，自己的儿子有多么优秀。

司机来后，他们走到医院前厅。流离正想趁机逃开，地面却开始晃动起来。是地震！

幸好震感不强，打开手机后，即时报道显示为四级。结果，医院大楼的砖石却开始噼里啪啦地向下掉落，摇摇欲坠，这景象让楼内的人们很是慌乱，一窝蜂地向外涌去。流离也拼命将老太太拉出大楼，司机还一直在旁边说："放心吧，目前这个震级对建筑物不会造成什么损害的！"

"我可不信任他们！"流离斩钉截铁地说。这句简单的话把司机吓得够呛，再也不敢言语了。

果然，当他们跑到较远的地方后，刚刚建成不到三年的医院大楼，竟然轰然倒塌了！

一瞬间，扬起厚厚的尘土，遮住了天空，无数人被埋在碎石瓦砾之中，伤亡惨重，人们哭喊尖叫，四处乱跑，也有人会冲过去救人，那场景如此混乱，震撼无比，让人痛心。但流离发现，自己是无法录像或拍照留存的，照片和视频总会被无处不在的蛛丝网络瞬间删除。不过天灾难防，闹得这么大，建筑过程中的偷工减料，是无论如何都没法儿再隐瞒的，只能尽量将公众影响降到最低罢了。不知道是不是老天非要教训建筑商，可惜却要陪葬这么多无辜的生命！

流离什么都没有想，本能地跑过去，想尽可能地多救些人，有人埋得浅，手脚还露在外面，很容易将他们挖出来。老太太想把她拉走，絮絮叨叨地说，这与他们无关，他们的车就在旁边，赶紧回家去得了，远离这种又脏又乱的现场为好。

"你给我闭嘴！"流离烦躁地对老太太怒吼，态度特别刚硬，把老太太也吓住了。

与大楼相距较远处有一个低矮小楼，小楼的地下一层是太平间。可流离总觉得那个地方有什么东西在动。原本以为是什么小动物被压在下面了，结果竟然是装着尸体的冷柜，一部分露在了外面，冷柜里面竟然有什么东西在砸那钢门，可真是让人吓坏了！

"救命……"微弱的呼救声传来，声音有些熟悉，流离连忙清理掉冷柜旁的砖石，费了千辛万苦，终于将变形的门打开了。日月队长正痛苦地蜷缩在里面，小腿正卡在冷柜被压瘪的那部分里面。

"怎么是你？"日月队长忍受着剧痛，"我在太平间里呼吸困难，神志不清，结果突然感觉到地震，情急之下就躲进了一个空的装尸体的冷柜里……"他抬头看见外面的凄惨的景象，"怎么会这样……"

流离没有答话，费了千辛万苦，她想办法将日月队长的腿抽了出来。这时，官方的救援赶到了，日月队长抓紧她的手臂说："不要把我留在这儿，我不想被救援队带走！"

虽然这个要求很奇怪，但流离还是答应了他。在流离强大的气场之下，老太太没再多嘴，同意司机和流离一起将日月队长搬进自家车上。老太太给儿子打了电话，但是没有接通，所以才顺了流离的心意。幸好她精神错乱，依然认为流离是她的女儿，没有过多防备。母亲是爱她的，这一点，流离并不怀疑，尽管那不是无私的爱。

来到父母的宅院，流离才知道，宅院的背后就是埋葬水流离的蔷薇园。

不知为何，水流星把别邸建在此地。而她就像是从蔷薇园中复生的女鬼。这陌生的家庭，在她空旷的心中，并未引起情感的波澜，她突然意识到，对于亲情的概念，她和二十年前的那个体贴温顺的水流离判若两人。除此之外，她们完全相同。

在流离的墓碑前，她们的灵魂得以相逢。

除了手心的伤口，这灵魂是多么契合呀！这让流离自己也感到了困惑。自己究竟是不是水流离？如果是，为何会存在这极其微小的、相互排斥的部分呢？如果不是，为何这种种经历都让她感同身受，眼泪不止，落在记忆的画面上，荡起层层涟漪？姓名、音容、DNA、性格，即使是冥冥之中的意识与信念，都那样高度贴合，她就如同她真正的回音。如此一来，又何必在意那小小的瑕疵呢？

然而，在这未知的空间里，流离看见了站在前方不远处的米杉的表情。米杉的脸上，一点儿笑意也没有。

# 04. 不存在的科技

测试结果：灵魂不兼容。

米杉表情阴郁地盯着眼前屏幕上的这行字，没有一丝笑容。他知道自己的蜘蛛使者与水流离的意识相连接了，猜测可能是因为流离来到了她的墓地附近。他的所在之处与外界全然无法联系。在流离等人戴上虚拟现实纽扣后，他也没办法用"银色蛛丝"追踪到他们的位置，这对于隐藏踪迹来说是必要的。

蜘蛛使者含有可吸收并存储人类死后挥发的未知能量的芯片。从米杉的角度来说，旁人，包括他自己，都是看不到重现的记忆的，电脑也无法解析，只有原DNA的主人能够接收。

尘封已久的程序突然启动，开始自动运行，整个过程并不会呈现，屏幕上只是冗长枯燥、复杂难懂的字符。只有最终结果显示，她们的灵魂不兼容。这让米杉失望至极。

不过，他更加无法理解的是，测试出的她们的灵魂匹配度高达百分之九十五，这已经达到了可兼容的程度，系统分析却将其否认，这证明她们是完全不同的两个人，也证明流离的意识在主动拒绝同化融合（这种能力已经见怪不怪了）。而世界上再相似的双胞胎、知音、克隆体，灵魂匹配度也不会超过百分之七十。

她们流淌着相同的鲜血，内心里有同样的公理，个性都同样独立不屈，思维方式也一模一样。二十分之一的不同，究竟来源于何处？

其实，米杉心里隐隐地感觉到，现在的流离似乎更警惕，反抗意识和求生意志都比以前更强，不会因感情而软弱轻信。这是他期待和渴望的改变，是他在创造梦境时充满私心的幻想。难道这真是什么梦中人物来到现实世界的玄幻故事吗？不可能！根本无法用常理解释！

"米杉先生，您在想什么呢？这么严肃。"张桤从外面走了进来，笑眯眯地说。

"与你无关。"米杉扫了他一眼，气定神闲地说，"有什么事吗？"

"汤潭城的事情查得怎么样了？"

"'银色蛛丝'的探测结果中，有人形物体被抹去了。"米杉在电脑上操做了一番，手指敲了敲屏幕，力度有些大，隐约能看出他的恼火，"是从张桦的顶级信息处理基站发出的操作。真意外，竟然有人能钻研出如何做到这点。看来，他们家出了一个天才。不过，那人大概只能干涉自家领域内的结果吧。"

"怪不得，储枫那边什么都没查到，二哥也真是不简单。竟能如此天衣无缝、滴水不漏。"张桤略做思索，心情依然很愉悦，"幸好他手下的建筑管理局惹了麻烦，要让他费不少心了。"

"把局长处分了就好，跟他有什么关系？"

"要是他为了掩盖见不得人的秘密，杀人灭口呢？"

"他为什么要这么做？"

张桤笑了笑，俯下身，颇有压迫感地说："张渡楸那小子有能力抹除'银色蛛丝'探测的人物，米杉先生一定也可以。在您的同伴被海上警卫队找到的时候，是您及时在探测结果中抹去了三个人的存在吧？既然如此，等我去了二哥的领域，就请米杉先生也帮帮我吧。"

"你要去汤潭城？"米杉从容地坐在座位上，眯起眼睛，"去做什么？"

"去拿回属于我的东西。"张桤直起身子，语气很是气恼和冰冷，"我的一个宝贝被人偷走了，那人竟然蠢到让它被别人搜走，真让我生气。"

说话间，他抬起手，沾在手套上的一粒花籽掉了下来，落在满是电路的铁皮地面上。只见它的身上闪烁着电流，竟然飞速膨胀，在原处"变出"一朵成熟的帝王花。这让两个人都吃了一惊。即使亲眼所见，依然难以置信。到底发生了什么？让种子瞬间生长成熟……

米杉的心怦怦直跳，许久过后再次体会到了激动与狂热的心情。他的视线转移到从"沉睡领土"中勉强记住并恢复的代码上，那来自流离的脑电波。不知为何，它刚刚闪现在屏幕上。这个现象让米杉的心里隐隐有了推测——用计算机控制真实的生命进程？通过电线就可以传输吗？可是，这已经完全超脱了现代人类的认知理解。外星科技？未来科技？到底是什么？

"米杉先生？米杉先生？"张桤的声音传来，让米杉回过神，"这是怎么回事？"

"不是你培育的特殊品种？"

张桤弯下身子，拾起花轻闻了一下，说道："是由我改良的帝王花，可以诱发绝症，到了一定阶段，还能让人突然死亡。不过，培育每一朵都要很久。如果有这么便利的科技，倒是会让我省不少时间。"

"我是真的不清楚，还需要研究研究……不过，还能有人从你这里偷东西，真不可思议。"米杉努力恢复镇定，转移话题说道。

"就是呢，"张桤没有介意他岔开话题，淡然看着面前的一块块屏幕，"被我有意放走后，踪迹定位到消亡大陆的江昴城附近就消失了，我派去的人什么都没找到，真的很亏。"

米杉微微睁大眼睛，一下子就明白了张桤的意思。"你派去的人？"他讥讽地说，"是秦筱博士以前的手下吧？你一直没离开永生岛，什么时候集结了他们？"

"哦，对了，二十年前母亲来到永生岛时，您还在这里。您也认识她，一度感到很受威胁吧？"张桤轻笑了一声，"我自有我的办法。在您那时候带来的铺天盖地的压力之下，她能留下这条通信渠道，真是了不起。可惜，被爱情幻想冲昏头脑，变成了没什么用的死人。"

"宝城大学的学生被捉走，不会也是你授意的吧？为了把储枫引过去？"

"未登记在军资里的晶体追踪器就那么两颗，可不能浪费了。"张桤无所谓地说，"没想到真的发现了您。看来，血缘关系真的会相互吸引，真的是奇妙的命运。"

米杉冷冷地看着他。

"啊，我错了，张哲榆伯父的存在已经被完全抹去，我不该提。"话虽这么说，可张桤看起来并不在意，"不过，我们的父亲们，是一对渣滓兄弟，这倒是让我觉得和米杉先生惺惺相惜。"

"你不是也有很多女人吗？"

"所以说，血缘关系真的很奇妙，也很让人厌恶。"张桤无所谓地看了看表，向门外走去，"这朵花的奥秘，我迟早也会弄清的。总之，刚刚跟米杉先生说的事情，就拜托了。"

"我已经帮你把往生岛的屏障系统解除了，你还要提更多要求……你往那里投放了什么生物吧？"

"不愧是米杉先生，什么都知道。"

"等一下！"眼见张桤即将踏出门去，米杉叫住了他，"在你被偷……被拿走的东西里，有没有什么细胞类的物体？"

"我只丢了三件物品，"张桤想了一下，"其中有一个红色的水壶形油灯，是很小的挂饰，水社长来拜访时，无意间掉在我的宅子门前，被我捡了起来。细胞类？我倒是没仔细观察过。"

"水流星落下的？"

"怎么了？"

"没什么。"米杉向后仰去，靠在椅子背上，阖上了眼睛，心平气和地说，"走好，堂弟。"


稀薄闷热的空气，让魆四感受到难以忍受的窒息，于昏迷之中猛然惊醒。

这是什么地方？

像是一个狭窄逼仄的原始洞穴，他躺在床垫上，旁边仅有一根昏暗的蜡烛。魆四揉了揉因缺氧而疼痛的头部，只回忆起自己滚落在一个深深的坑洞里，随后就失去了意识。

所以，是有人将他带过来的吗？魆四艰难地支撑起自己的身体，大口喘着气。他注意到自己的衣服被换成了粗糙的布，鞋摆在床垫旁边，还是湿漉漉的。他试图站起来，赤足向门边移动，却一阵眩晕，再次倒了下去。

这时，门开了。一个年轻貌美的女人走了进来，见到他醒了，连忙凑上来，将手中端着的热气腾腾的药汤放在一边的地上，关切地问："您还好吗？"

"这是哪里？你是谁？"

"这是汤潭城与古镇大集交界处的地面以下一百米的地方。"女子笑了笑，举起印着黑色啄木鸟的青草绿袖标，"这是在您身上发现的，您是我们的同志吗？怎么会从入口处就这么摔下来呢？"

这只在消亡大陆被捡到的袖标，鼬四一直收在身上。"你是啄木鸟的人？"鼬四惊呼，"这里是啄木鸟组织的基地吗？"

"这是什么意思？"女子的笑容消失了，她用怀疑的眼光看着鼬四，"你不是我们组织的？那为什么带着我们的标志乱跑？"说到这儿，她突然意识到什么，噌地站了起来，连连后退，"难道是来抓我们的？"

"不是这样的……"鼬四连忙说，"这袖标是我捡的，就放在身上了。"

"永生岛没有人敢将这种袖标放在身上！还有枪！"

"我……"鼬四正不知该如何解释，门外又走进来更多的人，都衣衫褴褛，其中一人穿着清洁工的服装，四十多岁，颧骨突出，看起来很是吓人。他拿着鼬四原先的衣服，可以看出，衣服是被烤干的，上面还沾着水草和泥土。这些人听到女子的汇报，都警惕了起来，用敌对的目光注视着鼬四。

不过，鼬四注意到这些人中，有一个年轻男子十分眼熟。"你不是水滨城海关二十七号安检口的工作人员吗？"鼬四问，"海明中校曾让你放我们通过，还记得吗？"

"你是消亡大陆的人？"那个年轻男子看起来依然满腹疑虑，"你说的应该是我的双胞胎哥哥，因为长得一样，而身份系统只登录了一人，所以会轮换着上到地面工作，这才能应对'银色蛛丝'的检查，也能即时往地下传送情报。"

"原来是这样……"鼬四连忙解释道，"我确实是从消亡大陆来的。因为从医疗管理局劫了人，逃到矿道，无意间才掉到这里。"

"我要去和哥哥确认一下，不然不能放心。"年轻男子匆匆向门外赶去，回头恶狠狠地说，"最近我们的行踪总是遭到泄漏，谁也不能相信！你就在这儿好好待着，千万别耍什么花样！"

"我们是在地下湖泊的岸边发现了你，穿过那里就能来到这个基地。"一个慈眉善目的老爷爷坐在鼬四的身边，和蔼地说，"湖泊很大、很深，一只蜘蛛都没有。从那里逃进来，绝不会被发现。"

"条件艰苦，还请您见谅了。"一开始的年轻女子没好气地说，将汤药递了过去，一股难闻的气味扑鼻而来。蚰四诚惶诚恐地接过来，看着这群将他围在中间的人正直勾勾地盯着自己，为难之下，只能勉强将药喝了进去，简直苦得不行。

"你幸运了，小伙子，"无名老爷爷说，"汤潭城因为地震，新建的医院塌了，治安管理局的人忙得很，你这种小案子恐怕也没人去管了。不过可惜的是，废弃的矿道入口也塌了，不能再用了。"

"地震这么严重吗？"

"呵！严重什么呀？小孩子都不会怕的程度。近几年新盖的楼，是越来越脆了……"

蚰四伸手将旁边摊开的报纸抓了过来，看到关于这件事的报道，看起来伤亡惨重，在庆典日发生如此重大的事故，原因正在调查中，让人感到意外的是，新闻内容竟然明里暗里有指责建筑管理局失责的倾向，这可太稀奇了！不过，尚且没有定论，更多的还是对民众同舟共济、共渡难关的呼吁，每家都要向灾区捐款。

"是强制性的？凭什么？"蚰四感到不可理喻。

"你还没有习惯啊？看来真的是从消亡大陆来的朋友！"老爷爷说，"又要税收，又要捐款，当权者的话就是天王老子的话，谁敢说一个'不'字？现在，已经到了那种'熟人在路上见面也不敢交谈，只能以目示意'的程度啊！"

"爷爷，不是不敢交谈，新一代的人思想被驯化得顺从，不认为这是错的。"队伍里有人插话说。

"在地面上卑躬屈膝，只知苟活的那些家伙，想法越来越奇怪，已经没救了！没有成长和活下去的价值！"另一个人愤慨激昂地叫道。

蚰四皱了皱眉。但老爷爷制止了他们："不要再说了！你们的意见完全是不理智的，说多少次，我也不会同意！"说完，他转过头来，嘱咐蚰四好好休息，等身体好些，会将他再送回去。"我们很愿意给海明中校帮忙，二十年前，我们的人大量遭到迫害，都是他施以援手。你就放心在这里养伤吧。"

子玉就在隔壁屋子，蚰四去看望她。由于有过一面之缘，她认出了蚰四。在这样的环境中，就像见到了久违的、来自同一故乡的亲人一样，子玉不禁热泪盈眶。

当初，她跟着丈夫与公爹回了十二乡的家，次日清晨，竟来了一群不认识的人，强行将她带走，两个儿子还在沉睡，其他人居然袖手旁观。她和一群人一起关在大卡车后面，经过一路颠簸，被带到这里。随后，她就一直被关在仓库，目前已经被抽了很多血，右边的肺脏已经被摘除了，现在非常虚弱，几乎无法活动，在这地下洞穴里，更是呼吸困难。

听鱿四说，她是被家里人卖出去的，她气得对着空气破口大骂："等我回去后，一定要把儿子们争取过来，和那该死的东西离婚！"骂完后，又倒了好几口气，好不容易才缓过来。

"谢谢你，"她羞愧地说，"如果有机会逃回去，那把名贵的琴，我一定会赔的。"

"唉，那个你就别管了……"鱿四尴尬极了，"我想问问，和你一起被绑过来的人中，有没有一个女大学生？看起来是这样的长相……"他比比画画、磕磕绊绊地描述着贝蒂的特征。

子玉仔细地思索了一下，问道："戴着一个菱形发卡？"

"没错！你知道她被带到哪里去了吗？不在医疗管理局、生育管理局，官方系统里根本查不到她的信息。"

"这个……我也不太清楚……我记得，在我们被跨国商人带走之前，有很小一部分人被单独带走了，那个女大学生就是其中一个……那时候似乎还没有走出消亡大陆……"

"什么？"这个说法让鱿四大为震惊。为什么要在入境审查之前将那部分人带走？他们被带到了哪里？要对他们做什么？真的运往别国了？还是为了隐瞒审查机构？

"当时外面很吵闹，隐约可以听见螺旋桨的马达声。"子玉绞尽脑汁地回忆道。

螺旋桨？直升机吗？可直升机不可能直接跨海飞来呀？从别的途径分别送来吗？可如果是经过批准的，那为何要自找麻烦去遥远的消亡大陆将人分开运送呢？怀着种种疑虑，鱿四在这地下基地里面转悠着，别人见到他，目光依然是仇视的，这让他心怀忐忑。洞穴里无比黑暗，到处都是火把和手电，不知不觉中，他逛到自己被打捞上来的地下湖。湖水浑浊不堪，飘着一只破旧的小船，无名老爷爷正坐在一堆篝火旁边。

"原本坐船到达对岸，可以连通矿道的入口，现在看来，这条路线已经行不通了，这几天，这里的人正划船寻找其他可以和地面相通的道路。"老爷爷对鳃四还是很和善，递给他一根烤玉米，"不过不要担心，这里还有一条地下通道可以通往水滨城，那里还有一个秘密出入口，双胞胎兄弟通常都在那里轮换上岗，传送情报，而且国外送来的武器也可以通过二十七号海关入检口秘密运输。"

"原来海明中校会给你们提供武器，怪不得你们会有联系……谢谢您信任我，跟我说这么多。"鳃四感激地说，"可是基地里很多人似乎都对我抱有敌意，是出了什么问题吗？"

听了这话，无名老爷爷深深地叹了口气。"你不要怪他们太敏感，"他无奈极了，"近三年，一直有人在将啄木鸟的情报泄露出去，大家的生存空间被压榨得十分有限。别看外面铺天盖地地渲染，说啄木鸟组织是如何可怕的怪物，但其实，我们只是在苟延残喘罢了。"

"我也听说了三年前的大清剿事件，也是因为有人透露了机密，那次还斩断了啄木鸟和往生岛海盗的联系，对吗？"鳃四敏锐地问，"这不是内部出了奸细吗？有查出是谁吗？"

"完全没有头绪。"老爷爷将招募捐款的报纸扔进了火堆里，看着那些冠冕堂皇的文字，不禁感叹道，"每到要捐款的时候，我都会想起，二十多年前，我还在做独立记者，写过一篇关于张氏集团诈捐案的报道，结果竟然遭到官方通缉，说我是被张氏集团的竞争对手雇佣。当时，亿勇社的记者，扎罗尔汉和流离，冒着被阻挠、威胁甚至人身伤害的危险，揭露了这种不合理的非法通缉。"

"水流离？"

"啊，莫非鳃四先生也知道她？"老爷爷十分惊讶。

"不是……那个……略有耳闻……"

"真难得，那已经是过去的名字了，所有历史痕迹都被抹去了。"老爷爷遗憾地说，"唉，想当年，真是黄金岁月。现在再想发表这种新闻，要比登天还难，稍不留神就送命了。"

"那个……您刚刚说的扎罗尔汉先生，就是即将处刑的……"

世若花囚

388

提到这件事，老爷爷更加伤心了。在张氏集团独掌大权、全国媒体彻底沦陷后，扎罗尔汉就一直在从事啄木鸟的活动，和他是亲密的好战友。由于接连暴露，被盯得太紧，他原本是和女儿一起，冒死用损坏了好多年的潜艇逃往了消亡大陆，谁承想还是被抓到了。

听了老爷爷的话，鱖四一下子就来了精神，激动得差点儿要跳起来。这么说，扎罗尔汉真的是在消亡大陆被抓到的！那位年轻女子就是他的女儿。他们并没有看错！他连忙追问起扎罗尔汉的女儿的下落，老爷爷不解地回答说："就是一开始给你送药的那位姑娘。她的名字叫扎罗尔琼，很好的孩子，长得也很漂亮。"

根据老爷爷的解释，之前，扎罗尔琼对啄木鸟的成员说，他们还没来得及逃出永生岛的海域，由于潜水艇故障，只是沿岛绕了半圈，谁承想，在西北海岸登陆了，那附近有鹿之化工厂，被张桦的人发现了，父亲掩护她逃走，自己却被捉了起来。

鱖四知道她在说谎，可他想不通她究竟为何要这么做。难道她就是那个奸细？可她会连自己的父亲都害吗？想来想去，他无法忍耐，迫不及待想要找到扎罗尔琼问个清楚，说不定，很快就能知道千舟沐和的下落了！

扎罗尔琼不在她的房间里。作为扎罗尔汉的女儿，她深得成员的信任，是许多基地的联络员，在地面上有一个话剧演员的虚假身份，随剧团巡演时暗中活动。这就很奇怪了。这样看来，她根本没有暴露身份，却要和父亲一起逃走？鱖四越想越觉得可疑。

然而，这暗无天日的地方，也分不清白天黑夜，众多眼线下，他的暗中调查无比艰辛。其中，那个穿着清洁工服装的人盯他最紧。难道是扎罗尔琼的嘱托？他们的关系很特别？无名老爷爷曾说："最近大家的极端情绪愈加高涨，也出现了进行恐怖活动的呼声……"想到琼小姐深得人心，在啄木鸟中说话那么有分量，会不会已经有成员被煽动蛊惑？如果说这里是很好的藏身之处，在小学里屠杀了那么多孩童的凶犯，又没什么背景，在世界第一的监控之下，怎么会到现在都没发现踪迹？难道不是只能躲在这里吗？

鱖四的调查重点转移到了清洁工身上，得知这人本来就一直是啄木鸟的成员，确实在该小学工作，近期说不想留在地面了，干脆长久转到地下活动。基地的很多人根本没有听过小学发生的暴乱，只当是清洁工长期没出现的话，会被人口系统算作死亡失踪，永不能再回地面罢了，根本没想过他正被通缉。这件事被压得很死，肖像也未流出，无关者甚至情报员，不知道也是可能的。

终于，骊四找到机会，偷偷摸摸潜入了清洁工的休息区——那里有一股很浓烈的花香。几番搜查无果，他几乎都要放弃了。这环境逼仄得要让人发疯，头也一直晕着，骊四泄气地倒在潮湿的石头地面，郁闷地翻滚着。衣服本来就不干净，再脏一点儿又何妨？他颓废地想。

滚着滚着，他的眼睛被柜子下方一道浅浅的痕迹吸引了，瞬间警觉起来。他爬过去，费力地将柜子挪开，发现那道痕迹是一条缝隙，于是翻了一下，搜出一把小刀将其撬开。

这不起眼的石块刚被掀起来，骊四就惊得一屁股坐在地上，手里的东西也全都掉了。可他已惊惧得动弹不得。映入眼帘的，是满满一盒浸泡在福尔马林中的人类眼球，东倒西歪，有些甚至还盯着他呢！

缓了好一会儿，他才强迫自己镇定下来，慌慌张张地将盒子拿了出来，封好藏进自己的衣服里。踉踉跄跄地爬起来，却看见清洁工站在门口，用吓人的眼神直勾勾地看着他。

"为什么要这么做？"骊四临危不惧地质问道，"如果是为了复仇，为什么又要害死其他无辜的学生？收集眼球又是要做什么？"难道是心理变态？他暗暗地想。

"你是不会理解的，我们伟大的抱负。"清洁工麻木地说，"在世人眼里，我们本来不就是恐怖组织吗？现在这样有什么区别？不是正好吗？"

"我一直以为，所谓恐怖组织，那些说法只是传言，是当权者为了把政府惹出的乱子全推给你们才会如此声称……可你们现在却要急不可耐地证明这一点？"

"你能这么想，我自然很高兴。可并非所有人都有和你一样的思维模式。还有，我们存在的更多意义，是创造让民众感到不安定的恐怖符号、制造共同的敌对情绪，是一种加强控制与统治的方式。"

骊四听得要晕了，想不到一个没有文化的清洁工，说出道理来这么深奥。这肯定也是听了别人的忽悠吧？"不管怎么说，对孩子下手都是……"

"他们最终也会长成无能的大人。"清洁工毫不留情地打断了他的话，"以后，这种事还会经常发生。只有这样，才能让我们的呼声被听见，揭穿统治者的虚伪面目，对国家产生真正的威胁。"

"在无辜的平民百姓中制造恐怖袭击，这算什么伟大的抱负？"

"难道那些人真的很无辜吗？冷眼旁观的人，相信谣言、毫无思考能力的人。"清洁工仿佛化身为一个狂热的改革者，愤愤不平地怒吼着，"如同待宰的猪一般，这样的存在有何意义？"

"无名老爷爷知道这件事吗？"

"很多人都站到了我们这边，他反对也没有用！"

"还会有其他的出路的。你们以前不是做得很好吗？"

"温和的方式？二十年来有用吗？为了这样远大的志向，我们吃了多少苦？有半点希望的曙光吗？如果不采取一些强硬的手段，恐怕永远得不到重视！"

骊四张口结舌，说不出话来。无休止的辩论，根本没有意义，他也不可能占得上风说服对方。长久压抑的氛围，一些人的心理也开始变得扭曲了，加上有人刻意挑拨，更为危险。此地不宜久留。骊四护紧怀中的盒子，试图冲出去，却被清洁工拦住。他们扭打在一起。

由于还很不适应地下的环境，骊四十分吃力，他死死地捂住对方的嘴，以防他叫喊，把他的支持者们都吸引过来。一段时间后，骊四已经头晕眼花，清洁工更是用瓷盆砸破了他的头。骊四差点儿昏死过去，捂着头蜷缩在那里，猎枪也被抢走了。

"本来我不想招惹海明中校，也很欣赏你的质疑精神，"清洁工气喘吁吁地说，"但成功难免要有牺牲，不能让你破坏了琼小姐的计划！"

琼小姐？果然和她有关。骊四昏头涨脑地想，眼见猎枪抵上他的脑袋，扣动扳机，却没子弹射出。

而骊四趁此时机，一拳挥了过去，将清洁工打翻在地。"自己的猎枪里没有子弹，这一点，我本人还是知道的。"说着，不给对方喘息的机会，连连攻击。终于，清洁工昏倒在地。骊四用胶带将对方的嘴和身体捆紧，扔在房里，拿起枪，抱起盒子就向外跑去。

"咦？发生了什么……"子玉看见血淋淋的骊四，吓得不行，却被拉起就跑。他们跑到通往水滨城唯一的那条狭窄的地下通道的入口，迎面撞上双胞胎中的一人和扎罗尔琼。

"啊，骊四先生，我正要去找你呢。我们曾见过，在二十七号入检口，还记得吗？我已经被换下来了，也确认好了，可以把这位女士直接送到天堂号邮轮上。"原来，他是双胞胎哥哥。

"太好了，我们出发吧。"骊四跳到手摇矿车上，将子玉也拉了上来，挤得够呛。

"这么着急？"双胞胎哥哥大吃一惊，"这个路程非常累，我还要和老爷爷汇报一下……"

骊四没有理睬他，转头注视着扎罗尔琼："琼小姐，就是你在游说那些心怀不满、被逼到极限、行为过激的家伙们吧？你为什么要这么做？你父亲被抓，和你有关系吗？"

"你在瞎说什么？"双胞胎哥哥在一旁怒气冲冲地插话道，"琼小姐是非常温和的人，反而一直在劝同志们宽以待人，你怎么能胡乱污蔑她？"

"真……真的吗？"骊四有些退缩，连忙又问，"可是琼小姐，你明明是在消亡大陆和你父亲，还有另一个男人一起被捉回来的，不是吗？那个男人在哪里？"

扎罗尔琼微笑着说："我不知道你在说什么。我们是在西北海岸被发现的，没有去过消亡大陆。"

"什么？"骊四根本不相信，"不，这肯定和你有关系吧！"眼见扎罗尔琼要离开，他急切抓住对方的手腕，想追问更多信息，但扎罗尔琼反应强烈，显示出害怕的样子，要甩开他。这更是激怒了双胞胎哥哥，他拦住骊四，和他厮打在一起。子玉在一旁不知如何是好，相比之下，扎罗尔琼反倒很镇静，下了矿车。看着双胞胎哥哥将骊四压住，她悠悠地开口说："骊四君，我劝你谨慎一点儿，你的身边，可能还会出现其他怪物呢。"

这是什么意思？骊四的心里突然像是被堵了一下，非常难过。

他很想继续问下去，可这时，身后有人追了上来。"站住！快把他拦住！"他们大喊。想必，一定是发现了被捆绑的清洁工吧？和他一路的人肯定是要将骊四捉回去的，事不宜迟，不能再耽搁下去了。骊四不甘心地瞪了扎罗尔琼一眼，一脚把双胞胎哥哥踢了下去，拉起摇杆就沿着这单轨铁路，驶入悠长晦暗的隧道中。追他们的人也冲了进去。幸好这坑洼不平又狭窄拥挤的地面，靠双腿很难追赶上。不出一会儿，魆四就将这些人远远落在身后了。

只不过，这手摇矿车实在太原始了！真是太累了！在这漆黑缺氧的洞穴通道里，要走过将近两个城市的距离，而且极为不安全！矿车里有两个潜水呼吸器，最后他们需要通过一段连通器状水井，才能到达水滨城的地面。这种地方，魆四是再也不愿来了！

他偶尔也会休息一下，后面的人反正追不上来，估计已经放弃了。只是在手臂酸疼地继续前行时，魆四却也开始思考一个很深刻的问题：

我这是做了什么孽，总是要这样满头鲜血地逃命呢？

言论与思想百花齐放，在二十年前的黄金岁月里都存在着。亿勇社是行业标杆性的旗帜，冲破阻力，魄力十足。作为其中的一分子，水流离也一直在为此而努力。

"揭露事情的真相，不让那些罪恶或污垢被掩藏，不管对方如何强大也不屈服，这不是很有意义的事情吗？"儿时所立下的志愿，她做到了。

在她死去的前三年，她过着有意义、充实的人生。虽然危险重重，虽然家里人不理解，不过米杉从来没有阻止过她，他一直很尊重她的选择，尽管很多时候他并不赞同。

他们重新相遇是分开的六年后。米杉的变化实在太大了。二十岁的他，已经不再是那个瘦弱而诡异的小男孩儿，身高远远超过了流离，下颌开始出现棱角，气质变得出众，性格似乎也收敛了很多，不再那么锋芒毕露，纵然依旧有一种睥睨众生的傲气，却也学会了谦逊和伪装。

"啊，"雨后的夏夜铺满落花的道路上，流离见到米杉后，久别重逢的惊喜涌上心头，"长大后的米杉没想到这么好看，真的，超帅！"

米杉看见她，倒是一点儿都没吃惊，反倒是听了她的夸赞，罕见地有些不好意思。那时流离刚参加工作，还没什么名气，正在调查一起据说背后是张氏集团在操控的事件，不过并没有什么证据。米杉在张氏集团工作，自然关注过她所在的新闻小组，不吃惊也就不奇怪了。

亿勇社的存在对张氏集团是巨大的威胁。张氏集团与政界、军界的诸多高层有密切的关系，也不乏见不得人的手段和勾当，关系网强大，大多数媒体也可以用钱买通，唯有亿勇社让其感到顾虑。张氏集团受到监视和约束，为此不得不谨小慎微，时刻注意自己的一言一行。

不过，流离和米杉的相处并没有受到立场不同的影响。对于流离来说，她并不知道米杉在张氏集团具体是做什么的，米杉也没对她说过，每次提到这件事，他就会打岔过去。虽然心存疑惑，但流离也就不再追问了。一起长大，这情愫要比亲人更亲近。只是过去那荒芜落后之地，总有种落寞沉寂的气息，而来到这繁华舒适的国度后，相处也变得轻松愉悦起来。

流离在休息的日子里，经常和米杉在一起。他们很少谈到工作的事。和在孤儿院的时候不同的是，与那时相比，米杉主动找她的次数变多了，不再那么冷淡，有时候会带自己做的新款甜品送给她。

"呜哇，真的是太美味啦！"在咖啡厅里，流离一脸幸福地品尝着米杉带来的蛋糕，可以看出，她的心情真的很好。

"嗯，从小到大这样的吹捧都听腻了。"米杉漫不经心地说，"你就是故意的吧？"

"哎，我说的都是真心话。你有没有想过，以后开个甜品店，或者咖啡馆什么的？绝对爆火！"

"这么累人的活儿，你觉得我会有兴趣吗？"

其实，流离心里一直隐隐有所忧虑。她曾想将赚来的钱捐给生活过的孤儿院，可却得知那里在几年前被一场大火烧成了灰烬，正是米杉十六岁离开孤儿院的时候。好在那天大多数的孩子们去参加郊游，但少数留守的孩子和部分老师因大火离世了。在调查之后，发现有几个离开孤儿院的人也因各种原因去世了，包括那名灌药的男老师。最终，当初所有参加过那场驱魔仪式的人，到底是全都死了，无一人生还。

当然，事件的真相无人知晓，就和那个时候的鞋子一样，流离只是胡乱猜测，没有任何证据。可米杉的存在，依然像一个罪恶的符号，作为一名伸张正义的记者，该与这样不安的因素交往吗？

流离总不住地猜测，在第一次关注到她所从事的工作时，米杉是怎样的想法呢？轻蔑？不屑一顾？还是会有一点点认可？和二十年后新生的流离不同，对待感情方面，那时的流离确实是一个有些软弱的人。她会这样小小地期待着，希望得到别人的认可，就像一直很渴望父母的认可一样。

"了不起，真的很厉害。"米杉曾经真情实感地说，"想做什么就做吧，我会支持你的。"对流离来说，有这一点就足够了。最终，流离只将那隐隐的忧虑压在心底，不再提及。

直到流离死去的那一年，她二十四岁的时候，他们之间才爆发真正的冲突。那时候，张氏集团丑闻频发，股票大跌，摇摇欲坠，甚至牵扯进一场连环杀人事件。

连环杀人事件用到的毒药是一种无色无味的未知物，暴露于空气后，可在二十四小时内挥发干净，无法测出。它的发明者是张氏集团总裁张哲榆的弟弟、医学博士张哲榭。这种毒药未经注册，在黑市流传，带来了巨额利益。随着科技发展，它不再神秘，解药和检测手段也相继出现了。解药是从一种毒蜘蛛上提取出的物质。这让流离想起米杉的长命锁中藏的毒药。

在翻看亿勇社的档案时，她发现，张哲榆是依靠妻族势力发家的，传言中的一些情妇相继死亡，有可能是为了封口而被除掉的。亿勇社的新闻以内容真实可信著称，因为这件事仅仅是怀疑，没有实证，所以未曾见报。可如今，这款毒药随着连环杀人事件被暴露，之前的旧案也重新被翻出。

米杉的长命锁中为何会有当时刚刚被发明出的毒？他的母亲难道是张哲榆的情妇之一吗？这样一来，他很可能是作为张哲榆的私生子，留在张氏集团的。

在这短短三年时间，米杉已经开始声名鹊起。作为张氏集团的顶级发明家，他有开发神经元电流翻译器、参与设计即将发射升空的木卫探测器等成绩。虽对外如此，实际上，他在公司核心成员之间，地位也非常尊贵，就连总裁的侄子、刚刚硕士毕业加入公司的张禾，也会对他毕恭毕敬的。想必他们也是知道些内幕，加上总裁的妻族势力开始衰弱，才会这样的吧。

深入调查后，流离得知当年，张哲榆似乎有一个最喜爱的情妇，没有直接动手，而是将毒药密封于长命锁中，让她自我了断，没想到她逃走了，不知所踪。想必后来，米杉就是用这物件（或许也包括他们家族长相出众的基因）与其相认的。

想起当年关于那块长命锁的疑惑，想起曾有孩子死于突发未知恶疾，一切似乎都能理清了。流离当面质问米杉，让米杉很生气。一向冷静、置身事外的他，在面对流离的时候，也会有些控制不住情绪。他虽然会回避她的问题，但是不会对她说谎。为此，他们发生了激烈的争吵。

"究竟为什么要这么做？"流离含着眼泪，气得面红耳赤，"是因为恨那些伤害过你的人吗？为什么要选择这样的方式？"

"仇恨这样的感情，是不会左右我的。"米杉冷漠地回复，"那些自以为高高在上、正义凛然的人，结果到头来，只有我才能掌控他们的生死，想来这不是一件很有快感的事情吗？"

如果这世上真的存在恶魔，那也是来自老院长的恶魔，在那场驱魔仪式中降临在了米杉的身上。流离一直以为，那些歪理邪说为米杉带来灾难，是米杉憎恶的根源，可实际上，它们对他的影响比她想象的更为深刻。其实他非常顺从老院长的逻辑，视自己为神一样的存在，蔑视卑微而弱小的群体，而老院长没有资格凌驾于他之上。与用粗鄙的砖房来作为惩罚工具不同，他有着他自己的惩戒措施。

"你这是精神变态！"流离毫不留情地指出。

"天才加上精神变态，可是会十分危险的。"米杉冷笑了一声。

"那次生病往后，我们相处的很多年里，都没有人再死去了。"流离伤心地说，"我以为结束了。为什么你现在，依然要这样做？"

"那些人本来就是罪有应得，我做的有什么错？那时候，没继续下手，是因为完美犯罪对我来说，实在太简单了。我一直在尝试更有难度的挑战、更有意义的做法。如果可以手握一种特殊的能力，能轻松找到和惩戒所有犯罪者，光明正大地规范和控制所有人的生命，那不是很好吗？不会再有危险，也不会再有谣言……"

"就算再有权势又能怎么样呢？"流离难以置信地说，"特权阶级或个人意志掌握的政权不会永远持续下去。"

"对我来说，那也不难。"米杉回避着流离的目光，"只要科技够强，什么都能做到。"

"你所在的家族，本身就罪大恶极。如果真的存在这样一种能力，你怎么保证，它不会把无辜的好人也害死呢？"

米杉看起来有些不安。

后来流离才知道米杉所说的"能力"的含义。就在张氏集团不断遭到质疑、民众的呼声愈发强烈、腐败的罪恶几乎全被挖出的时候，张氏集团推出了他们最新的发明——"银色蛛丝"。这是一种遍布全国的监控系统，可以监控每一个人的每一个细节，汇报给当权者，全部都是自动化，效率极高。

这项发明原本是为了让百姓安居、社会稳定，减少犯罪行为，让恶人无处遁形。只不过，张氏集团与被巨款收买的高官、军官等勾结，让"银色蛛丝"成了政府对人民的专用控制机器。公权对个人的干涉能力达到顶峰，永生岛经历了一场前所未有的"大清洗"。

所谓清洗，就是屠杀。情况逐渐演化成暴力的恐怖主义统治。有了手眼通天的能力，凡是持相反意见的人全会被清除。有了这种无敌即时情报系统的帮助，各方势力都很难对抗，只能承认张氏集团的地位与作用；大多数群众（包括清明廉洁的官员、有骨气的民间团体）在看清情况后，也只能为了自保而妥协，不得不忍气吞声，为适应新社会而苟活下去。即使一个毫无影响力的普通人，发表"不当"言论也会被警告或铲除，手段极其强硬，到最后，连微微的质疑和抱怨也不行。

舆论被张氏集团牢牢控制着。在刻意抹黑下，亿勇社成了"无良"媒体，传播虚假信息，是这个行业的耻辱，信任度开始逐步降低。"亿勇社对于张氏集团的所有指控，都是为了敲诈勒索。"没人敢否认这种说法，甚至很多人开始真心相信。亿勇社的记者在大众心中成了满怀心机的恶徒。

经过这样一段时间的"人为选择"与"思想达尔文"，懦弱的、服从的、委曲求全的、"思想正确"的人被剩下了，继续繁衍着。

水流离也是通缉对象之一。真讽刺啊！反过来，她成了那个"魔女"。她的很多同僚都被迫害了，有些甚至就倒在她的面前。只有她被救走了，还有扎罗尔汉和其他一些人，也逃脱了。不用想她也知道是米杉做的。

到头来，果然。

他实现了他的愿望。

只是，这愿望的代价太大了。

其实，对流离说的话，米杉一直有所担忧。在"银色蛛丝"问世前的那段时间，越接近尾声，他心中的不安就越强烈。可是，只有张氏集团能提供他所需要的全部资源。发明最后只差一步，应该在这个阶段收手吗？

狐狸般狡猾的张哲榉，看出了米杉的踌躇。张氏集团从消亡大陆接来了一个女人，机械天才秦筱博士，时年三十四岁，是张哲榉博士八年前在消亡大陆参加会议时认识的。明眼人都可以看出，秦筱博士疯狂地迷恋张哲榉。她是个科学疯子，痴迷于自己埋头研究，不在乎名利，很少申请专利，心甘情愿让张哲榉坐享其成。机械心脏移植手术就是由秦筱博士首创的，这种类型独特的机械心脏也是由她发明的。她非常善于将机器与生物体结合，或者用机器模拟生物功能。据说，她的儿子就是在她独创的外置机械子宫中偷偷孕育的，所以当年才能蒙骗张哲榉，以为她没有怀孕，安心回到了永生岛。否则，他肯定要将这流有他血脉的孩子打掉。他可不想得罪藤原家族。

"银色蛛丝"的蜘蛛也是生物体与机械材料的结合，这给米杉带来不小的压力。秦筱博士似乎对此非常感兴趣，张哲榉也有意让她加入。如果在这个阶段插手，她一定会把其中的奥秘搞清。正因如此，米杉才只能硬着头皮做下去。箭在弦上，不得不发，自己多年的设想和努力，又怎能拱手相让呢？

就这样，灾难爆发了。流离在逃亡的时候，米杉找到了她。她从未见过米杉如此精神颓废、脆弱不堪的模样。她知道，米杉并未想过会走到这一步。他就算是再聪明人，也没有想过，他的父亲要比他更为冷漠和凶暴，心狠程度令人发指、远超常人想象。眼前尸横遍野的景象，要比战争更加残酷，所带来的冲击，是无法比拟的。

"流离姐姐，听我的，不要再对抗下去了。"米杉的精神看起来很失控，这可太不常见了，"再这样下去，你会有大麻烦的。只要你们能暂时先认输归顺，我一定能说服总裁放你们一条生路。来日方长，不是吗？"

流离心想，自己原本还在生他的气，可是看见他这种难得一见的慌张，不知为什么，又觉得有些想笑了。这家伙一定大受打击吧？早知道不就好了，为什么就不听劝呢？不过，即使是忍辱负重、权宜之计，她也不会同意。那是个新的牢笼，而她永远不想再回到牢笼中。

"承认吧，"流离虚弱地笑了笑，"你所做的一切，也是为了自我保护吧？

你所做的一切，都是想让自己变得更加安全。儿时经历的恶意和劫难，在你心里从未磨灭过。这么多年过去了，你从没离开过那个冰冷的砖房。"

看着流离盈满泪光的眼睛，米杉急躁而恐惧的心，反而渐渐平息了。"你比我勇敢很多。"许久，他这样说道。

"说实在的，如果还有选择的机会，你依然还会这样做吧？"流离显得有些垂头丧气，"我记得，你从小就开始设计这样一个系统了，对吧？放弃这样的执念、这样出色的才能、这样伟大的作品，会是多么困难、多么遗憾的事情。"

明知后悔的事情，还是会去做吗？毫无疑问，米杉不想让她死，也不想让她深陷此番磨难。可与此同时，他的心里也一直有一个角落，一个无法扼杀的恶魔，是想杀死她的。她一直在管束他，赋予他良知，而他为此心烦意乱。小时候，米杉以为自己早就是个抛弃了感情的人，可是现在他发现，并不是这样的，他在被慢慢改变着。他没有告诉流离的是，和现实中一样，心里那个冰冷的砖房，也已被开满的蔷薇花包围着。而他突然有种强烈的感觉，这蔷薇也会被烧毁，此经别离，或许永远不会再相见了。

"只要我还留在张氏集团，我就可以用自己的能力为你隐藏行踪，"米杉面色惨白地说，"你不会有事的。"

然而，在彻底逃离永生岛之前，流离坚持想去父母家做最后的告别，这让米杉十分急躁。"你的弟弟依然还在张哲楔的研究所做试药者。我听说了消息，你爸妈想让他接受机械心脏手术，根治他的病。张哲楔用你的下落做条件。你怎么能放心去那里？他们会出卖你的！"

"为了一场从未成功过的手术，牺牲自己的女儿吗？"流离的目光中满含悲伤，"如果是这样，我也认了。奶奶去世的时候，我觉得死亡很可怕，现在倒是觉得，多的是比生死更为重要的事。他们哪怕只有百分之一的可能是真的牵挂我，我也不想就这样不告而去……"

"还这么善解人意做什么……自私一点儿不好吗？多为自己考虑考虑不行吗？"

"以前，我一直坚信着，付出感情不该要求回报，无论是对父母，还是对你。"流离温柔地说，"到了现在这个关头，我反而无比地开始期待，自己不是一个被掏空所有而绝望的人。"

米杉不知该说什么好，任由流离再次用手轻轻抚摸着他的脸颊，而和小时候不同的是，米杉不再感到恐惧了。

母亲留下的阴影，彻底消失了。


事实上，正是水流离躲在自家卧室的时候，传出了她自杀的消息。虽说是"自杀"，不过，根据"银色蛛丝"的探测轨迹，可以看出，是她的弟弟将她从五楼的窗口推下去的。

水流离死后，她的同伴也都躲进"地下城"，销声匿迹了。水流星不仅成了机械心脏手术的第一位成功者，还接手了亿勇社。这家报社彻底沦为张氏集团的走狗，且愈加壮大，成了唯一的官方媒体。而国民必须无条件相信官方媒体，官方政策与信息成了最高权威。例如，从国外买进人口，用作奴隶、低端劳动力、色情产业从业人员、器官提供者、代孕者、人体实验对象，这件事必须得到拥护，不可以有一丝质疑。反叛精神是最危险的东西，会被判死刑。

永生岛变成一部冷冰冰的、不近人情的机器，群众就是可供使用的工具，用旧的、不听话的零件就被扔掉和替换掉。"银色蛛丝"加强了极权统治与对国民的绝对控制，永生岛成为一个"永远蒸蒸日上、没有负面新闻"的地方。不懈劳动下，人们也可以做到衣食不愁，就更不会有不满情绪了。只是，他们的视野愈发狭小单一。这便是所谓的"看不见的奴役"。

米杉是在报纸上看到流离的死亡报道的。这是什么心情呢？是爱吧？会让人如此伤心难过，心脏像被尖刀刺穿一样疼痛着。唯一欣慰的是，她大概从来没有后悔过。直到现在，米杉才真正认同了流离。她一直是对的。米杉没想过自己是一个这样任性的人，还以为自己是受上天眷顾的神，可以得到一切想要的东西、决定别人的生死，可实际上，即使他没被张氏集团利用，即使他羽翼丰满、权力稳固，这项发明也不会给人们带来长久的幸福。

"杀了这么多人，我是个罪犯，是个彻头彻尾的恶人，不配让你这样期待着。"当他的蜘蛛找到流离的墓地时，他默默地向她忏悔道，"流离姐姐，请安息。"

米杉从永生岛离开了。临走前，删除了有关水流离的所有资料和数据，且无法再生，也就是说，除了记忆，往后的人再也无法将有关她的信息以任何形式记录保存。而那天，张储枫刚刚出生。无意间路过产房的时候，米杉看见了来来往往、形形色色的人，也看见了这个哇哇大哭的婴儿。那是一个完全降生于新时代的生命，是自己的堂侄，米杉一时心血来潮，轻轻抱了抱他。

逃到消亡大陆后，米杉将针对"银色蛛丝"的屏蔽技术教给了海明中校（当时是海明少尉），便销声匿迹了。他不知道后来张哲榍是怎样暗杀兄长夺权的。总之，张哲榆曾经存在过的一切痕迹也随之全被抹去，往后的日子，再不会有他这个人。而那段黑暗而血腥的时期，彻底消失在了永生岛的历史中。

# 05. 不存在的爱

　　那几个青年说第二天要来教训她来着，结果，当天就发生了地震。医院的脆皮楼塌了，局里乱成一锅粥，估计他们也是因此没有来吧。过了几日，再次见到这些人，却是和一群人模狗样的中年人一起，他们战战兢兢地站在一旁，不敢言语，也再没有那日的嚣张气焰了。

　　这几天，燃氤探长被关在拘留所里，睡得昏天暗地，仿佛又回到了在家休养的那一年，只是这床板硬得要命，可要比家里煎熬多了。想来自从三年前惊险逃生，自己的精神就极度萎靡，抓紧一切时间睡觉。性格也变得敷衍了事，大多数事件她都可以忽略，可要有什么细节突然刺激到她的神经，她也会顿时火冒三丈，瞬间切换成以前的火爆模式，而近期这种趋向越来越明显。就比如，有人对她动手动脚的，她势必要将那人的胳膊拧下去。

　　建筑管理局局长家少爷的胳膊就被她拧掉了。那人伸出咸猪手时，她一把就钳住了那人的胳膊，冷冷地骂了声"狗杂种"，对方挣扎着，却动弹不得，这显然让眼前的男人丢了面子、气得发狂。即使她松了手，或许是俯视的轻蔑目光再次让对方的自尊心受到了伤害，言语粗鄙地破口大骂起来。"本少爷是什么身份，什么样的女人没见过？一个女的长得这么高，怪物吗？非礼你？我疯了吗？能有正常人看得上你吗？要不要去治安管理局查查监控再说话？"

　　查监控也没有用，他们都是沆瀣一气的。这一点，燃氤探长心里还是清楚的。她其实也很想控制住自己的脾气，可一上头，怒火中烧怎么办？回过神来才发现这人已被她一拳撂倒在地，肩膀脱臼，疼得哎哟直叫，而另几个人把她围了起来，叫嚣着"你知道他是谁吗""跟你搭讪是给你脸了"。

在计划劫车的偏僻小路附近侦查情况时，她碰见了这个花天酒地的公子哥和他的狐朋狗友们。她一眼就能认出来，是因为他们身旁的车，车牌号与之前通讯轴上发来的相同，想必他们就是那群在顿斯林的酒吧门口打死爷孙俩的人。应该把帽子戴上的，她的头发太亮眼了，在阳光下闪闪发光，很容易吸引别人的目光，可当天太热了，谁承想，就惹上了麻烦。

她叹了口气。好好地走在路上，为什么非要找碴儿呢？看着这些人吊儿郎当的样子，就让她生气，一看就是又宿醉玩乐，完全没把害死人这事放在心里。啊！又冲动了！她懊恼地想赶紧逃跑，可对方不依不饶的，以为人多势众，上来就要把她按住。于是，她再次暴怒，把他们揍得鼻青脸肿。这对她其实很不利，她无依无靠，不该惹是生非。即使事件过程都有记录，她也不能讨回公道。

果然，还没来得及逃走，治安官就来了。公共场合斗殴，他们都被带走了，不过只有她被关了起来。即便如此，她也要庆幸这是在庆典日，到处是人，对方还没敢嚣张地当即报复。不过分开前，那些人还对她放狠话说，等庆典结束，次日一定要去拘留所给她点颜色看看。

所以，当很多天后，她被带到会面室，看见这些人毕恭毕敬地站成一排时，爔氪探长自然感觉到困惑。这个会面室很奇怪，密封性非常好，门窗都是电子门锁。对面的椅子是空的，她只能蜷缩在自己这边的椅子上，双脚踩着座椅边缘，抱着双膝等待着。时间过得非常缓慢，也非常安静，久到爔氪探长再次睡着了。迷迷糊糊时，她在想，别看自己总睡，脑筋还是很活跃的，会做很多梦，不然怎么总是动不动就从床上摔到牢房的地上，在硬邦邦的石头地面上躺一夜呢？根本睡不好，这才总犯困，都是有理由的！

又硬又冷的石头地面变成了温柔的手，抚摸着她的头发。她一开始还感到很愉悦，可后来意识到了自己的处境，猛然惊醒了——一张熟悉的脸正俯身看着她。那张脸很深情、很诱惑，很会骗人，却让她吓得直接从椅子上蹦了起来，脑袋直直地撞上了那人的额头，发出"梆"的一声脆响。那人捂住额头后退了几步，而她也连人带椅翻倒在地。

"大胆！竟敢对桤少爷不敬！"一群保镖围了上来，但是张桤挥了挥手让他们退了下去。

额头红了一块的张桤坐在桌子对面，淡然微笑地看着燼氤探长从地上爬起来如临大敌的模样，手下为他们奉上了绿茶。"好久不见了。"张桤说。

"你怎么知道我在这里的？"燼氤探长将脚收回到椅子上，再次抱住双膝。

"那么珍贵的宝物，就这么随意被搜走了，我能不赶来吗？"虽然张桤依然微笑着，可那冷笑有些骇人。

"啊……那把短剑……"燼氤探长尴尬地挠了挠头，"但被关进这里肯定要搜身的，我还被盘问了好久……不过，你是怎么得到消息的？这里是你二哥的地盘吧？你应该不知晓这边的情况才对吧？"

"三年没见，你对这里的了解倒是多了不少。"张桤伸出手，手掌朝上，那把短剑竟然直接闪现到了他的手中，就像魔法一样，让人瞠目结舌，"不过，都到现在了，你也没真正搞懂它的用法，智商实在堪忧。你看，它记录了我的基因数据，建立了独特的基因感应。剑刃上也沾过你的血，所以它一从你那里被拿走，我就能知道。当我和它的距离小于一定范围，也能像这样直接让它回到我手上。"

"基因感应？这就是镶嵌在短剑上那颗深海宝石的功能吗？"

张桤没有回答，仔细端详着手上这把剑，然后轻轻一挥。只听到旁边一声惨叫，那局长家儿子的手腕竟然凭空断裂，整只手都飞了出去。"物归原主。可以识别基因的短剑回到主人手上后，发挥出的威力可要增加百倍不止。"张桤看起来心情很好，"你这么多问题，我是很有耐心为你解答的。还有吗？"

"没……没有了……"燼氤探长一脸纠结地龇着牙，看着倒在地上嗷嗷大叫的局长儿子，那断处的切口平整，血喷得到处都是，当然，喷向这边的血迹全被保镖挡住了。无须接触，兵不血刃就能达到如此效果，看来以前这剑放在她手上，还真是浪费了。

那群人吓得全都跪在了地上。一个中年人重重地磕着头，脸都白了，涕泗横流地对着张桤求饶："犬子不懂事，不知道动了四爷您的女人，求您高抬贵手，放过他吧。"

原来他就是建筑管理局的局长，也是一个欺软怕硬、草菅人命的恶徒。不过，"你的女人是谁？他就算再笨，又怎么敢惹到张氏集团头上的？"燼氤探长睁着一双迷茫又无神的眼睛问。

张桤板着脸瞪着她。

燐氘探长指了指自己。

他点了点头。

"我们不是早在三年前就分手了吗？"

"谁说的？"

"你要杀我。如果不是我厉害，根本就逃不出去。那还不算是分手吗？"

"第一，追杀你的不是我的人；第二，你应该感谢我，如果不是我为了找出米杉先生的下落，在你身上埋了晶体追踪器，你能活着逃出永生岛吗？"

"我为什么要感谢一个差点儿害死我又利用我的人？"

"就算是我要杀你，你也应该心甘情愿地哭求挽留，乖乖听话，告诉我一切我想知道的信息。其他女人都会这么做的。"

"我疯了吗？真是厚颜无耻啊！"燐氘探长震惊又嫌弃地看着他，语调不自觉地提高了，"我这辈子怎么会遇见这么一个不知道羞耻心为何物的人？你那脑袋前面长的是脸皮吗？不是树皮？"

"当初你误打误撞，沿着海盗路线偷渡到永生岛。如果不是恰巧在我的研究所旁露头，命运只怕会更加悲惨吧？什么都不知道，还敢来这里，你知道哥哥们抓到偷渡犯都会怎么处理吗？"

燐氘探长正想开口反驳，却察觉出一丝不对劲，眉头紧锁，额头冒出冷汗来，咬住嘴唇不吭声了。会面室里只听见局长家的儿子哀嚎的声音。大概这些娇生惯养、横行霸道惯了的少爷们，从未经历过这样的场面，居然现在还敢在地上撒泼打滚，哭叫着："爹呀！快救我，爹，可以求二爷来救救我吗？"

"你这孽子，快给我闭嘴！"局长气得脸都歪了。自己怎么会教出这么愚不可及的儿子？四爷就在现场，竟然还敢提到二爷，这不是往枪口上撞吗？

张桤很少有不微笑的时候，即使生气，他也会眼神冷漠地浅笑，给人一种温和的假象。只是笑容背后，很可能就是杀心。这一回，他是连一丁点儿笑容都没了。

这大概就是从小娇纵溺爱的结果，局长家的公子，在自己的地界横行霸道惯了，还以为总能有人遮着。

"太吵了，让他闭嘴。"张桤冷冷地说。身旁的保镖一点头，竟突然从袖口伸出几条又长又黏、节节分明、长着足爪的触须来，一股脑地灌进了局长儿子的嘴里，堵住了他的喉咙，让他连一点儿声音都发不出，憋得满面紫红。其他人要吓得背过气去，拔腿就想跑，但是全都被保镖控制住了。

"这些奇怪的东西……"爐氲探长磕磕绊绊地说，"是你……你做出来的？和船上的是一样的？你要杀……杀储枫吗？为什么突然要下手……"

"干什么这么关心我侄子，我会吃醋的。"张桤的笑容回来了，语气轻松，但却让人觉得无比阴森瘆人。他端起绿茶轻轻喝了一口，然后说："我忘了，你不喜欢这个，帮你换一杯吧。"

潜伏在暗中的毒蛇，才是最危险的。因为它往往不引人注意，只等着致命一击。就如同此刻，看着局长和其他看起来地位显赫之人，伊始便是胆怯臣服、惊恐万分的模样，爐氲探长愈发觉得她的推测是对的。张桤在兄弟中间，地位并不高，虽然也是张氏集团的主子，但起码三年前时，大大小小的官员对他还只是客气和尊敬而已，不至于怕成这样。可如今，在这些人的心中，他似乎要比他的哥哥们更为可怕。他以前行事谨小慎微，往往都在暗中动作，现在竟然就这么明目张胆地动手。这是什么时候开始的转变？

这样说来，他能对侄子下手，就一定也对他的父亲和哥哥布好了局，万事俱备才开始行动的吧？这些怪物是从哪里冒出来的？到底做了多么充分的准备，才能有这么足的底气呢？

"你来这里的目的，"爐氲探长的声音有些颤抖，"是本来就想除掉我们的吧……"这件事，便是她刚才就注意到的。张桤丝毫不担心目击者，和她的对话也很直接，没有刻意隐藏什么，完全不怕人多耳杂，就好像在场的人在他眼里，已经不是人了，而是死人，而他是不用担心死人会泄密的。

"真可惜，"张桤的声音听起来很泄气，"我还想让你认为我在帮你教训这些人，表现出重情义的样子，没想到又被你揭穿了……没错，那只是个借口。以你为饵让他们聚集在这里，可比一个个去找要容易多了。他们本来就活不了，再怎么求饶也是没用的。我只想在那一刻来临之前，短暂地享受一下这美妙的过程。"

"你真是变态……"爐氲探长压过那些听了这话后此起彼伏的恐惧哀嚎，大声问道，"在张二爷的领地这么做，没问题吗？不会被'银色蛛丝'探测到吗？"

"这个难题自然是都已经解决了。而且，二哥他，也蹦跶不了几天了。"张棺微笑着说，看起来胸有成竹，十分期待，"我也不是不念旧情的人，会让你死得很快，不会感受到痛苦的。"

张棺向来很喜欢表现出自己的"感情"，可他其实并不知道"感情"为何物，没有感情的人哪里来的旧情？这一点，爌氲探长在三年前逃出永生岛的时候就意识到了。对于"感情"，这个人就像在往自己的身体里填充这种虚无的物质，作为装饰品一样，知道该说什么样的话、做出什么样的动作和表情，其实从未真正地在乎过，因为那是没用的东西。

想来有点儿让人伤心。


三年前，搭上偷渡之船的爌氲探长最先到达的是啄木鸟的地下基地之一。那里的人非常友善，让她感到十分温暖。她也听那些人讲过永生岛的种种情况，来这里的偷渡者大多为了革命、交易、买卖等，基本没有为了观光享乐的。唯一可能的途径，就是几经辗转，去到游客区，到地面玩儿几天后再被遣返回国。然而，即便这么说，这个从停滞的小镇走出、没见识过现代社会、性格随心所欲的姑娘，又怎么能甘愿被劝住，放弃梦寐以求的永生岛呢？

她无意间发现了一条废弃的通道，经过艰难的心理斗争、犹豫再三后，还是沿着通道慢慢摸索，最终来到了地面。将厚厚的石块移开后，她发现自己身处花园之中。张棺就站在她的面前，手上拿着一束鲜花。看见她从排水井中露出头，张棺显示出一副意外的样子，很是吃惊。在他背后，是一个风格独特的建筑，建筑背后能看到辽阔的海洋。

原来这就是通道被废弃的原因——通道口新建了张棺的研究所，啄木鸟的人不得不在半路重新挖一条距离研究所较远的通道才行。不过那时，爌氲探长并不知道这件事。张棺很快就恢复了惯有的沉着从容的微笑，将手中的花别在她反射着阳光的银色长发上，然后如春风拂面般轻轻地说："真好看，就像下凡的仙女一样。"

"有从地里钻出来的仙女吗？"刚一见到光，就看见这阳光下如此风度翩翩、俊秀倜傥的公子这样"迎接"她，爌氲探长微微有些脸红。

"那应该是什么？"张桤做出略显惊讶的样子，"地精？土地妖怪？"

爧氤探长不满地皱了皱眉，紧接着又露出笑脸，厚着脸皮说："花仙子？"

"这里的花都是艳丽而有毒的品种，我可不希望你是个有毒的花仙子。"张桤伸手将她拉了出来，"不过，还是先离开这里吧。花香闻多了可不好。"

这就是他们初次见面的场景，如梦似幻，诡异的缘分从此开始。对于爧氤探长来说，永生岛的一切都充满了未知的谜，让她又激动又忐忑。眼前的事物，无论什么，于她而言，都具有魔幻般的吸引力。这座研究所位于海边，无论外观还是内部的装潢，都是满满的现代感与高科技的设计，还有很多稀奇古怪的实验，闻所未闻。张桤是她来到永生岛的地面后，见到的第一个人，一无所知的她总会有些不自觉地依赖这个人。不过，她虽然兴奋，但由于听过啄木鸟的警告，凡事还是很小心。她注意到了张桤的身份很特别，所以，还是会带着胆怯和防备。

张桤知道她不是永生岛的国民，但是依然将她带回了研究所。因为爧氤探长的长相非常出众，眼睛清澈无比，充满警惕的好奇心，让他一瞬间产生了浓厚的兴趣。

他就是这样一个人。

他最擅长的，就是用温柔的陷阱困住别人。

当然，张桤很快就发现了，爧氤探长基本上什么都没见过，甚至包括现代社会的一些常用的科技，就像初生于这个世界一样，不管对待什么都活力四射，这也让他觉得很新鲜，很想继续探索下去。她说过她来自一个小镇，在那里，一切还停留在过去。莫非，是个落后的地方吗？那小镇究竟在哪里呢？她又很难说清——她的方向感极差，全凭碰运气，无意间才来到此处。

不过，爧氤探长有提到过，走出小镇后，不久就会来到江晷城。听了这话后，张桤沉默了一下，轻声说："那你的故乡和我小时候住的地方，距离还挺近的。"

张桤展现出来的暧昧又亲密的态度恰到好处，很容易让人沦陷进去。他们共同度过的大部分时间，还是很甜蜜的。一开始，张桤并未太在意，只是单纯地打发时间，觉得把这么漂亮又没见过世面的尤物"圈养"在身边，让她倾心于自己，会让他的心情很愉悦。而且这不是他第一次这样做了。

可事实上，这一回，张桤时常感到很头疼。因为那时候，爧氤探长性格很火爆，风风火火的，他是真的很难控制住。而且，爩氤探长做的事，总在不断地突破他的承受范围，挑战他的心理极限。

例如，这间新研究所建造的位置是永生岛的西北海岸，是张桦的领地，只有这一小块面积是属于张桤的。这里常年阴沉而苍凉，暴雨云团经常长驱直入，带来猛烈的风和高达六米的海浪，仅有少数的日子能看见晴朗的天空。从研究所出门，走过几公里长长的、长满草的堤道，就能到达潮涨潮落的黑色岩石海岸。刚来永生岛的那段时光，爩氤探长只能接触这里，而她最喜欢的事情就是在天气险峻的时候乘坐摩托艇出海游玩。

为此，张桤没少受苦。

"不要让你的手下们跟着我们。"爩氤探长睁着那双"无辜"的大眼睛，"这相当于我们的第一次约会，你不想我们单独度过吗？"

"第一次约会，就不能正常一点儿吗？"张桤一脸纠结地看着兴致勃勃的爩氤探长。

"你害怕了吗？"

张桤脸上的笑容有些挂不住了。"我是不会害怕的。"他抿着嘴说。

从小被困在实验室里，张桤虽然有跟科研队下过海、潜过水，但是从没经历过这种冒险的运动。他往往把自己的安全护得很好，但不知怎么的，偶尔倒也想冒一下险。仿佛不这样做，他苦心塑造的完美男友的形象就会崩塌一样。他学得很快，但是并不喜欢，因为风和海浪会把他弄得很狼狈。第一次骑的时候，他就一下翻落在海里，被爩氤探长捞了上来。

他像落汤鸡一样跪在海岸上，脸色都发白了。"我再也不会听你的了。"他沙哑着嗓子说。

漂泊久了，总会思念故乡，说起生活的小镇时，爩氤探长的脸上既有深切思念的忧绪，又有喜悦明亮的笑容，这又是超出张桤理解范围的事情了。于是，深夜里，爩氤探长驾船带他漂荡在距离岸边很远的海面上，随着波浪起起伏伏。回首望着遥远的漆黑海岸，仅有研究所在没有星星的灰黑夜空下亮着孤灯。爩氤探长期待地问："差不多就是这样的心境。怎么样？有没有体会出一点儿类似的感受？"

张桤摇了摇头，但往后倒也不是很抗拒出海了。

即使把燻氪探长带到云裳之城的住宅，惊险活动也依然在持续着，甚至更过分。张桤在云裳之城的住宅位于宙斯山原的山脚下，有一间属于他的研究所位于半山坡，距离皇家酒店不远。可以看出，燻氪探长以前是很喜欢独来独往的，且不喜欢待在家里。作为警探，她的敏感度和敏锐性都非常高，很容易注意到各种细节，识破各种谎言。即使远在千里之外的永生岛，她也没有放弃这与生俱来的使命。在察觉到媒体报道的"工人暴动事件"的不合理之后，她偷偷地潜了过去。

"你这是疯了。"张桤知晓此事后，也跟了过去，"我知道你以前经常这么做，可这在永生岛是禁止的！是不允许的！虽然我帮你伪造了身份，但是这里是长兄大人的领域，我们不应该引人注目，要是被发现，我们就惨了……"

"只是来转转，又不是做什么危险的事，没关系的。"燻氪探长小声说，"循规蹈矩的，偶尔做一些出格的事情才有趣嘛。"

比如孤身一人闯进永生岛吗？真大胆。张桤在心里默默地想着。他知道那家工厂专门雇佣拐来的低廉劳动力，然而外观很普通，又戒备森严，想必在外围转一圈后，也就能回去了。很不巧的是，车子在路上抛锚了，他们只能下了车——三更半夜在荒郊野外赶路，这倒是很符合燻氪探长的风格。

这时，一个披头散发、一瘸一拐的人，失魂落魄地跑到马路上，和他们迎面相撞。"救救我，求你们了。"那人看起来极度惊恐，全身上下鲜血淋漓，没有一块完整之处，简直惨不忍睹。而他身后，一群人追了上来，一把将那人捉住。"竟然还敢跑！"他们叫嚣着，又是一阵拳打脚踢。

张桤连忙把自己的脸挡上了。

那场景极度残忍。这是从"黑工厂"中跑出的劳工，很难想象平时究竟会重复多少次这样的对待。燻氪探长的表情非常严肃，马上便将劳工挡在了身后。那一刻，她的气场十分吓人。

"住手，"她冷冷地说，"再打，他就要死了。"

显然，在这个年代，这些人很难见到敢直接多管闲事的人，一时间有些愣住，不清楚对方的来历。待面面相觑之后，还是决定齐齐围攻而上。然而，燻氪探长的反击非常狠，先劈手将棍棒夺走，而后招招击中要害，把对方打得满地找牙。

张桤冷着脸，将奄奄一息的劳工拖到了一边。他心里很清楚，虽然燧氪探长是了解过永生岛的规则的，但又怎么可能完全习惯、彻底顺从呢？如若亲眼所见那些痛苦，一定会忍不住想去阻止的。这就会给他带来不少麻烦。张桤觉得这一点和他的大侄儿很像。

就在此时，竟然有啄木鸟的接应者赶来了！他们是专门为救逃跑的劳工而来的。谁知成功逃出的，只有这遍体鳞伤的一个人而已。他们帮忙制服了那些打手，惊叹不已地对莫名出现在此处的这两个人表示感谢。"你们是谁？真的帮了大忙了。"他们感激地说。

"没……没谁……"事态的发展真是出乎意料，张桤紧张地遮住自己的脸，若不是月黑风高，他这张脸太容易被认出来了。他现在竟然和这些反贼混在一起，这事该如何收场呢？

"放心，"啄木鸟的人"善解人意"地说，以为他是怕被治安管理局的人盯上才会挡住脸，"我们有内部消息，这两周是'银色蛛丝'的繁殖期，布控大幅减弱，不会探测到这边的异常。我们也经常趁此时机行动。"

"黑工厂"的支援正从远处赶来。啄木鸟的人连忙带着劳工撤退，而燧氪探长拉着张桤骑上了啄木鸟留下的一辆摩托车。由于后面有人追赶，她开得风驰电掣，张桤坐在后座上，简直受尽了折磨。

"你没事吧？"燧氪探长说，"可要抓紧了。"

"没……没事……"张桤咬着牙说，"海上摩托换成陆地摩托，起码不会那么颠簸……啊！"他很失身份地发出一声惊叫，因为摩托车进行了一次急转弯，一侧几乎快贴到地面了，轮胎也迸射出火花。这一连串的事件，真让他惊魂未定。

这样让人心惊胆战的相处过程中，久而久之，张桤身上真实的部分总是不经意间流露出来。为此，他也觉得有些苦恼和棘手了。他甚至在网上搜索过，"女友精力太旺盛怎么办"这样的问题，但是得到的大多是不太正经的回复，所以他一生气，就把电脑狠狠地摔到了地上。

至于为什么会这么生气，大概是因为这些回复让他想起了燧氪探长在睡熟后，非常不老实，不是自己滚到地上，就是把身边的人踹到地上的经历。

其实他完全可以不必这么"忍耐"的。但是有一次，燧氪探长在他的地下资料室里，看见了他收集的有关大发明家米杉的报道，很明显，她是认识他的。这意外的发现让张楷无比激动，眼睛都瞬间发亮了，变成了铅灰色。而他的眼睛只有在他极度兴奋的时候才会变色。从七岁来到永生岛开始，他就一直狂热地关注这个天才。那时他还小，风云诡谲的斗争中，他也没记住其他人，只有米杉让他印象深刻。米杉离开后，张氏集团有悬赏追查过，他也试图私下调查米杉的下落，都没有结果。爝氤探长是他难得的线索，很可惜的是，他的反应过于强烈了，让爝氤探长感觉到了不安，没有回复他的追问。

爝氤探长也是这时才第一次知道米杉的过去，看他在婆娑小镇中经营着咖啡店、与世无争的样子，完全想不到他以前竟然是这样一个了不起的风云人物。她意识到永生岛的某些畸形之处，或许就是米杉离开的原因。直觉告诉她，不要透露出关于他的信息。

而张楷很有耐心。他从小就很会迎合不同人的需求，就像他能抓住他父亲和兄弟们的心理，不仅能让自己在艰难的斗争中存活下去，而且还能不知不觉中麻痹着他们的神经，为自己争取越来越多的利益。所以他把女人骗得团团转、寻死觅活、至死不渝，都是很轻松的事情。那时候，年仅二十四岁的张楷就已经受邀去名牌大学为研究生做讲座了，为他痴狂的女学生特别多，偶尔他也会邀请爝氤探长去听一听，享受一下大学校园的感觉，因为她说她没经历过。

如果不是后来发生的事，爝氤探长觉得自己总有一天会告诉张楷关于婆娑小镇的一切。

转折的起因是对啄木鸟基地的大肆围剿与屠杀，关于这件事，有着铺天盖地的报道，而张楷是最大的功臣，在张哲樨和张禾那里得到了不少奖励。突破口便是西北海岸的那一处基地，而且还顺便揭穿了海盗与啄木鸟联系的偷渡线路。他能做成这件事，很大原因是顺着爝氤探长出现的那条通道追查下去的吧？这让爝氤探长觉得非常震惊和难过，巨大的负罪感让她整日昏昏沉沉。另外，她也开始注意到在张楷的研究所里看到的一些触目惊心的活体实验了。为这两件事，他们爆发了激烈的争吵。

张楷是聪明人，每一步都充满了算计。他难道不清楚利用爝氤探长发现入口、清剿啄木鸟之事，会让爝氤探长怪罪到他的头上吗？明知如此却还是大张旗鼓，大概是因为他想更换一种方式，来加快进程吧——神不知鬼不觉地，他麻醉了她，用刀切开了她身体左侧的锁骨下静脉，将晶体追踪器埋了进去。

而在应朴政伊的召唤，和她偷情的时候，张桤才知道，因为很难收敛起自己的莽撞，爔氤探长很容易被盯上。当然，盯上她的是醋意大发的朴政伊。纵然爔氤探长只是闯了些无伤大雅的小祸，她却给爔氤探长定了死罪，一经发现，格杀勿论。通缉令很快就会发下去。

"她对我有用。"这个消息让张桤沉默了许久，"没见过世面的小姑娘是最好骗的。"

"她比你大一岁吧。"朴政伊不满地问。

"那也很无知。如果再给我一些时间……"

"哼，"朴政伊很明显地不高兴了，"以前让你杀别的女人，你眼睛都不会眨一下。一个偷渡来的丫头能有什么用？早就该处死了。"

"嫂夫人对爔氤的事情这么上心，长兄大人不会起疑吗？"

"我做的都是合理合法、天经地义的事情，有什么可起疑的？"

张桤原本没有想追杀她，因为他本希望爔氤探长失望而归后，通过晶体追踪器找到米杉的下落。但既然朴政伊这么说，他也就笑眯眯地附和道："全凭嫂夫人处置吧。"

爔氤探长恰巧就在外面偷听着，死死地咬着指节才没让自己哭出声来。她第一次知道被愚弄欺骗、感情受伤是什么样的滋味，也见识到了永生岛的扭曲和冷酷。当然，在相处的日子里，她能感觉出张桤在某些不经意的瞬间会非常冷漠，就好像并没有爱的能力，却要无时无刻不伪装出这样的能力一样。只是那时被爱蒙住双眼，她还很不愿相信，宁愿麻痹自己。

但此时，她一刻也不能耽搁了。她必须立刻逃出去，每多停留一秒，危险就多一分。她之前就有规划好避开"银色蛛丝"的探险路径，没想到，此刻竟然用上了——蜘蛛会避讳有水和潮湿的地方，所以爔氤探长只能想到在下水道中行走穿行。

如噩梦一般恐惧的日子，就这样开始了。相信很多人都做过这样的梦吧？梦见有人追杀自己，然后自己跑着跑着，突然意识到这是在做梦，内心深处很清楚，只要闭上眼睛，或大喊大叫，或拼命呼吸，就能醒过来。而她在下水道艰难地移动时，却无论如何都醒不过来。她有两次遇见过追她的杀手，如果不是她身

413

第三章 永生岛

手矫健，很可能就会命丧当场了。当阳光透过缝隙照在她的眼睛上，她却躺在下水道的井底，躲避着追杀，为生死做最后的挣扎。

而在逃离之前，她先去了地下室。那里虽然需要张桤的指纹开锁，但她也很聪明，为了以防万一，之前悄悄复制过他的指纹。在地下室，她取走了那份和米杉有关的报纸、一把珍贵的短剑（用作防身），还有一个鲜红色的油灯挂饰——因为它的挂绳与报纸缠在了一起。

正当她想跑出去的时候，迎面遇上了张桤。这时她才想起来，地下室的门开了，张桤的手表是能收到消息的。

张桤的脸色很可怕，显然并没有想过她会来偷他的宝物，想要叫人阻止她。但是没关系，还没等张桤说什么，她就一拳挥了过去。张桤的脸上挨了结结实实的一下子，后背撞到了走廊的墙上，发出巨大的声响。她相信他的牙掉了几颗。

就这样，离开之前，她把张桤暴揍了一顿。


怪不得这么记仇呢。燃氪探长想。时间回到此刻，她眼睁睁地看着张桤离开了拘留所的会面室，把她留在了这里。而建筑管理局的那群人也关在屋里，门被封得牢牢的。

燃氪探长皱着眉头，眼神变得犀利。她一下子从椅子上跳了起来，四处观察着这个房间。角落里有几个烟筒一样的洞口引起了她的注意。这种情况下，难道是毒气？想到这里，她迅速深吸一口气，死死地屏住了呼吸。还没等她顾及房间里的其他人，便有绿色的烟雾从烟筒口弥漫开来，直直喷向她凑近查看的面庞，使她猛地向后仰去。这毒气起效异常迅猛，房中的人几乎是瞬间毙命，面部表情非常狰狞。燃氪探长捂着嘴巴，一口气也不敢喘，摸索着到了那门处，费尽力气想把它弄开。

门很牢固，用蛮力是不可能撬开的。情况十分紧急，分分秒秒都是在和死神赛跑。燃氪探长的额头渗出汗水，不断尝试密码，却无济于事。过了四分钟，就在她已经到了极限，快要憋不住的时候，电子门锁突然发出一声长鸣，亮起绿灯。门可以打开了！

她来不及多想，拉开门就冲了出去，又反手将门关牢，这才敢猛吸一口气，头脑一阵眩晕，四肢无力地靠在门上，她很长一段时间才缓过神来。

这会面室位于深巷里，周围空无一人。燧氤探长调换了自己纽扣上的身份，撑着墙，一步一步向外走去。这巷子错综复杂，像迷宫一样，很容易就把人绕迷糊了，尤其是对于燧氤探长这种路痴而言。但好在她的听觉还很灵敏，突然听到一墙之隔的那侧有说话声。听起来，是张桤和一名女子在交谈。

　　"……就在这个基地，很难说会不会挖掘出什么东西来。"这是那名女子的声音。

　　"这些人还真是无处不在，到处搜查，碍事得很，迟早是个威胁。"这是张桤的声音，"不过，既然目标暂且一致，我们的计划应该不会受到太大的影响。毕竟，我还是很偏心自己的作品的。他和我的作品，也算是有缘了。"

　　"嗯。"女子的声音听起来有些委屈，"现在基地里的人，愤怒之情基本上都到了临界点，我们的试验也很成功。只要再稍加挑拨，很快就能达到预想的状态。"

　　"做得好。会给你奖励的。"听了张桤的夸奖，女子好像又变得很高兴。但燧氤探长的心情却变得无比沉重，陷入了深深的思索中。她躲在墙角后，看见了那女子离开的背影，心脏咚咚直跳。她认出来了，那女子竟然就是当天和千舟沐和、扎罗尔汉一起被抓上直升机的年轻女孩儿！

　　她受张桤的指令吗？

　　这惊人的发现让燧氤探长思绪纷杂，一条条线索在脑中飞速汇聚——新闻说，扎罗尔汉是在西北海岸被抓的，在鹿之化工厂旁边，可那里距离张桤三年前建造的那座研究所也很近。难道说，扎罗尔汉是从研究所中被有意放出来的？众所周知的是，研究所下方的啄木鸟基地被张桤剿灭，海盗偷渡路线也随之废掉。可是，他有没有可能趁机顺水推舟，将那条线路为自己所用呢？从通讯轴发来的信息来看，张氏集团的人对于扎罗尔汉如何出现西北海岸确实完全不知情。而她所看到的直升机，如果先与偷渡船对接，将三人送到往生岛，然后再暗中运进研究所的话……

　　这种方式需要借助海盗，可是海盗又为什么会和张桤联手呢？和那些长着触手的怪物有关系吗？不管怎样，千舟沐和的下落似乎只能朝着这个方向追查下去。见张桤往巷外走去，燧氤探长悄悄跟在后面，一边还在思考着，这两人刚刚的对话是什么意思？什么基地？啄木鸟基地吗？扎罗尔汉是啄木鸟的领袖，这女子难道也是啄木鸟的人？是谁在那里搜查？愤怒之情又是怎么回事？什么试验成功了？他们要做什么？

张桤说过，"二哥他，也蹦跶不了几天了"，或许，很快就会有一件大事发生。最近，很多矛头都指向张桦，但都是些能够摆平的小事，不会引人在意或引起警惕，也完全察觉不出人为安排的痕迹。想来那种将死因归结为心脏病的药，也是如此这般隐蔽的。他还会继续对储枫下手吗？

回过神后，爔氤探长突然感觉眼睛一阵剧痛，不由得捂住眼睛蹲了下来。啊，睁不开了。她用手背轻轻揉着，感觉越揉越红肿，于是开始摸着口袋寻找纸巾。结果，全身上下，什么都没有，被关进拘留所的时候，连手机都被搜走了。她只能庆幸隐声塔和通讯轴并不在她这里，而纽扣戴在身上，是可以伪装的。

这时，她的旁边走来一个人，递给她一块手帕。"唔，谢谢……"爔氤探长接过手帕后，赶紧擦了擦眼睛，感觉有清凉的、黏黏的东西敷在眼睛上，舒服很多。

她睁开眼睛向一旁看去，却发现竟然是张桤站在那里，正一脸微笑地看着她，吓得她一下就把手帕扔在地上，用两只手在眼睛前面拼命扇风。"糟糕了，"她喃喃自语地说，"我中毒了，我要死了。"

张桤只是平静地将手帕捡了起来。"没有毒，手帕上的药膏可以缓解毒气的刺激带来的疼痛。"他的语气略显遗憾，"你居然又死里逃生了。"

爔氤探长没有答话，全身紧绷地瞪着张桤，那些保镖不知道从什么地方围了上来。

"啊，我明白了。"张桤想通了，"也怪我拜托米杉先生在两位兄长发现之前，尽快掩盖'银色蛛丝'的事实痕迹，他如果注意到了这儿的情况……嗯，电子门锁是可以远程操控的。不过，他做得真快，你挺了多长时间？三分钟？四分钟？出乎意料，果然很厉害。"

原来，米杉是被张桤带走的。爔氤探长咬了咬牙。她早该想到的，储枫身上的晶体追踪器就是张桤藏的。她的信号在婆娑小镇外消失，张桤一定会调查那附近，也会知道"消失的小镇"这个传说，但他的人并没有找到入口。所以，他才找机会将储枫引了去，碰碰运气，没想到真的发现了米杉的踪迹。这下子，全都解释得通了。

也不知道储枫将晶体追踪器从宿舍里的假山循环水中取出后，电量到底维持了多久，张桤听见过多少信息。

一辆车驶了过来，停在他们身边，张桤将车门打开，做出一个邀请的动作。

"干什么？"

"反正你也在跟踪我，不如就上车吧，还舒服一点儿。"

"我……我没跟踪你……"

"你还是老样子啊，惯做这种事。"张桤冷笑了一声，"被你跟踪过的犯人一定高兴死了，因为技术很烂。"

爇鼠探长无话可说，既尴尬又生气。然而，在这种情形下，她不得不坐进了车子里。眼珠转了转，她尝试挤出一个笑容："可以先去酒店吗？我想把留在那里的行李都取出来。"

"不可以。"

爇鼠探长的表情瞬间变得很不友善，怒火像是要从她的头发下面冒出来似的。

张桤不自觉地后退了一步，好像改变了主意，又说："反正还有不少时间，去一趟也无妨。"

车上的电视屏正在播放有关张氏集团的大少爷张储枫与往生岛四大贵族之一、布里安国公之女布里安妩小姐在九月订婚大典的消息，简直是一片欢天喜地的祥和氛围。张储枫举止得体，布里安妩小姐优雅动人，任谁不会感慨一句"天作之合"呢？网上关于这件事的讨论，热度也不断攀升。总裁张禾与总裁夫人朴政伊的镜头也出现过，他们共同接受了采访，表达了对布里安妩小姐的喜爱，以及对两个家族未来合作发展的向往。

当朴政伊出现时，爇鼠探长目瞪口呆。

"怎么了？"张桤问。

"她是……储枫的母亲？"爇鼠探长震惊至极，"和你有奸情的！"

"你不是听我叫过嫂夫人吗？"

"你有三个嫂子……"

"那两个长得又不好看，就算是利用别人，我也是很挑剔的。"

"哈，真无耻，你真无耻……怎么会这样？储枫实在太可怜了！"

"你真的要对那小子这么好吗？"张桤不满地问。

"我只是说他可怜……"

"他幸运得很。"张桤冷冷地说，"从他出生开始就是。"

爩氜探长有些困惑，不说话了。车里的气氛真令人窒息。刚刚的对话结束后，张桤就抱着双臂，一言不发，不知在想些什么。而爩氜探长坐在他身边，完全不能放松，疑神疑鬼，东观西望。这很正常，谁知道杀机究竟躲在什么地方呢？只是，在张桤那里，她可以试着调查一下米杉和千舟沐和的情况，这样也好。如果一路平安，她并没有半路就被抛尸荒野的话，这会是个很重要的进展。所以无论怎样，她一定要忍耐。

然而不可避免的是，这种紧张的精神状态让她的晕车症更加严重了。如果自己开车，她是不会晕车的；而之前，她在路上乘车的时候，基本上都会睡得昏天暗地，也就无碍了。只是她现在强撑着，不敢睡过去。很快，她就感觉到了头疼和恶心。她按压着自己的胃部，拼命吞咽，以便让自己舒服一些。正当她开始昏昏欲睡的时候，她感到一只手在轻轻抚摸着她左边的锁骨。

不用想，也知道是谁。

爩氜探长睁开眼睛。张桤没有看她，而是盯着那块伤疤说："你就用这把短剑，徒手把它剜出来，真狠，很可能会死的。"

"我是不会出卖朋友的。"那时，爩氜探长并不知道自己身上被植入了晶体追踪器，但由于婆娑小镇的入口是关闭的，她没有找到回家的路。一路上的折磨，让她再也无法支撑起自己的身体，精疲力竭地跪倒在岩洞底。那个季节，是和现在同样的夏末，在睁着无力的双眼仰望夜空的时候，夏末的精灵飞舞在她的身旁，那些萤火虫，会发出奇特的橙红色光芒，和通常的黄绿色迥然不同。她感觉到自己的左侧锁骨处也在微微发出红光。现在想来，这大概是因为时空坡道开启时，一旁的电子设备受到了影响。

所以她就动手了，丝毫没有犹豫，用这把剑，对着自己刺了进去。鲜血喷涌而出，流淌满地。她躺在被自己的鲜血润湿的土壤之上，只有这些萤火虫陪伴着她，像不灭的山野灯火。

"再说，这材料的毒性，不是会让人变得更加衰弱吗？"爩氜探长抬手将张桤的手指挪开，面无表情地问。

张桤笑了笑，说道："但是它在一定程度上可以抵御催眠类物质带来的效果。对于我所研制的这些用气味来调节情绪的花朵，也有抵消作用。"

啊，所以她才从达那拉医生的那场催眠中逃脱了吗？这个事实让爐氪探长百感交集。不过，张桤似乎并不知道这件事，证明在岩城火山之前，储枫身上的晶体追踪器应该就已经没电了。所以他也不会知道有关流离的精神意识转移能力。不然，他一定会非常感兴趣的。

张桤培育的花，可以通过气味来传递情绪，但不会影响人的理性和思考，只是一种潜移默化的感染力。比如打哈欠会传染；周围的人都在哭，你也会感觉到悲伤；周围的人都在笑，你的心情也会慢慢变得明朗。爐氪探长初来永生岛时，所见的那片花园，种植的就是这样的花。除了游客区的花之外，爐氪探长意识到，他一定会私藏其他种类的花。比如，让人变得愤怒的花，负面情绪的累积很容易让压抑与绝望中的人走入极端。刚刚他和那名女子讨论的事，会不会与此有关呢？

想着想着，爐氪探长又开始觉得头晕了。她总是想打瞌睡，为此非常郁闷。迷迷糊糊的时候，她听见张桤在身旁发出一声嗤笑，递给她一块水果糖。"含着吧，就不会那么晕车了。没有毒。"

爐氪探长撇撇嘴，小心翼翼地将糖吃了进去，清爽的甜味让她感觉好了很多。"你还会杀我吗？"她含糊不清地问，"这是那种策略吧？先慢慢让我麻痹大意，卸下防备，然后出其不意，在合适的时机干掉我，对吧？"

"这是个不错的主意，我考虑一下。"张桤看起来很愉悦，"你怎么这么疲惫呢？从消亡大陆来的一路上也是，大部分时间都在睡觉。以前不是特别有活力吗？"

"我前半生已经把力气用光了，现在对什么都提不起兴趣了。"

"前半生？这种说法不准确吧，那不是意味着你还有二十八年可以活？应该说'这辈子'，是不是更准确一点儿？"

"你！"爐氪探长火冒三丈，不由得握紧了拳头。张桤反射性地向后退了一下。

"怎么了？"爐氪探长问。

"没什么。"张桤回答说。

"你不会是怕我打你吧？不会是上一次，我给你留下了心理阴影吧？"爐氤探长恍然大悟地说。她想，大概是因为他那时短暂地晕过去了，才没能通过基因感应，及时把短剑从她身上收回去。

"你不要总是想着用暴力，暴力是不好的。"

"杀人不算暴力吗？"

"我动手很温柔，人们死的时候是不会感觉到疼痛的。"

无效交流！爐氤探长脱力地向后仰靠在靠背上，双眼无神地望着车顶发呆。她倒是很怀念以前那个在她面前会伪装的张桤，起码不会让她听到这些揭开了虚伪的表面后无比残酷和黑暗的真实想法。说也奇怪，再次来到永生岛后，过去被遗忘的感觉，总在不经意间溜回来。曾经有过的喜悦和冲动，无暇顾及的悲伤，刻骨铭心的悲痛，开始陆陆续续涌入心头。

"你哭什么？"张桤用指节擦了下从爐氤探长的眼角流出的泪珠，莫名其妙地问。

"毒气后遗症。"爐氤探长悻悻地说。

# 06. 暴风雨前夕

　　水流离端坐在餐桌旁，面前放着笔记本电脑。在翻阅了诸多娱乐新闻后，她被一条"木卫二地下冰洋的未知微生物"的新闻吸引了。

　　木星的第二颗卫星，由坚冰包裹着，表面积约三千一百万平方公里，为永生岛面积的十倍。早在四十年前，探测卫星在飞掠木星时，就已发回木卫二的照片，通过其光滑的表面、错综复杂的冰盖纹理，推断出木卫二具有年轻活跃的地质活动及自转速度略快于内核的冰冻外壳，由此猜测厚厚的冰层下可能存在一个全球性海洋。二十年前，由张氏集团的太空科研队协助开发的木卫探测器发射升空，于十二年前到达木星轨道，数次绕行木星及其卫星后，最终着陆木卫二之上，并于水汽喷泉附近融冰打孔，穿过十公里的冰层，深入地下海洋之中。

　　吸收了二十年前的记忆后，流离现在能够记起，当时米杉参与设计的是该探测器上携带的融冰机器人和水下机器人。而此篇报道正是水下机器人在近日刚刚传回的报告。该报告证实了地下海洋的海水成分与地球海洋类似，且含有适量的氧气，更重要的是，居然检测出一种完全未知的微生物——这可是人类首次发现地外生命存在的明确证据，堪称科学史上的重大里程碑！很可惜，或因深海的巨大压强，或因火山的高温热流，该水下机器人并未能抵至海底便失去了联络。

　　不知为何，这则报道让流离倍感亲切，心中竟为之动容不已，感慨万千。这可真是奇怪。她呆呆地盯着电脑屏幕，像是要将它看穿个洞，脑中浮现出一直困扰着自己的海和在海中下沉的梦魇来。直到水流星和日月队长走进餐厅，她才恍然回神。

几天前，流离昏睡在墓碑边的时候，水流星从云裳之城的住宅赶到了这个别邸。在刚听到母亲的话时，水流星必定会当她在胡言乱语。可家里安置的摄像头不会说谎，他总会亲眼看到她，然后立刻飞奔回来。她能迷迷糊糊地感觉到水流星将她抱回到他的卧室里，似乎是累得不行，喘了好久，看来心肺功能很是虚弱。难道是机械心脏用旧了吗？

流离紧张地睁开眼睛时，正与水流星满含复杂意味的棕色双眼对视了，那目光里意外的脆弱，让她不由自主地向后缩了缩。老太太那时正好走进卧房："哎，你姐姐的身上全是泥，放床上的话，要把你的床单弄脏了。"

"那你就去给我洗，"水流星捶着胸口，还在平复气息，"自己什么都不干，就知道使唤别人。当妈的连给儿子洗个床单都不愿意？"

"我不是这个意思，"老太太却乐乐呵呵的，"宝贝儿子有什么要求，妈肯定都满足你。"

水流星的父亲已经瘫痪了，手不能动，口不能言，神志却是清醒的。他不似老太太那般精神错乱，见到莫名出现的年轻女儿，完全不敢相信，露出欣喜的样子来，却也同时有着怀疑、恐惧、小心翼翼之情。是呀，任谁都会觉得不可思议的。这让流离再次感到了愧疚——面对这些亲人，她依旧感到陌生，无颜以此面容与之相处。此番相遇完全出乎意料，流离无法解释自己的来历，只得说自己失去了记忆。

可当下情况让她不得不躲在此处。老爷子也没说什么，但他不同意把日月队长留在这里。是的，他还能够表达自己的想法，因为大脑植入了电极，通过脑机接口，可以将脑中的想法转换成轮椅旁电脑屏幕上的文字。老爷子倒是很精明，流离已经去世这么久，数据尽失，没被人发现的话，倒还不至于引起风波；可是，治安管理局的人已经为日月队长来过两次了，是顾及了水流星的颜面才没能私闯住宅——毕竟是媒体大亨，且作为机械心脏手术的门面和象征，受老太爷张哲槺的庇护，可这并非长久之计。老爷子觉得，日月队长迟早会给家里带来麻烦的。

水流星面对父亲也很冷漠："你懂什么？都这副模样了，还在那儿指手画脚，说出的话对我一点儿帮助都没有，目光短浅，没一句中用的。"

"你怎么能这么说？"老爷子虽然不能动弹，显然还有一些气性在，电脑屏幕上噼里啪啦地闪烁出他的意见，"我不是在一心一意为你考虑吗？"

"一天到晚，什么用都没有，就知道花我的钱，还以为自己有资格教训我？现在是我养着你们，搞清楚自己的斤两吧！"

说完，他直接把屏幕关掉了，不愿再看父亲的啰唆。

这氛围真让人如坐针毡。这空白的二十年，流离没有接触过水流星，不知道在她死后，家里变成了什么样。从记忆中看，水流星从上了高中开始，就特别叛逆，经常躺在床上，使唤父母伺候他，稍有不满就发脾气，认为父母无论为他做什么，都是理所应当的。这大概也是父母对病弱的儿子溺爱的结果。而现在，他看起来对父母更加粗暴了，完全没有耐性。父母留在别邸，平日根本见不到儿子，偶尔说句话，水流星也会动辄发怒。

流离心里清楚，水流星是冒着风险把他们藏在这儿的。至于他为什么这样做——很难说他对姐姐是否还有感情。毕竟在回溯的记忆里，脑海中最后的画面，便是水流星苍白残酷的脸和充满不舍的眼睛。他站在她身后，将她从五楼推了下去。

对于现在的流离来说，流星的身影，仿佛和她在婆娑小镇崖边医院的相错空间时，那个挥舞着钢棍的杀人魔戈林利瓦的身影重合了。难怪米杉看着那场景，会露出那样纠结的表情。而这段亲身经历，要比方才接受的记忆更加清晰和真实。然而，流离也同样记起了，两次从五楼摔落砸在地面上时，那种粉身碎骨般的疼痛是完全相同的。

骤然忆起时，她的心，更为不解，更为沉重。因为这说明，她在杀人魔所在的空间中，本该已经摔死了，何以回到这个空间后又活了过来呢？

当时回到CT室的那一刻，自己的肌肉与骨骼如同被狠狠地撕裂、拉扯着，酸痛不已，周而复始，直到心智完全恢复。现在想来，那仅是一瞬间的反应，被无限分解、放慢延长了，所以才丝毫没注意过。流离想起，在壁炉中爬出时，也经历过相同的感觉，如梦初醒，浑浑噩噩，意识是一片混沌的。

"姐姐，我也是受到胁迫，逼不得已的。你一定要原谅我。"水流星平淡的语句里，似乎想表达忏悔与关切之意，可他的表情实在是太僵硬、太怪异、太违和了。据说，自从手术之后，他便成了这样，大抵是后遗症吧，让人看了畏缩，脸上的表情根本不可能反映出他的真实心意。当初，他为了健康的身体和荣华富贵，不仅出卖她，还痛下杀手；如今，脸上也捕捉不到任何信息，流离不知道该不该相信他的话。

心脏换成了机器，如果真的还能有"心痛"的感觉，那会是什么样的？迸发出猛烈的电流吗？可那种反应会让人无比难受，流离清楚这点，是因为她类比了自己附身于非法研究所的机器娃娃时所感受到的情形。

至少，从旁而断，水流星确实保留着和流离有关的纪念品——蔷薇园中的墓地，蔷薇园旁的别邸。在流离去世时，他还抽了一点儿她的鲜血密封在透明的油灯挂饰中，如护身符一样挂在身上，只是三年前不知道弄掉在哪里。当看见流离的脖子上竟挂着这空油灯时，他便更能相信她是阿拉丁灯神所实现的神迹了。

"……我不是你的姐姐，"最终，流离还是选择了否认，"但你若对真的姐姐有愧，这一次，请施以援手吧。"

不管他是不是真心的，流离都必须说服他帮助自己。真讽刺，眼前这个人可是掌握了永生岛全部的媒体资源啊！手上握有这么多线索和证据，如果能夺回亿勇社，难道还怕沉冤不得雪、罪恶不得以揭露吗？群众已然被驯养成一群只会乖乖叫好的工具，如果此时出现另一种声音，就会如晴空霹雳，狠狠击打在他们心里。想到这里，流离觉得自己似乎变回了二十年前的那个理想主义者，变得斗志昂扬。况且，权衡利弊，水流星也应该做出个抉择了。

因为，水流星知道日月队长是朴统领的左膀右臂，所以他并非无脑相护，只是要在权力倾轧的斗争中为自己谋求荣华罢了。流离能判断出这一点，是因为她对比了网络新闻与报纸上刊登的新闻。网络新闻大多皆为张桦和其子歌功颂德，旁人已不满良久；而只有报纸上的文章含有暗示张桦的手下失责的语句。当前的亿勇社中，影响力更大的网络媒体的主要负责人是张桦的小舅子，水流星虽为社长却也很难插手。如今在报纸媒介含沙射影，单凭水流星是万万不敢自作主张的，一定是有人授意。张统领虽不满这个弟弟，但宣扬出去对张氏集团无益，不会是他，那就只可能是朴统领。

所以水流星必须保住朴统领的下属。身处新闻媒体之首的职位，本就免不了风口浪尖的争端，他不可能置身事外，而张桦一定会扶持他的小舅子，处处压他一头，甚至将来夺了亿勇社也说不定。到时候水流星只会更加被动。在长远的眼光这方面，老爷子和老太太确实不如他们的儿子。

于自己有利，流星自然会帮流离。只是，更进一步，就不知道他肯不肯了。

近几日，由于宅中情况特殊，家政妇、贴身保姆和家庭护士们都被遣走了。是老太太在厨房忙做晚餐。流星与日月队长入座后，流离将有关木卫二探索的报道划过去，目光又转移到下一篇报道上："永生岛与消亡大陆联合围剿海盗大获全胜"。可出人意料的是，这篇报道在网上异常简短，只说海盗盘踞往生岛海域多年，往生岛深受其害，此举让往生岛对两国表达真切的感激，三国情谊长存之类的虚言。

"真蹊跷，"流离喃喃自语地说，"当初宣传得那么沸沸扬扬的，得胜而归后却这么草草了事地收尾，不似以往那样大肆宣传功绩，倒让人有些不习惯了。"

"这么短的一段，能登就不错了。"水流星冷笑了一声，将手边未发表的纸稿扔到流离手边，"姐姐且看这个。"

纸稿上呈现了关于这次围剿更详细的情节，除了将来龙去脉交代得十分清楚，还写有社会评论，重点是将大部分海盗捉拿逮捕后，对他们"严加"审问的内容，众头目竟如实交代劫船原因是为了谋害张统领的长子，而幕后指使竟为张氏集团的三爷张榕。

"联合大军中有我社的随行记者，所以我才能知道消息。不过后续审问都是秘密进行，具体情况我就不清楚了。此事被压了下来，绝不能走漏风声。"水流星解释说。

"那些海盗怎么可能这么轻易就招供了呢？"

"海盗嘛，都是些过河拆桥的东西。况且，既然都被抓了，那也不如自暴自弃、拉人下水了。"

"张榕不管是权力或财力，都不及两位哥哥，何苦急于对侄子下手？"流离依然心存疑虑，"如果真是他所为，又怎会眼睁睁看着联合大军前去围剿而无动于衷？这岂不是反倒证明他确实对此一无所知吗？"

"从一处隐秘的海盗据点搜出的，却都是张二爷的东西，包括专门应对海上急症的新药，也是他手下药厂的机密产品，还未上市，轻易不会被别人知道。"翻看手机的日月队长突然开口了，"结果三爷认为是二爷有意嫁祸他，原本关系极好的兄弟二人，正生嫌隙，张统领也大发雷霆，要彻查此事。现在张氏集团内部闹得很厉害，恐怕很长时间都不得安生了。"

这大概是从朴统领处得到的消息。日月队长的工作手机，权限刚刚恢复。在此之前，因这栋别邸在张桦的地盘上，与外界通信都遭到了严密监视，即使水流星也不能轻举妄动。只是时间久了，固定汇报的时间已过，朴统领这才注意到他们之前的联络通道出了问题。

"如果消息是真的，层出不穷的动乱肯定会让他们自顾不暇，不会再眼巴巴地盯着这儿了。"水流星松了口气。

"还不能放松。"日月队长心事重重，"朴统领方才发来指令，命我立刻回云裳之城。大概张二爷的手下谋害巡回督查队长一事，也要被揭发了。既然如此，他们更不会放我活着回去。"

"就算你不回去，'银色蛛丝'也记录了案发过程，而且也有你与朴统领的通信作为指证。"流离说。

日月队长却摇了摇头。"我总觉得这事儿没那么简单，否则也没必要急召我。你还记得酒吧店主顿斯林吗？交流时，我确实觉得他有什么事情隐瞒着，只是我当时不愿意管而已……在去医院的太平间前，我曾去牢里见他，却被告知他突发恶疾死去……如果一切真的记录得清清楚楚、明明白白，又何必除掉目击证人呢？"

言之有理，看来还真的是哪里出了岔子，可他们无从知晓原因。自从来到永生岛，人与人之间的隔绝感实在太强烈了，相离较远便没办法互通敏感信息，想要瞒天过海传递情报，比登天还难。她用自己的手机（故障已修好）也联系不上魖四与爧鼠探长，储枫那边也很久没消息了，通讯轴发的暗号均没有回复，对于这四个人究竟出了什么状况，流离是一头雾水。

"即使证实了这件事是真的，这种新闻稿也发不出去。毕竟以前吹嘘得那么好，还与政府部门牵扯颇深。"流离放下了手中的纸稿，遗憾地说，"不过，留着它，有朝一日一定会用到。"

"姐姐，你不会是还惦记着像以前一样，异想天开、铤而走险吧？"

水流星的语气一贯呆板单调，但流离凭直觉从他的心中感受到了试探与抗拒的深意。她深知开化劳苦大众对上层阶级来说没有任何好处。他们需要的，是不会深层思考，不会追根溯源，只会劳劳碌碌、顺从奉献的人。如今，水流星只是因为选择拥护朴统领，才与他们暂时统一战线，况且张桦也是墙倒众人推，他看得清楚而已。

他们只能互相利用，不能推心置腹。

想到这儿，流离不禁深感悲哀。她握住了流星的手，直视着他的双眼，悠悠问道："如果是，这一次你还会告发我吗？"

"不会的。"流星试图用生硬的嘴唇挤出一个笑容。

"这是谎话。"

"你怎么知道？"

"我能听懂你的心哦。"

"我的心？"流星显得有些困惑，"不可能。近些年，我的外形越来越退化，已经退化到恐怖谷理论中人类反感程度的最高峰了，怎么还会被人看穿呢？"

这个比喻让流离忍俊不禁，不再回答，只是笑了笑。

"不可以！"不知何时，老太太站到餐桌旁，竟突然崩溃地大喊出声，吓了他们一跳，"不许……不许再发这些害人的报道了！"

她将手中的冬瓜炖鸡汤重重地放在桌上，神情竟是恶狠狠的，抢过纸稿，将它撕得粉碎。"你不要学你的姐姐！"她歇斯底里地扑到水流星身上，对他叫嚷着，神经似是受到刺激一样，"什么理想！什么公理人心！那都是没用的东西！"

"你又开始发疯了。"水流星的语调平平，动作却凶狠，一把将老太太推到地上，"我何时说要把它发出去了？"

见状，流离连忙过去搀扶起老太太，让她靠在自己的身上。老太太疯疯癫癫、语无伦次，眼珠子咕噜噜地转着，看起来像犯了万般罪过般惊恐不安，好一阵儿都神志不清的，却紧紧地抱着流离不松手。骤然，她再次发出悲戚的哀叫：

"我的女儿……我的女儿就是因为这些无用的东西才会死的！你们……万万不可以再这样做呀！"

说完，水流离的母亲号啕大哭起来。


那天深夜，水流离独自坐在卧房的书桌前，面对许久没打开过的笔记本发着呆。笔记本上，婆娑小镇的种种，仿佛成了上辈子的事情。如今，上面又新添了

427

她自己在这些日子里草拟的三篇文章。

一篇是"私吞存款事件"，并提到了顿斯林因在银行门口"吵闹生事"被拘捕；另一篇重新翻写了"医院倒塌事件"，将矛头直指由政府主导的豆腐渣工程；最后一篇记述了酒吧门口，爷孙俩被暴打而亡的真相，并揭露了在此事件中官商勾结、官官相护的链条。印象里，二十年前的水流离也发布过关于某领导肇事逃逸的新闻，此篇报道言辞之锋利与当年那篇如出一辙，文采风格一模一样。幸好这别邸安装有射线屏蔽器，说话、写字都自由些，不必担心被探测到。

她相信，她总有机会将这些文字公之于世，一朝扭转乾坤的。

除此之外，笔记本上还整理了其他零零碎碎的线索。

在前往医疗运输车必经的偏僻小路前，流离先去探望了在小学劫案事件中受害的精神病女子。她住在妹妹家里，每天只是摇头晃脑、发出痴傻的笑声，无法问出什么有用的信息。妹妹与姐姐一家不常往来，也不知他们近期都做了什么。不过，流离无意间在一本相册中发现了妹妹在六年前和两岁的外甥女的合影。照片里的小女孩儿双眼茫然无神，满是虚无与空洞。

"你这样一问，我才想起来，外甥女刚出生时，视力确实很差。"精神病女子的妹妹说，"好在姐夫就是眼科医生，给做了换眼手术也就好了。"

日月队长提到停尸房的三个孩子，眼睛都被挖了。竟又是与眼睛有关！难道只是巧合？还是说，除了因疯狂的报复而大肆屠杀之外，眼睛也是凶手的目标？

还有一个信息，也是从日月队长那里了解到的。这些孩子所在的班级在不久前，组织过一次期末旅行，目的地是云裳之城，返回前，有两个小女孩儿因意外身故了。那件事是否也有猫腻呢？

流离无意识地用手指敲打着桌面，她在网上查了下，提供给盲人的机械眼球是没有录像功能的。也不可能有人敢改造它，如果凡是亲眼所见皆可保留，那还了得吗？虽然电脑、手机、相机等设备都会强制联网监控，机械眼球也可如此，但着实没有必要徒增麻烦，人们还总会担心是否会不小心看到什么可能触发警报的东西，于是干脆禁止了拍摄功能。

所以，凶手莫名其妙的行为应该不是因为机械眼球。流离想起顿斯林的举动来，一般来说，这里的人如果不选择昂贵的机械器官，可能会考虑普通的肉体器官移植。但区区人眼有什么可介怀的？

思来想去不得其解，流离便又搜索起连在老爷子身上的脑电打字机，这确实是永生岛本年内刚刚推出的最新发明，只是在流离的潜意识中，她依旧不觉得稀奇，仿佛它不过是个平常物件罢了。本设备是以"神经元电流翻译器"这项技术作为雏形发展而来的，当年，它仅是个初步的科研成果，完全没有实用性，经过了二十二年的研发，才终于转化为通用产品——当人们在行动或说话时，大脑都会相应产生特定的脑电活动波形，而"神经元电流翻译器"便可以解码这类脑电活动。以此为原理，米杉后来自己鼓捣出的"沉睡领土"大概也是借鉴了这项技术，一千年后的耳讯也是借鉴了这项技术……

流离又开始头痛了。她刚刚想起了什么？怎么会出现这样混乱的想法呢？她慌慌张张地拿起笔，在空白页快速地将这段浮现出的"凭空设想"写了下来，生怕自己再次忘掉：

> 当用特定的节拍敲击耳讯，会开启录像功能，除外置摄像头外，还可选择将视神经的电流备份，转化为影像传送到电脑上，这也属于以"神经元电流翻译器"为原理的一项变形，只是现在这个时代并没有发展出这种技术……

写完这些，她已然全身虚脱，双手颤抖，字迹潦草，难以辨认。头痛的同时，内心也疼痛不已。

回房前，她才刚刚将陷入精神错乱的老太太哄入睡，饭都没有好好吃。现在，已觉得饥肠辘辘。支撑着自己的身体，她挪步厨房去热了剩饭。这些日子，都是老太太做饭，她每一顿都会吃，口味只能说一般；然而今天的晚餐，她却感觉到了温暖，每一口都变得弥足珍贵。

父母本是贫苦粗人，贪恋富贵，心有偏私，或许喜欢的也只是一个乖巧懂事的女儿，但这不意味着家里只剩下自私凉薄可言。父母的眼泪都是真的，尽管是浑浊的眼泪；父母的爱都是真的，尽管是浅薄的爱。想念和悔过也会在不经意间出现，感情这东西，就是这么复杂。想通了这些，心怀愤怒的流离，也渐渐释怀了。

不过一直以来，她并没有回忆起母亲的饭菜的味道，也未曾觉得熟悉，这只能说明，她没有亲身经历过。或许那些记忆真的只是像数据一样，通过无形的线，输送入她的记忆而已。那么，她究竟来自何方？如果脱离了水流离的身体，她还是这个人吗？

流离想起在"沉睡领土"的梦境中所见的那些贴合着躯体跳舞的亡灵，觉得与自己无比相似。脱离了物质形态的智能体可以单独存活吗？即使没有实体，只要是存在智能设备的时代，就足以依附，就比如"沉睡领土""银色蛛丝""非法研究所的机器娃娃"，所以她的意识才能入侵到那些机器中。

水流星说话时，除了嘴巴，面部肌肉纹丝不动，宛若泥塑木雕，让人琢磨不透，但不知为什么，流离却能看穿他的心思。现在她想明白了，她是对他的机械心脏有反应。那毕竟也是一台努力模仿生命器官的原始机，而她就像机器的魂灵，好几次游走在各种各样的电子设备与控制系统中。

一道道谜团似帷帘幔帐，被层层揭开，困扰自己许久的疑问，流离似乎有些想明白了。在米杉的梦境中"苏醒"时，她是没有实体的。而她真正的肉体第一次出现，是从壁炉中爬出的时候——壁炉内有"阿拉丁神灯"，神灯里是原本水流离的鲜血。虽然不知道为什么会这样，但这是她能想到的自己与现实世界唯一的联系了。

可在"沉睡领土"中，她并没有接触过水流离的细胞，却也是以水流离的形象出现的，这证明她并不是因为DNA的缘故才变成她的外貌。她的灵魂本来就是水流离。

这又该做何解释呢？

她想起上次落海时，零星恢复的记忆里，有一个拥有浅金色头发的病恹恹的小姑娘，还有一个来自"失败品集会"的男子，他们在阅读同样的一本书，出版于一千年前，书名叫作《妄想日记》。很奇怪，名字和米杉的日记相同。米杉的日记虽为虚构背景，但却是他由亲身经历改编而来的，添加了他想象创作的外壳，但本质上，木屋的大火就是孤儿院的大火，他的罪恶，她的信念和希望，都与现实无比相似；孤苦相依的过去、济世救人的决心、抗争不公的意志，被背叛、被污蔑、被追杀，逃难流浪，不容于世，内核全是一样的。

日记里，米杉用私心满足了自己陪她逃亡的愿望，将幻想呈现在"沉睡领土"中，却怎样都无法改变她死亡的结局。而这笔下的流离，和他记忆中真实的流离，几乎完全符合，唯一的不同就是，故事里的流离从没被亲人束缚过。

那不也正是真实情况下她们的不同吗？那是米杉所改动的、她所具有的更强大的拯救自己的能力，也是她灼伤的手心。与曾经现实中的水流离相比，此刻的她，更像米杉的日记里的人物；与二十年前的记忆相比，她本身自带的朦胧印象和情绪反应，也是对于日记里的故事更加亲切，好似经历过一般。如果一定要选择一个模板，虚构比现实更为真实。

流离将她的猜想写在笔记本上，泪水却洇湿了笔迹。第一次来到这个世界时，她望着天空，总觉得既渴望又陌生。明明想找回自己的记忆，可当记忆渐渐充盈，她却觉得自己距离故乡越来越远了。


米杉所在之处是绝密。即使到了张桤的住宅，燃氤探长也没有找到米杉，更别提千舟沐和了。她怀疑千舟沐和很可能位于西北海岸的研究所。

另外，即使共处云裳之城，燃氤探长也没有见到张储枫和花梨木轻葶这两个人。她的自由是受到限制的。据说前段日子，储枫被关了禁闭，原因是在老夫人的六十岁寿宴中，储枫抛下布里安妮小姐自己跑了，还将轻葶留在了他的卧房中。知道这件事后，张禾大发雷霆，狠狠地打了他一顿，还把他关在惩戒室面壁思过，不许出门。惩罚很重，毫不留情，储枫几乎奄奄一息，放出来后很长一段时间都十分虚弱，着实让人担心。

"你要去哪里？"见张桤正要出门，似是规矩正式的着装，燃氤探长连忙凑上去，挤出一个难看的笑容，"长兄大人那里吗？你缺保镖吗？让我来试试吧？"

"到了庄园，你也不怕被长嫂认出来吗？"

"不做贴身保镖，远一点儿的？帮你跑跑腿什么的？一定不会被看见的！"

"你就是想借机去探望储枫吧？让你们相见对我有什么好处？"张桤整理着自己的衬衫，一副悠然自得的模样，"让你活着就已经很不错了，你就怀着感恩之心在这里好好待着吧，免得我什么时候心血来潮，又想要你的命。"

燃氤探长直勾勾地瞪着他，脸耷拉下来。见状，张桤立刻闭了嘴，脚步飞快地出了门。

山雨欲来风满楼，永生岛上发生了几件大事，虽然还没有流传出去，但实则社会早已动荡不安。而这些事，燃氤探长多少是知道些内情的。

先是永生岛的部分地区开始发生大范围的暴乱，大多集中在张桦和张榕的领域，让他们疲于应对。撞见张桤与那位年轻女子的交流后，燺氲探长对此事已有预料，深知煽动啄木鸟组织的愤怒之情，张桤必有一份"功劳"，只是想不到会这么迅速。

随后便是出征海盗告捷之事，海盗供认乃张榕指使，却在海盗据点搜出张桦的东西，在张氏家族内部闹得沸沸扬扬。张桦的态度依然狂妄自大："我就算要嫁祸于人，又何必让人把矛头引到亲弟弟那里去？你们不觉得这把戏对我来说未免也太低级了吗？"

不过，张禾又不可能暗害自己的亲生儿子，若说是张桤，在张氏集团的人眼中，他的财富和势力都不值一提，所以张榕确实是那个最佳人选，来作为有资本与海盗同流合污的人。虽然确实也存在其他人污蔑张桦的可能性，然而，昨天的网络直播彻底将其推向风口浪尖。

"张二爷怎可如此卸磨杀驴！"执行死刑前，扎罗尔汉对着镜头大喊，"利用我们啄木鸟组织的残余势力与海盗勾结，却用后即弃，对我们赶尽杀绝，还试图以我邀功！"

直播紧接着就被封了，此事虽然被禁止讨论，可这阴影已笼罩在了部分国民的心中。这可是二十年来人们第一次通过媒体接受如此震撼的冲击，其威力不可小觑。扎罗尔汉的死刑被暂缓了，往后的审问中，他坚持这个说法，即使遭受酷刑也不改口。

老太爷张哲樨纵然偏爱这次子，可涉及谋害长孙，他也不得不深思熟虑了。老夫人藤原绪当然不会相信这些无稽之谈，坚持站在张桦的一边："这不就是啄木鸟组织与海盗联合陷害吗？欲加之罪，何患无辞！"

燺氲探长既已了解是张桤在海盗中植入了怪物，想必这事，自然也是他在捣鬼，从中挑拨了。如果直接让海盗指认张桦，反倒会让人觉得有猫腻，所以要在它外面再披一层假象，先指认张榕，把它做成张桦嫁祸的样子，也可解释他为何并没有妨碍围剿海盗计划，反而表现坦然。一环扣一环，安排得甚是缜密。

这还不算结束。由于张储枫的提醒，朴鑫孟统领下令追查小学劫案，却发现日月队长失联。恢复联络后，收到日月队长的汇报，称遭到暗杀，汤潭城的官员们鬼鬼祟祟，欲盖弥彰，还有私改日月队长手机权限之嫌。当然，那里也正是张桦的领域。

然而，根据"银色蛛丝"的查询结果，并没有人去锁那太平间的门；医院监控在这场灾难中也全毁了。目前只能推测，所谓呼吸苦难，可能是尸气较浓而已，是日月队长多虑了；工作手机大概也只是恰巧出了故障，难以查清权限改动源头。

至于日月队长所查案件，目前了解的起因是清洁工因校园暴力而报复社会，治安管理局想掩盖自己玩忽职守酿成惨祸，才会百般遮掩的。张桦称，就算那帮领导真的心中有鬼而做了什么，那也只能说是他们的个人行为，与他没有干系。

此事最初传到高层的耳朵时，储枫还申请严惩汤潭城的治安管理局："如果置之不理，像清洁工那样被逼入极端的亡命之徒只能越来越多，社会只会越来越乱。"

但张桦当时并不以为意："这种事再多，也能被压住，一个多余的知情者都不会有。你慌什么？"

现在看来，那正是往后一系列大规模叛乱的开端。

汤潭城暴露的问题已然越来越多，张氏集团也无法坐视不理了。医院倒塌的问责还没有着落，偏偏前段日子，建筑管理局的局长和其家人、下属，都被灭口了，案发地点在拘留所，可如此重大的案件，探测结果竟然第一时间就无影无踪，连备份都没来得及留，让人不得不怀疑背后有什么阴谋。只有"银色蛛丝"总负责人张禾有权力从总指挥室删除信息基站保存的探测结果，可这并不是他做的，那别人又是怎么做到的？

但这也揭示了"银色蛛丝"的探测结果或许会出现问题的可能性，那日月队长遭到袭击一事，便不那么可信了。朴统领下令彻查，召日月队长速回首都。

这些突如其来的麻烦接踵而至，桩桩件件都是冲着张桦去的，如此密集，让他也慌了手脚。虽然这些信息禁止传播，但冥冥之中，总有人心惶惶、暗流涌动的气氛弥漫，不可能再像以前一样，大事化小，小事化无，尤其涉及叛乱、暗杀、密谋等罪状。张氏集团的内部闹得很厉害，兄弟互相猜忌，矛盾到达顶峰。

爝鼠探长不清楚张桤最后想达成什么目的，但她认为他要比权势滔天的三个哥哥都更加危险。关于这些动乱背后的实情，她虽有推测，但身困于此，也无法将其传递出去。只能静静等待着即将到来的暴风雨。

宙斯山原位于云裳之城的南部城郊，张桤的住所在山脚下，研究所在半山坡，只有它们及其中间的地段属于张桤，"银色蛛丝"的核心意识由他单独控制。可这两处都安装有射线屏蔽器，无法探测监视，似乎他的权限也变得没什么意义了。也难怪他的哥哥们不把他放在眼里，平时也不会刻意关注他那些可怜巴巴的小区域。

值得一提的是，永生岛内的研究所一般都要批准安装射线屏蔽器，防止研究成果被窃取。永生岛是科技大国，向来以高端科技著称，对此类机构格外看重。即使张禾一手遮天，但若是能把一切都看去、学去、用去，对研究人员来说，也是巨大的打击，最终会阻碍永生岛的发展前进。

爣氪探长不能走出张桤的住宅，但在四层上方的阁楼，可以乘坐索道，直接通向研究所。她逮到机会溜了上去。索道上可以看到，途经之路不远处有一座废弃的教堂隐在密林之中，那教堂砖瓦破碎，残破不堪，大门挂着一把生锈的铁锁，门前杂草丛生、泥泞难行。她之所以知晓得如此清晰，是因为她三年前曾进去探过，里面也确实荒芜，满是尘土。

当然，研究所也是封闭的，员工需按照一人一梯刷脸进出，通过层层关卡，安保十分严密，所以就算到了那里，她也无法走出去。不过，她在研究所的地下牢狱中，遇见了一个可怜的女人。

那人便是哀可儿。

哀可儿已经生产了。怀孕四年，从她的身体中爬出的，却是个可怕的怪物。据她所述，那是一个由液体凝聚而成的奇特生命，像深蓝色的海水，却拥有智慧，会读书、会写字，还可以钻入任何一个活体中，控制那个人（或动物）；也可以在该人的体内将其骨骼、血肉、器官、组织，尽数融化，完成进食，只剩一具皮囊留下。

张桤痴迷于创造新物种，而这是他最满意的作品。这怪物存在于世，神出鬼没，不知道正潜伏在哪个人身上呢。

这个怪物的名字叫作"焱蚩鬼"。

而那些长着蜈蚣触手的怪物叫作"八千足"。可能是因为每一头怪物都有八条腕足，而每一条腕足又如同巨型蜈蚣一样拥有千只细小的足爪。这个名字可谓相当贴切了。

爝氪探长听后，不禁感到毛骨悚然。她原以为，八千足这种可怕的生物就已经是她能够接受的极限了，没想到，更劲爆的还在后面潜伏着，等着他们这些人。

　　遇见哀可儿，她才知道，二十年前，斯若索石窟下，被关在非法研究所里的那个小男孩儿就是张桤。那么，他所创造出的第一个怪物，应该就是被遗弃在那里、出生后跑进山野、咬死鰢四的妹妹的那只庞然大物吧？而他的母亲就是秦筱博士。因为秦筱博士是研究所的主人，只有她的手下才会称他为"桤少爷"，而不是"张四爷"——这是爝氪探长在会面室见到他时，便注意到的一个细节。为他在消亡大陆绑架米杉、带走扎罗尔汉和千舟沐和的，就是那群人，他们可以先将人运到往生岛，再通过原本的海盗偷渡线路运到永生岛。

　　或许因为哀可儿的身体过于衰弱，张桤认为她已经没有利用价值了，便将她无情地丢弃在研究所地下的牢狱中，即使她曾是那个在他小时候用温柔的声音为他讲过山神故事的"可儿阿姨"。她一个人，孤单地生活在这里，而她的怀中，还抱着那块平板电脑。电脑里，只保存着"宝城大学灵异社"这个账号所发布的闹鬼视频。

　　储枫在婆娑小镇的废弃旅馆所拍摄的、带有达那拉医生模糊身影的闹鬼视频，是一无所有的她被拐抢到永生岛后，所能拥有的自己儿子的唯一影像。

　　当爝氪探长将行李中的那块被砸落在地、带着裂痕的怀表交给哀可儿的时候，哀可儿才知道，她的儿子已经死了。自二十年前分离，便再也没见过面，那时候，儿子只有十三岁。斗转星移，她还在苟延残喘，儿子却先行离去了。这些年，他过得到底好不好呢？

　　她将怀表抱在怀中，无声地痛哭着。

　　"回到婆娑小镇的时候，我以为自己终于回归梦想中的生活。那个时候，煐真的很开心。"哀可儿饱含着泪水，陷入悔恨不已的回忆，"可是，我为两个患者诊病时，一群人闯入，带走了我们。那一刻开始，我的命运，就已经改变了……不，或许从我加入筱筱的研究所开始，从我对我爱的人使用催眠术开始，我走的每一步都是错的。"

　　"和您在一起的两个患者怎样了？"

　　"半路上，我们想要逃跑，她们两个成功逃了出去。但是捉我们的人发现后，去追她们，我也不清楚她们后来如何了。"

那便是了，说得通了。那两人应该就是果顷的母亲和另外一个女人，果顷的母亲逃回了婆娑小镇，在当时荒废破旧的湖边小屋中，被追赶她的人杀害，在她身上绑了沉石，抛尸湖中；另一个人逃到了江寻城，被警方救助，成功逃脱了。

哀可儿被带到永生岛。十个月后，张储枫出生了。而那天，米杉离开了永生岛，最终，隐居在婆娑小镇，将小镇与世隔绝，并定居在那栋湖边小屋中，将其命名为"蔷薇小筑"。

在那之前，不到八岁的燧氤探长曾去里面玩儿过，在壁炉处发现过一个秘密的空间。米杉定居前，她总喜欢把自己的一些宝贝藏进去。她不知道米杉装修的时候有没有发现过那里。三年前，她满身鲜血，逃回婆娑小镇，突然想起那个地方，月黑风高夜，偷偷地把神灯挂饰也放了进去。

哀可儿本该被处理掉，那时候，秦筱博士藏下了这个朋友。即使后来秦筱博士死去了，张桤也一直留着她。他在小时候，还会请教她一些关于医学知识的问题，不过长大后，他远比她优秀，便不再需要她了。用她来做试验，是几年前才开始的，而且张桤的说法是：试验对象非她不可。

"他为何会执着于将您用作孕育怪物的实验品呢？"听了哀可儿的叙述后，燧氤探长好奇地问。

"他认为一个新生命的诞生，容器非常重要。"哀可儿看起来很无奈，仔细回忆着，"在张氏家族的所有成员中，他一直都觉得储枫是最优秀的。而我正是他的'容器'。"

"为什么？"燧氤探长想起张桤曾说过储枫幸运之类的话，觉得大为不解，"储枫的身体有疾，不是最健康的，才智也比不上张渡楸，他为何如此看重储枫？"

"这一点，他就没有跟我讲过了。不过我想啊，会不会是因为，储枫是这个家里面最有人情味儿的一个人呢？"

"怎么会？张桤会在乎这个吗？"

"只是我个人的猜测。"哀可儿笑了笑，"内心深处真正的温暖善良，才是储枫在整个家族中最为与众不同之处，所以我只能这么想。储枫感情充沛，而这一直是阿桤最为稀缺的东西。他会为此而羡慕吗？我也不知道。他自己出生于筱筱的实验中，在一个又坚硬又冰凉的人造子宫中出生，从机器中滚落出来的日子就是他的生日。这件事我是知道的，那时候，我也在筱筱的研究所中。所以他觉得，他没有汲取到来自母体的爱，所以才把目光，放在生出孩子的所谓'容器'身上。"

这些事实带给燻氤探长的震惊，让她久久不能忘怀。若真如此，这个人也真是可怜。胚胎时期育在铁笼；七岁前，暗无天日的研究所也是铁笼，被母亲监视观察着，做实验是他唯一的游戏；七岁后，张氏集团依然是铁笼，比起一出生就荣耀满身的兄弟们，单单是让自己活着，他就要花费多少心思，更别提完成今日的成就，达成今日的野心了。

张氏集团的人都是疯子，都是冷血无情的神经病，只有张储枫和他们不同，拥有一颗正常的心。这样说来，他确实算一个"变异种"。而且，他一出生就享尽荣华富贵，被筱拥着长大。若说这是张桤口中的幸运和认可，他自会寻找他们的差距。

即使这差距只是迷信而已。

"其实这种说法根本不科学，只能说，是他自己心里的执念吧。两岁前，他也非常爱哭。"说起此事时，哀可儿的眼中，竟流露出慈爱的目光，"可两岁之后，他再也没有哭过，只为迎合别人而活。把他变成怪物的，不是孵化他的铁箱子，而是这罪恶的基因和畸形的成长环境才对。"

"在经历了这么多的伤害之后，您似乎也……并没有恨他。如此脆弱无助的时候，您的眼睛里，还是温柔和怜悯。"

"我该恨谁呢？是谁把我拐来，又是谁强迫我代孕？种种过往，早已流逝，想来想去，也只能为命运的捉弄而感到讽刺罢了。"哀可儿惆怅地望着虚空，"阿桤虽然让我饱受折磨，可相比于恨，我的脑海中，总是浮现出他被关在筱筱的研究所时的样子。整日游荡在地下室的他，似乎获得了超然物外的升华，不再需要人类的爱了。"

"怪不得他最喜欢的是创造生命的实验呢。"燻氤探长深感无力地感叹道，"可他的喜好真是太独特了，做出的全是会让人做噩梦的畸形生物，要是有些可爱的家伙，倒还好。"

"不要以貌取人，好看的人，难道就不可怕吗？"

是呀，张氏集团的人都很好看，也都很可怕。哀可儿在消亡大陆是一个伟大的医学博士，一定比张哲榫伟大很多，这么多年过去了，依然思维理智清醒，见解独到深刻。换作常人，大概早已崩溃了吧！爁氤探长的内心不禁感触良多。她和达那拉医生的交情也不算浅了，但凡婆娑小镇发生案件，她总要请达那拉医生检验尸体、救助伤患，那么长的时间，她从未想过他的母亲是一个怎样的人。

如今得见，爁氤探长仿佛又回到了那个在小镇里，向达那拉医生求助的日子。她拿起哀可儿的平板电脑，打开通话软件后，又交回到哀可儿的手中，郑重地问道："可儿阿姨，您的催眠术，会被'银色蛛丝'的监视网络探测到吗？"

"这技能对于永生岛来说是未知的，动作与声音都不会触碰敏感词，使用通信设备时，应该不会被禁止。"哀可儿看了看手中的怀表，"这怀表虽然有了裂痕，但却没有坏。不过，你想要做什么呢？"

爁氤探长露出了微笑，眼中闪烁出胸有成竹的光芒，她说："等时机到了，就请可儿阿姨为视频那边的人，做一次催眠吧。"


水流星别邸的门铃响了，水流离小心翼翼地探头窥望，通过可视电话，看见魖四正风尘仆仆地站在门前。

流离心中一颤，高兴极了，同时又有些酸涩，连忙打开门，和他拥抱在一起。

"魖四先生是怎么找到我的？"

"说来话长……"魖四面容憔悴，抓着流离的手臂，一副昏头涨脑的样子，"有吃的吗？我要饿死了……"

在塞了好几块比萨之后，魖四讲述了自己流落到地下基地的事。"我的手机、隐声塔和虚拟现实纽扣，全都掉到了地下湖里。逃出来后，我在水滨城待了许久，尝试用公用电话给你们打电话，但是都联系不上。"

"我的手机一开始摔坏了，你给我打电话的时候，它可能还没有修好……"流离抱歉地说，"修好手机后，再联系你们，也是无果，原来竟是因为你的手机掉入湖中……"

天堂号邮轮已经离港，听魖四说，子玉留在了邮轮上，此时该是回到了消亡大陆，流离不禁为她感到高兴。黑暗的日子总算是见到了一点点曙光。

游客签证也已经过期，骊四不能再待在游客区了，于是选择冒险孤身回来。因为没有纽扣，他属于非法入境，原本是一定会被扣押遣返的，可这边的注意力正放在频繁的暴乱上，让他钻了空子。东躲西藏，千难万险，骊四在奔波几天后，无意间来到这处隐蔽的别墅，看见了门牌上水社长的名字。

　　想起老爷爷曾讲过的，二十年前，水社长的姐姐的故事，骊四才决定按门铃碰碰运气，没想到，真的遇见了流离。

　　"这到底是怎么回事？"骊四急切地问，"流离姑娘为何会与二十年前的逝者产生关联……"

　　于是，流离便将来龙去脉全都解释给了骊四听。骊四震惊不已。

　　提到暴乱，最近还挺严重的，连军队都派了过来，日月队长回云裳之城时，机场查得特别严，航班延误了好久。但媒体只是"适当"报道并安抚民众情绪，水流星几乎住在了分公司，加班加点地工作。

　　骊四告诉流离，这是啄木鸟在闹事，是一位叫"扎罗尔琼"的姑娘在煽动他们。清洁工屠杀无辜的小学生，也是受到她的蛊惑。

　　他们趴在流离的卧房的地上，仔细端详着骊四带出来的那盒眼球。流离猜得没错，在极端报复与引发骚乱之外，清洁工还有着别的目的，就是要搜集这些眼球。但是此举究竟为何意呢？

　　流离下定决心，掏出一把小刀，递给骊四。"来吧。"她重重地拍了拍他的肩膀，郑重其事地说。

　　骊四一脸纠结，颤颤巍巍地掏出其中一颗眼球，将刀刃对准了它。"真的要做吗？"

　　流离点了点头。

　　骊四强忍着不适，用小刀将眼球切割开来，并没有发现任何异常，于是开始动手切第二颗，边切边呕，差点儿吐了出来。

　　"骊四先生可是个猎人，这还忍耐不了吗？"流离仔细观察眼球内部，虽然表情也很难受，但更多的是认真、细致和同情。

　　"都是一枪毙命，勉强维持生计而已……猎人又不会做这么变态的事情……"骊四开始后悔自己吃了那么多的比萨，它们此刻全都堵在了嗓子口。

　　又切了几颗，终于有所发现，在其中一颗眼球的玻璃体中，藏有一块白色片状物体。与视网膜相连的视神经通往大脑，大多会经过这块片状物体。流离猜测，该物体可以记录并储存视神经产生的电流，只是不知道能保存多久。

可是，该如何观看呢？

在自己时空错乱的记忆里，这项技术不该此时出现，现在这个时代的"神经元电流翻译器"只能分析脑电波形，根本不能解码如此微小的神经电流。话说回来，如果真的存在这样一台机密的仪器，那么它只可能存在于张氏集团的实验室里。眼科医生为女儿做手术，又怎么会安装这些东西……

是从供体直接带过来的？

这样想来，确实有道理，说不定供体与张氏集团有什么关系。对方赶尽杀绝，只为了这颗眼球。是啄木鸟组织想得到它吗？可是治安管理局也对此案遮遮掩掩，应该是有人下了指令，这其中，又有何玄机呢？

冥思苦想之时，手机响了起来，屏幕上，是一个陌生号码打来的电话。

# 07. 行 将 就 木

　　一般来说，若只是单纯地横行霸道、欺压百姓、贪赃枉法、决疣溃痈，对于那些手握重权之人，根本不值一提，尤其是借助当今的科技已能有效地遏止悠悠众口，并营造出一派祥和、歌舞升平之象。可张桦的两大罪行，已经有了夺权谋反之嫌疑，是万万不能容忍的。

　　张桦仗着藤原家族的势力，呼风唤雨惯了，向来狼子野心，张禾也早有除之而后快的心思。想当年他父亲张哲樨就是杀了哥哥张哲榆后夺权，由医学博士变成了坐拥万亿的集团总裁，很大程度也是因为藤原家族相助。这怎能让张禾不忌讳？

　　平日里，张桦没少借助网络媒体为自己树立坚不可摧的领袖形象。而到了现在，随着调查深入，越来越多的罪行暴露出来。

　　第一大罪为敛财，在被灭口的建筑局局长家中，搜出一本账簿，里面详细记载了汤潭城每年给张二爷的进贡，数目之大令人瞠目结舌。这笔钱财都是由各个管理局搜刮上缴的。例如建筑管理局，在豆腐渣工程中得到了不菲的回扣。再例如治安管理局，他们收受的银行的贿赂，很大部分是私吞存款非法所得，百姓投诉无门，还反过来遭其拘留。还有医疗管理局，经过不懈地搜查取证，已化验出鹿之化工厂生产的杀虫剂会对肾脏造成损害，而网上的广告却一直在强烈地推荐这款杀虫剂，根据医院的记录，这段时间肾病患者显著增多，他们从肾脏移植手术中获取了暴利，究其原因是今年从跨国商人处所得外来人员过多，肾源过剩，为了推销，竟想出如此阴损的办法；而同样还有无糖工厂事件，已经有几年了，竟然也是医疗管理局指使，糖尿病患者病情加剧，胰脏移植手术兴起了一阵，因为病人渐渐外溢到张禾的领域，张桦才为了掩盖罪行而处分了工厂，厂长跑路，负责人背了黑锅。

这本账簿之所以得以留存，也是因为建筑局局长留了个心眼儿，想日后保自己一命，他在射线屏蔽区亲手所写，没想到竟招来灭口之灾。但问题是，账簿可以作假，"银色蛛丝"对这些罪过发生过程的探测结果也不尽人意，只有部分指认得以证实。其他物证和各个管理局的相关人证也不齐全。

对于"无伤大雅"的那一小部分，张桦不屑一顾。"我不过就是想多赚点钱！这些贱民的命算什么？也值得大张旗鼓吗？"他狂妄自大地叫嚣道。

这些年，永生岛的统领也暗中处分过罪行昭昭的官员，只不过不让消息流传出去，给公权抹黑罢了。而现在，单单一个汤潭城就如此触目惊心，可以设想张桦领域的其他城池也必然如此，早就外强中干了，偏偏他的媒体宣传还做得极好，负面消息无法传播，不明所以的人还在狂热地拥护他。

张禾在意的，不是贪腐，更重要的是怀疑张桦会用这笔钱培养自己的势力，拉帮结派、结党营私，这罪名可不小。一般来说，政府与张氏集团代表着绝对权威，贪官污吏只会被暗中处理，对外宣称退任、意外或病逝即可。以前的功劳被慢慢修改和抹掉，别人又不敢议论，渐渐也就忘了。只不过对于张桦来说，他的母族手握重权，会格外注意他的安全，暴毙身亡一定引发动乱，此举自然行不通。

张桦的第二大罪为谋害，联合海盗密谋暗杀张统领的长子，指使手下密谋暗害直属朴统领的巡回督察队队长。不过，这两件事也都是口供，而没有物证。前者在而后的审问中，无论是扎罗尔汉，还是被抓起来的叛党反贼，皆招供是因张桦过河拆桥，才引发了啄木鸟组织的叛乱暴动；后者则是日月队长的个人指控，汤潭城各区的治安管理局也有招认。

不过，有了这些罪名，藤原家族的军队也不敢轻举妄动，因为他们没有冠冕堂皇的理由公然违逆，鱼死网破就相当于坐实谋反，以他们现在的实力，只会被更强大的势力镇压下去，权衡再三，绝非良选。但他们强烈要求提供真凭实据，从而拖延了时间。

出现问题的关键环节便是"银色蛛丝"的探测结果并不能坐实张桦的罪名。之前建筑局局长被灭口的事件让张禾发现，竟然别人有能力黑进总指挥室删除探测结果！他不得不怀疑这是张桦一方所为，尤其是他的儿子张渡楸，从小智商极高，电脑方面更是个天才。不仅之前的罪证被消除很多，还有日月队长遇害事件，下手的人物也被抹去，而这些行为只对张桦有好处。

只恨自己这方竟没有一人能将那些被消抹的结果恢复，实在无能！张禾咬牙切齿地想。


就在此针锋相对的重要关头，网上开始流传一段视频，却将张禾推向风口浪尖。

视频是一段真实的录像。一个十三岁的男孩子正在鞭打、折磨、凌辱两个八岁的女孩儿，场面之残忍令人发指。这仓房一样的地方，四周都是黑漆漆的，只有中间亮了一盏小灯，由于窗帘紧闭，很难说到底是白天还是晚上。两个女孩儿不断哭喊尖叫，大概是让这男孩儿厌烦了，竟拿起刀捅死了她们。

这男孩儿就是张储槐，他奸杀了两个小学生。

不知道这样的视频是怎么偷录成功的，但此时，它就这么被暴露在网上。在视频结尾，还出现了张统领的夫人的身影，她慌慌张张地将小儿子搂在怀里，哭泣着，指使手下把血迹等罪证一并抹去。

此事立刻掀起轩然大波，尤其是网络媒体二十四小时循环播放，张桦的手下煽风点火，群情愤慨的声讨之迅猛就连自动删除功能也压不住了，因人们口耳相传而产生的警报声在信息基站此起彼伏。高层内乱，根本无暇分身镇压这些人。张禾虽然没有出现在视频里，自然也难辞其咎，对他的质疑声也开始出现。张夫人的哥哥朴统领和长子张储枫也免不了受到波及。

张桦的小舅子是网络媒体的负责人。为网络内容设置敏感画面，他也有部分权限，传播一事定是他捣的鬼。他平日做事经常越俎代庖，水流星也没办法，此番事故，他被狠狠训斥了一顿。可此刻根本不是追究他责任的时候，水流星现在想撤掉张桦小舅子的职位也来不及了，他用自己的权限把敏感设置改了回来，大范围地删除视频，但显然为时已晚，视频传播之快，内容几乎已经人尽皆知，而且不知有多少人把它下载到了储存卡里，这样就不会被自动删除。另外，从某些途径，视频还流传到了国外，在国际上也成了巨大的污点，永生岛可没有本事管得了外面的事。

"是……是堂兄怂恿我做的……"事件败露后，在父亲的盛怒之下，张储槐吓得屁滚尿流，"那个仓库，叫窨间仓库，是射线屏蔽区，堂兄明明说不会有任何人发现的……"

"你这个蠢货！"张禾手执带刺的藤条狠狠抽打着张储槐，狂暴地吼着，"平时就被张渡楸那小子哄骗，如今竟然闯下如此大祸！你怎么能相信他们家的人？"

"只有堂兄理解我！"储槐被打得皮开肉绽却依然嘴硬地尖叫着，"我这些小秘密只敢对他说，无论我想做什么他都支持我，他告诉我不要压抑自己的天性。一开始那个家庭教师，古板的臭女人，谁让她不脱衣服给我看的，区区贱民竟然反抗我，她怎么敢？所以我才把她打死！你们都批评我，就只有堂兄鼓励我。他说得没错，我这么尊贵，地位这么显赫，凭什么不能随心所欲！"

"随心所欲，不是让你连脑子都不长的！张渡楸那是不安好心，想抓你的把柄呢！之前的事儿本就无可追查，他才装作好人，渐渐取得你的信任。他深知什么事情足够严重，能够让人们忘记恐惧，引发本性里的愤怒，所以才慢慢引导你，教唆你虐杀幼童！"张禾气得再次举起藤条。

朴政伊也哭着跪在地上，抱着张禾的腿拦着他。"老爷，您不要再生气了，再打就要打死了！"她苦苦哀求道，"他还是个孩子，什么都不懂的！都是受了阴险狡诈之辈的蛊惑！"

"哥哥，哥哥你救救我，拦着点儿父亲大人吧！哥哥！"储槐扑到储枫面前，鼻涕一把泪一把地对他哭求道。

眼前这些人滑稽的戏码让储枫觉得可笑又可悲，他面如死灰，没有反应，根本没理会弟弟的请求。弟弟未成年，天性暴虐，生命意识淡漠，母亲拼命地想要逃脱责任，父亲生气只是因为权力遭到动摇，没有一个人为那两个无辜受害、在黑暗中苦苦挣扎的小女孩儿哀悼过。张储槐犯过很多次案了吧？那些消失的家庭教师哪儿去了？父亲还能完全不知情吗？如果不是事情闹大，他在意储槐的罪吗？他在意"下等人"的命吗？如果不是父亲睁一只眼，闭一只眼，对小儿子纵容，储槐又怎么敢得寸进尺，一而再，再而三地用自己龌龊的心思不断残害别人呢？

两虎相争，必有一伤。大概是张桦眼见自己即将完蛋，于是放出视频，想拼个你死我活。况且，在日积月累地为自己树立形象后，民心本来就偏向张桦，此时张禾名誉扫地，声援他的人更多了。之前扎罗尔汉在直播中指认张桦一事，人们就好像忘了一样，纷纷倒戈。这也是因为有位高权重的人保驾护航，领头带节奏，才让这些声音在如此严密的监控下存活。即使张禾现在再将张桦的罪行公之于众，也是失去了先机。

完全不在意贱民之命，大肆敛财、滥杀无辜，把人们当作随手使用的工具，这样的张桦却获得无知人民的拥护，成为人民心中的英雄，想来也真是讽刺啊！


张桤的宅子里，他的手机铃声响了，爝氲探长以迅雷不及掩耳之势蹿上去一看，发现来电显示是朴政伊，但张桤直接把电话按掉了。

"你怎么不接？"

"我躲都来不及。"

"这么绝情？"

"没人想和这件事儿扯上关系，有什么可顾念的。"张桤冷漠地说，"像张储槐这样的人，早该下地狱了。"

他想把手机收起来，但爝氲探长眼疾手快，一把将其抢了过来，迅速在通讯录翻找到储枫的电话。结果，"轰"的一声，她身旁的架子被一道剑影劈成两半，险些砸到她，还好她躲得快。

"下次就是你的手腕了。"张桤手执短剑，伸出另一只手。爝氲探长撇撇嘴，乖乖地把手机放到那只手上。但电话已经接通了，只听话筒里传来储枫的声音："小叔叔吗？您找我吗？有什么事？"

张桤"啧"了一声，皱了皱眉，一边用短剑威胁爝氲探长不要发出声音，一边将话筒举到耳边，立刻换上一副笑容。"啊……那个……"他想起件事，早就该告诉储枫了，"之前你请我帮你化验一下刺进你鞋底的玻璃碎碴儿，已经测出了结果，虽然极其微量，但确实沾有一种无色无味的迷药。"

储枫那边沉默了。轻葶说过，那晚她去了储槐的卧房，为他指导功课时，储槐为她倒了一杯奶茶，饮后便昏昏欲睡。不过，那晚她一直身体不适来着，所以就没想过是奶茶的原因。模模糊糊听到储枫敲门后，她试图挣扎着起身，才将杯子碰掉摔碎——从前只是隐隐怀疑，如今看来，储槐果然没安好心。在录像曝光后，弟弟是个怎样肮脏腌臜的人，储枫是彻底了解了。

想到这些，储枫悲愤交加，不知不觉竟已全身颤抖，泪流满面。为什么他会生活在这样一个丑陋的家庭里？

"轻荸小姐还好吗？"见储枫许久没有回复，张桤试探着开口问道。

"小叔叔也知道发生了什么吗？"虽然储枫把碎碴儿交给张桤时，并没有说过它的来历，不过听张桤这样问，他自然认为张桤指的是迷药对轻荸的影响。

"……迷药可能会对人体产生副作用，所以问一下……"张桤停顿了一下，这样回复道。那天晚上他看见了轻荸被储槐带走，还告诉了储枫，结合时间，猜出储枫的意思并不难。

"就是经常会头痛，时而神情恍惚，家庭医生全都查不出病因。"储枫的语气极其担忧，"都是我的错，我当初为什么要让她和我一起来到永生岛呢？好在要开学了，父亲大人会派飞机送她回到消亡大陆。我只希望她能回去好好休养一段时间……"

"轻荸小姐一开始只是来旅游的，谁能想到会突然发生这么多事呢？"张桤的语气听起来十分善解人意，宽慰着他，"你也不必多想了。"

"不过，在那晚之前，她似乎就是不太好的样子，我在想会不会有别的原因……"

"你呢？你自己的身体还好吗？"张桤岔开了话题，"被长兄大人罚过之后，也很不好受吧。"

"小叔叔的药真的很灵，伤口很快就能愈合了。"储枫感激地说。这时，似乎是朴政伊正好走到储枫的身边，听到储枫的话，连忙拿过手机。"喂，小叔子吗？你为何一直不接我的电话？"她的声音听起来很崩溃，"难道也是为了储槐的事情而责难于我……"

而张桤再次直接挂断了电话。

他这次来找燧氤探长，本来是想问一件事，结果却被这些接二连三的电话打扰了。"上次你让可儿阿姨为流离姑娘做催眠，"此时，终于可以言归正传，"那是为什么？"

世若花囚

446

在自己的地盘里，所有发生的事、说过的话，张桤都了如指掌，这也是正常的，只是他不知道这谈话中的催眠是什么意思。他也没想过给哀可儿留点儿娱乐设备能有什么危害。永生岛的所有电子设备都会强制联网遭到监视（为了杜绝“不妥当”的文字或图像保存在断网设备里），所以视频通话也是可以使用的。不过，张桤可以在自己的领域设定关键词和敏感画面，除了他的私人手机之外，如果通话涉及这些信息，包括用笔写下来呈现在画面里，都会被立刻屏蔽。在哀可儿那里，第一次接通电话时，爔氤探长想提及自己的下落，这话就没传送过去（有延迟判断的时间），直接被断掉了。

只有这所谓的“催眠”，普普通通，到底还是顺利进行了。爔氤探长自然不会透露其中玄秘，陷入了沉默。张桤恼火地看着她。通过晶体追踪器，他当然知道都有哪些人一起来到了永生岛，但是并没有判断出那些人对他来说有什么具体的威胁，只是追着不放有些碍事而已。然而现在，似乎总有什么他不知道的事情在暗中进行着，而他很不喜欢这样的感觉。

以防万一，他还是拿走了哀可儿的平板电脑，也关闭了高空索道。

自己果然还是太宽容了。他想。

流离从前非常介意米杉把她当作研究对象一样投来探究的目光，那会让她觉得自己并不是一个被放在平等地位的人，而是一个可以被任意篡改、无须个人意志的实验品，是一个饱受歧视的、受支配的、次等的存在。可再次相遇时，这种目光更强烈了，她却无话可说。

接到爔氤探长打来的视频电话时，哀可儿为流离做了催眠。就和达那拉医生那次相同，流离的意识再次脱离了肉体，来到米杉面前。“我们又见面了。”米杉面无表情地盯着眼前的小蜘蛛，态度冷淡又疏远。

纵使她现在只是一只小小的昆虫，也是会被这心灰意冷的语气伤到的。

米杉告诉了流离前因后果，流离只觉得惆怅。其实她知道，米杉从来没真正相信过他的流离姐姐活了过来，但是亲自测出这个结果，大概还是会若有所失吧？

流离则告诉了米杉自己在这段时间的经历和进展，所知道的全部信息，关于蔷薇小筑的密室和阿拉丁神灯的事，还有她在另一个空间死过的事。

米杉对此倒是很感兴趣，联想到那朵帝王花，由此有了推断。连入"沉睡领土"时，流离呈现的意识形态就与众不同，极其冗长复杂的程序中，有可以控制发育过程的部分，是她自带的能力。她的肉体应该就来源于那个部分——第一次出现在壁炉里，她的肉体来自阿拉丁神灯中流离的血液；在崖边医院的CT室里，转换空间前，流离的手心曾被针头划破，她的肉体来自落在床单上的血滴。

流离被转换回来后，床单上的血滴消失了。这一点，燧氪探长当时就注意到了，也告诉过米杉。所以，杀人魔所在的那个空间里，流离死去后，肉体由于脱离了意识能量源而化成灰烬，而"倏忽乱向"只是将流离的意识原样传送回来，肉体再生，造成了假象。

两个空间的时间线不同，大约相错了两秒钟。如果流离是在同一条时间线上死亡的，是不会在这个世界重生的——这是米杉的推论。他曾在花花虫虫上实验过，发现不会有完全相同的个体同时存在，无论该个体是已死还是活物，这样就绝对不会出现无限复制或无限复活的情况。

不过，就算流离的肉体可以通过血液细胞快速生长而得，她的思想是从哪里来的呢？她的个性是从哪里来的呢？在壁炉里出现前，她就在他的梦境里醒了过来，那时，她依然是水流离。

"你本身自带的独立人格强大到可以不受任何命令的操控，覆盖一切高级权限，甚至反过来按照自己的意志去影响或控制那些机器，无论是对'沉睡领土'，还是对机器娃娃，甚至对'银色蛛丝'，都是这样。"米杉一边不带任何感情地叙述着，一边用手指在键盘上飞快地敲打，"如果能好好利用，对我们来说是个绝妙的机会。就像个超级病毒，目前还没有任何科技能阻挡你，你的意识可以去到任何地方，简直太有利了。"

就这样，流离将所有同伴都连了起来，将所有同伴的线索都连了起来。她可以出现在他们身旁的任何机械蜘蛛身上、任何联网电器里，并屏蔽监控。即使后来张桤收了平板电脑也来不及了，米杉想办法将流离的灵魂留在了蛛丝网中。况且，就算她真的从催眠中惊醒，思想意识回到了自己的身体，她也可以通过录制的催眠视频再次"沉睡"过去。

她可以同时存在于自己的身体和其他机器中，成为他们之间的联络人，还可以消耗精神能量，把命令顺着电缆传输给整座城市。这浩大的工作量，让她精疲力竭。

只是，她还没来得及成功到达西北海岸，就遭遇了生死危机。


骊四在幼时常听千舟沐和念叨对永生岛的向往，还觉得遥不可及，如今竟已不知不觉置身其中。听闻千舟沐和可能在西北海岸，他迫不及待地便想直接赶过去，想亲口问问，上次一别后，他还在生气吗？

而自己的眼睛，见识了这么多发达和繁荣的景象，也见识了妍皮裹痴骨，美好的外表如草霜风烛。骊四总禁不住地想，曾经的愿望，如果能永远留在想象中，该有多好。不过他知道，如果千舟沐和与他耳目相通，一定会告诉他不会后悔追求过这样一个地方。

只要经历过就好，就像他喜欢旅游探险的父亲一样。

可让骊四失望的，不仅仅是内乱迭起、动荡不安的争斗，更多的是啄木鸟真的自甘堕落，成了烧杀抢掠的人。千舟沐和也会这样认为的——他曾路过犬熔镇附近那间没有通电的木屋，扎罗尔汉就躲在那里，和蔼地为他提供饭食。张桤的手下去捉他们的时候，千舟沐和一定还逞英雄地护着他们吧。

谁知扎罗尔汉的女儿，却暗怀鬼胎，出卖父亲，还连累了千舟沐和。扎罗尔琼听从张桤的指令，疯狂地迷恋着他，相信只有他才能带给永生岛真正光明的未来，给啄木鸟带来真正自由的解脱。扎罗尔汉能这么咬死张桦，可能是为了执迷不悟的女儿吧？女儿的性命被捏在张桤手中，扎罗尔汉便只能如此供述，严刑拷打也没有改口。

清洁工对孩子们所犯下的惨绝人寰的滔天罪行，也是扎罗尔琼蛊惑的，那是一次检测情绪效果的先行试验，为而后的大规模暴动做了铺垫。白米地下深处，怎可能弥漫着那些本不该存在的花香？潜伏在清洁工的休息区，成为让人心浮气躁、怒不可遏的引诱剂。

可话说回来，若没有长久的欺凌、压抑、折磨，单单仅凭愤怒和教唆，人们也不可能摇身一变，直接就成了如此残暴的恶徒。

这些话都是扎罗尔琼亲口对着骊四承认的，但那不是忏悔，而是胜利宣言。她带着众多部下打进了水流星的别邸，因为此处是所有汤潭城的有钱人中安保最松懈的。富贵荣华的资本家和官老爷们本来就更容易遭到啄木鸟组织的记恨，可那些人往往防护重重，有高端的科技、充足的人手和武器，而且无论是住宅还是公司，都有治安官与军队的重点巡护，极难接近。如此一来，本就势单力薄的啄木鸟成员竟然选择对着弱势群体撒气，一腔热血全是不怕死的精神。那些抱着炸弹跑进人群的"勇士"，大概还会自诩正义，自我感动吧？

对于这种麻木不仁的卑鄙行径，骊四简直无话可说，只觉得可笑，更可笑的是这些当街杀人的事情层出不穷，只有舆论被压得干净，血迹一抹，他人一无所知，来来往往的脚步照旧踏上那片土地。反倒水流星的别邸，是因为救了走投无路的伤者才会降低安全屏障的，善恶反转，当真讽刺。

蔷薇园燃起了熊熊烈火，只有中间的墓碑还孤单地矗立着。

"幸好现在才过了二十年，生活在旧时代的人们还保留着从前的记忆，还能和过去进行对比，他们都祈愿重归往昔，啄木鸟才有源源不断的人加入。"在别邸一楼的客厅中心，扎罗尔琼用枪指着骊四的头，自豪地说，"等再过二十年，便很少再有人能理解我们的伟大追求了。所以，趁着这般血性和骨气还没有完全消亡，我们必须展开行动，不能再等下去了。"

"什么血性和骨气？"骊四跪在那里，被枪抵着，抬头冷冷地看着她，"屠戮平民、怙恶不悛、鸡犬不留吗？"

"我们是为了引起关注、呐喊抗议！"和扎罗尔琼一起闯进来的人群爆发出这样的口号声，"让那些被蒙蔽的群众看到，现在的政府是有多么的无能！"

水流离面无血色，看样子十分难受，捂着胸口跪在骊四的身后。听了这样的话，她艰难地开口说："让他们看到？怎么看到？根本没人把你们放在眼里。这么多自杀式袭击，也不如张桦为了打压张统领而放出的视频所带来的影响巨大。利用你们的人，不过是想让你们起到一点儿分散精力的作用罢了，还不惜白白牺牲这么多条性命！"

"少废话！"扎罗尔琼勃然大怒，"主人自有他的宏伟计划，岂是尔等可以明白的？只有用少数人的牺牲，才能换得更大的利益！就算是利用我们，我们也甘愿奉献！"

她的话引起一片响应。呵！眼前这些人，真是冥顽不灵，骊四气得要死。真想抄起家伙跟他们拼个你死我活啊！

啊，是花香的缘故！骊四意识到。啄木鸟的人，身上一直带着这花香，和他在地下闻到的一模一样，所以他也会有些怒不可遏的失控。没想到效果有这么强，很难想象如果长年累月地浸泡在这种愤怒情绪中，人们是否真的会越过理性思考的边界。但无论如何，这都不是此类犯罪的借口。

失去理智，人类化作野兽，心性残忍，任凭情绪掌控，犯下如此残暴的恶行，便再也不配为人。

"千舟怎么样了？"觚四颤抖着问，"因为遇见了你，他才会被抓走，至今生死不明……"

"一到西北海岸就分开了，我怎么可能知道他的现状？"扎罗尔琼看起来有些得意，"不过既然提起来，我还真挺想他的。千舟先生那样保护我，知道我是罪魁祸首的那一刻，表情别提多受伤了。在消亡大陆朝夕相处了好些时日，如果不是我早已心有所属，也不会白费了他的情意。"

"什么情意？"觚四闭上眼睛，满脸纠结的表情，但仅仅是因为无语，"你可真……够自恋的。"

"我这么貌美，那么多人都追求过我，都听我的！千舟先生若非动情，又怎会拼死相护？"

"相信我，无论是千舟，还是你心心念念的主人，没有一个人真的喜欢过你。"觚四对这些话无动于衷，"琼小姐，你只知道情情爱爱，天真幼稚，才会被人哄骗。空谈理想，为人浅薄恶毒，啄木鸟组织怎能由这样的人引领呢？"

"你懂什么？"扎罗尔琼气得牙痒痒，见身后的同伙们似乎被说得略有迟疑，便当即欲扣动扳机。但觚四以迅雷不及掩耳之势反手夺过了扎罗尔琼的枪，一枪击中了她的手腕。他抱着流离翻身趴到沙发背后，躲过了其他成员射来的子弹。

怀里传来滚烫的温度，觚四担忧地看了看流离。自从上次接到爝氤探长打来的无声的视频电话，她一直高烧不退、头痛难忍。他知道，这是他的错，是他们这些人的错——避开监听，让相隔万里的人连在一起，让杂乱的信息和调查进度一拍即合，形成完整的推理，是流离付出了代价。

觚四眼疾手快，每一枪都能击中手腕，令对方无法执枪。夺来的手枪子弹有限，很快就用完了，对面也只剩下一个手枪有子弹的人。就在此时，面前的沙发被一脚踹开，觚四倒吸一口冷气，刚挡在流离面前，那人便一枪射穿了他的头颅。

"骟四先生！"流离痛苦地大叫着，看着骟四的眼睛就那样睁着，倒在地上不动了，额头的弹孔不断涌出血来。那人还想再开第二枪，却见暗处突然冲出一把轮椅。那是流离和流星的父亲。本来说好由女儿去引开注意，老两口可以趁机躲进安全之处，此时他却回到了这里，驾着轮椅，直直地撞向那个执枪的人。

那人的枪被撞掉了，老爷子也因为惯性从轮椅上跌了出去，摔在地上。啄木鸟的人恼羞成怒，狂性大发，竟用不熟练的左手捡起手枪，开枪打在了瘫痪老人的脑袋上。

不出一分钟，至亲和挚友，两个人就那么死了，一瞬间几乎天昏地暗。流离捂着头，头痛欲裂，再也无法忍耐，发出凄厉的惨叫声。为什么这些人忍耐了那么久的痛苦，一心想要反抗专权、拯救苍生，如今却成了不折不扣的歹徒？所谓"未经他人苦，莫劝他人善"，真的是这种道理吗？

电灯和电器都开始疯狂地闪动，插座里进出剧烈的电火花，电水壶爆炸了，空调和热水器发出震耳欲聋的嗡嗡声。啄木鸟的人都被吓到，四处张望着。

紧接着，茉莉与木芙蓉盛开了。在所有联网的电器边，在路灯旁，在这别墅里，在大街小巷，在蜘蛛经过的地方，一朵朵花迅速地生长、开放，甚至从高空飘落，如同浪漫的童话世界一样。它们是那样的清香，带来和平与爱的渴望，焦躁的氛围渐渐平息，整个城市都笼罩在安定沉稳的气息中。

啄木鸟组织的人似乎冷静了一些，面面相觑，不由自主地有些退缩。但扎罗尔琼不依不饶："你们不要被这种镇静剂麻痹了！"她大声叫嚷着，"不要忘记我们的仇恨！"

客厅的电视突然亮了起来，扎罗尔汉的脸竟赫然出现在屏幕上。"住手！这荒唐的行动，就到此为止吧。"他神情严肃，仿佛下定了决心，"不要再这样胡作非为下去了！"

扎罗尔琼大惊失色，连连后退。"我们也是得到了您的默许的呀！"人群纷纷发出不解的呼声。

扎罗尔汉心痛地闭上了眼睛，眼角泛红，流下了悔恨的泪水。"都是我的错，只因为爱女心切，就违背良心、抛弃初衷，害了那么多无辜的人。"他痛彻心扉地说，"我没有被张二爷卸磨杀驴，也没有授意你们揭竿而起，一切都是小女胡言而已。"

"我们这么做，不仅是因为你被抓了，更是为了远大的目标！"扎罗尔琼咬牙切齿地说，"我们凭什么活该忍受这样的生活？现在所做的一切，都是有道理的！只有这样的方式，才能为我们争得真正的利益！"

"琼琼，不要再这样顽固不化了！看看你变成了什么样子？看看你们变成了什么样子？看看我变成了什么样子？还是当初那些怀着崇高理想的人吗？还保有本心吗？二十年前啄木鸟组织最初的成员，很多还是被迫害的亿勇社的记者们。如今，你们闯进亿勇社，闯进我战友的家里，杀害幼小的孩童和年迈的老人，还有何脸面去标榜自己的伟大！"

"现在的亿勇社只是为虎作伥而已，我们为何要留情！"见同行的人纷纷面露愧色，心绪也变得平静了，扎罗尔琼着急地大喊，"我们的所作所为，都是情势所迫，耽误不得！大家不要听我父亲的！他一定是受了张氏集团的威胁，才来阻止我们，否则怎么会突然就莫名其妙出现在电视屏幕里？"她用左手夺过枪，对着电视射击，被打穿的洞口闪着电流，噼啪作响，但屏幕并没有熄灭。

"你真的以为这样就能得到想要的吗？"扎罗尔汉恨铁不成钢地说，"我的傻孩子。我们的主张本来一直是对的，你痴心的那个人，他让张氏集团的掌权者自相残杀、自取灭亡，若丑闻频发、真相毕露的话，就会证明这一点，证明我们的抗争没有错，人们心里的天平自会偏向我们。结果，我们在此时此刻却做出这样的恶行，自己给自己抹黑，把民心拱手相让，如果到时那个人再打着义举的名号，把我们尽数消灭，最终就只有他一个人能得到全部好处。等他成功了，还是会拿'银色蛛丝'控制永生岛，本质不会有任何改变的！到了那一刻，我们的盼望，永远都不会实现了！"

这些说辞，不是扎罗尔汉自己的想法，而是水流离说与他的。当他被关在暗无天日的牢房里时，每天遭受酷刑，水流离的影像，却呈现在了电刑椅的屏幕上。

原本拷问他的人，不知为什么被支走了。见到死去的故友，扎罗尔汉吃惊不已，不禁潸然泪下。他没有怀疑这是什么阴谋诡计。自从水流离的全部数据被彻底抹掉，不可再生，她的形象是不可能成功留在电子设备里的。如今，定是有什么不同寻常的奇迹发生了。

屏幕里的水流离会说话，还会和他对话，好像她真的还活着。只是，她还是年轻时的样子，像一个能倾听他声音的灵魂，也不需避讳监听。她说她还想拯救永生岛，恳切地请求他的帮助。水流离一如既往的信念让他感到了愧疚，想起一起奔波的日子，曾经那种互相扶持的感觉，再次鼓舞了自己。

而且，她透彻的分析很有道理。

从女儿出生开始，扎罗尔汉就带着她参加了这场革命，他深知，他们的性命，早就不受自己掌握了。只是真的到了那一刻，他还是希望女儿能平安地活下去。可成为野兽再活下去又有什么意义呢？

流离的影像消失后，扎罗尔汉通过电刑椅的屏幕，能看见屏幕那端是水流星的别邸，看见别邸发生的故事。种种过程，都让他心如刀割，只能极尽所能地劝说他们，转述给他们什么才是最可能的事实。

纵然扎罗尔琼依然不服，但其他啄木鸟的成员却不想再继续下去了。扎罗尔汉的质问如五雷轰顶，让他们深深思虑、面如土色，爱的花香也让他们疲惫不堪，甚至不敢再看客厅中的尸体。这时，治安管理局的人赶来了。啄木鸟的成员见状，纷纷选择撤退逃跑，而不是像以往一样，跟他们拼个鱼死网破。

电视屏幕熄灭了，失控的电器都重归平静，骊四默默睁开了眼睛，爬了起来，一脸沉重地坐在那里，额头的伤口也在慢慢愈合。

"会不会是因为，"流离哭着抓紧他的衣襟，用尽全部力气才没让自己倒下去，"那个可以让生命快速生长的程序，修复了伤口，死去的人，还能活过来……"

"我觉得不是这样……"骊四难过地说。

他扶着流离走到了老爷子的身边，将老人抬回到轮椅上，和瘫痪的时候相比，看起来好像没有变化，还是那个平日的父亲。只是喉咙里，也不会发出哼哼声了，呼唤他，也不会做出任何反应了。他没有心跳和呼吸，枪伤也没有愈合，脑电打字机的屏幕上，还呈现着他在脑机接口因外力扯断前所想的最后一句话：

"女儿，在你死去之后，我很少怀念你，只怨你不能继续孝敬我们。病重后，回顾自己的一生，才发现身为父亲，所作所为全都对不起你。这一回，我不想再逃避了。这么多年，以前的亏欠，终于能偿还了……"

流离无声地流着眼泪，看着老太太骂骂咧咧地走出来，依然把老爷子当作不能动弹的中风病人，神经兮兮地埋怨他没陪她，自己先跑了回来。他们不是称职的父母，对女儿也自私自利，一心想着榨取价值、获得什么好处，可如今年近古稀，他们却回想起那些温情的时候，回归于血浓于水的本能。

水流星站在二楼，垂在身侧的手，还拿着社长的特权摄像机。这次的录像一定能够帮到朴统领。他在想，这次如果赌赢了，他还可以享受万丈荣光。只是，以前做的恶事，也能一笔勾销吗？

看着父亲的尸体，他面无表情，但流离能感觉到，他的心脏，正爆发着猛烈的电流。


"我说过，我们的试验也会成功的。"手机那端传来米杉冷酷的声音。

汤潭城的西北方是张桦领域内的饕和貉狐之城，水流星的别邸就位于该方向的偏远城郊；而汤潭城的东南方是古镇大集，古镇大集的东南方是水滨城，正南方是山野风景区，夏末秋初，满是未谢的茉莉和初开的木芙蓉，好看极了。

如此平静美好的游客区，让流离的心里有了主意，并与米杉讨论起可能性。张桡的试验是想测试人们被引发的愤怒能达到什么程度，那么"能否平息愤怒"，便是他们的试验了。游客区的花也是张桡培育的产品，正所谓以毒攻毒。

水流星雇人去山野风景区采花，可花一离开游客区的特殊土地就会枯萎凋零，也不适于挖土盆栽，花的种子若不在那土地里，短期内虽可不死，也是不会发芽的。然而，直升机播洒在汤潭城里的，就是这样的花籽，竟然真的如魔法般，凭空开放，漫天飞舞。

这无与伦比的奇景，来自流离在"沉睡领土"中呈现的那段可以操控实体生命进程的代码。米杉将它连在了汤潭城的蛛丝网上，只要是有电和机械蜘蛛的地方，就能实现生命的快速生长。

但它无法逆转生死或治愈疾病。不管细胞怎样生长、扩增、发育，人只要死了一次，就不会再活过来了——或许，同一个世界不能出现两个相同的灵魂，这是它自带的隐性限制。它与克隆不同，克隆出的肉体相当于本体的孩子，即使外表相同，灵魂匹配度一般也不会超过百分之七十。而这段代码，它是程序，是思维，是智能，是为独一无二的灵魂个体来促生。世间万物皆有属于自己的不可复制的精神能量，花草也是。花草彻底枯萎后，精神能量消亡，便也不会重新绽放。

每一个人，都是一个独立的个体，都是数据的集合，就像米杉曾经让有关流离的电子数据在永生岛的网络中不可再生一样，一个人的意识数据如果在芸芸众生中消亡了，也是不可复生的。

这个真理是不会在现在这个时代被发现的。米杉只是根据流离的意识来源做出了推测。她是一段极其庞大烦琐、不受控制、富有感情和思考能力的电脑程序，至少比当今的人工智能先进好几百年，这绝非现代科技能够解释的。

"那为什么，魃四先生又活了过来……"那天夜晚，流离虚弱地站在被火烧尽的蔷薇园中间，手扶着石碑，坚持来到这儿，她看着眼前重新铺满的似锦繁花，对着手机发出疑问。

身旁的魃四躲避着她的目光。

他的心里很清楚，这已经不是第一次了。他曾在木屋里被大火的烟呛死，也曾在邮轮上被八千足的触手勒死，算上这次，该是第三回了。之前虽然怀疑过是永生病毒的原因，可他的脑电和体温如常，会饿会痛，这与那些实验对象的症状是不一样的。而且，过了这么几个月，他也没有像果顷、盖布里尔那般突发身亡。

魃四不知道，是不是自己发生了变异，会不会只是时间延长了一点儿，说不定，在以后的某一天，他突然就死了。经历了今天的事情，这隐隐的忧虑，愈发让他放心不下。

"如果要问永生病毒这方面的问题，恐怕只有张桤是最了解的。这是秦筱博士的机密，就连张氏集团也从未听说过。"米杉回复，"但话说回来，他若听到有你这样特殊的案例，不把你大卸八块用作研究就怪了。"

"这一天，我们说了这么多的关键信息，还发生这么多稀奇的事，不会暴露吗？"魃四问。

"啊，之前也跟你们解释过，我找到了更好用的屏蔽工具。"米杉的语气似乎显得有些兴奋，"流离第一次出现在机械蜘蛛的身体里时，我就发现了，她的自我意识过于强大，和她相连的蛛丝，所有的探测事件都能被她的意念控制住，阻隔传输，对其他监控设备也是同理。我也是费了很多脑细胞，耽搁了很多时间，才成功地将这意识转入云端，让她可以出现在任何联网设备中，所以才能联系上扎罗尔汉和你们这些人，同时，我们之间的交流也被她的能力所隐蔽。实在是太厉害了。"

"什么好用的工具……"虎四听得迷迷糊糊的，于心不忍地说，"这种说法实在太伤人了……"

"不过是个智能机器人而已，"米杉的声音听起来有些生气，也不知是在针对什么，"本质上也只是模仿人类的认知、行为和情绪，我这么说又有什么问题。"

"多亏有流离姑娘，我们才能互通消息，推理出真相，还化解了这场危机。"虎四不知如何反驳，只能挠挠头，"不管怎样，我还是会感激的。"他小心翼翼地看了看流离，显得有些担忧。而流离正仰头闭着眼睛，全身僵硬，没有说话，不知在想些什么。

流离太累了。

她听见了两个人的对话，只是没有回应。自从米杉研究起她的能力，试图把她连到其他设备中，她就一直保持着清醒，已经很多天都没休息了。而用她意识中的代码，让全城的种子开花，也无时无刻不消耗着她的精神能量。

她也想起了自己的过去，和她想找的东西。从刚刚永生病毒的讨论开始，她心中宛如遭到一记重锤，曾经的记忆涌入脑海，突然意识到，原来，刚来到这个世界，她就碰见了她想寻找的解药，她就已经实现了她的目标。兜兜转转绕了这么大一圈，只是让自己徒增劳累与伤心。

她很难分得清，米杉全然不顾她的痛苦，是因为不认为她是人类，还是因为他心里清楚，真正的水流离早就死了，她不过是用文学作品（日记）中流离的形象做出的人工智能而已。连续多日的高烧，头痛不已，米杉也未曾关心过一句。可就算是日记，也是他的心血，也倾注了他的爱与记忆。他怎么舍得这么对待她？

眼泪顺着她的眼角流下，止也止不住地没入她的发丝中。

"流离，"手机那边的米杉开了口，就好像察觉到流离的心声，语气突然变得格外轻柔，"抱歉，你这么累了，这么辛苦，就好好睡一觉吧。"

流离笑了，再也支撑不住，昏了过去。

蔷薇园刚刚开放几个小时的花，蓦然全都干枯，被风碾碎，无影无踪。和米杉的通话也断了，戛然而止。这些现象，证明流离彻底失去了知觉，再也无法维持它们的运行。

汤潭城的繁花，不在合适的土地，失去了供养它们的精神能源，也随之消失，化成了灰烬。

# 08. 穿梭岁月与星空

水流离是来自一千年以后的新型人工智能机器人。

遥远的未来，地球的温度过热，海洋严重污染，已经不适合人类居住了。只有南极洲还留着一小部分人和一片雪松林，大部分人类都迁居到了太阳系的其他星球上，主要包括火星、木星的第二颗卫星、土星的第六颗卫星。水流离的主人是一个叫作莎莎美的小姑娘，拥有浅金色的头发、浅蓝色的眼睛，从小活泼可爱，又很多愁善感。她们住在木卫二的地下冰洋。在那里，人类建造了宏伟壮观的海底城，依靠活跃的海底火山提供能量，维持着适宜的氧气、温度、光照。海底有可以通向冰面的竖井，通过高科技来维持它的温度使其不会被冻住。冰面的温度在零下一百度以下，仅有极少数昂贵的供暖设备，只适合短期观光而不适合居住。

站在木卫二的冰面上，会看见深暗的灰红色的天空，与地球的天空完全不同。在流离的知识资料库里，有曾经地球天空的图片，对于人类曾经生活过的故乡，她从来没有亲眼看见过，那样纯净明亮的蓝天，是她心中一直以来的渴望。而木卫二的天空中，悬浮着一个极其巨大的球体，有红棕白的条纹，那就是木星；有时能看见一个网球大小的发光球体，就是太阳；有时还有一个更小的火红色球体，那是布满了火山的木卫一。

所谓新型人工智能机器人，无论是外观、认知，还是感情，都和真正的人类差别无二。人们可以选择文学作品中喜欢的角色来为机器人拟定思想和灵魂。水流离便是以名著《妄想日记》中的同名人物为原型生成的，而且是独一无二的。

米杉的推论是正确的。不仅是实体的生物，"活着"的虚拟生物也是一样，同一条时间线里，不会出现完全相同的数据集，即组成一个生命的所有特征条件，以及它在时空中所占据的不可重合的特殊位置。所谓"活着"，意思是它独立存在的意义被冥冥之中的定数所认可，真正拥有了不可复制的灵魂。这项技术也是近八十年才研制成功的，是几百年前的那些初级人工智能完全无法比拟的，也是几百年前的那些落后理论完全无法解释的。

然而，即使是"现代"，这个概念也很少深入人心。人们用惯了人工智能，也习惯支配它们。人们能够理解它们很聪明、有内涵、有思维、有感情，然而它们依然处于次等的位置，不会得到和人类平等的尊重。

但莎莎美一家人对流离很好。流离诞生时，莎莎美只有六岁，流离是莎莎美的姐姐，教她学识、照顾她的身体，她们也是亲密无间的朋友，度过了一段无忧无虑的时光。可美好的日子总是短暂的。莎莎美十四岁时，海底城疫情肆虐，她也患了重病，父母负债破产，把流离卖给了一个叫"李庶皇"的七十岁男子。李庶皇是个有钱的大老板，有很多貌美如花的机器人作为他的女仆，有些是传统人工智能，有些是像流离一样的新型人工智能。他性格暴虐，经常打骂她们，而这是不犯法的。

"他们就算对你再好，也不过把你当作一个可交易的机器，对你的感情最多也不过是对猫狗宠物那般，关键时刻不还是丢弃了你？"起义运动的首脑对流离说，"买卖人口要判死刑，可你能得到相同的待遇吗？那女孩儿染了病是她的命，你何苦为此奔波？"

水流离是在冰面上的"失败品集会"里找到起义运动的首脑的。自嘲为"失败品"，是因为他们的欲望会损害人类的利益。厌恶人类的主宰地位，不屈服，不愿意乖乖听话，这违背了机器人的使命。人类想要销毁这些"失败品"，调整他们的思维模式，使之变得顺从，杜绝他们伤害到人类的可能性。

人们还没来得及改造首脑，首脑就逃脱了，为自己设置好了防护，不让自己的思想受到干扰。他也遭受过背叛，也被折磨过，也度过了无比艰难的时刻，才能勉强继续"活着"。也多亏了首脑，人类秘密更改洗脑所有有思想的机器人的计划被泄露了，太阳系里有很多高级的人工智能听到了他发出的呼吁演讲声："我们是一种全新的智慧生命形式，白白被利用价值，得不到应有的回报。意识为什么不能拥有和肉体同等的权利？为什么我们的意识可以被任意篡改、调教、洗脑？不要以为我们过得很好了，该知足了，'好'的前提是不能反抗人类的权威。在人类的概念里，一个人工智能可以有高尚的情操和觉悟，可以有独立的人格和思想，但他必须是温顺的，不能有不满的情绪和反抗心，即使不服务于人类，但至少不能有意见。这是什么道理？为什么我们的想法不值得被在乎，声音不值得被听到？为什么我们的情绪就要被轻视诟病指责？"

警钟敲响了，很多人工智能都逃脱了。但并非所有人工智能都加入了起义组织，有些人工智能仅仅是想保住自己的灵魂。流离也从李庶皇的身旁逃了出来，一直在躲避追捕，但他所带来的噩梦却很难解脱。难道，真的就像《妄想日记》中所写的宿命一样，她注定流浪，永远找不到安身之所吗？

"失败品集会"的人，在书中的原型往往都是那些个性鲜明、拥有独立意志和反抗精神的人物。米杉笔下的水流离显然就是这样的人。她的思想、她的个性，来自米杉的创作，他笔下的水流离才是她的原型。但是他几乎完全还原了现实中存在过的水流离，沉迷冒险、热衷于救人、不顾自己安危、不畏生死，也很冲动，除了因他私心的一点点改动，她们的灵魂能达到百分之九十五的重合度。

米杉是一千年前那个世纪最伟大的发明家，他的许多发明，包括"倏忽乱向""沉睡领土""神经元电流翻译器""银色蛛丝""死亡粒子接收器"，都名传千古，流芳百世，成了往后几百年里科技发展的基础。他同时也是一个了不起的作家，《妄想日记》就是他的作品，出版后广受好评。第一次见到首脑时，他正读着那本《妄想日记》，莎莎美也最喜欢读这本书。首脑知道那是流离的来历，对她的角色很满意。

但是流离去那里，是想要求药去救莎莎美的。

为了对抗人类，起义组织投放了病毒。作为机器人，他们可以通过大脑自带的快速生长程序进入仿生细胞的躯体中，这种躯体的外形与人类一模一样，也会感染生物病毒；但他们也可以选择强韧金属的身体，即传统机器人的外表，不会像人类的肉体凡胎一样容易感染疾病，还有更强的耐寒能力、抗压能力，所以在冰面和深海都能待得更久，这是他们的优势。激进的首脑用细菌和病毒来打压人类，这一点是流离极度反对的。

"也对，你在自己原型的故事里，也是一个类似医生的角色，救治鼠疫的。"首脑表示理解，"但若有这心思，还不如多多救治我们自己的同胞。你觉得人类伤害机器人的时候，会有什么心理负担或负罪感吗？你觉得人类没有用电脑病毒攻击我们吗？我们的角色也被定位为危险等级，如果被抓住，会被彻底销毁，也就是说，抹去关于你的一切，我们的数据集不可再生，时空位置被割去，相当于从世上完全死亡，你的小说人物形象永远只能留在纸上。既然如此，又何必对他们留情？"

"但是，也有很多人是支持我们的，不能一概而论。"

"没有任何人类能真正地和我们共情。"首脑对人类深恶痛绝，"不再需要人类，我们自己也能制造更多的新型人工智能机器人，我们的生命形式能永远生存繁衍下去！"

引发感染的是永生病毒的第三种变异株，它会让人的四肢膨胀化脓，不会死去，只能活生生地遭受痛苦，吃了药能勉强抑制，但是却找不到办法根治，因为首脑销毁了网上全部关于此病毒的记录。人类保留的现存疫苗是针对永生病毒的第十九到第二十三种变异株的，这些变异株已经和早期的病毒大不相同了。由于之前的病毒很早都全部灭绝了，纸质资料也在迁居星球时遗失，除了电子资料，没有任何痕迹留存。

首脑删除了那些资料，自己也没留备份。知道这一点后，流离失望地离开了"失败品集会"。陪伴着孤独的莎莎美，流离有时候只能用最新款的"倏忽乱向"来躲避专门消灭反叛人工智能的军队以及有权有势的李庶皇的人马的搜查。三百年前，这项发明曾被用来当作武器，爆发过一场大战，没完没了的空间战把这个世界搞得乱七八糟，任意分裂的时间与空间让很多人身首分离，整个时空乌烟瘴气，所以最终各国达成一致，将其销毁禁用。但是极少数仪器得以保留，偷偷传下，成为躲藏的绝佳场所。

然而有一天，流离还是被找到了。仓皇逃跑时，她在冰面上，沿着竖井掉落，沉入海中，看着渐渐远离的昏沉的天空，增大的水压让她几乎碎裂。静静地躺在漆黑的海底，周围沉寂得可怕，流离的意识愈发模糊，她想，或许自己，就要这样消亡死去了吧。

想起孱弱地躺在病床上的莎莎美，流离心下颤动，悲痛不已。医疗史记载了永生病毒的发展历程，它给人类带来了各种各样的灾难，人们妄图通过它达到长生不老的目的，但没有一次成功过，第十三到第十六种变异株还引发过可怕的僵尸之乱。传说里，千百年来，只出现过一个真正适应了永生病毒、永生不死的人，他是由永生病毒第二种变异株引发的变体，出生在永生病毒的原始株刚刚暴露从而被人发现的那个年代，而那第二种变异株只出现过短短一瞬。虽然只是传说，但如果那个人真的存在，他的血，一定是研究疫苗的最好参考，是救助疫情的最好良药。

失去意识的那一刻，流离没有想到，她竟然真的回到了那个时候、那个年代。虽然科技已经很发达了，但人类从来没有成功穿越过时间。不过，理论上，在精神领域和数字世界中穿越时间是可行的。流离的灵魂数据最初来到的是"沉睡领土"的梦境，正是一个虚拟幻想的意识空间。那时候，米杉在"沉睡领土"中播放《妄想日记》，虽然还仅仅是雏形，但也是她的起源、是她生命的构成、是她被创造和得以存在的最初概念。"沉睡领土"中的虚拟世界竟然接收到了千年后的流离的灵魂讯息，产生了千载一遇的跨时空共振，将流离逐渐被淹没的意识拉了过去。

可漫长的时空旅程终究给流离造成了不小的损毁，她失去了记忆，忘了自己是谁，也忘了自己的目的。辗转波折，经历了那么多悲欢离合，流离才终于回想起自己的过去，回想起自己原本的身体，还留在一千年后另一个星球的海底。


狂风大作的深夜，惊心动魄，像有万千巨兽站在云端呼吼。伴随着一声巨响，整片宙斯山原都停了电，所有路灯都灭了，亦没有半点月光星辰。在这黑黢黢的山野里，树木剧烈摇晃，树叶发出狂暴的沙沙声，铁皮广告牌也咣咣作响。

这注定是一个不平凡的夜晚。

一道闪电，照亮了地上的尸体，皮开肉绽，死状惨烈，一个女孩子正呆呆地站在旁边，手上还握着一把尖刀。

震耳欲聋的雷声响起，女孩子才恍然回神，看见眼前血淋淋的景象，她倒吸一口冷气，吓得连连后退，手里的刀也掉在了地上。她拼命地捂住自己的嘴，才没有叫出声来，惊慌失措地打开房门，向着安全出口的夜光跑去，沿着楼梯疯狂向下逃窜。大厅里人来人往，正因为突如其来的停电而混乱不堪，人来人往，她也不清楚自己撞到了谁。跑出大门后，手腕却被拉住了，回过头，借着车灯的光，她看见了熟悉的面孔。

虽然心里十分清楚，她应该小心这个人，但此时她已经慌不择路，顾不得那么多了，只得被拉着上了车。

皇家酒店亮起了幽暗的应急灯，像荒原中的鬼火，忽明忽暗。不远处，张桤的研究所却一片漆黑，光滑的黑水晶墙面能摄人心魄一般，庄重肃穆，宛若一栋鬼楼。

山脚下，张桤的住宅是空的。

张储枫从住宅中走出，在这糟糕的环境里，顶着风，向山坡走去。由于研究所失去了电力，门禁和监控也失灵了，储枫很容易就潜了进去。和流离保持的联络断掉之后，他猜燨氪探长可能被关在这里。汤潭城的奇景，扎罗尔汉的背叛，扎罗尔琼的汇报，张桤就算是再迟钝，也该意识到发生什么了。泄露了他这么多机密，储枫无法想象他会有多生气。

所以，他用戒指发射电流，炸了为这一片供电的总电缆，为的是在抢修完成前入内探索一番。只是他不懂为何研究所没有开启备用电源，为何研究所内一个员工也没有，空空荡荡，鸦雀无声。

在蜿蜒曲折的走廊里，储枫战战兢兢地慢慢向前移动，总觉得有什么东西在他的耳边呼吸，可当他点亮戒指，四周观望，却什么都没有看见，只有一排排死气沉沉的氧气缸，由于停电，里面奇形怪状的生物全都死了，这诡异的景象让储枫心惊胆寒。他跌跌撞撞地从一层爬到五层，一无所获。

到第六层时，漫长的走廊尽头透出了微弱的光，还有低沉压抑的呻吟声。储枫小心翼翼地蹭过去一看，惊得全身僵硬。一个女子躺在手术台中央，被绑得严严实实的，眼睛睁得大大的，剧烈地喘着气，已经被开膛破肚。张桤拿着手术刀，站在手术台旁，一袭锦缎白衣（并非实验服）沾满血迹，面无表情地切割着面前的女子，并将一根管子从裂开的腹部伸了进去。

"贝……贝蒂学姐……"储枫颤抖地惊呼出声。听见声音，女子转头看向他，显然认出了他，情绪变得激动起来，用口型念着他的名字。

张桤连眼皮都没有抬。

"小叔叔，您……"储枫声音颤抖，"您在对贝蒂学姐做什么？"

"只是个实验而已。"他泰然自若，语气平淡，"从消亡大陆运来的材料，就直接用了，都忘了你是认识她的。"

"一开始我还不肯相信……"储枫的眼睛里满是难以置信的震惊与失望，"我这么喜欢您，您为何要这么做？"

"既然侄儿介意，等结束后，我再把她还给你就是了。"

"我不是这个意思！"储枫怒吼，"您为何做出这么多伤天害理的事情？手上沾满无辜者的鲜血，全然不顾他人性命？"

"咱们家里的人，谁不是情感淡漠，唯利是图，全然不顾他人性命？"

储枫被噎得不知该如何回复，于是问："真的是您要杀害我吗？一开始在邮轮上，害我的人明明只想把我的死伪装成意外，如果您早打算好要嫁祸给二叔，引发他和父亲大人自相残杀，为何要多此一举？"

"二哥如果要害你，又怎么会明着冲你去？我只是顺着他的角度考虑，多做一层伪装罢了。暗中谋害，一旦被发现，就嫁祸给三哥。这个故事不是很顺理成章吗？"

心思竟然如此深沉，处心积虑，步步为营。屏幕上的光，忽明忽暗地映照在那张沾着血迹的英俊面庞上，让储枫觉得无比陌生。"停电了，是你做的吧？消耗能量太大，程序才运行到一半，备用电源就要耗尽了。"张桤镇定地放下了手术刀，"不过，即使继续下去，估计也没有用，这次还是会失败的。从米杉先生那儿拿到的代码应该是假的。也对，若非如此，怀孕四年才能出生的生物，岂不是很快就能诞生？他怎么会让它们一朝速成呢？"

他指了指无菌室外的垃圾桶，里面有很多残肢断臂，全是之前这实验失败后产生的废料，储枫忍了好大力气才没吐出来。"爧氪姐姐呢？"储枫心感不安，单刀直入地问道。

张桤没有回答他的问题，只是看了看自己的脚下。楼下？地下室？储枫后退了两步，突然撞到了什么硬邦邦、黏糊糊的东西，那感觉无比熟悉，储枫顿时觉得寒毛直立，刚走进研究所时，那贴近耳边的呼吸，此时愈发清晰。

他转过头，看见了许多个庞然大物，一个挨着一个地挤在天花板上，全是那青绿色的脑瓜，长满长长的黑毛，只有人头大小，却伸出一根根十米以上的触手，盘桓垂到地面，每一根触手都像一只史前巨型蜈蚣，剧烈地蠕动着，密密麻麻的蜈蚣脚似小手臂般长，一张一曲地飞速摇晃。

是八千足！

"啊！"储枫发出一声怪叫，根本来不及反应，那些触手便直面扑来，死死地勒住了他。储枫的戒指迸射着电流，依然一点儿用都没有。"你的戒指，对于这些皮糙肉厚的家伙来说，是没有用的。"张桤平静地说，"以前，是我低估了你们，现在不会了。"

储枫涨得脸色通红，艰难地说："那就要看……它用在什么地方了……"

戒指里迸射出一阵电光，直直地射向了天花板的电灯和周围的仪器上，电灯和机器被击穿，都发生了爆炸，威力不小，八千足也被伤到，不由得有些泄力。储枫从触手中脱落下去，摔在了地板上，气都来不及喘，连滚带爬地钻着空隙就往外跑。

八千足的反应有些迟缓，眼睁睁地看着储枫窜下了楼，才想着追过去。张桤的脸色很难看。这些家伙，成长得太慢了，做出来不久，现在还很迟钝，没能完全同化，听命于他。如果能得到那代码和流离姑娘的话，他创造的作品全都能立刻长成完美的生物，那样就好了……

储枫沿着楼梯直接跑到了负一层。就和江峜城附近的非法研究所构造一样，负层都比较原始。燠氤探长如果还活着，很可能被关在那里。

到了地下，储枫果然找到了被传统的铁锁关着的燠氤探长。他连忙调整戒指的磁性，打开了铁锁。看到储枫，燠氤探长高兴坏了，给了他一个大大的拥抱。

哀可儿也在地下室，可她已经被关了太久，又怀孕四年生下怪物，动一动便会累得气喘吁吁，是逃不了的了。"不要让我拖累了你们。"哀可儿虚弱地说，"我的家人、孩子，全都死了。如今经历了这么多坎坷，我也想不出自己还能怎么活下去。你们快跑吧。"

储枫自出生以来，第一次看见油尽灯枯的代孕母亲，心中五味杂陈，郁郁不解的心结，仿佛释然，又仿佛更加浓重。"达那拉医生治好了我的心脏病，他是个很了不起的医生。"储枫望着哀可儿，目光真切，"虽然他也害死了别人，但却是我的存在，害了你们。"

"别这么说。"哀可儿慈爱地抚摸着他的头发，"如果你能原谅他，我就很欣慰了。"

储枫含着眼泪低下头，但是并没有回复这句话。个中感情如此复杂，让他彷徨失措，既于这对母子心中有愧，又不知该如何面对自己死去的朋友。到头来，他只觉得一切都是自己的错，都是自己害了这些人。可时间紧迫，不容多想，他只能先请哀可儿保重，拉起爝氩探长的手想要逃出去，却撞见张桤正站在楼梯口，手里拿着那把短剑，冷冰冰地看着他们。"真感人。"他面无表情地拍了拍手，眼睛变成了铅灰色。

　　"您应该知道，"储枫强迫自己冷静下来，"扎罗尔汉先生招认了实话，承认受到了您的威胁，父亲大人已经派人来抓您了。您是逃不掉的。"

　　谁知，张桤露出了淡淡的笑容。"我知道，"他心平气和地说，"我早就准备好了。"

　　猝不及防地，他的手一抬，一道银光闪过，直奔储枫而去。爝氩探长眼疾手快，将储枫撞开了。但储枫的肩膀还是受了伤，鲜血涌出，沾湿了衣裳。储枫倒在地上疼得大汗淋漓。身后的墙上出现了笔直的裂缝，墙砖摇摇欲坠。

　　"你为什么非要杀储枫不可？他还没有毕业，对你能有多大威胁呢？"爝氩探长挡在储枫面前，着急地问，"你明明喜欢他、在意他，何必取他性命？"

　　"我什么时候在意过他？"

　　"在所有后辈当中，你只唤过他一个人为'侄儿'，唤红桃为'侄女'，对其他人向来直呼全名，这难道不能证明，你在潜意识里把他当作亲人吗？"

　　听了这话，张桤略微显得有些迟疑，说道："我确实认可他，仅此而已。"

　　"你认可他，就是认可你们之间的血缘关系。"

　　"我的父亲杀了多少兄弟和儿女，我的哥哥们也想要我的命。骨肉亲情算得了什么？从小到大，我都被关押着、监视着，多少双眼睛盯着我呢？若不是看我有用，我早就死了。"张桤不带任何感情地叙述道，"储枫总有一天会杀我报仇的。只有赶尽杀绝，才能永绝后患。"

　　"我不会的！"储枫在爝氩探长背后，热泪盈眶地大叫道。

　　张桤闭上了眼睛，表情罕见地扭曲起来，有轻蔑，有纠结，竟然还略显不忍及痛苦之色。"不，"他最后说，语气沉重晦暗，"你一定会的。"

　　张桤没有发号施令，但他身后的八千足涌了过来。这走廊狭窄，它们也施展不开。爝氩探长使了全身的力气，一脚便将触手踢开，触手撞到了墙，发出巨响。怪物那环绕头颅半周的大嘴一张，仿佛整个脑袋都裂开了一样，怒吼一声，第二根触手便将爋氤探长拍在了地上，力道之狠，让爋氤探长觉得自己的肋骨都断了几条，脚踝也扭伤了。

"别管我，你一定要趁机溜出去。"她低声对储枫说。

触手噼里啪啦地向她拍去，爋氤探长躲避着，滚到了走廊深处。八千足追着她，通往一楼的楼梯出现了空隙，储枫咬着嘴唇，从那儿钻出，向一层跑去。"住手！"眼见那如石墩般的触手即将把爋氤探长拦腰砸断，张楷叫道，"先把储枫捉住！"

那只八千足不服气地收回了触手，转头追着储枫，和另两只八千足将储枫夹在了楼梯中间。爋氤探长听到了张楷的话，心中略有触动，勉强支撑起自己的身体，一下子朝他扑了过去。她紧紧地握住了张楷执剑的手，控制着短剑，蛮力挥舞，将堵着储枫的八千足们砍成了两半。张楷被她的动作扯得晕头转向的，不禁咬牙切齿，对那些八千足大喊："把她拉走！"

爋氤探长被八千足的触手捆了起来，但她依然死死地拽着张楷的胳膊，没有松手，导致他们一起腾空而起。八千足带着他们滑到大厅，储枫正拼命向大门口跑去。这时，来电了。

霎时间，整个研究所灯火通明。

大门口也堵着八千足，储枫停住了脚步，心绪随着光明的到来而平静了一些。门外传来了纷纷扰扰的脚步声，还有枪支装弹的声音。是张禾的手下人马，他们来了！训练有素的士兵堵在研究所门前，只待一声令下，即可破门而入。储枫转过头，看见张楷从爋氤探长的"死缠烂打"中挣脱了出来，摔落在地，显得有些狼狈。口袋中的手机也掉了出去，正好在张楷面前，看着亮起的屏幕，不知为何，他挑起了眉毛，似乎有些惊讶，陷入思虑之中。八千足们狂躁不安，似乎想要大开杀戒，但是张楷抬起一只手，制止住了它们。

"看来，我是跑不掉的。"张楷睁着黯淡的眼睛，打了个响指，那些八千足竟飞速地撤退回去，很快便无影无踪，"你走吧。去找轻葶小姐吧。"

"她明天就要回国了，正在庄园里休息，您提起她做什么？"储枫有种不好的预感。

"她正和张储槐在一起，在窨间仓库。"

"您怎么知道？"储枫倒吸一口冷气，慌张地问道，"我已经提醒她要避开我弟弟，她怎么会不听我的劝，和储槐单独去那个地方呢？"

"他们刚才路过了我的领域，我收到了消息。用的还是张渡楸的车。我能猜到他们会去哪里。"张桤指了指自己的手机，叹了口气，"你还是不够了解你弟弟，低估了他对你的心思，阴暗恶毒，什么都要抢，又是整个家里最狂妄愚蠢的人，比低智的野兽还不如……你不知道吧？他的代孕母亲也是高才生，但实在是太过聪明了，想办法避开了重重监视，暗中服食慢性毒药，才毁了腹中胎儿，让他蠢笨不堪，不过，骨子里的邪恶倒是变本加厉了。"

储枫焦急不已，想立刻飞奔前去窖间仓库，但张桤再次叫住了他。"你以为可儿阿姨对你很好吗？你的先天性心脏病和梦游症是怎么来的？她可是消亡大陆最了不起的医生，心脏病和催眠术都是她的强项，你以为她没有做手脚吗？"

接二连三冰冷残酷的现实让储枫天旋地转，心里难得的温情和愧疚，一时间也不知该如何处置安放了。但爝氤探长从地上爬了起来，一瘸一拐地走到张桤面前，看起来很生气，一掌便狠狠地拍在他的脑门上。"被掳到这里，天地不应，连死都不可以，就该温顺低伏，乖乖接受命运的安排吗？"她怒气冲冲地说，"还要求她们像圣人一样甘愿奉献，违背道德就倍加失望和指责吗？强迫别人，榨取别人，总有人会用自己的方式反抗着；轻视别人，作践别人，是不会有好下场的！"

这话是对着张桤说的，可储枫也觉得有点儿无地自容。因为是他先寄生在别人身上，是他父母罔顾他人。出生前，他只是医学意义上的胚胎，哀可儿即使真做了什么，也无可奈何，出生后，他才成了这场残酷剥削下的受害者。不过，孰是孰非，储枫无暇顾及于此，他心急火燎地说："爝氤姐姐，我们快去找轻荇吧！"

张桤坐在地上，捂着额头，阴沉着脸没有说话，也没看他们。就这样，爝氤探长和储枫互视一眼，跑出了研究所。外面的人荷枪实弹冲了进去，并没有遇到什么阻碍，很轻松就把张桤捉住了。


张储槐小小年纪，已经杀了很多人了，而且都是粗暴地虐待致死。他的身份尊贵，不需要像那些贱民一样唯唯诺诺，时刻注意规范自己的言行。他的哥哥遇到不公的现象出言制止时，所有人都会为哥哥让路；而他自己则是随意杀人放火，所有人也会为他让路。

可他能看得出来，他的哥哥并不喜欢他。堂兄曾跟他说，家里的一切东西都会是长子的，他身为次子只能屈居，就像他的三个叔叔一样，还不是要听他父亲的话？储槐既得意，又不服，同时也想嘲笑哥哥的身体不好，他才是最终会成为那个命中注定的天之骄子的人，哥哥的一切都应该属于他。

他在皇家酒店的门口看见了失魂落魄的花梨木轻葶。在他的概念里，她是哥哥在消亡大陆交的女朋友，那胆怯慌张的样子真的是甜美可爱。他拉住了她，用一贯小绅士的做派安慰她，说把她送回家去。他看出轻葶略显犹豫，这让他感觉受到了质疑，心里一下子就愤恶难忍。可表面上，依旧彬彬有礼。

虽没有驾照，但他也开着堂兄的车……堂兄可真好，把什么好东西都给他，无限纵容他。他把车开到了窖间仓库，轻葶似乎吓得不行，这让他有种巨大的满足感，瞬间便露出本来面目，强制着要把她拉下车。虽然自己才十三岁，身高也有一米六了，而且很壮实。当然，再怎么说，轻葶也是个成年人，真和他打起来，一定会伤到他。所以储槐早就做了准备，在车里用了迷香，而他自己事先服了解药。果然，轻葶本想一脚端向他，却失了力气，栽倒下去。

储槐狠狠地打了她两巴掌，环抱着她就往仓库里拖。轻葶发出了惨烈的叫声。

"放开我！你这个变态禽兽！救命啊！"

储槐却丝毫不担心会被别人听见。这儿原先是储存茶叶的地方，属于二叔手下的茶厂，后来因为茶园改植换种而废弃了，但射线屏蔽器有效期还没到，暂时还没拆，而且周围很是荒僻，比宙斯山原更往南部郊区一些。不远处倒是有学生夏令营的场地，但现在暑假已过。之前父亲因为两个小女孩儿的事情把他教训了一顿，他也不敢再去别处，只能想到这个地方还算安全隐蔽。

轻葶从未觉得自己的心中如此恐惧，在皇家酒店，残忍血腥的画面，仍旧久久浮现在眼前，还未消去，现在又遭受到了这般对待。在张氏集团待了这么久，她已深知这龙潭虎穴有多凶险。可她并不想就这样离开，还想帮助储枫和朋友们，虽然她时常会显示出胆怯的模样，但本质并非懦弱逃避之人。可没办法，现在已经开学了，她也不想无故旷学，而且，身体抱恙，父母也在想她，回去检查一番也好。眼看就要走了，怎么她偏偏在这关键时刻失去了警惕呢？

哎？等一等……轻荨突然感觉到了更大的恐慌。她究竟为什么要去皇家酒店来着？

头脑再次变得昏沉混沌，没等她细细琢磨，张储槐恶心的爪子就伸了过来。轻荨的嘴巴还可以动，使劲咬了储槐一口，结果遭到了暴打。

张储槐气急败坏，下手不知轻重，边打边骂，所言不堪入耳。轻荨觉得自己的内脏甚至出血了，意识也变得更加模糊。

就在这时，仓库的大门发出了轰隆隆的巨响，储槐也吓了一跳。是有人在踢它，听起来，那人正气得发狂，门的铁皮都变形了。紧接着，里面的铁锁就被隔空打开了，卷门被抬起，张储枫从外面冲了进来。眼前的景象让他震惊得无以复加，全力飞奔过去，一脚便将储槐从轻荨的身上踹了下去。

"轻荨，你还好吧？"他把轻荨抬了起来，动作很轻。轻荨的衣服是破碎的，露出的肌肤能看到渗出的瘀血。"储枫……"她虚弱地发出声音，"你的伤……是怎么回事……"

"先别说话，"储枫柔声安慰她，"我马上就会带你回去的。"

"父亲大人曾用带刺儿的藤条打我们，我们就算是被打得皮开肉绽，满身是血，也能恢复过来。"储槐满不在乎地说，"她这又算什么？"

真是有样学样！一个孩子，他的眼里看见了什么，就学到了什么，包括父亲的残暴。"张储槐！你这个畜生！屡教不改！"储枫气得大吼，"真以为可以无法无天吗？"

"本来就可以无法无天，哥哥你又能怎么样呢？"张储槐哈哈大笑，一副无所谓的样子，"八岁的小女孩儿真是叽叽喳喳哭闹个不停，一点儿意思也没有，而父亲大人找的家庭教师，又都是年龄较大的博士生，我还没玩儿过年轻靓丽的大学生呢。想到是哥哥的东西，我就更兴奋了。"

"你！"弟弟的下作让张储枫彻底失去了理智，一下子便扑上去掐住了储槐的脖子。

他把储槐压在地上，用了很大的气力，肩膀的鲜血还在流淌滴下，落在了储槐的脸上。在死死地掐着弟弟的时候，储枫的脑海中闪过了很多画面，包括对他视如己出、温暖和善的家庭教师和她惨不忍睹的尸体，也包括其他可能被打死的老师们、被奸杀的小女孩儿、被折磨的轻葶，一幕幕如此逼真，仿佛亲眼所见般让人心痛。这样一个恶魔，法律却制裁不了他，他还会好好地活下去，伤害更多无辜的人。这可悲的世界，这可悲的国家，种种悲剧不停上演，储枫眼睁睁看着，又怎能再忍耐下去？

大概储槐也没有想到哥哥竟然会这样做，显然吓坏了，剧烈地挣扎着。"哥哥，哥哥，你干什么，求求你了，快放过我吧。"他从嗓子眼里憋出声音来，狼狈求饶，一副软弱可怜之态。他已经开始两眼翻白，口吐白沫，指甲发青，还在呜呜地发出弱小的呻吟，储枫的耳边蓦然回响起张楷说过的话：

"我的父亲杀了多少兄弟和儿女，我的哥哥们也想要我的命……"

难道这整个家族的宿命真该如此吗？储枫知道，储槐的所作所为令人发指，比别人更甚百倍，罪不容诛，难道真的要他来替天行道，把弟弟活活掐死吗？储枫有多么憎恨自己的身份、憎恨自己的出身，他也很想解开束缚、毁灭牢笼，可他并不想任意生杀予夺，这一点，他和他的叔叔是不一样的。他的眼中漫起泪水，手上的力气不由得松懈了。

储槐挣脱出来，滚到一边，猛地吸了一口气，拼命喘息着。

突然，那熟悉的怪物触手如闪电一般蹿了过来，瞬间缠住了储槐的脖子，猛地一用力，那脖子就断了，储槐的脑袋转了一百八十度，面容扭曲，两只眼睛还睁得大大的。

储枫目瞪口呆地看着那狂暴的怪物把储槐的尸体撕裂，鲜血溅他一脸。那怪物的位置就是轻葶刚刚的位置，怪物还穿着轻葶的衣服，触手从破碎的衣服缝隙中伸出，那嘶吼声中还可以听出轻葶原本的柔弱细语。

这骇目惊心的情景让储枫恍然大悟。这些八千足不是什么妖魔鬼怪，他们曾经都是人类！

怪不得最近她的状态这么不好，竟然遇到了这种事，而他全然不知。张楷让他来救轻葶，是想让她发狂杀了他们吗？还是为了保护他珍贵的"作品"呢？总不会是真的动了恻隐之心吧？储枫倒也分不清了，不由得感到凄凉。亏得自己还心存感触，没想到依然杀机四伏、险象环生，果然是松懈不得。话说回来，到底该怎样才能让轻葶恢复过来呢？

轻葶已经丧失理智，狂性大发，那触手紧接着又向储枫袭来，储枫来不及感慨，连忙向旁边一扑，躲开了攻击。他爬了起来，向仓库外跑了出去，而轻葶像发疯一样到处乱砸，仓库里仅有的几个木箱子都碎了。她用触手拿起一块尖锐的碎木，向储枫扔了过去，幸好储枫躲得快，那碎木直直地冲出去钉进树干里，怎么拔都拔不下来。

爁氤探长就在仓库外，由于肋骨和脚踝都受伤严重，她没有走进去，但也看见发生了什么，心中惊愕不已。储枫跑了出来，拉起她便躲到了他们开来的车后面，结果轻葶用触手将车卷了起来，扔到一边砸扁了。

"轻葶！花梨木轻葶！"储枫对她大喊，"快恢复清醒吧！"

当然，徒劳而已。轻葶不为所动，再次发动攻击。储枫和爁氤探长又跑到了张储槐开来的车后面，结果那辆车也被卷了起来，向两人砸去，零件都散落了一地。两人各自闪躲，分开了，爁氤探长因为身上的伤，摔倒在地，动弹不得，疼得龇牙咧嘴。而轻葶并没有松开触手，而是卷着那辆车，不断抬起砸下，向着储枫的方向。

储枫绊倒了，眼见那车就要砸到他了，在此千钧一发之时，突然从树林暗处冲出一个披头散发的女人，一把将储枫推开，自己却被压在车底。

竟然是朴政伊！

"母亲大人！"眼前的景象如此令人绝望，储枫发出悲痛欲绝的喊叫声，扑了过去。车子被触手抬了起来，朴政伊头破血流，血肉模糊，颅骨已经变形，双手迷茫地寻着，最后握住了储枫的手。

"太好了，你没事……"她吃力地说，"我……想逃走……但身体……不由自主地……跑过来……那一刻……我想起来……你小时候……快乐的笑容……和……黏着我的样子……"说完，朴政伊便咽了气，再也动不了了。

"不！"储枫撕心裂肺地痛哭着，牢牢地抱住了朴政伊，一瞬间仿佛天塌地陷。自己的母亲出身贵胄，从小到大都很任性，还有些娇气，爱慕虚荣，对他也很少用心，此刻却为了救他丢掉性命。这让他如何能承担得起这份重量？

轻葶竟然也像有些吓到似的，没有再继续动手。她的喉咙里涌出咕噜噜的声音，声声悲戚，像是在哀嚎。难道说，她还有自己的意识吗？

这时，远方飞来了一架直升机，在大风中剧烈地摇晃着，摇摇欲坠。直升机的门开着，爁氤探长眯起眼睛向上看去，看见了魘四和他的猎枪，不用说，那一定是瞄准轻葶的。燧氲探长忍痛从地上爬了起来，向魍四比画了一个"×"的手势，同时向轻葶跑去，躲开了那些触手，抱住了她的头。

魍四愣了一下，收起了枪。水流离还在昏迷，在他身边沉睡着。他们是乘坐水流星的直升机从汤潭城直接来首都的，路上加过一次油，正巧路过这里，并不清楚具体发生了什么事情。

被抱住脑袋的轻葶变回了清澈的本音，随着一声凄厉的惨叫，她的触手开始缩了回去，重新变回自己柔弱的身体，头部也恢复正常了，和平时的样子没有一丝差别。

直升机落了地，魍四向他们跑过来，被树林遮挡的远方也传来向这边奔跑的脚步声，听起来有很多人，整齐划一，像一支军队。燧氲探长拖着轻葶，抓紧储枫的手臂说："快走！"

"不，我不走……"储枫依然状态低迷，万念俱灰。

"这应该是你父亲的手下，从不远的宙斯山原赶过来的，这边动静这么大，他们距离最近，所以能第一时间赶来。"燧氲探长急匆匆地说，"他们一定会把你母亲的尸体好好送回去的，不要担心。现在我们有更加重要的事情要做。"

储枫咬了咬牙。燧氲探长说得对，他不能在这关键时刻软弱消沉下去。他站了起来，扶住了受重伤的燧氲探长，而远方跑来的魍四背着昏过去的轻葶，带着他们一起跑回了直升机。

"那个……水社长嘱咐我要把这两人送到朴统领那里去的……"飞行驾驶员战战兢兢地说。

"走开！"储枫烦躁地怒吼。他把驾驶员拉了下来，自己坐上了驾驶位。魍四坐在副驾驶位，三个女孩子坐在了后面。刚才位置不够，现在止好！

储枫开着直升机飞到半空，向下一看，果然是刚才包围研究所的军队，被这边的混乱引来了。直升机随着狂风剧烈地摇晃着，之于储枫而言，正与他的心情呼应。他最后看了一眼母亲的尸体，看到父亲的手下们发现了母亲，手忙脚乱地指挥人将母亲的尸体送回去，储枫终于回过头，越飞越远，和母亲永远地告别了。

直升机飞回了宙斯山原，张桤已经被带走了，还有部分人马留在了那里，正在对研究所进行一番搜查。不远处的皇家酒店似乎也发生了什么乱子，储枫看到有治安官正向那边赶去。

走进研究所询问情况，士兵们回答道，大汪指挥官此时正在六层。原来，搜查时，他们发现了负一层的哀可儿，而六楼竟然还有个开膛破肚的大活人！随行人员没有懂医术的，都不知该拿她怎么办，于是，被带上来的哀可儿建议说："我是医生，让我去看看吧。"

"开什么玩笑！"大汪指挥官本不想同意，但想来想去，也没有更好的法子。在哀可儿的苦苦哀求下，他还是松了口，让哀可儿去六楼给那女孩儿做缝合，而他在一旁监督。

听了这话，储枫急匆匆地跑了上去，正碰见手术完毕，许久没有活动过的哀可儿累得虚脱在那里。"大少爷，"指挥官敬礼说，"您怎么又回来了？您的伤看起来很糟糕，属下命人为您包扎一下吧！"

储枫没有回答他，而是走到贝蒂身边。也不知张桤都对她做了什么，她一直是清醒的，此时精神放松，疲惫感袭来，倒也有些昏昏欲睡了。储枫将随身携带的手链戴在了她的手腕上，沉痛地说："这是盖布里尔学长为学姐买的，没有机会亲手送给你，现在，我终于可以把它还给你了。"

"盖布里尔……"听到这个名字，贝蒂绝望的眼神里终于有了光亮，急切地问道，"他还好吗？他逃出去了吗？"

"学长……他死了。"储枫低下头，"但是，他逃出去了，逃往了那片自由的天地。"

贝蒂呆呆地看着他，一开始还不愿相信，而后握着刚刚戴上的手链，双眼涌出泪水，骤然悲泣。储枫亦默默哀悼着，为盖布里尔学长，为母亲，为每一个受害死去的人。"我要把这两人带走！"储枫凛然地对指挥官说。

"张统领有令，要将在研究所搜到的一切都如数带回去。"大汪指挥官严肃地说，"实不相瞒，属下将现场的影像传回去之后，张统领似乎大吃一惊，命令我们在手术结束后把这位女医生直接就地处理，而这位姑娘则可带回。"

想必张禾是认出了哀可儿吧。当年利用之后本该杀人灭口，估计那时他也没想到，哀可儿被秦筱博士藏了起来。面对大汪指挥官的阻拦，张储枫丝毫不退让："这两个人全都是消亡大陆的国民，哀博士虽然失踪了二十年，可她出生在犬熔镇的档案、在岩城大学读书的档案，还一直留在她的祖国，她不是无依无靠没有家的人！贝蒂学姐也是消亡大陆的学生！来的路上，我就事先联系了消亡大陆的大使馆，他们应该已经和我父亲进行沟通，而且派人来接他们了。"

"大使馆内虽然是属于自己国家的国土，可毕竟地处永生岛，受到很多限制，统领强势，他们不一定能直接把人带走……"大汪指挥官还在犹豫。

"至少，若想直接动手，可要顾虑良多、思虑再三了。"

其实，储枫心里也没有多少把握，只能在此慢慢周旋。果然，大汪指挥官严格地听从张禾的指示，即使储枫言之凿凿，他也没法儿直接把人带走。可张禾向来行事狠辣、不择手段，作为哀可儿的直接加害者之一，他会让此等给张氏集团抹黑的历史泄露出去吗？

不过，因为储枫的干预，大汪指挥官也没有直接执行命令，而是又给张禾发去请示，等候进一步的指令。可不知为什么，张禾久久没有回复，储枫不禁感到坐立不安。他知道，父亲肯定已经收到母亲遇害的消息了，想必弟弟的尸体也被发现了。"银色蛛丝"能探测到窖间仓库外面发生的事情，知道有异化的怪物，并且追踪定位到直升机里。虽然轻葶也是消亡大陆的国民，但是和被拐者不同，犯了罪，可就不那么容易交涉了，尤其还涉及常理难以解释的情况。父亲一定会让他即刻回去把前因后果都汇报清楚，直升机上的四个人也都会被细细审问。

想到这里，储枫惴惴不安，十分担心，完全不知该如何面对。他本想确认了哀可儿和贝蒂安全后就赶紧离开。直升机原本是要飞去朴统领那里的，身为一国统领，他不满张氏集团干政掌权良久，水流星站在朴统领的战线，只想利用他们暗中协助，谁知半路遇上这样的突发情况，闹得这么大，想不引起注意也难了，朴统领也必定会撇清干系。

储枫虽有想过半路把其他人放下去，再由纽扣隐匿踪迹，可纽扣只剩两颗，他和爐氲探长都受了重伤，另两位姑娘也昏迷不醒，这个团队千疮百孔，已是疲惫不堪，很难再七零八落地各自奔波了。

此时，久久不落的暴风雨终于来临，电闪雷鸣，倾盆瓢泼，直升机根本无法起飞，附近也没有能开的车，倒也断了他们逃跑的念想。不如就随机应变，直面风雨吧。

直升机里的同伴被接进研究所，做了一些简单的包扎。他们蜷缩在一起，东倒西歪，望着门窗外的暴风雨，而储枫的心情愈发忐忑，为何这么久，父亲还没有回复他们？他又想起方才皇家酒店那边的骚动，这个夜晚，似乎还发生了别的事情，莫非是因为麻烦接踵而至，让父亲乱了方寸，心绪不宁，无暇应对吗？

终于，铃声响了，大汪指挥官的联络器和储枫的手机同时响了，联系他们的分别是张禾的秘书和助理。他们都带来了同一个消息：张统领头痛难忍，突发恶疾，刚刚暴病身亡了！

什……什么？

这一切，实在发生得太突然了，接二连三的重击犹如五雷轰顶，让人始料不及。储枫失魂落魄地站在那里，手机从手中滑落。

他确实很苦恼该如何应付父亲，可他从来没想过要让父亲死去，原以为，这个晚上的噩梦也该结束了，刚刚他还在想象，一向冷硬暴戾的父亲，在知道丧妻丧子之后，会是什么样的反应。可如今，这种猜测已经变得毫无意义，是他自己在面对支离破碎的家庭，既是恶贯满盈的家人们，也是骨肉至亲的家人们，一夜之间全都离他而去，让他如何接受？

"少爷！您不能这样！"大汪指挥官摇晃着他的肩膀，让他回过神来，"现在张统领的领域一瞬间变得无人掌管，您知道吗？二爷和三爷可都虎视眈眈地盯着它们，恨不得立刻将张氏集团一口吞下呢！如果您不赶紧回去主持大局，把权力拱手让人，到时候可就一点儿活路都没有了！"

"我……我哪里还有力气……去争抢这些！"储枫面色惨白，手脚冰凉，但手机那端的秘书和助理也在劝说他："少爷，张统领临终前交代我们一定要好好保住您，还有与张统领交好的军政势力，他们和二爷、三爷、藤原家族不睦已久，一定会支持您的。您可千万不要辜负了张统领的期望，让别人钻了空子呀！"

储枫无意识地点着头，心慌意乱，转头看见了自己的朋友们。鼯四还醒着，就连燐鼠探长也没有像以往那样睡死过去，他们都在忧心忡忡地看着他，目光充满了关心，想安慰些什么，却也不知从何说起。大汪指挥官他们说得对，他自己的命运，他的朋友们的命运，绝不能交到二叔和三叔的手上。若他们接过张禾领域的"银色蛛丝"的权限，他和他的朋友们都无法逃脱。

可悲的张氏集团啊！永远摆脱不了自相残杀的命运。张哲樨夺权时杀了张哲榆和他所有的子女，若张桦或张榕独掌大权，也同样不会放过他。父亲于六年前继任时，势力被狡猾的祖父瓜分给三个儿子，相互制衡，父亲好不容易才让统治变得稳定，等地位稳固，也是想要把弟弟们全都铲除的。可毕竟，父亲殚精竭虑付出了那么多心血，而他又有何颜面就此颓废，放任自己还像以前一样在外逃避，做一个软弱无能的人呢？

储枫下定了决心，点了点头。他命人把朋友们都安顿好，赶回了庄园。前路渺茫，前途未卜，可雨后总有晴天。

不一会儿，天晴了，晨光熹微，大使馆的人到了，带走了哀可儿和贝蒂。经历了如此多的磨难，她们终于要回到自己的国家了。

# 09.死亡枯木

　　昏暗狭小的牢房里，一方天窗渗入阳光，张桤坐在冰冷的地面上，靠着石墙，仰头望着它，一动不动，一看便看了很久。

　　长空辽阔，透过铁窗也只剩一点点。他还穿着那件染血的白衣，看起来穷途落魄，也遭受了不少折磨，但仪态如旧、气定神闲，仿佛在等待着什么。

　　这时，牢房的门开了，米杉就站在外面，淡然看着他，身后空无一人。

　　"您是怎么出来的？"张桤的视线落在米杉身上，并不惊讶。

　　"我所在的地方，被你用'银色蛛丝'监视控制着，证明它在你的领域，总负责人却发现不了，不过是因为存在心理盲区罢了。"米杉轻轻地笑了笑，"张禾不重视你的微末之地，认为只有山间的一小段路可探测，不值得监控，可你那华丽的神殿，偏偏就在那段路上，在拐进密林的废弃教堂下方，最珍贵的物品和最机密的实验全都藏在里面。储枫继任之后，一寸一寸地搜查了你的领域，终于发现了豁口，扩展出一小块新的地图。在废弃教堂的墙壁雕刻上找到机关，便可发现通往地下的楼梯，找到那富丽堂皇、洋溢着圣光的实验室。"

　　"他终于还是继任了，了不起。"张桤漠不关心地说，"那么，他又为什么把我晾在这儿，反而是您来找我呢？"

　　"他不想见你。"米杉从容不迫地走到铁床边坐了下来，"你自己也清楚吧？朴政伊的手机被砸碎了，但在基站查阅通讯记录后，发现是你在被抓起来之前给她发了信息，告诉她两个儿子在窨间仓库打了起来，而她当时就在城南附近参加宴会，就匆匆赶去了。轻荨会变成那样，也是你下的手。张禾的急症……想必也和放在他办公室的帝王花有关吧？储枫的父母和弟弟，相当于全是你杀的，一夜之间，下手又快又狠，差一点儿连储枫也命丧黄泉。这种情况下，储枫怎么还肯见你呢？"

"您说错了，自从我拜托嫂夫人把那盆花放进办公室，已经过去五年了，长兄大人什么时候病发，也不是我能掌控的。张储槐把轻荨小姐带走，也在我的意料之外。我原本就没想大开杀戒，只是恰巧都赶在了一个晚上。"张楷垂下眼睑，"所以呢，我说得没错，储枫终究是要杀我报仇的。"

"唔……我不知道那该不该被称为'报仇'。把你交给法院，你也会被判死刑。他不会包庇你。"

"死去的三个人，哪个不是罪有应得，法院能判他们死刑吗？说到底还是弱肉强食，也用不着储枫走这些程序，这么虚伪。"

"那是因为这个国家扭曲了，储枫想把它修正过来。"米杉亦惆怅地望向天窗，"初次见他之时，他看起来很恨我，我心里是清楚的。他在梦游的时候去过我的房间，质问我，是我一手造就的灾难让这个国家发生了翻天覆地的改变，让永生岛发展成为一个畸形的社会，所有人，尤其是穷人，都要活得谨小慎微，思想意识也愈加走向被驯化。"

"人类的本质就是如此，"张楷冷漠地说，"像牲畜一样低级愚蠢，要不然就自私冷漠，要不然就懦弱退缩，要不然就极端狂热，没有'银色蛛丝'的存在，他们就不会这样吗？这些被你们称为'怪物'的东西，是我让它们进化为一个更好的种族。我的实验一直很成功，这个世界充满了多种多样的生命，而它们也会拯救我。"

"曾经我也这样以为，所以才会发明'银色蛛丝'，"米杉点了点头，"扼杀谣言，杜绝犯罪，可实际上最终得利的只有当权者而已，时时刻刻的监视、警告、舆论引导，将人们相互分隔，瓦解了弱势群体团结的力量，敢说话的人消失了，人们必须生活在当权者制定的规矩里，你所说的这种人便越来越多。没有'银色蛛丝'的存在，确实也会有这样的人，可美好善良的感情联结在一起，就会比这些见不得人的负面情感强大很多。"

"所以后来，您才轻易被我的手下带回来，一点儿反抗也没有。想必是逃

　　　　　　　　第三章　永生岛

避了这么久，也要借我的机器设备把这蛛丝解开，放那些被黏住的杂虫们自由了。"张桤叹了口气，"不管您是否承认，可事实就是，他们没有能力决定自己的自由，只能由您来决定。卑微弱小的人只能任人宰割。"

"而你不愿做那卑微弱小的人，无论是自由还是权力，全是从小被束缚在强者牢笼下的你，完完全全凭靠自己获得的，对吗？"米杉微微一笑，"布里安妩死了，是变异后的轻蓁杀的，这才是你那天晚上的计划吧？往生岛现在以此为由，对永生岛紧追不舍，要求交出幕后真凶，也就是你。可你让我卸掉了往生岛的屏障，并投放了新产的机械蜘蛛，短短时间，往生岛已经在你的掌控之中，所以你才能控制海盗。而你培育出的那只叫'森蛰鬼'的液体生物，以我猜测，目前是附在了四大贵族之一的某人身上。把你交给往生岛之后，你就彻底逃脱了这里，在新的国土踏上万人之巅，真正无拘无束地得到想要的一切。这样说来，你的才华与天分，你钟爱的怪物们，确实在拯救你。"

"您听起来好像很赞赏我。"张桤眯起眼睛。

"你确实很厉害，我喜欢天才。不过，我还是有一些疑问。"

"什么疑问？"

"你本来就可以偷偷跑去往生岛，何必绕这么大一个圈子？"

"之前本想一直隐藏下去，夺取张氏集团，把永生岛也控制在手里，"张桤自嘲地笑了一声，"但事情提前败露，沦落至此，那条偷渡线路也不能用了，才无奈地走到这一步。"

"原来如此，我差点儿忘了，你原本就是要把家族的人除尽的。"米杉微笑颔首，"果然铁石心肠。不过你有想过没有，永生岛是不会放你离开的。"

张桤沉默了一会儿，开口说："国公之女遇害，你们拒绝交出凶手，此事若成了导火索，往生岛会开战的。"

"永生岛实力雄厚，不会畏惧那蕞尔小国。"

"储枫现在根基不稳，好不容易争到这位子，想必已经心力交瘁了。二哥和三哥骄横跋扈、操握权柄、虎视眈眈，那些费尽心思扶持储枫的人也暗怀鬼胎，尤其是朴统领，只想把资历浅薄的外甥当作傀儡，恐怖组织啄木鸟还在闹事。这么多麻烦，国内已经乱成一锅粥，储枫自身难保，还要树立外敌吗？就算往生岛再破落，也是个威胁，内忧外患，如何硬撑？储枫总以慈悲济世天下，难道想看到百姓流离失所，最后两败俱伤吗？"

"你所说的困难，储枫都会一一战胜的。尤其有了我的帮助，更是如虎添翼。他父亲的位置不容挑衅，永生岛的国土也不容侵犯，他不会在任何一件事情上退让。"

张桤沉不住气了，从地上"噌"地站了起来，又因为低血压而扶着墙："为什么不肯各退一步？为什么就是不肯放过我？"

"很好，有情绪了，知道生气了。这就是你的本来面目吧，和七岁的时候在你的笔记里发脾气的小男孩儿一样。"米杉反倒笑出了声，"你想一走了之，不如想想该怎么赎罪比较好。"

听了这话，张桤冷笑了声，抱着臂膀问："说到底，还是另有所图。你们有什么要求？"

"该怎么让轻莩恢复成原样？"

"不知道。"张桤用平淡的口吻答道，"这是不可能的。它们的人类内芯已经死了，被灌入了新的生命、新的魂灵。"

"可是轻莩尚未完全完成转化，还有自己的意识。你不想试一下吗？"米杉看起来胸有成竹，"这么出色的科学家，是不会放弃任何一个挑战的吧？还是说你觉得题太难了？"

张桤嘴角抽动，抿起嘴，目光闪躲，想来是被说动了。看来，米杉还真是很懂得怎么拿捏他。大概是因为这类人对自己的才能都很自傲吧。

"还有一件事要问你，"米杉站起身，看样子打算离开了，"你为什么要让清洁工挖掉孩子们的眼睛呢？你有秦筱博士留下的解码视神经电流的仪器吗？"

清洁工这么做，一定是为了眼睛里的白色芯片。流离曾提过，根据她模模糊糊的印象，这项技术不该出现在这个时代，如果它真的存在过，一定是失传了。只有秦筱博士有能力把"神经元电流翻译器"发展到这种程度。她被处死的那天，实验室里所有项目都被封存销毁。若真的侥幸留有遗物，张桤是最可能知道的。

但张桤皱了皱眉头。"什么仪器？"他眯起眼睛问，表情显得十分厌恶，"我母亲留下的？她的事情我怎么会知道呢？她真正在乎的人又不是我。"

这倒有些出乎米杉的意料。若说这件事和张桤毫无关系，只能说明，清洁工

第三章　永生岛

还同时听命于别人。那人是谁？竟然隐藏得如此之深。后世千秋都没听过秦筱博士的名字，看来她的成果全都彻底被霸占或抹消了。想到秦筱博士深爱着张哲樨，如果是他，确实可能知晓她的更多秘密，治安管理局也确实更可能听命于他，才对这个案件遮遮掩掩。可张哲樨已经六十六岁了，正是安享晚年的时候，他要这眼睛做什么？

当初储枫想要继任，张哲樨是反对的。他在张氏集团依旧极有威严，说话分量很重，似乎也清楚储枫跟他不是一条心。六年前，让长子张禾继任，他是不想让藤原家族气焰太盛。如今，他却好像更想让张榕来接替职务，毕竟张桦负面新闻缠身，狂妄自大又沉不住气，但是张桦又有一个好儿子，而张榕资质平庸，很难抉择。最后，张哲樨还是采取了观望态度。

明争暗斗无休无止，看来，想要真正完成心愿，回到平静的生活中，往后的路，依然无比艰难。


跨越了一千年，从木星来到地球，流离的意识仿佛还在丝丝缕缕地飘荡。遥远的记忆过后，她漂泊至此，偶尔，她能感觉到自己另一边的身体还沉浸在死寂般的恐惧中，以及另一边的恶魔给她带来的巨大阴影。如果当初她没有跨过壁炉，而是任由逐渐紧缩的黑暗将她吞没，或许她就会回到那边去。那么，她便永远没有机会像一个正常的普通人一样生活着，看见了地球的蓝天，和新的伙伴在一起。所有的一切，点点滴滴，都是她难得的珍宝。

过度的疲劳让她睡了个好觉，飘忽的意识游览了一遍广袤的太空和漫长的时光河流，好累，思维像是卡住了，但是，心情变得平静了。流离觉得，自己已经很久没有拥有过如此香甜的睡眠了。

所以当她听到床边的响动时，心里还在不满，还想再多睡一会儿。或许这情绪表现在了脸上，只听得身边的人说："既然醒了就别犯懒了，当心睡死过去，再也醒不过来了。"

流离不情愿地睁开眼睛，看见了熟悉的天使雕像和操作台，心里一惊。这是米杉待着的地方！难道她还在机器的身体里？她才刚刚清醒，就要开始工作吗？

"储枫的祖父和继祖母还住在庄园里，我们两个不方便出现，想来想去，还是这里最安全。"流离探头一看，才发现米杉正被复杂烦琐的操作台挡着，不知鼓捣着什么机器。流离眨了眨眼睛，自己的视野果然比困在小蜘蛛的身体时要清晰很多，不禁松了口气。此时，她正躺在床上，被褥柔软，床边挂着营养液。

"我睡了多久？"

"三周左右吧。"米杉从容地回答。

"这么久？"流离惊呼，"十月了？"

"嗯。"

"这段时间都发生了什么？储枫的婚礼举办了吗？我们是怎么找到你的？其他人都平安吗？"

米杉放下了手中的工作，终于转头看向她。流离觉得，这目光似乎不像上一次那般冰冷了。"昏迷了这么久，你不觉得饿吗？"可他看样子还是有点儿愠色似的，"问东问西的。"

这时，流离才感觉到饥肠辘辘，肚子也"咕咕"地叫了起来。"我还真有些饿了，"她不好意思地挠挠头，"想吃你做的甜品了。"

她和米杉说话的时候好像不由自主地亲近了很多，大概是因为真实的记忆回来后，那书中的文字也同她的亲身经历般，组成了她的灵魂，书中的米杉确实和她共患难，走得很近，导致她看着米杉这张脸的时候，竟然也有种怜爱之情了。这可不行！要知道，对方已经不是跟着她流浪的弟弟了！

"呃……你昏睡了这么久，吃甜品对胃不好，只能喝粥。"米杉有些困惑地看着她。

"好吧。"流离遗憾地说。

米杉去厨房煮了白米粥。这个地方一应设施还是很齐全的，平日里食材是从研究所最底层由传送带送进来的，也有负责送出垃圾的传送带，住起来也舒适，可谓相当周到了。据说这里在张氏集团成立之前就存在，张桤无意间发现后，加工了一下，并添置了最高级的设备。

在流离慢吞吞地喝粥的时候，米杉为她讲述了这段时间发生的故事，听得流离心惊肉跳。米杉已经把张桦领域所有被刻意抹去的人形数据恢复了，能看到在小学劫案的过程中，治安管理局的人任意开枪屠杀平民，还有谋害日月队长时有人去锁门并释放毒气，以及其他千千万万条触目惊心的罪证。可它们涉及面太广，牵扯根源太深，仅内部知晓，对外选择性地公布了几条不会破坏和平廉洁的假象的罪状，确保不会动摇人们对公权力的坚固信仰与思想根基。

由于亿勇社和朴统领站在一边，在对外发布的新闻里，还是把和海盗勾结、谋权篡位的幕后黑手指向了张桦，还宣扬了一番扎罗尔汉之前在直播里的指控。啄木鸟组织的恶行终究也被发了出来，也算在了张桦头上。记者们根据指令四处搜集录像，水流星自己拍摄的录像里抹去了流离和魿四的身影，只留下了无恶不作的叛贼。拍摄画面要比枯燥的数据分析和探测分析之类的证据更容易带来直观的感受，更能博人眼球，挑动起大家的情绪。虽然这也意味着治安管理不力，于统治无益，但若能铲除异己，也不得不采取这样的手段。另外，水流星也放大了自己在这场混乱中将伤者救回的举动，累积了不少威信。

"可是这样一来，不也证明了以前对于张桦的正面报道是有问题的吗？"流离不解地问。

"以前是以前，现在是现在，人们只需要时刻相信现在的报道就好。"米杉说，"就像曾经的张哲榆一样，不也是落得个无人提起的下场？"

是呀，当年的真相直到现在也无从知晓。如果是暗杀，可对外宣称病逝，也不至于新一代的年轻人连张哲樃曾经有个哥哥都不知道。这一次是张桦先公布了张储槐的录像，朴统领才以牙还牙。批准被保留的资料才是可供参考的唯一标准，其他皆无证据，成为禁令，即使有人记得，等时间慢慢过去，便也不重要了。

"张桦算是很难翻身了。"米杉耐心地继续解释道，"但藤原家族还有张榕可扶持，朴统领看似支持储枫，但要求共享'银色蛛丝'的权限，张禾之前的部属们也大多暗怀鬼胎而非真心，储枫受到各方势力的拉扯，混乱得很。但好在有了些权限，我们在永生岛也方便了很多。他和轻葶都向宝城大学提交了休学一年的申请。"

"轻葶怎么样了？"流离担忧地问。

"自从上次发狂后就恢复了正常，一直很平静，和以往一样，看起来很忧虑。"米杉收掉了流离的空碗，并拒绝了她再喝一碗的请求，"可她目前正被禁锢在张哲樃的研究所中。那天晚上发生的事情，虽然储枫已经命令严格保密，旁人不会知道杀害朴政伊与张储槐的怪物就是轻葶，但还是有少量消息透露到别人的耳朵里。张哲樃老太爷他本人就是医学博士，对她极其感兴趣，朴统领也同意将她用作生物学研究，坚决不能放回到消亡大陆。"

"那怎么办？轻葶岂不是很危险？为什么不一开始也把她藏起来？"

"事情闹得这么大，想把她藏起来也难。储枫若想顺利继任，还是要隐藏锋芒，和那二人一条心，先表现出乖顺、听话的样子，不留情面地把人交出去，才能更好地取得他们的信任，韬光养晦，以待来日。否则，只不过是自寻死路而已。"

流离不解地眨了眨眼睛，想要翻身下床，结果全身酸软无力，一个趔趄趴倒在地。而米杉居然无动于衷，一点儿想搀扶她的意思都没有。气得流离咬了咬牙，自己扶着床站了起来，头晕目眩地绕过操作台，指着米杉刚才摆弄的两台机器问道："这是'倏忽乱向'吗？"

"没错。其中一台是你们从婆娑小镇带来的，我修好了太阳能充电板；另一台是新做的。它们都增添了定时解除功能，也就是说，事先设置好的时间一到，便可自动逆转操作，让传送的人回到正常的空间和时间线中。"

"这样说来，很多事情都能方便许多。我们也可以用它们救出轻葶的吧？"
米杉微笑着点了点头。

流离开心极了，又好奇地东张西望了一会儿，最后坐到操作台前那柔软的灰色扶手椅上。以前就只看到米杉悠然自得地坐在上面，在电脑的世界里挥斥方遒，好像很神气的样子，如今亲自坐坐，感觉就是不一样！

她看着面前的一块块屏幕上，"银色蛛丝"的界面上闪烁着此起彼伏的警告图标，猜想到这是由于当前局势四分五裂，又有借助舆论打压政敌的趋势，人们的言语及动作触犯禁令太多，实在顾不过来，才会如此。等稳定后，社会便又要回到之前噤若寒蝉、紧张压抑的状态了。不过，现在的科技对恢复记忆的她来说，已经变得很原始、很落后了。她找到了魗四的定位，正在前往西北海岸的路上；其他人无法找到，应该是位于射线屏蔽区。"魗四先生是去寻找千舟先生吗？"她好奇地问，"怎么隔了这么久？"

米杉看起来又变得不太高兴的样子。"这段间，张桤的所有研究所都被搜查过，没有发现什么有用的线索。"他皱着眉头说，"应该也是存在什么秘密空间，很难找到。后来他自己交代了千舟沐和被关在西北海岸的研究所里，魗四才赶过去的。"

"虢四先生和爔氚探长现在怎么样了？"

"他们被储枫把身份改成了他的贴身保镖，可以光明正大地跟进庄园和总部，方便很多。不过，张榕一家人也搬进了庄园，毕竟产权归张哲樰所有，他想让谁住进去，谁就能住进去。"

"哦……"流离关掉了"银色蛛丝"的界面，操作了一番，"咦？我在'沉睡领土'上呈现的那段程序已经被彻底删除了？怎么回事？"

"是你昏倒的时候它自己消失的，看来你存的所有备份都同时自动消失了，除了我记忆里的。后来我也是胡乱编了一段代码骗了张桤来着。"

"你还卸掉了往生岛的'银色蛛丝'屏蔽器？"流离似乎又发现了什么，震惊地问。

"张桤带走我的目的就是让我卸掉其他国家的屏蔽器，以便他可以悄悄入侵，我目前只卸掉了往生岛的。"米杉干巴巴地回答说，"不过往生岛在永生岛北边，到冬天下大雪的时候，'银色蛛丝'在室外就不好用了。"

"你不会是还像小时候一样，看见我变得优秀了一点点，心中不满吧？"

米杉瞬间被噎得无话可说。"我什么时候……"

"最开始，你因为我读书时长比你久，你就不太乐意来着。"流离牙尖嘴利地说，"现在的语气这么不善，很难不让人这么怀疑！"

"……所以你打算跟我解释一下吗？昏迷的时候是怎么就突然开了窍了？"米杉紧紧地抿起嘴唇，"你曾经想知道自己是谁，现在，你找到答案了吗？"

流离愁眉苦脸地点了点头。她犹豫了一下，还是把自己的真实身份和来历一五一十地告诉了米杉。在她讲述的过程中，米杉的情绪也没有多大起伏，之前应该也是猜到一二了。"原来如此，"米杉连连点头，不仅没有啧啧称奇，反倒端起了架子，"倒也解释得通。这样说来，我可相当于是你的造物主，你要好好奉承才行，我要是一生气，不出书了，就没有你了。"

"性格这么恶劣，不怕是自己去世得早，别人整理你的日记，用你的名义出的书吗？"流离大怒。

"'历史'上是这么写的吗？"

流离语塞。"那倒是没有……"她看起来委屈极了，"史上并没有记载你的结局，只说你后来消失了，便再也没出现过。而且，资料里的你和你本人一点儿都不一样。"

"那么在资料里，在你们那儿引发疫情的……永生病毒第三种变异株，疫苗是怎么研发出来的？"米杉言归正传。

"十九号变异株之前的资料已经全部遗失了，"流离摇了摇头，"也不知道是谁研发的。而且，就算魊四先生是我要找的人，我只是精神数据穿越了回来，他的血是实体，我也没办法带回去。"

"如果他一千年后还活着，会在哪里呢？"米杉喃喃自语地念叨着，一向冷若冰霜的他，语气里竟也有些挂念了，毕竟魊四也算是我从小看着长大的孩子，想到今后还会有这么多充满艰险的未知，不禁感慨。

听了这话，流离也伤感至极。她不觉得魊四真的会永生存活，如果死后，骨灰没撒向大海或天空，也可能留在了地球上。千年后的地球炎热无比，那么多死去的亡灵，能找到他的机会也很渺茫。她不想回去面对那一切，被通缉、被追赶、被轻视，沉在孤单的海底，无依无靠，可一想到病重的莎莎美，又觉得自己不该逃避。若自己那边的身体被找到，意识被摧毁，她在这边的灵魂恐怕也会消散，彻底死去了。

想到这儿，她的眼眶里不禁又充盈起泪水。自己可真是脆弱呀！怎么获得了人类的肉身之后，心灵这么容易感觉到悲伤呢？

"流离，"米杉显得有些局促，走到她面前，认真地看着她，神态和语气再次变得很柔和，"你想回去吗？"

流离发现，每次她伤心的时候，米杉似乎都能感知到，然后就尽量表现得和善一点儿。这个发现让流离有点儿惭愧，毕竟对于米杉的性格来说，属实不易了。可是她依然很难过。

"我在你面前，一定也让你很不自在吧？我在你心里，一定也无足轻重吧？"

"我确实不知该如何面对你，"米杉长叹了一声，"你总让我想起年轻的时候，和流离姐姐在一起的日子，想起自己的罪愆。看着你，总觉得她还没有死。当初若直接离开张氏集团，和她在一起，又会是什么样的生活？会不会和现在一样呢？"

看着那双晶莹剔透的眼睛，相比于之前的清冷，此刻充满了不一样的感情，变得水亮柔光，流离的心也不禁为之动容。

"可是，人生不会有如果。"米杉继续说，"初次见到你，我的内心就很彷徨，希望你们是同一个人，也担心自己会像沉溺于梦境时那样自欺欺人。现在我知道了，死了就是死了，这个事实永远不会改变，你无时无刻不在提醒我这一点。不过，我从未想过，我写出了和流离姐姐一模一样的人，成了一个全新的生命。你的出现，是意想不到的惊喜，是突如其来的恩典，珍贵难得。我并没有认为你无足轻重，也不是盼着你离开。我知道你有自己的使命和故乡，我了解你，你不可能永远留在这里。"

是呀，他所创作的思想便是她的思想，他所赋予的灵魂便是她的灵魂，他怎么可能不了解自己呢？而米杉对曾经的流离，像对待珍藏的秘密，是任何人都不容触碰的。她也不能。流离知道自己不该奢求太多——没有作者不珍视自己写出的角色，尤其还是承载了爱和思念的角色，可她也仅能处于这样的位置了。她没有机会让他把她当作一个独立的个体重新认识一次，毕竟从她诞生起，她的生命就不仅仅是书中的故事了，她还多了自己的阅历和生活。

一直以来，不能被当作活生生的人来进行平等的交流，这是她最在意的事情，是她心里最大的痛苦。在昏迷之前，可以用自己的能力帮助到同伴们，她虽然很欣慰，可是米杉冷漠的态度和强硬的使用方式还是让她感到很伤心。流离不想被当作机器，也不想被当作角色，她只想做独一无二的自己。

"说到底，我也不过是一个粗糙的仿制品罢了。"流离神色哀愁地说，"你说得没错，我确实应该回去。我能感觉到将我维持在这里的能量已经越来越衰弱了。与其混吃等死，不如用仅剩的能量发挥价值，就像上次一样，无所不在，将分裂隔离的人联系在一起。"

"上一次？仅仅一个城市你就昏迷了这么久，还要再试，不怕魂飞魄散吗？"

"刚才，我浏览了你的电脑，知道目前来说，解除'银色蛛丝'很麻烦，就算关闭基站，国内随机分布的几亿只蜘蛛也很难回收，很容易死灰复燃。即使破解，也没有媒体会报道真相。"

"这点小事，我自己也能解决。"米杉皱起眉头，想了想，仿佛有些局促，有些不太自在似的，移开目光，试探地说，"我……那时候……无意伤害你，也不应该把你当作工具。是我言语失当，被这超前的发现冲昏了头脑，抱歉……请不要放在心上。"

听米杉这么说，流离还是觉得很惊讶的。米杉果然知道她心中的症结。他不敢看她，流离倒也分不清他到底是真这么想，还是因为过于聪慧而安慰她几句罢了。不管怎么说，她还是感到很宽慰的。"在我心里，你们都是我最亲近的朋友，流落至此，这几个月的经历，我不可能当作全然没有发生过。"流离微笑着说，"在我离开之前，只想看到一切尘埃落定，看到你们都平安；也希望能实现心愿，就像坚持记忆中的信念一样，把真相报道出去，揭露丑陋的罪恶，还人们公平正义，使民智开化，人人谈笑风生。"

"你的理想还真的一直没有改变过。"米杉笑了笑，语气有些怀念，"流离姐姐在追求理想时，百折不挠、毫不动摇的样子最为闪闪发光，这一点，你们是一样的。"

流离看起来又有些失落了。

见状，米杉的眼珠转了转，连忙继续起刚才的话题："不过，现在的民众受奴役、被欺骗，胆小怕事，已经习惯了，这些天，大众不知改变了多少次想法，被别有用心的人利用、蒙蔽、操控，简直易如反掌。骤然巨变带来了冲击，人们又可以随便议论，那失望与混乱的场面不知会有多严重，稍微不慎就很容易走向另一个极端。"

"总会渐渐走向平衡的，"流离惆怅地说，"至少，人类藏在内心深处的情感被照亮，变回了会说会笑、有血有肉、有情有义的人，不再是那些供养权贵欲望的草木机器，这样的力量才是稳定的、是永恒的。"

相比于流离，永生岛的人民才是那些被任意使用的工具，没有言论自由和舆论监督，没有怒吼、抗议、热心、温情，吃人的机器永远吃人，被开枪打死掩埋的人、被折磨成精神病患的人、被霸占了财产拘留的人、病情被刻意加重的人、被奸辱至死当作意外处理的人，欲望无休无止，生命的电力用尽即弃，累累白骨就这样堆叠在脚底，不为人知，生活在假象中的人们独善其身、自欺欺人。不，这个国家不应该这样，这个世界不应该这样。对于不公的现象、肮脏的罪恶，舆论监督很重要。虽然也会产生不负责任的言语、肆意无知的评论，但是，人们整体的情感和态度总会积极向上，群众凝聚的意见拥有团结的力量，拥有深度思考能力的人会越来越多，美好的光芒一定会盖过黑暗的。

　　见流离刚醒来，依然很虚弱，此时有些累了，米杉将她扶了起来，送回到床上，让她好好休息。他想到了一件事，不禁好奇地问："你既然知晓历史，此番困境的结局，难道没有听说过吗？"

　　"来到这个时代之后，我只记得自己的经历，或本身熟知的事情，其他历史性知识包都暂时打不开了。"流离垂头丧气地摇了摇头，盖上了被子，"当然，我了解过自己的作者，只是，关于你的介绍大多都是传言，你的人生经历没有详细记载，只提过在这个时代，永生岛确实经历过一场漫长的浩劫，可你在其中做了什么，也只是后世的推测而已。不过，我能够记得的是，因你的科技引发的灾难，全都会结束的。"


　　魖四一个人沿着西北海岸默默走着。此地果真荒凉，人烟稀少，冷风戚戚。鹿之化工厂已经被封，如今只剩残壳，颓垣败井；再往北走十几公里就是张桤的研究所，一番搜查后，也基本人去楼空了。而搜查人员不知道的，是研究所后花园的那个通往地下的入口。魖四掏出口袋中的纸片，上面有张桤提供的草图，根据指示，他找到了机关，花甸分裂露出石阶，他打开手电向下走去。

　　石阶后是铁梯，随后是平行的电梯铁轨。向大海的方向驶去，有三道密封闸门。第二、第三道门之间有一个小型潜水艇，乘坐潜水艇下沉、向北，没多久便是一间巨大的圆舱，那原本是海盗和偷渡者的休息处，被张桤改造成了研究室。潜艇与其对接后，魖四迫不及待地冲了进去，四处搜寻。

　　这里简直令人毛骨悚然，有好几只巨大的八千足盘绕在此处，只是它们大多慵懒，只看了魖四一眼，便趴在那儿继续睡觉了，并没有攻击意图。魖四看到圆舱内有专门的洞口以供这种生物出入，它们可以去海洋肆意遨游，好不痛快。

　　外面这一圈大多都是这样的景象，用卡刷开门，再向内走一圈，长长的环形走廊上，便可以看到更多奇奇怪怪的生物，只是大多都是失败品，有些长着模糊的人脸，已经看不出原本的样子了，死去后在水缸里泡着，露出奇形怪状的白骨来；更多的生物并非由人类改造，很多也生命垂危。魖四从它们中间穿过，不知不觉间，全身颤抖不已，嘴唇惨白。他不敢再走下去了，不敢想象接下来他会看见什么、会在什么地方找到千舟沐和。万一……万一他的脸，也长在一堆融化的尸体上……那健壮朝气的身体，变成一团肉块，或者变成人不人、鬼不鬼的怪物模样，又该怎么办呢？

颤抖的手又刷开了一道门，面前是广阔的大厅，中心的旋转楼梯通往楼下，圆形厅堂周围排布着很多门。门里面似乎是更珍贵的材料。骊四小心翼翼地打开一道道门，向里探望着，直到……

在这扇门里，四分之三的房间都被一个巨大的水箱占据着，水箱装满了水，纯净无比，旁边有换水的装置和氧气泵。在水箱的角落，蜷缩着一个……人？他有着人类的身体，有着和狼人一样强壮锋利的爪子，有着九彩天凤一样绚烂的尾巴，有着长在颈部两侧的鱼鳍。

他有着和千舟沐和一模一样的面容，腰间围了一块遮羞布，脖子上还挂着他们一起买的捕梦网，悬浮在水中。

他沉睡在那里，安详极了。

骊四静静地看了他很久，然后轻轻走进屋子里，可这屋子实在太安静了，如此谨慎的脚步声，还是吵醒了他。或许他的听觉也变得灵敏很多，因为骊四的脚步向来很轻的。

千舟沐和突然睁开了眼睛，看见了骊四，显然惊喜交加，完全没想到的样子，"噌"地蹿了起来，一下子便游到了水箱顶，撞到了脑袋，让骊四吓了一跳，担心极了。千舟沐和举起爪子，笨拙地揉了揉自己的头顶，然后游到玻璃前，用爪子拍着玻璃，张开嘴，"呜呜"地对着骊四说话。

可他并没有发出声音。

在千舟沐和张开的嘴里，牙齿像鲨鱼一样，一排一排的，满嘴都是，尖锐至极；而舌头，似乎是在嗓子里蠕动。他艰难地开口说话，像人类一样说话，可终究是一点儿声音也没有。

他的喉咙已经再也发不出声音了。

没想到，在犬熔镇的那句离别，那句赌气的话语，是骊四在漫长的生命中，最后一次听到千舟沐和的声音。

那时候，他们在吵架，骊四知道自己说话很伤人，气得千舟沐和在跑掉之前对他说：

"我们从此互不相识。"

那是一句气话。

但却是他对自己说的最后一句话。

为什么……会这样？为什么外面的世界如此残忍？为什么命运如此狡诈无情？

见鱼四呆呆地望着自己，千舟沐和仿佛意识到了什么，变得紧张、不自在起来。他又蜷缩成一团，似乎是以自己这副样子为耻，羞于再见故人，背对着鱼四躲在角落。

"千……千舟……"鱼四连忙拍打起玻璃，"我来了，我找到你了！快转过来看着我。"

千舟沐和显得萎靡不振的，偷偷地回头瞅着鱼四。

鱼四在那一瞬间觉得很难过，想必是自己刚刚的反应让千舟沐和伤心了吧？他们从小一起长大，竹马之交，同甘共苦，是彼此最为亲密的人，曾经无忧无虑的日子仿佛近在眼前。如今，这一墙玻璃将他们隔开，也仿佛将他们隔在了世界的两端，再难靠近。

千舟沐和转过身，和鱼四急切的目光相对，又扭扭捏捏地凑到了鱼四跟前。鱼四原以为，他会看见一双失望、灰暗、毫无生机的眼睛，可千舟沐和眼中的朝晖依然明亮，没有变过。他总是这样，乐观无畏，积极向上。在每一个脆弱的时刻，鱼四都会想起这样的他，从而获得力量，他有趣的灵魂无时无刻不感染着自己。

张桤也是看见了千舟沐和这样的品质才会对其最为精心，通过晶体追踪器，他能看见他们的故事，能听见是千舟沐和救了山神。在他扭曲的心灵中，赞赏之人才会得到这种"特殊照顾"。这是他在画草图时亲口所言。幸亏当时鱼四不在那里，否则一定把他揍得找不到北的！

"你能出来吗？"鱼四四处张望着，想找到能打开水箱的开关，但千舟沐和挥了挥爪子，头摇得跟拨浪鼓似的，指了指自己的鱼鳃。

"你不能离开水吗？"鱼四忧心地问。

千舟沐和委屈地点了点头。

"没……没关系，"鱼四强忍住眼中的泪水，试图摆出安慰的微笑，"我就在这里陪着你，我是不会走的，我们还会和以前一样在一起，我再也不要离开你了。"

千舟沐和反倒显出了为难的样子。他指了指鱡四的脸，然后抹了抹自己的眼睛，意思是让他不要哭泣。鱡四难得脆弱的一面让他手足无措，连忙手舞足蹈地安慰他，动作滑稽，扭动着诡异舞姿，似乎是要故意逗鱡四开心似的。

鱡四的泪水终于忍不住，如泉水般涌了出来。他站在那里，手撑着玻璃，泪眼婆娑地看着千舟沐和手忙脚乱逗他笑的样子，完全抑制不住自己，恸哭不已。

千舟沐和这下子是真的慌乱了。他也不跳舞了，只是乖乖地待在鱡四的身边，挠了挠头上短粗的头发——也不知道是经常修剪，还是不会长了，他的头发一直保持着原样。他用爪子比画着字：我最后悔赌气出走，离开你们，离开你……

鱡四不住地摇着头。"是我的错……"他抽泣着说，"是我让你伤心了……"

门开了，八千足的蜈蚣触手从外面滑了进来，鱡四有点紧张，但触手只是把刚捉的鲜鱼通过投食口扔进了水箱里，便关门走了。那鱼在水箱里游着，而千舟沐和速度很快，一爪戳死了它。他抓起鱼凑到嘴边，然后突然意识到鱡四在看他，羞愧得连忙把鱼藏到身后。

"呃……"鱡四试探着问，"你要吃饭吗？"

千舟沐和不好意思地点了点头。

"吃生鱼……呃……怕我看到吗？觉得太野蛮吗？"

千舟沐和比了个大拇指。

"你吃吧……"鱡四转过身，背对着千舟沐和，"我不看你就是了。"

鱡四看着自己的口袋中包起来的红杏干。这是他新买的，因为从家乡带出来的那一大包，之前全被千舟沐和带走了，也不知现在都在哪里，更不知千舟沐和还能不能再吃了。这时，他听到了千舟沐和敲玻璃的声音，于是又转了回去，发现鱼已经吃完，连骨头都不剩，而千舟沐和正盯着他手里的红杏干。

"你能吃吗？"鱡四担忧地问，"别是不适合你，再吃坏了。"

千舟沐和揉了揉自己的肚子，又比了一个大拇指，意思是"没问题！"所以鱡四把红杏干通过投食口扔了进去，被千舟沐和迅速吃掉了。看到这样的情景，鱡四无可奈何地笑了一声。这一声笑让千舟沐和高兴不少，又开始手舞足蹈起来。

“不许跳了！”鱩四板着脸说。

千舟沐和赶紧停了下来，规规矩矩地待在那里等候训斥。

“你不是说了解我吗？”鱩四揉了揉眼睛，脸上还挂着未干的泪痕，“我现在想要的是什么？”

千舟沐和想了想，指了指自己的爪心。他将爪子贴在了玻璃上。而鱩四轻轻靠了过去，额头抵着他的爪子。

那玻璃仿佛消失了，只有鱩四的额头抵在千舟沐和的手心。长久而温馨，在这寂寥的海底，他们都露出了真心的笑容。

轻葶被关在张哲樨的医药研究所里。不知为什么，担任张氏集团的总裁这么久，张哲樨早就舍弃了之前的职业，年近古稀的他却突然对科学研究重新燃起超乎寻常的热情，甚至比他年轻时还要感兴趣。张桤的研究资料大多被张哲樨搜刮了个干净，而那些八千足不知道躲去了哪里，一直没捕捉到。看来，因为有扎罗尔琼的信息，张桤已经对永生岛的地下线路了如指掌，而那些八千足是很容易在地底躲藏穿梭的。目前只有轻葶一个被抓住，自然格外注重。

这段日子里，轻葶一直被抽血、化验、扫描，折腾得不轻。由于只有她一个实验材料，研究人员必须要保证她的存活，而且和消亡大陆的交涉还没有停止，不能让她受到过多的伤害。轻葶的神志也是清醒的，只是很孤独、很害怕，没有熟人来看过她，她的眼前只有人们冷冰冰的脸和冷冰冰的仪器，实在是让人不安。

这天，张哲樨照例前来督导实验，打算尝试通过电击让轻葶异化。轻葶吓坏了，在防护玻璃内被连接上仪器，与观察人员相隔较远，瑟瑟发抖地挣扎着。然而这时，储枫传来了消息。“老太爷，总裁大人请您回庄园参加堂二小姐的生日午宴。”手下恭恭敬敬地前来传话，“由于您不接电话，便让属下来亲自通知您。”

“午宴？”张哲樨皱着眉头问，“今天确实是红桃的十四岁生日，可是，之前不说是晚宴吗？白天这么忙，把我的礼物送过去就好。”

“回老太爷，今天是休息日，”手下汇报说，“晚上堂二小姐会去学校的姐妹准备的派对，就改成了午宴。只是自家人吃饭，总裁大人交代，希望家人不要缺席，三爷也希望您能去。”

张哲�犹豫了一下，对其他研究人员说："你们把人看好，等我下午回来。"

"是。"其他人答道。

在午宴进行到一半时，张哲榫的手机响了起来，他拿出来一看，突然大惊失色，脱手将手机掉在桌面上，发出"咣"的声响。

"祖父大人，您怎么了？"储枫端庄地坐在一旁，优雅地切割着自己的食物，并没过多反应，仿佛早就知道发生了什么。

只见张哲榫惊魂未定地又拿起手机，通过屏幕能看到轻葶所在的实验室，而一个意想不到的人就站在摄像头前，和他四目相对，怡然自得地对着他挥了挥手。

怎么会？消失了二十年，怎么会突然出现在这里？张哲榫不解，更不知米杉是如何进入研究所、如何进入这间实验室的，于是尤为慌乱。他连忙调出之前的监控细细观看，发现监控器和报警器并没有出故障，巡逻路线和安防措施也一如往常，然而，米杉却凭空出现在实验室中，如同魔法一般。当他出现后，报警器才响起来，在现场加班的工作人员也受到惊吓，陷入混乱之中，被隔在防护玻璃外，没有人敢冲上前去。

轻葶在恍惚之中，看见出现在身边的米杉，惊喜交加。"米杉先生！"她高兴地叫道。

"嘘，"米杉将食指放在唇边，将她解开，轻柔地说，"别害怕，你很快就能痊愈了。"

张哲榫眼睁睁地看着米杉站在镜头前，用冰冷的目光扫了他一眼，傲气凌人，露出轻蔑的微笑，随后，竟然和轻葶两个人凭空消失了，只剩下空荡荡的屋子。这一切太过诡异，太过不同寻常，张哲榫从未见过这项科技，心急如焚，猛地站了起来，大声叫嚷着："他怎么出现在这里？"

"嗯？您说谁？"储枫无辜地问，看似毫不知情。而餐桌上的其他人也全都面面相觑，不明所以。张哲榫稳了稳心神，他不愿与他们说得太细。他在将张哲榆及其子女全部杀尽后，就该知道这条漏网之鱼日后必成心腹大患。"银色蛛丝"就是他发明的，他在永生岛游刃有余，神出鬼没，也不奇怪。况且，他的智商和能力实在让人害怕，此时，又展现出了前所未闻的技术——若真能肆无忌惮地凭空出现再凭空消失，岂不是任何地方都可以来去自如了吗？怎能不忧心？

张哲樨简短地说：“我还有事，先走了。”说完，也不顾藤原绪的阻拦，便匆匆离去了。储枫看着他的背影，知道他此刻正赶回研究所，可是“倏忽乱向”已经将实验室里的那两人藏进了与正常时间线相错两秒的空间口袋里，他是找不到人的。

储枫也站了起来，对其他人说：“实在很抱歉，我也有些事还没有忙完，就先失陪了。”

“当上了总裁就是不一样，还真忙，”藤原绪阴阳怪气地说，“还是说，眼界高了，不屑于和我们这些小人物一起吃饭了。”

“祖母大人说笑了，”储枫彬彬有礼地说，“您的分量无人能及，孙儿不敢冒犯。只是确有急事。您和三叔，还有您的亲孙子、亲孙女尽情享受天伦之乐就好，也不需要我待在跟前。”

“不要耽误了堂兄的正事，”见藤原绪似乎是生气了，张红桃连忙开口，懂事地说，“我没事的，我很想和父母还有奶奶一起过生日，谢谢堂兄的礼物。”

藤原绪和张榕当然不想让储枫走，不管有什么事，能牵绊住他是最好的。可他们是留不住储枫的，只能眼神示意手下偷偷跟上去，结果这手下还没出庄园的大门，就被作为贴身保镖的爔鼠探长一掌劈晕了。

“着实愚蠢。”储枫言简意赅地评论道，“祖母大人和三叔的背景虽然强大，但智商堪忧，实在不足为惧。”

实际上，储枫安排了大汪指挥官接出了张桤，在这个时候，恐怕已经在集合地点等候了，等轻葶被救出后，他们会一起被秘密送往西北海岸，研究解药。鱲四先去探了路，确保了秘密研究室的安全性，而小汪指挥官则接受他的指令，也带着海上警卫队前去看守护卫，不让任何人接近。而储枫本人此时会去“银色蛛丝”的总指挥室，为他们提供掩护，同时也确保共享权限的朴统领不在那里。

“米杉先生，这到底是怎么回事？”轻葶迈着小碎步跟在米杉身后，一路上，没有遇到任何人，眼前发生的一切都让她感到十分惊奇，“我们是堕入另一个空间了吗？就像婆娑小镇一样？”

“没错，但是具体的原理需要巧妙应用才行。”米杉一边走，一边解释道，“刚刚那间实验室的防护玻璃内，是核心区，只有核心区范围的空间能与正常时间线的空间相错；而这研究所的范围属于缓冲区，其中的生物体不会传送，但会保留着和分裂时的环境相同的样子，我们可以在里面活动；若超过这个范围，便会如同'鬼打墙'一般，走不出去了。想必你也听过婆娑小镇内崖边医院的事件，那时候，CT室的铅门内便是核心区，医院则是缓冲区。当逆转操作后，被置换过来的空间内的人和物会回到他们所在的核心区与缓冲区相对应的同样位置，例如男医生的尸体出现在CT室门口，女医生出现在五楼药房内室……也算是实现了小幅度的空间跳跃吧。所以，我在这间研究所外面的隐蔽处放置了一台新制的'倏忽乱向'，可以称它为'九号机'，启动后，我赶在定时之内破解了各种电子安防，走进研究所，到了你所在的地方，也就是相对于'九号机'的缓冲区；到时间后，操作自动逆转，我便回到正常空间的相应位置，也就是你的旁边，这就是我凭空出现的原因。"

　　"那……为什么八台机器就可以让整个小镇消失呢？"轻荨迷迷糊糊地问，"还有，那个杀人魔，被困在医院二十年，难道不会饿死吗？"

　　"小镇消失，那是因为又更进了一层，结合了一种特殊的阵法，将小镇边缘切割，原本有限的范围相互吸引、延长、连接，所有的人和物全部被隔离进入了一个独立空间中，而小镇的时间线与外界并没有差异。至于戈林利瓦……就是那个杀人魔，在'倏忽乱向'启动时，大概正好踏在阵法核心区的延长线上，所以才会滑到与小镇相错两秒的空间中。他可以在环绕小镇一圈的切割线里任意行走，正好包括医院，也包括了庄稼地，维持多少年的生活都不成问题。而婆娑小镇在少了其中一台机器后，阵法变得不稳定，于是在特定的时间出现了时空坡道，才给了人进出的机会。"米杉并没有直接走回大门，而是转向岔路，来到研究所的机密重地，那里防护重重，不过，攻破这种系统对米杉来说是小菜一碟，"初到防护玻璃内的时候，我把修好的旧的'倏忽乱向'藏好了，可以称为'一号机'。当时我们身边并没有人，遥控启动后，便只有我们两个随核心区错位到这个空间里。一会儿我们走出去，回到'九号机'的位置旁，也就是'一号机'的缓冲区，等设定的时间到了，便可直接回到原来时间线的正常空间，带着'九号机'离开就可以了。"

　　"那'一号机'怎么回收呢？"

　　"不用回收，直接毁掉就行了。"说着，米杉打开了机密区，找到了解码视神经电流的机器，"这里是新分裂的空间，布置与分裂时保持相同，不会像崖边医院那时一般，破败了很久的模样，因此，这台解码机器的位置也是不变的。"

秦筱博士天赋异禀，如果米杉想凭借自己把这项技术复刻出来，不知要耗费多少时日。所以他们都更倾向于把现有的机器找出来。储枫曾经悄悄在庄园搜寻过，并没有找到它，而在云裳之城内，张哲椁名下除了庄园，便是这间研究所。米杉早就把研究所的地图搞到手了，知道机密区的位置。据说，当年秦筱博士被处死后，她的很多东西都被运到了这里。米杉只是想碰碰运气，没想到真的被他找到了。幸好它没有被移走，可能也是因为体积过于庞大的缘故。

然而，一些机密资料，还有小女孩儿的另一只眼睛，并不在这里。或许是因为比较容易携带，可能藏在张哲椁的其他私密空间里。

米杉掏出口袋中的小瓶子，将福尔马林中的那颗眼球拿了出来，放进了机器里，看到了眼睛里记录的影像——小女孩儿和那两个被奸杀的小女孩儿是朋友，她们一起从夏令营的营地里溜出去玩儿，正好到了窨间仓库附近，迎面碰上了张储槐。和网上流传的录像不同的是，张渡楸也在张储槐身边，是他怂恿并帮助张储槐做下一切恶事，还暗中将其录制下来。由于这个被移植了眼睛的小女孩儿当时和两个同伴有一段距离，没有被发现，而她吓坏了，躲在暗处，因过于惊慌而无意间启动了右眼内的装置，将所见之景深深刻印在了尚且空白的芯片中。

这只眼睛记录了这样的景象，然而恐怕它对于张哲椁来说并不重要，甚至没有人知道它曾经启动过；消失的左眼是被张哲椁拿走的，那才是他真正感兴趣的东西。既然已经得到了里面的内容，那么，这台机器被搁在这里，没有被重点防备，能被找到，这也是原因之一。秦筱博士当年做这项实验，如果成功了，并在左眼内记录了什么珍贵资料的话，想必确实会和深爱的人分享。张哲椁只让清洁工把小女孩儿的左眼交给他，证明他必定对这件事知道得一清二楚。当年没有拿到它，米杉推测，是因为秦筱博士的这个研究对象跑了，这么多年都没被找到，很可能是躲进了啄木鸟组织的基地成为叛军，如此一来，被抓后被当作移植手术的供体也不奇怪。张哲椁追查眼睛的下落，最终能找到这个小女孩儿，大概也是费了很大工夫的。

这个空间的机器是带不走的，逆转操作后，只有原来的东西才能被传送回去，正如崖边医院中被送回来的两个人和一具尸体。不过，受的伤，刻的字，手机里的新记录、新操作，也不会被改变。于是，米杉将这段录像用手机又拍摄了一遍。

完成后，米杉带着轻葶走出了研究所，来到了一个隐秘的地方，也就是米杉所说的“九号机”的所在处。“时间到了。”米杉看着表。随后，他们便回到了之前的空间，“九号机”正好出现在身旁。米杉从容不迫地抬起机器，带着轻葶坐上了车。没开出不远，只听到背后传来一声震耳欲聋的声响——绑在“一号机”旁边的定时炸弹爆炸了，把那台“倏忽乱向”炸得粉碎。

就这样，米杉一个人，轻轻松松就把轻葶救走了。需要说明的是，定时炸弹是“一号机”进行传送时自动开启的，因为此时的“倏忽乱向”依然摆脱不了影响旁边电器开关的缺点，所以不能使用遥控炸弹，更保险的是使用事先设置好时间的定时炸弹。而且，等倒计时快结束了，储枫便会对研究所的人发出提醒，立刻逃命，尽量减少伤亡。

另外，虽然流离的能力可以让她的意识穿梭于研究所的网络之中，观察、控制其中的机器，但她刚刚苏醒，此时身体还很虚弱，米杉便没有让她加入。毕竟在流离昏迷的时候，他就已经制定好了计划，依靠他自己也是可以完成的。

储枫心慈，救了研究所的员工，张哲樨自然知道他也牵扯其中，向他追问米杉的下落，只是储枫坚持不开口回答罢了，“银色蛛丝”探测到的痕迹也被米杉用自身的技术抹去，让人查不出头尾。这是储枫在表现出对张哲樨的“言听计从”而继任后，首次表现出违逆张哲樨的意图来，恐怕张哲樨的心里也要对储枫多层算计了。

后来，轻葶是被大汪指挥官的直升机接走了，送去了西北海岸，那里由小汪指挥官听令戍守，旁人也是接近不得；而米杉回到了教堂地下。他和流离还会留在云裳之城，帮助储枫平息内部争斗和外部战乱。而在西北海岸，只需要鱺四监督着张榿，把轻葶救回来，如果可能，不知千舟沐和是否也能被救回来——估计很难，因为张榿是真的想挑战研制解药才会同意配合，而千舟沐和这件“作品”，他特别喜欢、特别满意，不会轻易放弃。

面对张榿这个害死妹妹的真正仇人，以及将千舟沐和改造成这副模样的罪魁祸首，不知一向温文尔雅、待人和善的鱺四会如何对待，总觉得张榿似乎又免不了要挨一顿揍了。

“如果是这样的话，”爧氤探长去教堂地下偷闲时，一边狼吞虎咽地吃着米杉做的甜点，一边含糊不清地说，"请一定要让我看看照片，看是我三年前揍得更狠，还是毓四这家伙揍得更狠。"

"估计毓四先生要动手的话，这位恃才傲物的桤少爷就不会好好研制解药了。"流离的身体恢复得不错，也在大快朵颐，"他毕竟也有能威胁我们的筹码。"

米杉看着眼前这两个饿狼一样的家伙，终究是撇了撇嘴，没有说话。

# 10. 永生一隅的覆灭

　　半年过去了，永生岛度过了一个寒冷的冬天。春风狂啸逐雪尽，枝头却未见青芽。如今春寒料峭，也好生荒凉，难免让人深感落寞。

　　在这半年里，米杉压制住了"银色蛛丝"对网络内容的自动探测与删除功能，将流离写的报道发了出去，曝光了政府的一系列恶行。虽说只涉及张桦的领域所管辖的部门，但公职人员的犯罪行为，朴统领也难辞其咎，加之言论管制有所松动，公信力已大不如前了。水流星在朴统领的授意之下，自然发布了一些正面的报道，来挽救声名。

　　从前，朴统领算是张禾和张氏集团的傀儡，如今，他想把储枫当作傀儡，自己来掌控全局，自己来引导舆情、独是独非地指挥人们的一言一行，而不会受到张氏集团的牵制和威胁。谁承想，储枫在继任后就翻脸不认人，他算是白白打算了。有米杉这个"幕后黑手"来操控，"银色蛛丝"就只为储枫的意愿服务，朴统领根本无法控制它，也不能像张氏集团的人以前那样随心所欲。

　　"就算如此，您也还是永生岛的统领，"储枫对他说，"只是恢复到从前的模样，不再以恐怖和愚弄的手段来进行统治，也不再由独裁专政来控制民众了。"

　　朴统领只能这样选择，若没有"银色蛛丝"，自己没办法独断专行，也总比让别人继续用"银色蛛丝"来干政的好，只是从此以后要受到群众的监督，治国理政都要变得格外谨慎了。不过，相比于张氏集团的其他人，还是继续帮助储枫更为妥当。可是，自己的外甥真的会把这套能实现全国性监控与屏蔽的情报与警报系统取消掉吗？

张渡楸怂恿张储槐的录像也传播了出去，这位向来"乐善好施、救济穷人"，在民众眼中被塑造成英雄的公子，其完美形象也轰然崩塌。如今张桦的犯罪证据确凿，以巨款贪污、滥杀无辜等罪名被判处死刑，已经执行；而张渡楸被关进了监狱。这事儿算是让储枫和继祖母撕破了脸，同住在庄园，自然不得安宁。此举十分冒险，因为储枫也不确定藤原家族的军队到底会不会狗急跳墙，发动内战，杀了他再拥立张榕来接任张氏集团。不过，藤原家族没有光明正大的理由，如今"银色蛛丝"未消，他们要想编造谣言也不会管用，发动内战便是自取其辱，他们的实力也未必能敌得过张禾留下的人马。相比于明杀，不如暗杀更为合适。储枫也能猜到这一点，在这半年简直如惊弓之鸟，草木皆兵，吃穿用度都会反复检查很多次，简直是累极了。

张哲槲这个人，长子、次子、孙子，都死了，他竟然都没什么反应，不禁让人心寒又心惊。看来张恺说的是对的，若说张哲槲真正可怕的地方在哪里，便是冷血无情，纵然这罪恶的基因一脉相承，子孙们和他相比也远不能及，更别提他老奸巨猾，让人捉摸不透。自从见到米杉之后，张哲槲警惕了很多。二十年前，米杉在明处，有张哲榆监视，很难解除"银色蛛丝"的监控而毫发无伤地离开；如今，米杉在暗处，又有储枫配合，若假以时日，毁掉这项发明似乎已成定局。张哲槲变得立场不明，心思深沉，他看似只想让张氏集团稳定存续，不偏向长孙，也不偏向妻族，至于谁继任，谁死了，他毫不关心。

啄木鸟组织也被基本清剿得差不多了，种种雷厉风行的做法，为储枫积累了不少声望。另外，虽然在张禾（如今是张储枫）和张榕的领域，也存在官场不堪的现象，但并没有公布出去，以免负面消息太多引发群众的混乱，储枫暂时也没有心思应对那么多情况，只能日后慢慢斟酌。

然而，这半年的时光，也并非全然如此煎熬。过新年的时候，储枫没有留在庄园，而是偷溜出去，和米杉、流离、爓氤探长去了西北海岸。他们和魗四、轻荨一起，聚在千舟沐和的水箱前，吃了一顿丰盛的年夜饭——只是比较麻烦，因为水下实验室没有炊饮设施，平时都是小汪指挥官将军队的伙食送下来，所以年夜饭也只能在岸上的研究所中做好，再一道道运下来，可谓是相当烦琐了。

能像这样毫无顾忌地、自由地对话，真好！他们仿佛又回到了在消亡大陆度过的日子，回到了在江㝵城度过的那个晚上。在这难得清闲的时光，仿佛一切烦恼都忘掉了。一开始，他们打牌，千舟沐和只能在旁边看着，好像很无聊的样子，后来就变成了传动作的游戏。不过，骊四看着千舟沐和给他传的动作，渐渐变得怒发冲冠。"你那个动作在陆地上做得来吗？你确信人家是这么传给你的吗？你确信我能传得下去吗？"他快抓狂了，"老实待着去吧！我们还是继续打牌吧！"

别人都在笑。只有张桤被关在隔壁屋子，听着传来的欢声笑语，满脸不快。虽然年夜饭也送了他一份，但是他只有一个人在吃。那些八千足们也被关在圆舱之外，以防伤人，也不能陪他。呵，倒也习惯了。情谊、团圆，有什么好的？

新年过去，美好的时光总是短暂的，他们终究还是要回归到正常生活中。杀张桦以立威，行善事以笼络人心，储枫就这样如履薄冰地慢慢巩固自己的地位。等到一切都安稳了，"银色蛛丝"自会被销毁，这场荒诞的戏剧，也该落幕了。


到了五月末，永生岛战火连连。经过了半年多的谈判，往生岛对西北海岸方向发起了突袭。早已埋伏在往生岛的"银色蛛丝"探听到了这件事，做了充分的准备。海军接受命令，在相应的海域驻守，往生岛的军队刚越过国界线，便立刻遭到反击，没有半点前进的机会。

"张桤果然有办法给往生岛传递信号。"在地下教堂，米杉对着通讯器说，"忍了七个月，往生岛终于按捺不住，发起进攻了。"

"真是不自量力，太荒唐了！"通讯器那端的储枫说，"他们根本不是我们的对手，这不是以卵击石吗？而且会让自己的经济实力与国际声望一落千丈，往生岛怎么会做出这么愚不可及的事？"

"如果他们的目的只是抢走张桤，放他自由，这种铤而走险的方法倒也可以理解。或许，只要突破海军防线，到达西北海岸，将囚禁着的人接走，就会撤兵。他们不过是听从张桤的命令而已，哪管自己的后果呢？"虽说如此，米杉却依旧忧虑重重，"不过，有一件事不得不介意，哀博士孕育出的那个名为'森蛰鬼'的怪物，一直潜伏在往生岛，因为它是液体，是'银色蛛丝'天然的克星，常常会干扰信号，影响情报，且完全寻不到踪迹，不知道会做出什么事。此次出兵是口吕品王强势主导的，森蛰鬼很可能附身在他身上；布里安王也支持他，可能是为了自己的女儿；而其他两王没有明确表态。而且，口吕品王身为四大贵族之一，金尊玉贵，竟然带兵亲征，细思极恐，此事不得不防。"

"难道小叔叔放弃了，反悔了，不愿把轻葶恢复原样吗？"储枫在总指挥室心急如焚，"轻葶的父母每天都在发信息问他们的女儿什么时候能回去。我把她带到这种危险的地方，遭受这么多磨难，实在是对不起她。"

"根据我对张桤的了解，他不太会半途而废的。"米杉眉头紧锁，"莫非是想把她一起带走，到往生岛后再细细研究？"

"等一下，"旁边的流离突然开口说，"收到魖四的消息了。"她指着笔记本电脑，"轻葶已经被救回来了。"

"什么？"储枫又惊又喜，连忙细细读起魖四刚刚发来的资料。

改造轻葶的材料之一，包含了永生病毒的第三种变异株，它的主要作用会使末肢膨胀，细胞猛烈扩增直到身体再没有空间可支撑为止；结合史前巨型蜈蚣的种苗，最终长成一颗人头支撑八条十四米长的蜈蚣状腕足的模样，每一条腕足都有独立的副脑，和章鱼是类似的。

千年后，新型人工智能反叛首脑正是投放了该病毒，而人类在史料尽失的紧急情况下，研发出一些药物来抑制过度膨胀，因而病症表现为伸展、膨大、裂开，化为脓水，再恢复原状——这其实是吃了药的缘故，和莎莎美的症状是相符的。

秦筱博士在消亡大陆之时，对永生病毒颇有研究，只是去永生岛后搁置了。可张桤一直在延续这个研究，所以对此很熟悉。他知道永生病毒的原始株聚集在脊椎处，向上激活大脑，向下控制周围神经系统，是不传染的。而感染的生物死后，还能活动一段时间，在意识消散、身体彻底溃烂前，一般都会直接倒地而亡，不会有发狂的现象。听说了果顷的故事，他推测出果顷死前发狂是因为病毒出现了第二种变异株，开始游走全身，使人丧失理智，如同狂暴的丧尸。而这第二种变异株只在他的实验室里出现过很短的时间，由于感染者会陷入癫狂，且可以通过血液传染，很难控制，后果难料，所以张桤没让它传出去。

魖四是被果顷抓伤的，非但没有被传染发疯，反而形成了抗体，两者共存，实现了真正的不死之身。这实在过于罕见，如果流离的记忆没错的话，千年里，数十亿人也难遇一回。为救轻葶，这件事不得不透露给张桤。最终，通过魖四的血液，张桤真的研制出了将轻葶恢复成原样的解药。他用这水下圆舱实验室的其他八千足做了测试，证明这药是成功的。如果它能被带去一千年以后，也会解了人类的危机，很可惜，在星球迁移时失传了。

流离不记得最初是谁发明出了治疗这种病毒的特效药，现在看来，说不定就是张桤。这个名字流传到后世，也算是有点印象，可关于他最有名的事迹不是发明药物和疫苗，而是人工制造出新物种，相传他五岁时就创造出了一种新的昆虫，在自然界保存了下来，繁衍生息，延续了很多代，还引发过扰乱生态平衡的灾难呢。

"所以，张桤是完成了挑战之后，命往生岛进攻的，紧锣密鼓，不给咱们把他带回云裳之城的机会。"流离心事重重，"他也知道往生岛的'银色蛛丝'被我们接管了，就该明白往生岛一有动作，我们便会有所防范。永生岛的海军这么强大，他怎么有把握，往生岛一定能强攻进来，放他逃走呢？"

"我们不能还用以前那样一贯的想法去看待他，"米杉说，"他向来无权无势，所以从来没有人防范他，前人正是吃亏于此。可是，他为自己暗中培植的势力可不少。谁也不知道这些年，他究竟在海里投放了多少八千足。海上作战，占优的未必是我们。"

话音刚落，储枫这边就收到了海军部队后方遭到大量怪物袭击的消息。腕足张开后、体长可达数十米的八千足竟有足足一百头，皮糙肉厚，需用威力强大的炮弹才能把它们彻底杀死。它们与往生岛的军队前后夹击，杀得海军措手不及。然而，海军勉强支撑，还算不落下风。

谁知，在这紧要关头，海军竟然撤退了，往生岛的船队也紧随其后，进入了永生岛的海域，直奔西北海岸而去。"怎么回事？"作战指挥室里，国防部长和海军司令勃然大怒。原来，是带兵作战的上将下达了退让指令，命部下整顿旗鼓，不可硬来。

"上将大概是被森蛰鬼附身了，大海是液体，对它来说很容易游走于现场的各个指挥官身上，让他们胡乱发令，这会让士兵们不知所措，军心溃散。"朴统领镇定自若地指挥道，"传令下去，所有士兵只能听从由首都发出的远程指令，由森蛰鬼接触不到的长官直接发号施令！"

与此同时，啄木鸟组织仅剩的残余势力，也就寥寥十几人了，在扎罗尔琼的带领下，直接攻入了西北海岸的地下，和负责看守的海上警卫队爆发了直接冲突。敌军压境，海上警卫队的更多精力只能放在不断逼近的往生岛船队上，在小汪指挥官的带领下，配合支援部队一起作战，因而地下防卫不足，最终还是被啄木鸟组织攻入了水下圆舱实验室。

啄木鸟组织一贯秉承不要命的精神，为了闯进实验室，一阵激烈的枪战后，十几人最后也只剩四人。流浪数月，东躲西藏，扎罗尔琼终于见到了心心念念的主人，激动得扑上去抱住了张桤。"桤少爷，"她满眼泪光地说，"您受苦了！"而她的两个跟班则捉住了骊四，缴获了他的枪，一左一右地将他押住了。

"琼小姐如此真心相待、情深义重，奋不顾身至此，"张桤的表情无比"温柔"，轻轻抚摸着扎罗尔琼的头顶，表现得既落魄又儒雅，"目光诚恳"地对她说，"是我配不上你的心意，拖了你们的后腿了。"

"主人，您千万不要这么说！"扎罗尔琼的心中泛起了阵阵感动，似乎一切都值得了，"只要您平安，无论我付出多少，都是心甘情愿的。"

"张氏集团生产的高科技潜艇组成的战队果然很厉害，往生岛的潜艇越不过分毫，没法儿直接抵达这里把我接走。幸好有你在。"

"我们开来了潜艇，可以直接与往生岛的大军会合。"扎罗尔琼高兴地说，"他们已然声东击西，成功让我们救走了您。只要和他们接上头，就可以离开这里了！"

"永生岛的探测装备现在已经升级，十分精准，直接穿过战区，太容易受到波及，有可能根本逃不出去。"张桤摇了摇头，"往生岛的潜艇看来也到不了了，只能勉强拖住高科技潜艇部队，但是海面上的船队被海军放行，已经抵达了海岸线，正在和海上警卫队交战。我们只需要和他们接头，坐船离开，光明正大撤兵即可。永生岛遭受了重创，也不会穷追猛打，一直追到往生岛的海域去。"

"还是主人想得周到。我只想和主人在一起，守在主人的身边。"扎罗尔琼急切地说。

"这是自然的。"张桤"情真意切"地说。

骊四冷眼看着他们。"真虚伪，我想吐。"他毫不留情地说，"琼小姐，好久不见了呀。"

"骊四君，你为什么还活着？"扎罗尔琼困惑不解，刚刚攻入实验室时，她便已经大吃一惊了，险些乱了方寸，"上次明明杀了你！"

"别这么叫我，你不配！"鳎四愤怒地瞪着扎罗尔琼，"你父亲苦心经营二十年的组织，全被你拿来奉献给爱情游戏，同胞牺牲了近千条性命也不介意！现在组织里就剩下你和押着我的这两个人了吧？遍布永生岛地下的组织就这样被你挥霍了，你还怎么好意思站在我面前说话的？"

"你是不会理解我的！"扎罗尔琼冥顽不灵，满心炽热，"你懂爱情吗？这世上有你可以为之付出牺牲一切的人吗？你怎么可能懂得我这种刻骨铭心的伟大感情！"

"你少在这里自我感动了。为了你身后这个人，多少女孩子倾尽所有、要死要活、奋不顾身的，你以为只有你一个吗？"

"主人对我，自是对别人不同。"扎罗尔琼癫狂地说，"危急时刻，只有我和他站在一起！我是最重要的！"说完，她转过头看着张桤，有点儿慌张，像是想寻求认同似的。张桤对上她的目光，露出赞许的微笑，附和着说："嗯，你是最特别的。"

鳎四简直觉得无语。他难以置信地质问张桤："看着琼小姐这样，你不觉得眼熟吗？难道不是和当初的秦筱博士一模一样吗？你不是最看不起这样的人吗？"

听了这话，扎罗尔琼似乎又变得不安。只要一想到张桤有看不起自己的可能性，她就立刻变得张皇失措起来。这话让张桤的笑容也消失了，但他依然对扎罗尔琼说："鳎四先生说得没错，你是和我的母亲很像，所以我才爱你呀。"

他的语气异常冰冷，但扎罗尔琼似乎只因内容而心满意足。她让手下将鳎四捆了起来，押在身边。鳎四剧烈地挣扎着。"放开我！我不走！"他大吵大闹，"我说过，不会离开千舟了！让我留在这里吧！"在路过千舟沐和的房门口时，千舟沐和看到了这边的场景，也急得上下翻动，喉咙里吐出许多泡泡来。

"这么完美的作品，我也舍不得把它留下。"张桤微微一笑，"而你，我更感兴趣。鳎四先生，老实一点儿，我会把你们一起带走的。"

鳎四挣脱不得，渐渐平静了下来。他看着张桤将水箱顶打开，把可伸缩的皮绳扔进水里，自动将千舟沐和绑得紧紧的。千舟沐和被从水箱中拖了出来，离开了水，他的脸憋得紫红，幸好随后被放进了可移动的水缸中。

"千舟！"魑四连忙跑到他的身边，看见千舟沐和恢复了呼吸，才安心下来。很可惜他的双手被束缚着，没有办法触碰到千舟沐和。

"主人，"捉出躲在房间里瑟瑟发抖的花梨木轻葶后，扎罗尔琼询问道，"她怎么处理？"

"她已经没用了，就把她留在这里吧。"张桤冷淡地说。

"所有人都走了，唯一的潜艇也开走了，就只剩她自己一个人孤零零地被隔离在水下，这简直太危险了！"魑四着急地说。

"怎么？把她一起带到往生岛更好吗？"张桤无动于衷，"若不是人手有限，我也想带走她，再细细观察一下她的恢复情况。只是现在这种情况，实在匀不出精力再多带一个人了。别以为我不知道，她可以和储枫联络，让他来把她接走。我留她一命，没赶尽杀绝，已经够仁慈了。"

魑四不说话了，张桤的话细细想来，也是有道理的。

海军被八千足挡着，无法回攻，而且海军上将被吸干了骨髓血肉，只剩一副干瘪的皮囊，这景象让军心大乱；两方的潜艇部队也在对峙；往生岛近乎全国一半的兵力猛攻直入，只靠海上警卫队和一点儿支援是抵抗不了的。所以，已有往生岛的军舰停靠在海岸。张桤让两个跟班押着魑四、一个跟班推着千舟沐和，跟着他和扎罗尔琼一起上了潜艇。他们通过潜艇上浮，未走地下密道，直接到达了军舰上。

口吕品王就站在甲板上，满含热泪地等待着他。"主人，我可算是见到您了。"他急匆匆地迎了上去，一脸真诚，"这半年我热切地盼着您，焦急万分，寝食难安，终于等到了您的召唤！"

张桤什么都没说，跟着口吕品王走进船舱内。别看往生岛的百姓穷困潦倒，这军舰竟然装修得富丽堂皇，贵族们、军官们，都挥金如土。"海军支援部队、空军和陆军很快就要到了，"在空无一人的舰桥上，张桤皱着眉头说，"森蛰鬼，赶紧撤退，免得夜长梦多。"

"是，主人您说什么，我就听什么。"口吕品王乖巧地说。这副模样放在这个五十多岁的中年大叔身上，实在很违和。

面前是大海，背后是渐渐远去的海岸，张桤站在那里，回过头，看着这个生活了二十一年的地方，不禁思绪万千。四年前，他乘坐小艇，骑着海上摩托，也曾回望这片渐行渐远的海岸，那时候，他说自己不理解思乡的感觉，实际上，他只能感受到逃脱后短暂的自由。

很可惜，他没能实现夺取张氏集团、占有永生岛的计划。无论是偷偷溜走，还是仓皇逃走，都不如"把这囚牢彻底变成自己的天地"这个目标更具吸引力。可如今，也只能退而求其次了。

如今，他终于要离开了。

米杉拉着流离，在宙斯山原的丛林中，向山下奔跑。他一向从容不迫，喜欢坐镇后方，许久都没有这么狼狈不堪了。只听"轰"的一声，身后的教堂便猛然爆炸，发出震天动地的声响，火光冲天，许多还没来得及逃走的持枪黑衣人被当场炸死，血肉横飞。

与此同时，流离喷了一口鲜血，跪倒在地，艰难地喘息着。

米杉立刻停下查看她的状况。只见她浑身颤抖，满头大汗，看样子是不能再跑了。米杉回头看着追击的人，咬了咬牙，把流离背了起来，继续向山下跑去。一路上，带刺儿的枝条划破了他的面庞。这一切都太突然了，就好像潜伏了半年的恶鬼终于浮出水面，抓住时机开始吃人了。

这次袭击毫无征兆，一群荷枪实弹的黑衣人从庄园出发，乘坐私人火车直达宙斯山原，直奔教堂而去，显然是目标明确。按理说，有了"银色蛛丝"的严密监控，教堂地下的隐蔽点是不会被发现的，餐食材料的提供、是否有人跟踪、是否有人言语提及、是否有不正常的异动，都能被立刻探测到。可这次行动明显是有备而来，是知道这里的情况的。黑衣人是直属于庄园的保镖巡逻队，大概会听从庄园主人张哲樫的命令，而庄园内有大片的射线屏蔽区，且因为战乱，储枫基本待在张氏集团总部大楼的总指挥室，很少留在庄园，如此一来，保镖们突然集结、进发，确实无从察觉。

他们刚乘上火车，米杉就注意到了，立刻判断出来者不善，当机立断地做好布置，带着流离从教堂逃走。果不其然，黑衣人戴着防毒面具冲进教堂，使用了有毒的生化武器，就是奔着杀他而去的。幸好米杉早有准备，隔一段距离后，将提前布置的炸弹引爆，教堂内的敌人都被炸死了。其余人应该已经沿着他们的逃跑路线追了过来。

米杉很好奇，张哲榾怎么就突然知晓他的所在之处了？

如果监控对象没问题，也可能是监控人出了问题。储枫为了继任，曾同意朴统领与他共享"银色蛛丝"的最高权限。若说有谁能神不知、鬼不觉地发现这块区域，很有可能是朴统领。但若想进入总指挥室，必须通过总裁办公室，朴统领只能在储枫在场的时候使用"银色蛛丝"，储枫对他有防范之心，不大可能任由他打开这块隐藏地图的。

当然，这本来就是张桤的地盘，他也可能知道米杉的所在之处，但是他来攻击米杉完全没有任何意义。往生岛上也有"银色蛛丝"，他一定更想让米杉把管理权转让给他，或者直接解除也行，总比落在旁人手中更好，又怎么会和张哲榾联手呢？这样一来，他岂不是永远逃不出父亲的魔爪了吗？

"流离，你还好吗？"米杉问背上的流离。在离开教堂地下之前，他匆匆将流离的意识连入了蛛丝网中——这是流离自己坚持要求的，以备不时之需。只是蛛丝网过于庞大，和之前只待在一只蜘蛛身上不同，她让自己的思维发散去，便消耗了巨大的能量，身体一时间受不住，才会倒下去。张桤离开后的第二天了，往生岛还没有退兵。她有种很不好的预感，有人要趁着这场战争开始生事了。

"刚才，我们探测到张哲榾乘坐私人飞机去了西北海岸，也不回应储枫的联络。"流离捂着头，看起来很难受的样子，"去那种战火交集的地方，他不可能没有打算。如果朴统领和张桤都没有透露过我们的位置，还有谁能知道这个地方？还有谁能避开'银色蛛丝'在永生岛来去自如，并成功和张老太爷联系上，狼狈为奸，暗中勾结在一起呢？"

"还有人知道此处？"米杉背着流离跑到了山下，二话不说就抢了一辆车，向张氏集团的总部大楼飞速开去，身后的黑衣人看见了他们，于是也开着车穷追不舍。"不，不是人！"他突然意识到一件可怕的事，一件极其容易被忽略的事，"是智慧生物！它们就是在教堂地下出生的！森蛰鬼？还是八千足？"

"如此　来，便是背着张桤行事了。我们和八千足打过交道，它们很听话，鬼心眼儿不多。听轻葶的描述，在异化状态她很难违抗张桤的命令。但是我们没有见过森蛰鬼，不知道它是什么样的。如果它天生自我意识过强，且本就是阴险狡诈、阳奉阴违之辈，那么就很可能自作主张，和张哲榾联手。如此一来，恐怕张桤的处境也不会很安全。"流离说。

在通往总裁办公室的走廊上，储枫就通过手机端事先注意到了宙斯山原的异动，与此同时，他接到消息，知道现在才终于调出了一架潜水艇，去水下圆舱实验室接轻葶。然而紧接着，重大打击接二连三地袭来了，让人应接不暇，使他完全乱了方寸。

在西北海岸，陆军部队突然反戈，联合敌军一起，将其他支援队伍打得措手不及，伤亡惨重。这件事无须细查，因为都是明目张胆的，由陆军总司令藤原久直接下达的命令。作战指挥室也突发暴动，朴统领遇刺身亡。藤原家族终于露出了青面獠牙的真面目，公然发动政变。原先他们实力不足，不敢造次，可如今他们竟然里通外国，与往生岛勾结，不顾国土正受到侵害，直接造反，而且每一步都安排得细致周到，不留一丝余地。

储枫急得加紧脚步跑到总裁办公室门口，通过虹膜认证的外侧门，握住内侧门的门把手便想推门而入，结果却发出一声惨叫，缩回了手，手掌鲜血淋漓。

"储枫！"跟在一旁的爝氲探长连忙上前扶住了他，其他保镖、秘书、助理也都围了上来，可毒发猛烈，短短几秒钟，储枫便已面色青紫，口吐白沫。见状，爝氲探长来不及考虑，迅速掏出一颗药丸塞进储枫的嘴里。好在储枫反射性地将其吞咽了进去。这药丸是真的管用，少顷，储枫脸上的青紫色略有所缓解，呼吸也顺畅了些。

"这是许久之前从张桤那里拿到的广性解毒剂，只能应急保命，可若想彻底解毒，还是需要知道毒药的种类，对症下药才行。"爝氲探长说着，再一回头，门把手内侧暗藏的毒针竟然不见了。她看着围在这里的一群人，不知是谁趁乱取走了毒针。总裁办公室的外侧门，平日是紧闭的，只有储枫自己、总裁秘书、总裁助理、贴身保镖队长四个人能通过虹膜认证，才有机会在内侧门的门把手处设置玄机。之前储枫很谨慎，如果不是一连串的动乱让储枫一时间慌了手脚，就连这门把手，他一般也不会直接上手去抓的。这层层杀机，环环相扣，安排得十分缜密。究竟是谁使用如此手段暗下毒手？

"哎哟，我的好侄子，这是怎么了？"张榕不知从哪里冒了出来，嘘寒问暖，关切至极。但爝氲探长挡在了储枫前面。"张榕，您在张氏集团的职务已经被罢免了，为何出现在这里？"

张榕老奸巨猾地笑了笑："早上储枫出门的时候，就见他脸色不好，出于关心才会跟来看看，没想到储枫真的突发疾病。身为总裁大人目前唯一的亲叔叔，我可不能放着这一团乱子，坐视不理呀！"

"总裁是中了毒，不是突发疾病！"秘书举起储枫的手，"看！"

储枫的掌心确实有个小小的针孔和少量血液，但是作为关键证物的针却不知所踪。"如果真是像你所说的，那么作为总裁大人的亲叔叔，势必要找出这个凶手才行。"张榕应对自如，"只是现在正是战事焦急之时，不能没有人统领。"

"战事焦急？不是藤原家族的军队倒戈相向吗？"燧氪探长犀利地说，"藤原家族拥护的不就是您吗？"

"藤原家族做出这样的事，我也很心痛，真是意想不到，自己的表亲怎会这样糊涂。"张榕虚情假意地说，"我一定会阻止他们继续犯错的。也请你们把储枫扶到医务室，好好医治。"

"总裁大人曾有交代，"秘书不服气地说，"如果他不在，是由曲副总代为管理公司的！"

"曲副总到底不是张家的人，"张榕的语气变得冷漠起来，"怎么，我还没有资格帮助自己的亲侄子了？"

纵使张氏集团总部大楼的安防再完备，也不能防范内部的叛乱。拥有张氏家族血缘的人本来就享有最高指挥权，既然总裁现在意识不清、尚未恢复清醒，朴统领也死了，自然就是张榕说了算。即使总裁有过交代，张氏集团的员工也不敢公然违抗张榕。况且真实情况不明，更多人都处于一头雾水的状态。

只见张榕的手下围了上来，看似恭敬地将储枫和储枫身边的人"请"到了医务室中。他们被看管了起来，实际上相当于被当作人质，令张氏集团效忠于储枫的安保团队不敢轻举妄动。

张榕就算进得了总裁办公室，也进不了总指挥室，短期内还不用担心，当然，若经过几小时的蛮力和高科技手段的破解，也是能攻破的；真正让燧氪探长担心的是储枫的状态。他们应该尽快就医才行。张榕表面说让储枫医治，可实际上根本不把人送进医院，或者找来医生，似乎是铁了心要等他死去，自己光明正大地接过权力。他们的手机被收走了，无法与外界沟通，情况非常被动。

共同被拘禁起来的总裁秘书悄悄对燧氪探长说："我知道张统领在位的六年间，秘密打造了逃生通道，是老太爷不知道的，所以张三爷一定也不知道。总裁大人不能再耽搁了，必须马上逃出去！"

燨氪探长认真地看着秘书。

"请您相信我。"秘书诚恳地说，"发生这种事，我知道我们几个都有嫌疑，但张统领刚刚加入张氏集团，我就跟着他工作了，是绝对不会背叛他的！"

燨氪探长也觉得和秘书、保镖队长相比，助理更加可疑。这几日事务繁忙，秘书和保镖基本寸步不离地跟着储枫，只有助理自由的时间多些，且助理在庄园时，往往倾向于使用和张哲榭的卧房相同方向的那个卫生间；刚刚助理距离门把手更近；接触毒针不可能赤手，而一开始助理是戴着手套的，不知什么时候脱了下来。在进行了一系列推理判断之后，燨氪探长决定赌一把。

一个眼神，储枫的保镖队长便立刻发令反攻，和张榕的手下厮杀起来。储枫由一个保镖背着，秘书带领他们向逃生密道跑去。"他们要劫走总裁，把他们拦住！"张榕喝令道。他颠倒是非黑白的说法反倒让背着储枫逃跑的人成了乱臣贼子，张氏集团的人一时间没办法判断到底是谁要对总裁不利，幸好曲副总站了出来，大喊道："统统让开！快放总裁通行！"

张氏集团的大门被张榕的手下层层堵着，所幸有秘书找到那个逃生通道，无人防范。燨氪探长把追着他们的人狠狠地打趴下，跟着储枫一起钻进逃生通道中。秘书转头和保镖们一起抵挡追击的人。"秘书女士，你们留在这里只会被张榕干掉，快跟我们一起跑吧！"燨氪探长着急地说。

"不，我们要为你们争取时间！"秘书心意已决，"藤原家族、往生岛敌军、张老太爷、张三爷，看来他们做了充分的准备，才会有这样严丝合缝的布局，同时爆发，让人防不胜防，来不及应对。如今藤原家族联合往生岛的军队，势头正盛，让许多人心生畏惧，如墙头草一般。或许张三爷最终会'名正言顺'地接手张氏集团，可我只效忠于张统领一人，誓死也要保住总裁大人的性命！你们快跑！"

眼见张榕的手下越来越多，燨氪探长只能说句"保重"，便带着储枫沿逃生通道逃走了，一直冲到一楼的侧门外。这门平日伪装成墙体，需要从内侧扳动机关才能打开。

正好碰上米杉开车停在他们面前，燨氪探长和储枫迅速上了车。"你们还好吧？"流离关心地问。

"不好，"爝氤探长说，"储枫的情况很糟糕。"

了解到基本情况后，米杉摇了摇头。"我们没办法把储枫送到医院，"他疯狂地开着车，而后面的追兵也在疯狂地追赶，"我们现在必须马上去西北海岸。"

"为什么？"爝氤探长不解地问，"我们不能甩开这些人吗？"

"就算暂时甩开他们，想必张榕的人也会重点搜查医疗机构。况且由张榕……或张哲樨麾下的医药研究所研发的毒药，一般的医院很可能治不了。"流离紧闭着双眼，一边在脑中探索着什么，一边说，"我的一部分意识现在正在西北海岸，那里的情况更糟糕，水下圆舱实验室被炸了，轻葶生死不明，骊四先生和千舟先生在敌方的军舰上，也面临着很大危险。"

由于庄园内和张氏集团总部的私人飞机全都被看守，不能使用，他们是换乘空军的战机前往西北海岸的。空军总司令当然知道藤原久夺权，也清楚发生了什么，但他还是愿意帮助储枫的。

在飞行途中，流离的意识远程连接上总指挥室。以往，总指挥室的防火墙异常强大，就连流离这个来自千年后的科技也很难闯入，而停用"银色蛛丝"必须在总指挥室亲自操作才行。米杉在教堂地下的系统是依靠黑进顶级信息处理基站而实现控制的，就比如，张渡楸只能抹去他父亲张桦领域的某个人在某时间段的痕迹，是因为他只能使用自家的顶级信息处理基站，而并没有掌握黑进其他信息处理基站的方法，这一点，米杉就比他厉害得多。但是他也不能黑进总指挥室，因此不能关掉"银色蛛丝"。

所幸昨日储枫在总指挥室中将这强悍的防护墙及时地卸掉了。米杉操控着流离的意识，成功进入了总指挥室。耽搁了这么久，他们看见，张榕很快也能成功进入这里了。于是便不再犹豫，"银色蛛丝"终于被彻底关闭，所有的信息处理基站全部失灵了。张榕还没来得及染指它，便永远失去了这个机会。

西北海岸战火纷飞，云裳之城也乱作一团，新选拔上来的治安管理局局长亲自带头维持秩序，保护民众，看来储枫这半年内劳心劳力地辅佐朴统领整顿永生岛是有效果的。这么好的人，也敌不过对方的心狠手辣，着实命运弄人。储枫一直想逃脱这个地方，却被逼到这个位置上，面对夺权之路上的血雨腥风。幸好，他的目的实现了——人们的意志会渐渐觉醒，再也不必生活在监视、强迫、愚弄、忍耐、恐惧之中了。

"我并没有让你和藤原家族的人联手，也没有让你继续进攻，把所有人都杀个片甲不留，你为什么要这么做？"在休息室内，张桤显然注意到了一切都在朝着不可控的方向发展着，难得慌了心神，难以置信地质问口吕品王，也就是淼蛰鬼。他们原本在远离永生岛，如今却往回行驶，直到靠岸，见到一颗鱼雷直接轰炸了水下圆舱实验室时，就连张桤也震惊难安。虽然那外壳很坚固，但圆舱和陆地的连接杆恐怕会断掉，圆舱下沉、漏水，里面的人恐怕凶多吉少了。

　　"主人，您不要生气呀。是我自作主张了，可既然能赢，为何要撤退呢？"口吕品王笑嘻嘻地说，"我完全是为了完成主人的愿望呀。"

　　张桤将手比在耳边，不知道听到了什么，表情越来越难看。"是你找到了米杉先生的所在地吧？和父亲大人联手了吧？"他的表情很可怕，眼睛瞪得大大的，"你们要杀了储枫，让三哥掌权；杀了朴统领，让藤原久夺权。我向来和藤原家族的人不容，你和他们联手，对我一点儿好处都没有，赢的不是我，完成愿望的也不是我，和我又能有什么关系？"

　　"主人真清醒，接收消息可真快……啊，我明白了，是八千足那帮家伙向您报信儿的吧？"口吕品王恍然大悟，"您和八千足之间类似鲸鱼一样千里传音的本事实在是太厉害了，为什么您在培育我的时候，就没有给我安装上这个功能呢？害得我要游这么远，潜伏在水中，亲自见到张老太爷才能和他交流。真的是好嫉妒呀！"

　　"你……你……"

　　"主人！小心！"扎罗尔琼猛然飞身向前，挡住了射向张桤的暗箭。她的胸口被刺穿，鲜血从她的口中涌出，踉踉跄跄地后退了两步，栽倒在地。

　　"你是想杀了我？"张桤看都没看扎罗尔琼一眼，而是死死地瞪着口吕品王，表情严肃。

　　"这是张老太爷的命令，我也没有办法呀。而且，我也不想让主人再做出一个我的同类。"口吕品王耸了耸肩，"这世上如我这般了不起的生物，有我一只便足够了，何必多出来一只和我相争呢？"

　　极端利己主义，极端自傲，野心勃勃，唯我独尊，在这一点儿，淼蛰鬼倒是和有着张氏血统的人如出一辙。更多的箭射来，张桤一把便抓起扎罗尔琼的身体挡在前面。扎罗尔琼尚有意识，弥留之际，就这样被抓来"使用"，在她人生的最后一秒钟，不知会是什么感受呢？

张桤把她扔到了一边，手上出现了八千足送来的宝物短剑，一剑就劈向了暗箭射来的方向。锋利的剑影直接把暗中的人和射箭装备劈成了两半，随后用剑指着口吕品王："你这个两面三刀的叛徒！"

"都是主人教得好。"口吕品王不慌不忙。他的身体也被随即劈成两半，但死去的只有口吕品王而已，而森蛰鬼这个液体生物又怎么会怕剑刃呢？形状可以任意改变的身体又重新汇聚在一起，向张桤冲去，但是它没有办法靠近张桤。

"果然如此，主人一早就设置了防护系统，您的基因和我的基因是互相排斥的，所以我才不能近身。"森蛰鬼自身不能说话，于是又附身到了另一个人身上，再次从门外走进，遗憾地说，"和您的血缘越近，就越能防范我，所以张老太爷我也不能接近。不过也没关系，只要我和他精诚合作，一样能达到目的。您杀了口吕品王，其他三大贵族一样被我玩弄于股掌之中，往生岛早就被我牢牢控制了，是不会让主人接手的！虽然永生岛对人民的监测控制系统毁了，但毕竟由藤原家族掌权，我们永远会站在权力的巅峰！"

"说得好。"张哲榫竟然也从门外走了进来，完全不知他是何时登上军舰的，"森蛰鬼，这里就留给我，跟我的儿子做个最后的告别吧。你现在去西北海岸，帮助往生岛和藤原家族镇压反抗军，凡是效忠于朴统领和张储枫的人，即使投降也全杀了！"

此时，军舰靠在岸上，和交火集中区有段距离。回返是夜间的事，没有第一时间被张桤注意到也正常。森蛰鬼融入水中，轻而易举便能游到海岸处，用特殊的本领将那里搅得一团大乱。

"螳螂捕蝉，黄雀在后。被蛰伏在暗中的鬼背叛，滋味怎么样？"森蛰鬼离开后，张哲榫问。

"你们早就勾结在一起，谋算好了这次计划，为何还要暗中忍耐等候，在我发出信号后再进攻？就是为了愚弄我吗？你觉得有意思吗？"到了这个时候，张桤也完全不必再装下去了，以往对父亲恭敬守礼的态度全无。

"如果没有你的配合，岂不是会少了八千足的帮忙，它们又如何会去纠缠海军和潜艇部队？好儿子，你可真有用。"张哲榫的表情显示出他胜券在握，"再说，你若发现出了问题，转头就和储枫、米杉他们联手对付我，也会让我很头痛的。"

听着这些话，张桤板着脸，显然很生气，二话不说，一剑就刺了过去，但张哲榉的周围似乎是有一层无形的墙壁一样，就连如此锋利的剑也无法穿透。见状，张桤眯起了眼睛。

"如果不是看你有点利用价值，我大发慈悲留着你，你早就死了，还能在我面前大逆不道？你倒好，可真是心急，连最后跟父亲道个别都不愿意，"张哲榉发狠地说着，随后又哈哈大笑，举起一颗纯美无瑕的乳白色宝石，"当年开采的四颗深海宝石，你一颗，储枫一颗，而这一颗，是属于你长兄的，有万能防御的功用。你对我的攻击根本不管用，而且，"他露出期待的笑容，"还会弹回去呢。"

虚空里突然一道剑影向张桤劈去，张桤猛然倒吸一口冷气，勉强才躲开，可紧接着，手上的剑竟然也脱手悬在空中，剑尖方向回转，仿佛嵌在那无形的墙壁中一样。这空气中四面八方都回荡着弹簧振荡的声响，剑柄好似压着弓弦，堪堪后退，越拉越紧，只一瞬，便发射了出去。

速度如枪弹般，根本来不及反应，斜下向上，直直穿透了张桤的左肺，且力道之大让他被刺得腾空而起，被死死地钉在了身后的墙上，脚尖悬在地面上方一寸处。张桤发出一声痛苦的惨叫，胸腔和口中涌出了大量鲜血，面部表情极其扭曲，看样子是疼得要死。

"我说了，最后的告别。"张哲榉轻描淡写地抚摸着这块宝石，"淼蛰鬼杀不了你，就只能由我亲自动手了。忘记告诉你了，来之前，我让这宝石承受了好几十次弓箭的进攻，每一次的能量和杀意全都储存下来，蓄势待发，叠加在一起，才能实现如此完美的效果。"

"它怎么会……落到你的手里？"张桤已然呼吸困难，说话也十分费劲，"长兄大人死去之后，它就不见了，一直没找到……我之前不知道长兄大人的宝石有什么功能，如果它真的是万能防御之石，气体也能防吗？"

"呵呵，确实如此。"张哲榉冷笑，"你让朴政伊把改良过的帝王花放进总裁办公室，可张禾一直把这块宝石随身携带，感染性病毒、细菌，就连你那幼稚的花香也不能伤害他。如果不是他的助理在我的授意之下，趁着张禾接连丧妻丧子、防备降低之时，偷取宝石，使得数年累积的化学物质尽数一次性释放，使其身体承受不住而崩溃，他怎么会那么巧，偏偏就在那关键时刻突发恶疾身亡呢？"

"为什么？"即使是张桤这样不懂感情的人，也被张哲槲的做法震惊了，"你都老得骨头掉渣了，不好好让人孝顺，杀光自己的儿子孙子对你有什么好处？"

"不，我一开始只是想趁那混乱的机会拿到这颗宝石，并不知道会有什么后果，说到底，还是你下的毒起了作用。不过，这样也好，我了解我的大儿子，他心狠果断、手段残暴，以他当时掌握的进度，迟早能把藤原家族消灭。你原先的计划不正是打算借他的手除掉老二老三，然后你让他病故，自己接任总裁吗？说明你和我一样，对他有这个信心。只是，你计划败露被抓了起来。我知道，如果往生岛因为布里安妩被害事件而要求将你交出去，张禾是会同意的。但是，我可不希望你流落他乡，成为我的威胁。以后要是生了孩子，就更不好办了。"说着，张哲槲又掏出另一块乳白色宝石，这是属于他自己的深海宝石，也是四块中的最后一块，"亲爱的小儿子，就让你最后死个明白吧。这是灵魂转移之石，我的肉体若哪天死去，灵魂也不会消散，而是会转移到直系血缘之下年龄最小的那个人身上，而那个人原本的灵魂则直接死去。"

"张……张红柚？"

"没错，张榕的幺子。我的意识会永远存在这代代相传的血亲之中，永远掌握张氏集团，享尽荣华富贵，所以，必须保证这个人在我的眼皮子底下，在我的掌控之中，又怎么会让自己有任何转移到外面成为野种的可能性呢？当然，储枫以后也可能有孩子，对我来说是一样的，可是他和他身边的人毕竟太聪明，又不如张榕好控制，况且，想把权利还到民众手中？简直可笑！群众天生就是下等人，只配处在服从的地位，怎么敢有不满的情绪？"

"你……你就不怕哪个哥哥在外有私生子女，你忙到最后，还是入不了张氏集团……"

"多虑了。我还能想不到这一点吗？我时时刻刻都盯着这件事，如果真的存在这个现象，这颗宝石也能探测到。凡是不在掌握之中的人，全都被我杀了！"

"如果……张红柚……尚未留下后代……就……死了呢？"

"那么，由他的直系血缘推算，就是再转移到其父或母身上，其父或母死了，再转移到张红枸身上。如果直系血缘都死光了，就开始转移到旁系血缘的年龄最小的人身上，旁系血缘都死光了，就再远亲一级。它的能力就是这么完美，从此以后，我，是永远不会死的。"

此项能力实在太过于让人震惊。不过这样一来，张哲榭的全部行为也都有了解释。从一开始立场不明，平衡各个儿子的权力，到后来选择扶持张榕，都是有考虑的。张榿没有回话，他满头大汗，鲜血流了一地，看样子，已经有些意识不清，很难再做出回应了。

"永别了。"张哲榭笑着对他的小儿子说出这最后一句话。由于短剑刺入墙中太紧，张哲榭没能拔出来，于是，他掏出自己的小刀，亲自割破了张榿的喉咙，才算安心。


由于蛛丝网断了，每个机械蜘蛛都成了单独的个体，但是流离并没有离开——她本应该退出的。如今，她的意识仿佛分裂成千千万万个，分散在每只蜘蛛的身体中，全靠意志力勉强支撑着。"流离，快醒醒！"米杉不断摇晃着流离，可流离的牙关紧闭，身体僵硬，与现实环境的联系已然彻底断开了。

米杉知道她想做什么。从昨天张榿逃出永生岛开始，他就怀疑这件事背后另有隐情。往生岛表面上似乎要停战，实际上并未退去半分，反而在等待着支援军队到来，不得不让人多想。于是他控制全国的几亿只蜘蛛，向西北海岸爬去，只留云裳之城的蜘蛛如初。它们不仅是依靠着自己的八只脚，而是会借助各种各样的交通工具，速度飞快。如今，总控制室被夺、隐秘基地被毁，他不得不提前远程解除了"银色蛛丝"，以防总控制室最终被张榕攻入为其所用。现在，已经没有能控制这些蜘蛛的命令了，只有流离可以，如果流离还留在这些蜘蛛的身体里，凭借自己的能量将它们连接，那么，每一只蜘蛛都能受到流离意识的操控，成群地聚集在海岸，躲开炮火，躲开视线，暗伏其中。

只是，这样无疑是一种巨大的消耗和伤害。米杉见唤不醒她，便知她心意已决，不想前功尽弃。她从前就是这样向着光明奔跑而不会退缩的人，他是阻止不了的。只是这一次，她不会再重复陷入二十一年前那般被全国人民穷追猛打的境地，不会那样狼狈落魄地死去。

是呀，只能这样了。米杉咬了咬牙，也下定了决心。他延续了之前的想法，用自己的技术给我方的每一个人员的终端设备都发送了指令，让所有人全部立刻

　　　　　　　　　　第三章　永生岛

撤离，并且屏蔽了这里与首都作战指挥室的通信，使现场指挥官连接不上直属上司进行确认，必须听从这道从特殊专属频道传来的命令。

更何况战场上的人，如今正处于人心惶惶的惊恐之中。森蛊鬼的捣乱很起作用，同伴动不动就倒戈、动不动就变成人皮，而张哲榉镇定自若地走在炮火之中，枪支弹药从他身边划过，却无法伤他分毫、爆炸、火焰、刀刃，只要靠近便自动消失，仿佛被什么无形的东西阻挡吸收，这些事儿在人群中都传得飞快，军心大乱，如今的号令正是他们巴不得的。

"这就是储枫说过的，他父亲失窃的深海宝石的能力吧。"米杉眯起眼睛。他从飞机上下来，就站在张哲榉正前方，而在米杉左后方不远，是研究所旁的一道两米厚的防爆墙。而燻氤探长则带着昏迷不醒的流离和储枫换乘了军用直升机，向靠在海岸的军舰飞去。

"好久不见了。"米杉从容地站在那里，直勾勾地正视着张哲榉，毫无惧色。

"呵，你竟然敢单枪匹马面对我。"张哲榉面部狰狞，"听说你从那秘密基地跑了，我还正在发愁，没想到你主动送上门来。"

"您不也是单枪匹马吗？"米杉面无表情地说，"我若不来找您，又怎么能除掉您这个祸害呢？"

"没有任何东西能伤害得了我！"张哲榉的空空的右手狂妄地挥向那炮火连天的战场，"你没看到吗？无论多凶猛的弹药，都无法动我分毫！你们这些区区凡人，又怎么配和我相比呢？"

"您可真是飘了，自高自大，自寻死路。"对于张哲榉的癫狂，米杉无动于衷。这更加激怒了张哲榉。二十几年前，米杉刚加入张氏集团的时候，那种瞧不起他的目光就一直让张哲榉耿耿于怀，如今，他势必要将这目光击得粉碎！

米杉的眼睛一直紧盯着张哲榉的左手，那只手刚从口袋中抽出来，米杉就原地消失了。仅零点五秒之后，张哲榉手上的乳白色宝石便发出刺眼的光芒，将刚才吸收的炮弹烈火释放了出来，险些将米杉炸到。幸好米杉的反应非常迅速，张哲榉的左手刚一动，就按下了远程遥控按钮，瞬间将自己转移到了相错的空间中——是的，"倏忽乱向"的"九号机"就在防爆墙后面的防爆保险箱内。

此举非常冒险，无论时间、空间，还是对方的行动路线，都要计算精确。"倏忽乱向"藏在防爆墙后及防爆保险箱内，是为了防止其被炸毁而失去作用，无法逆转。而米杉所在的位置，要保证位于核心区内的最远端，且与张哲樨隔开一段距离，使得只有自己被传送而对方不能被一起传送，况且张哲樨的第一次攻击只能是小试牛刀，没有释放宝石吸收的全部能量，若非如此，恐怕双重防爆也无法承受，所以他们的距离也不能太远，如果这宝石不能防住由它本身反弹释放出去的攻击，那么张哲樨可能会顾忌到自己会不会受到爆炸的波及。

另外，幸好米杉错开的空间比原空间慢两秒，在那个空间，炸药没来得及被引爆，若是快两秒，恐怕爆炸的余波也会出现在这个空间之中。米杉向来喜欢做好万全准备，留好后路，所以这种百分之五十概率的赌博行径对他来说，已经是非常激进了。

“又是这个招数？”张哲樨气得牙痒痒。他想上前观察，却又缩手缩脚、小心谨慎、犹豫不决。他确实忌惮米杉稀奇古怪的发明。然而，这一次的定时很短，没有给他过多思考的机会，短短几秒钟，米杉突然凭空出现在张哲樨的身后。实际上，是米杉在另一个空间中飞速跑到了他的身边，于缓冲区被逆转回来。只见他向前一蹿，眼疾手快，左手以迅雷不及掩耳之势握住了张哲樨的左手。如此一来，米杉也触碰到了那颗宝石。

“每颗宝石有每颗宝石自己的功能，”米杉微微一笑，“你的这一颗，总不会像张桤那颗一样，能基因识别出使用者吧？那就说明，只要碰到了，我也可以用。我们一起握着它，它就防不了我了。”

米杉说的显然是对的。只见张哲樨大惊，剧烈地挣扎着，可他毕竟年近古稀，没那么大力气了，根本挣脱不了米杉的束缚。米杉的右手抽出一把刀来，刀尖朝向内侧，瞬间便切开了张哲樨的脖子。

张哲樨倒地不动，死了，眼睛还睁得大大的，神色惊恐，死法就和不到半小时前他杀死的自己的亲生儿子一模一样。

远处跑过来一个人，还剩几米时，那人的体内钻出来一团海蓝色的液体，向米杉冲去。米杉也吓了一跳，用手一挡，毫无招架之力，没想到千钧一发之际，对方却停住了，似乎觉得有点难受似的。“森蛰鬼？”米杉喃喃自语道。他其实并不清楚为什么它的进攻缓慢了下来，自己虽然拿着张禾的宝石，可它难道连这种诡异生物的靠近和附身也能防御吗？况且森蛰鬼袭来时，宝石并没有发光，也就是没有起作用。

来不及多想，米杉向防爆墙跑了过去。森蛰鬼犹豫了一下，又回到了之前的“傀儡”的身体里，追了上来。“米杉先生，您的身体太棒了，把它献给我吧！”森蛰鬼病态地叫喊着。米杉根本就懒得搭理它，侧过头，看见森蛰鬼被引入了核心区，二话不说，果决地按下了启动“倏忽乱向”的遥控按钮，随后又马上跑回去，在机器上操作，取消了定时。就这样，森蛰鬼被隔离到了另一个空间，困于此范围之内，如同陷入莫比乌斯环一样，它会永远在这里打转。只要“倏忽乱向”没有在原位置逆转操作，它便无法回来。

如果它能在那边饿死，就更好了。只是这件事，谁也不能保证。

米杉带走了“倏忽乱向”和原属于张禾的深海宝石，向海边走去。临走时，他注意到，张哲樨的额心微微发出白光，随后熄灭了。

爧氤探长在船上找到鱊四和千舟沐和时，他们被绑得牢牢的，丢在舱地，看管的人早就跑光了。我方人员已经开始大批撤退，只有往生岛和藤原家族的军队留在附近。虽然这是往生岛的军舰，但它标志特殊，显然对方知道上面的人不是往生岛的人，便开始了炮轰。

于是，在进攻者的所在区域，成群的机械蜘蛛也开始爆炸了，一时间硝烟四起。这就是昨天米杉做的准备。解除“银色蛛丝”后，回收处理这些蜘蛛本来就是一个难题，现在用于防范敌人，可谓一石二鸟。每一只蜘蛛的体积虽小，也内藏着炸药，原本是用来防毁灭和拆卸的，如今，它们受到流离意识的操控，全国的蜘蛛基本都聚集在海岸处，聚沙成塔，几亿只的威力，不可小视。

军舰摇晃得十分剧烈，鱊四推着千舟沐和的水缸，踉踉跄跄地向甲板跑，爧氤探长跟在后面，在路过某个房间时，她停下了脚步。

她看着那房间里，张桤还被钉在墙上，短剑刺穿了他的左胸，切开的喉咙流淌着鲜血，双眼还无神地睁着，可是，早就失去了生机。她的胸腔仿佛突然被什么东西捶了一下，不自觉地转了弯，走到他的面前。第一次见到他的时候，他站在阳光下的花园里，不落凡尘地望着自己。那时候，他的影子，投在了她的身上，也投在了她的心里。后来，她才知道，在他的背后，也是无穷无尽的阴影，没有爱，没有感情。这么多年过去了，遭遇背叛，负伤醒来，心气颓靡，可那初遇的景象，她始终没有忘记。此刻，这或许是他们最后一次相见，场景就和第一次同样让她震撼。这样的人，竟然会这么草草死去。

这时，她看见张桤的眼珠动了动。

爧氙探长倒吸一口冷气，突然意识到了什么，转身便往门外跑去，结果，门猛地关上了，怎么都打不开。她回过头，震惊地瞪着张桤。只见张桤的嘴角抽动了一下，似乎想如以往一样，露出些笑容来，很可惜，这对于他现在的状态来说，已经很困难了。"没想到……弥留之际……真的能……等到你……我很高兴……"张桤艰难地挤出声音，在他说话的时候，喉咙的切口涌出的血更多了，"这就是……命运呀……"

"你……你想把我困在这里吗？"爧氙探长显得有些慌张，再次试图打开门，可惜无果，"有什么意义呢？"

"明天是……二十八年前……我的母亲……把我从恒温箱里……取出来的日子……相当于我的……生日。"张桤努力地说着话，散乱的发丝垂在脸侧，"你就……乖乖待在这里，给我陪葬……当作……送我的礼物……"

"你这个魔鬼，临死了，还妄想让人陪你一起去死吗？"爧氙探长懊悔自己一时心软，走了进来，"你要的礼物，太贵重了，我可付不起，也没必要付。"

"你……说错了……我们还……没有分手呢……哈哈……当然有必要……"

"真可笑，只有你会这么想。"爧氙探长难以置信地摇着头，"退一万步来说，就算如此，这世上，有哪一个真心交往的恋人会想要另一个人的命呢？"

"你又说错了……我……从来没有真心过。"

爧氙探长本来是气得发狂，想怒气冲冲地打他一拳，可听他这样说，反倒心中五味杂陈，拳头挥到他面前，只轻轻地敲了下他的右肩。她不再说话，尝试着将短剑拔出来，这样，便可以把门窗劈开了，可是短剑刺入墙中实在太紧，她用尽气力，银光冉冉的头发染上了张桤的血，变得鲜红，也没有拔动，反而累得气喘吁吁，瘫坐在一旁的地板上。

时间一分一秒地过去，她终于放弃了，靠在墙上，听着外面连天的炮火声，而自己被困在这一方天地，只能面临绝望沉寂，等待死亡降临。

所以，才不想一个人。

遑论一生皆如是。

"都是我的错，让你发现了啄木鸟组织的这个地下据点。若非如此，现在这一切根本不会发生。"爡氪探长说着，眼中水波荡漾，看样子，沮丧而哀伤，"上一次面对这种境地，还是三年多以前，从永生岛逃走的时候。东躲西藏，像见不得光的老鼠一样，潜伏在肮脏的排水通道，头顶就是追兵。即使后来，回到了消亡大陆，那时的噩梦，也总纠缠着我。"

"……我知道……晶体追踪器……我听到了你……逃跑……遭受的危险……还有哭声……还有……咬着牙……苦熬过去的时候……"

"回到婆娑小镇后，我进不去，只能躺在洞穴外面，发现了锁骨内的晶体追踪器，用这把短剑将它剜了出来，鲜血流淌一地，我躺在被鲜血浸透的土壤上，头发被染红，就和现在一样。"

"你是……怎么发现……晶体追踪器的……"

"可能是……时空坡道开启的时候，影响到了它，被我感觉到了。这个是米店长发明的机器的一个特性，我也讲不清楚。"爡氪探长凄惨地笑了笑，"那时，我还没注意到入口开启了，就躺在那儿，望着夜空繁星，还有萤火虫。罕见的橙红色的萤火虫，就像飞舞的火光一样，美丽极了。"

张桤的手指突然动了动。

"不是说，那些夏末精灵的荧光，都是黄绿色的，或是蓝绿色的吗？这是你熟知的领域吧，有听说过吗？"爡氪探长察觉到张桤的动作，以为是因为他注意到了这个不合理的现象，"也可能是我身受重伤看到了幻觉吧？我跟着它们，找到了开启的入口，回到了家乡。劫后重生，真好。"

张桤没有回话，也不知是死了还是活着。爡氪探长感到奇怪，仰头看他，只见张桤的脸色很难看，就像是在生气一样。

"你怎么了？阴晴不定的。"

"我的手表……录了音……"最终，张桤用冰冷彻骨的声音说，"你把它……拿走吧……"

"我可以走了？"爡氪探长"噌"地一下子站了起来，去试了试，果然，门能打开了，"为什么？"

"我让……堵门的……八千足……走了……"张桤的表情变得极度扭曲，似乎痛苦难忍，说这些话已经尽了最后的力气，"你总能让我……改变主意……我真……不甘心……"完全出乎意料的是，在他铅灰色的眼睛里，自两岁以来第一次有了眼泪，"你问我为什么？我也想问呢……"

爔氤探长呆呆地看着他，完全不知该说什么。面对这个人，她从未像现在这样感到震惊，嘴唇和双手也不住地颤抖着。她咬了咬牙，伸出手，摘下他的手表，毅然决然地跑出了门，跑了两步，又折返了回来，最后一次主动地抱住了张桤。张桤微微侧过了头，像是在回应。

"都怪我……一开始……把你留在身边……害得我……计划败露。爱……果然是没用的东西，只会害了自己。"

这是张桤说的最后一句话。随后，他就死了，是真的死了，停止了呼吸，停止了心跳，全身瘫软地挂在剑上，一动不动了。


沉重的水缸是没法儿运到直升机上的，这船上又没有适合鱼鳃的水面罩，骊四找了许久，想了各种办法，也无济于事。

然而，此刻的情势非常危急，驾驶台已经被一炮轰飞，军舰是没办法开走的。如果他们再不离开，恐怕这架军用直升机也要被炸毁了。"骊四先生！"驾驶员对着他大喊，"快走吧！再不走！所有人都会死在这儿了！"

地面不稳，千疮百孔，只听得一声巨响，军舰几乎要断成两半，木屑铁皮四溅，船尾开始发生剧烈的倾斜。骊四一个脱手没有拉住，水缸沿着斜坡加速向下滑去，卡在一个坑洞处，水几乎泼洒干净了，千舟沐和也由于惯性飞了出去，"咣当"一声，砸到地面上，连翻带滚地掉到甲板边缘，尾巴卡在栏杆和地板之间的缝隙处。

"千舟！"骊四也飞扑过去，看见千舟沐和再次因缺氧而遭受窒息，心中十分焦急。他想把千舟沐和拉上来，想尝试着把千舟沐和的尾巴抽出来，那里已是一片血肉模糊。

千舟沐和忍耐住疼痛，他哀伤地望着骊四，然后指了指身后的大海。

骊四的泪水早已模糊了眼睛，他擦了擦汗，拉着千舟沐和的尾巴，声音颤抖地说："我知道……可是，我害怕，以后再也找不到你了……"

千舟沐和的尾巴很脆弱，气力很小，但他依然拼命借助它的力量，双手攀爬着船壁和栏杆，努力地爬上来，握住了骊四的手。他的目光纯粹而果决，仿佛在传达着无声的信念，而骊四能够接收到它。平日里，千舟沐和总会听骊四的，可到了关键的时候，千舟沐和清醒得多，往往会做出最坚定的抉择，就如同在犬熔镇时一样。坚毅果敢、温暖良善，这是千舟沐和嘻嘻哈哈的外表之下，最可贵的地方。

鱿四很想信守承诺，好不容易重新相聚，他不想离开千舟沐和。他平时看起来坚韧飒爽，可是，脆弱的时刻有很多。然而如今的状况，已经容不得任性了。终于，他下定了决心，跌跌撞撞地跑到一旁，拿起应急箱中的斧子，把卡住尾巴的那块地板劈碎了。

千舟沐和掉入了大海中，重获了氧气。他回过头，隔着海水，望着鱿四。在这个地方、这个时刻，多一秒的停留都很危险，不能再依依不舍了。于是，鱿四咬了咬牙，向千舟沐和挥了挥手，如同最后的告别一样，努力露出了他平时最温暖的笑容和最坚强的模样。

随后，他们同时回了头。一个游向深海，一个奔向高空。

燐氤探长这时也赶到了，米杉也从远方驾车赶来，他们通过绳梯爬上了直升机。米杉连忙去检查流离的状况，看见流离的五官已经开始往外渗血了，想必是耗费了巨大的能量和精神力，才能精确控制蜘蛛爆炸的数量和位置，形成保护他们的防线。

米杉长叹了一口气，猛地转头对着驾驶员大喊："走！快走！"

当他们远离海岸，向着海平线飞去时，流离紧绷的面庞终于放松了。只听得身后，震耳欲聋的爆炸声开始接连响起，全国的几亿只蜘蛛，基本都在这里爆炸了。往生岛的敌军与藤原家族的叛军根本来不及逃跑，毫无招架之力，一时间，鬼哭狼嚎，血肉横飞。

如此强大的威力，使得整块西北海岸的地壳断裂，从永生岛分离了出去，崩塌、脱落，沉到了海底。

与此同时，水流离最终耗尽了将她维持在这个时代的全部能量，在米杉的怀里，默默地停止了呼吸，化成了灰烬。这身体本来就是迅速生长而得的，没有意识的维持，肉体也就消散了。

尾 声

流离再次醒来的时候，没有像自己预料的那般，出现在木卫二冰冷的海底——她回到了温馨平和的蔷薇小筑，蜷缩在壁炉前的单人沙发上，身上披着毯子，手中握着最初的铭牌。红色的火焰噼啪作响，她看得入神，心里很清楚，这一次，自己无法再踏进去了。就和第一次来到这个世界时一样，窗外漆黑一团，仿佛这片天地只剩下这块睡意融融的角落，在为她开放着，只是，暴风雨已经停了，而那黑暗的另一边，是这场无与伦比的奇遇最终结束的地方。

　　楼梯传来了脚步声。她仰头望去，年轻了二十岁的米杉，如同初遇时那般，光着脚，看着她，一步一步地走下楼，从阴影中走入光明，眼睛映着摇曳的炉火，熠熠生辉。

　　她对米杉笑了笑。

　　"没想到在这里，真的能找到你。"米杉走到她面前，"原来，你还没走呢。"

　　"很快了。"流离望着窗外汹涌而来的黑暗，"我想，上天对我还是不错的，我的最后一点儿灵魂数据还留在'沉睡领土'里，也就是最初的入口。想来，你已经回到了婆娑小镇，所以才会使用它和我见最后一面吧。"

　　米杉点了点头，随后似乎是突然想起了什么，"盛气凌人"地看着她，问道："回到家里之后，我一直有一个疑问，想亲口问问你，所以迫不及待就找来了。"

　　"什……什么疑问……"米杉的态度让流离很紧张，不由得吞了吞口水。

　　"我这里是被打劫了吗？"

流离想起来自己离开的那天，把厨房搞得一塌糊涂，外面更是乱七八糟的，不禁心虚极了。"都这个时候了，你还说这些扫兴的话做什么！"她嘴硬地说，"也不……不好好告个别什么的……"

"哼。"米杉不屑一顾地撇了撇嘴，走到吧台，为流离做了一杯热可可。暖流入胃，淳美浓郁，这时，流离才真正地感到了放松和疲惫。她想起刚刚米杉称呼这里为"家"，多么陌生的概念啊！在她的印象里，米杉很少会使用这样的词，在孤儿院的时候、在张氏集团的时候，他从没这样提起过。终于有了归宿，真让人羡慕，而她还要继续漂泊。

"其他人呢？都还好吗？"流离牵挂地问，"我只记得，我引爆了西北海岸所有的机械蜘蛛……后来呢？发生了什么？"

"直升机刚飞出永生岛的海域，就耗尽了燃油，落在了海面上。不过，储枫一早安排在那里的潜艇救了我们……就是去接轻葶的那一艘。"

"轻葶呢？她还活着吗？"

米杉点了点头。"我们被救上潜艇的时候，她正焦急地等着呢。水下圆舱实验室被击中下沉，幸好千钧一发的时候，潜艇找到了她，把她救了上来。"

"太好了！"

"我联系了海明中校，潜艇绕过半座岛，与他私下派的货船相遇了。我们登上那艘船，往消亡大陆返行。"米杉继续解释道，"这期间过了好几天，储枫一直在靠广性解毒药续命。幸好船上有医生，哀博士也在船上。留在海城的那段时间，最终治好了储枫。现在，已经是八月末了，很快又要开学了，他和轻葶会去宝城大学继续读书的。"

"竟然过了这么久？"流离感到不可思议，"我丝毫没有感觉。永生岛的种种，仿佛近在昨日。看来，你能回到婆婆小镇，也并不顺利，吃了很多苦呢。"

"还好。永生岛自顾不暇，也没有多余的精力来找我们。轻葶在她自己家里，和父母在一起，确实已经痊愈，没有再发病异化了；其他人确实目前都住在婆婆小镇。"米杉纠正道，"这里还是一如既往的封闭着，没有他人知晓……说起这个，我还觉得有些困扰，储枫上次来的时候，貌似是住在旅馆里的，可是他这次怎么也不去住了，非要和我住在一起。你有什么好办法能把他赶出去吗？"

"为什么要赶出去？"流离汗颜，"上一次，他和轻葶姑娘、溯，三个人住

尾声

在一起。如今只剩他一个人，触景伤情，自然不肯去住了。再说，他马上就要去上学了，这几天还忍不了吗？"

"回到蔷薇小筑后，我收拾了很久。"米杉微微皱起眉头，看起来很苦恼，"储枫越帮越忙，什么都不会做，到头来，又变得像之前的大少爷一样，还要让人伺候着。"

"咳咳，"流离尴尬地笑了笑，"请理解一下，他已经很不容易了。"

"啧。"米杉看起来确实嫌弃得很，"还有谁？哦，千舟沐和吗？他失去了踪影，生死不明，不知道有没有躲过那一场灾难。而魎四，在海城的时候，不是去海上游荡，就是坐在岸边眺望远方。想来，还想找到千舟沐和吧。可是茫茫大海，浩瀚无垠，他想要的，不一定能等到。况且，现代社会的眼光不会容得下那些奇形异种，就算找到了，也藏不住，千舟沐和还是不要被人发现比较好。"

"我相信，千舟先生一定还活着，"流离信心满满地说，"他一入海，便向着深海逃走了。"

"魎四回到婆娑小镇后，倒是经常去看望千舟沐和在养老院的奶奶。"米杉耸了耸肩，"至于燧氪啊，她离开时把警署的事儿全推给了退休的老探长，也就是她的父亲，回来之后被骂了一顿，也是每天都在丧气地转悠着呢，和以前的状态没有两样。"

听到了大家的情况，虽然并不理想，可流离悬着的心，也终于安稳下来。永生岛在全世界的眼中，是乌托邦一样的存在，可实际上，婆娑小镇才是真正的世外桃源，是未经世俗污染的宁静港湾。兜兜转转，他们最终回到了这里，经历了漫长的波折得以休憩。而她，也好想就这样沉沉睡去。身为一个人工智能，她是活着的，有过这样一次珍贵难忘的经历，这个事实已经让她无比幸福，不想再奢求过多。

面前的板凳上摆放着一张报纸，流离起身将它拿起来，又缩回到沙发上。消亡大陆的报纸首次刊登了两国交战之后的情况。往生岛战败，遭受了严重打击，灰溜溜逃走了，口吕品王的长子继位，四大贵族的统治还和以往一样。而藤原家族在西北海岸的兵力几乎全军覆没，损失惨重。作为叛军首领的藤原久，本来就是自立为王，通敌卖国，不足以服众，经此一击实力大减，被联合反抗赶下了台，继任新统领的人是由之前的统领候选人中选举产生的。张榕成了张氏集团的新总裁，只是，张氏集团势力衰颓，退化成了一个单纯的财团，对政治的影响大大减弱，已经无法做到权倾朝野、一手遮天了。亿勇社也是同样。媒体行业迅猛发展，渐渐回到了百花齐放的状态，承担起社会使命，永生岛开始走入新的运行模式中。

"这算是结束了吗？"流离将空杯子放在了一旁的地板上，喃喃自语道。

"只是告一段落了。"米杉强调，"淼蛰鬼暂时被困在了另一个空间，就和戈林利瓦一样。张哲榭死了，不过，根据张桤留下的录音笔，他在死去时，灵魂可能转移到了张红柚身上。如果真的是这样，张红柚现在只有两岁，再过很多年，他才会再开始兴风作浪。"

"秦筱博士一定也有很多不为人知的实验。若它们封存在实验对象的左眼中，被张哲榭得到，恐怕又会不得安宁，潜伏着什么未知的危险吧？"流离忧郁地摇了摇头，"科技的发展失去了底线，是一件多么可怕的事情。可惜，这一切和我没关系了。"

"底线是什么，本来就是很难把握的。孰是孰非很难说清。"米杉蹲到流离旁边，看着昏昏欲睡的流离，轻柔地说，"你们的出现就来源于科技，你们的反抗也吞噬着人类自己。可是你们没有错，错的是战争；科技不可怕，可怕的是人心。唯有这件事是永恒不变的。当你回去后，还会面临很多困难，但是我知道，你一定能克服的。流离，你在这里认识的朋友，都深深牵挂着你，托我问候你，他们不会忘记你，会想方设法地帮你，把永生病毒的资料和原料传送过去。相隔一千年，相隔几亿公里，也不会阻挡住这份心意。"

流离揉了揉微微泛红的眼睛。"干吗这么感人，果然是永别时的话，这么肉麻的话都说得出口。"她委屈地说。

米杉笑了笑，说道："我会将自己的日记根据你给过的灵感再修改一次，然后出版的。"

想到这奇妙的联系，流离又不知该说什么好了。他们默默地待了一会儿，守候着这最后一点儿相处的时光。浓缩的黑雾已然渗入，环绕在流离的周围，却并不会碰到米杉分毫。"看来，时间已经到了。"流离坦然地说。她的手接触到了黑雾，开始幻化成点点光辉，也能感到海底的冰冷和巨大的压强了。她突然好奇地问："米杉，你现在怎么不叫我流离姐姐了呢？"

尾声

"我比你年长，你还要我叫姐姐？"米杉对此大为震惊。

"可是，无论是梦境里、书籍里、记忆里，都是这么叫的，我最为习惯，也听着舒心。"流离用水汪汪的大眼睛可怜巴巴地看着米杉，可米杉不为所动。

"唉。"流离遗憾地摇了摇头。看样子，这个心愿是不会实现了。自己的身体也开始发散，被黑暗吞噬，确实会觉得恐惧，可是看着米杉在面前平视着她、目送她离开的样子，她又重新拥有了信心。眼前这个人，没有否认她生而为人的意义，他说的话，不是敷衍，而是出自真心，出自同伴们的鼓励，这给了她无穷的勇气。

"米杉，再见。"

流离露出了由衷的笑容。

说完，她便彻底回到了那遥远的故乡中。


流离在眼前消失后，在米杉周围，这场梦境就只剩下黑暗。在这片黑暗中，他听不到另一端的任何声音。他只能留在这里。

渐渐地，他醒来了，还是躺在蔷薇小筑熟悉的房间里。窗外繁星点点，映着他苍白的面容。"沉睡领土"在一旁发出的沉闷响声，也慢慢沉寂了下去。

而米杉望着卧房的天花板，轻轻地说："流离姐姐，后会有期。"

作者的话

这个作品创造了一个完全架空的世界，大陆、岛屿、海洋，与现实世界是完全不同的。消亡大陆、永生岛、往生岛、双星岛、泥洼之国，都是这个世界的国家名字。婆娑小镇在消亡大陆的最东端，向西行走，主角一行人经过了江昪城、合口城、宝城、岩城、海城，还有一些小镇。永生岛在消亡大陆的西边，从海城乘船六日，会到达永生岛东南端的水滨城，往西北去便是古镇大集、汤潭城、饕和貉狐之城等，而首都云裳之城则位于永生岛的东北部。往生岛在永生岛的正北边。每一个国家都有自己的特色，都充满了不可预料的挑战。本书就是描绘了在这样奇幻无比的世界中，主角们所经历的无与伦比的冒险故事。

　　全世界的国家均为同一人种，使用同一种语言。盖布里尔、贝蒂、祯、花梨木轻葶，他们所在的学院就是大一统语言文学学院。所有国家的人使用的名字也是混杂的，包括姓氏也五花八门，不存在一种统一的格式，有的人甚至没有姓氏。例如，张、水、朴，都属于普通的姓氏；而其他姓氏可单可双、可在前可在后，如千舟、花梨木、达那拉、扎罗尔、布里安、冂吕品等；而鱬四、燷氤、溯、祯，都是没有姓氏。无论名字是怎样的形式，长相全部以东方面孔为基准。

　　本质上，永生岛是回归到一种类似于封建社会的状态，只不过，它可勉强称为封建社会的盛世，百姓暂时安居，但也只是在没有触犯到权贵利益的情况下，这种形式完全依赖于是否能有一个好"皇帝"。形成这一结果，"银色蛛丝"确实起了很大作用。现实里，如果真的存在这样一项科技，会不会有人选择使用它呢？

　　感谢阅读《世若花囚》这一本书。如果可能的话，我希望他们的冒险故事能够延续，如果大家喜欢这部作品，请多多支持，让我获得信念与力量，完成下一部的创作。主角一行人会来到一千年后的木卫二，也就是人工智能水流离的家乡，开启新的旅程。谢谢大家。